ullstein

Das Buch

Als Nora Flynn ihren ältesten Sohn beerdigen muss, trifft sie das erste Mal seit fünfzig Jahren auf ihre jüngere Schwester Theresa. Die beiden sind damals gemeinsam aus Irland ausgewandert – Nora als die Verantwortungsbewusste, Theresa als die, die sich dem bunten neuen Leben in Boston sofort hingab. Als Theresa damals schwanger wurde, mussten die beiden eine Entscheidung treffen, deren Konsequenzen sie nicht im Mindesten erahnen konnten. Nora gründete eine große Familie und wurde Mutter von vier Kindern, Theresa zog sich in ein Kloster zurück. Nun stehen die beiden wieder voreinander und müssen sich mit dem auseinandersetzen, was sie so lange voneinander getrennt hat – und was ihr Leben für immer verändert hat.

Die Autorin

J. Courtney Sullivan lebt und arbeitet in New York als Autorin und Journalistin. Sie schreibt u.a. für *New York Times*, *Chicago Tribune*, *Elle* und *Men's Vogue*.

J. COURTNEY
SULLIVAN

All die Jahre

ROMAN

Aus dem Englischen
von Henriette Heise

Ullstein

Besuchen Sie uns im Internet:
www.ullstein-buchverlage.de

MIX
Papier
FSC® C083411

Lizenzausgabe im Ullstein Taschenbuch
1. Auflage Oktober 2019
Lizenzausgabe mit freundlicher Genehmigung
des Paul Zsolnay Verlages Wien

Titel der Originalausgabe: *Saints for All Occasions*
(Verlag Alfred A. Knopf, New York)
Umschlaggestaltung: zero-media.net, München,
nach einer Vorlage von Abby Weintraub und Dana Keller
Titelabbildung: © Julien Abbadie/Millennium Images, UK
Satz: Eva Kaltenbrunner-Dorfinger, Wien
Druck und Bindearbeiten: CPI books GmbH, Leck
ISBN 978-3-548-29030-0

Für Jenny Jackson,
Brettne Bloom und Ann Napolitano,
die den Glauben bewahrten.

Ich existiere an zwei Orten,
Hier und wo du bist.

Margaret Atwood, *Corpse Song*

Teil Eins

2009

1

Im Auto auf dem Weg zum Krankenhaus erinnerte Nora sich. Als Patrick noch ein kleiner Junge war, war sie oft plötzlich aufgewacht, panisch vor Angst – dass er zu atmen aufgehört hatte oder von einem tödlichen Fieber befallen war. Dass man ihn ihr weggenommen hatte.

Dann musste sie ihn sehen, um sich sicher zu sein. Damals wohnten sie im obersten Stock eines kleinen Wohnhauses auf der Crescent Avenue. Sie nachtwandelte mit über die kalten Dielen schleifendem Nachthemd durch die Küche und an Bridgets Zimmer vorbei, den langen Flur hinunter bis zum Zimmer des Kleinen. Im Hintergrund war Mrs. Sheehans Radio aus der Wohnung unter ihr zu hören.

Die Angst kehrte in dem Sommer wieder, in dem Patrick sechzehn Jahre alt war und sie in das große Haus in Hull zogen. Nora wachte nachts mit pochendem Herzen auf, sah ihn und ihre Schwester vor sich, und Bilder aus Vergangenheit und Gegenwart überlagerten einander. Sie machte sich Sorgen wegen der Jungs, mit denen er sich herumtrieb, wegen seiner Launen und wegen der Dinge, die er getan hatte und die nicht wieder rückgängig gemacht werden konnten.

Sie begegnete diesen Ängsten auf die ihr vertraute Art. Zu welcher Stunde auch immer: Sie stand auf und stieg die Treppen zu Patricks Zimmer unter dem Dach hinauf, um ihn zu sehen. Das war ihre Vereinbarung mit sich selbst, das Ritual, das Sicherheit garantierte. Solange sie die Augen offen hielt, konnte nichts richtig Schlimmes passieren.

Über die Jahre hatte es immer wieder Zeiten gegeben, in denen sie mehr mit einem der anderen drei Kinder beschäftigt gewesen war. Je älter sie wurden, desto besser konnte Nora sie einschätzen. Das war etwas, das einem keiner vorher sagte: Man musste die eigenen Kinder kennenlernen. John wollte ihr unentwegt gefallen. Bridget war ein hoffnungsloser Wildfang und benahm sich wie ein Junge. Sie hatten sich diese Eigenschaften aus der Kindheit bis ins Erwachsenenalter erhalten. Als Brian, das Nesthäkchen, auszog, machte Nora sich schreckliche Sorgen. Noch mehr Sorgen machte sie sich allerdings, seit er wieder eingezogen war.

Aber es war Patrick, der sie stets am meisten beschäftigte. Er war jetzt fünfzig Jahre alt, und in den letzten Monaten waren die alten Ängste zurückgekehrt. Alles hatte damit angefangen, dass John Dinge aufgewirbelt hatte, von denen sie gedacht hatte, dass sie schon lange vergessen waren. Sie konnte in diesen Nächten, wenn die Angst sie wach hielt, nicht mehr nach Patrick sehen, also knipste Nora die Lampe an und blätterte durch ihre Heiligenbildchen, bis sie die heilige Monika fand, Schutzheilige der Mütter schwieriger Kinder. Sie legte die Karte neben sich auf Charlies Kopfkissen und schlief ein.

Heute Nacht hatte sie endlich einmal nicht an Patrick gedacht, sondern an etwas ganz anderes: die Heizanlage im Keller. Die hatte nach dem Abendessen angefangen, komische Geräusche zu machen. Nora hatte die Temperatureinstellung verändert, aber es hatte sich nichts getan. Wahrscheinlich musste die Heizung gelüftet werden. Als nichts mehr half, sprach sie als letztes Mittel einen Rosenkranz. Das schien zu wirken, und sie legte sich mit einem Grinsen ins Bett, zufrieden mit ihren Fähigkeiten.

Kurze Zeit später weckte sie ein Anruf: Die Stimme eines Fremden erklärte, es habe einen Unfall gegeben und sie solle sofort kommen. Als sie die Notaufnahme erreichte, im rosa Flanellpyjama unter dem Wintermantel, war Patrick schon tot.

Der Rettungswagen hatte ihn ins Carney gebracht.

Nora brauchte eine Dreiviertelstunde für die Strecke von zu Hause in die Gegend, in der sie früher gelebt hatten.

An der Tür warteten schon der Arzt, eine Schwester und ein Priester in Noras Alter auf sie. Als sie den Geistlichen sah, war alles klar. Sie dachte daran, dass sie damals wegen Patrick aus Dorchester weggezogen waren, und dass er, sobald er alt genug war, wieder hierhergezogen war. Hier hatte sein Leben seinen Anfang genommen, und hier war es zu Ende gegangen.

Man führte sie in ein fensterloses Büro. Sie wollte sagen, dass sie da nicht hineingehen würde, doch dann trat sie doch ein und setzte sich. Der Arzt sah schrecklich jung aus für diese Aufgabe, aber in letzter Zeit kamen ihr viele Menschen schrecklich jung vor. Er wollte Nora sagen, dass sie fast eine Stunde lang versucht hatten, ihren Sohn wiederzubeleben. Für ihn sei alles Menschenmögliche getan worden. Er erklärte ruhig und detailliert, dass Patrick getrunken hatte, die Kontrolle über das Auto verloren und am Morrissey Boulevard unter einer Brücke in eine Mauer gefahren war. Sein Oberkörper sei gegen das Lenkrad geschleudert worden. Die Lungen ausgeblutet.

»Es hätte schlimmer sein können«, sagte der Arzt. »Wenn er nicht angeschnallt gewesen wäre, wäre er durch die Frontscheibe geflogen.«

Gab es etwas Schlimmeres als den Tod, fragte sie sich, hielt sich aber an einem Detail fest: Patrick hatte einen Sicherheitsgurt getragen. Er hatte nicht sterben wollen.

Nora hätte den Priester gerne gefragt, ob er es für möglich hielt, dass all ihre Ängste auf diesen Moment hinausgelaufen waren. Oder ob sie das hier hinausgezögert hatten. Sie hatte das Gefühl, dass sie beichten sollte. Ihre Schuld. Ihr war klar, dass sie sie für verrückt erklären würden, wenn sie das laut sagte. Sie saß da, die Lippen fest aufeinandergepresst, und drückte sich die Handtasche wie ein zappeliges kleines Kind an die Brust.

Nachdem Nora die Papiere unterschrieben hatte, sagte die Krankenschwester: »Wenn Sie möchten, können Sie ihn noch einmal sehen.«

Sie führte Nora den Flur entlang, in einen Raum hinein und schloss die Tür.

Patrick lag unter einer weißen Abdeckung auf einer Bahre. In seinem Mund steckte ein Atemschlauch. Jemand hatte ihm die Augen geschlossen.

Aus dem Flur und den umgebenden Zimmern drangen Schritte, Stimmen und das Piepen der Maschinen. Im Schwesternzimmer lachte jemand laut. Aber in diesem Raum herrschten Endgültigkeit und Stille.

Nora versuchte, sich genau an die Worte des Arztes zu erinnern. Wenn es ihr gelang, sich alles zu erklären und das Problem zu verstehen, konnte sie ihn vielleicht doch wieder zurückbekommen.

Unbändige Wut auf John kochte in ihr hoch. Sie erinnerte sich an einen Augenblick im letzten Mai, als er sie gefragt hatte, ob sie sich an die McClains aus Savin Hill erinnerte. Der älteste Sohn sei auf John zugekommen, er suche einen Leiter für seine Wahlkampagne zur Senatswahl.

»Sie waren nicht sehr nett«, sagte sie. »Ich glaube nicht, dass du das machen solltest.«

Was sie meinte war: *Tu es nicht!* Aber John hatte es trotzdem getan, und das hatte zu dieser schrecklichen Sache bei Maeves Firmung geführt. Seitdem hatten Patrick und John nicht mehr miteinander geredet. Patrick war wie ausgewechselt.

Erst gestern hatte Nora wieder einen Artikel in der Zeitung gesehen und war wie immer, wenn sie Rory McClains Namen las, unruhig geworden.

Auf einem Foto war Rory zu sehen, ganz der Politiker, dieses Gesicht, das ihr so vertraut war, mit dem tiefschwarzen Haar und dem zähnebleckenden Lächeln. Neben ihm stand die Ehefrau, und vor ihnen waren die drei jugendlichen Söhne wie die Orgelpfeifen angeordnet. Ob sie unter den weißen Hemden und den braven Frisuren genauso böse waren wie ihr Vater und ihr Großvater? Heuchelei musste eine vererbbare Eigenschaft sein, wie Zwillingsgeburten oder schwache Knie.

Sie hatte den Artikel nicht lesen wollen. Da sie aber wusste, dass John anrufen würde, um sich sicher zu sein, dass sie ihn gesehen hatte, hatte sie umgeblättert.

Jetzt atmete sie tief ein und sagte sich, dass sie diese Gedanken beiseiteschieben sollte. Ihr blieb nicht mehr viel Zeit.

Patrick hatte seit zwei Jahren diesen schrecklichen Schnurrbart getragen, trotz ihrer Bitten, ihn abzurasieren. Sie ließ ihre Hand in der Luft über ihm verharren, wie um ihn zu verstecken, dann sah sie ihn an. Sie schaute und schaute. Er war schon immer gutaussehend gewesen, das schönste ihrer Kinder.

Nach einiger Zeit klopfte die Krankenschwester zweimal und trat dann ein.

»Ich fürchte, es ist Zeit«, sagte sie.

Nora nahm eine kleine Plastikbürste aus der Handtasche und glättete die schwarzen Locken. Dann fühlte sie seinen Puls, um ganz sicherzugehen. Es kam ihr vor, als lebe ein ganzer Schwarm Bienen in ihr, aber es gelang ihr schließlich, Patrick gehenzulassen, wie es ihr auch schon bei anderen Gelegenheiten gelungen war, in denen es unmöglich erschienen war. Als er fünf Jahre alt war und Angst vor der Vorschule hatte, steckte sie ihm, als der gelbe Schulbus ins Blickfeld kam, eine Muschel zu. *Damit schaffst du das*, sagte sie.

Im grell erleuchteten Flur legte der Priester ihr die Hand auf die Schulter.

»Sie sind in besserer Verfassung als die meisten, Mrs. Rafferty«, sagte er. »Sie sind hart im Nehmen, das sieht man gleich. Keine Tränen.«

Nora sagte nichts. Sie hatte noch nie vor anderen weinen

können. Außerdem kamen ihre Tränen in einem Moment wie diesem nicht gleich. Weder beim Tod ihrer Mutter, als sie noch ein Kind gewesen war, noch bei dem ihres Mannes vor fünf Jahren hatte sie geweint. Und auch nicht, als ihre Schwester weggegangen war. Das war zwar kein Tod gewesen, aber es hatte sich so angefühlt.

»Woher in Irland stammen Sie?«, fragte er, und als sie ihn nur ausdruckslos anstarrte, fügte er hinzu: »Ihr Akzent.«

»County Clare«, sagte sie.

»Ah, meine Mutter kam aus County Mayo.« Der Priester schwieg einen Augenblick. »Ihr Sohn ist jetzt an einem besseren Ort.«

Warum wurden einem in dieser Situation Geistliche geschickt? Die konnten so etwas grundsätzlich nicht verstehen. Ihre Schwester war genauso. Nora sah sie im schwarzen Habit vor sich – trug man die heutzutage überhaupt noch? Sie würde an diesem Morgen in ihrer friedlichen Abtei auf dem Lande erwachen, frei von jeder Bindung, frei von Herzschmerz, dabei war sie es doch gewesen, die alles ins Rollen gebracht hatte.

Auf dem Heimweg verdrängte Nora die Frage, wie sie es den Kindern sagen sollte, und dachte stattdessen an ihre Schwester. Ihre Wut war so heftig, als ob eine andere Person neben ihr im Auto sitzen würde.

Als die Kinder noch klein waren, hatte Charlie ihnen oft von zu Hause erzählt. Ihre Lieblingsgeschichte war die vom Knocheneinrichter.

»Habe ich euch schon mal erzählt, wer in Miltown Malbay gerufen wurde, wenn sich einer was gebrochen hat?«, fragte er zum Einstieg.

Sie schüttelten euphorisch die Köpfe, obwohl sie die Geschichte schon kannten.

»Der Knocheneinrichter!«, rief er und packte das nächstbeste Kind, das vor Vergnügen in seinen Armen quietschte.

»Zum Arzt ging man erst, wenn man halbtot war«, sagte er. »Wenn man sich was gebrochen hatte, so wie ich mir damals das Fußgelenk, kam der gute Mann zu einem ins Schlafzimmer und rückte einen mit bloßen Händen zurecht.« Charlie machte ein schnalzendes Geräusch mit der Zunge. »Danach war man so gut wie neu. Ganz ohne Medizin, die war gar nicht nötig.«

Die Kinder wurden grün im Gesicht, wenn er die Geschichte erzählte, aber kaum war er fertig, wollten sie sie von neuem hören.

Wie üblich, wenn Charlie von zu Hause erzählte, ließ er die dunklen Seiten aus: Der Mann hatte das Fußgelenk nicht ganz geradegerichtet, was zu einer leichten Schiefstellung des ganzen Körpers geführt hatte und erst Knieprobleme und später Rückenschmerzen verursachte.

Ihr Lügen funktionierte auf dieselbe Weise: Die Urlüge ging auf ihre Schwester zurück, alle Folgelügen hatte Nora in dem Versuch erdacht, die Welt der ursprünglichen Lüge zu erhalten. Jede dieser Unwahrheiten hatte Patrick mehr in Schieflage gebracht. Das hatte Nora akzeptiert. Es war der Preis für Patricks Sicherheit.

John hatte sich oft darüber beschwert, dass Nora Patrick vorzog, und Bridget sagte, dass sie als kleines Kind gedacht hatte, sein Name sei *Meinpatrick*. Sie hatte schlicht nie etwas anderes gehört. Eines Tages würden sie es verstehen, hatte Nora gedacht, eines Tages würden sie alles erfahren, obwohl sie sich nicht vorstellen konnte, es ihnen zu sagen. Patrick hatte Fragen gestellt, aber sie hatte es nicht geschafft, zu antworten.

Nora hatte ihnen nicht einmal erzählt, dass sie eine Schwester hatte.

Sie musste wieder an das Kloster denken. Diese Frauen dort,

die die Welt hinter sich gelassen und sogar ihren Namen aufgegeben hatten. Nora war schon vor langer Zeit klar geworden, dass die Mauern, hinter denen sich die Nonnen vor der Außenwelt schützten, auch ein Gefängnis waren, in dem man mit seinen Gedanken ganz allein war. Bitteschön, da hatte sie jetzt etwas zum Nachdenken. Mit dieser Last sollte sie erstmal klarkommen. Nora sah keinen Grund, sie allein zu tragen.

Kaum war sie zu Hause, trat sie an die Schublade mit dem Gerümpel und holte ihr altes Adressbuch hervor. Sie nahm zum ersten Mal nach über dreißig Jahren mit der Abtei Kontakt auf. Der jungen Frau am anderen Ende der Leitung stellte sie sich als Nora Rafferty vor und bat sie, Mutter Cecilia Flynn wissen zu lassen, dass ihr Sohn Patrick am Vorabend bei einem Autounfall umgekommen war, allein.

Vor der Tür hörte sie die ersten Pendler vorbeifahren, den Hügel hinunter Richtung Autobahn, die sie in die Stadt führte oder zur Fähre, auf der sie eine Tasse Kaffee trinken würden, während das Schiff sich seinen Weg durch den dunklen Hafen bahnte.

Nora nahm das Notizbuch von der Arbeitsplatte und machte eine Liste. Dann kochte sie eine Kanne Tee, falls sie früher als erwartet Besuch bekäme. Schließlich setzte sie sich hin, stützte die Ellbogen auf die Tischplatte, legte das Gesicht in die kühlen Hände und weinte.

Teil Zwei

1957–1958

2

Ihr Vater hatte ein Taxi bestellt, das sie nach Ennistymon bringen sollte. Den Rest der Strecke nach Cobh würden sie mit dem Bus zurücklegen.

Um sechs Uhr früh stand er rauchend am Küchenfenster, klopfte mit der Fußspitze auf den Boden und wartete darauf, dass Cedric McGanns schwarzer Ford angezockelt kam.

Nora hatte kein Auge zugetan. Im Haus war Stille eingekehrt, während sie beim Licht der Öllampe noch einmal prüfte, ob sie alles hatten, was sie brauchten. Dreimal hatte sie es überprüft, um sich sicher zu sein. Jetzt standen die Koffer an der Tür, und sie saß am Küchentisch und hoffte, er würde sie zurückhalten. Aber der Vater wich ihrem Blick aus.

»Alles in Ordnung?« Die Frage fiel ihr nicht leicht.

»Alles bestens.«

Das Frühstücksei, das sie ihm eine Stunde zuvor gekocht hatte, war noch immer auf seinem Teller.

In einem der Briefe hatte Charlie von der Cousine seines Vaters in Boston erzählt, die eine super Köchin sei, sowas habe Nora noch nicht erlebt. Damit ihr Vater sich keine Sorgen machte, hatte Nora ihm erzählt, diese Frau sei sehr streng. In Wirklichkeit hatte Charlie berichtet, dass sie die häufig wechselnden Familienmitglieder, die bei ihr unterkamen, kaum wahrnahm. Mädchen wohnten im ersten Stock, Jungs im zweiten, und solange man sich benahm, ließ Mrs. Quinlan einen in Ruhe.

Charlie hatte geschrieben, sie würden nicht lange bei ihr wohnen. Wenn sie erst verheiratet waren, würden sie sich eine eigene Wohnung suchen. *Und was wird dann aus Theresa?*, hatte sie im nächsten Brief gefragt. *Sie kann mit uns kommen, wenn du magst*, hatte er geantwortet. *Oder sie bleibt bei Mrs. Quinlan. Wir werden nicht weit weg sein.*

Nora beobachtete ihren Vater, der noch am Fenster stand. Es war fast wie bei einem Todesfall, die Mischung aus Trauer und Erwartung, die den Raum füllt, wenn jemand verschwunden ist.

In diesem Augenblick stürzte ihre Schwester im Sonntagskleid in die Küche.

Nora wollte sie daran erinnern, vor der langen Reise ihren Haferbrei zu essen.

»Oh«, rief Theresa, schon auf der Schwelle, »mein Hut.«

Sie machte kehrt und war so schnell verschwunden, wie sie aufgetaucht war.

»Nicht so laut«, rief der Vater ihr leise nach. »Du weckst unsere Hoheit.«

Großmutter hatte sich schon am Abend zuvor von ihnen verabschiedet. Sie wolle den Augenblick ihrer Abreise nicht miterleben, hatte sie gesagt. Sie wolle sich daran nicht erinnern müssen.

Als das Taxi vorfuhr, dachte Nora, dass sie einfach nicht gehen würde. Die eigenen Beine konnten einen doch nicht irgendwohin tragen, wenn man nicht wollte? Und doch setzte sie jetzt einen Fuß vor den anderen. Ihr Körper verriet ihren Geist. Sie umarmte ihren Vater lang, ihren Bruder, der im letzten Augenblick mit hängendem Kopf aus seinem Zimmer geschlichen kam, etwas kürzer. Martin war von Anfang an dagegen gewesen und hatte die beiden Schwestern seit ihrer Entscheidung ignoriert, als wolle er sich an ein Leben ohne sie gewöhnen.

Ihr Vater hatte feuchte Augen, und die Tränen drohten, sich jeden Augenblick zu lösen. Er sah müde und alt aus, das Gesicht sonnengegerbt und ledern.

Als Kind hatte Nora schreckliche Angst vor ihm gehabt. Nach dem Tod ihrer Mutter hatte er wegen jeder Kleinigkeit durchgedreht, wegen einer Tasse verschütteter Milch, als wären die Kinder eine Strafe. Dann waren sie schreiend davongerannt, hatten sich in der hintersten Ecke des Hauses versteckt, hinter schweren Möbeln oder unter dem Bett der Großmutter, während sich ihnen fleischige, bedrohliche Hände näherten.

Ein Kind hatte keine andere Wahl als zu verzeihen. Und er konnte lieb sein, auf seine Art. Er hatte sie zum Angeln mitgenommen und ihnen gezeigt, wie man mit bloßen Händen eine Forelle aus dem Wasser holt. Jeden Sommer fuhr er mit ihnen zum Pferderennen in Miltown, und jeder bekam einen Penny und durfte sich ein Pferd aussuchen.

Theresas Kühnheit gefiel ihm. Er hielt sie nicht zurück. Diese Aufgabe hatte allein Nora übernommen. Sie versuchte, ihrer Schwester Manieren beizubringen, wie es ihre Mutter getan hätte. Aber Theresa und Martin hatten ihre Mutter nicht lange genug gekannt. Die Zeit war zu kurz gewesen, um die beiden Jüngeren so zu formen, wie sie es bei Nora getan hatte.

Bevor sie starb, hatte sie Nora die Verantwortung für die jüngeren Geschwister übertragen. Vielleicht hatte sie Nora damit einen Halt geben wollen, vielleicht hatte die Mutter nur etwas sagen wollen, damit Nora sich weniger verloren fühlte. Aber Nora nahm die Aufgabe sehr ernst, auch wenn die Geschwister sich meistens nicht dafür interessierten, was sie sagte. Sie war nicht so fest und entschlossen wie ihre Mutter. Sie konnte sie nie wirklich von ihrer Autorität überzeugen.

Je älter sie wurde, desto weniger fürchtete Nora ihren Vater. Seit sie Geld nach Hause brachte, war sie ihm ebenbürtig. Beim Frühstück redeten sie über den Hof, und Nora erzählte von den Kolleginnen. Ihr Vater lachte viel und erzählte Geschichten wie die von der Gasthausrauferei in seiner Jugend. Sie bemerkte, dass er gar kein großer Mann war. Im Vergleich zum Durchschnitt war er schmächtig, und mit seinem hellen Haar und den hellen Brauen sah er, wenn er grinste, fast wie ein kleiner Junge aus. Sie lernte, dass er nach einer bestimmten Tageszeit nicht derselbe Mann war, wenn er sich einen Whiskey, einen zweiten und dann noch einen dritten genehmigt hatte. Morgens war ihr ihr Vater am liebsten. Dann konnte sie sich seiner sicher sein.

Bei der Tür drehte er sich um und rief: »Theresa. Wo bleibst du? Beeil dich!«

Nora sah ihre Schwester in der Tür zu dem Zimmer stehen, das sie sich siebzehn Jahre lang geteilt hatten, seit Theresas Geburt. Hinter ihr die strahlend blauen Zimmerwände. Im Morgenlicht rahmten sie Theresa ein wie ein Abbild der Heiligen Jungfrau. Nora und sie hatten die gleichen Gesichtszüge: die gleichen großen, blauen Augen, die gleichen schmalen Lippen und braunen Locken. Aber Nora fand, dass in Theresas Gesicht alles auf angenehmere Art zusammengefunden hatte als bei ihr.

Als Theresa klein war und Angst vor der Dunkelheit hatte, war sie nachts oft zu Nora ins Bett gekrabbelt und hatte sich an sie gekuschelt. Dann hatte Nora gestöhnt und so getan, als wolle sie ihre kleine Schwester loswerden, aber in Wirklichkeit hatten ihr die Wärme und der Trost wohlgetan. Sie kannte Theresas Körper wie ihren eigenen. Besser noch. Nora hatte die kleine Theresa gebadet und die Knoten aus ihrem Haar gebürstet. Wenn sie hingefallen war, war es Nora gewesen, die ihr Jod auf die Schürfwunden tupfte, während Theresa das Haus zusammenschrie.

»Ich kann ihn nicht finden«, sagte Theresa. »Hilf mir. Du weißt, welchen ich meine. Den mit der rosa Seidenblume an der Krempe.«

»Lass ihn da«, sagte Nora. »Es ist schon halb sieben.«

Ihr Vater drückte jeder von ihnen etwas Geld in die Hand.

Theresa steckte ihres in die Manteltasche und gab ihm einen Kuss auf die Wange. Nora bedankte sich und ließ den Schein unbemerkt in einen löchrigen Stiefel gleiten, der an der Tür stand. Irgendwann würde er ihn finden und gut gebrauchen können. Er machte immer nette Gesten, die er sich nicht leisten konnte, gab im Friel's eine Runde aus, wenn es zu Hause für Zucker und Mehl nicht reichte, oder spendete für die Armen, obwohl sie selbst arm waren. Auch den Luxus eines Taxis konnten sie sich eigentlich nicht leisten, aber mit dem Gepäck gab es keine andere Möglichkeit. Sie war fest entschlossen, ihm das Geld für die Fahrt zurückzuschicken. Das Fahrtgeld und alles, was sie sonst noch zusammenkratzen konnte.

Ihrem Bruder hatte sie aufgetragen, gut auf den Vater aufzupassen, dass er ja nichts Unvernünftiges tun würde. Aber Martin war erst neunzehn. War er selbst vernünftig?

Die Männer trugen die Koffer nach draußen. Nora und Theresa kamen nach.

Neben dem Wagen stand Cedric McGann. Er war der Bruder einer ehemaligen Mitschülerin von Nora, und sie kannte ihn von vielen Tanzabenden. Trotzdem spürte sie, dass ihre Wangen brannten, als er sie grüßte: »Guten Morgen, Nora.«

Eine Woche zuvor hatte sie sich geschworen, nie wieder rot zu werden. Sie errötete bei jedem Anlass und in Situationen, in denen andere Frauen nicht die Spur von verlegen waren. Sie wurde rot, wenn sie zu Jones's ging und Cyril am Tresen um ein Päckchen Tee bitten musste. Sie wurde rot, wenn Pater Donohue ihr in die Augen sah und ihr eine Hostie auf die Zunge legte.

Charlie hatte gesagt, in Amerika könne man ganz neu anfangen und alles zurücklassen, was einem nicht gefiel. Nora war noch nicht einmal bei der Gartenpforte angekommen, und es war schon klar, dass sie sich selbst nicht hinter sich lassen können würde.

»Hallo, Cedric«, sagte Theresa mit einem frechen Unterton, als hätten die beiden ein Geheimnis, obwohl Nora mit Sicherheit wusste, dass es keines gab.

Doch sie war dankbar dafür, dass Theresa ihn von ihr abgelenkt hatte.

»Wie ist das Spiel gestern ausgegangen?«, wollte ihr Vater wissen.

»Zwölf zu zwei«, sagte Cedric. »Ich hab' ganz schön was abgekriegt, aber es hat sich gelohnt.«

»Gut gemacht.«

Ihr Vater klang unbeschwert, als ob Cedric nur hier wäre, um die Mädchen zu einem Tanzabend in Lahinch zu fahren und später wieder zurück.

Nora sah sich noch einmal nach den flachen Steinmauern um, die einen Hof von dem anderen trennten und eine kilometerlange gezackte Linie über die Hügel bis dahin zeichneten, wo das Grün in das Blau des Meeres und des Himmels überging. Im Vordergrund standen die Scheunen, in denen die Kühe, der Esel, die Schweine und die Hühner lebten, Tiere, denen Theresa Namen gegeben hatte, obwohl ihr Vater gesagt hatte, sie solle das nicht tun.

Sie schaute das Steinhaus an. Hier waren sie alle geboren worden. Hier war ihre Mutter gestorben. Noras Blick blieb am Schlafzimmerfenster der Großmutter hängen, um zu sehen, ob sie durch die gelben Vorhänge linsen würde, um einen letzten Blick auf ihren Liebling Theresa zu werfen. Jedermanns Liebling. Aber die Vorhänge bewegten sich nicht.

Nora wünschte sich, ein letztes Mal von ihrem Vater in den Arm genommen zu werden, und es wäre ihr egal gewesen, wenn Cedric es gesehen hätte.

Stattdessen sagte er: »Bleib stark, mein Mädchen.«

Sie wusste, dass er das nur sagte, weil sie nicht stark war. Überhaupt nicht.

»Das werde ich«, sagte Nora.

»Und pass auf Theresa auf«, fügte er hinzu. Das hörte sie, seit sie denken konnte, jeden Tag.

»Mach ich.«

Seit sie klein waren, brachte Nora ihren Bruder und ihre Schwester im Sommer jeden Morgen über die Felder zum Meer, wo sie mit den Kindern aus dem Ort baden gingen. Nora konnte sich an viele Momente erinnern, wenn Theresa weit rausgeschwommen war und Nora vor Sorge die Luft wegblieb. Dann wartete sie ängstlich darauf, dass der Kopf ihrer Schwester durch die Wasseroberfläche brach. Genau in dem Moment, in dem Nora panisch aufsprang, tauchte Theresa lachend auf.

Theresa war die Jüngste und kannte keine Angst. Man konnte sie wirklich nicht als schlimm bezeichnen, auch wenn sie es gelegentlich war. Theresa war einfach alles am meisten: am mutigsten, am schönsten, am frechsten und am klügsten. Sogar am frommsten, auf ihre Art. Als Kind hatte sie die Leben der Heiligen auswendig gekannt. Jetzt aber war sie kokett, und all die Aufmerksamkeit, die früher den Märtyrern gegolten hatte, richtete sich nun auf die Jungs von Miltown Malbay.

Während Nora täglich in der Bibelstunde saß, schlich Theresa sich zu einem Spaziergang mit Gareth O'Shaughnessy davon. Andere Mädchen machten das auch, aber nur Theresa war so frech, sich danach von Gareth auf dem Fahrradlenker bis direkt vor die Kirche fahren zu lassen und zu fragen: »Wer hat heute den Rosenkranz gebetet? Sag schnell, bevor Papa kommt und fragt. Der bringt mich um.«

Welches Alter Theresa auch erreichte – Nora war immer schon da gewesen. Aber irgendwie brachte Theresa es immer fertig, mehr aus allem zu holen und es besser zu machen. Nora hatte die Klosterschule als Tagesschülerin besucht, bis ihr

Vater es sich nicht mehr hatte leisten können. Nach der zehnten Klasse war für Nora Schluss, und mit fünfzehn fing sie in der Strickwarenfabrik am Stadtrand an. Theresa bekam ein Stipendium und wurde die Jahrgangsbeste. Die Nonnen erkannten ihr Talent zum Unterrichten, nannten es ihre Berufung. Wenn sie es hätten finanzieren können, wäre Theresa längst an der Uni in Limerick gewesen.

Doch so, wie die Dinge lagen, war sie zu Nora in die Fabrik gekommen. Nora hatte jahrelang acht Stunden am Tag mit vom Dampf brennenden Augen an der Bügelmaschine gestanden. Am Ende der Woche war die Haut an den Fingerspitzen verbrannt. Sie hielt diese Art von Arbeit nicht für unter ihrer Würde. Sie war dankbar für den Arbeitsplatz. So viele Leute, die sie kannte, hatten keinen. Aber sie konnte es nicht ertragen, Theresa hier zu sehen, die wie alle anderen sehnsüchtig nach der Uhr schaute und auf die Zehn-Minuten-Pause wartete, in einer langen Reihe von Mädchen an einer Nähmaschine saß und an einem Damenpullover oder einer Strickjacke arbeitete, die sich keine von ihnen je würde leisten können und die mit all den anderen Sachen in der Auslage bei Penneys oder Dunnes landen würden. Der alte Ben Dunne, Präsident des Kaufhauses, besuchte die Fabrik jedes Jahr, um sich zu bedanken. Nora hatte es immer für eine große Ehre gehalten, doch als er eines Tages kam und ihre Schwester anlächelte, durchzuckte sie der Gedanke, dass er keine Ahnung von ihrem Potenzial hatte. Abends blieb Theresa lange auf und las Bücher, die ihr eine ehemalige Lehrerin, eine der Nonnen, geliehen hatte. Nora freute sich darüber, ermahnte ihre Schwester aber dennoch, bald zu schlafen, weil sie sonst am Morgen erschöpft sein würde.

Auf dem Autorücksitz suchte Nora jetzt die Hand ihrer Schwester und drückte sie wortlos, ohne Theresa anzusehen. Sie fuhren die anderthalb Kilometer zur Stadt. Sie hatte diese

Strecke immer zu Fuß oder auf dem Fahrrad zurückgelegt, den Straßenstaub in einer Wolke aufgewirbelt, die Rüschen der weißen Socken grau gefärbt.

Als sie an der Rafferty-Farm vorbeifuhren, stellte sie sich vor, dass drinnen gerade Charlies Eltern und sein Bruder beim Frühstück saßen. Sie verspürte in diesem Augenblick puren Hass, obwohl sie das niemals zugegeben hätte: Wegen ihrer Entscheidung musste sie gehen.

Nora hatte ganz bestimmte Vorstellungen von ihrem Lebensweg gehabt: Charlie und sie würden heiraten und auf dem Hof neben dem ihres Vaters leben. Sie würde Vater und Bruder jeden Tag sehen können. Sie hatte gedacht, dass ihre Kinder wie sie aufwachsen würden, dass sie den Namen jeder Wildblume kennen, auf Bäume klettern und zu dritt oder viert auf einem einzigen Fahrrad den Hügel nach Spanish Point runterrasen würden.

Aber mit dem Jammern musste jetzt Schluss sein. Bald würde sie Charlies Frau sein. Obwohl ihr das momentan noch unmöglicher erschien als die Ozeanüberquerung.

Es lag noch nicht lange zurück, dass sie eines Sonntags mit ihrer Schwester auf dem Heimweg von der Kirche einer alten Schulfreundin begegnet war. Aoife trug ein Kleinkind auf der Hüfte und war schon wieder dick.

»Du bist auch bald dran, Nora«, sagte sie. »Hoffentlich ist Charlie ein besserer Vater als mein George. Der feiert seinen Sohn seit der Geburt jeden Tag im Pub.«

Nora wurde schlecht bei dem Gedanken, ihr erstes Kind in Boston zur Welt zu bringen, einem Ort, an dem sie noch nie gewesen war. Eine Stadt, voll von Fremden, zu denen jetzt mehr oder weniger auch Charlie gehörte.

»Bei mir dauert's mit dem Zweiten auch nicht mehr lange«, sagte Aoife lachend. »Was sie uns alles in der Schule nicht beigebracht haben.«

»Was hat sie damit gemeint?«, fragte Theresa, nachdem sie sich verabschiedet hatten.

»Vergiss es«, sagte Nora. Sie selbst wusste nur, worum es ging, weil ihre beste Freundin Oona ihr die Sache erklärt hatte, nachdem die es von ihrer älteren Cousine erfahren hatte. Eines Tages würde Nora mit Theresa darüber reden. Wenn die Zeit gekommen war.

Es war kurz nach sieben, als sie den Ort erreichten. Das Pub, das Gemeindehaus und Jones's Kaufladen an der Hauptstraße waren noch geschlossen. Sie würden frühestens in einer Stunde öffnen. Sie hatte den Ort nie so menschenleer erlebt. Die meisten Häuser in der Gegend standen verstreut und waren niedrige, graue Schieferbauten. Die Geschäfte auf der Hauptstraße waren der einzige Farbfleck. Der Fleischer hellgelb, Jones's hellgrün, die Pubs und Herbergen weiß oder golden, hellblau oder rosa.

Einmal im Monat, am Markttag, füllte sich die Straße mit Bauern, die alles von Kohl bis zu Kühen verkauften und laut einen Preis, einen Ausruf der Enttäuschung oder des Sieges ausstießen, je nachdem. Am Morgen danach stank die ganze Stadt, und die Abflüsse waren mit Mist verstopft. Dann knurrten die Ladenbesitzer, und man hätte denken können, der Ort würde nie wieder zu seinem ursprünglichen Zustand zurückkehren. Aber ein, zwei Tage später sah es aus, als wäre nie etwas passiert.

Im Frühling, wenn der Bischof zur Firmung anreiste, wurden über die ganze Länge der Straße orange Wimpel von Fenster zu Fenster gespannt. Wochenlang wurden die Firmlinge von der Schule befreit, um den Katechismus zu studieren. Der Bischof stellte jedem drei Fragen. Die meisten Kinder standen dann schwitzend und zitternd vor ihm und hofften auf einfache Fragen, bettelten darum, die Antwort zu wissen.

Als Theresa zwölf Jahre alt war und sie an die Reihe kam,

stand sie gerade und selbstbewusst vor dem Bischof. Sie erwiderte seinen Blick. Dann fragte er: »Wie viele Sakramente kennt die katholische Kirche?«

»Sieben«, sagte sie und listete sie auf.

»Was geschieht, wenn man im Zustand der Todsünde stirbt?«

Wieder ließ die Antwort nicht lange auf sich warten: »Man kommt in die Hölle«, sagte Theresa. »Aber eine Sündenvergebung ist durch das Bußsakrament auch bei der Todsünde möglich.«

Nora sah, dass der Bischof beeindruckt war.

Als letzte Frage schloss er an: »Was geschieht beim heiligen Messopfer?«

Theresa antwortete: »Brot und Wein werden Leib und Blut, Seele und Göttlichkeit Christi, wenn der Priester die Konsekrationsworte spricht, dieselben Worte, die beim Abendmahl gesprochen wurden. Auf diese Weise wird das Opfer Jesu, das er in Golgatha am Kreuz darbrachte, wieder gegenwärtig, damit wir uns anschließen, es unserem Vater darbringen und seine Barmherzigkeit erleben können.«

»Sehr gut«, sagte der Bischof.

Später hörte Nora ihn zu ihrem Vater sagen: »Sie haben da ein sehr kluges Kind. Sind Ihre anderen auch so aufgeweckt?«

»Um Gottes willen, nein. Wir wissen selber nicht, wie die in unsere Familie gekommen ist.«

Es tat Nora nicht weh, ihn das sagen zu hören. Sie hatte den Großteil ihres Lebens im Schatten ihrer jüngeren Schwester verbracht. Sie hatte nichts dagegen. Nora maßregelte Theresa andauernd. Sie war täglich von ihr genervt. Aber wenn man schüchtern und still war, tat allein die Nähe zu jemandem mit einer so funkelnden Ausstrahlung wie der Theresas gut. In Theresas Gegenwart hatte Nora weniger Angst vor allem und jedem. Ihre Schwester setzte sich für sie ein, wenn sie selbst sich nicht traute.

Sie hatten die Kreuzung in der Ortsmitte erreicht. Würden sie hier rechts abbiegen, kämen sie zur Kirche und zum Friedhof, dahinter Ackerland. Links ging es zur staatlichen Schule, hinter der nur noch Bauernhöfe lagen, über die Felder verstreut bis zur Küste.

Cedric fuhr geradeaus weiter auf die Flag Road. In dieser Richtung lag der heilige Quell Saint Joseph, in den Noras Großmutter Kleidungsstücke getaucht hatte, in der Hoffnung, so ihre einzige Tochter zu retten.

Nora schloss die Augen. Sie wollte es nicht sehen, das dritte Haus auf der linken Seite, dem sie sich nun näherten. Das weiß verputzte Gebäude mit den roten Blumen in den Blumenkästen, in dem ihre beste Freundin Oona Coogan wohnte.

Oder Oona Donnelly, wie sie neuerdings hieß.

Theresa hatte Unmengen von Freunden. Nora hatte Oona und hätte sie gegen nichts und niemanden eingetauscht. Sie hatten jeden Tag miteinander verbracht, erst als Schulmädchen in der Klosterschule, dann in den letzten sechs Jahren in der Fabrik. Oona war eines von neun Geschwistern und wie Nora die Älteste. Sie war jahrelang mit Unterbrechungen mit Conall Davis zusammen gewesen, bis ihr Vater sie vor einigen Monaten ohne Vorwarnung gezwungen hatte, einen alten Bauern mit viel Land zu heiraten.

Oona war ihrem Bräutigam zwei Tage vor der Hochzeit zum ersten Mal begegnet. Am Morgen vor der Hochzeit, während Oonas Mutter umhereilte, Rosenkränze in die Bäume hängte und den Klarissen Eier brachte, um Regen abzuwenden, klagte die Braut im weißen Hochzeitskleid in ihrer Kammer schluchzend der besten Freundin ihr Leid. Nach der Hochzeit erzählte sie Nora, dass der Bauer kaum ein Wort mit ihr sprach. Er beschwerte sich über das, was Oona kochte, über das Geräusch ihrer Schritte und den Klang ihrer Stimme. Sie fürchtete sich vor dem Moment, wenn er von der Arbeit nach Hause kam und Abendessen erwartete. Und davor, was er von ihr erwartete, wenn sie zu Bett gingen.

»Wie soll ich das ertragen, wenn du nicht mehr da bist?«, sagte Oona zu Nora. »Dann bleibt mir niemand.«

Jetzt rief Theresa: »Halt an, Cedric! Stopp!«

Als Nora die Augen öffnete, sah sie Oona am Straßenrand stehen. Sie stieg schnell aus dem Wagen, und die Freundinnen umarmten einander so fest und so lange, dass Nora dachte, jetzt würden sie gewiss den Bus und damit das Schiff verpassen.

Oona hatte ihnen für die Reise einen Kuchen gebacken.

»Ich schreibe dir jeden Tag.«

»Ich dir auch«, gab Nora zurück.

Als sie sich voneinander rissen, drückte Oona ihr noch einen Zettel in die Hand.

»Wenn du dich einsam fühlst.«

Als sie wieder im Taxi saß, betete Nora für die Freundin. Was Oonas Vater getan hatte, war abscheulich. Nora ging davon aus, dass auch die Ehe ihrer Eltern vermittelt gewesen war, aber das war damals so üblich gewesen. Heutzutage sollte das keinem Mädchen mehr passieren.

Andererseits, vielleicht war ihre Situation gar nicht so anders. Charlie war kein schlechter Mann, aber es war keine große Liebesgeschichte. Nora hatte schon früh begriffen, dass der Hof an ihren Bruder gehen würde und man von Theresa und ihr erwartete, dass sie ihren Beitrag leisteten: heiraten und verschwinden. Es gab Dinge, über die man nicht sprach. Das war der Grund, weshalb ihr Vater ihrem Blick ausgewichen war.

Was sollte sie jetzt an das erinnern, was ihr bisher vertraut gewesen war? Alle ihre Erinnerungen waren hier, waren an den Anblick eines bestimmten Geschäftes, Hauses oder einer Straßenecke gebunden. Die Traurigkeit lenkte Noras Gedanken zu ihrer Mutter. Sie spürte ihre Abwesenheit deutlich, ihre jetzt endgültige Abwesenheit.

Nora fing zu weinen an.

»Ach, komm schon«, sagte Theresa. »Wir sind bestimmt bald wieder da.«

Ob ihre Schwester das wirklich glaubte? Sie zeichnete gedanklich ein Bild von Miltown Malbay aus der Vogelperspektive und versuchte, sich jedes Detail ins Gedächtnis zu brennen. Theresa tat im selben Augenblick vermutlich das genaue Gegenteil und sog alles, was den Augenblick ausmachte, in sich auf: den Geruch von Cedric McGanns Rasierwasser, das Brummen des Motors und den Anblick der Häuser, die jetzt ins Blickfeld kamen.

Im Bus nach Cobh stank es nach Hering. Ein Mann in der zweiten Sitzreihe hatte einen als Mittagessen mit, und das roch man auch noch zehn Reihen weiter hinten, wo Nora und Theresa saßen. Vor dem Fenster schien die Sonne auf die gewaltigen Klippen. Nora sah in diesen zwei Stunden mehr von Irland, als sie in einundzwanzig Lebensjahren gesehen hatte.

Sie durchquerten Dörfer, in denen hier und da elektrisches Licht durch ein Küchenfenster schien. Die kleinen Orte wurden einer nach dem anderen ans Netz angeschlossen. Miltown Malbay hätte schon seit einem Jahr Elektrizität haben können, aber die Einwohner mussten die Pläne einstimmig beschließen, und Mrs. Madigan von der Church Street hatte das nicht bezahlen wollen. Seit ihre Schwester in Roscommon elektrisches Licht habe, könne sie putzen, wie sie wolle, das Haus sei trotzdem immer voll Spinnweben.

»Du bist so still«, sagte Theresa. »Denkst du an Charlie?«

Die alte Frau auf der anderen Seite des Ganges blickte von ihrem Strickzeug auf und sah Nora erwartungsvoll an.

»Nein«, flüsterte sie.

»Lügnerin«, gab Theresa zurück.

»Wirklich nicht.«

Sie tauschten Blicke. Dann lachten sie. Sie vermutete, dass Theresa eine Ahnung davon hatte, was sie empfand, obwohl Nora nie mit ihr darüber gesprochen hatte.

Als sie achtzehn Jahre alt war, hatte Charlie Rafferty sie auf dem Heimweg vom Tanz geküsst. Von da an waren sie ein Paar. Sie trafen sich für Strandspaziergänge und bei den Tanzabenden, wo sie immer so taten, als wären sie nicht wegen einander dort. Nora fand ihn ganz nett, mehr nicht. Er war albern. Als sie jünger waren, war er zu Weihnachten mit den Wren-Jungs von Haus zu Haus gerannt. Dann hatten sie mit Masken vor dem Gesicht Weihnachtslieder gesungen, begleitet von seinem Bruder Lawrence auf der Tin Whistle. Sie ließen die Leute erst in Ruhe, wenn sie ihnen etwas gaben. Noras Vater hatte gesagt, er würde seine Kinder den Gürtel spüren lassen, wenn sie sich mit dieser Bande einließen.

Charlie war älter geworden, aber er erzählte immer noch schlechte Witze und heckte Streiche aus. Er lachte zu laut, und Nora schämte sich dafür, als käme das Geräusch aus ihrem Mund. Sie wusste, warum er sich für sie entschieden hatte, obwohl es aufgeschlossenere Mädchen gab, und auch hübschere. Sie hatte sich aus demselben Grund für ihn entschieden.

Nora war keine Romantikerin wie ihre Schwester, deren Kopf voller Träume war. Was Charlie und sie verband, war ihre praktische Ader. Sie hatten dieselbe Vorstellung vom Leben. Sie konnte seine Eigenheiten und sein Benehmen ertragen, wenn sie dafür Vater, Großmutter, Bruder und Schwester und ihre beste Freundin täglich sehen konnte. Ihre Höfe grenzten aneinander. Es war für beide Familien von Vorteil, das Land zusammenzuführen. Im Vergleich zu all dem war der Ehemann nicht so wichtig. Die meisten verheirateten Paare in ihrem Umfeld hatten wenig miteinander zu tun, besonders nicht, wenn erstmal Kinder da waren.

Die Flynns und die Raffertys hatten einander immer zur

Seite gestanden. Ihre Freundschaft reichte bis zur Gründung des Ortes zurück und wurde 1888 untermauert, als die Laden- und Pubbesitzer sich gegen den Grundherrn Moroney auflehnten, indem sie sich weigerten, seine Leute zu bedienen. Die Ladenbesitzer kamen ins Gefängnis, unter ihnen Miles und Henry Rafferty, Charlies Urgroßvater und dessen Bruder. Sie betrieben die Fleischerei und wurden am Wochenende auf dem Hof gebraucht. Die beiden saßen für gut zwei Jahre hinter Gittern. Noras Urgroßvater John Flynn schwor, den Hof der beiden bis zu ihrer Rückkehr am Laufen zu halten, und ging am Ende jedes Arbeitstages mit seinen drei Brüdern von seinem eigenen Hof zum anderen hinüber, um dort weiterzumachen.

Viele Jahre später wanderte Henry Rafferty nach Amerika aus. Sobald er sich dort etwas aufgebaut hatte, holte er die Familie nach. Während jetzt die meisten jungen Leute des Ortes nach Liverpool oder London abwanderten, gingen die Raffertys nach Boston. Charlies Schwester Kitty und drei seiner Brüder waren schon seit Jahren dort.

Für Charlie war das nicht in Frage gekommen. Er hielt Amerika für überfüllt, hektisch und verdorben. Kitty war mit einem Protestanten aus Kalifornien durchgebrannt, den sie kaum kannte. Diese Geschichte hatte Charlie und der ganzen Familie viel Schmerz bereitet. *Die kommen da an und halten es für einen Traum*, hatte er gesagt. *Die kommen da an und drehen einfach durch.*

Bis vor einem Jahr waren die einzigen Nachkommen der Raffertys, die noch in Irland lebten, Charlie und sein ältester Bruder Peter gewesen, den man nachmittags zuverlässig im Friel's an der Bar fand. Die Arbeit machte Charlie. Er hatte sich dem Grundbesitz der Familie verschrieben, als sei er dazu geboren. Sein Vater hatte ihm mehr als einmal versichert: »Irgendwann gehört das alles dir.«

Nora wurde neunzehn, dann zwanzig, und Charlie machte

ihr unten am Strand einen Antrag, mit Kniefall und allem, was dazugehörte. Eine bedeutungslose Geste, denn sie wussten beide, dass sie erst heiraten konnten, wenn das Land in seinen Besitz übergegangen war. Also wartete Nora. Sie half ihrem Vater, wo sie konnte, aber ihr war klar, dass es nicht mehr lange so weitergehen konnte, mit drei erwachsenen Kindern im Haus.

Den Großteil ihres Gehalts gab sie ihrem Vater, aber es reichte trotzdem hinten und vorne nicht. Sie hielt sich während der Mahlzeiten zurück und ging manchmal heimlich mit knurrendem Magen ins Bett. Einmal im Jahr schlachtete ihr Vater oder ihr Bruder Martin eines der Schweine. Theresa hielt sich dann die Ohren zu, um die Schreie des Tieres nicht hören zu müssen. Zum Abendessen wurde für jeden eine Scheibe Speck abgeschnitten, von Salz befreit und gebraten. Dazu gab es Schwarzbrot und Kohlrüben. Je weiter das Jahr voranschritt, desto dünner wurden die Speckscheiben.

Eines Sonntagmorgens wartete Charlie nach dem Gottesdienst vor der Kirche auf sie. Er sah aus, als sei jemand gestorben. Ihre Großmutter, das wusste sie, war in der Kirche und hoffte, von dem Monsignore beachtet zu werden, der zu Besuch war. Wer sonst? Sein Vater? Ihr Vater?

»Wer?«, fragte sie.

»Vater hat gestern Abend verkündet, dass er nicht mehr weitermachen will«, sagte Charlie langsam und deutlich. »Er möchte den Hof abgeben.«

»Das ist ja wundervoll, Charlie.«

Im Geiste brachte sie mit Oona Vorhänge in der hellen Küche seiner Mutter an und saß bei einer Tasse Tee mit ihr im Garten.

»Peter soll den Hof übernehmen. Er sagt, Peter ist der Älteste, und so hat es auch sein Vater schon gemacht.«

»Aber Peter wird …«

»Das spielt keine Rolle«, unterbrach er. Er sah aus, als würde er in Tränen ausbrechen, wenn Nora weitersprach, also verstummte sie, obwohl ihr tausend Fragen durch den Kopf schwirrten.

Er solle nach Amerika gehen, habe sein Vater gesagt.

Darum ging es also. Charlie war gekommen, um die Sache mit ihr zu beenden.

Aber dann erklärte er ihr seinen Plan: Er wolle zunächst allein nach Boston gehen und dort alles vorbereiten. Wenn er so weit war, würde er Nora nachholen.

»Es wird nicht lange dauern, dann kommen wir mit genug Geld zurück, um uns einen eigenen Hof zu kaufen, größer als die unserer Väter zusammen.«

Sie konnte kaum glauben, dass er die Beziehung weiterführen wollte. Ihr fehlten die Worte.

Nora hatte nie viel über Amerika nachgedacht. Außer vielleicht bei der Sache mit Oonas sprechender Puppe. Die hatte sie, als Nora sieben Jahre alt war, von ihrer Tante in Chicago zu Weihnachten bekommen. Im Ort hatte man so etwas noch nie gesehen. Nora hatte sich in diesem Moment nichts sehnlicher gewünscht, als selbst eine Tante in Amerika zu haben, und hatte Oona sogar vorgeschwindelt, dass es so war.

Ihr erster Impuls war, mit Charlie Schluss zu machen. Sie kannte viele Fälle, in denen eine Beziehung zerbrochen war, weil einer der beiden weggegangen war. Charlie musste fort, also war's das. Nora hing mehr an ihrer Familie als an ihm. Sie liebte sie mehr, sie verdankte ihnen mehr. Aber Charlie dachte nicht an Trennung. Er war ein Gewohnheitstier. Auch seine Brüder hatten ihre ersten Freundinnen geheiratet, und er würde es ihnen gleichtun.

Abends erzählte sie ihrem Vater davon. Nora hatte erwartet, dass er ihr sagen würde, dass sie unentbehrlich war. Dass er ihr verbieten würde zu gehen.

Stattdessen sagte er: »Dann musst du mit ihm gehen. Ihr seid verlobt.«

Nora dachte an Theresa. Sie konnte nicht zulassen, dass ihre Schwester das Haus führen, in der Fabrik arbeiten und sich den Rest ihres Lebens um Vater und Bruder kümmern würde. Ihr Vater hatte keine Ahnung von Erziehung. Theresa schäkerte zwar gern mit Männern, aber von den Tatsachen des Lebens hatte sie keinen blassen Schimmer. Nora hatte sie, so gut sie konnte, beschützt.

Sie erinnerte sich an die Stunden von Pater Boyle, der in der Klosterschule die ersten Klassen unterrichtete. Er beugte sich gern von hinten über die Mädchen, während diese saßen und lasen, verharrte lange in dieser Position, sah sich nach links und rechts um und brüllte jede an, die es wagte, den Blick vom Blatt zu heben. Alle starrten auf das Papier vor ihnen, aber sie wussten genau, was da geschah. Das Mädchen, das er sich ausgesucht hatte, spürte seinen Atem an ihrem Ohr. Dann legte er ihr ganz leicht die Hand auf die Schulter und bewegte sie immer weiter hinunter, schob sie geräuschlos in ihr Kleid und umfasste ihre Brust. Das Mädchen spürte dann seine kalte, feuchte Haut auf ihrer weichen, warmen. Er verharrte lange, qualvolle Momente so, bevor er die Hand endlich zurückzog und brüllte: »So, Mädels, was haben wir vom Text verstanden?«

Er suchte sich immer das hübscheste Mädchen aus. In Noras Jahrgang war es die arme Oona gewesen. Ihre Freundin hatte mit niemandem darüber gesprochen außer mit Nora. Ihre Mutter würde ihr die Schuld geben, sagte sie. Einen Priester stellte man nicht in Frage. Die Taten eines Priesters waren gottgegeben und allein durch seine Position gerechtfertigt. Nora wusste, dass auch ihr Vater so etwas für unvorstellbar halten würde.

Als Pater Boyles Unterricht Theresa bevorstand, konnte Nora die Vorstellung nicht ertragen, dass er ihr dasselbe antun würde. Also fertigte sie ihrer Schwester ein Mieder aus Stoff und Daune an, ein Polster so dick wie eine Scheibe Brot. Es lag eng um Theresas Brust und war bis zum Kragen geschlossen. Als Pater Boyle den alten Trick an ihr versuchte, musste er feststellen, dass er nicht reinkam. Unter der Oberbekleidung trug sie ein Kettenhemd aus Federn.

»Ohne meine Schwester kann ich nicht nach Boston gehen«, erklärte Nora Charlie vor seiner Abreise.

Sie hielt das für eine Barriere, die er nicht überwinden konnte. Aber er antwortete, dass er dann für zwei Überfahrten sparen würde. Nora solle zuerst kommen, dann würden sie Theresa bald nachholen.

Darauf sagte Nora, sie wolle warten, bis sie die Reise mit der Schwester gemeinsam würde antreten können. Da erkannte sie ihn plötzlich: einen guten Grund, zu gehen. In Amerika könnte Theresa Lehrerin werden und ihrer Berufung folgen. Dort konnte sie eine Frau werden, auf die ihre Mutter stolz gewesen wäre.

Charlies Mutter fand, dass sie noch vor seiner Abreise heiraten sollten. Ein junges Mädchen konnte doch nicht nur aufgrund eines Versprechens den Ozean überqueren. Aber Nora wandte ein, dass die Zeit zu knapp sei. Mrs. Quinlan, eine Cousine von Charlies Vater, wiederum hatte noch nie jemanden aufgenommen, der nicht zur Familie gehörte. Außerdem waren alle Gästezimmer besetzt. Dennoch willigte sie schließlich ein, Nora und Theresa aufzunehmen, allerdings nur unter der Bedingung, dass Nora und Charlie gleich nach ihrer Ankunft heirateten.

Während der Trennung schrieb Charlie ihr Briefe, und sie antwortete. Der Postweg dauerte eine Woche, und so war der Austausch oft zusammenhangslos. Charlie berichtete von der Stadt und seinem neuen Malerjob an der Seite seiner Cousins.

Meistens sei es leichte Arbeit im Vergleich zu dem, was sie auf dem Hof zu tun gehabt hatten. Manchmal, wenn Nora einen der dünnen, blauen Umschläge in Händen hielt, stellte sie sich vor, er könne ihr darin mitteilen, dass er jemand anderen gefunden habe, dass sie doch nicht gehen müssen würde.

Es dauerte elf Monate, bis er das Geld zusammenhatte und ihre Übersiedlung organisiert war. Er schrieb, sie solle sich nun bereitmachen. Die Gelegenheit sei günstig, denn eine Verwandte sei gerade ausgezogen, und das Zimmer stünde für Nora und Theresa bereit. Außerdem hatte Charlie mithilfe von Mrs. Quinlan Arbeit für sie beide in einer Schneiderei gefunden.

Charlie versicherte ihr, dass sie nicht ewig bleiben würden. Aber solange sie da waren, würde Boston Nora bestimmt gefallen.

Hier ist alles so anders – daran werde ich mich nie gewöhnen. Du drehst über der Küchenspüle an einem Hahn, und es kommt heißes Wasser raus. Du musst es nicht von der Pumpe ins Haus schleppen und auf den Ofen stellen, bevor du waschen kannst. Und das ist nur eins von hundert kleinen Wundern, die hier für alle ganz normal sind. Du wirst es nicht glauben, Nora. Ich kann es nicht erwarten, dir alles zu zeigen.

Cobh war eine lebhafte, geschäftige Stadt. Auf dem Hügel drängten sich bunte Läden und Häuser, und über allem thronte eine graue Kathedrale.

Sie saßen stundenlang auf einer Bank am Kai und sahen Fischerboote und Schiffe vorbeiziehen. Nora war jetzt schon erschöpft, dabei hatte die eigentliche Reise noch gar nicht begonnen. Sechs Tage Überfahrt, und auf der anderen Seite erwartete sie eine Welt, von der sie keine Vorstellung hatte, und ein Mann, an dessen Gesicht sie sich kaum erinnern konnte. Sie hatte Charlie seit einem Jahr nicht gesehen.

Als es dämmerte, sah sie Theresa einem dunkelhaarigen Mann zulächeln, der mit seinen Freunden an ihnen vorüberging.

»Nehmt ihr Mädels die Fähre heute Abend?«, fragte er.

»Ja«, antwortete Theresa. »Ihr auch?«

»Kommt doch mit ins Commodore zum Abendessen. Dann wird euch die Wartezeit nicht so lang.«

Theresa machte gerade den Mund auf, um zu antworten, da sagte Nora schnell: »Nein, danke.«

»Aber ich habe Hunger«, sagte Theresa und sah ihnen nach.

Nora nahm Oonas Kuchen aus der Tasche und reichte ihn der Schwester.

»Hier.«

Als es endlich so weit war, stellten sie sich vor dem Beiboot an, das sie zum Schiff bringen sollte. Beim Anblick des Schiffes in der Ferne schlug Noras Herz so fest in ihrer Brust, dass sie dachte, es würde ihr das Kleid aufreißen: Riesig groß lag es hell erleuchtet vor dem Dunkel des Ozeans und des Himmels.

Einmal war ein Zirkus nach Miltown Malbay gekommen, und beim Anblick eines Elefanten auf der Flag Road hatten allen die Münder offen gestanden. Damals hatte Nora gedacht, das müsse das Erstaunlichste sein, das sie in ihrem Leben sehen würde. Sie hatte sich geirrt.

3

Ihre Kabine lag unter der Wasseroberfläche, bestand aus zwei schmalen Doppelstockbetten und hatte eine eigene Toilette. Nora hatte von zu Hause eine hellgelbe Decke mitgebracht, die ihre Großmutter gehäkelt hatte. Diese breitete sie als Erstes über eines der unteren Betten aus. Bei diesem Anblick fühlte sie sich schon besser.

Zunächst dachten sie, sie hätten die Kabine vielleicht für sich, aber schon bald traten eine Frau und ein kleiner Junge ein und schleppten einen Koffer mit, der mit Aufklebern in einer Nora unbekannten Sprache übersät war. Vielleicht war es Deutsch. Die beiden rochen, als hätten sie sich seit Tagen nicht gewaschen. Sie sprachen kein Wort.

Theresa sah Nora mit weit aufgerissenen Augen an.

Die Frau öffnete den Koffer und fing an, ihre Kleider über Noras Decke zu verteilen.

Nora schnürte es die Kehle zu. Sie wusste nicht, was sie sagen sollte. Sie sah ihre Schwester an.

»Entschuldigung«, sagte Theresa und zeigte auf Nora. »Das ist ihr Bett.«

Die Frau sah verwirrt aus, und Nora fragte sich, ob sie überhaupt Englisch verstand. Dann wiederholte Theresa ihre Worte und zeigte auf die Decke. Die Frau nahm ihre Sachen und legte sie auf das gegenüberliegende Bett.

»Tut mir leid«, sagte Nora.

Die Frau reagierte nicht.

Die Frau, die nicht sprach, schnarchte lauter als menschenmöglich. Der kleine Junge schlief tief und fest, nur Nora und Theresa taten die ganze erste Nacht kein Auge zu. Theresa warf sich immer wieder über das Geländer des Bettes über Noras, seufzte laut und drohte, der Frau die Meinung zu sagen, aber das änderte natürlich überhaupt nichts.

Nora lag wach und grübelte über das, was ihnen bevorstand. Bisher hatte sie keine Zeit zum Nachdenken gehabt. Sie wusste, dass es sinnlos war. Wenn sie dieses Schiff verließ, würde sie ihr neues Leben akzeptieren müssen. Sie stellte sich vor, das ganze Schiff würde zum Meeresgrund sinken. Dann wären ihre Ängste grundlos gewesen.

Sie fragte sich, wohin die Frau und der Junge auf dem Weg

waren und wer auf der anderen Seite auf sie wartete. Hatten sie Ehemann und Vater zurückgelassen, oder waren sie auf dem Weg zu ihm?

Sie dachte an ihre Mutter und fragte sich, was sie Nora jetzt raten würde, wenn sie nicht gestorben wäre. Aber wenn sie nicht gestorben wäre, wäre es nie so weit gekommen. Dann hätte Nora mehr sie selbst sein können, wäre vielleicht wie so viele nach Dublin gegangen, hätte sich zur Krankenschwester ausbilden lassen und wäre einem Mann begegnet, den sie nicht schon ihr ganzes Leben lang kannte.

Am meisten aber dachte sie an Charlie, und je mehr sie sich näherten, desto größer wurde die Angst.

Als die Sonne aufging, sagte Theresa, dass sie durchdrehen würde, wenn sie vor dem Frühstück nicht zu einem Spaziergang an Deck ginge.

»Komm doch mit. Frische Luft wird uns guttun«, sagte sie.

Aber Nora konnte sich nicht bewegen. Der ganze Körper schmerzte.

»Was ist los mit dir?«, fragte Theresa.

Sie konnte es nicht erklären. Charlie hatte gesagt, dass ihr bei Sturm auf dem Schliff schlecht werden könnte, aber was sie erlebte, musste etwas anderes sein. Die See war ruhig.

»In ein paar Stunden ist es bestimmt vorbei«, sagte sie. »Ich brauche nur etwas Schlaf. Geh ruhig ohne mich.«

Aber es wurde nicht besser. Sie stellte sich vor, das Schiff würde in New York anlegen, und sie wäre unfähig auszusteigen. Vielleicht könnte sie dann einfach wieder zurückfahren und hätte immerhin ihre Schwester sicher in ihr neues Leben in Amerika gebracht.

In der Kabine war es den ganzen Morgen über ruhig. Die Frau saß briefeschreibend auf ihrem Bett, und ihr Sohn versuchte, seine Plastiksoldaten strammstehen zu lassen. Jedes

Mal, wenn eine heftige Welle das Schiff erfasste, fielen alle um, und er fing wieder ganz von vorne an.

Theresa tauchte erst am späten Nachmittag wieder auf. Sie öffnete die Tür mit so viel Wucht, dass alle erschraken. Sie war in Begleitung von vier Mädchen, die sich jetzt alle in die enge Kabine quetschten, als könnten sie es nun, da sie einander gefunden hatten, nicht ertragen, auch nur eine Minute voneinander getrennt zu sein. Die Frau aus Deutschland sah auf, als Theresa die Mädchen vorstellte und ihre Namen nannte, als handle es sich um eine Person: »AnnaMadeleineHelenAbigail.«

Die Deutsche fing an, in ihrem Koffer zu wühlen, und Nora zog sich die Decke bis ans Kinn.

»Anna hat gehört, dass Jean Simmons in der ersten Klasse ist!«, sagte Theresa und machte dabei ein Gesicht wie ein Kind, dem gerade ein Geburtstagskuchen serviert wird, obwohl Nora nicht dachte, dass Theresa sich besonders für die Schauspielerin interessierte.

»Wir werden sie aufspüren und nicht in Ruhe lassen, bis jede von uns ein Autogramm hat«, sagte eines der Mädchen entschlossen.

Eine großgewachsene Blondine mit Brille setzte sich zu Nora und legte ihr die Hand auf die Stirn, als wären sie alte Bekannte.

»Theresa hat gesagt, dass du krank bist. Hast du Fieber?«, fragte sie. »Vielleicht sollten wir die Krankenschwester rufen.«

»Nein«, sagte Nora. »Es geht mir gut. Ich will einfach noch ein bisschen hier liegen.«

»Das kann ich verstehen. Ist auch wirklich sehr luxuriös hier unten«, sagte das Mädchen lächelnd.

»Abigail wird als Lehrerin in New York arbeiten«, sagte Theresa und zeigte auf die Blondine.

»Neunte Klasse Mathe«, sagte Abigail. »Der Name klingt wie eine idyllische Dorfschule: Saint Hugo of the Hills. Aber meine Cousine hat gesagt, dass es einfach ein großes, hässliches Gebäude in Queens ist. Sie hat die Stelle bisher gehabt, hat jetzt aber etwas Neues gefunden und mich empfohlen. Sie arbeitet seit Ewigkeiten daran, mich nachzuholen.«

»Und die Lehrerausbildung hast du schon absolviert?«, fragte Nora.

»Ja«, erwiderte Abigail. »In Dublin.«

Nora fragte sich, warum das Mädchen ihre Heimat verlassen hatte, wenn sie doch auch in Irland einen guten Lehrerposten hätte finden können.

Jedes der Mädchen hatte ein anderes Ziel. Anna erklärte, sie sei auf dem Weg nach Cleveland, wo ihr Bruder und dessen Frau lebten. Madeleine wollte in New York in einen Zug nach Virginia steigen. Helen wollte nach Philadelphia, um dort bei einer Großtante zu wohnen, die sie noch nie gesehen hatte.

»Zu ihrer Zeit konnte man mit dem Schiff noch direkt dorthin fahren«, erklärte sie.

»Ein Freund von meiner Mutter ist in vierundvierzig Stunden rübergeflogen«, sagte Anna. »Beim Zwischenstopp in Nova Scotia zum Auffüllen des Tanks wurde den Passagieren Frühstück serviert. Dann weiter direkt nach New York. So müsste man in Amerika ankommen.«

Alle vier redeten so viel wie ihre Schwester. Wie kam es, dass Mädchen von diesem Schlag einander so schnell fanden? Theresa schloss in kurzer Zeit neue Freundschaften. Nora fühlte sich unter Fremden nicht wohl. Sie wusste nie, was sie sagen sollte. Auch auf hoher See hatte sich daran nichts geändert.

Sie wünschte, die Mädchen würden ein bisschen bleiben, auf ihrer Bettkante sitzen und Geschichten erzählen. Aber keine Minute später waren sie schon wieder weg.

Die Mädchen kamen zurück, um sie zum Abendessen abzuholen, aber sie sagte, sie könne nichts essen.

Madeleine erzählte von einer bevorstehenden Tanzveranstaltung, die Nora nicht verpassen dürfe.

»Ich glaube, das kann ich nicht«, sagte sie.

»Ich war noch nie woanders als zu Hause tanzen«, sagte Theresa und drehte eine Pirouette. »Bei uns wird während der Fastenzeit nicht getanzt. So rückständig ist es da. In Galway soll es schon seit Jahren auch während der Fastenzeit Tanzabende geben.«

Nora warf ihr einen Blick zu. Theresa redete zu viel. Sie gab an.

»Bei uns daheim ist es auch so«, sagte Abigail. Sie wandte sich zu Nora. »Wir bringen dir einen Teller Suppe. Bist du dir sicher, dass es dir gut geht?«

»Morgen ist es bestimmt vorbei«, sagte Theresa und streichelte Nora den Kopf wie einem geliebten Haustier.

»Sei ein gutes Mädchen, Theresa«, sagte Nora. »Benimm dich.«

»Siehst du? Du bist schon wieder ganz die Alte.«

Nora hörte sie lachen, als sie den Flur entlanggingen. Fünf Mädchen, die bisher abends nicht einmal unbegleitet in die Stadt hatten fahren dürfen und die jetzt den Ozean überquerten auf dem Weg in eine Welt, die sie nie gesehen hatten. Keine von ihnen schien auch nur im Geringsten Angst zu haben.

Sie hatte sich geschworen, sich Oonas Brief so lange wie möglich aufzuheben. Es war viel zu früh. Aber plötzlich hatte sie den Zettel schon herausgeholt und entfaltete ihn. Der Anblick der vertrauten Handschrift versetzte ihr einen Schlag.

Was du nicht alles erlebt haben wirst, wenn wir uns wiedersehen. Was für Abenteuer du bestanden haben wirst. Solltest du dabei mal Angst kriegen, stell dir vor, ich stünde neben dir. Ich bin immer da.
Deine Oona

Nora sehnte sich nach Oonas warmer Küche, aber es hätte ihr auch gereicht, ihre Freundin morgens für den langen Spazierweg zur Arbeit abholen zu können. Sie blickte an sich herab, wie sie auf dem Bett zusammengerollt lag, und schämte sich, als könne Oona sie sehen.

Dieser Gedanke reichte, um Nora sofort auf die Beine zu bringen. Es war Zeit für einen kleinen Spaziergang und etwas frische Luft, wie Theresa gesagt hatte.

Sie ging den schmalen Flur hinunter. Ihre Beine hatten noch keine Gelegenheit gehabt, sich an den Rhythmus des Schiffes zu gewöhnen.

An Deck angekommen, sah Nora über den Ozean. Ein erstaunlicher Anblick. Kein Land in Sicht, in keiner Himmelsrichtung.

Es waren nicht viele Menschen zu sehen. Die meisten Passagiere saßen wohl gerade beim Abendessen.

Nach ein paar Minuten reichte es ihr. Genug der Abenteuer.

Sie wandte sich um und wollte in ihre Kabine zurückkehren, als ihr ein junger Mann ihres Alters mit einer braunen Schiebermütze auf dem Kopf entgegenkam. Er nahm die Kappe ab und nickte ihr zu.

»Guten Abend«, sagte er und lächelte.

Nora bemerkte, dass er rot wurde.

Sie stellte sich Oona neben sich vor.

Sie schaffte es, »Guten Abend« zu sagen.

An diesem Tag schwor sie sich, täglich zwei kurze Spaziergänge zu machen, komme, was wolle. Sie ging nie weiter als an jenem ersten Abend, als sei sie durch ein unsichtbares Gummiband ans Bett gebunden. Die meiste Zeit verbrachte sie dort, tat, als würde sie lesen, schreiben oder schlafen, und grübelte in Wirklichkeit darüber nach, was vor ihr lag. Essen konnte sie weiterhin nicht. Beim Gedanken daran wurde ihr übel. Theresa brachte ihr Wasser, Tee und Butterbrote, strich Nora übers Haar und sang für sie. Es waren Gutenachtlieder, die Nora ihrer Schwester als Kind vorgesungen hatte.

Die meiste Zeit war Theresa mit ihren Freundinnen auf Entdeckungsreise. Ab und zu kamen die Mädchen vorbei und erzählten Nora, was im Rest des Schiffes los war. Ganz unten gab es ein Schwimmbecken, wo sie sich nachmittags vergnügten. Sie gingen ins Kino und setzten sich in den Rauchsalon, in der Hoffnung, dort Jungs kennenzulernen. Wie sie erzählten, hingen im Ballsaal Kabel von der Decke, an denen man sich festhalten konnte. Es sei ein Riesenspaß, um diese Hindernisse herumzutanzen. Nora kam sich vor wie ihre eigene gebrechliche Großmutter. Es schien ihr, als erzählten sie von einem fernen Ort, nicht von der Welt auf der anderen Seite der Kabinentür.

Am vierten Abend erwachte sie nach einem kurzen Schläfchen und fühlte sich plötzlich ausgehungert.

Sie schlüpfte in ein schlichtes Baumwollkleid und trat in den Gang.

Der Speisesaal war brechend voll. Sie sah sich nach ihrer Schwester um, aber Theresa war nirgends zu entdecken.

Nora setzte sich allein an einen Tisch.

Das Essen war sehr amerikanisch: Brathähnchen, Soße, Kartoffelbrei und Steak. Nie in ihrem Leben hatte sie so viel Essen gesehen.

Am Nachbartisch fragte der Kellner die Jungen, wie dick sie ihre Steaks gern hätten.

»Drei Finger dick«, sagte einer.

»Vier!«, rief ein anderer.

Der Kellner gab zurück, er werde ihnen fünf Finger dicke Steaks bringen, als Herausforderung. Die Hälfte davon blieb in einem See aus Blut auf den Tellern zurück.

Nora dachte noch über den Vorfall nach, als hinter ihr jemand sagte: »Darf ich mich setzen?«

Sie fühlte sich nicht angesprochen. Doch dann spürte sie eine Berührung an der Schulter und hörte die junge Männerstimme noch einmal fragen: »Ist hier noch frei?«

Als sie aufblickte, sah sie in das Gesicht des jungen Mannes mit der Schiebermütze, der ihr zwei Abende zuvor zugelächelt hatte.

»Bitte sehr«, stammelte sie. »Setzen Sie sich. Ich wollte ohnehin gerade gehen.«

»Ach«, sagte er. »Bleiben Sie doch noch kurz. Bitte.«

Sie versuchte, ihr Erröten zu ignorieren. Dann sah sie, dass er ebenfalls rot wurde. Das machte ihn ihr sympathisch.

»Na gut«, sagte sie.

»Cillian«, sagte er, während er sich setzte.

»Nora.«

Er sei aus Coachford, sagte er und lachte, als er ihre Reaktion sah.

»Nie gehört, stimmt's? Daran muss ich mich wohl gewöhnen.«

Er war auf dem Weg nach New York und litt, wie er sagte, jetzt schon an Heimweh.

»Ich trage seit Tagen die Mütze meines Vaters, nur um seinen Geruch um mich zu haben«, sagte er. »Ist das nicht bescheuert?«

Sie dachte an die Decke ihrer Großmutter.

»Nein«, antwortete sie.

»Und Sie?«, fragte er. »Wohin sind Sie auf dem Weg?«

»Nach Boston. Zusammen mit meiner Schwester.«

Mehr sagte sie nicht. Sie fügte nicht hinzu, dass sie auf dem Weg zu dem Mann war, den sie heiraten würde.

»Sie haben Glück, dass Sie Ihre Schwester dabeihaben«, sagte er. »Es ist eine einsame Reise, wenn man allein unterwegs ist.«

»Sie wirken nicht schüchtern«, sagte sie lächelnd.

»Bin ich aber. Das ist mein erstes Gespräch seit Tagen.«

Nachdem er aufgegessen hatte, begleitete er sie zu ihrer Kabine.

»Es war schön, mit Ihnen zu plaudern«, sagte sie, und bevor sie wusste, wie ihr geschah, küsste er sie sanft auf die Lippen.

»Ganz meinerseits«, sagte Cillian und ging.

Ein paar Stunden später klopfte es laut an der Kabinentür. Das konnte nur er sein. Nora lag wie versteinert im Bett.

Dann klopfte es abermals, und die Tür öffnete sich weit.

Die Frau im Bett gegenüber zog sich und ihrem Sohn die Decke über den Kopf.

In der Tür stand ein Schiffssteward, Theresa und ihre Freundinnen hinter ihm. Er hatte sie auf einer Party in der ersten Klasse erwischt und brachte sie zu Nora, als sei sie ihre Mutter. Sie warfen sich kichernd auf ihr Bett, bevor er außer Hörweite war.

»Sahen die elegant aus!«, sagte Theresa.

»Der im blauen Anzug mochte dich«, sagte Abigail.

Nora gefiel irgendetwas an ihrem Ton nicht. Sie hatte an ein und demselben Abend die Kontrolle über sich und über ihre Schwester verloren.

»Theresa, reiß dich zusammen!«, sagte sie streng. »Benimm dich, oder ich schicke dich nach Hause. Das meine ich ernst. Kein weiteres Wort jetzt.«

Die anderen Mädchen entfernten sich. Nora sah, dass Theresa sich schämte. Die Schwester stand auf, wusch sich schweigend das Gesicht und kletterte ins Bett. Nora fiel auf, dass Theresa zu Hause jedes Buch verschlungen hatte, das ihr in die Hände gekommen war, seit Beginn der Fahrt aber keines angefasst hatte. Hoffentlich war das alles kein Fehler gewesen.

Am Morgen flüsterte Theresa ihr vor dem Hintergrund lauten Schnarchens eine Entschuldigung zu.

»Schon gut«, flüsterte Nora zurück. Sie war selbst zu unsicher, um mit ihrer Schwester zu diskutieren.

»Komm, lass uns frühstücken gehen. Nur du und ich.«

»Ich kann nicht.«

Noras Appetitlosigkeit war vorüber. Sie war hungrig. Aber sie fürchtete, ihm im Speisesaal zu begegnen.

»Du bist so dünn, Nora«, sagte Theresa. »Abigail sagt, du bist gar nicht krank. Sie meint, dass du einfach traurig bist.«

»Ach ja?«

»Kann jedem passieren, sagt sie. Abigail kennt sich aus. Ich finde sie ganz wundervoll. Ist sie nicht wundervoll?«

»Ich kenne sie nicht«, sagte Nora.

»Sie hat einen amerikanischen Freund. Sie hat mir ein Foto gezeigt. Ein toller Typ. Sie haben sich in Dublin kennengelernt. Er war auf Reisen in Irland, und sie stand zufällig in einem Geschäft, als er hereinkam. Kannst du dir das vorstellen? Sie glaubt, dass ich auch schon bald einen gutaussehenden Amerikaner finde.«

»Ach so?«

»Es ist ganz einfach«, sagte Theresa. »Eine Freundin von Abigail aus Cork hat bei der Überfahrt einen Mann kennengelernt, irgendein großes Tier im Bankwesen. Sie musste nie arbeiten. Wohnt jetzt in einer Villa am Central Park, geht jeden Tag essen und liest ansonsten den ganzen Tag Zeitschriften.«

Nora fragte sich, ob das ganz der Wahrheit entsprach.

»Du hast nicht vergessen, was das eigentliche Ziel unserer Überfahrt ist, oder? Dass du eine Ausbildung machen kannst.«

Theresa ignorierte das. »Abigail hat gefragt, was dein Charlie so macht, und ich habe gesagt: ›Längst nicht so beeindruckend. Er streicht Häuser.‹ Darauf sagte sie: ›Man kann sich halt nicht aussuchen, in wen man sich verliebt‹, und ich sagte: ›Nein, nein, Nora ist nicht verliebt. So ist sie nicht.‹«

»Theresa!«, wies Nora sie zurecht.

»Wirst du Charlie Rafferty wirklich heiraten?«

»Natürlich. Und ab jetzt behalten wir Privates für uns und plaudern es nicht vor Fremden aus.«

»Abigail ist keine Fremde!«, sagte Theresa. Dann seufzte sie. »Ich glaube, ich wäre für immer allein geblieben, wenn ich nicht ausgewandert wäre. Es waren kaum noch Männer übrig. Alle guten waren schon verheiratet. Apropos: Ich zähle auf ein, zwei gutaussehende Junggesellen unter den Mitgliedern deiner neuen Familie.«

»Das ist nicht meine Familie«, sagte Nora. »Ich kenne sie doch gar nicht.«

»Das werden sie aber bald sein«, sagte Theresa. »Ich kann mir jetzt überhaupt nicht mehr vorstellen, jemanden von zu Hause zu heiraten.«

»So spricht die Frau von Welt – nach fünf Tagen. Du wirst wohl einen Filmstar heiraten und in Los Angeles wohnen, richtig?«

Theresa grinste: »Warum eigentlich nicht?«

Als am Tag ihrer Ankunft in New York die Freiheitsstatue in Sicht kam, drängte die Gesamtheit der Passagiere an die Reling. Nora fragte sich, ob das Schiff umkippen konnte. Sie sah sich die Leute an: Amerikaner, die irische Spitze und Kristall vom Urlaub in ihren Koffern hatten und die ein vertrautes Zuhause erwartete. Während das Schiff den Hudson zum Pier 54 hinauffuhr, schaute sie, ob Cillian irgendwo zu sehen war. Halb hoffte sie, ihn noch einmal zu sehen, halb hoffte sie das Gegenteil. Sie konnte ihn in der Menge nicht finden.

Als sie in der Schlange standen, um von Bord zu gehen, sahen sie am Ende der Landungsbrücke ein hohes Gebäude mit den Worten CUNARD und WHITE STAR in großen Buchstaben über dem Eingang.

Sie hatten verabredet, dass Charlie das Auto seines Cousins

leihen würde, um sie in New York vom Hafen abzuholen. Nora hatte nicht gedacht, dass so viele Menschen hier sein würden.

»Und wenn er uns nicht findet?«, fragte sie. »Und wenn er umkehrt?«

»Er würde dich nicht hier stehenlassen«, sagte Theresa.

Sie verbrachten Stunden in der Schlange für ANDERE HERKUNFTSLÄNDER. Sie zitterten in der Kälte des frühen Morgens. Nora roch nach Schweiß. In ihrer Toilette hatte es ein kleines Handwaschbecken gegeben, aber weder eine Dusche noch eine Wanne. Sie hatte sich, so gut es ging, gewaschen, fühlte sich aber trotzdem dreckig. Am liebsten hätte sie sich in eine Badewanne gelegt, bevor sie irgendjemandem begegnete. Theresa hatte sich das Parfüm eines der Mädchen geschnappt und sich damit vollgesprüht, um ihren Geruch zu überdecken. Das hatte es noch schlimmer gemacht.

Sie plapperte in einem fort. Nora hätte gern einen Augenblick gehabt, um sich zu sammeln. Als ob sie auf dem Schiff nicht genug Zeit zum Nachdenken gehabt hätte.

Plötzlich entdeckte sie den vertrauten schwarzen Koffer mit den Aufklebern, die sie tagelang angestarrt hatte, ohne sie lesen zu können. Und da war auch der kleine Junge und weinte. Die Mutter stand daneben und sah gereizt und einsam aus. Nora wollte zu ihnen gehen, aber dann bewegte sich die Schlange, und die beiden verschwanden aus ihrem Blickfeld. Sie hängte sich bei Theresa ein und hielt sie fest.

Charlie stand wartend auf der anderen Seite, wie Theresa es vorhergesagt hatte.

Er wollte Nora einen Kuss geben. Sie fühlte, wie sie steif wurde, aber versuchte zu lächeln.

Sie fragte sich, ob er spüren konnte, was sie sich geleistet hatte.

»Schön, dich zu sehen«, sagte sie.

Kaum saßen sie im Auto, redete Theresa ohne Pause von den Mädchen auf dem Schiff und der Musik im Ballsaal. Charlie erzählte von einem Bekannten, der ein Schiff von Cobh nach Quebec genommen hatte. Er war zweiter Klasse gereist und hatte gemeinsam mit seinen Brüdern am Ende der Überfahrt die Schiffsbar bis auf den letzten Tropfen geleert.

»Die waren sternhagelvoll, als sie ankamen«, sagte er. »Das Erste, was sie sahen, war eine große Werbetafel mit der Aufschrift *Trink Canada Dry*.« Um seiner Geschichte Nachdruck zu verleihen, wedelte er bei jedem Wort mit der Hand in der Luft. »Die Jungs riefen: Kanada trockentrinken? Mit Vergnügen!«

Er lachte glucksend über seinen eigenen Witz.

Theresa lachte mit, aber Nora fühlte sich unwohl und verlegen. Er kam ihr vor wie ein Fremder.

Ihre Schwester war ihr so vertraut, das einzig Vertraute hier. Nora musste sie die ganze Zeit ansehen. Es wäre unvorstellbar gewesen, in diesem Moment mit Charlie allein zu sein.

Als sie an einem Restaurant hielten, saßen dort die elegantesten Frauen, die Nora je gesehen hatte – hübsch und herausgeputzt. Sie trugen nagelneue Kleider in Frühlingsfarben, eng in der Taille und unten weit. Nora sah an sich herunter, auf das einfache Kleid und die dünne weiße Strickjacke, die sie darüber trug.

Charlie zeigte auf ein vorbeigehendes Mädchen auf den höchsten Absätzen, die ihr je untergekommen waren. Er sagte laut: »Ein Wunder, dass sie nicht umfällt.«

»Sch«, sagte Nora.

»Ich finde sie wunderschön«, sagte Theresa.

Die Kellnerin brachte drei Porzellantassen mit heißem Wasser. Auf den weißen Untertassen lagen je ein Teebeutel und eine Zitronenscheibe. Nora nahm den Beutel, riss ihn auf und leerte den Inhalt in die Tasse.

Charlie lachte. »Was zum Teufel machst du da?«

Sie sah auf die Teeblätter hinab, die auf der Wasseroberfläche schwammen.

»Man taucht den Beutel ein«, sagte er. »So, siehst du?«

Er machte es ihr vor, und Nora spürte, wie ihr Gesicht heiß wurde. »Oh!«

Weil Tee während des Krieges rationiert worden war, hatte eine Verwandte Charlies Großmutter Teebeutel aus Amerika geschickt. Die hatte sie mit Noras Großmutter geteilt. Keine von beiden hatte je zuvor einen Teebeutel gesehen. Ihre Großmutter hatte die Beutel immer aufgerissen und die Blätter ins Wasser geschüttet, so wie Nora es gerade getan hatte.

Nora fühlte, dass ihr die Tränen kamen, und sie blinzelte, um sie zurückzuhalten. Warum musste sie wegen so einer lächerlichen Sache fast weinen?

Als Theresa kurz weg war, um sich die Nase zu pudern, sagte Charlie: »Ich bin's, Nora. Derselbe alte Charlie.«

»Ich weiß«, sagte sie. »Entschuldige.«

»Wofür?«

Er griff über den Tisch nach ihrer Hand.

Sie wäre am liebsten davongelaufen. Ein Jahr lang hatte sie mit einem Gespenst korrespondiert, mit der Leere. Jetzt saß der Mann in Fleisch und Blut vor ihr. Wenn sie ihn liebte, hätte sie auf dem Schiff nicht mit einem Fremden geredet. Dann hätte sie ihm nie erlaubt, sie zu küssen.

Sie konnte Charlie kaum in die Augen blicken.

»Ich weiß, dass es ein bisschen viel ist, hier«, sagte er. »Und wir gehen zurück, sobald wir können. Aber es ist gut, ein bisschen Geld zu machen, solange wir noch jung sind. Was zu sehen von der Welt. Und bei Mrs. Quinlan ist es wirklich schön. Du wirst schon sehen.«

Sie glaubte nicht an eine Rückkehr. Sie hatte ihr Leben an ein Ziel gehängt, das sich in Luft aufgelöst hatte.

Während der ganzen Autofahrt nach Boston sehnte Nora

sich danach, anzukommen und zu wissen, was sie erwartete. Aber als sie da waren, wurde sie nervös. Es war Abend und Essenszeit. Sie zählte acht Personen rund um den Tisch. Die Gespräche verstummten, als Theresa und sie eintraten.

Mrs. Quinlan erhob sich und umarmte jede der beiden steif. Sie war eine dünne Frau, knochig, mit einem kantigen Gesicht. Sie wirkte groß und selbstbewusst.

»Charlie, lass die Koffer an der Tür stehen«, sagte sie. »Das Zimmer zeige ich ihnen nach dem Essen.«

Nora wunderte sich über den amerikanischen Akzent. Sie hatte eine Irin erwartet. Aber jetzt erinnerte sie sich, dass Charlie es in einem der Briefe erwähnt hatte: Mrs. Quinlan war eine der Ersten aus seiner Familie, die hier geboren war.

Sie führte Theresa zu einem Stuhl neben einer alten Dame mit einem großen silbernen Kreuz um den Hals, Nora wies sie einen leeren Platz zwischen zwei Frauen zu, die zwischen dreißig und vierzig sein mochten – älter als sie, aber nicht alt.

»Meine Nichten«, erklärte Mrs. Quinlan. »Elizabeth und Elizabeth.«

Die Frauen grüßten.

»Wie war die Überfahrt?«, fragte die eine.

»Gut«, sagte Nora.

Sie lächelten und nickten. Anscheinend warteten sie auf Weiteres, aber Nora fiel nichts ein. Sie hatte die eine oder andere Idee, die sie aber immer wieder verwarf, um etwas Besseres zu finden. Sie wollte fragen, ob sie verheiratet waren, aber das erschien ihr unhöflich. Sie fragte sich, wie lange sie wohl schon hier lebten, wollte aber nicht zu neugierig sein.

Die Elizabeths setzten ihr Gespräch fort.

Nora fiel die Tapete auf. Sie sah aus wie grüner Samt und war mit Efeuranken bedruckt. Auf der Anrichte stand eine Schale mit Orangen, und über ihnen hing ein elektrischer Kronleuchter.

Theresa plauderte mit der alten Dame und lachte schon mit ihr.

Nora gegenüber saß Lawrence Rafferty und grinste sie an: »Hallöchen«, sagte er. »Erkennst du mich noch? Sehe ich im amerikanischen Licht nicht noch viel besser aus?«

Sie erinnerte sich sehr genau an Charlies älteren Bruder. Wenn er nicht mit einem Anstecker des Abstinenzlerverbandes am Revers herumlief, einem winzigen Abbild des Heiligsten Herzens Jesu, das diejenigen trugen, die mit Gottes Hilfe dem Alkohol abgeschworen hatten, kam Lawrence torkelnd aus dem Pub, fiel auf dem Gehweg hin und blieb dort bis zum Morgen liegen.

»Darf ich vorstellen: meine zukünftige Braut Babs McGuire«, sagte er, lehnte sich zur Seite und gab der Frau neben sich einen Kuss auf die Wange. Sie schlug mit der Serviette nach ihm und lachte.

»Die zukünftige Mrs. Lawrence Rafferty«, brüllte er dann, und Nora fragte sich, ob er angetrunken war, oder ob ihn der Gedanke an die Ehe tatsächlich dermaßen stimulierte.

»Na, dafür streng dich ruhig noch ein bisschen an«, antwortete Babs und gab Nora mit einem Zwinkern zu verstehen, dass es ein Scherz war. »Schön, dich endlich kennenzulernen.«

Was hatte Charlie über die beiden in seinen Briefen geschrieben? Lawrence arbeitete als Busfahrer. Babs kam aus Tipperary. Sie hatte einen Putzjob und wohnte nicht hier, erschien aber oft ohne Ankündigung zum Abendessen, was Mrs. Quinlan nicht schätzte. Lawrence würde eines Tages ihr Schwager sein, dachte Nora und spürte nach, wie sich das anfühlte. Dieses Mädchen da, Babs, wäre dann ihre Schwägerin.

Zu Lawrence' Linker saß ein Mann in seinem Alter, den sie nicht kannte. Seine Glatze glänzte wie polierter Marmor. Als er lächelte, entblößte er das größte Gebiss, das Nora je gesehen hatte.

»Bobby Quinlan«, stellte er sich vor. »Willkommen in Boston. Das Auto ist hoffentlich gut gelaufen?«

»Das ist mein Sohn«, sagte Mrs. Quinlan. »Und dort ist mein Mann, aber bemüh dich gar nicht erst, ein Wort aus ihm herauszukriegen. Es ist sinnlos. Ich hab's in den letzten dreißig Jahren weiß Gott versucht.«

Nora folgte Mrs. Quinlans Blick und sah am Kopfende der Tafel eine geöffnete Zeitung, hinter der wohl ein Mann saß. Eine Hand löste sich von der Zeitung und winkte ihr zu.

»Ich bin übrigens Tante Nellie«, sagte die alte Dame neben Theresa. »Mir bleibt hier nichts erspart. Sogar vorstellen muss ich mich selber.«

»Meine Mutter«, sagte Mrs. Quinlan in einem Ton, als hätte sie eben schlechte Nachrichten erfahren. »So, weiter mit dem Tischgebet? Zeigen wir den Neuankömmlingen, dass sie es nicht mit einer Meute Heiden zu tun haben.«

Sie nahmen einander bei den Händen. Nora tat, als würde sie die Augen schließen, aber sie konnte sich nicht verkneifen, nach Mrs. Quinlan zu schielen. Charlies Brüder Matthew und Jack und seine Schwester Kitty hatten nach ihrer Ankunft auch zunächst hier gewohnt. Lawrence wohnte schon seit zwei Jahren hier. Er wollte nach der Hochzeit ausziehen, wie es auch für Nora und Charlie vorgesehen war.

Nora fragte sich, ob Mrs. Quinlan Lust auf so viel Gesellschaft hatte, ob es ihr gefiel, dass Verwandte kamen und gingen, die sie gar nicht kannte, oder ob sie es als ihre Pflicht sah. Die Bewohner steuerten zwar bci, was sie konnten, aber dennoch. Nora hätte es nicht ertragen. Sie hatte plötzlich ein sehr schlechtes Gewissen bei dem Gedanken, hierzubleiben. Theresa und sie gehörten nicht zur Familie. Charlie hatte sich darüber lustig gemacht, dass Babs immer unangekündigt zum Essen kam. Wie wurde wohl über Fremde geredet, die einfach auftauchten und blieben?

Auf dem Tisch standen Schalen mit Kohlrüben, Karotten und Erbsen und ein Teller mit Fisch. Zum Nachtisch reichte Mrs. Quinlan Bratäpfel mit Vanilleeis.

Sie löffelte das Eis am Tisch aus einem Pappkarton auf die Teller, und als die Packung leer war, schickte sie ihren Sohn, um Nachschub aus dem Kühlschrank zu holen. Nora kannte niemanden, der Eis zu Hause hatte. Für sie war es ein unvorstellbarer Luxus.

»Morgen stelle ich euch meine Freundin Mrs. Byrne vor«, sagte Mrs. Quinlan zu Nora und Theresa. »Ich konnte da etwas für euch arrangieren. Sie ist die fleißigste Schneiderin in Dorchester und kann Hilfe gebrauchen. In Irland bringt man den Mädchen in der Schule doch noch das Nähen bei, nicht wahr?«

»Ja, Madam«, sagte Nora. »Vielen Dank.«

»Ich will als Lehrerin arbeiten«, sagte Theresa. »Eine Freundin von mir hat eine Stelle an einer Schule in New York.«

Es wurde still am Tisch. Nora starrte ihre Schwester an und spürte, wie sie errötete. Theresa hätte sich bedanken und es dabei belassen sollen. Was sie sich wieder erlaubte.

Mrs. Quinlan reagierte wegwerfend und kühl: »Dazu gehört wohl etwas mehr Bildung, als du mitbringst.«

Jetzt meldete sich die alte Dame, Tante Nellie, zu Wort: »Ich habe als junge Frau in der Fabrik gearbeitet. Mein Mann, Gott hab ihn selig, hat im Sommer im Fenway Park Erdnussschalen zusammengefegt und im Winter im Krankenhauskrematorium Kohlen geschaufelt. Er hat U-Bahn-Tunnel gegraben und war dankbar für die Arbeit. Was er da unten eingeatmet hat, war sein Tod, davon bin ich überzeugt.«

Nora wusste, was die Frauen sagen wollten. Sie fanden es nicht richtig, dass Theresa so viel erwartete. Und Nora war derselben Meinung. Andererseits war es der einzige gute Grund für sie, hier zu sein.

Sie sah zu Charlie hinüber. Der arbeitete sich mit offenem Mund durch den Nachtisch.

Nora musste ihren ganzen Mut zusammennehmen, um zu sagen: »Meine Schwester hatte eine Empfehlung für das Lehrerseminar in Limerick. Sie hat einen Sekundarschulabschluss.«

»Ach wirklich?«, sagte Mrs. Quinlan. Sie sah beeindruckt aus. »Ich habe viele Jahre als Krankenschwester gearbeitet und kenne eine Menge Lehrer. Vielleicht lässt sich da was machen. Du könntest am Abend für die Qualifikation arbeiten. Wenn du es so weit geschafft hast, kann das nicht lange dauern.«

Nora versuchte, Dankbarkeit für zwei in ihr Lächeln zu legen, weil Theresa gar nicht begriff, dass es hier etwas gab, für das sie dankbar sein sollte.

»Vielen Dank«, sagte Nora. »Das wäre wundervoll.«

4

Als Theresa Flynn sieben Jahre alt war, hatte sie die in grünes Leder gebundenen Heiligenlegenden mit den in Gold darauf geprägten Lettern *Lives of the Saints* für ein Märchenbuch gehalten. Sie hatte den dicken Band auf einem hohen Regal im Zimmer ihrer Großmutter entdeckt und verschlungen. Sie verliebte sich in die heilige Cäcilia, eine römische Adlige, später Schutzheilige der Musik und eine der berühmtesten römischen Märtyrerinnen. Im Jahr 180 lebte sie nach drei Schwerthieben gegen den Hals noch ganze drei Tage, die sie dazu nutzte, den Papst zu bitten, aus ihrem Anwesen ein Gotteshaus zu machen.

Theresa brannte auch für die heilige Seraphia, eine fromme Waise, die sich weigerte zu heiraten und ihre Habseligkeiten veräußerte, um den Erlös unter den Armen zu verteilen. Zuletzt verkaufte sie sich selbst als Sklavin und bekehrte daraufhin ihren Herrn. Als man sie auf den Scheiterhaufen warf, brannte sie nicht.

Zu Theresas Lieblingsheiligen gehörte auch Katharina Labouré, eine französische Nonne aus dem 19. Jahrhundert, der die Jungfrau Maria erschien und ihr offenbarte: *Gott möchte dir einen Auftrag erteilen. Du wirst Widerspruch erregen, aber hab keine Angst; dir wird die Kraft gegeben sein zu tun, was getan werden muss. Berichte deinem Beichtvater, was in dir vorgeht. Böse Zeiten herrschen in Frankreich und der Welt.*

Wie oft Theresa diese Zeilen ihrer gleichgültigen Familie vorgelesen hatte. Immer wieder hatte sie ihnen erzählt, wie die heilige Katharina eines Nachts von den Rufen eines Kindes erwacht war, denen sie in eine Kapelle folgte. Dort war ihr in einem Oval aus Licht die Heilige Jungfrau auf der Erdkugel stehend und von Sternen gerahmt erschienen und hatte sie beauftragt, ihr Bildnis auf Medaillen zu prägen, die all denen, die sie trugen, große Gnaden bringen würden. Das wurde die Wundertätige Medaille, die jede Frau, die sie kannte, trug oder in einer Schublade verwahrte. Theresa lag viele Nächte lang wach und dachte an den unzerstörbaren Körper der Heiligen, der so heilig war, dass er nach ihrem Tod nicht verweste.

Die männlichen Heiligen waren ihr egal. Sie interessierte sich für die Frauen, so wie die meisten Mädchen in einem Märchen die Prinzessin lieben und den Prinzen kaum bemerken. Während ihrer Lektüre fiel Theresa auf, dass viele dieser mutigen und gerechten Frauen Nonnen geworden waren.

Eine ältere Cousine von ihr, Mary Dolan, war eine Pflegerin bei den Sisters of Mercy in Dublin. Theresa wusste, dass sich unter Marys Nonnenhaube dicke, braune Locken verbargen, die ihr dadurch, dass sie nicht sichtbar waren, noch schöner erschienen. Mary kam nur ein einziges Mal nach Hause, und das war zur Beerdigung ihrer Schwester Annabelle. Bei dieser Gelegenheit starrte Theresa sie an wie einen Filmstar.

»Eines Tages werde ich auch Nonne«, sagte sie damals.

Als sie älter wurde, bemerkte sie, dass die meisten Nonnen, denen sie begegnete, nichts mit denen aus den Heiligenlegenden zu tun hatten. Die Nonnen in der Klosterschule hatten schlechten Atem und wabbelige Oberarme. Eher würden ihnen Flügel wachsen, als dass sie im Namen ihres Glaubens Flammen oder Schwerthiebe über sich ergehen lassen würden. Als Schwester Florence Theresa mit einer zusammengerollten Zeitung auf den Kopf schlug, weil sie im Unterricht geredet hatte, konnte Theresa daran nichts Erhabenes erkennen.

Das Waisenhaus in Cloonanaha wurde von Schwestern des Magdalenenordens geführt. Ihr Vater hatte jedem seiner drei Kinder bei unterschiedlichen Gelegenheiten gedroht, sie dorthin zu schicken. Deshalb verband Theresa seit frühester Kindheit große Ängste mit dem Ort.

Später entdeckte sie die Geschichte der Skandale. Sie las von Aristokraten, die ihre Töchter lieber ins Kloster gaben, als die teure Aussteuer zu zahlen, von der bedauernswerten Arcangela Tarabotti, die im 17. Jahrhundert wie so viele wegen ihrer Behinderung zu einem Leben im Kloster gezwungen worden war. Von den Medici und jenen Nonnen, Mägde genannt, die als Leibeigene den Nonnen mit Aussteuer dienen mussten.

Theresa hätte sich aber von all dem nicht abschrecken lassen, wenn sie nicht eines Tages die Jungs entdeckt hätte. Sie mottete den Traum ein wie alles als Kind Liebgewonnene, wie ein Kuscheltier oder eine weiche Babydecke, deren Schicksal es war, tief geliebt und dann vergessen zu werden.

Mit Erlaubnis ihrer Großmutter nahm Theresa die Heiligenlegenden nach Amerika mit. Das Buch lag neben ihrem Bett in dem Zimmer, das Nora und sie sich im ersten Stock von Mrs. Quinlans Haus teilten. Es war ein schlichter Raum mit drei schmalen Betten, von denen eines ungenutzt blieb. An den cremeweißen Wänden standen zwei Kommoden und ein Kleiderschrank. Nora hielt es für unhöflich zu fragen, ob sie etwas aufhängen dürften.

Als Theresa Babs McGuire von Noras Bedenken erzählte, lachte die nur. Babs mochte sie von allen Leuten in Boston am liebsten. Theresa bewunderte sie von der ersten Sekunde an. An einem ihrer ersten Abende hatte Babs Theresa beim Essen erzählt, dass sie als Haushälterin bei einer wohlhabenden Familie in Chestnut Hill arbeitete. Die Winter verbrachten sie in Florida, und Babs durfte mitkommen.

»Ich bekomme nur die angenehmen Aufgaben«, hatte sie gesagt. »Ich muss nicht wie ein Küchenmädchen Töpfe und Flure schrubben. Die Frauen der Familie behandeln mich wie eine von ihnen.«

»Die Einzige von ihnen, die sich ihren Lebensunterhalt verdienen muss«, kommentierte Lawrence.

Babs ignorierte ihn. Sie sagte, die meisten ihrer Freundinnen würden in Villen in Newton oder Brookline arbeiten. Sie kochten oder putzten und verdienten gut. Anstatt für ein Zimmer und Verpflegung zahlen zu müssen, wohnten sie bei ihren Arbeitgebern.

»Es gibt keinen besseren Job für ein junges Mädchen. Man kann viel lernen. Und man ist unabhängig, niemand schaut einem über die Schulter, keiner sagt einem, was man zu tun hat.«

»Das klingt super«, sagte Theresa.

»Viele Reiche suchen Haushälterinnen, Köchinnen und Hausmädchen, die bei ihnen wohnen wollen. Da findet sich bestimmt auch für dich etwas.«

»Theresa will ihr Lehrerdiplom machen«, sagte Mrs. Quinlan. »Bis dahin hat sie eine gute Stellung.«

Theresa hätte bis dahin liebend gern als Hausmädchen gearbeitet, aber wie so vieles war auch ihr Arbeitsplatz für sie ausgesucht worden, lange bevor sie in Amerika angekommen war.

Tagsüber saß sie in einer kleinen Schneiderei und nähte Säume oder nahm hinter einem Vorhang die Maße praller Hüften und blasser Schenkel mit blauen Adern. Sie hörte die Frauen über ihre verspannte Rückenmuskulatur und ihre nutzlosen Ehemänner jammern und versuchte, nicht vor Langeweile umzukommen. Manchmal vermisste sie die Fabrik in ihrem Heimatort, wo sie wenigstens mit Mädchen ihres Alters hatte reden können. Während sie nebeneinander in langen, weißen Kitteln an den Maschinen gestanden hatten, durften sie nicht miteinander sprechen, aber es hatte ja die Mittagspause gegeben, in der sie sich in der Kantine zum Tratschen und Plaudern trafen und sich Tee und Kekse gönnten. Am Ende jeder Schicht knieten sie sich hin und beteten gemeinsam einen Rosenkranz.

Theresa erzählte Babs vom Höhepunkt ihrer kurzen Karriere in der Fabrik: der Auftrag von Aer Lingus für die Jäckchen der Stewardessen. Ihre Aufgabe bestand dabei nur in dem Aufrollen der Wolle für die Strickmaschinen, aber während der Arbeit träumte Theresa von den Frauen, die in den Wolken arbeiteten, und dem abenteuerlichen Leben, das sie führten. Die Wolle in ihren Händen gab ihr das Gefühl, mit ihnen verbunden zu sein.

Sie erzählte Babs auch, dass sie die Bostoner Frauen um die Art, wie sie sich kleideten, beneidete. Hier schienen alle Berge von Kleidern zu haben. In Irland besaß man nur einige wenige Stücke zum Wechseln. Sie war mit einem kleinen Koffer in Amerika eingetroffen.

Babs brachte eine Tasche mit einigen abgelegten Sachen vorbei.

»Mit zwei Röcken bist du im Geschäft«, sagte sie und breitete einen smaragdgrünen auf Theresas Bett aus. »Du kannst sie abwechselnd tragen, und solange du nicht dieselbe Bluse dazu nimmst, merkt das kein Mensch.«

Dann zeigte Babs ihr ein Kleid mit Knopfleiste, rosa Blümchen, austauschbarem Kragen und einem dazugehörigen Ripsbandgürtel. Theresa hatte es einmal an Babs gesehen und ihr gesagt, wie gut es ihr gefiel.

Jetzt jauchzte sie und fiel Babs in die Arme.

»Ob du's glaubst oder nicht: Das gab's im Filene's Basement zum halben Preis«, erklärte Babs.

Theresa sagte: »Das ziehe ich jetzt an und nie wieder aus.«

Sie hatte noch nie ein Kleid gehabt, das nicht zuvor ihre Schwester getragen hatte. Und Noras Geschmack war mit Babs' nicht zu vergleichen. Noras Auswahlkriterien bei Kleidung waren Haltbarkeit und Zweckmäßigkeit. Was die Frauen in den Modezeitschriften trugen, interessierte sie nicht.

»Wir Mädels müssen hier zusammenhalten«, sagte Babs und fuhr im Flüsterton fort: »Wie geht es übrigens deiner Schwester? Sie ist so still. Ich kann sie nicht einschätzen. Aber ich möchte sie gern kennenlernen. Wir sind doch bald Familie.«

»Da bin ich mir nicht so sicher«, sagte Theresa.

Babs runzelte die Stirn: »Was soll das heißen? Sie sind doch verlobt, oder?«

»Ja, schon.«

Theresa dachte, dass Nora zu ernst für Charlie Rafferty war, zu besonders. Miteinander gehen war eine Sache. Aber heiraten! Er hätte sie am liebsten noch auf der Landungsbrücke geheiratet, und Mrs. Quinlan machte Druck, dass sie einen Termin in der Kirche reservieren sollten. Aber Nora fand immer wieder Gründe dafür, noch zu warten. Theresa glaubte nicht, dass sie Charlie liebte.

Mit Nora war es nur lustig, wenn sie nicht nervös war, und seit ihrer Ankunft in Boston war sie ständig nervös. Am nettesten war es, wenn sie abends allein in ihrem Zimmer saßen, aber auch dann nicht immer. Sie maßregelte Theresa von früh bis spät. Das war schon immer so gewesen, aber jetzt war es schlimmer denn je.

Nora kritisierte, wenn Theresa Lippenstift auflegte und wenn sie auf dem Kopfsteinpflaster in Schuhen mit Absätzen herumstöckelte. Als Theresa anmerkte, dass Mrs. Quinlans Mann offenbar nichts Besseres zu tun hatte, als lesend im Wohnzimmer zu sitzen, fauchte Nora: »Das will ich nicht noch einmal hören.«

»Ich hatte gar nicht vor, es noch einmal zu sagen. Ich habe ja mit dir gesprochen. Mit wem sollte ich sonst darüber reden?«

Nora wurde nervös, wenn Theresa zu viel fragte. Zu Hause hatte besonders ihr Vater, wenn er in der richtigen Stimmung war, Nachsicht mit Theresas vielen Fragen gehabt und sie sogar dazu ermutigt. Aber hier war sie Gast. Das ließ ihre Schwester sie nicht vergessen.

»Der erste Tanzabend eines Mädchens auf der Dudley Street ist hier eine Art Initiationsritus«, ließ Babs einen Monat nach ihrer Ankunft beim Abendessen verlauten. »Unerhört, dass wir euch noch nicht mitgenommen haben. Das holen wir am Donnerstag nach.«

Theresa war überglücklich. Sie zählte die Tage. Auch Nora wirkte etwas fröhlicher, als der Donnerstag da war.

»Versuch diesen Lippenstift hier«, sagte Theresa zu ihr, kurz bevor sie losmussten. »Rosa steht dir bestimmt gut.«

»Bestimmt nicht«, sagte Nora, aber dann zog sie den Stift doch über die Lippen.

»Sieht super aus«, rief Theresa.

»Hübsch, nicht wahr?«, sagte Nora, als wäre es ihre Idee gewesen.

Donnerstags hatten die Hausmädchen ihren freien Abend. Theresa war aufgeregt beim Anblick der in kleinen Gruppen aus dem Bahnhof strömenden Mädchen in Röcken und Blusen. Sie beneidete sie um ihre Freundschaften und ihre Freiheit. Sie kannte in ganz Boston kein Mädchen in ihrem Alter. Sie vermisste ihre Freundinnen von zu Hause und die Mädchen, die sie auf dem Schiff getroffen hatte.

Nach diesem ersten Abend ging Babs jede Woche mit ihnen tanzen. Auf der Dudley Street gab es drei Tanzlokale. Theresa gefiel das Intercolonial am besten. Hier wurde ab und zu Rock'n'Roll gespielt, vor allem aber irische Musik mit Akkordeon, Geige, Banjo und Uilleann Pipe. Um punkt acht ging es mit dem ersten Walzer los. Dann schwebten die Paare im Kreis durch den Saal, und je später der Abend, desto enger wurde es auf der Tanzfläche. Um elf konnte man sich kaum noch bewegen.

Zu Hause war Theresa über drei Kilometer zum Tanz in der Gemeindehalle geradelt und hatte dort fünf Schilling bezahlt, nur um drinnen jede Woche dieselben Jungs zu sehen. Sie hatte viel Spaß bei den dörflichen Tanzabenden gehabt, aber damals hatte sie es nicht besser gewusst. Nach Dudley Street konnte sie sich nicht vorstellen, je wieder auf eine der Tanzveranstaltungen von früher zu gehen.

Bei ihrem fünften Besuch im Intercolonial lernte sie Walter McClain kennen. Er sah aus wie Clark Gable. Ein schelmisches Lächeln. Sein Haar glänzte dunkel wie Lackleder. Nach dem ersten Tanz war Theresa klar, dass sie ihn heiraten würde. Die zarte Berührung seiner Finger an ihrem Rücken hatte ihren ganzen Körper durchzuckt. Er war vierundzwanzig Jahre alt, sieben Jahre älter als sie, und hatte eine führende Stellung bei den Bostoner Edison-Werken unweit von Mrs. Quinlans Haus. Er sagte, er sei zum ersten Mal im Intercolonial. Seine Kollegen hätten ihn immer wieder dazu überreden wollen, mit in die Dudley Street zu kommen, aber er hätte lange abgelehnt.

»Es muss in den Sternen gestanden haben«, sagte er, und sie

war Gott oder dem Zufall unendlich dankbar dafür. Was, wenn er früher gekommen und ein anderes Mädchen getroffen hätte?

»Der sieht nach Ärger aus«, hatte Nora gesagt, was ihn für Theresa nur noch interessanter gemacht hatte.

Beim nächsten Mal war er nicht da, und das Mal darauf auch nicht. Theresa tanzte mit anderen jungen Männern oder mit ihrer Schwester, aber sie behielt die Eingangstür im Blick. Manchmal waren Charlie, Lawrence und ihr Bruder Matthew mit von der Partie, oder sogar Bobby Quinlan mit den großen weißen Zähnen, die sie an einen Cartoon-Hai denken ließen.

An dem Abend, der ihr letzter sein sollte, waren die Mädchen aber allein da: Nora, Theresa und Babs. Theresa sah zu, wie ein gutaussehender junger Seemann ihre Schwester herumwirbelte und Noras braunes Haar wehte. Sie hatte ganz vergessen, was für eine gute Tänzerin Nora war. Sie hatte ihre Schwester nicht tanzen sehen, seit Charlie ausgewandert war.

Am Wochenende darauf heirateten Lawrence und Babs. Nachdem Lawrence auf seiner eigenen Hochzeitsfeier das Bewusstsein verlor, trat er dem örtlichen Abstinenzlerverband bei.

Nora bemerkte, dass Lawrence damit auch zu Hause schon gescheitert war, und Babs vertraute Theresa an, dass sie sich insgeheim wünsche, er würde wieder scheitern, und zwar bald: Lawrence hatte ihr die Tanzabende verboten. Sie durfte nur noch zu den Quizabenden und Talentshows des Abstinenzlerverbandes gehen, wo sie Apfelsaft schlürften und über Gott sprachen.

Also blieb als Begleitung nur Nora, aber die lehnte es ab, mit ihr allein in die Dudley Street zu gehen, sosehr Theresa auch flehte.

»Wir können da nicht zu zweit hingehen.«

»Warum denn nicht? Dir hat es doch auch Spaß gemacht.«

»Ich habe keine Zeit für solchen Unfug.«

»Warum?«

»Theresa, bitte hör auf, mich damit zu nerven.«

»Du willst wohl, dass ich unglücklich bin. Eine unglückliche alte Wachtel«, sagte Theresa.

Noras Ton wurde schärfer: »Es geht nicht immer nur um dich.«

Es war ihr klar, dass Nora ihr etwas verschwieg, aber sie wusste auch, dass ihre Schwester es für sich behalten würde, wie so oft.

Theresa vermisste jedes Detail der Tanzabende: dem Türsteher ihre fünfzig Cent Eintrittsgeld zu reichen und die Treppen in den zweiten Stock hinaufzusteigen. Die Mädchen, die in Pullis und Röckchen am Rand des Saals auf Bänken aufgereiht saßen, während die Jungs mit hinter dem Rücken verschränkten Händen an der gegenüberliegenden Wand lehnten. Eine Zeitlang starrten sie einander nur an, und in der Luft lagen Hoffnung, Angst und Erwartung. Theresa spürte ein Kribbeln bei dem Gedanken, ob einer von den Jungen zu ihr herüberkommen und sie zum Tanz auffordern würde. Sie tanzte mit jedem, der gut genug aussah. Wenn auch ihr Herz bei Walter war.

Sie versuchte sich zusammenzureißen und vertrieb sich die Abende mit *Fibber McGee and Molly* vor dem Radio, oder sie lernte. Manchmal setzte sie sich nach dem Essen zu Tante Nellie, wenn diese ihre Andachtsbildchen auf dem Esstisch ausbreitete, um zu entscheiden, wer heute welche gebrauchen konnte. Theresas Großmutter hatte eine ähnliche Sammlung. Jede Karte war auf der einen Seite mit einer Darstellung einer Heiligenfigur oder eines christlichen Geschehnisses und auf der anderen mit einem Gebet für eine bestimmte Sorge oder Notlage bedruckt.

Tante Nellies Karten steckten in einem hellblauen Karton, auf dessen Pappdeckel in goldenen Lettern die Worte *Heilige für jede Gelegenheit* standen. Theresa schaute sich die Karten an und prägte sich jede einzelne ein: Gebete für Haustiere. Für Witwen. Gebete in Zeiten finanzieller Nöte. Gebete für glückliche Heimkehr. Gebete um Gnade. Für Studenten. Für Geduld. Für göttliche Barmherzigkeit. Gebete zu einem Schutzengel.

Ihr Unterricht fand montag- und mittwochabends statt. Am besten gefiel es ihr, wenn die Kursleiterin, eine schlanke Amerikanerin in dunklem Kostüm, darüber sprach, was für eine wichtige Aufgabe das Unterrichten und das Formen junger Menschen war. Ein Jahrhundert zuvor hatte die Großmutter ihrer Großmutter in Miltown Malbay in einer Heckenschule unterrichtet, in der Kinder, denen der Schulbesuch verboten war, im Dutzend heimlich in einer Scheune Unterricht erhielten. Ihre Großmutter hatte gesagt, Unterrichten sei ihre Bestimmung, und die Nonnen hatten das auch so gesehen. Endlich war es so weit.

Theresa lernte oft stundenlang. Sie ging jede Woche in die nächstgelegene Bibliothek und entlieh so viele Bücher, wie man mitnehmen durfte. Das war an sich schon aufregend, denn zu Hause in Irland hatte es so etwas wie eine Bibliothek nicht gegeben. Sie las und las und freute sich darauf, eines Tages selbst Schüler und Schülerinnen zu haben. Wenn Nora nicht da war, stellte sie sich manchmal vor den Spiegel und gab vor einer imaginären Klasse Unterricht.

Die meiste Zeit aber war sie unruhig und gelangweilt. Besonders schwer war es am Wochenende, wenn sie andere Mädchen in Gruppen lachend durch die Straßen ziehen sah. Sie vermisste Walter und fragte sich, mit wem er statt ihrer tanzte.

Als sie eines Abends von der Arbeit nach Hause kam, reichte Mrs. Quinlan ihr einen Brief mit New Yorker Poststempel. Er war von Abigail, ihrer Freundin vom Schiff. Sie hatten Adressen getauscht, und Theresa hatte ihr zuerst geschrieben. Sie hatte eine Postkarte mit einem Foto des verschneiten Bostoner Volksparks geschickt.

Abigail schrieb, dass Theresa sie unbedingt besuchen müsse, wenn sie mal in Queens war.

»Lass uns übers Wochenende hinfahren!«, sagte sie noch am selben Abend zu Nora.

»Das ist eine Höflichkeitsfloskel. Sie hat dich nicht ernsthaft eingeladen«, sagte Nora.

Am nächsten Tag erwähnte Theresa es vor dem Frühstück abermals.

»Vielleicht könnten wir Bobbys Auto haben. Charlie könnte uns fahren.«

»Hör auf!«, sagte Nora. »Ich will kein Wort mehr über New York hören.«

»Ich gebe Ruhe, wenn du mit mir zum Tanz gehst.«

Theresa lächelte sie an und dachte, dass ihre Schwester nachgeben würde, aber ihr Ausdruck blieb hart. Nora wandte sich um und ging ins Esszimmer hinunter.

An einem Dienstag Ende September, als die ersten Herbstwinde vor dem Fenster bliesen, hielt Theresa es nicht länger aus. Nora war mit Charlie bei Lawrence und Babs zum Abendessen, und Theresa war beleidigt, weil sie nicht eingeladen war. Babs war schwanger und wollte sich mit dem dicken Bauch nicht draußen zeigen. Anscheinend konnte sie jetzt nur noch mit anderen langweiligen Paaren verkehren.

Mrs. Quinlan saß im Wohnzimmer und hörte eine Sendung mit Bischof Sheen. In der Hand hielt sie den Tom Collins, den sie sich allabendlich genehmigte. Die Predigten des Bischofs waren der Lichtblick ihrer Woche. Sie sagte, er hätte eine Stimme sanft wie Honig, wie die eines Engels. Die Hausbewohner wussten, dass man besser still war oder das Haus verließ, wenn sie ihm lauschte.

Im ersten Stock zog Theresa den grünen Rock an, den Babs

ihr geschenkt hatte, steckte die weiße Bluse unter den Bund und zog Noras weiße Strickjacke darüber. Dazu legte sie einen schwarzen Ledergürtel an, der Babs zufolge jede Taille schmal aussehen ließ, und schlüpfte in ein Paar spitze, schwarze Pumps, die Babs ihr geliehen hatte. Nora hatte gesagt, dass sie sich damit bewegte wie ein kleines Kind auf dem Eis, aber die Schuhe waren so schön, dass Theresa das egal war. Sie bürstete sich vorsichtig das Haar, um die Locken nicht zu ruinieren. Sie ging die Treppe hinunter und aus der Haustür, ohne dass es jemand bemerkte. Die kühle Abendluft wehte um ihre nackten Waden. Auf dem Rasen spielten ein paar Jungs Fußball. Als sie vorüberging, hielten sie inne und sahen ihr nach.

Sie fühlte sich großartig, zum ersten Mal allein in der Bahn.

Doch beim Tanzlokal angekommen, verließ sie der Mut. Der Türsteher fragte: »Bist du ohne Begleitung unterwegs?«, und eine Gruppe von Mädchen sah sie missbilligend an. Theresa stieg trotzdem die Treppen hinauf, und als sie den Saal betrat, verspürte sie dieselbe Vorfreude wie immer.

In der ersten halben Stunde sprach sie niemand an. Sie ging auf und ab, fühlte sich beobachtet und kam sich wie eine Idiotin vor, obwohl niemand sie beachtete. Schließlich kam ein rothaariges Mädchen auf sie zu und sagte: »Schicker Rock.«

»Danke«, erwiderte Theresa.

»Ich bin Rose. Das ist meine Schwester Patty.«

Sie waren Zwillinge: rotes Haar, Sommersprossen und hellgrüne Augen.

»Bist du allein hier?«, fragte Patty.

»Ja«, antwortete Theresa und schämte sich ein bisschen, als ihr einfiel, dass Mrs. Quinlan die meisten Iren in Roxbury und Dorchester persönlich kannte. Die beiden, die vor ihr standen, gehörten vielleicht auch zu ihrem Bekanntenkreis. Wenn sie petzten, würde Mrs. Quinlan es Nora sagen, und Theresa wäre so gut wie tot. Ermordet.

Aber Patty kommentierte nur: »Das ist mutig.«

Zu Hause hätte sie sich nie im Leben getraut, allein tanzen zu gehen. Aber hier war alles so unwirklich, als geschehe es im Traum und wäre am nächsten Morgen nie passiert.

Die Zwillinge gingen zur Bar, um sich ein Wasser zu holen, und nahmen sie mit. Theresa war erleichtert. Sie plauderte mit den beiden, bis schließlich Walter auftauchte. Wie gut er aussah in Jackett und Krawatte mit glatt zurückgekämmtem Haar. Seit ihrer Begegnung waren Wochen vergangen, und sie fragte sich, ob er sich überhaupt noch an sie erinnerte.

Er sah sie sofort und kam auf sie zu.

»Wo bist du gewesen?«, fragte er.

Sie tanzten eine Stunde lang und dachten während dieser Zeit nicht einmal daran, die Partner zu wechseln. Theresa wäre am liebsten geblieben, bis die Band aufhörte und die Saalbeleuchtung anging, aber sie musste vor ihrer Schwester zu Hause sein. Walter begleitete sie, und sie stiegen gemeinsam in die Bahn. Er wollte sie in der Woche darauf wiedersehen. Sie versprach zu kommen. Sie küssten sich an der Straßenecke, dann ließ er sie die letzten Meter allein gehen.

Theresa war bis zu diesem Tag genau sieben Mal geküsst worden. Sechs dieser Küsse waren mit Gareth O'Shaughnessy gewesen, einem Jungen aus Miltown Malbay, den sie Flasche nannten, weil seine Haut so blass war, dass man fast hindurchsehen konnte. Gareth war süß, aber er hatte entsetzlich große Lippen, die sie bei jedem Kuss zu verschlingen drohten. Wenn sie sich von ihm löste, war ihr Kinn nass.

Am Markttag hatte sie ein Zwischenhändler geküsst. Theresas Familie war früh aufgestanden, um das Vieh in die Stadt zu treiben. Um vier Uhr morgens hatte ihre Großmutter die Rinder mit Weihwasser besprengt und Schwiegersohn und Enkel auf den Weg geschickt. Einige Stunden später war Theresa gerade allein gewesen, als sie einem Händler begegnete, der einen guten Preis für seinen Auftraggeber ausgehandelt und den Erfolg im Pub zünftig gefeiert hatte. Er grüßte, und bevor sie wusste, wie ihr geschah, küsste er sie. Sie schmeckte den erdigen Geschmack von Bier.

Ihr erster amerikanischer Kuss war von ganz anderer Art.

Theresa schlich auf Strumpfhosen über den Flur. Im Zimmer angekommen, entfernte sie eine Haarnadel nach der anderen, bis die braunen Locken offen auf ihre Schultern fielen. Rock und Jäckchen hängte sie in den Schrank.

Sie schauderte, als sie nackt dastand. Sie zog sich das Nachthemd über den Kopf und warf sich aufs Bett. Dann konnte sie jeden Augenblick des Abends ungestört noch einmal durchgehen.

Sie hatte ihrer Großmutter vor der Abreise versprochen, in Boston jeden Abend zu beten, genauso wie sie es in Irland getan hatte. Obwohl die müden Augen schmerzten, ging sie auf die Knie nieder. Sie begann immer mit dem Gebet, das Nora zufolge ihre Mutter abends für sie gesprochen hatte, als sie noch klein waren:

Engel Gottes, Beschützer mein,
lass mich Dir empfohlen sein.
An diesem Tag, ich bitte Dich,
beschütz, regier und leite mich.
Amen.

Wenn sie diese Worte sprach, musste Theresa immer an ihre Familie denken, und ihr ganzer Körper schmerzte vor Sehnsucht nach ihnen. Ihr war klar, dass es Jahre dauern würde, bis sie sich die Heimreise leisten konnte. Jahre, bis sie die Stimme ihres Bruders wieder hören würde oder das Lachen ihres Vaters, wenn er *Living with Lynch* auf Radio Éireann höre. Sie rief sich das besorgte Gesicht ins Gedächtnis, das er immer machte, wenn er auf den Wetterbericht und die Fußballergebnisse wartete. Ihre liebe, alte Großmutter würde sie vielleicht nie wiedersehen. Theresa stellte sich vor, wie sie am offenen Feuer kochte und dabei leise sang. Wie still es im Haus sein musste, in dem nur noch drei Personen wohnten.

Boston war viel spannender als zu Hause. Sie mochte die Leute im Haus. Aber sie würden nie ihre Familie sein.

Sogar die Tiere vermisste Theresa. Seit ihrer Kindheit hatten Nora und sie die Kühe um Punkt sechs Uhr melken müssen, jeden Abend. Als sie jung waren, gab es einen Klaps, wenn die Milch nicht schäumte. Sie hatte nicht gern gemolken, aber jetzt sehnte sie sich nach dem geflüsterten Zwiegespräch mit den Kühen. Sie vermisste die hochnäsigen Katzen, die in der Scheune ihr Zuhause hatten, und die süßen Hunde, die sie bei Regen ins Haus schmuggelte. Einmal wurde sie erwischt, als sie ein Ferkel mit ins Bett nahm, und man hatte ihr den Hintern mit einem Holzlöffel versohlt. Damals war ihr das als ein schweres Unrecht erschienen, aber wenn sie jetzt daran dachte, krümmte sie sich vor Lachen.

Zu der Liste der üblichen Leute, für die sie abends betete – Großmutter, Vater, Schwester und Bruder, ihre Mutter im Himmel –, fügte sie eine Person hinzu. Walter McClain. Ihre große Liebe, die eines Tages zu ihrer Familie gehören würde.

Theresa bekreuzigte sich und stieg wieder ins Bett. Als Nora hereinkam, ahnte sie nichts. Theresa lag regungslos da und hielt die Augen fest geschlossen, obwohl sie wegen der Geschichte ihres Abends fast explodierte.

Sie hörte Schritte im Zimmer über sich. Nach ihrem Einzug hatte sie sich daran besonders schwer gewöhnen können: das Geräusch von Schritten über ihrem Kopf. Das, und das ständige Kommen und Gehen. Eine Zeitlang waren drei kleine Kinder in dem Zimmer nebenan gewesen, Mrs. Quinlans Großnichten. Theresa hatte sie für verwaist gehalten, aber als sie diese

Vermutung Charlie gegenüber erwähnte, lachte der: »Ihre Eltern wohnen in Quincy, keine fünf Kilometer von hier. Die haben so viele Kinder – vierzehn, glaube ich, oder doch schon fünfzehn? –, dass sie ein paar für eine Weile weggeschickt haben. Das machen viele Leute so.«

»Niemand, den ich kenne«, hatte Theresa gesagt. Sie war indigniert und behandelte die Kinder von diesem Augenblick an besonders nett und gab ihnen abends etwas von ihrem Nachtisch ab.

In der folgenden Woche und in der danach schaffte Theresa es, Walter wiederzusehen. Er küsste sie leidenschaftlich, als sie sich trennten. Doch dann tauchte er zweimal nicht auf, obwohl er es versprochen hatte, und in den Wochen darauf hätte man denken können, Nora wolle abends nie wieder das Haus verlassen. Einmal schwänzte Theresa die Ausbildung, um zum Tanz zu gehen, war aber so sehr von ihrem Gewissen geplagt und sich so sicher, dass es auffliegen würde, dass es sich kaum lohnte.

Eines Abends dann, nachdem sie das Licht ausgeknipst hatten und Theresa Nora im Schlaf murmeln hörte, schlüpfte sie aus dem Bett. Im Dunkeln griff sie in den Schrank und versuchte, das richtige Kleid zu finden. Mit nackten Füßen tastete sie nach den Schuhen, die sie dazu anziehen wollte, und wagte es sogar, sich ein Paar Nylons aus der Kommode zu ziehen. Mit diesen Sachen im Arm blieb sie stockstill stehen und lauschte. Ihre Schwester schlief.

Von ihrem eigenen Wagemut elektrisiert, kleidete sie sich im Bad an und verließ eilig das Haus. Das Tanzlokal würde bald schließen.

Als sie dort ankam, sah sie ihn lachend ein anderes Mädchen über den Tanzboden führen, doch als er sie sah, ließ er die andere stehen.

»Ich dachte schon, du hättest dich in Luft aufgelöst«, sagte er.

Sie tanzten und tanzten. Diese Nacht fühlte sich an wie Zauberei, wie eine andere Welt. Sie konnte nicht fassen, dass sie eine Stunde zuvor noch im Bett gelegen hatte. Dass sie all das um ein Haar verpasst hätte.

Walter zog einen Flachmann aus dem Jackett, nahm einen Schluck und bot ihn ihr an.

»Probier mal!«, sagte er.

Sie nahm ihm die Flasche aus der Hand und nippte.

»Echter Scotch«, sagte er. »Nimm doch noch einen Schluck.«

Sie tanzten und tranken, und Theresa wurde wunderbar schwindlig.

Walter sagte: »Du bist schön, weißt du das?«

Die Jungen, die sie bisher gekannt hatte, wären zu schüchtern gewesen, etwas so Einfaches in Worte zu fassen. Sie lächelte.

»Komm«, sagte er. »Ich möchte dir etwas zeigen.«

Mit einer Hand unten an ihrem Rücken führte er sie aus dem Saal und die Treppen hinunter. Theresa dachte, dass sie vielleicht irgendwohin gehen würden, für ein spätes Abendessen.

Doch als sie im ersten Stock angekommen waren, führte er sie nicht weiter die Treppe hinunter zum Ausgang, sondern den Flur entlang.

»Was hast du vor?«, fragte sie lachend.

Er hieß sie spielerisch, leise zu sein, und nahm ihre Hand. Dann öffnete er die Tür zu einer dunklen Kammer und führte sie hinein. Walter schloss die Tür leise hinter ihnen. Er küsste sie und drückte sie an sich. Im Dunkeln spürte sie, wie seine Hände über ihren ganzen Körper fuhren. Theresa war wie erstarrt. Es roch nach Reinigungsmittel. Sie dachte an die Beichte: Das würde sie keinem Priester erklären können.

Sie hörte, dass er seine Hose öffnete, dann das kühle Geräusch zu Boden fallenden Stoffes. Walter zog ihren Rock hoch, ihre Unterhose hinunter und drückte sie sanft gegen die

Tür. Er kam näher und immer näher, bis sie spürte, wie er sich gegen sie drückte, dann in sie hinein. Theresa schnappte nach Luft, er lachte und küsste ihren Hals. Es tat kurz weh, aber er machte weiter, und kurz danach fühlte es sich herrlich an. Das wurde zu einem Ritual, wann immer sie sich trafen, und es war himmlisch. Besser als jeder Tanz, den sie jemals gekannt hatte.

An einem Donnerstag im Dezember schlich sie wieder einmal die Treppe hinauf und hoffte, kein Geräusch zu machen. Sie kannte den Weg im Dunkeln, wusste, dass die vierte Stufe von unten in der Mitte knarrte und dass ganz oben die Diele durch den Teppich kam und man ausrutschen konnte.

Auf der Hälfte der Treppe blieb sie kurz stehen, um sich die Schuhe auszuziehen. Um sie herum herrschte Stille.

Im ersten Stock angekommen, machte Theresa kurz halt und lauschte. Die Tür zu Mrs. Quinlans Zimmer stand einen Spaltbreit offen. Drinnen war es dunkel.

Heute hatte Walter ihr gesagt, dass er sie liebte.

Sie war gerade mitten in einer Geschichte gewesen, als er es gesagt hatte. Es ging darum, dass sie vor ihrer Ankunft in Amerika nie darüber nachgedacht hatte, dass sie Irin war. Sie sah, dass es hier mehr bedeutete. Mrs. Quinlan hatte erzählt, dass man sich am St. Patrick's Day freinahm und die ganze Stadt ein riesiges Fest feierte. Zu Hause gingen die Männer höchstens ins Pub oder zum Pferderennen, wenn sie gerade Geld hatten, das war alles.

»Ich dachte, dass ich hier vor allem mit Amerikanern zu tun haben würde«, sagte sie. »Aber du bist der einzige, mit dem ich rede. Manchmal höre ich tagelang keinen amerikanischen Akzent, von den Quinlans mal abgesehen. Übrigens gibt es in Boston Clubs für Leute aus jeder Ecke Irlands. Babs' Cousins gehen zum Tipperary. Das ist der Ort, aus dem sie kommen.

Ihre Freunde wiederum gehen zum Galway. Zu Nora hab' ich gesagt …«

Walter drückte ihr die Hand auf den Mund. »Ich glaube, ich hab' mich in dich verliebt.«

Die Erinnerung daran löste in ihr dieselben berauschenden Gefühle aus wie der Augenblick selbst. Theresa öffnete die Tür, zog sich aus und schlüpfte unter die Decke.

In diesem Moment schnellte Nora vom Bett empor.

»Mach das Licht an!«, befahl sie.

Theresa gehorchte.

»Wo bist du gewesen?«

»Im Bett. Du hast mich geweckt.«

»Ich hab' dich vom Fenster aus gesehen. Ein Mädchen in deinem Alter hat nichts allein auf der Dudley Street verloren. Nicht zu dieser, noch zu irgendeiner Uhrzeit.«

»Ich bin achtzehn!«

»Ganz genau.«

»Ich war gar nicht in der Dudley Street. Ich bin spazieren gewesen.«

Nora seufzte. »Theresa, ich habe genug eigene Sorgen. Bitte tu mir das nicht an.«

»Es passiert nicht wieder«, sagte sie. »Versprochen.«

»Ich bin nicht mehr lange da«, sagte Nora. »Du musst jetzt lernen, dich zu benehmen.«

»Wo willst du denn hin?«

»Nach der Hochzeit ziehen Charlie und ich aus. Wir werden nicht weit weg sein, aber trotzdem.«

Theresa dachte, dass es noch eine Ewigkeit dauern würde, bis das geschah. Wenn es überhaupt jemals geschah.

Von diesem Tag an war ihre Schwester wachsamer, aber Theresa traf sich weiterhin, so oft sie konnte, mit Walter. Sie liebte ihn, wenn er auch nicht gerade zuverlässig war. Es kam vor, dass sie sich zum Abendessen verabredeten und sie stundenlang allein dasaß und auf ihn wartete. Wenn sie ihn dann aber wiedersah, war das sofort vergessen. Sie liebte ihn so sehr.

Es war ein regnerischer Mittwochmorgen im März, als Theresa sich auf den letzten freien Platz am Frühstückstisch setzte.

»Mit Abstand der bestaussehende Mann, der mir je untergekommen ist«, sagte eine der Elizabeths.

»Wer?«, wollte Theresa wissen.

»Senator Kennedy«, antwortete sie, als verstünde es sich von selbst.

Sie hatten ihn eine Woche zuvor bei der St. Patrick's Day Parade vorüberziehen sehen.

»Der wird eines Tages Präsident«, sagte Tante Nellie. »Ein irischer Präsident, und Katholik noch dazu. Stellt euch das nur vor. Ich wünschte, mein Mann hätte das noch erleben können.«

»Freu dich nicht zu früh«, warnte Mrs. Quinlan.

»Warum nicht?«

»Es bringt Unglück.«

»Katholiken glauben sowieso nicht an Glück.«

»Mir hat besonders der Mantel seiner Frau gefallen«, sagte Nora. »Sehr stilvoll.«

»Ich besorg dir auch so einen«, sagte Charlie. »So teuer kann der nicht gewesen sein, oder? Ach komm, ich hol gleich zwei.« Er lachte.

Nora warf ihm einen Blick zu, dann sah sie schnell weg, als hätte sie ihn verwechselt.

Mrs. Quinlan sagte: »Nora, Theresa: Ihr bekommt am Wochenende eine Mitbewohnerin.«

»Eine Mitbewohnerin?«, wiederholte Theresa und fragte sich, wer das sein könnte und für wie lange sie bleiben würde, hatte aber Angst, in Gegenwart ihrer Schwester zu viele Fragen zu stellen.

»Ja«, sagte Mrs. Quinlan. »Kitty kommt zurück.«

»Kitty?«

»Charlies Schwester«, erklärte Nora. »Du weißt doch, wer sie ist.«

Aus der Zeit in Miltown Malbay wusste Theresa nur, dass es Kitty Rafferty gab, viel mehr aber nicht. Sie war etwa zehn Jahre älter als Theresa.

»Wo ist sie denn gewesen?«, fragte Theresa.

Niemand antwortete.

Tante Nellie bat um die Marmelade, und jemand gab sie ihr. Während sie sich die Erdbeeren auf eine dicke Scheibe Weißbrot strich, warf sie Theresa einen vielsagenden Blick zu und zog eine Augenbraue hoch, wie um zu sagen: Dahinter steckt eine gute Geschichte.

Als Theresa und Nora am Sonntag vom Gottesdienst zurückkamen, war Kitty eingezogen.

Kitty redete nicht viel. Sie war viel unterwegs – abends bis spät in die Nacht mit Freunden, und wenn Theresa und Nora morgens aufwachten, war sie schon auf dem Weg zur Arbeit. Als Kitty vor Jahren nach Boston gekommen war, hatte auch sie zunächst in Mrs. Byrnes Schneiderei gearbeitet, schließlich aber ihre Ausbildung beendet und seitdem als Krankenschwester im Saint Margaret gearbeitet. Theresa hätte ihr gerne erzählt, dass sie einen ähnlichen Weg eingeschlagen hatte, dass auch sie nicht ewig Säume nähen würde. Aber sie brachte es nicht heraus. In Kittys Gegenwart war sie sprachlos.

Bevor Kitty eingezogen war, hatte Theresa oft stundenlang vor dem Spiegel in ihrem Zimmer gestanden und den Kopf prüfend hin und her gedreht, hatte gelächelt, gelacht oder einen Kussmund gemacht. Die anderen sagten immer, wie hübsch sie war. Seit sie Kitty Rafferty kannte, wusste sie, wie gewöhnlich sie war.

Kitty sah aus wie Elizabeth Taylor. Wie sie hatte sie ein Gesicht starker Kontraste: Haut so weiß wie Milch, hellgrüne Augen und wunderschönes, kastanienbraunes Haar. Sie war so groß wie ihre Brüder und beugte im Stehen den Oberkörper vor, als würde sie das kleiner machen.

Theresa hatte sich mit Babs' Unterstützung einen rosafarbenen Lippenstift zugelegt. Sie war sich nicht sicher, ob er ihr stand, aber sie legte ihn trotzdem auf. Abgesehen von dem Lippenstift besaß sie schwarze Mascara. Das war ihr ganzer Stolz. Kitty hatte mehr Make-up als ein Supermodel. Sie hatte Theresas Bürste und die Bibel, die sie seit Monaten nicht angefasst hatte, beiseitegeschoben, um auf der Kommode Platz für Parfüms, Lidschatten und Rouge, schwarzen Eyeliner und zwei Porzellantässchen mit dicken, weißen Puderquasten zu schaffen.

Wenn Kitty nicht da war, sah Theresa sich ihre Sachen genauer an. Einmal wagte sie, einen Hauch von Kittys Parfüm aufzusprühen, und saß dann eine Stunde lang da und zerbrach sich den Kopf darüber, was passieren würde, wenn Kitty oder Nora hereinkämen und es rochen.

Eines Morgens betrat Kitty das Frühstückszimmer in einer leuchtend blauen Caprihose und einer ärmellosen durchgeknöpften Bluse. Sie sah aus wie aus einem Modemagazin. Theresa schwor sich zu sparen, bis sie sich genau dieses Outfit leisten konnte.

Zwei Jahre zuvor hatte Enda Kelly in Miltown Malbay für Aufruhr gesorgt, als sie mit einer Cousine aus Amerika in die Drogerie gekommen war: ein Teenager in Bluejeans. Theresa hatte sie nicht gesehen, hatte aber von ihrer Freundin Sheila gehört, dass die alten Damen in der Schlange entsetzt die Köpfe geschüttelt hatten. Nora sagte, dass sich das arme Mädchen in Grund und Boden geschämt haben müsse, als ihr klar wurde, wie unpassend sie gekleidet war. Aber Theresa bezweifelte, dass sich das Mädchen darum gekümmert hatte. Wahrscheinlich hatte sich die amerikanische Cousine überlegen gefühlt und getan, als ob nichts passiert wäre. So wünschte Theresa es sich für ihre Heimkehr auch: Sie würde einen ordentlichen Wirbel verursachen und selbst kaum Notiz davon nehmen.

Theresa fragte ihre Schwester immer wieder nach Kittys Geschichte, aber Nora sagte nur, sie solle nicht so neugierig sein. Nach einer Woche gab sie endlich nach. Die beiden lagen schon in den Betten, und Kitty war noch nicht zu Hause. Nora war in selten guter Laune, leicht und locker, so wie Theresa sie am liebsten hatte.

»Sie ist vor zwei Jahren durchgebrannt, um einen Protestanten zu heiraten. Einen Arzt«, flüsterte Nora. »Seitdem gab es kein Lebenszeichen von ihr. Charlie glaubt, dass der Arzt sie verlassen hat und sie deshalb zurückgekommen ist.«

Theresa hatte noch nie von einer verheirateten Frau gehört, die nicht bei ihrem Mann lebte, es sei denn, er war tot. »Keiner redet darüber«, sagte Theresa.

Nora erstaunte Theresas Verwunderung: »Natürlich nicht.«

»Magst du sie?«, fragte Theresa.

»Ich weiß nicht so recht.«

»Ihr solltet euch anfreunden. Sie wird mal deine Schwägerin sein.«

Nora schwieg.

»Wird sie doch, oder?«

»Wenn wir heiraten, schon.«

»Wenn?«, sagte Theresa.

»Charlie will unbedingt einen Termin festlegen, aber mir wird schon beim Gedanken daran schlecht.«

Theresa war begeistert, dass ihre Schwester diese Gefühle mit ihr teilte. Sie wollte gerade etwas dazu sagen, da öffnete sich die Tür, und sie hörte Kittys Stimme: »Ich bin's.«

Kitty kündigte ihr Eintreten sonst nie an und kam normalerweise ins Zimmer, als wohnte sie allein. Sie musste vor der

Tür alles mitgehört haben, oder zumindest den letzten Teil. Als sie ihnen den Rücken kehrte und einen Kleiderbügel aus dem Schrank nahm, sah Nora ihre Schwester mit weit aufgerissenen Augen an und schloss sie dann fest, wie um den Augenblick aus ihrem Gedächtnis zu löschen.

5

Theresa war gerade auf dem Weg zum Badezimmer, als Kitty Rafferty an ihr vorbeischlüpfte und die Tür hinter sich zuzog. »Tut mir leid, ich hab's eilig. Besuch von Tante Rosa, dabei müsste ich längst weg sein.«

Theresa wartete im Bademantel. Egal, für welche Zeit sie es sich vornahm: Ein Bad war nie leicht zu haben. Das Badezimmer wurde von dreizehn Personen genutzt. Mrs. Quinlan sah es nicht gern, wenn man mehr als einmal pro Woche badete. »Samstags ins Bad, sonntags zum Gebet, das reicht.« Selbst dann kam meist etwas dazwischen.

Als Kitty fertig war, ging Theresa hinein und drehte den Hahn auf. Sie zog sich aus und wartete, bis die Wanne sich füllte. Kittys Kommentar hatte Theresa an ihre eigene Menstruation erinnert. Nach ihrer Ankunft in Boston hatte sie drei Monate lang nicht geblutet, aber seitdem war ihre Periode wieder regelmäßig gewesen. Bis vor kurzem. Wann war die letzte gewesen? Sie dachte noch darüber nach, als sie ins Wasser glitt.

Theresa strich sich über den Bauch. War da eine Wölbung, die ihr vorher nicht aufgefallen war, oder bildete sie sich das ein?

Sie lag bewegungslos im Wasser und drehte nur ab und zu den Hahn auf, wenn es kalt wurde.

Ihr kam ein Gedanke.

In diesem Augenblick trommelte jemand gegen die Tür. Theresa zuckte zusammen.

»Ich will hier nicht alt werden«, hörte sie Tante Nellie rufen, die immerhin fünfundachtzig Jahre alt war.

Theresa stand auf, trocknete sich eilig ab, warf sich den Bademantel über und ging auf ihr Zimmer.

Tante Nellie rief ihr nach: »Ich war ein Teenager, als du reingegangen bist.«

Dann war sie allein in ihrem Zimmer, streifte den Bademantel ab und besah sich ihren Bauch. Da flog plötzlich die Tür auf.

»Entschuldigung, ich hab' was ver…«, Kittys Blick fiel auf Theresas nackten Körper. Sie warf die Tür in die Angeln und lehnte sich dagegen, als müsse sie eine Menschenmasse zurückhalten.

»Um Gottes willen«, flüsterte sie. »Bist du etwa schwanger?«

War es möglich, etwas tief zu wissen und zugleich keine Ahnung zu haben? Die Wahrheit stand im Raum, und trotzdem sagte Theresa: »Natürlich nicht.«

»Weißt du denn, wie Babys entstehen?«

Theresa glaubte es zu wissen, so ungefähr zumindest. Erklärt hatte es ihr niemand.

Sie nickte.

»Hast du … hat jemand … hat ein Mann etwas mit dir gemacht?«

»Nein! Also, ja. Ein bisschen.«

»Wann war das?«

»Es ist ein paarmal passiert.«

Kitty schaute fast amüsiert drein: »Da schleichst du dich also hin.« Dann riss sie sich wieder zusammen. Ihr Gesichtsausdruck wurde ernst. »Hast du dich in letzter Zeit krank gefühlt?«

»Nein.«

Aber wenn sie genau überlegte, war sie oft erschöpft gewesen. Zweimal war sie bei der Arbeit eingeschlafen. Das Fasten vor dem Gottesdienst war eine Qual geworden. Vorigen Sonntag hatte sie ein Stück Brot aus der Küche mitgehen lassen. Sie hatte alles auf die langen Nächte geschoben, auf den Hunger, der vom Tanzen kam.

Kitty ging im Zimmer auf und ab.

»Ich bringe dir von der Arbeit einen Becher mit«, sagte sie. »Dann nehm' ich die Probe ins Krankenhaus mit. Ich schreib einfach irgendeinen Namen rauf. Die machen das alle dauernd so. Sie werden natürlich denken, dass sie von mir ist.« Kitty lachte.

Während sie auf das Ergebnis wartete, wünschte Theresa sich nichts sehnlicher, als es ihrer Schwester zu erzählen. Bei der Arbeit starrte sie Nora so lange an, bis es der zu viel wurde und sie fragte: »Was ist denn los mit dir?«

Sie wusste, dass Nora wütend sein würde über das, was sie getan hatte. Aber irgendwie konnte sie immer noch nicht glauben, dass es wahr war. Wenn sie abends alle drei in den Betten lagen, verhandelte sie mit Gott: Wenn er machte, dass sie nicht schwanger war, würde sie alles tun. Sie ging jetzt schon nicht mehr zu den Tanzabenden. Sie hatte aufgehört, ihrer Schwester zu widersprechen.

Als es klar war, weinte Theresa. Kitty brachte sie zu einem Arzt, um das Resultat zu bestätigen. Sie war im vierten Monat.

Sie musste sich nicht überlegen, wie sie es ihrer Schwester am besten beibrachte, denn Kitty sagte es Nora und Charlie noch am selben Tag.

»Ich kann nicht die Einzige sein, die davon weiß«, erklärte sie. »Tut mir leid.«

Zu viert saßen sie im Zimmer der Mädchen und diskutierten im Flüsterton.

Es war Erleichterung und Albtraum zugleich, dass ihre Schwester Bescheid wusste. Nora saß auf ihrem Bett, sagte kein Wort und sah Theresa nicht an.

»Er muss dich heiraten«, sagte Charlie.

»Willst du das denn?«, fragte Kitty. »Kannst du dir vorstellen, diesen Mann zu heiraten?«

Theresa fehlten vor Furcht die Worte. »Ich dachte schon«, brachte sie schließlich heraus, »eines Tages.«

»Es ist zu früh, Charlie«, sagte Kitty. »Sie ist viel zu jung.«

»Ich vergaß, dass wir eine Eheexpertin unter uns haben«, sagte er.

»Warum bist du mir böse? Ich hab' nichts getan. Außerdem machen wir alle mal Fehler, oder?«

»Manche davon schlimmer als andere«, sagte er. »Hier sind viele Mädchen ihres Alters schon verheiratet. Hier muss man nicht wie zu Hause warten, bis man hundert ist. Hier kann man selbst entscheiden.«

»Genau darum geht es«, sagte Kitty. »Sie hat sich nicht dazu entschieden.«

»Wo ist der Kerl?«, wollte Charlie wissen. »Wo wohnt er?«

Bei der Vorstellung, dass Charlie und Walter einander begegnen und die Sache besprechen würden, wurde ihr übel. »Weiß ich nicht.«

»Das weißt du nicht? O Gott.«

»Ist schon gut, Charlie. Beruhige dich«, sagte Kitty. »Ich habe schon mit einer Kollegin gesprochen, die Kontakte hat. Sie verlangen zweihundertfünfzig Dollar. Keine Ahnung, wie wir das zusammenkriegen, aber ich kann ein bisschen was beisteuern.«

Charlie schloss die Augen und schüttelte den Kopf. Er atmete tief durch die Nase ein, damit alle es hörten. »Ich wusste, dass du das vorschlagen würdest. Für den Vorschlag allein sollte ich dich nach Hause schicken.«

Kitty lachte. »Kannst du gerne versuchen.«

»Wenn sie ihn nicht heiraten will, kommt sie ins Saint Mary's«, sagte Charlie.

Theresa folgte der Debatte wie einem Theaterstück und hörte zu, als beträfe es sie und ihre Zukunft nicht.

»Du hast keine Ahnung, was du von ihr verlangst«, sagte Kitty. »Mein Vorschlag ist viel einfacher.«

»Ja, bis sie in der Hölle schmort. Bis wir alle schmoren. Deinetwegen. Das lasse ich nicht zu. Das ist ein Verbrechen. Eine Sünde!«

Theresa wägte ab: Seele oder Freiheit? Sie hatte doch gerade erst eine Idee davon bekommen, was Freiheit bedeutete.

»Dann übernimmst also du die Verantwortung für diese Entscheidung, Charlie?«, fragte Kitty. »Und die Konsequenzen trägst auch du allein?«

Er ignorierte sie.

»Im Saint Mary's wirst du es gut haben, Theresa«, sagte er. »Es wird von Nonnen geführt und ist gleich neben dem Krankenhaus, in dem Kitty arbeitet. Du verschwindest für ein paar Monate, kriegst das Kind im Saint-Margaret-Krankenhaus nebenan, und niemand muss je davon erfahren.«

»Wie soll sie denn verschwinden?«, fragte Kitty. Sie setzte sich neben Theresa. »Wenn du tust, was ich sage, blüht dir nichts als ein kurzer Arztbesuch. Das ist nicht schlimmer als eine Mandeloperation. Nach ein, zwei Tagen ist alles vorbei.«

»Ein Arztbesuch!«, rief Charlie. »Kurz wird der bestimmt sein, Theresa. Nur nicht, wenn du auf dem OP-Tisch des guten Mannes stirbst.«

Theresa hatte Charlie noch nie so erlebt. Streng und ernst. Sein Humor war vollkommen verschwunden.

Jetzt wurde ihr die ganze Härte der Situation bewusst: auf dem Operationstisch sterben oder zu den Nonnen gehen.

Sie suchte den Blick ihrer Schwester, aber Nora starrte nur schweigend geradeaus.

»Nora«, sagte Theresa leise. »Was soll ich tun?«

»Frag mich nicht«, sagte ihre Schwester. »Dazu ist es jetzt zu spät.«

»Bitte sag Papa nichts davon«, sagte sie. »Bitte nicht.«

»Ist das alles, was dir einfällt?«, sagte sie. Nora schloss die Augen. »Ach, Theresa.«

Sie beschlossen, dass Theresa im fünften Monat ins Saint Mary's gehen und dort bis zur Geburt bleiben würde. Sie musste Nora versprechen, Walter nie wiederzusehen. Theresa war einverstanden, aber sie konnte ihn nicht ohne irgendeine Ahnung zurücklassen, also ging sie zum nächsten Tanzabend und wartete wie verabredet vor dem Eingang. Als Walter nach dem Portemonnaie griff, um den Eintritt zu zahlen, legte sie ihm die Hand auf den Arm: »Lass uns einen Spaziergang machen.«

Sie erzählte ihm, was passiert war, und schämte sich, als wäre sie allein daran beteiligt. Er wollte es zuerst nicht glauben. Sie sehe aus wie immer, er müsse es schließlich wissen. Aber Walter hatte ihren nackten Körper immer nur im Halbdunkel gesehen.

Theresa erzählte ihm von dem Plan, er nickte nur und sagte, er habe einmal ein Mädchen gekannt, das auch ins Saint Mary's gegangen sei.

Er sagte, dass er sie liebe, und fügte hinzu: »Ich werde da sein, wenn du zurückkommst.«

Theresa empfand tiefe Enttäuschung, die sie nicht in Worte fassen konnte. Vielleicht hatte sie doch insgeheim gehofft, dass er sie heiraten würde.

»Du kannst mich besuchen«, sagte sie.

»Das mache ich dann.«

Er küsste sie zum Abschied.

Das Gebäude von Saint Mary's war unauffällig und klein und stand im Schatten des Saint-Margaret-Krankenhauses. Theresa war sicherlich Dutzende Male daran vorübergegangen und hatte sich nie gefragt, was drinnen vor sich ging.

Als es so weit war, brachten Charlie und Nora sie hin. Mrs. Quinlan hatten sie erzählt, dass sie für Theresa einen Sommerjob als Reinigungskraft im Strandhaus einer Familie gefunden hatten. Genau der Job, den sie sich immer gewünscht hatte. Im Herbst würde Theresa eine Lehrerstelle annehmen, deshalb wunderte sich niemand, dass sie die Schneiderei ein paar Monate früher verließ und, wie Charlie es beschrieb, ein letztes Mal ihre Freiheit genoss.

»Das war die richtige Entscheidung«, sagte er, als sie sich am Gehsteig verabschiedeten. »Vergiss das nicht.«

Nora begleitete Theresa zur Tür. Die Nonne, die ihnen öffnete, lächelte herzlich. Sie stellte sich als Schwester Josephine vor.

»Immer mir nach. Wir gehen zu Schwester Bernadette, sie ist für Neuzugänge zuständig.«

Nora stand reglos da und wartete, bis Schwester Josephine sagte: »So weit können Sie gern mitkommen.«

Sie führte sie in ein Büro am Ende eines langen, dunklen Ganges.

Schwester Bernadette hatte einen Busen von bedrohlichen Ausmaßen und einen leichten Damenbart. Als sie eintraten, erhob sie sich und blieb während des Gesprächs stehen, die Hände wie zum Gebet gefaltet.

»Ihr kommt aus Irland?«

»Ja, Schwester«, sagte Nora.

»Und deine Mutter hat Kenntnis von deiner Lage?« Jetzt schaute sie Theresa an.

»Meine Mutter ist tot, Schwester.«

»Und dein Vater?«

»Nein.«

»Wo ist er?«

»Zu Hause.«

»Und wo ist das?«

»In Westirland. County Clare.«

»Ihr seid nicht zufällig mit den O'Rourkes aus Killarney bekannt? Ailish O'Rourke?« Sie machte eine Pause. »Nein, natürlich nicht.«

Als Theresa weiter schwieg, sagte die Nonne: »Du hast eine Todsünde begangen, das ist dir hoffentlich klar? Hast du Beichte abgelegt? Hast du mit einem Priester gesprochen?«

»Nein, Schwester«, sagte Theresa.

Nora richtete sich in ihrem Stuhl auf.

»Nun gut, das wirst du dann hier tun. Du wirst dich benehmen und dich von uns wieder auf den rechten Weg bringen lassen. Dann kann dein Leben weitergehen. Du musst das hinter dir lassen. Das Baby kommt zu guten katholischen Eltern. Es ist ein Geschenk Gottes an sie.«

»Hat man sie schon ausgewählt?«, fragte Nora.

»Ja.«

»Werde ich sie kennenlernen?«, fragte Theresa.

Schwester Bernadette schüttelte den Kopf.

Theresa nickte erleichtert. Sie stellte sich schon den Moment vor, in dem sie diesen Ort hinter sich ließ und endlich wieder sie selbst sein konnte. Sie überlegte, wann Walter kommen würde.

»Ist das klar?«

»Ja, Schwester.«

»Gut.« Schwester Bernadette schob Papier und Stift über den Schreibtisch. »Dann musst du nur noch hier unterschreiben«, sagte sie.

Theresa gehorchte. Sie suchte Noras Blick, ihre Schwester lächelte gezwungen.

Auf dem Flur wartete Schwester Josephine und führte sie denselben Weg zurück, den sie gekommen waren.

»Ich bringe Sie noch zur Tür«, sagte sie zu Nora.

Nora umarmte Theresa zum Abschied so fest, dass sie dachte,

ihre Rippen würden brechen. Sie wollte nicht, dass die Umarmung endete.

Doch dann sah sie Nora nach, die langsam die Stufen zur Straße hinunterging, wo Charlie im Auto wartete. Die Tür schloss sich, das Licht verschwand.

Schwester Josephine führte sie eine lange Marmortreppe hinauf. Oben lagen zu beiden Seiten des holzgetäfelten Flures Türen.

Die Nonne ging auf eine davon zu und öffnete sie.

»Das ist dein Zimmer«, sagte sie. »Du teilst es dir mit zwei anderen Mädchen: Susan und Mae. Ihre echten Namen musst du nicht wissen, und du darfst ihnen auch deinen nicht nennen. Solange du hier bist, heißt du Kate. Hast du das verstanden?«

Theresa wollte nach Hause gehen, sie wollte alles rückgängig machen. Aber sie hielt ihre Tränen zurück und sagte, dass sie verstanden hatte.

Drei Betten standen in dem weiß getünchten Raum. Es war nicht erlaubt, irgendetwas Persönliches mitzubringen – weder Fotos noch Make-up oder Zeitschriften. Sie dachte an das Zimmer, das sie sich mit Nora und Kitty geteilt hatte, das vor persönlichen Dingen überquoll. Hier sah sie nur säuberlich gemachte Betten mit einfachen, weißen Decken. Der Raum sah unbewohnt aus. Das Einzige, was daran ungewöhnlich war, war das mit dicken Brettern vernagelte Fenster.

Nachdem sie ihre Zimmergenossinnen Susan und Mae kennengelernt hatte, dauerte es keine fünf Minuten, und Theresa wusste, dass sie in Wirklichkeit Patricia und Elizabeth hießen. Als Elizabeth kurz hinausging, flüsterte Patricia Theresa zu, dass sie nicht ganz normal sei. Sie habe nicht erzählen wollen, wie sie schwanger geworden war, aber Patricia vermutete eine schlimme Geschichte dahinter. In ihrer ersten Nacht im Saint Mary's hatte Elizabeth versucht, sich aus dem Fenster zu stürzen. Patricia hatte sie zurückgehalten. Am nächsten Tag war ein Priester mit Hammer, Brettern und Nägeln gekommen.

Zum Mittagessen gab es täglich geschmorte Tomaten und Weißbrot. Die Nonnen verabreichten ihnen Pillen gegen übermäßige Wassereinlagerungen. Jeden Montagnachmittag kam ein Arzt. Dann läutete eine Glocke, und sie stellten sich im großen Saal an. Wenn sie an der Reihe war und auf dem Tisch liegend die Beine öffnen musste, schämte sie sich in Grund und Boden. Es war unvorstellbar, dass die kurzen Momente der Lust mit Walter sie in diese Lage gebracht hatten.

Sie gingen jeden Morgen zum Gottesdienst. Danach hatte Schwester Bernadette einiges zu ihren Sünden zu sagen und erklärte, dass sie ihre Freizeit dazu nutzen sollten, Buße zu tun. Einmal hob ein Mädchen in Theresas Alter die Hand, um zu fragen, wie sie ihren zukünftigen Ehemännern das erklären sollten.

»Gar nicht«, sagte die Nonne einfach. »So eine würde keiner heiraten wollen.«

Sie dachte an Walter, der nicht wie die anderen Männer war. Er hatte ihr keine Vorwürfe gemacht. Allerdings hatte er sie auch noch nicht besucht. Sie fragte sich, ob alles in Ordnung war. Ein quälender Gedanke drängte sich auf, aber sie ließ ihn nicht zu.

Nachts hörte Theresa die anderen im Dunkeln weinen. Es war lauter, als es gewesen wäre, wenn sie nicht so verzweifelt versucht hätten, leise zu sein. Patricia erzählte ihr, dass sie das Kind nicht hergeben wollte, dass sie seine Tritte spüren konnte, die flehentliche Bitte, nicht wegzugehen. Sie war von ihrem Freund schwanger. Sie hatte ihren Eltern schwören müssen, es ihm niemals zu sagen. Ihr Freund dachte, dass sie für ein paar Monate bei einer Sommerschule in New Hampshire arbeitete. Patricia sagte, dass sie trotzdem irgendwann heiraten würden.

Theresa weinte um Walter, nicht um das Kind. Aber das wusste ja niemand. Ihre Brüste schwollen an und wurden ihr mit jeder Woche fremder. Der Bauch dehnte sich, die Haut wurde straff wie die einer Trommel. Was in ihr wuchs, war für sie nicht in erster Linie ein Kind. Es war etwas, das mit ihr geschah, etwas, das ihren Körper belagerte und vorbeigehen würde wie ein Geschwür, ein blauer Fleck oder die Grippe. Sie fühlte sich unendlich einsam und fand Gottes Strafe dafür, dass sie allein zum Tanzen gegangen war, sehr kreativ: Hier war sie wirklich vollkommen allein.

Manchmal wachte sie mitten in der Nacht von Schreien auf. Dann verschwand wieder ein Mädchen, und ihr Name wurde nicht mehr genannt. Eines Morgens schrie im Frühstückssaal eine Blondine auf, griff sich an den Bauch und war von dem, was in ihr vor sich ging, offenbar so erschrocken, dass ihr Wasserglas klirrend zu Boden fiel. Die Nonnen brachten sie eilig aus dem Saal. Niemand sprach je wieder von ihr.

Theresa schrieb gelegentlich kurze Briefe über das Wetter an ihre Familie. Der Gedanke quälte sie, sie anlügen zu müssen, und dass auch Nora für sie lügen musste. Sie betete eine Novene und bat um Vergebung.

Nora kam einmal die Woche zu Besuch, mehr war nicht gestattet. Manchmal war sie sehr ernst. Sie sprach wenig. Bei anderen Besuchen, wenn Theresa ihrerseits besonders traurig wirkte, versuchte Nora, sie zum Lachen zu bringen, und flüsterte ihr zu, dass am Ende alles gut sein würde.

Theresa versuchte, es nicht persönlich zu nehmen, als Nora bei ihrem zweiten Besuch mit den Worten durch die Tür trat: »Es gibt Neuigkeiten.«

Sie wirkte verlegen und beschämt.

»Was ist denn los?«, fragte Theresa.

»Charlie und ich haben am Wochenende geheiratet.«

»Was? Nora!«

»Ich wollte es nicht ohne dich machen, aber plötzlich war ein Termin frei, und Charlie wollte das erledigen. Alles ging so schnell. Der Priester hat sogar auf das Aufgebot verzichtet. Jetzt ziehen wir in eine neue Wohnung. Mrs. Quinlan hilft mir noch, sie herzurichten. Du kommst zu uns, wenn das alles vorbei ist.«

Nora erwähnte nicht mehr, was sie über die Heirat mit Charlie gesagt hatte, als sie und Theresa allein gewesen waren. Dass ihr beim Gedanken daran schlecht wurde.

Den Mädchen im Saint Mary's war während ihres Aufenthalts nur ein Tag Ausgang erlaubt. Theresa war seit zehn Wochen dort, als Nora und Charlie kamen und sie für den Tag abmeldeten. Sie fuhren im Auto seines Cousins eine knappe Stunde nach Hull, einem hübschen Küstenort, der Theresa an zu Hause erinnerte. Charlie sagte, dort würden sie bestimmt niemandem über den Weg laufen, der sie kannte. Sie könnten auch ins Kino gehen, wenn sie Lust hatte. Das Apollo strahlte groß und einladend im Abendlicht. Sie zeigten *Mein Leben ist der Rhythmus* mit Elvis Presley in der Hauptrolle.

Nach dem Film spazierten sie an der Ufermauer entlang. Auf der einen Seite lag der Ozean, auf der anderen ein hell erleuchteter Rummelplatz. Theresa wäre am liebsten hingegangen.

»Wäre es nicht schön, hier zu wohnen?«, sagte Nora.

Sie hatte heute besonders gute Laune, dachte Theresa. Also tat ihr die Ehe doch gut. Nora ging allein voraus und ließ alles auf sich wirken.

Die Leute lächelten Theresa zu, die an Charlies Seite ging. Sie mussten sie für eine richtige Ehefrau und werdende Mutter halten. Dieses einfache, unschuldige Missverständnis erleichterte sie, nachdem nun die Wahrheit so eine hässliche Sache geworden war.

Als sie Theresa wieder absetzten, blieb Charlie im Wagen.

Nora begleitete sie zum Eingang.

»Ich muss dir etwas sagen«, sagte sie.

Theresa spürte, dass Nora es lieber verschwiegen hätte.

»Es geht um Walter«, sagte sie schließlich. »Theresa: Er ist verheiratet.«

»Nein«, sagte Theresa. »Das kann nicht sein.«

»Charlie kennt Leute in den Edison-Werken. Sie sagen, dass er eine Frau hat. Sie hat vor kurzem ein Kind bekommen.«

Theresas Knie begannen zu zittern. »Oh.«

»Es ist schrecklich, Theresa«, sagte Nora. »Ein verheirateter Mann und Vater, der sich so benimmt. So eine Frechheit. Unverantwortlich. Es tut mir so leid, Theresa. Diese Natter. Gut, dass du den los bist.«

Theresa dachte an die Abende, an denen er nicht erschienen war. Hier hatte er sie nie besucht. Sie hatte ihm alles verziehen, die Schuld bei sich gesucht. Nie wäre sie auf die Idee gekommen, dass diese Abwesenheiten auf so etwas hinweisen könnten. Eine Frau. Ein Kind. Es gab nichts Schlimmeres. Walters Liebe war das einzige Licht im Dunkel gewesen, etwas, auf das sie sich freuen konnte, wenn sie all das hinter sich gebracht hatte. Sie wollte ihm nachstellen, ihm auf seiner Türschwelle eine Szene machen und verlangen, dass die Wahrheit eine andere sei.

Nora legte die Hände auf Theresas Wangen und verharrte so, als könne sie ihrer Schwester einen Teil des Schmerzes nehmen.

»Sei nicht traurig«, sagte Nora. »Bitte.«

Theresa spürte die Tränen kommen.

»Da ist noch etwas, worüber wir reden müssen, bevor ich gehe«, hörte sie Nora sagen. »Große Neuigkeiten.« Nora hielt inne. Sie bekam es nicht heraus. Schließlich nahm sie einen tiefen Atemzug und versuchte es.

»Ich habe viel nachgedacht und beschlossen, dass Charlie

und ich das Baby nehmen. Ich habe es mir genau überlegt. Alle halten mich schon für schwanger. Zur Arbeit ziehe ich weite Kleider an, und Charlie erzählt bei Familienfeiern, dass ich mich nicht gut fühle und zu Hause geblieben bin.« Sie machte eine Pause. »So kann das Kind in deinem Leben bleiben, Theresa. Ich weiß, dass dich das jetzt nicht interessiert, aber irgendwann wird es das.«

Theresa dachte daran, wie schnell Walter die Kammer im Intercolonial gefunden hatte: Er hatte sie nicht an diesem Abend entdeckt. Er war schon vorher dort gewesen.

»Theresa«, sagte Nora. »Hast du nichts dazu zu sagen?«

»Ich will jetzt schlafen«, sagte sie. »Ich bin müde.«

»Es ist die beste Lösung«, sagte Nora. »Du wirst schon sehen. Das Kind bleibt in der Familie.«

»Okay«, sagte Theresa. »Gut.«

Sie interessierte sich nicht für ein Kind, das sie nicht kannte und sich nicht vorstellen konnte. Es war Walter, der ihr etwas bedeutete, und der war jetzt für immer weg.

Sie lag die ganze Nacht wach und dachte an ihn.

Nach fünfzehn Wochen im Saint Mary's erwachte Theresa eines Nachts in einer Blutlache. Sie schrie laut. Einen Augenblick später stand Schwester Josephine in der Tür und machte das Licht an.

Da sah Theresa, dass es nicht Blut war, sondern Wasser.

Schwester Josephine rief in den Flur: »Schwester Bernadette: Es ist so weit.«

Sie brachten einen Rollstuhl und schoben Theresa einen langen, tunnelartigen Gang entlang, den sie nie zuvor gesehen hatte. Auf der anderen Seite öffnete er sich zu der hellen Geburtsstation des Saint-Margaret-Krankenhauses.

Dann lag sie auch schon auf einem Tisch, und die Nonnen fixierten sie.

»Gott sei mit dir«, sagte Schwester Josephine. Und weg waren sie.

Theresa blieb allein zurück, schreiend. Tagelang, wie ihr schien. Alle paar Stunden sah eine Krankenschwester nach ihr und ging wieder, ohne ein Wort zu sagen. Sie flehte die Frau an, ihr zu helfen, aber ihr Gesichtsausdruck war unberührt, als könne sie Theresa nicht hören.

Der Schmerz war unerträglich. Nie hatte sie etwas Vergleichbares empfunden. Sie starrte aus dem Fenster auf die Backsteinwand gegenüber und versuchte, die Kraft ihrer Mutter in sich zu erwecken, die das dreimal zu Hause durchgemacht hatte. Aber ihre Mutter war sicherlich nicht allein gewesen, sondern umgeben von den Frauen des Ortes, die ihr den Rücken rieben und ihr Geschichten erzählten. Theresa suchte in ihrem Gedächtnis verzweifelt nach dem Gesicht ihrer Mutter. Sie brüllte nach Nora, als ob die sie hören könnte.

Sie verlor immer wieder das Bewusstsein. Ihr Kopf schmerzte, als sei er auf den Tisch geschlagen. Sie hatte keine Erinnerung an das Hereinbrechen der Nacht.

Sie heulte. Sie biss sich auf die Zunge, bis sie Blut schmeckte. Nach vielen Stunden hätte sie schwören können, dass ihr auf der Backsteinmauer plötzlich das Bild der Heiligen Jungfrau Maria erschien. Theresa dachte, dass sie nun sterben müsse, und nahm das gerne an, wenn dann nur der Schmerz aufhörte.

Ein Arzt betrat den Raum.

Kurz vor Sonnenaufgang war das Baby geboren.

Sie musste eingeschlafen sein. Das Nächste, woran sie sich erinnerte, war, dass sie auf dem Tisch lag, aber ihre Arme nicht mehr fixiert waren, jedoch blutig und blau.

Schwester Josephine betrat den Raum mit dem Kind im Arm. Es war in ein blaues Deckchen gewickelt.

»Gut gemacht«, sagte sie. »Möchtest du ihn halten?«

Sie bejahte. Sie musste wissen, ob er ihr ähnelte.

»Du musst jetzt lernen, wie man ihn stillt«, sagte Schwester Josephine. »Das machst du noch ein paar Tage, dann kommt er nach Hause.«

Theresa starrte ihren Sohn an, ein wunderschönes Wesen mit gewelltem schwarzem Haar und blauen Augen. Er war eindeutig Walters Sohn, der einzige Beweis für das, was zwischen ihnen gewesen war.

»So«, sagte die Nonne und versuchte Theresas Nachthemd aufzuknöpfen, ohne hinzusehen. »Dann mal los.«

Theresa legte das Baby an ihre rechte Brust und schob sein Kinn vor, damit er an die Brustwarze kam. Beim dritten Versuch verstand er. Wie seltsam und außergewöhnlich, ein so kleines Kind dabei zu beobachten, wie es etwas lernte.

»Ich werde ihn Patrick nennen«, sagte sie.

»Das solltest du deiner Schwester überlassen, Kate.«

»Ich heiße Theresa.«

Es folgte ein kurzes Schweigen. Dann sagte die andere: »Das war sehr gütig von deiner Schwester. Die meisten Mädchen bei uns sehen ihre Kinder nie wieder. Sie hat sehr für dich gekämpft.«

Als Nora sie besuchte und nur die beiden mit dem Kind im Raum waren, sagte Theresa: »Ich werde ihn Patrick nennen.«

»Okay«, sagte Nora.

»Du musst das nicht machen, was du geplant hast«, sagte Theresa. »Ich habe beschlossen, ihn selbst großzuziehen.«

»Wie um alles in der Welt stellst du dir das vor?«

In diesem Augenblick betrat Schwester Josephine den Raum. Sie ging zu dem Baby, das im Stubenwagen jammerte. Sie strich ihm über den Kopf, hob ihn auf.

»Könnten wir die beiden nicht schon früher mit nach Hause nehmen?«, fragte Nora. »Am besten noch heute.«

»Nein, tut mir leid.« Schwester Josephines Ton war barsch. »Bei uns gibt es Regeln, und die müssen auch in einer so ungewöhnlichen Situation wie dieser befolgt werden.«

Theresa fragte sich, was so ungewöhnlich daran war, und dachte zum ersten Mal an die Familie, die Schwester Bernadette am Tag ihrer Ankunft erwähnt hatte. Die Familie, zu der ihr Sohn hatte kommen sollen. Plötzlich wurde ihr die Ungerechtigkeit bewusst. Diese braven katholischen Leute hatten einen Sohn bekommen sollen, empfangen ohne Empfängnis, wie ein Jesuskind. Das war zumindest der Plan gewesen. Aber niemand hatte seitdem von der Familie gesprochen. Statt zu ihnen ging ihr Baby jetzt an Nora.

Die Tage vergingen. Theresa wiegte und stillte Patrick und ging mit ihm die Flure auf und ab, um ihn zu beruhigen. Sie konnte nicht fassen, dass er das war, was die ganze Zeit in ihr gewachsen war.

»Es tut mir leid, dass ich dich ein Geschwür genannt habe«, flüsterte sie ihm zu.

In ihrer vierten und letzten Nacht mit ihm allein schlief sie nicht. Sie lag bis nach Sonnenaufgang wach und starrte in sein Gesicht. Die Nonnen hatten ihn für die Nacht in den Säuglingssaal bringen wollen, aber sie hatte sie angefleht, ihn bei sich behalten zu dürfen.

Am nächsten Morgen, so teilte man ihr mit, würde man den üblichen Ablauf beibehalten: Sie würden Patrick nehmen und zu seinen neuen Eltern irgendwo in einem anderen Zimmer bringen. Dann würden Nora und Charlie sie abholen. Das Baby in Noras Armen. Ein sauberer Schnitt. Eine neue Geschichte.

Als der Augenblick gekommen war, kam Theresa fast um vor Schmerz.

»Es ist so weit«, sagte Schwester Josephine. »Seine Eltern sind hier.« Sie streckte die Arme nach ihm aus und fummelte an ihm herum, obwohl Theresa ihn noch hielt. Sie holte einen weißen Plastikkamm hervor und glättete Patricks Haar. Sie befestigte etwas an seiner Windel.

»Was ist das?«, fragte Theresa.

»Das ist die Medaille der unbefleckten Empfängnis. Jedes unserer Babys bekommt eine, bevor es uns verlässt.«

»Die Wundertätige Medaille«, sagte Theresa.

»Ganz richtig. Du hast noch eine Minute. Verabschiede dich.«

Die Nonne verließ das Zimmer.

Theresa blickte auf das kleine silberne Oval hinunter. Der Rand war blau, in der Mitte das vertraute Gesicht der Jungfrau, umgeben von Licht, und die Worte: *O Maria, ohne Sünde empfangen, bitte für uns, die wir zu dir unsere Zuflucht nehmen.*

Zum ersten Mal seit Jahren dachte sie an die Entstehungsgeschichte der Medaille. Wie die Jungfrau der heiligen Katharina in einer Pariser Kirche erschienen war und ihr befohlen hatte, diese Medaillen herzustellen, damit sie alle schützten, die sie trugen. Theresas liebste Stelle war immer die Auflehnung gewesen. Sie mochte besonders Marias Worte: *Gott möchte dir einen Auftrag erteilen. Du wirst Widerspruch erregen, aber hab keine Angst; dir wird die Kraft gegeben sein zu tun, was getan werden muss.*

Theresa spürte die Kraft und Gegenwart Marias und aller Heiligen.

Als Schwester Josephine zurückkehrte und sagte: »So, meine Liebe. Gib ihn mir«, sagte Theresa: »Nein.«

Sie hatte es leise gesagt, trotzdem erschrak sie vor sich selbst. Sie hatte einer Nonne widersprochen.

Dann sagte sie es lauter und immer lauter: »Nein, nein, nein, nein. Nein.«

»Schwester Bernadette!«, rief Schwester Josephine, Panik in der Stimme. Sie verließ eilig das Zimmer.

Theresa sah durch das Fenster dahin, wo die Jungfrau ihr erschienen war, dann auf die Medaille. Die heilige Katharina.

Und hier hatte man sie die ganze Zeit Kate genannt. Jetzt begriff sie.

Dann kamen die Nonnen mit fliegenden Roben wie auf Hexenbesen ins Zimmer. Schwester Bernadette sagte nichts, sondern ging direkt auf Theresa zu und griff nach Patrick. Theresa hielt ihn fest und schrie.

Als sie das Geräusch hörte, erschrak sie, als käme es nicht aus ihrem Mund.

Patrick weinte.

»Sieh nur, was du ihm antust«, sagte Schwester Bernadette.

»Er gehört mir!«, brüllte Theresa. »Sie kriegen ihn nicht!«

Schwester Bernadette antwortete spitz: »Du hast einen Vertrag unterschrieben. Dieses Kind soll nicht für deine Sünden büßen müssen. Gib ihn mir, bevor ich die Polizei rufe. Du bist eine unverheiratete Dirne, keine Mutter.« Sie drehte sich zu Schwester Josephine: »Ich habe dich gewarnt. Ich wusste, dass das passieren würde.«

Schwester Josephine sah betroffen aus. »Wenn du ihn wirklich liebst, lass ihn in einer richtigen Familie aufwachsen«, sagte sie. »Mit einer Mutter und einem Vater. Du wirst eines Tages ein eigenes Kind haben. Für diesmal kannst du eine nette Tante sein.«

Als Theresa sie daraufhin nur wütend anblitzte, sagte die Nonne: »Ich hole deine Schwester.«

Wenige Minuten später kam Nora ins Zimmer, gefolgt von Charlie. Sie trugen Festtagskleidung, als seien sie auf dem Weg zur Ostermesse.

»Bitte zwing mich nicht, Nora!«, bat Theresa verzweifelt.

»Alle freuen sich schon auf dich«, sagte Charlie. »Mrs. Quinlan hat immer wieder gesagt, dass du im Haus fehlst. Wir sind morgen zum Abendessen dort. Sie macht Erdbeerkuchen.«

Theresa betrachtete Nora und Charlie: Mann und Frau. Sie erwarteten, dass sie nach Hause ging, Kuchen aß und sich

Lügengeschichten über den Sommer einfallen ließ, als wäre ihr Sohn nie geboren. Und das, nachdem sie sie gezwungen hatten, hierherzukommen.

Ihr Leben lang hatte ihre Schwester sie zähmen wollen, hatte versucht, sie für die Welt zurechtzumachen. Nora hatte einen dummen Mann geheiratet, den sie nicht liebte. Wieso machte die Tatsache seiner Existenz aus ihr eine bessere Mutter, als Theresa es für ihren eigenen Sohn war?

Sie konnte in ihren Gesichtern sehen, dass sie genauso viel Angst hatten wie Theresa selbst.

Sie war erschöpft. Nora musste doch verstehen.

»Ich habe ein Zeichen gesehen«, sagte Theresa, und bittere Tränen schossen ihr in die Augen. »Er soll bei mir bleiben. Ich gehe heute Nacht mit ihm fort.«

»Wohin willst du denn gehen?«, fragte Nora.

»Bitte hilf mir«, sagte Theresa. »Bitte. Wenn nicht, finde ich auch ohne dich einen Weg. Dann erzähle ich allen, was ihr mir angetan habt. Ich werde es durch die Straßen brüllen. Ich werde mit ihm weglaufen, und ihr werdet uns niemals finden.«

»Theresa!«, sagte Nora.

Ihre Schwester trat nah an sie heran und sprach in demselben sanften, leisen Ton zu ihr, in dem sie Theresa beruhigt hatte, als sie noch klein war.

»Du wirst Lehrerin werden«, sagte Nora. »Du wirst einem wundervollen Mann begegnen. Weißt du noch, über was für Männer du und deine Freundinnen auf dem Schiff geredet habt? Reich und gutaussehend. Genau so einen wirst du auch finden. Und Patrick wird immer in der Nähe sein. Es ist der einzige Weg.«

»Genug Gerede«, sagte Schwester Bernadette. »Keine weitere Diskussion.«

Sie nahm Theresa das Baby weg und legte es in Noras Arme.

Teil Drei

2009

6

Die Nonnen der Abtei der Unbefleckten Empfängnis riefen sieben Mal täglich durch die Glocken zum Gebet. Um zwei Uhr morgens läutete es zum Nachtoffizium. Das war das schwierigste und deshalb, wie Mutter Cecilia glaubte, auch das wichtigste Gebet. Sie war seit Jahren trainiert, pünktlich aufzuwachen, sich anzuziehen und in der Kapelle all ihre Aufmerksamkeit auf das Beten zu richten.

An diesem Montagmorgen öffnete sie um ein Uhr dreißig in der Dunkelheit die Augen und nahm die Stille wahr. Nach sieben Tagen Dauerregen hatte es endlich aufgehört. Im Laufe der vergangenen Woche war jede Ecke des einhundertfünfzig Hektar umfassenden Klostergeländes so aufgeschwemmt, dass die gummibesohlten Schuhe der Nonnen bei jedem Schritt tief in Gras und Schlamm versanken, kaum wieder daraus zu befreien waren und beim Herausziehen die widerstrebende Erde mit sich nahmen.

Die vielen, über das ganze Grundstück verteilten, zweihundert Jahre alten Eichen ließen die Äste hängen. In den Hochbeeten sogen sich die letzten Winterbrokkolistrunke voll. Am Spalier wackelten die Bohnen im Wind. Die Ziegen, Kühe und Lamas waren nur noch mit süßen Birnen aus dem Stall zu locken. Selbst die Hunde, vier goldene Labradore, die so viele vergnügte Nachmittage damit verbracht hatten, sich am Fluss im Dreck zu wälzen, wollten nicht vor die Tür und schossen nur morgens kurz raus, um sofort wieder hineinzurennen. Der Fluss war über die Ufer getreten.

Auch innerhalb der Klostermauern legte sich Feuchtigkeit auf alle Oberflächen. Aus Angst vor Rostschäden hatte man jemanden beauftragt, die Pfeifen der Orgel regelmäßig zu trocknen. Die Holztüren des Wohntraktes waren aufgequollen und ließen sich nicht mehr schließen. In den langen Steinfluren herrschte dumpfe Kälte. Alle waren schlechter Laune. Alte Streitigkeiten wurden wiederaufgenommen, und neue schossen wie Pilze aus dem Boden.

In ihrer Zelle tropfte es aus Deckenrissen in drei Töpfe, die am Fußende des Bettes standen. Wenn sie nachts dem rhythmischen Klopfen lauschte, war ihr die Frage nicht aus dem Sinn gegangen, wie sie das neue Dach finanzieren sollten.

Aber jetzt war es endlich vorbei. Als sie sich nach dem Nachtoffizium wieder hinlegte, schlief sie sofort ein. Beim Läuten der Glocken in der Morgendämmerung zog sie sich an und war zufrieden. Sie ging mit einem fröhlichen Gefühl von wiederhergestellter Ordnung an ihre morgendlichen Pflichten: Gottesdienst, Papierkram und Brot backen. Sie lobte den schönen Tag gegenüber dem Briefträger und den jungen Leuten, die im Gästehaus untergebracht waren. Die beschwerten sich, dass es plötzlich kalt geworden war, aber das war im Januar in Vermont zu erwarten. Es waren gerade die für diese Jahreszeit ungewöhnlich hohen Temperaturen gewesen, die den Regen gebracht hatten. Winterwetter war ihr lieber. Auch in ihrem Alter freute sie sich noch über den Anblick der Abtei im Schnee.

Frühstück gab es um Punkt acht. Kurz davor schlüpfte sie in den Speisesaal und nahm ihren Platz ein. Sie waren derzeit siebenunddreißig. Die Mahlzeiten wurden an zwei langen, schmalen Holztischen eingenommen, an denen sie schweigend nebeneinandersaßen und niemand ein Gegenüber hatte. Die Äbtissin und sie saßen an einem kleinen Tisch an der Spitze der Tafel. Beim Eintreten in langer Reihe verbeugte jede Nonne sich einzeln vor ihnen, wie immer. Mutter Cecilia war darüber stets ein wenig erstaunt: War es nicht erst gestern gewesen, dass die Äbtissin und sie selbst junge Ordensanwärterinnen gewesen waren?

Während sie Eier, Brot und Marmelade aßen, bemerkte Mutter Cecilia den Blick von Schwester Alma auf der anderen Seite des Saales. Mutter Cecilia nickte ihr zu, und die junge Frau erwiderte den Gruß mit einem traurigen Lächeln. Vermutlich würde sie nach dem Frühstück mit einem Kummer zu ihr kommen, wie so oft in letzter Zeit. In vier Tagen sollte sie das Ordensgelübde ablegen. Sie warteten alle darauf, und in der Küche und den Gästehäusern waren Vorbereitungen getroffen worden. Am Donnerstag würde aus Schwester Alma Mutter Alma werden und damit ein langfristiges Mitglied der Ordensgemeinschaft.

Sie waren dazu angehalten, keines der Mädchen einem anderen vorzuziehen. Aber insgeheim hatte Mutter Cecilia ihre Lieblinge. Schwester Alma war vor sieben Jahren zu ihnen gekommen. Sie hatte an der Rhode Island School of Design ein Masterstudium in bildender Kunst absolviert und danach in New York als Malerin gearbeitet und angefangen, ihre Arbeiten in Galerien zu platzieren und sich einen Namen zu machen. Aber plötzlich fühlte sie den Ruf von etwas Größerem. Sie hatte das Kloster in Plateausandalen betreten, mit schwarzen Lederriemchen um die Waden und einem Kleid, das hinten länger war als vorn.

Wie viele von ihnen hatte auch Schwester Alma als Praktikantin angefangen. Sie hatte vier Monate im Gästehaus gewohnt und bei der Ernte geholfen. Sie hatte Kapellenböden und Butterfässer geschrubbt. Am Ende des Praktikums hatte sie Mutter Cecilia um ein Gespräch gebeten. Von all ihren Pflichten betrachtete sie die der Novizenmeisterin als die wichtigste. Dabei half sie ihnen bei der Entscheidung, ob sie hierhergehörten oder nicht.

Bei diesem Gespräch erzählte Schwester Alma, dass ihr mit

dreißig Jahren klar geworden war, dass viele ihrer Freunde ihre Armut nur vorgetäuscht hatten. War ein bestimmter Meilenstein erreicht – ein gewisses Alter, Eheschließung, die Geburt eines Kindes –, bezogen sie millionenschwere Stadtvillen. Sie luden zum Brunch in den Garten, und jeder bewunderte die neuen Möbel und die stilvolle Einrichtung. Niemand fragte, woher das Geld kam, denn man ahnte es – reiche Eltern oder eine vorteilhafte Ehe, oder eine vorteilhafte Ehe mit jemandem mit reichen Eltern. Plötzlich, nach einem Jahrzehnt, in dem sie für Ideologien und Emotionen gelebt hatten, waren *Dinge* in den Vordergrund gerückt.

Sie sprach auch von der Last der Technologie. Jede Einzelne der jungen Frauen, die in den letzten Jahren durch das Klostertor getreten waren, hatte der Gedanke erleichtert, ihr E-Mail-Konto und ihr Mobiltelefon loszuwerden. Sie hatten alle das Wort *Lärm* verwendet. Ein Lärm, der ihnen kaum erträglich war. Das Leben war zu voll davon. Unter den Nonnen im Kloster gab es einige, die dieses Motiv für fragwürdig hielten. Sie fanden, es zeuge von fehlender Hingabe, aber Mutter Cecilia war anderer Meinung. Jede Generation von Nonnen wurde von anderen Nöten ins Kloster getrieben. Jede Nonne war ein Produkt ihrer Zeit, wie jeder andere Mensch. Ein halbes Jahrhundert lang hatte sie die Wellen, in denen sie kamen, beobachtet. In den Siebzigern waren sie auf der Suche nach Frieden, Gemeinschaftlichkeit und sozialer Gerechtigkeit gekommen. Jetzt suchten sie einen Lebenssinn, äußere und innere Ruhe. Alles Mögliche mochte sie hierhergeführt haben. Was sie bewegte, zu bleiben, war ihr Glaube.

In manche Nonnenklöster strömten Mädchen mit sechzehn oder siebzehn Jahren, obwohl Mutter Cecilia bezweifelte, dass sie lange blieben. Die Abtei der Unbefleckten Empfängnis nahm nur Frauen mit Lebenserfahrung auf, die zuvor eine Begabung entdeckt oder einem Beruf nachgegangen waren.

Eine war Schauspielerin am Broadway gewesen, eine andere hatte an der Wall Street gearbeitet, wieder eine andere als Senatorin in Wisconsin. Sie hatten eine Bildhauerin unter sich, die sie nach Rom schickten, um dort die Bearbeitung von Marmor zu erlernen, und eine Chemikerin, die Parfüm herstellte. Was sie aus ihrem vergangenen Leben mitbrachten, bereicherte ihr gegenwärtiges.

Schwester Alma berichtete von einem Professor, der ihnen erklärt hatte, das Künstlerleben sei unvorstellbar schwer, und die Studenten sollten, wenn sie sich einen anderen Weg vorstellen konnten, diesen gehen. Das traf auch auf das Leben einer Nonne zu, fand sie. Mutter Cecilia stimmte zu und dachte dennoch, dass das auf vieles zutraf – das Leben als Mutter war eine ebenso groß Herausforderung, die man nie wieder hinter sich lassen konnte. Dennoch entschieden sich viele Frauen dafür.

Aber der Vergleich mit dem Künstlertum war gut: Vielleicht hatte ein Künstler tiefere Gefühle als viele andere, der Preis dafür war der Zweifel. Sie hatte gelesen, dass es Gilot morgens oft Stunden gekostet hatte, Picasso aus dem Bett und ins Atelier zu kriegen. Ein tägliches Ritual von der Verzweiflung zur Hoffnung.

Glaube war keine Konstante. Glaube musste ständig erneuert werden. Eine Nonne wurde man nicht über Nacht, sondern Schritt für Schritt. Daran wollte sie Schwester Alma nach dem Frühstück erinnern. Doch als diese an ihre Bürotür klopfte und sich beim Eintreten verneigte, sagte sie: »Heute früh kam ein Anruf für Sie, Mutter.«

Mutter Cecilia bat sie herein.

Sie hatten den Telefonanschluss für die eingerichtet, die nicht selbst im Kloster beten konnten. Die Nonnen beteten für alles, worum man sie bat: bei individuellem Unglück und Weltkatastrophen. Für Soldaten im Irak und Krebspatienten im

Krankenhaus am Ende der Straße. Es war schon vorgekommen, dass ein Anrufer eine Verbindung zu einer der Nonnen gehabt hatte, aber nie zuvor hatte ein Anruf Mutter Cecilia gegolten.

»Die Anruferin hieß Nora Rafferty«, sagte Schwester Alma mit einem Blick auf einen Zettel in ihrer Hand. »Sie bat mich, Ihnen mitzuteilen, dass ihr Sohn in der vergangenen Nacht bei einem Autounfall ums Leben gekommen ist. Es sei wohl das Wetter gewesen. Sie sagte noch, dass es keine weiteren Verletzten gegeben habe.«

Mutter Cecilia stockte der Atem.

Sie versuchte ihre Stimme unter Kontrolle zu bringen: »Hat sie gesagt, welcher Sohn?«

»Sein Name war Patrick.«

Auf dem letzten Foto, das sie von ihm gesehen hatte, war er sechzehn Jahre alt gewesen. So sah sie ihn jetzt vor sich, obwohl er im August fünfzig geworden war.

»Standen sie Ihnen nahe, Mutter?«, fragte Schwester Alma.

»Vor sehr langer Zeit, ja.«

Die junge Frau sah überrascht aus. Mit Ausnahme von Mutter Placid dachten alle hier, Mutter Cecilia habe keine Verwandten im Land.

»Es tut mir sehr leid«, sagte Schwester Alma. »Ich werde für sie beten. Soll ich ihn heute Abend in die Fürbitte einschließen?«

»Nein«, sagte sie. Doch dann besann sie sich: »Ich meine, ja, das wäre schön. Danke.«

Schwester Alma verließ den Raum und schloss die Tür hinter sich.

Mutter Cecilia weinte. Ein Autounfall. Keine weiteren Verletzten. Sie hatte vor langer Zeit ihren Frieden mit der Entscheidung gemacht. Ihn bei Nora zu lassen hatte bedeutet, ihn Nora zu überlassen. Aber Nora hatte nicht genug getan. Sie hatte nicht zugehört. Und jetzt war es so weit gekommen.

Sie atmete tief durch.

In der Abtei der Unbefleckten Empfängnis glaubte man, durch das Ringen mit sich selbst im Namen Gottes den Rest der Welt positiv zu beeinflussen. Mit Ablegen des Ordensgelübdes trat man in den Orden ein. Damit wurde jede Handlung zu einer Handlung des Glaubens. Es war ihre Aufgabe, sich mit dem, was in ihrem Leben schwierig war, auseinanderzusetzen, besonders in der Familie.

Mitgefühl, also. Für Nora, für sie selbst. Für Entscheidungen, die sie in einem anderen Leben getroffen hatten, in dem sie noch nichts von der Welt wussten und davon, wohin ihr Weg sie führen würde. Nicht einmal etwas über ihre eigenen Körper und wozu sie fähig waren. Schweigen war eine Form der Gewalt. Das hatte sie Nora klarzumachen versucht, aber sie hatte sich geweigert.

Sie stellte sich Nora jetzt vor. Verzweifelt. Aber gewiss von ihren Kindern umgeben. Ihr Ehemann. Charlies riesige Familie, die vielen Personen, mit denen auch sie einst zusammengelebt hatte. Noras Kinder waren jetzt erwachsen. Sie hatte sich oft vorgestellt, dass sie mittlerweile verheiratet waren und selbst Kinder hatten. Im Leben angekommen und zufrieden. Nora und Charlie, die stolzen Oberhäupter eines wachsenden Familienclans. Sie fragte sich, ob Patrick eine Frau hinterließ, Töchter und Söhne, die ihn geliebt hatten.

Mutter Cecilia erhob sich von ihrem Stuhl. Sie ging mit einem leichten Schwindelgefühl nach draußen.

Sie fand Mutter Placid bei der Arbeit am Kompost.

Die Mutter trug ihr schweres Nonnenhabit aus Jeansstoff, darüber einen Pullover. Die Arbeitsschuhe mit den gelben Schnürsenkeln waren an den Seiten dreckverkrustet.

Ihre gute alte Freundin, Hüterin all ihrer Geheimnisse. Wie lange war es her, dass die beiden zusammen durch das Klostertor getreten waren, wie lange, seit sie einander zuletzt bei ihren

Taufnamen genannt hatten? Dass sie an sich selbst als Theresa gedacht hatte, lag Jahrzehnte zurück.

Mutter Placid lächelte besorgt, als sie den Gesichtsausdruck ihrer Freundin sah. »Was ist los?«

Mutter Cecilia hielt sich am Arm der anderen fest: »Patrick ist tot.«

»O Gott. Was ist denn passiert?«

»Ein Autounfall. Meine Schwester hat angerufen.«

»Tatsächlich?«

Sie hatte seit über dreißig Jahren nicht mit Nora gesprochen. Mutter Cecilias Briefe waren ungeöffnet zurückgekommen, dutzendweise. Sie bewahrte sie in einem Karton unter ihrem Bett auf.

»Du musst zur Beerdigung nach Boston fahren.«

»Das geht nicht.«

»Natürlich geht das. Bei der Abstimmung ging es genau um solche Fälle.«

Sie sagte es, als ob es so einfach wäre.

Heimatbesuche waren unter den Klosterältesten kontrovers diskutiert worden. Sie standen im Widerspruch zu den jahrhundertealten Prinzipien des Klosterlebens: Man kam, und wenn man fromm war, ging man nie wieder weg. Doch in den letzten Jahren hatten einige Abteien die Regeln gelockert. Wenn jemand gestorben war oder im Sterben lag, wenn man von der Familie gebraucht wurde, durfte man das Kloster für kurze Zeit verlassen. Die Ordensgemeinschaft hatte beschlossen, solche Besuche in Extremfällen zu gestatten, aber bisher war das Theorie gewesen.

Mutter Cecilia hatte den Standpunkt vertreten, dass derartige Besuche unter Umständen von großer Bedeutung waren. Alles hing von Motiv und Zweck ab. Etwa die Hälfte der Anwärterinnen verließ das Kloster wieder, entweder aus freien Stücken oder nach dem Willen des Ordens. Diejenigen, die blieben, waren dazu berufen und konnten nicht durch äußere Umstände davon abgebracht werden.

Sie wäre nie auf die Idee gekommen, dass sie die Erste sein könnte, die von der Neuregelung Gebrauch machen würde. Dass Patrick der Grund dafür sein würde.

»Ich kann euch jetzt nicht allein lassen«, sagte sie. »Bischoff Dolan kann jeden Tag eintreffen. Bestimmt bringt er wieder schlechte Neuigkeiten.«

»Man muss gehen, wenn man gebraucht wird. Das haben wir gemeinsam so entschieden. Außerdem: Ich habe keine Angst vor Dicky Dolan.«

»Bitte nenn ihn nicht so, das macht mich ganz nervös.«

»Für mich ist die Sache klar«, sagte Mutter Placid. »Nora braucht dich. Denk darüber nach. Und bete.«

»Das werde ich.«

7

John Rafferty nippte am Kaffee und beobachtete seine Frau, die mit geneigtem Kopf einen Perlenohrring anlegte.

»Wann bist du ungefähr wieder da?«, fragte Julia. »Wegen … na du weißt schon. Wegen der Sache.«

Sie machte eine Kopfbewegung zu ihrer Tochter, die ebenfalls am Tisch saß.

Maeve starrte auf ihr Handy, die Ohren zugestöpselt, den Rest der Welt vergessend.

Johns Flug nach Chicago ging um zehn. Er würde den Sechzehn-Uhr-Flieger zurück nehmen. Es war kein guter Tag für ein Teenager-Mini-Drama, aber welcher Tag war das schon.

»Ich bin um acht zurück. Spätestens halb neun«, sagte er.

Fast hätte er die Tasse auf der Kücheninsel abgestellt, aber in letzter Sekunde erinnerte er sich an die nagelneue Arbeitsplatte. Julia hatte die weiße Marmorplatte vor einem Monat einbauen lassen. Davor war es schwarzer Marmor gewesen, den sie – nach nur einem Jahr – weggegeben hatte, weil, wie sie sagte, seinetwegen der Rest der Küche nicht zur Geltung kam. John glaubte zu verstehen, was sie damit meinte. Über die Kosten dachte er lieber nicht nach. Wenn sie die weiße Platte jetzt wenigstens ein paar Jahre benutzten, müsste er das Ganze nicht als komplette Extravaganz betrachten. Er würde einfach nichts darauf abstellen, bis er fünfzig war.

»Alles in Ordnung?«, fragte Julia.

Hätte sie seine Gedanken lesen können, hätte sie ihn daran erinnert, dass sie beide berufstätig waren und es sich leisten konnten. Sie würde sagen, dass er sich entspannen sollte. John fragte sich gelegentlich, ob es irgendjemandem, der in dieser Form dazu aufgefordert worden war, sich zu entspannen, jemals gelungen war.

»Mir geht es gut«, gab er zurück.

»In fünf Minuten fahren wir zur Schule«, sagte Julia.

Maeve sah nicht auf.

»Hallo!«, rief Julia. »Ich muss um halb neun im Büro sein. Um neun kommt ein wichtiger Kunde. Hopp, hopp!«

Dann seufzte sie. »Sie ignoriert mich einfach.«

»Sie kann dich nicht hören«, sagte er. Eine kleine Lüge um Julias willen.

John ging zu Maeve hinüber und tippte ihr auf die Schulter.

Sie nahm einen Stöpsel aus dem Ohr.

»Deine Mutter redet mit dir. Mach dich für die Schule fertig, in fünf Minuten müsst ihr los.«

Sie blitzte ihn an, stand aber schließlich auf und schlurfte von dannen.

»Und wir haben ein Familientreffen heute Abend!«, rief ihr Julia nach. »Mach dich bereit!«

»Ist sie heute anders als sonst?«, flüsterte Julia, als Maeve oben war. »Ob sie weiß, dass wir's wissen? Oder ist sie einfach so?«

»Letzteres«, sagte er.

Julia fand immer einen Grund, warum Maeve sich danebenbenahm. Sie war wegen einer Pyjamaparty unausgeschlafen. Sie hatte Ärger mit einer Freundin. Sie war wegen des bevorstehenden Mathetests nervös.

Die schmerzhafte Wahrheit war, dass Maeve seit ihrem dreizehnten Geburtstag ihre Eltern folterte, als würde sie dafür bezahlt. Besonders Julia. Maeve redete auf eine Art mit ihr, die sich John mit keinem Erwachsenen erlaubt hätte, schon gar nicht mit seiner Mutter. Bei der Vorstellung allein schmeckte er die Seife, mit der Nora ihm vor über dreißig Jahren den Mund ausgewaschen hatte.

Julia war als einziges Kind eines Akademikerpaares in Palo Alto aufgewachsen, und die kulturellen Vorlieben ihrer Eltern hatten in ihrer Erziehung eine ebenso wichtige Rolle gespielt wie die Notwendigkeit, sich die Schuhe binden zu können oder bei Rot stehen zu bleiben. Sie schätzten Simon & Garfunkel, Joan Didion und äthiopische Küche und erwarteten, dass sie dieselben Dinge mochte. Erstaunlicherweise war das der Fall: Die Hälfte der Alben in ihrem Besitz hatte sie ihrem Vater abgeluchst.

Es war sicherlich das Beste, wenn er sich bei Maeves Erziehung an Julia hielt.

Als Maeve ein kleines Mädchen war, hatte er mit ihr Barbie, Puppenhaus und Schönheitssalon gespielt. (*Das kann ich mir nicht vorstellen*, hatte seine Schwester Bridget gesagt, als Julia es ihr gegenüber einmal erwähnte.) Hatten seine Eltern sich jemals zu ihm auf den Boden gesetzt, um mit ihm zu spielen? Sicherlich nicht. Aber wenn John sich mal wieder den ganzen Tag lang mit aufgeplusterten, selbstzufriedenen Politikern und ihren Anhängern herumgeärgert hatte, gab es für ihn nichts Schöneres, als einem kleinen Plastikhasen oder einem Ken mit angemalten Koteletten eine Stimme zu verleihen. Damals war es noch so leicht gewesen, seiner Tochter Freude zu machen.

Auch als Maeve noch im Kleinkindalter war, war Julia ein respektvoller Umgang mit ihr wichtig. Wenn Maeve noch einen Keks wollte, sagte Julia nicht einfach Nein, sondern setzte ihr auseinander, warum das eine schlechte Idee war. Johns Mutter hätte wahrscheinlich gesagt: *Der Arzt hat angerufen und gesagt, wenn du heute noch das kleinste bisschen Zucker zu dir nimmst, explodiert dein Magen, und du verblutest.*

Julias Milde und Geduld erstaunten ihn. Sie schrie niemals und kannte auch sonst keine Drohgebärden.

Du verdirbst sie, hatte Nora gewarnt. *Kinder brauchen Disziplin.*

Aber Maeve war ein Wunder. Was John und Julia lange versucht und sich immer erhofft hatten, war endlich Wirklichkeit geworden. Ihnen graute eher davor, ihr Angst zu machen, als davor, sie zu verwöhnen. Jede Interaktion war wichtig: Wenn sie einen Fehler machten, würde Maeve ihn vielleicht noch Jahrzehnte später mit einem Therapeuten bearbeiten. Als John klein war, konnte es vorkommen, dass seine Mutter ihm mit der einen Hand eine runterhaute und mit der anderen kurz darauf ein Eis am Stiel reichte, und alles war schon wieder vergeben und vergessen.

»Körperliche Gewalt ist durch nichts zu rechtfertigen«, fand Julia. »Was soll gut daran sein, wenn mein Kind sich vor mir fürchtet?«

Er hielt den Begriff *Gewalt* für übertrieben, aber er wusste auch, dass er Maeve nie wieder in die Augen blicken könnte, wenn er sie jemals schlug. Hatte John sich vor seiner Mutter gefürchtet? Ja, natürlich hatte er das. Keine Frage.

Während Maeves ganzer Kindheit war ihre einzige Erziehungsmaßnahme ein Time-out gewesen. Das war nicht gerade Folter. Maeve hatte fünf Minuten mit einem Buch auf der untersten Treppenstufe sitzen müssen. Bei diesen Gelegenheiten war John ein bestimmter Ausdruck in ihrem Gesicht aufgefallen. John hatte in letzter Zeit oft daran gedacht. Der Ausdruck schien zu sagen: *Das ist ein Witz, und das wissen wir beide. Das führt zu gar nichts.*

Vielleicht hatte seine Mutter doch recht gehabt.

Jetzt lebte Maeve in ihrem Smartphone, und es war ihr Smartphone, das sie zum Lachen brachte und in Staunen versetzte. Wenn Julia dann fragte, was so witzig sei, war die Antwort immer dieselbe: »Nichts.«

Früher waren sie sich nah gewesen, aber jetzt, sagte Julia, erfuhr sie nur etwas über ihre Tochter, wenn sie Maeve und ihre Freundinnen zum Fußballtraining oder zum Shoppingcenter kutschierte. Dann wurde auf der Rückbank besprochen, auf wen man sauer war, wer auf einen sauer war und wer mit wem geknutscht hatte. Die Mädchen sagten natürlich nicht »knutschen«, sondern »löffeln«, damit Julia sie nicht verstand. In diesen Momenten hätte sie so gern mehr gewusst, aber ihre einzige elterliche Superpower war, wie sie sagte, die Unsichtbarkeit. Sobald sie eine Frage stellte, war der Bann gebrochen.

Die Tatsache, dass Maeve adoptiert war, hatte eine neue Bedeutung für sie gewonnen. Auch hier fand sie ihre Eltern unzulänglich. Er erinnerte sich noch an den üblen Streit, bei dem er beinahe hatte sehen können, wie sich die Worte in Maeves Geist formten, bevor sie sie aussprach. John wollte sie aufhalten, aber da war es schon draußen.

Du hast mir gar nichts zu sagen. Du bist nicht wirklich meine Mutter.

Seit einigen Monaten prüfte Julia regelmäßig den Browserverlauf auf Maeves Laptop, um sicherzugehen, dass sie keine Essstörung entwickelte oder mit vierzigjährigen Männern chattete. John war dagegen. Er sagte, sie würde bestimmt etwas Schreckliches finden, wenn sie lange genug suchte.

Und siehe da: Am Vorabend war auf Maeves Laptop eine Seite geöffnet gewesen, die »Wer sucht, der findet« hieß. Es war ein Onlineforum für Mädchen auf der Suche nach ihren leiblichen Müttern. Zu den Themen gehörten »Ich gehöre zu niemandem« und »Legale Adoption oder Menschenhandel?«.

Julia hatte ihm den Laptop unter die Nase gehalten wie ein Beweisstück frisch vom Tatort. Sie hatten drei Stunden lang darüber geredet. Die Zeit hätte er eigentlich für die Vorbereitung der heutigen Besprechung gebraucht. Sie hatten Maeve nicht gesagt, was sie wussten, sondern wollten das heute Abend nach seiner Rückkehr mit ihr besprechen.

John wusste, dass Julia deswegen nervös war. Er hätte sie gern getröstet, aber dazu war jetzt keine Zeit. Er musste sich konzentrieren. Sie brauchten das Geld, das der Auftrag bringen könnte. Andernfalls würde es nicht weitergehen können wie bisher.

Sein Handy vibrierte auf der Arbeitsplatte.

Julia stand näher.

»Der Fahrer?«, fragte er.

Sie sah auf das Display. »Deine Mutter.«

Als hätte er sie mit dem kleinen Wort *Fahrer* beschworen, als könne Nora wissen, dass er nicht im eigenen Auto zum Flughafen fahren würde, was finanziell vernünftiger wäre, schließlich war er in ein paar Stunden wieder da, sondern sich eine Hundert-Dollar-Fahrt leistete, nur um während des Staus auf seinem BlackBerry in Ruhe die *New York Times* zu lesen.

»Ich rufe zurück«, sagte er.

Dann klingelte Julias Handy. Sie nahm es aus der Tasche und seufzte: »Schon wieder Nora.«

»Bestimmt wegen des Artikels«, sagte John. »Sie soll auf die Mailbox sprechen.«

Er hatte ihren Anruf, um ihm zu dem sensationellen Artikel im *Boston Globe* zu gratulieren, schon am Vortag erwartet. Die Schlagzeile hatte es auf das Titelblatt des Lokalteils geschafft: »Designierter Senator Rory McClain sagt Drogenmissbrauch den Kampf an – Erinnerungen an das schwere Schicksal eines Kindheitsfreundes«.

Es hatte John Wochen gekostet, das zu arrangieren. Seiner Meinung nach war das genau die richtige Methode, die Unkenrufe aus der alten Nachbarschaft zum Schweigen zu bringen, denen zufolge Rory vergessen hätte, woher er kam. Solche Anschuldigungen würde keiner mehr wagen, wenn sie wussten, dass sein bester Schulfreund als Teenager erblindet war, die Schule hingeschmissen hatte und schließlich jahrelang ein Dasein als Junkie auf den Straßen Portlands in Maine gefristet hatte – bis Rory sich einschaltete. Er holte ihn zurück nach Dorchester, besorgte ihm eine Wohnung und einen Job als Tellerwäscher im Café seines Cousins in Adams Village.

Die Zeitung brachte ein Bild von Rory und seiner Familie auf der Titelseite des Lokalteils. Auf Seite acht war ein kleines Schwarzweißfoto von Rory und O'Shea als Jugendliche: Es zeigte die Freunde Arm in Arm in Badehosen am Carson Beach.

John wurde im dritten Absatz zitiert, weshalb gestern den ganzen Tag das Telefon geklingelt hatte. Nur Nora hatte sich nicht gemeldet.

Aus irgendeinem für John nicht nachvollziehbaren Grund hatte sie etwas gegen Rory. Vielleicht traute sie, wie so viele Leute, keinem irischen Republikaner. Vielleicht hielt sie Rory auch für arrogant. Aber damit lag sie falsch. Rory hatte den Artikel nicht einmal gewollt. John hatte bei einer kleinen Wohltätigkeitsveranstaltung zufällig mitgehört, wie Rory von Pete O'Shea erzählte. Auf Johns Vorschlag, die Geschichte für die Presse zu verwerten, hatte Rory zögerlich reagiert. Er fühle sich dabei nicht wohl, schließlich habe er nichts für den Freund getan, was nicht jeder andere auch getan hätte. So war Rory McClain. Fast übertrieben bescheiden.

Rory war ein paar Jahre älter als John, im Alter seines Bruders Patrick. Auch Patrick konnte ihn nicht ausstehen. *Der war das schwarze Schaf der Schule*, hatte Pat gesagt, als John ihn ganz zu Anfang gefragt hatte, ob er ihn kannte. John vermutete, dass es zwischen den beiden eher um Territorialkämpfe oder ähnliches Machogehabe ging als um Rorys Persönlichkeit. Die Sache hatte sich zugespitzt, als Patrick bei Maeves Firmung vor acht Monaten betrunken eine Szene gemacht hatte. Seitdem herrschte Funkstille zwischen den Brüdern.

Als Pat bei der Firmung Rory und seine Frau in der Kirche gesehen hatte, hatte er total durchgedreht.

»Was hat das Arschloch hier verloren?«

»Klappe, Patrick«, hatte John geflüstert. »Du weißt genau, dass ich für ihn arbeite. Behalte deine Ansichten gefälligst für dich.«

Danach waren die Gäste zum Essen in Johns Country Club geladen, und Pat hatte sich betrunken. Ein langjähriger Klient von John hatte ihn für einen Kollegen von Julia gehalten und gefragt: »Sie sind also auch Anwalt?«

Patrick lachte grunzend.

»Er hat eine Bar«, sagte John, und wenn sein Ton Herablassung verriet, war ihm das ganz recht. Pat hatte es nicht anders verdient.

Sein Bruder sah ihm in die Augen und sagte: »Wir können nicht alle vom Ausverkauf unserer Werte leben.«

Johns Klient lächelte peinlich berührt und stand auf, um sich etwas zu trinken zu holen.

»Leck mich am Arsch«, murmelte John.

Das eigentliche Mittagessen verlief friedlich: Suppe, Salat und Lachs oder Huhn, je nach Präferenz. Es wurde gerade Kaffee serviert, als vom Eingang Lärm zu ihnen drang. John bat die Gäste, sich nicht stören zu lassen, und verließ den Saal. Draußen sah er Patrick und Rory aus der Herrentoilette stolpern.

Der Manager des Clubs, Chip, ging dazwischen.

»Er hat versucht, ihn zu schlagen«, rief ein älterer Herr im Pullunder entsetzt. Sein Finger zeigte auf Patrick.

Chip richtete den Blick auf Pat. »Diese Art von Benehmen können wir hier nicht dulden, Sir«, sagte er ernst. »Sie sind zwar ein Gast von Mr. Rafferty, aber …«

John sah blaue Lichter vor dem Gebäude blitzen. Jemand hatte die Polizei gerufen. Sofort war sein Cousin Conor hinter ihm, ging durch die Eingangshalle und verschwand durch die Tür nach draußen. Er würde sich den Polizisten als Bostoner Kollege vorstellen und erklären, dass es nur ein kleiner Familienstreit gewesen sei.

»Das ist wirklich nicht nötig«, sagte Rory zu Chip. »Es war ein Missverständnis.«

In diesem Augenblick trat Nora aus dem Speisesaal. Sie sah zerknirscht aus.

Pat rauschte ab, Nora folgte ihm.

»Es tut mir so leid«, sagte John zu Rory. »Ist alles in Ordnung? Ich weiß nicht, was ich sagen soll. Ich bin sprachlos.«

»Mach dir keine Gedanken«, sagte Rory und klopfte ihm freundschaftlich auf den Rücken. »Ich habe auch Trinker in der Familie. Er hat einfach einen schlechten Tag. Komm, wir wollen doch den Kuchen nicht verpassen.«

Rory hatte es nie wieder erwähnt, aber John glühte vor Scham beim Gedanken daran. Er wusste, dass Patrick ihn nicht leiden konnte, aber musste er es so weit treiben? Was hatte er Patrick getan, dass er den eigenen Bruder so erniedrigte?

Am Tag darauf hatte Patrick Julia einen Strauß Rosen und Maeve eine druckfrische Hundert-Dollar-Note in einer Glückwunschkarte geschickt. Aber John hatte genug.

Nora hielt sich raus, was für John gleichbedeutend war mit einer Parteinahme für Patrick. Schließlich war er eindeutig im Unrecht. Sie hingegen fand es unglaublich, dass zwei Brüder sich wegen so einer Kleinigkeit entzweiten. Die McClains seien böse Menschen, sagte sie zu John. Er hätte sich gar nicht erst mit jemandem aus dieser Familie einlassen sollen. Aber Nora nannte keine Gründe, es sei nur so ein Gefühl. Sie war vor dreißig Jahren weggezogen – selbst, wenn sie damals irgendeinen Groll gehegt hatte, war das längst Geschichte.

Vielleicht war Rory seinerzeit ebenso wild gewesen wie Patrick. Aber er hatte etwas aus sich gemacht, wie John. Sie hatten viel gemeinsam. Rorys Vater, ein großes Tier in den Edison-Werken, war im selben Jahr wie Charlie gestorben. Rory war längst nicht Johns größter Auftraggeber, aber sein Sieg im November war wichtig gewesen, weil niemand ihn für möglich gehalten hatte. Trotzdem hatte Nora ihm nicht gratuliert. John dachte, dass Patrick sich nun endlich entschuldigen würde. Bei ihm, bei Rory. Aber Patrick hatte sich nicht gemeldet.

Über die Jahre hatten die Brüder immer wieder wochen- oder monatelang nicht miteinander gesprochen. Während einer dieser Phasen war John mit Julia und Maeve zum Mittagessen zum Castle Island gefahren. Sie hatten den Wagen auf dem Parkplatz vorm Sullivan's abgestellt und den Blick auf die Pleasure Bay genossen. In dem Moment hatte neben ihnen zufällig auch Patrick geparkt, auf dem Beifahrersitz irgendeine Blondine. Julia hatte die beiden nicht bemerkt, und John und Patrick hatten nebeneinander ihre Hotdogs gegessen und einander einfach ignoriert.

Als Julia und Maeve weg waren, rief seine Mutter wieder an.

John stand in Anzug und Mantel in der Einfahrt, die Brieftasche lag hinter ihm auf dem Boden. Er wartete auf den Fahrer. Es war so eisig, dass jeder Atemzug wehtat. Während er etwas

Salz streute, achtete er darauf, nichts auf die Schuhe zu bekommen. Er ließ es klingeln. Er würde seine Mutter vom Flughafen aus anrufen, wenn er ohnehin Zeit totzuschlagen hatte. Jetzt aber musste er die kurze Zeit nutzen, um über seine Strategie für das Gespräch am Nachmittag nachzudenken. Er wollte dem Klienten klarmachen, dass er vielleicht teurer war als andere, man dafür aber auch bekam, wofür man bezahlte. Würden sie ihm das abkaufen?

Er sah die Straße hinunter. All die anderen Häuser, die aussahen wie seines. Noch Monate nach ihrem Einzug hatte er mindestens einmal die Woche in der falschen Einfahrt geparkt.

Das Wohnviertel war vor acht Jahren entstanden. Auf alt gemachte Neubauten säumten Straßen, die es vor zehn Jahren noch gar nicht gegeben hatte und die Namen trugen wie *Eichenfassgasse* und *Weißtaubenweg*. Ihre hieß *Am versteckten Tal*.

Das klingt ja wie aus dem Märchen, hatte seine Schwester Bridget gesagt.

Sie war wie besessen von der Größe des Anwesens. *Was ist los, Johnny, gab's kein größeres?*

Was sollte er dazu sagen? Irgendwann war ein Backsteinbau im Kolonialstil mit sechs Schlafzimmern plus Küche und Bäder für ihn Normalität geworden. Wenn er nach Hause kam, staunte er manchmal wie ein Kind. Als kleiner Junge hätte er *eine Villa* gesagt, und seine Mutter nannte es bis heute so. Doch noch häufiger wurde ihm beim Anblick des Hauses schwindlig, wenn er sich vorstellte, dass etwas schiefging und er alles verlor. In den Augen seiner Familie war er reich, aber im Vergleich zu den meisten in ihren Kreisen hatten sie nichts.

Irgendwo in ihm gab es eine Stimme, die immer noch fand, dass er Julia etwas vorgemacht hatte, dass er ihr ein Bild von sich verkauft hatte, das nicht der Wirklichkeit entsprach. An der Uni war die Familie weit weg, und man konnte sich ganz neu erfinden. Julia und er waren so jung gewesen. Sie war die tollste

Frau, die ihm je begegnet war. Er hätte ihr alles Mögliche erzählt, um sie zu gewinnen. Aber jetzt hielt ihn nachts die Angst wach, sie könnte ihn eines Tages als Hochstapler entlarven.

Diese Angst war sein Antrieb. Die Angst und der Gedanke an all das, was seine Eltern getan hatten, um ihren Kindern ein besseres Leben zu ermöglichen. Dabei waren weder seine noch Julias Anstrengungen mit den Opfern zu vergleichen, die Nora und Charlie gebracht hatten. Seine Mutter hatte nicht einmal einen richtigen Schulabschluss, und auch sein Vater war nur bis zur zehnten Klasse gekommen. Trotzdem hatten sie eine sechsköpfige Familie in einem Land durchgebracht, das nicht ihr eigenes war. Und als John elf Jahre alt war, hatten sie es irgendwie geschafft, niemand wusste, wie, Dorchester zu verlassen und mit den Kindern das größte und schönste Haus in Hull zu beziehen. Zugegeben, Hull war keine teure Stadt, vergleichbar mit der, in der er jetzt lebte. Aber dennoch.

Vierzig Jahre lang hatte Charlie im Doyle's Baumarkt im Stadtzentrum von Quincy seine Dienste angeboten. Er hatte geschuftet und unzähligen Häusern von innen wie von außen einen neuen Anstrich verpasst. Im Winter tapezierte er und nahm Gelegenheitsarbeiten an. Aber wenn er nicht mit einem Auftrag beschäftigt war, fand man ihn im Doyle's. Wollte man wissen, welche Art von Farbe die richtige war oder was mit dem undichten Wasserhahn passieren sollte, ging man zu Charlie. Charlie war gerne der Experte. Die Jungs vom Doyle's schickten alle Kunden zu ihm. Kaufte jemand einen Eimer Farbe von Mike Doyle, brachte Charlie Rafferty sie an die Wand. Garantiert. Als dann Home Depot eine Filiale in Quincy eröffnete, musste Doyle's zumachen. Charlie gab nicht auf, aber ohne seine Kontakte bei Doyle's kamen kaum noch Aufträge rein. Am Samstagvormittag ging er zu Home Depot und belauschte die Verkäufer, dann erklärte er den Kunden ungefragt, wie er die Sache sah.

Lange hatte er sich gewünscht, dass John das Geschäft übernehmen würde. Dass John schließlich ein Stipendium für die Privatuniversität Georgetown bekommen hatte, hatte Charlie insgeheim enttäuscht, obwohl er jedem gegenüber damit prahlte.

Seit er fünf war, wollte John in die Politik gehen. Nach der Uni hatte er ein paar kleine Jobs bei Wahlkampagnen gehabt: Erst hatte er für einen Kandidaten für das Amt des Cambridger Stadtrats gearbeitet, dann für die erste Frau im Amt der Finanzministerin von Rhode Island. Es war aufregend gewesen, ihnen zum Sieg zu verhelfen, wenn dabei alle an einem Strang zogen und bis spät in die Nacht arbeiteten. Er glaubte ihre Versprechungen, und er glaubte auch, dass es eine sinnvolle Aufgabe war, diesen Menschen zur Seite zu stehen. Selbst wenn man manchmal nur ein Glas Wasser reichte oder den Wagen rief. Sein Vater war sehr stolz gewesen. Einmal war er achtzig Kilometer gefahren, nur um einer Rede in einer Turnhalle beizuwohnen und John im Einsatz zu erleben.

Mit achtundzwanzig nahm er eine Stelle bei einem Berater der Demokraten an. Alle wussten, dass sein Arbeitgeber in Boston die Fäden für die Wahlen in der Hand hatte. Sein Chef betraute John allerdings immer nur mit Wahlkampfveranstaltungen in der Provinz, dafür aber mit so vielen, dass ihn seine Frau kaum noch zu Gesicht bekam.

John war entschlossen, sich zu profilieren, und arbeitete dafür wie ein Tier. Er bewarb sich für andere Stellen, aber Typen wie ihn gab es zuhauf. Die Konkurrenz war groß. Dann versuchte er, aus Irland Kapital zu schlagen, aber selbst die Geschichte von den Eltern, die zu Schiff rübergekommen waren, war nichts wert: Der Typ im Büro neben seinem im Parlamentsgebäude hatte von seiner Mutter aus Donegal erzählt, die vor vierzig Jahren ausgewandert war, jetzt am Hyde Park wohnte und immer noch nur Irisch sprach.

Wenn John seinen Chef oder andere dienstältere Parteifunktionäre fragte, warum er nicht schneller aufstieg, klopften sie ihm auf die Schulter: Er solle sich gedulden, sagten sie, er sei einer ihrer begabtesten Mitarbeiter. Bei der nächsten Beförderung wurde er trotzdem wieder übergangen.

Nachdem sie ihr Jurastudium an der Boston University abgeschlossen hatte, wollte Julia mit ihm weggehen und einen Neuanfang machen. Die Vorstellung versetzte ihn in Panik. In Boston begegnete John an jeder Straßenecke vertrauten Menschen. Das gefiel ihm. Er kannte in der Stadt jede Abkürzung und jeden lohnenden Umweg, die besten Bars und Restaurants, die Hälfte der Polizeibeamten und alle Politiker. Er saß hier fest, und er liebte es hier. In einer neuen Stadt hätte er gar nicht gewusst, wo er anfangen sollte.

Julia bekam einen Posten in einer guten Kanzlei. Ihr Gehalt überstieg seines Jahr um Jahr. John solle sich doch daran nicht stören, sagte sie, aber er spürte, dass sie ungeduldig wurde. Er wurde dem nicht gerecht, was sie einst in ihm gesehen hatte. Also machte er sich selbständig und baute ein kleines Ein-Mann-Unternehmen auf. Es hatte zunächst nur einen einzigen Klienten: einen Wahlaußenseiter bei den Stadtratswahlen. Es war ein Risiko, und er bereute es sofort. Aber sechs Monate später, am Tag vor seinem achtunddreißigsten Geburtstag, kam ein Republikaner auf ihn zu, ein reicher Mormone und Geschäftsmann, der Gouverneur von Massachusetts werden wollte. Er suche einen Wahlkampfleiter, einen Insider, der dem Establishment hier vertraut war, damit die Tatsache, dass er in vieler Hinsicht anders war, nicht so ins Gewicht fiel.

John bat um zwei Tage Bedenkzeit. Der Gedanke verursachte ihm Übelkeit. Ein Republikaner. Ein Mormone. Die Hälfte seiner politischen Ansichten konnte John nicht unterschreiben. Und was, wenn sein großer Durchbruch – der richtige, moralisch vertretbare Durchbruch – hinter der nächsten

Straßenecke wartete? Als er seinen Eltern davon erzählte und sie um ihre Meinung bat, reagierte Charlie entsetzt. Aus Nora bekam er schließlich heraus: »Ist doch egal, wem du hilfst. Das sind doch eh alles Betrüger.«

Aber die Bezahlung war unschlagbar. Außerdem gehörten Enttäuschungen zum Leben. Man musste weitermachen und manchmal die Richtung wechseln. Oder man endete wie seine Brüder, die immer dieselben alten Geschichten erzählten und ihr Leben mit *was wäre wenn* verschwendeten. John sagte zu und versuchte nicht darüber nachzudenken, wie viele Kollegen den Job vor ihm abgelehnt hatten.

Es zahlte sich aus: Sein Kandidat gewann, entgegen allen Erwartungen. John arbeitete jetzt für einen Gouverneur. Sein Auftraggeber hatte enge Kontakte zur Wirtschaft, haufenweise Kohle und war sehr loyal. Ein enthusiastischer Artikel von einem Journalisten, den Julia um zwei Ecken kannte und den die Hälfte seiner Kollegen zu schreiben abgelehnt hatte, brachte John den Ruf eines Mannes ein, der republikanische Träume auch in blauen Bundesstaaten wahr werden ließ. Republikaner aus dem ganzen Land suchten ihn auf, damit er ihnen den Weg ins Repräsentantenhaus oder den Senat ebnete. Mit neununddreißig Jahren war er einer der bestbezahlten Berater auf dem Markt. Es war nicht die Wall Street, aber es war mehr, als er jemals verdient hatte.

Noch besser wurde es, als der Gouverneur für die Präsidentschaft kandidierte und damit nicht nur sich selbst, sondern auch John ins Rampenlicht der Nation rückte. Den Wählern in Massachusetts hatte John ihn einmal als Republikaner mit linken Ansichten bei sozialen Fragen verkauft. Jetzt bereiste er das Land als irisch-katholischer Kandidat, um die religiöse Rechte bei den Themen Mormonentum, Homo-Ehe und Abtreibung abzuholen. Johns Anwesenheit und sein Name verfehlten ihre Wirkung nicht, denn sie konnten sicher sein, dass er sich nicht hinter jemanden stellen würde, der nicht mindestens so konservativ war wie sie.

John änderte Meinungen. Er brachte fünf ehemalige Botschafter im Vatikan dazu, seinen Kandidaten kurz vor den Vorwahlen in New Hampshire öffentlich zwei katholischen Rivalen vorzuziehen. Es fühlte sich gut an, nützlich zu sein. Am Ende machte sein Mann den zweiten Platz bei der Wahl des Kandidaten seiner Partei für das höchste Amt der Nation. Das war bereits eine Grundlage für die Wahlen 2012.

John beschäftigte ein fünfzehnköpfiges Team in seinem schicken, geräumigen Büro im Bostoner Stadtteil Government Center. Das meiste Geld verdiente er jetzt mit Lobbyarbeit, und die Liste der Firmenklienten wurde immer länger. Man unterstellte ihm Interessenkonflikte, aber er ließ sich davon nicht stören. Er bereute nur, dass sein Vater zu früh gestorben war, um ihn ganz oben zu sehen.

Wenn ihn doch einmal Zweifel beschlichen, schrieb er einen dicken Scheck für Bridgets Tierheim oder ein Waisenhaus aus. John konnte nicht mehr zurück, selbst wenn er es gewollt hätte. Julia kam aus reichem Elternhaus. Als sie noch jung waren und wenig Geld hatten, hatte sie beteuert, dass es ihr nichts bedeutete. Aber je mehr sie verdienten, desto extravaganter wurde ihr Geschmack. Eine No-Name-Handtasche kam nicht mehr in Frage – es musste Chanel sein. Einmal wurden sie im Flugzeug in die First Class umgesetzt, und danach erschien Economy wie ein unerträglicher Albtraum.

Maeve ging auf eine Privatschule und zum Reitunterricht. Seit sie neun Jahre alt war, bekam sie ihren Haarschnitt für hundert Dollar bei einem Friseur auf der Newbury Street. Sie hatten jetzt auch eine Strandvilla. Für die Einrichtung beider Häuser mussten es Antiquitäten sein, obwohl ihnen früher die Massenware von Crate & Barrell gereicht hatte und seine Mutter selbst die Preise dort schon für Wucher hielt. »Ich habe noch ganz hübsche Sachen im Keller. Sieh dir doch die erstmal an«, hatte sie zu Julia gesagt, wenn diese ihr erzählte, dass sie sich wieder etwas Neues angeschafft hatten. Und das war nicht selten. Julias Geschmack war wenig beständig, und es kam vor, dass sie einwandfreie Möbel an seine Schwester oder die Nachbarn verschenkte.

Immerhin hatte Julia schnell begriffen, dass seine Mutter sich nicht für Ästhetik interessierte, sondern für Schnäppchen. Als Nora fragend auf den georgianischen Zehntausend-Dollar-Schreibtisch zeigte, sagte Julia ohne mit der Wimper zu zucken, er sei vom Trödel.

Wenn seine Mutter seine Kreditkartenabrechnungen sehen würde oder wüsste, wie viel er monatlich abzahlte, würde es ihr für immer die Sprache verschlagen. John gab sein Gehalt bis auf den letzten Penny aus und hatte fast nichts zurückgelegt. Das war das Gegenteil von dem, was seine Eltern ihm vermittelt hatten.

Er hatte seine Firma nach dem Heimatort seiner Eltern benannt: Miltown Strategies. Es war als Hommage an die Geschichte der Einwanderung in die USA gemeint. Seine Mutter war nicht begeistert gewesen: *Das kann doch keiner buchstabieren, John. Von dem Städtchen hat doch nie jemand gehört. Ist dir nichts Griffigeres eingefallen?*

Nichts, was er erreichte, war gut genug. Manchmal hatte er den Eindruck, dass Nora ihn überhaupt nicht wahrnahm, obwohl er, wie seine Frau ihn gern erinnerte, sein ganzes Leben lang um ihre Anerkennung gekämpft hatte. Erst mit Erscheinen der Enkelin war er in ihrem Radar aufgetaucht.

Sie war auf Patricks Bar so viel stolzer als auf irgendetwas, das John erreicht hatte.

Pat hatte immer davon geträumt, eine Bar auf der Dorchester Avenue zu eröffnen. Weil genau das Dorchester noch gefehlt hatte: eine weitere Kellerbar. Er hatte ständig von der Idee erzählt, als er noch am Hafen an der Laderampe arbeitete und Container be- und entlud – Meeresfrüchte, Bier, Altmetall. Es hatte ganz so ausgesehen, als würde die Sache mit der Bar ein Tagtraum bleiben, bis das passierte, was Patrick seinen *großen Durchbruch* nannte.

Beim Entladen riss eine Kette. Eine Kiste kam runter und trennte ihm zwei Zehen ab. Hätte Patrick ein paar Zentimeter weiter links gestanden, hätte es ihn den ganzen Fuß gekostet, nochmal fünf Zentimeter weiter das Leben. Aber so schmerzhaft der Verlust auch war: Pat konnte auf ein paar Zehen verzichten. Besonders nachdem man ihm zweihunderttausend Dollar Schmerzensgeld zugesprochen hatte. Mit dem Geld eröffnete er seine Bar.

Nora reagierte darauf wie auf eine Heldentat, dabei war Pats Traum nur wegen eines bescheuerten Gerichtsprozesses in Erfüllung gegangen. Er hatte nicht aufgepasst, wahrscheinlich hatte er bei der Arbeit getrunken. Jetzt beschäftigte er in seiner Bar seinen besten Freund und seinen kleinen Bruder. Fergie und Brian. Das Dream-Team.

Die schwarze Limousine war pünktlich.

John sah, dass der Fahrer aussteigen wollte, um ihm die Tür zu öffnen. Er gab ihm ein Zeichen.

»Ich mach das schon«, sagte er.

Er glitt auf den beheizten Rücksitz. »Wie geht's, Kumpel?«

Der Fahrer nickte nur.

John sah sich selbst durch die Augen dieses Mannes und verspürte das Bedürfnis, etwas zu sagen. Immer, wenn er jemanden für niedere Arbeiten bezahlte, hatte er das krankhafte Verlangen, der Person zu signalisieren, dass ihm klar war, dass sie sich eigentlich kaum voneinander unterschieden. *Mein Onkel Lawrence war Busfahrer*, hätte er am liebsten gesagt, *später dann Chauffeur. Hatte der verrückte Geschichten auf Lager. Bei Ihnen saßen bestimmt auch schon unvergessliche Typen auf der Rückbank, oder?*

In der Tasche hinter dem Vordersitz steckten zwei kleine Wasserflaschen. Anstatt etwas zu sagen, nahm er eine davon und drehte den Verschluss auf.

Sein Handy klingelte.

»Meine Mutter«, sagte er zum Fahrer.

John ging ran. Jetzt würde sie sagen, dass sie seinen Namen in der Zeitung gelesen hatte, und er würde die Sache herunterspielen – er müsste nicht mehr stolz darauf sein, denn jetzt würde sie es sein.

Aber sie sagte: »Warum gehst du nicht ans Telefon?« Sie klang erschöpft. »Ich habe es so oft versucht, bei dir und Bridget. Und bei Julia. Es klingelt und klingelt. Ein Unfall, John.«

»O Gott. Geht es dir gut?«

»Nicht ich«, sagte sie. »Patrick.«

Er versteifte sich. »Geht es ihm gut?«

»Er ist tot, John.«

»Umdrehen!«, sagte John zum Fahrer, bevor er ihr antwortete. »Wenden Sie den Wagen!«

8

Bridget hatte den Anruf ihrer Mutter am Morgen verpasst, weil sie erst mit Natalie im Bett gelegen hatte, dann mit Natalie den Hund ausgeführt und auf dem Weg nach Hause einen Kaffee getrunken hatte. Sie hatte sich am Handwaschbecken die Zähne geputzt, während Natalie unter der Dusche stand, hatte dann noch etwas länger im Bad gesessen, zugesehen, wie es sich mit Dampf füllte, das Gespräch über Natalies Chefin fortgesetzt und dabei den sauberen, seifigen Geruch ihres Shampoos eingesogen und den Vorhang für einen Kuss beiseitegeschoben. Zum Frühstück aßen sie in der Küche griechischen Joghurt mit Erdbeeren. Im Hintergrund berichtete ein BBC-Journalist mit glasklarem Akzent von Gräueltaten in fernen Ländern, die sie vielleicht auf der Landkarte gefunden hätten, vielleicht aber auch nicht.

Bridget hatte Jeans, Turnschuhe und einen marineblauen Rundhalspullover an. Diese Kluft trug sie seit der zweiten Klasse. Natalie hatte heute schwarze Absatzstiefel ausgewählt, die ihr bis zum Knie gingen, ein maßgeschneidertes graues Kleid und einen langen schwarzen Mantel, den sie nicht ganz zuknöpfte. Roter Lippenstift, ein dünnes Seidentuch, das rote Haar offen über den Schultern.

Sie sahen immer aus wie Charaktere aus zwei verschiedenen Theaterstücken. Wenn sie samstagabends ausgingen, brauchte Bridget zehn, höchstens fünfzehn Minuten, um ein Oberteil zu bügeln und sich mit dem Kamm durch das kurze, braune Haar zu gehen. Sie war fertig angezogen und konnte es sich noch für vier Innings Baseball im Fernsehen auf dem Sofa gemütlich machen, bis Natalie so weit war.

Jetzt verabschiedeten sie sich an der Tür.

»Ich liebe dich.«

»Bis heute Abend.«

Als Natalie gegangen war, setzte Bridget sich mit einer zweiten Tasse Kaffee hin. Die Sonne schien durch die Fenster auf den Holzfußboden, und man konnte sich kaum vorstellen, dass vor der Tür Eiseskälte herrschte. Es war Natalies Wohnung gewesen. Sie gehörte zum Inventar. Bridget sah sie in jedem Detail. Abstrakte Aquarelle an den Wänden, die sie einem befreundeten Galeristen in Williamsburg abgekauft hatte. Spezielle Schüsseln für Nudeln, Joghurt und Müsli in den Küchenschränken. In der Mitte des Küchentisches eine Dekoschale, in der nie etwas liegen durfte. Auf dem Kaminsims die zwei alten Messingbuchstützen in der Form von Jagdhunden, ein

Geschenk von Natalie zum zehnten Jahrestag der Eröffnung von Bridgets Tierheim.

Bis zu ihrem Einzug vor drei Jahren hatte Bridget ein Junggesellinnenleben geführt. Ihre Brüder scherzten, ob sie ein Armutsgelübde abgelegt hatte. Besitz interessierte sie nicht. Ihre Möbel passten zwar nicht zueinander, waren aber schicker als erwartet. Sie wurden ihr von ihrer Schwägerin weitergereicht, wenn die sich neu einrichtete. Das Einzige, woran ihr etwas lag, waren ein altes Trek-Fahrrad, zwei Kisten mit Platten und alle Spiele der Boston Celtics der Saison 1986 auf VHS, selbst aufgenommen.

Damals hatte ihr Leben aus gelegentlichen Affären, Besuchen bei ihrer Mutter in Boston und Arbeit bestanden. Vor allem aus Arbeit. Zu Hause war Bridget mit Rocco allein gewesen. Zu zweit mit dem alternden Pitbull in einer düsteren Wohnung, hatte sie sich mit dem Schicksal eines alten Griesgrams abgefunden. Dann war Natalie aufgetaucht und hatte das Licht reingelassen.

Jetzt stellte sie sich einen Hochstuhl am Ende des Tisches vor, Babyspielzeug über den Teppich verteilt, und eine Zeit, in der entspannte Vormittage wie der heutige der Vergangenheit angehören würden.

Vor ihrem fünfunddreißigsten Geburtstag hatte Natalie verkündet, dass ihr größter Wunsch weder Schmuck noch Broadwaytickets seien, sondern ein Baby.

Bridget hielt sich für wenig mütterlich. Ihr fehlte jede Begeisterung für Babyfotos oder die Tatsache, dass ein weiteres menschliches Wesen gelernt hatte, den Buchstaben D fehlerfrei zu identifizieren. Mutterschaft erinnerte sie an ihre Mutter und ihre Tanten, die, als sie klein war, an Sommerabenden auf der Veranda Karten gespielt, geraucht und Canadian Club Whiskey getrunken hatten. Sie hatten immer einen etwas gelangweilten Eindruck gemacht, hatten unzufrieden mit den

Kindern gewirkt, und später trotzdem von nichts anderem geredet als dem Wunsch nach Enkeln. Sie hatten sich aufgeopfert, und es war das Mindeste, dass ihre Töchter als Wiedergutmachung ähnliches Leid über sich brachten.

Was sie selbst betraf, hatte Bridget noch Zweifel, aber sie war fest davon überzeugt, dass Natalie verdiente, Mutter zu sein, wenn sie es sich wünschte. Und zu ihrer großen Überraschung stellte sie mit vierundvierzig Jahren fest, dass sie bei der Vorstellung, ein Kind mit Natalie zu haben, mindestens genauso viel Aufregung wie Angst verspürte.

Ein Jahr war vergangen, seit Natalie das Thema zum ersten Mal angesprochen hatte. Manchmal kam es ihr vor, als hätten sie seitdem über nichts anderes gesprochen.

Bridget brachte Adoption ins Spiel. So hatte es ihr Bruder John gelöst. Aber Natalie hatte sich schon ihre Gedanken gemacht. Sie erklärte Bridget, dass homosexuelle Paare in vielen Ländern und US-Staaten nicht zur Adoption zugelassen waren. Außerdem wollte sie ein leibliches Kind. Aus Gründen, die Bridget unbegreiflich blieben, wollte Natalie ein Kind gebären.

Natalie hatte schon einige Babynamen und eine Spitzenklinik ausgewählt. Auch der Spender stand fest, obwohl sie den Samen noch nicht gekauft hatten. Wenn sie von ihm sprachen, benutzten sie den Profilnamen: Der international tätige Archäologe war eins achtzig groß, wog achtzig Kilo, hatte blondes Haar und blaue Augen.

Hobbys: Capoeira, wöchentlich fünfunddreißig Kilometer joggen.

Abstammung: Schweden.

Ähnlichkeiten mit: Paul Bettany, Paul Newman (»Aber die sehen doch total unterschiedlich aus«, hatte Bridget kommentiert.)

Charaktereigenschaften: ansteckender Optimismus!

Bridget fragte sich, was die Samenbank davon abhielt, ihnen dasselbe auch über einen zwergwüchsigen, depressiven Schulabbrecher zu erzählen, der bei Burger King arbeitete. Diesen Gedanken behielt sie für sich.

Sie hatten Monate für die Entscheidung gebraucht. Jeden Abend hatten sie im Bett gelegen und sich durch die Profile geklickt. Alles konnte ein Kriterium sein: Augenfarbe, Blutgruppe, Stimme (zum Profil gehörten kurze Audioaufnahmen) oder das Geburtsjahr des ältesten lebenden Verwandten. Bei der großen Auswahl wurde ihnen schwindlig.

»Er muss im SAT-Test mindestens tausendvierhundertachtzig haben«, sagte Natalie irgendwann.

»Wenn du das Kriterium bei der Partnersuche angewandt hättest, wär' ich draußen gewesen«, sagte Bridget, »und zwar längst.«

»Ein Golftalent!«, rief Natalie ein andermal. Und dann: »Disqualifiziert. Lieblingstier: Katze.«

Bridget lehnte Kandidaten mit schmierigen Profilnamen ab, also konnten sie »Süß und Saftig« und »Dr. Feelgood« streichen. Einer nannte sich »Für mich ein Wasser«. *Also Alkoholiker*, hatte Bridget übersetzt.

Sie fragte sich, was einen jungen Mann dazu brachte, sich auf diese Weise etwas dazuzuverdienen. Wie viele von ihnen würden es in zehn, fünfzehn Jahren bereuen? Eines Nachts ließen Bridget die Gedanken an ihren jüngeren Bruder Brian nicht los. Sie musste an den Schuldenberg denken, den er schon mit Ende zwanzig angehäuft hatte, weil sein Plan nicht aufgegangen war, und daran, dass er so viele Jahre kein richtiges Zuhause gehabt hatte und jetzt wieder bei ihrer Mutter eingezogen war, weil er wahrscheinlich komplett pleite war. Sie schrieb ihm eine SMS: *Wenn du mal Kohle brauchst, kommst du zu mir, okay? Mach bloß keinen Unsinn.*

Brian schrieb zurück: ?

Als sie sich endlich für einen Spender entschieden hatten und Natalie mit der Kreditkarte in der Hand und den Fingern auf der Tastatur die Transaktion tätigen wollte, bekam Bridget plötzlich Panik. Natürlich hätte ihr das schon viel früher einfallen müssen, aber komischerweise wurde ihr erst in diesem Moment klar, dass sie es irgendwann ihrer Mutter sagen musste.

Sie versuchte sich vorzustellen, wie sie es umgehen könnte, und sah sich zu Weihnachten mit einem Kinderwagen bei ihrer Mutter ankommen.

Wessen Baby ist das, Bridget?

Welches? Das da? Ach, ist doch egal.

»Bevor du den Samen kaufst, muss ich meine Mutter vorwarnen«, sagte sie.

Natalie, deren Eltern schon lange Bescheid wussten, blinzelte: »Ah. Okay.«

Seitdem waren drei Monate vergangen, und Bridget hatte es noch nicht getan. Als sie vor ein paar Wochen zu Weihnachten zu Hause waren, hatte sie es versucht. Natalie und Julia hatten für Bridget und Nora einen Tisch im Four Seasons reserviert und es so aussehen lassen, als sei es Bridgets Idee gewesen. Aber es war das Richtige für Natalie und Julia, nicht für Bridget und ihre Mutter.

Als Bridget ihre Mutter einlud, reagierte sie skeptisch: »Nur du und ich? Warum um Himmels willen sollten wir da hingehen?«

»Ich will dich mal richtig ausführen, einfach so.«

Beide fühlten sich unwohl. Bridget sah in ihrer alten Anzughose und der schwarzen Seidenbluse wie eine ältliche Kellnerin aus. Sie bekam kaum Luft. Das Essen war ihr zu edel, der Raum stickig. Als der Kellner nach dem letzten Gang eine Flasche Champagner brachte, sah Nora sich um, als wäre das Restaurant verwanzt: »Um Himmels willen, was soll das denn werden?«

Als Bridget Natalie zu Hause vorgestellt hatte, hatte ihre Mutter gesagt: »Natalie, du hast so guten Geschmack. Geh doch mal mit Bridget einkaufen.«

Da dachte Bridget, dass Natalie die Tochter war, für die ihre Mutter gebetet hatte, wenn früher die ganze Familie abends gemeinsam vor dem Sofa knieend einen Rosenkranz sprach, während Kardinal Cushing im Radio zu hören war.

Nora wollte ständig an Bridget feilen. Die Kritik war meistens in etwas verpackt, das sie selbst als Kompliment verstand.

Du hast so ein hübsches Gesicht. Wieso machst du nichts draus?

Wenn du deine schönen Wangenknochen nicht hervorhebst, versündigst du dich gegen Gott.

Du könntest so hübsch aussehen, wenn du einfach mal –

Wenn du dir einfach mal die Augenbrauen zupfen, die Haare lang wachsen lassen, ein bisschen Lippenstift auflegen würdest, Bridget. Davon ist noch niemand gestorben.

Bei der jährlichen Familienweihnachtsfeier stellte Nora Natalie ihren Cousins und Cousinen und den Nachbarn als »Bridgets Freundin aus New York« vor und bei ein paar besonders unglücklichen Gelegenheiten sogar als »Bridgets Mitbewohnerin«.

»Deine Mutter denkt doch nicht wirklich, dass du dich in deinem Alter aus freien Stücken für eine Mitbewohnerin entschieden hast«, hatte Natalie abends gesagt, als sie sich neben Bridget in ihr altes Kinderbett zwängte und die Luftmatratze auf dem Boden ignorierte.

»Ich denke, das möchte sie glauben«, sagte Bridget.

»Sie weiß also nicht, dass du lesbisch bist.«

»Vielleicht hat es damit gar nichts zu tun. Vielleicht sieht sie, dass du eigentlich eine Nummer zu groß für mich bist, und kann sich das nicht anders erklären, als dass du an mir Miete sparst.«

Sie zog Natalie an sich und hoffte, dass ihr der Witz über

den Schmerz hinweghelfen würde. Manchmal dachte Bridget, dass Nora es wusste, aber beschlossen hatte, es zu ignorieren. Ihre Mutter hatte ein Talent dafür auszublenden, was ihr nicht passte. Manchmal hatte Bridget aber auch den Eindruck, dass es Nora tatsächlich nicht klar war, obwohl sie es ihr gesagt hatte.

Im zweiten Jahr an der Uni hatte sie das erste Mal Sex mit einer Frau gehabt. Es war in der Nacht vor Thanksgiving gewesen. Am nächsten Tag war sie nach Hause gefahren und hatte an nichts anderes denken können. Sie hatte jeden dieser Augenblicke noch einmal durchlebt, während sie am Esstisch die Preiselbeersoße weiterreichte, mit der Familie den New Yorker Thanksgiving-Umzug im Fernsehen sah und mit ihrem Vater die Footballergebnisse diskutierte.

Sie war fest entschlossen, es ihrer Mutter bei diesem Besuch zu erzählen. Als sich die anderen nach dem Essen hingelegt hatten und Nora die Gemüsereste in den Farben der irischen Flagge auf einem Teller arrangierte – ein dicker Streifen grüne Bohnen, daneben Kartoffelbrei, dann Kürbis –, holte Bridget tief Luft: »Mama, ich muss dir etwas sagen. Ich möchte nicht, dass du dich aufregst.« Nora blickte mit einem großen Löffel Kartoffelbrei in der Hand auf.

»Ich treffe mich momentan vor allem mit Frauen, und ich glaube, dass das mein Weg ist.«

Bridget biss sich auf die Lippe und wartete auf eine Reaktion, aber Noras Ausdruck war nichtssagend.

»Hast du das verstanden?«, fragte Bridget nach einer langen Pause.

»Ja«, sagte ihre Mutter.

»Sicher?«

»Ja.«

Nora hatte die Gelegenheit nicht genutzt, um sowas wie *Ich liebe dich* zu sagen, aber das war nie ihre Art gewesen.

Bridget konnte nicht fassen, dass es so einfach gewesen war, und sie spürte eine große Last von sich abfallen, bis Nora einen Monat später, zu Weihnachten, sagte: »Tommy Delaney ist wieder da, Bridget! Du solltest mal rübergehen und ihn begrüßen. Eileen sagt, dass er immer noch an dich denkt.«

Im ersten Jahr auf der Oberschule hatte sie es mit einem Jungen probiert, dem einzigen, der Interesse gezeigt hatte. Er wohnte in der Nachbarschaft und war der Sohn einer Freundin ihrer Mutter. Sie waren einen Monat zusammen gewesen, und daran klammerte Nora sich bis heute.

Bridget sah ihre Mutter mit großen Augen an.

»Was denn?«, fragte Nora. »Du musst ihn ja nicht gleich heiraten. Aber eine kleine Winterromanze wär' doch was.«

Der Morgen verging wie jeder im Tierheim in einer Mischung aus Routine und Überraschung. Bridget öffnete den drei Jungs, die sich zum Freiwilligendienst gemeldet hatten und die Verschläge absprühen, die Wasserschalen füllen und die Hunde spazieren führen würden. Sie nahm immer nur Jungs, die rauflustig, stark und zugleich lieb aussahen. Jungen, die sie an ihre Brüder erinnerten.

Bridget teilte sich den Morgen mit ihrer Assistentin. Michelle war schon seit sechs Uhr da und musste jetzt zu einem Treffen mit einem möglichen Geldgeber. Bridget verabscheute solche Termine, und die beiden Frauen ergänzten einander ausgezeichnet: Michelle konnte gut mit Menschen reden, die Tiere mochten. Bridget konnte gut mit Tieren reden.

Als sie die Tür zu den hinteren Räumen öffnete, erhob sich ein Chor von Bellen und Miauen. Sie grüßte jeden der achtzehn Hunde, neun Katzen und zwei Echsen einzeln. Am Nachmittag würde sie die drei italienischen Doggen zur Kastration zum Tierarzt bringen. Die Armen hatten keine Ahnung, was ihnen blühte. Bridget nahm sich vor, ihnen als kleinen

Trost auf dem Rückweg ein paar Scheiben Truthahn zu besorgen.

Um halb zehn rief ein Freund von der Polizei an. Ein Fall von Tierquälerei in der Bronx: neununddreißig Meerschweinchen in einem Käfig. Ob Bridget sie aufnehmen würde? Aber natürlich. Solange irgendwo Platz war, hatte sie noch nie ein Tier abgelehnt. Das wusste der Anrufer, und das wussten alle. Deshalb riefen sie immer zuerst bei Bridget an.

Erst als sie kurz vor zehn allein im Büro saß, kramte Bridget ihr Handy aus der Jackentasche und sah, dass ihre Mutter sieben Mal angerufen hatte und von John eine SMS gekommen war: *Ruf mich dringend an*.

»Oh«, sagte sie. »Scheiße.«

Bridget hielt die Luft an, während sie wählte. Sie wusste, was das bedeutete. Sie hatte neunzehn Cousins und Cousinen ersten Grades, zehn Onkel und Tanten. Die Familie war so groß, dass der eigentliche Schock bei einem Unglücksfall der war, dass alle so lange unbeschadet davongekommen waren. Aber irgendwann kam dann ein Anruf, und die Welt war nicht mehr dieselbe.

Sie machte sich darauf gefasst, dass eines der älteren Familienmitglieder im Schlaf gestorben war. Zugleich hoffte sie, dass es mal wieder nur nach Notfall aussah und ihre Mutter ihr von einem Bettwäscheausverkauf bei Marcy's erzählen wollte.

Doch an der Art, wie Nora »Hallo« sagte, durch die Erschöpfung, die daraus sprach, wusste Bridget, dass es schlechte Neuigkeiten gab.

»Tante Kitty?«, fragte sie und wünschte sich, ihre Mutter möge es schnell sagen, was es auch war.

»Nein. Patrick«, sagte Nora.

Patrick. Bridget schnürte es die Kehle zu.

Unmöglich.

Nora sagte noch etwas, aber Bridget nahm sie nur verschwommen wahr. »Er ist von der Straße abgekommen und gegen eine Mauer gefahren. Er war sofort tot und hat nicht gelitten.«

Tröstungsversuche. Jetzt schon.

Ihre Beine zitterten. Sie stützte sich auf einen Stuhl, dann ließ sie sich einfach zu Boden gleiten.

Während ihre Mutter erklärte, dass die Totenwache für den folgenden Nachmittag und die Beerdigung für Mittwochmorgen angesetzt waren, suchte Bridget nach einer Hintertür. Es musste ein Missverständnis sein, ein schlechter Scherz. Es war unmöglich, dass sie nichts mehr tun konnten.

Ihre Zähne klapperten. Ihr ganzer Körper bäumte sich auf.

»Ich bin in ein paar Stunden da«, sagte sie.

»Komm doch morgen früh«, sagte Nora. »Nach einem solchen Schock sollte man keine weiten Strecken fahren.«

Ihre Stimme klang kühl und gefasst wie die einer freundlichen Reiseberaterin, die das alles nicht betraf.

»Bist du dir sicher, dass du die Totenwache schon morgen abhalten willst?«, fragte Bridget. »Warte doch noch ein, zwei Tage. Dann hast du Gelegenheit …«

»Ich muss das hinter mich bringen«, sagte Nora.

»Verstehe. Wie kann ich dir helfen. Was brauchst du?«

»Ich muss jetzt Schluss machen. Ich muss zu Patricks Wohnung fahren und seinen Anzug raussuchen.«

»Ganz allein?«

»Natürlich.«

Bridget zögerte, wollte fragen, ob das eine gute Idee war.

»Es geht schon«, sagte Nora, bevor Bridget etwas einwenden konnte.

Nora hatte sich schon immer so benommen, als seien offen ausgedrückte Gefühle das Gefährlichste der Welt. Wenn die kleine Bridget hingefallen war, hatte ihre Mutter sie wieder auf die Füße gestellt und gesagt, es sei nicht schlimm. Es sollte so sein. Sie hatte jede mögliche Art von Schmerzen ignoriert, als würden sie sich in Luft auflösen, wenn man sie nicht erwähnte. In ihrem Leben als Erwachsene äußerte sich das in anderer Form.

Der Tod ihres Vaters war auch überraschend gewesen. Ein aggressiver Krebs. Bis sie es begriffen hatten, war Charlie schon tot. Bridget sah Nora noch vor sich, wie sie Arm in Arm mit Brian und Patrick das Bestattungsinstitut betreten hatte und ihnen gesagt hatte, dass sie nicht weinen sollten.

Zu Hause angekommen, versuchte Bridget zu packen. Aber sie schien plötzlich nicht mehr zu wissen, wie das geht. Sie zog wahllos ein Kleidungsstück nach dem anderen aus den Schubladen, bis auf dem Bett ein Haufen entstanden war. Sie wollte John anrufen, aber sie wusste, wenn sie seine Stimme hörte, war es endgültig. Also setzte sie sich stattdessen aufs Sofa und starrte die Wand an. Der Hund lag zu ihren Füßen. Irgendwann stand sie auf und machte sich einen Tee, weil es das war, was ihre Familie in solchen Augenblicken machte. Im letzten Moment kam sie auf die Idee, statt Milch einen Schuss Bourbon hineinzugeben.

Bridget versuchte es zweimal bei Natalie, aber sie kam nicht durch. Eine Nachricht hinterließ sie nicht. Das war nicht die Art von Information, die man auf eine Mailbox sprach. Und wenn sie ehrlich war, wollte sie allein sein. Es wäre ihr unerträglich gewesen, wenn Natalie sie jetzt in den Arm genommen und gesagt hätte: Alles wird gut. Sie war wohl die Tochter ihrer Mutter. Sie wurde kratzbürstig, wenn sie Liebe am nötigsten hatte.

Sie stellte sich Patricks Körper auf einer Bahre vor. Sie bekam das Bild nicht mehr aus dem Kopf.

Ihr Bruder war ein Trinker gewesen. Aber das waren auch die Hälfte ihrer Bekannten. Sein Verhalten unter Alkoholeinfluss hatte nicht gezählt. Er war in Wirklichkeit ganz anders. Als er noch jung war, hatte Patrick ständig Dummheiten gemacht, hatte sich geprügelt oder war wie ein Wahnsinniger Auto gefahren. Sie hatte gedacht, das Schlimmste habe er hinter sich.

Bridget kraulte Rocco am Nacken. Sein weißes Fell hatte kahle Stellen, die Augen waren milchig, fast erblindet. Früher einmal war er so stark gewesen, dass er sie zu Boden werfen konnte, wenn sie nicht aufpasste. Jetzt musste Bridget ihn manchmal die drei Stockwerke zur Wohnung hochtragen.

Als John und Julias Tochter Maeve sechs Jahre alt war, hatte sie panische Angst vor dem Hund gehabt. Bridget hatte ihn einmal für ein Wochenende mit nach Boston genommen. Beim Grillen im Garten hinter dem Haus ihrer Eltern hatte sie Maeves winzige Hand über Roccos Rücken geführt. »Manche Menschen machen schlimme Sachen mit Hunden wie ihm, aber er ist doch ganz süß, oder? Er kann nichts dafür.«

Maeve hatte ernst genickt. Nora hatte sie mit weit aufgerissenen Augen angestarrt. Ihr Blick sprach Bände: Das ist ja alles gut und schön, aber man liest auch immer wieder, dass so ein Hund sich im Gesicht eines Kindes festbeißt, und sollte ihre einzige Enkelin zu Schaden kommen, würde sie Bridget umbringen.

Patrick war auch da, stand mit einem Bier in der Hand daneben und lachte: »Bleib locker, Mama.«

So durfte sonst niemand mit Nora sprechen. Aber Patrick konnte in ihren Augen nichts falsch machen.

Jedes der vier Rafferty-Kinder hatte seine Rolle. Patrick war der Wilde und der Liebling der Mutter. John war der Streber und der Liebling des Vaters. Bridget war das Mädchen (das war eine eigene Kategorie, weitere Eigenschaften waren nicht nötig, wenn man davon absah, dass sie nie mädchenhaft genug war). Brian war der Kleine.

Bei Brians Geburt war Bridget zehn Jahre alt. Alle hatten erwartet, dass sie Brian den ganzen Tag in seinem Kinderwagen herumschieben und Mutter spielen würde. Aber Bridget war lieber draußen und spielte am Strand oder fuhr mit dem Fahrrad durch die Gegend. Von diesen Ausflügen brachte sie oft verletzte oder hilfsbedürftige Tiere mit: eine trächtige Katze, eine Strumpfbandnatter und einen Vogel mit gebrochenem Flügel.

Patrick, der bei Brians Geburt schon sechzehn war, hatte ihn am meisten geliebt.

Bridget stellte sich vor, wie sie, John und Brian in zwei Tagen nebeneinander in der vordersten Kirchenbank knieten. Die Köpfe gesenkt, während der Priester eine Holzkiste mit Weihwasser besprenkelte. Drinnen Patrick, dessen Platz doch eigentlich neben ihnen war.

Patrick konnte Priester nicht ausstehen. Wenn früher die ganze Familie zum Gottesdienst ging, steckte Charlie jedem seiner Kinder einen Dollar für die Kollekte zu. Pat tat, als würde er den Schein in das Säckchen werfen, knüllte ihn aber in Wirklichkeit in der Handfläche zusammen und ließ ihn wenig später im Ärmel verschwinden. Er sagte, die Priester hätten des Geld nicht verdient.

»Das wird alles in Schnaps investiert«, sagte er. »Und in Strandvillen. Pater Riordan fährt einen Cadillac. Von wegen Armutsgelübde. Fergie sagt das auch.«

Jahre später erfuhr Bridget mehr, als Patrick ihr erzählte, was seinem Freund in der Kindheit passiert war. Sie saßen in Patricks Bar und schimpften über die Kirche. Bridget und Pat waren die Abtrünnigen der Familie. Pat gab seinem Kumpel ein Zeichen, der zapfte ihm ein Bier.

»Fergie ist durch die Hölle gegangen«, sagte er. »Seine Mutter hat nichts unternommen. Wenn man mich fragt, kann man dem Jungen nach der Sache nichts mehr übelnehmen.«

Pat verriet ihr nicht, welcher Priester es gewesen war, das hatte er Fergie versprechen müssen. Aber Bridget ahnte, um wen es sich handelte. Sie hatten ihren Bruder nach dem ersten Schuljahr von der Saint-Ignatius-Privatschule geschmissen, weil er dem Direktor Vater McDonald ins Gesicht gespuckt hatte. Die Sache war so unerhört, dass sie zu Hause nie wieder erwähnt wurde.

Als Erwachsener setzte Patrick keinen Fuß mehr in die Kirche. Aber nach seinem Tod lag alles in Noras Hand, und so würde es ein Priester sein, der Patrick von dieser Welt in die nächste geleitete.

Johns Anruf kam um kurz nach zwei.

»Verdammte Scheiße«, sagte er statt einer Begrüßung.

»Ich begreife das nicht«, sagte Bridget. »Ich krieg's einfach nicht in meinen Schädel. Er fährt gegen eine Mauer, und das soll's gewesen sein? Jetzt ist er einfach weg? Wie konnte das passieren? War das Auto nicht in Ordnung? Hat sich das jemand angeschaut?«

»Bridget. Er war besoffen. Er ist bei seiner Lieblingsbeschäftigung gestorben.«

»Das ist nicht witzig«, sagte sie.

»Ich meine es ernst. Dieses Arschloch hat sich nie dafür interessiert, was er Mama antut oder uns. Die Suppe dürfen wir jetzt auslöffeln.«

»Du kannst doch einen Toten nicht Arschloch nennen.«

Er meinte es nicht so, das wusste sie genau. Das war eben seine Art: erst Wut, dann Trauer. So etwas würde er nur zu ihr sagen. Nicht zu Julia. Niemals zu Nora.

»Wie sollen wir das Maeve erklären?«, sagte er. »Wir haben heute Abend Familienrat. Das war ohnehin geplant, aber eigentlich zu einem ganz anderen Thema. Ich müsste längst in Chicago sein, stattdessen darf ich mich damit auseinandersetzen, dass Mama eine Grabrede für jemanden von mir verlangt, den ich nie leiden konnte.«

Er würde es machen. John war derjenige in der Familie, der solche Aufgaben übernahm. Bridget war zu ungeschickt, und Brian würde, sosehr er Patrick auch geliebt hatte, lieber zu ihm in den Sarg steigen, als vor Publikum zu sprechen.

Bridget und John waren ein Jahr auseinander. Sie hatten sich immer gut verstanden, obwohl sie so unterschiedlich waren, wie zwei Menschen nur sein konnten. Als sie Kinder waren, konnte ein bedeutungsloses Geplänkel zwischen ihnen von einem Augenblick zum nächsten explodieren. Bevor irgendjemand bemerkte, was passiert war, rollten sie hauend und tretend über den Küchenfußboden, bis sie in Tränen oder Gelächter ausbrachen oder Nora mit dem Besen auf sie losging, als könne sie die ganze Ungehörigkeit wegfegen.

Niemand kannte John besser als Bridget. Er war jetzt stinkreich, hatte sich einen fetten Neubau in Weston geleistet und die passende Persönlichkeit gleich dazu. Aber sie durchschaute ihn immer noch vollkommen.

Wenn sie als Kinder bei einem Umzug einem Lokalpolitiker die Hand schüttelten, hatte John frei von Schüchternheit verkündet: »Ich will mal so werden wie Sie, Sir.« Dann hatten Billy Bulger, Joe Moakley und einmal sogar der Bürgermeister Kevin White mit einem Leuchten in den Augen geantwortet: »Ach ja?«

Auf diese Weise war er zu Führungen durch das Parlament, Hunderten Buttons und persönlichen Briefen und Politikerbesuchen in seiner Grundschulklasse gekommen. Er war süchtig nach dieser Aufmerksamkeit geworden.

Bridget fragte sich, was all diese braven irischen Demokraten jetzt wohl dachten, nun, da John ein Vermögen machte, indem er der Gegenseite half.

Sie war entsetzt gewesen, als er ihr vor sieben Jahren beim

Abendessen erzählte, dass er nach fünfzehn Jahren der Plackerei für die Demokraten einen mordsmäßigen Auftrag für die Republikaner angenommen hatte.

»Jetzt mal ehrlich: Die sind alle gleich«, sagte John. »Je älter ich werde, desto klarer wird mir das. Ich will für jemanden arbeiten, der mich respektiert und mich meinen Fähigkeiten entsprechend einsetzt.«

Bridget schwieg. Sie erinnerte sich, irgendwo gelesen zu haben, dass, wenn jemand einen Satz mit *ehrlich* begann, üblicherweise eine Lüge folgte.

»Deshalb bin ich noch lange kein Republikaner«, sagte John weiter. »Wenn du in einem Schuhladen arbeitest, wirst du ja auch kein Schuh.«

Bridget erstickte fast an ihrem Bier: »Das meinst du nicht ernst, oder?«

Das Geschäft lief. Konservative Klienten rannten ihm mit einem Optimismus die Bude ein und boten ihm Summen, als hätten die letzten Wahlen nie stattgefunden. Sie fragte sich, ob ihr Bruder seine Entscheidung jetzt bedauerte, da er sah, wie groß sein Einfluss war. Was an ihm war es, das es John überhaupt möglich gemacht hatte, diese Entscheidung zu treffen?

»Was soll ich über Patrick sagen?«, fragte John jetzt. »In den letzten acht Monaten haben wir nicht mal mehr miteinander geredet.«

Bridget vergaß das immer wieder. Ihre älteren Brüder standen oft auf Kriegsfuß, aber seltsamerweise merkte man das kaum, wenn man sie zusammen sah. Wenn man nicht darauf achtete, fiel gar nicht auf, dass sie nie direkt miteinander sprachen. Bei den Familientreffen redeten alle schnell, unterbrachen einander und beendeten eine Geschichte, die ein anderer angefangen hatte, um dann jedes Mal über das richtige Ende zu streiten: *Das war doch ganz anders! In Wirklichkeit hat er gesagt –* Sie lachten im Voraus, weil die Pointe bekannt war. Sie nannten einander Arsch, Vollidiot, Hirni und Homo und meinten es nicht böse. Sie benutzten die Begriffe wie Kosenamen. Worte bedeuteten in diesem Haushalt nicht viel.

»Wie kommt Brian klar?«, fragte sie. »Ich muss ihn unbedingt anrufen.«

»Weiß ich nicht. Er ist abgehauen. Nachdem Mama es ihm gesagt hat, ist er offenbar einfach aus dem Haus gerannt.«

»Jesus. Er war gestern Abend bestimmt mit Patrick zusammen, oder? Wahrscheinlich haben sie noch zusammen in der Bar gearbeitet.«

»Dort ist Brian jetzt wahrscheinlich auch wieder«, sagte John. »Kein Grund zur Sorge. Aber Mama dreht natürlich total durch.«

»Hast du sie schon gesehen?«

»Ja, wir sind jetzt bei ihr. Julia und ich sind mit Maeve gekommen. Wir haben ihr was zu essen mitgebracht. Aber sie will nicht.«

Bridget stellte sich vor, wie Nora mit hängendem Kopf am Küchentisch saß.

»Erzähl von unserer Kindheit«, sagte sie. Das würde Nora sich wünschen.

»Was?«

»Bei der Grabrede. Erzähl ein paar Geschichten von früher. Die mit den Hummern zum Beispiel.«

Während eines Schneesturms im Winter 78, als die Läden geschlossen waren und der Strom ausgefallen, war Patrick mit nassen Schuhen aus dem Schnee in die Küche gekommen, in den Armen einen Haufen Hummer. Er hatte sie am Strand aufgesammelt, wo sie angespült worden waren. Sein hübsches Gesicht, das dunkle Haar, das Lächeln – die ganze Familie hatte gejubelt. Es war ein Festessen gewesen, an diesem Abend und am nächsten. Die Hummer hatten sie in einer Schneewehe auf der Veranda gekühlt.

Als Natalie endlich zurückrief, klang sie abwesend und eingespannt. »Sorry, Schatz, ich bin von einem Meeting ins nächste, und dann noch das Mittagessen mit der Chefin. Was ist los?«

Es war ein Anruf aus einer anderen Welt, in der Meetings und Mittagessen noch Bedeutung hatten. Dort war die Zeit nicht stehengeblieben. Ein Teil von Bridget wollte Natalie beschützen, sie dort lassen.

Als sie ihr erzählt hatte, was passiert war, sagte Natalie: »Ich komme sofort nach Hause.«

Sobald sie dort war, nahm sie Bridget in die Arme, der Geruch der Winterkälte noch in ihrem Haar. Bridget brach in ihren Armen zusammen und wünschte sich jetzt, dass Natalie schon viel früher gekommen wäre.

Natalie ging, ohne sich den Mantel auszuziehen, ins Schlafzimmer. Ihr Kopf erschien im Türrahmen.

»In fünf Minuten habe ich gepackt. Gib mir fünf Minuten, und wir können los.«

Bridget folgte ihr.

»Meine Mutter hat gesagt, wir sollen morgen früh kommen.«

»Aber ist denn nicht viel zu tun? Braucht sie keine Hilfe?«

»Du kennst doch meine Mutter.«

Nora vertraute niemals jemand anderem häusliche Aufgaben an, vielleicht aus Angst vor Machtverlust. Wenn sie einmal nicht mehr da war, würde keiner von ihnen ihren Braten zubereiten können oder hätte auch nur eine Ahnung, wo der Staubsauger stand.

Als sie vor ein paar Wochen zu Weihnachten zu Hause war, saß Bridget mit einem Mimosa am Küchentisch, während Nora die Soße für den Braten machte. In diesem Moment hatte sie noch gedacht: *Pass jetzt gut auf. Eines Tages musst du vielleicht wissen, wie das geht.* Aber sie hatte natürlich nicht aufgepasst. Stattdessen war sie ins Wohnzimmer gegangen, wo ihre Brüder Football schauten, war in dem Treibsand der Sofakissen gelandet und hatte sich mit Käsekräckern und Zwiebeldip vollgestopft, bis an das eigentliche Weihnachtsessen gar nicht mehr zu denken war und Brian und Patrick sie aus dem Sofa hochziehen mussten, als Nora rief: »Essen ist fertig!«

Ihr wurde klar, dass das das letzte Mal gewesen war, dass sie Patrick gesehen hatte – für immer.

Natalie packte auch für Bridget. Dann ließ sie etwas von Bridgets Lieblingsthailänder kommen, aber keine von ihnen konnte etwas essen.

Sie machten den Fernseher an, damit es nicht so still war, und kuschelten sich auf der Couch aneinander. Bridget vergaß immer wieder für einen kurzen Augenblick, was passiert war, und musste den Schock jedes Mal neu durchleben.

Während sie so saßen und die Asianudeln auf dem Wohnzimmertisch vor ihnen kalt wurden, fiel ihr Blick immer wieder auf die gepackten Taschen in der Ecke, und sie erinnerte sich an etwas.

»Ich habe mein Versprechen nicht vergessen, bei meiner nächsten Begegnung mit meiner Mutter das mit dem Baby zu erzählen, aber jetzt kann ich es wirklich nicht sagen. Das verstehst du doch, oder?«, sagte Bridget. »Das ist jetzt nicht der richtige Moment für sowas.«

»Klar«, sagte Natalie. Doch dann fügte sie hinzu: »Aber es ist auch keine Krebsdiagnose, weißt du. Ein Baby ist eine gute Neuigkeit. Vielleicht macht es deine Mutter froh, wenn sie sich erstmal an den Gedanken gewöhnt hat. Sie will doch bestimmt, dass du glücklich wirst. Ich bin mir sicher, dass es ihr eigentlich lieber ist, wenn du ehrlich bist.«

Glück war nichts, wonach Nora jemals gestrebt hatte. Sie hatte ihren Kindern stets klarzumachen versucht, dass ihre Generation sich nicht mit so trivialen Dingen beschäftigt hatte, wie der Frage, ob man glücklich war oder nicht.

Und was Ehrlichkeit anging, so hätte Bridget Natalie gern in Erinnerung gerufen, dass sie über Nora redeten. Nora, die im Gespräch mit John und Julia zu der Frage, wie man Maeve das mit der Adoption beibringen sollte, gesagt hatte: »Warum wollt ihr es ihr überhaupt sagen? Ich hatte eine Freundin in der Gemeinde mit zwei adoptierten Söhnen, die davon nie eine Ahnung hatten.«

»Tja, Mama, Maeve kommt aber aus China, und da wird sie irgendwann schon eine Ahnung bekommen«, hatte John geantwortet.

Es sah aus, als wolle Natalie jetzt tiefer gehen, aber dann sagte sie: »Schon gut. Verstehe.«

»Wirklich?«

»Ja. Lass dir all die Zeit, die du brauchst. Obwohl – wir könnten immerhin schon mal den Samen kaufen. Dann wissen wir, dass wir ihn haben.«

»Nein«, sagte Bridget, »ich muss es ihr erst sagen.«

Natalie versuchte, sich die Verärgerung nicht anmerken zu lassen. »Aber wieso denn?«

»Ich weiß nicht. Einfach so ein Gefühl.«

»Und du bist dir ganz sicher, dass das nicht nur eine Ausrede ist?«

»Natürlich nicht!«, sagte Bridget, obwohl sie sich dessen alles andere als sicher war.

Natalie war ihre Familie, sie war diejenige, die sie jetzt beschützen musste. Aber was war mit Nora? Um sie machte Bridget sich auch Sorgen. Sie war dreiundsiebzig Jahre alt, was heutzutage noch kein Alter war. Aber Nora wirkte alt. Bridget hatte von Eltern ihrer Freunde gehört, die im selben Alter Fahrradtouren durch Europa machten und ihren Kindern Links zu den Fotos schickten. Nora verweigerte sogar E-Mails. Sie sagte, dass das für sie keinen Sinn mehr mache. Es sei eine fremde Sprache. Wie würde sie auf ein Baby reagieren, das zwei Mütter hatte und dessen Vater es nur in Form eines alten Kinderfotos im Internet gab?

Das war nichts, was sich Bridget für sich selbst vorgestellt hatte. Es war ihr nicht möglich gewesen, ihre Mutter darauf vorzubereiten.

Natalie hatte noch nicht begriffen, dass Noras Liebe nicht bedingungslos war. Ihr Glaube sagte ihr, dass Leute wie Bridget und Natalie von Natur aus weniger wert waren. Und das Kind der beiden? Was würde Nora dazu sagen? In den Augen der katholischen Kirche war die Geburt eines Kindes ein Wunder oder eine Sünde, je nachdem.

Bridget war fast zehn Jahre älter als Natalie. Das war ein Unterschied. Natalie war in einer viel offeneren Zeit geboren worden. Sie hatte noch nicht verstanden, dass die Geschichte von Bridgets Homosexualität nichts mit einem sanften sexuellen Erwachen in einem flauschigen Frauencollege und ehrlichen Aussprachen mit verständnisvollen Eltern zu tun hatte. Im Haus ihrer Kindheit und Jugend waren Verdrängung und Unterdrückung von Gefühlen üblich. Nora und Charlie schliefen in getrennten Betten. Insgeheim nannten Bridget und John sie deshalb Ernie und Bert. Bridget konnte sich gut vorstellen, dass sie nur viermal miteinander geschlafen hatten – jedes Mal war ein Kind dabei entstanden.

Ihr Vater hatte ihrer Mutter zu ihrem Geburtstag jedes Jahr eine Geburtstagskarte aus dem Supermarkt gekauft und zwei Worte hinzugefügt: oben ihren Namen, unten seinen. Es war nicht ihre Art zu streiten, aber Bridgets Eltern hatten in verschiedenen Welten gelebt. Sie war überzeugt davon, dass sie niemals offen und ehrlich über ihre Träume und Ängste gesprochen hatten. *Nora* – Herzlichen Glückwunsch zum Geburtstag! – *Charlie*.

Bridget erinnerte sich daran, dass während ihrer Grundschulzeit einige Jahre lang zwei Frauen in einem Haus am

Ende der Sydney Street gewohnt hatten. Sie pflegten den Rasen, pflanzten Pfingstrosen und saßen an schönen Sommerabenden auf der Veranda wie jeder andere in der Nachbarschaft. Ihre Eltern begegneten ihnen freundlich und grüßten. Aber eines Tages flüsterte ihr Vater im Vorbeifahren: »Lesben.« Bridget kannte das Wort nicht. Aber es musste etwas Schändliches und Ekelerregendes sein.

»Ich dachte, sie sind Schwestern«, sagte Nora, und Charlie warf lachend den Kopf in den Nacken.

Bridget war zu der Zeit sieben Jahre alt und in ihre beste Freundin Molly Quinn verliebt, obwohl sie es damals noch nicht als Liebe erkannte. Sie war einfach vernarrt in Molly, in das lange, braune Haar, das sie nach der Schule bürsten durfte, und den Geruch ihrer Seife auf der Haut. Als Bridget eines Tages verkündete, Molly heiraten zu wollen, sah Nora sie erschrocken an, wandte sich ab und tat, als sei nichts gewesen.

Zwanzig Jahre später, am St. Patrick's Day 1992, war Bridget wie jedes Jahr für den Umzug und die Feier bei Tante Babs und Onkel Lawrence nach Boston gekommen. Damals war sie achtundzwanzig. In diesem Jahr wollte eine Gruppe Homosexueller an dem Umzug teilnehmen. Das hatte einen Aufschrei in der Bevölkerung verursacht, und die Sache war bis vor den Obersten Gerichtshof von Massachusetts gegangen. Am Ende erhielt die Gruppe die Erlaubnis. Als sie vorbeikamen, bewarf man sie mit Bierdosen und Rauchbomben. Ein großer Mann in einem weißen Wollpullover irischer Art hielt ein Kind im Arm, das eine Miniversion des gleichen Pullis trug. Keine Viertelstunde vorher war der Typ fast in Tränen ausgebrochen, als er für seinen Sohn *The Unicorn* sang. Jetzt brüllte er: »Homos in die Quarantäne!« Andere stimmten ein. Eine alte Dame mit einem grünen Nelkenansteckstäußchen am Mantelkragen hielt ein Schild mit der Aufschrift *Aids heilt Homosexualität.*

Bridgets Verwandte hatten nicht zu den grölenden Steinewerfern gehört. Sie hatten auf der anderen Straßenseite gestanden und tatenlos zugesehen.

Als Kind hatte Bridget die katholische Kirche geliebt. Sie hatte John darum beneidet, dass er Ministrant war. Dass er manchmal nicht zur Schule musste, weil er bei einer Beerdigung gebraucht wurde. Beerdigungen seien besser als Hochzeiten, sagte er: Das Trinkgeld war besser. Bridget himmelte die Priester an und träumte davon, eines Tages selbst einer zu sein, auch wenn sie nicht wusste, wie das gehen sollte. Das hatte sich geändert.

Als dann in den Abendnachrichten ein Priester sagte, Homosexuelle am Umzug teilnehmen zu lassen bedeute, der Sittenlosigkeit Tür und Tor zu öffnen, fühlte sie Bitterkeit: dass diese Institution ihr aller Leben bestimmt hatte, diese Männer mit ihren Perversionen sie verurteilten. Dass nach all diesen Jahren unter ihrem Einfluss sie sich selbst verurteilte.

Ihre Mutter machte eine zustimmende Kopfbewegung Richtung Fernseher.

In diesem Moment beschloss Bridget, sich mit ihrer Mutter nicht auf das Thema einzulassen. Sie war keine Rebellin. In ihrem tiefsten Inneren wollte sie Nora gefallen. Sie wollte auch von ihr erkannt werden, aber das war weniger wichtig.

Jetzt hatte sich vieles in Bridgets Leben verändert, und auch das würde sich ändern müssen. Sie durfte Natalie nicht verlieren. Daran durfte sie nicht einmal denken. Aber jetzt war Patrick nicht mehr da, und ihre Mutter war am Boden zerstört – wie sollte sie da die richtigen Worte finden?

Patrick war der Erste aus der Familie gewesen, der Natalie kennengelernt hatte. Sie mochten einander sofort. Sie waren sehr verschieden. Ihr Bruder, der sich immer noch an das Bild des harten Kerls aus Boston klammerte, eine Bar hatte und noch nie eine Uni von innen gesehen hatte. Natalie mit ihrem Abschluss vom Barnard College, die dreimal die Woche Pilates machte und mit der sanften Stimme einer Frau sprach, die tatsächlich regelmäßig meditierte, anstatt nur regelmäßig darüber nachzudenken. Aber sie verstanden sich, mochten beide die Red Sox und liebten Frank Sinatra.

Bridget hatte nicht geplant, die beiden einander vorzustellen. Eines Freitagabends im Oktober 2004 hatten Natalie und sie sich nach einem siegreichen World-Series-Spiel der Red Sox bei einem Mexikaner in der Innenstadt einige Margaritas gegönnt. Damals waren sie erst ein paar Monate zusammen, aber es fühlte sich schon sehr ernst an. Gegen neun Uhr sagte Natalie scherzhaft, dass Port Authority nicht weit sei und sie eigentlich in einen Bus springen und zur Siegesparade nach Boston fahren sollten. Um zwei Uhr morgens wurde der Scherz Wirklichkeit.

Als sie in einem Bus voll glücklicher, besoffener Idioten, wie sie selbst es waren, die Interstate 95 hinunterrasten, dachte Bridget daran, dass sie noch nie nach Boston gefahren war, ohne sich bei ihrer Familie zu melden. Es war befreiend.

Nach einem langen Spaziergang im Morgengrauen gingen sie frühstücken. Als sie den Imbiss an der South Station eine Stunde später verließen, liefen sie Patrick, Brian und ihren Cousins Matty und Sean direkt in die Arme. Sie konnte sich noch daran erinnern, dass ihre Hände einander berührt hatten, und an den Ausdruck auf Natalies Gesicht, als sie ihre plötzlich wegzog.

Sie plauderten mit den Jungs und stellten fest, dass sie denselben Plan hatten. Zu sechst zogen sie weiter und kehrten in Government Center in einer Bar zum extrafrühen Frühschoppen ein. Als Natalie zur Toilette ging, sagte Pat: »Coole Frau. Und hübsch ist sie auch. Weiß Ma von ihr?«

»Nein.«

»Hast du mal drüber nachgedacht, sie einzuweihen?«

»Patrick, darüber denke ich schon mein Leben lang nach.«

»Dann sag's ihr. Die hat viel schlimmere Geheimnisse, Bridget, glaub mir.«

9

Vor Jahren hatte Pat über der Bar eine Uhr installiert. Eine beleuchtete Glaskugel von der Größe eines Wasserballs. Zur vollen Stunde trabten die Clydesdale-Brauereipferde, das Markenzeichen von Budweiser, einmal außen herum.

Damals hatten sie sich darüber lustig gemacht.

»Was denn?«, sagte Pat. »Die war im Angebot.« Und Fergie entgegnete: »Ein Angebot wäre, wenn sie Schmerzensgeld zahlen und uns von dem Ding erlösen würden.«

Die Glocke läutete einmal, und Brian sah die Clydesdales traben. Es war ein Uhr nachts. Fergie und er hatten beschlossen, zu Ehren seines Bruders heute nicht zu schließen. Die Bar füllte sich schnell, und die Gäste standen Schulter an Schulter, um seinem Bruder die letzte Ehre zu erweisen. Draußen hatte jemand eine große, flackernde Kerze auf den Gehweg gestellt. Blumensträuße standen herum. Rosen aus dem Supermarkt mit schlaffen Blütenblättern. Tulpen in durchsichtiger Plastikfolie.

Es war Sperrstunde, aber heute würden Brian und Fergie niemanden rauswerfen. In der Bar war es trotz der angelehnten Tür und trotz der Januarkälte draußen kochend heiß. Die Männer hatten die Hemdsärmel bis zum Ellbogen hochgerollt, die Frauen den Nacken freigemacht und sich die Haare hochgesteckt. An den Schläfen standen Schweißtropfen. Brian versuchte, sich über das Gemurmel zu erheben. Wenn ihm jemand einen Schnaps ausgab, kippte er ihn hinunter wie ein Gegengift, das ihm das Leben retten würde. Aber seine Gedanken überschlugen sich weiter.

Er verließ seinen Posten hinter der Bar und kämpfte sich zu Patricks Büro durch. Den ganzen Abend hatte er gebraucht, um den Mut dafür zu fassen. Er trat ein und schloss die Tür hinter sich. Er drehte das Licht an und sah sich um. Er suchte nach einem Abschiedsbrief und wünschte sich nichts sehnlicher, als keinen zu finden. Mit einem Abschiedsbrief wäre die Sache klar. Am Schreibtisch klebte ein vergilbter Zettel. Es waren die letzten Zeilen eines Reuegebets: *Ich gelobe, mithilfe Gottes, des Vaters, nicht wieder zu sündigen, nahende Gelegenheiten zur Sünde zu meiden und ihnen zu widerstehen.*

Es war ein Witz. So hatte Fergie Patrick manchmal genannt: die nahende Gelegenheit zur Sünde.

Auf dem Tisch stand außerdem eine Whiskeyflasche mit einem letzten Schluck goldbrauner Flüssigkeit. Brian griff nach ihr und drehte sie in seinen Händen.

Gestern war kein besonderer Tag gewesen. Doch nun würde die Erinnerung an ihn wichtiger sein als die an irgendeinen anderen. Patrick noch da. Und Nora noch nicht zu dem geworden, was auch immer der Schmerz aus ihr machen würde. Brian hätte darauf bestehen sollen, seinen Bruder nach Hause zu fahren oder ihm ein Taxi zu rufen. Das würde er ein Leben lang bereuen. Deshalb war er weggerannt, als seine Mutter es ihm gesagt hatte. Er konnte ihr nicht in die Augen sehen.

Wie hatte Patrick das auf einer Strecke, die er Tausende Male gefahren war, passieren können? Wie konnte ein so dermaßen lebendiger Mann einfach verschwinden? Brian hatte es noch nicht akzeptiert.

Er schloss die Augen, um sich zu konzentrieren. Er wollte jede Sekunde von Patricks letztem Tag durchgehen, bis er ein Zeichen fand, irgendeine Erklärung. Als könnte das etwas ändern.

»Also ganz von vorn«, sagte er laut zu sich selbst.

Sonntags machte Fergie die Bar auf, und Brian fing erst um achtzehn Uhr an.

Nach dem Aufstehen hatte er vorgehabt, seiner Mutter bei ein paar Kleinigkeiten zu helfen: Sie nervte ihn schon länger damit, dass er die Deckenventilatoren abstauben und die Kisten mit der Weihnachtsdeko auf den Dachboden bringen solle. Der Speckgeruch, der von der Küche in sein Zimmer strömte, war wohl ein Köder für ihn.

Um neun stand er auf und zog sich nach dem Duschen Poloshirt und Jeans an. Dann ging er, wie jeden Morgen, in die Küche, um sich das Frühstück servieren zu lassen. Nora stand mit dem Rücken zu ihm am Herd. Brian gab ihr einen Kuss auf die Wange, setzte sich an den Tisch und griff nach der Zeitung. Er nahm den Sportteil heraus.

Sie stellte einen Teller vor ihn.

»Begleitest du mich um zehn?«, fragte sie. »Heute hält Pater Callahan die Predigt, glaube ich.«

»Nein, heute nicht«, sagte er. »Ich hab' zu tun.«

Er mied den Gottesdienst seit Wochen, denn wenn er hinging, suchte sein früherer Trainer O'Leary seinen Blick und tippte sich auf die Armbanduhr. Es war eine Anspielung auf ein Gespräch, das sie einige Monate zuvor nach dem Gottesdienst geführt hatten. *Wann gehen Sie in Ruhestand?*, hatte Nora gefragt. *Sobald Ihr Sohn einwilligt, meine Arbeit fortzusetzen*, war die Antwort. Am nächsten Tag hatte er angerufen, um zu sagen, dass es ernstgemeint gewesen war. Brian hatte kein Interesse, aber Nora ließ nicht locker. Sie hatte sogar Patrick auf ihre Seite gebracht.

Jetzt warf sie Brian einen missbilligenden Blick zu, sagte für diesmal aber nichts dazu.

Während sie weg war, holte er sich einen runter. Er sah sich das Spiel der Celtics an, das er am Abend zuvor aufgezeichnet hatte. Dann hielt er ein Nickerchen. Am Nachmittag spielte er drei Stunden lang *Grand Theft Auto* in seinem Zimmer, bis er seine Mutter rufen hörte: »Vier.«

Brian drückte auf Pause.

Er war der Einzige seiner Geschwister, der je mit seiner Mutter allein gelebt hatte, ihr viertes und jüngstes Kind. Als er noch klein war, waren seine Kleidungsstücke mit einer Vier gekennzeichnet gewesen, und wenn sie etwas von ihm wollte, rief sie bis heute *Vier! Das Essen ist fertig* oder *Vier, kannst du bitte die Glühbirne im Flur wechseln?*

»Ja«, rief er nach unten.

»Hast du die Kisten hochgebracht?«

»Jaja.«

Er stand auf und brachte die Kisten auf den Dachboden. Dann kümmerte er sich um die Ventilatoren.

Bevor er zur Arbeit ging, aßen sie gemeinsam die Reste des Huhns vom Vorabend.

»Machst du heute Nacht zu?«, fragte sie.

Er nickte. Er hatte den Mund voll.

»Um wie viel Uhr?«

»Eins«, sagte er. »Wir schließen immer um eins. Das weißt du doch.«

»Ja, aber es gefällt mir nicht.«

»Und du hoffst, dass die Antwort anders ausfällt, wenn du oft genug fragst?«

»Vielleicht schon.«

Sie lächelten einander an.

Seine Mutter nahm einen Bissen Huhn, kaute langsam und trank dann einen großen Schluck Wasser.

»Ich habe Tante Kitty nach der Kirche die Einkäufe vorbeigebracht«, sagte sie. »Sie hat von Cousin Conor erzählt, der gestern mit Marie und den Kindern zu Besuch war. Nett, nicht wahr? Er ist Mitglied des Milton Hoosic Clubs und war mit der Familie gerade auf dem Weg dahin. Wusstest du, dass er dieses Jahr in den Ruhestand geht? Mit fünfzig! Und mit einer stattlichen Pension, sagt Kitty. Als Polizist hat man es nicht schlecht.«

Er sah sie an: »Mama.«

»Was denn?«, sagte sie. »Darf ich dir nicht einmal mehr etwas erzählen?«

Wenige Minuten später saß er im Auto und wartete, dass der Motor warm wurde. Ihr Wagen parkte in der Einfahrt vor seinem. Zum ersten Mal seit langem fiel ihm der Schatten eines Aufklebers auf der Kofferraumklappe auf, der vor Ewigkeiten unvollständig abgekratzt worden war. Nur die Buchstaben »nd In« waren geblieben.

Er wandte den Blick ab, legte den Rückwärtsgang ein und fuhr auf die Straße.

Als er die Bar betrat, waren nur ein paar Gäste da.

Joe saß heute allein am Tisch. Normalerweise kam er mit George, Wally, Dick und Ed. Die fünf weißhaarigen Männer mit dem lauten Lachen lebten schon immer in der Gegend. Die Bar war seit eh und je ihr Stammlokal, ob sie Dan O's hieß, Colony oder wie jetzt Rafferty's. Sie fühlten sich keinem Namen auf einem Schild verpflichtet, nur einander. Zwei Stühle weiter saß ein alter Mann, den Brian nicht kannte, aber die Kombination aus Glatze und weißem T-Shirt erinnerte ihn an Meister Proper. In einer Ecke saß ein Pärchen. Das Mädchen reckte den Kopf, um vor der Spiegelwand den Lippenstift zu erneuern.

Die Toilettentür ging auf, und ein Typ in einem Tom-Brady-Trikot trat heraus.

»Hey, Mister Quarterback. Großes Spiel heute?«, sagte Fergie.

»Fick dich, Ferguson«, sagte der andere.

Sie lachten.

Brian war da, um Fergie abzulösen, aber Fergie ging nicht nach Hause. Wie immer. Stattdessen zapfte er sich ein Bier, zog den *Herald* aus der Hosentasche, setzte sich auf einen Barhocker und breitete die Zeitung vor sich aus.

Fergie war seit dem Kindergarten Patricks bester Freund. Ein witziges Paar: Fergie war klein und stämmig und hatte zotteliges blondes Haar, das er nie ganz unter Kontrolle bekam. Neben Patrick – groß, gutaussehend, dichter schwarzer Haarschopf und breite Schultern – sah Fergie wie ein vernachlässigter kleiner Junge aus. Patrick trug seit kurzem einen Schnauzer, eine sonderbare, unvorteilhafte Wahl.

An seinem achtundvierzigsten Geburtstag hatte Patrick es etwas übertrieben und war stockbesoffen mit dem Gesicht auf einen Barhocker geknallt. Er hatte einen Schnitt auf der Oberlippe davongetragen, der eine kleine Narbe hinterlassen hatte. Diese Narbe sollte unter dem Bart verschwinden, aber Brian hätte ihr den Vorzug gegeben. Fergie liebte es, sich über Pats Schnurrbart lustig zu machen, als wären sie jetzt zum ersten Mal in ihrem Leben vom Aussehen her auf einer Stufe.

Ein Mädchen kam in die Bar. Sie sah aus wie zwölf, trug aber einen Kapuzenpulli von der University of Massachusetts. Also einundzwanzig, höchstens zweiundzwanzig, dachte Brian. Er wollte sie gerade nach ihrem Ausweis fragen, da fragte sie: »Kann ich bei euch 'nen Flyer für den Brendan-Moynahan-Spendenlauf aufhängen?«

»Na klar, Kleine«, sagte Fergie und zeigte, ohne von der Zeitung aufzublicken, auf die Tür, durch die sie gerade eingetreten war.

Die Innenseite war mit Flyern gepflastert, die alles Mögliche ankündigten: den *Eddie-Farrell-Gedenkgolftag*, die *Terry-Sweeney-Benefizauktion*, das *Söhne-von-Éireann-Freiwilligenfeuerwehr-Begräbnisessen*.

Sie sahen zu, wie das Mädchen ihren Flyer anbrachte.

»Ein Haufen toter Iren, wenn man es recht bedenkt«, kommentierte Fergie.

Patrick kam um halb sieben. Wie immer, wenn er den Raum betrat, veränderte sich die Atmosphäre sofort. Es war, als ob ein Star hereingekommen wäre.

Pat ging hinter die Bar und füllte ein Bierglas mit Wasser. Die Regel war, dass sie sich überall die Hucke vollsaufen konnten, was sie auch taten. Nur nicht hier. Auch nicht nach der Schicht, obwohl Pat Fergie selten daran erinnerte.

»Hast du gesehen, dass der neue Laden gegenüber eröffnet hat?«, fragte Fergie. »Dottie's Weinerei.« Er hielt mit grazilaffektierter Geste ein unsichtbares Weinglas in die Höhe.

»Hab ich gesehen«, sagte Patrick.

»Dottie's«, sagte Fergie. »Auf der Dot Avenue. Echt clever. In sechs Monaten sind die wieder weg, ihr werdet schon sehen.«

Patrick zuckte mit den Schultern. »Ach, ich wünsche ihnen viel Glück. Vielleicht halten sie uns wenigstens die Yuppies vom Leib.«

Die Bar war eine Kellerkneipe der alten Schule und lag fünf Blocks von dem Haus entfernt, in dem seine Familie bis zu Brians Geburt gewohnt hatte. Die Fenster waren klein, der Raum mittags nicht heller als um Mitternacht. Pat hatte es genauso eingerichtet, wie er es sich erträumt hatte: eine lange Bar aus Holz, Sitzbänke mit roten Lederpolstern, Betonfußboden. Im hinteren Bereich ein Billardtisch und eine Dartscheibe. Auf der Bar ein Glas Soleier, die niemand jemals aß. Bezahlt wurde in bar. Patrick hasste Trends. Sein Motto war: »Kein Latte, kein Bullshit.« Hier gab es keine schicken Sandwiches und kein Karaoke am Dienstagabend. Hier gab es die Basics.

Es hatte drei Monate gedauert, bis Brian ihn überredet hatte, andere Biersorten ins Sortiment aufzunehmen als Budweiser, Budweiser Light und Guinness. Er hatte Blue Moon vorgeschlagen. »Das trinken die Frauen«, sagte Brian, »glaub mir.« Pat hatte erst nach drei Runden Armdrücken eingewilligt. Danach tat Brian eine Woche lang die Schulter weh.

Es war ein Wunder gewesen, dass Patrick den Laden bekommen hatte, und er vergaß nie, wie viel Glück er gehabt hatte.

Als ihr Vater noch lebte, war er sonntagnachmittags zu den Spielen der Patriots in Pats Bar gekommen. Manchmal hatte Nora ihn begleitet und eine Tasse Tee bestellt.

»Fühlt es sich an wie die Pubs drüben in Irland, Ma?«, hatte Patrick wissen wollen.

»Woher soll ich das wissen?«, hatte sie geantwortet.

Aber Brian hatte ihr angesehen, dass sie stolz war.

In der Bar tummelten sich normalerweise alte Freunde von Pat. Sie kannten ihn aus der Oberschule, von der Little League, aus der Florian Hall oder über den Cousin der Freundin einer Cousine, mit der er in den Achtzigern was gehabt hatte.

»Brian«, sagte Pat. »Schlaf nicht ein!«

Joe hielt sein leeres Glas in die Luft. Er war der Einzige, der hier Rotwein bestellte, und Pat hatte nur für ihn eine Flasche Cabernet unter dem Tresen. Er mochte den Alten. Joes Söhne waren erwachsen und kümmerten sich nicht um ihn. Als seine Gallenblase gerissen war, hatte ihn niemand außer Pat im Krankenhaus besucht.

Brian griff nach der Flasche und füllte Joes Glas randvoll, wie sein Bruder es getan hätte.

»Tut mir leid, dass du warten musstest«, sagte er.

»Was hältst du davon, Raf?«, fragte Joe und zeigte auf den Fernseher über der Bar.

Brian konnte den Spitznamen nicht ausstehen. Er gehörte einer anderen Zeit an.

Er blickte auf. Eine blonde Moderatorin interviewte den Pitcher der Red Sox, der eine Ellbogen-OP hinter sich hatte.

»Der ist erledigt. Mit dem wird es diese Saison nichts mehr«, sagte Brian.

Meister Proper sah zu ihnen herüber und schaltete sich ins Gespräch ein.

»Da wäre ich mir nicht so sicher«, sagte er. »Es ist erst Januar. Der ist noch jung, der erholt sich.«

»Vorsicht, Freundchen«, sagte Pat. »Du weißt nicht, mit wem du es zu tun hast. Mein Bruder war Profi bei den Cleveland Indians.«

Das war Jahre her, aber Pat war noch immer stolz darauf.

Der Mann sah Brian beeindruckt an. »Ist das wahr?«

»Na ja«, sagte Brian.

»Double-A-Liga«, sagte Pat.

Auch das war übertrieben. Brian war nur zwei Saisons da gewesen, dann hatten sie ihn in die Single-A geschickt, und da war er bis zum Ende geblieben.

»Position?«

»Second Baseman.«

»Ein Spitzenspieler, der Junge«, sagte Pat. »Nichts als Muskeln. Du hattest doch keine acht Prozent Körperfett?«

»Kann man sich heute kaum vorstellen«, sagte Brian, um dem zuvorzukommen, was die anderen jetzt wahrscheinlich dachten.

Er brachte fast dreißig Kilo mehr auf die Waage als damals in Bestform. Er machte keinen Sport mehr und war ein bisschen wabbelig geworden. Der kleine Bierbauch gehörte zum Gewerbe. Früher dachte er, Baseball sei sein Leben, aber es war nur eine Phase gewesen, und die war zu Ende gegangen. Er wollte nicht mehr darüber sprechen, aber die Jungs in der Bar waren versessen darauf. Meistens ließ er sie machen. Wenn man den Traum der anderen gelebt hatte, durfte man ihnen nicht die Wahrheit darüber sagen. Denn wenn sie erkannten, dass einer das Beste gehabt hatte und immer noch nicht glücklich war, was für eine Chance hatten sie dann?

Sie hatten Brian direkt nach der Uni genommen. Das erste Jahr war super gewesen. Täglich zehn Stunden draußen, bei vier Grad in Akron im April. Er war begeistert. Sein Verdienst lag unter Mindestlohn. Er hatte nur einen Tag im Monat frei. Er reiste mit dem Bus. Er wohnte in einem Motelzimmer ohne Kühlschrank oder Herd. Er ernährte sich von Fastfood und Erdnussbutterbroten, wie alle anderen auch. Ihr Antrieb war die Hoffnung. Sie waren im Fegefeuer, aber jeder Augenblick konnte die Erlösung ins Paradies bringen.

In der Double-A waren viele Jungs, die in die höheren Ligen strebten, und einige, die man für eine Weile aus der Major League herausgenommen hatte, damit sie sich von einer Verletzung erholten. Einige von ihnen rutschten von dort weiter ab, aber Brian bemerkte sie kaum. Für ihn gab es nur eine Richtung. Doch dann verletzte er sich im zweiten Spiel der dritten Saison die Achillessehne, sie nahmen ihn raus, und er kam in die Single-A-Liga. »Übergangsweise«, hatten sie gesagt.

Fünf Jahre in einem Kaff in Illinois. Fünf Jahre auf einem Sofa in einer Einzimmerwohnung, die er sich mit sechs anderen teilte. Fünf Jahre, in denen man ihm erzählte, sein Körper sei eine Maschine, die den allerbesten Kraftstoff brauche, aber das Geld gerade mal für einen Big Mac reichte. Alles Weitere zahlte er mit der Kreditkarte, aber darum würde er sich nach Saisonende kümmern.

Brian liebte das Spiel nach wie vor, aber die Single-A-Liga war erniedrigend. Das war kein Baseball, sondern Zirkus. Es ging vor allem darum, die Ränge zu füllen: Einmal in der Saison führte das Team ein echtes Kamel ins Stadion, bei jedem Spiel stolperten zwischen dem dritten und vierten Inning vier als Hotdog, Mayo, Ketchup und Pommes verkleidete Jungs über das Feld und machten ein Wettrennen. Die Menge brüllte und feuerte ihre Lieblinge lauter an, als sie sonst den Spielern zujubelte. Zwischen den Spielern entstand kein Gruppengefühl, weil alle wussten, dass jeder von ihnen jederzeit rausgenommen werden konnte.

Wenn die Kinder vor dem Stadion um sein Autogramm

baten oder über der Spielerbank die Handschuhe in die Luft hielten und er ihnen ansah, dass er ihnen nur einen Ball zuwerfen müsste, um ihnen ewiges Glück zu bescheren, hatte Brian das Gefühl, es geschafft zu haben. Er war angekommen. Aber die albernen Spielereien brachten ihn wieder auf den Boden der Tatsachen. Das Publikum war nicht seinetwegen gekommen. Sie waren wegen SpongeBob Schwammkopf da.

Wenn er nach Hause fuhr, fragten sie ihn aus. Sie wollten wissen, wie ihn die Jungs in der Umkleide nannten, und als er es ihnen sagte, nannten ihn alle nur noch Raf. Sein Vater, seine Onkel, jeder einzelne Gast in Patricks Bar hatte Ratschläge für ihn.

»Sag dem Trainer, du gehörst in die Triple-A-Liga.«

»Kopf hoch: Du bist wie gemacht für die Major League. Nur Geduld.«

Sie hatten keine Ahnung, wie schwer es war, es so weit zu bringen, wie riesig der Abstand war zwischen sehr gut und ausgezeichnet.

Im vierten und fünften Jahr folgte eine Verletzung auf die nächste. Erst zerrte er sich eine Kniesehne, dann einen Rückenmuskel. Schließlich gewann er das Oxycodon allzu lieb. Als Pat ihn dabei erwischte, wie er Wochen nach Saisonende Pillen einwarf, sagte er: »Was zum Teufel machst du da? Hör auf mit dem Scheiß.« Das tat er. Die Ablehnung seines Bruders wirkte schneller als jedes Zwölf-Punkte-Programm.

Als ihn das Team sieben Jahre später aufgab, war er am Ende. Ihm hatte es nur wegen Patrick und Nora leidgetan. Die beiden waren zu jedem einzelnen Spiel gekommen, auch den unbedeutendsten der Hull High. Er hatte Angst, sie zu enttäuschen.

Außerhalb der Saison hatte Brian bei seinen Eltern gewohnt und Charlie bei Malerarbeiten geholfen, um ein bisschen dazuzuverdienen. Nach dem Ende seiner Baseballkarriere zog er wieder ein. Es sollte nur übergangsweise sein, bis er die Kreditkartenschulden abbezahlt hatte, aber er wurde faul oder bequem oder beides. Dann erkrankte sein Vater. Nach Charlies Tod konnte Brian Nora nicht allein lassen. Seitdem wohnte er bei ihr.

Pat bot Brian einen Job in der Bar an, Vollzeit.

»Bis du dich gefangen hast«, sagte er.

Seitdem waren sieben Jahre ins Land gegangen.

In der Bar assoziierten sie Brian bis heute mit Baseball. Sie betrachteten ihn als hauseigenen Experten. Gerne hätte er Joe gesagt, dass ihn jede Erwähnung eines Profispielers mit Neid erfüllte und ihn daran erinnerte, dass er am Ende einfach nicht gut genug gewesen war. Aber er sagte es nicht. Es gingen ihm so viele hässliche Gedanken durch den Kopf, und keiner davon wurde je ausgesprochen. Das Schlimmste war, dass er Baseball seit seiner Kindheit geliebt hatte, jetzt aber den Gedanken daran nicht mehr ertragen konnte.

»Mulcahey!« Pat begrüßte einen Typen, der sich gerade an die Bar setzte.

Mit großer Geste ging Pat auf die andere Seite der Bar und umarmte ihn.

Brian wusste nicht, wer es war, aber das passierte häufiger. Die Bar war Patricks Reich.

»Da bist du wieder«, sagte Pat.

»Nur für ein paar Tage, um meine Mutter zu sehen. Sie mussten ihr eine künstliche Hüfte einsetzen.«

»Jesus«, sagte Pat. »Das tut mir aber leid. Grüß sie schön von mir. Und sie soll mich anrufen, wenn sie etwas braucht, wenn du weg bist.«

»Danke, Kumpel. Sie ist gerade bei der Physiotherapie, und ich hab' mich davongemacht. Ich brauche dringend eine Pause.«

Zu Brian gewandt sagte Patrick: »Mulcahey ist mit uns auf

der Crescent Avenue aufgewachsen, ist nach Atlanta gezogen, als er geheiratet hat. Habt ihr euch kennengelernt, als er das letzte Mal da war? Wie lange ist das her, Mulcahey? Fünf Jahre? Sechs? Du warst damals zur Abschlussfeier deines Neffen hier.«

»Genau. Gutes Gedächtnis.«

Der Typ hatte einen Bostoner Akzent wie Patrick, wie die meisten hier. Ihre Eltern hatten einen irischen Akzent, Patrick einen Bostoner, und Brian hatte gar keinen. Sie waren im Sommer vor Brians Geburt nach Hull gezogen. Als Kind hatte er oft vor dem Spiegel gestanden, mit sich selbst geredet und versucht, zu klingen wie die anderen.

»Wie geht's deiner Schwester?«, fragte Mulcahey. »Meine hat nach ihr gefragt.«

»Gut. Sie ist immer noch in New York und leitet das Tierheim.«

»Da wünsch ich ihr viel Glück.«

»Sie hat sich auf die Rehabilitation von Pitbulls spezialisiert. Du weißt schon, wenn die Hundekämpfe gemacht haben und so.«

»Jesus.«

Nach der Uni hatte Bridget den Sommer mit ein paar Freunden in New York verbracht. Sie war nie zurückgekehrt. Am Anfang war sie jeden Abend mit einer Gruppe pensionierter Polizisten unterwegs gewesen, einer Truppe tätowierter Vigilanten, die sich die Angels nannten. Sie retteten Tiere, die unter schrecklichen Umständen ihr Dasein fristeten. Brian konnte sich noch gut daran erinnern, wie er aus dem Zimmer gegangen war, als sie John von einem Cockerspaniel erzählte. Die Besitzerin hatte ihn vor einem Geschäft angebunden und war kurz reingegangen, um Milch zu holen. Später fanden die Angels ihn. Er war tot. Sein Maul war mit Isolierband zugeklebt. »Köder beim Hundekampf«, sagte Bridget. »Diese kranken Wichser.«

Manchmal ließen Junkies Designerhündchen aus geparkten Autos mitgehen und machten sie auf der Straße zu Geld. Die Angels spürten das Tier auf und brachten es zurück. Wenn jemand seinen Hund in der Kälte ließ, bauten sie ihm eine Hütte. Wenn die Angels ein Tier retten mussten, brachten sie es ins Tierheim. Was dort aus ihm wurde, wussten sie nicht. Bridget sagte, einige Tierheime seien super, aber es sei einfacher, einen süßen Welpen an den Mann zu bringen als einen erwachsenen Hund, der etwas hinter sich hatte. Deshalb wollte sie selber ein Heim eröffnen und dort denen, die es am nötigsten hatten, die Zuwendung geben, die sie verdienten. Sie hatte lange darauf gespart. Nora schämte sich irgendwie für Bridgets Arbeit, aber Pat war stolz auf sie. Einmal im Jahr organisierte er in der Bar eine Spendenaktion für das Tierheim.

»Und was macht John so?«, fragte Mulcahey. »Kommen der Gouverneur und er manchmal auf ein Bier vorbei?«

Brian wusste, dass Pat für sich behalten würde, dass er schon länger nicht mit seinem Bruder redete. Jeder Stammkunde hielt Pat für seinen besten Freund. Aber er erzählte selten etwas von sich. Er traute niemandem.

»Bruder John ist zu gut für solche wie uns«, sagte Patrick. »Der gehört da drüben in Dottie's Weinerei.«

Mulcahey lachte und bestellte ein Guinness. Pat zapfte es selbst.

»Aber du weißt, dass John heute im *Globe* war, oder?«, sagte Mulcahey dann, griff nach dem Glas, das Patrick ihm reichte, und nippte daran.

Pat schüttelte den Kopf.

»Das hast du noch nicht gesehen?«

Fergie hielt den *Herald* hoch: »Den Dreck lesen wir hier nicht.«

»In dem Artikel ging es um diesen Kerl, wie heißt er doch

gleich? McClain?«, sagte Mulcahey. »Der gerade bei uns in den Senat gewählt worden ist. Jedenfalls geht es um die Geschichte von seinem besten Schulfreund, der überfallen wurde und erblindet ist. Erinnert ihr euch daran? Mann, das war echt schlimm. Mitten am Tag läuft der die Straße runter und – bäm: Plötzlich stehen diese Wichser vor ihm. Haben ihm die Augen ausgestochen, glaube ich. Oder haben sie geschossen?«

»Wurden sie gefasst?«, fragte Brian.

»Das waren ein paar Schwarze aus Mattapan«, sagte Fergie.

»Nein, das waren doch Whitey Bulger und sein Pack«, sagte Mulcahey. »Die hatten mit dem Vater von dem Jungen eine Rechnung offen. So war's doch, oder, Pat?«

Patrick wirkte unbeteiligt. »Um ehrlich zu sein, kann ich mich daran nicht erinnern. Ich glaube, wir waren da schon weg.«

»Ach ja, richtig«, sagte Mulcahey. »Hatte ich vergessen. Ihr seid ja 75 weggezogen.«

»Ganz genau. Das weißt du aus dem Kopf?«

Er zuckte mit den Schultern: »In dem Jahr sind doch alle hier weg.«

Die Familie war weggezogen, nachdem ein Richter Desegregationsmaßnahmen an den staatlichen Bostoner Schulen beschlossen hatte, indem er mithilfe von Bussen schwarze Kinder aus armen Familien von Roxbury nach Süd-Boston umverteilte und weiße Kinder aus armen Familien von Süd-Boston nach Roxbury. Keine der beiden Seiten wollte das. Die meisten Kinder der Crescent Avenue in Dorchester besuchten die Southie High. Patrick auch. Er fuhr ein Jahr lang mit dem Bus, dann zog die Familie nach Hull.

Nach allem, was Brian gehört hatte, war das erste Jahr ein Desaster gewesen: Ausschreitungen auf der Straße, Leute wurden aus den Autos gezerrt und totgeprügelt. Es war beschämend zuzugeben, dass seine Familie deshalb weggegangen war und die Gegend, die ihr Zuhause gewesen war, sich selbst überlassen hatte. In der Familie wurde es nicht erwähnt.

»Und was hat der Blinde mit Rory McClain zu tun?«, fragte Pat.

»Der wurde dann obdachlos. Nach so einer Geschichte findet man keine Arbeit. Und dann die Sache mit dem Heroin. Aber Rory hat ihm wieder auf die Beine geholfen, und jetzt steht Drogenbekämpfung ganz oben auf der Prioritätenliste für seine Amtszeit. Ein guter Mann, glaube ich. Meine Mutter ist verrückt nach ihm, obwohl er Republikaner ist. Ihre Schwester hat viele Jahre lang im selben Block wie Rorys Eltern gelebt.«

»Na, Senator McClain wird's schon richten«, sagte Pat.

Er hatte einen seltsamen Ausdruck im Gesicht.

Patrick war eine Stimmungskanone, aber er hatte auch eine cholerische Ader. Er prügelte sich gern. Einmal hatte in einer knüppelvollen Bar in Faneuil Hall seine Begleiterin gesagt, dass ihr vielleicht gerade jemand an den Arsch gefasst hatte. *Wer?*, wollte Patrick wissen. Sie zeigte auf jemanden, und Patrick schlug ihm mit der Faust ins Gesicht, einfach so. Später sagte das Mädchen, dass es auch ein anderer gewesen sein könnte.

Am Tag von Maeves Firmung musste Rory McClain genau diese Seite von Pat provoziert haben. Brian war bis heute nicht klar, warum Pat so an die Decke gegangen war. Vermutlich hatte es mehr mit seinem Verhältnis zu John zu tun als mit Rory. Außerdem hatte Pat schon den ganzen Tag gesoffen.

»So, jetzt muss ich ins Büro und ein paar Rechnungen zahlen, wenn's recht ist«, sagte Patrick. »Die Gäste sitzen nicht gern im Dunkeln. War schön, dich mal wiederzusehen, Mulcahey. Lass dich nochmal blicken, bevor du wieder abhaust.«

»Das mach ich.«

Sie umarmten einander, dann ging Patrick ins Büro und ließ die Tür geräuschvoll in die Angeln fallen.

Wenige Minuten später trank der Typ sein Bier aus und ging.

Fergie sah zur geschlossenen Bürotür. Schließlich ging er rüber und klopfte, aber Pat antwortete nicht, und Fergie war nicht so dumm, einfach hineinzugehen. Manchmal wurde es dunkel um Patrick, und er verschwand an einen Ort, an dem er für sie unerreichbar war. In solchen Momenten ließ man ihn am besten in Ruhe.

Patrick tauchte erst gegen zwanzig Uhr wieder auf. Die Bar war voll. Eine Gruppe Mittzwanziger in Fußballtrikots hatte gerade eine Runde Blue Moon bestellt.

Fergie grinste, während Brian die Biere zapfte.

»Ah, das Brian Spezial«, sagte er.

Pat trat hinter die Bar. Einer der Fußballspieler hielt sein Bier hoch, auf dem noch der Schaum stand. »Entschuldigen Sie«, sagte er. »Hätten Sie vielleicht noch eine Orangenscheibe?«

Patrick sah sich um, als könne er nicht glauben, dass der Typ ihn gemeint hatte.

»Nein«, sagte er dann. »Ich hab' keine verfickte Orangenscheibe. Und jetzt verpiss dich.«

Brian zog die Brauen hoch, und der junge Mann schlich zurück zu seinem Tisch. Fergie krümmte sich vor Lachen.

»Na super«, sagte Patrick, »jetzt weiß ich nicht mehr, was ich hier wollte. Verdammt.«

Er verschwand wieder im Büro.

»Ist der voll?«, fragte Brian.

»Wie? Ach was, bloß genervt.«

Etwa eine Stunde später, um punkt einundzwanzig Uhr, rief Brian zu Hause an, um sich wie jeden Abend nach seiner Mutter zu erkundigen. Er machte sich Sorgen, wenn sie allein zu Hause war. Er stellte sich vor, wie sie im ersten Stock in einen Krimi vertieft auf dem Sofa saß, während unten ein Wahnsinniger die Tür eintrat.

»Hast du abgeschlossen?«, fragte er, als sie ranging.

»Natürlich.«

»Was machst du gerade?«

»Ich lese«, sagte Nora. »Zumindest versuche ich es. Irgendetwas stimmt mit der Heizung nicht. Kannst du sie dir morgen früh ansehen?«

»Klar. Warum flüsterst du?«

»Ich habe etwas Kopfschmerzen, aber es geht mir gut.«

In diesem Moment kam Patrick aus dem Büro und rief nach Brian.

»Er telefoniert mit seiner Liebsten«, sagte Fergie.

Brian zeigte ihm den Stinkefinger und sagte zu seiner Mutter: »Nimm doch ein Aspirin.«

Er wusste selber nicht, warum er das überhaupt sagte. Sie würde reagieren, als habe er ihr empfohlen, Crystal zu rauchen.

»Du weißt ganz genau, dass ich das Zeug nicht mag«, sagte sie. »Ich will nicht abhängig werden.«

»Sag ihr, dass ich dir morgen meine Bügelsachen mitgebe«, sagte Pat.

»O Mann, ihr beiden seid bestimmt die ältesten Muttersöhnchen der Welt«, kommentierte Fergie. »Wir sollten die Leute vom Guinnessbuch informieren.«

»Diese Frau macht Bügelfalten wie keine andere«, sagte Pat.

Was auch immer vorhin seine miserable Laune ausgelöst hatte, sie schien verflogen zu sein. Er setzte sich neben Fergie an die Bar und sah zum Fernseher hoch.

Als Brian Nora gute Nacht gesagt hatte, fiel ihm auf, dass Patrick die Augen zufielen.

»Du hast dir wohl ein paar genehmigt, bevor du hergekommen bist«, sagte Fergie in fragendem Ton.

Patrick antwortete nicht.

Fergie sagte lauter: »Hey, Tom Selleck, ich rede mit dir.«

Brian hörte nicht mehr, was sein Bruder antwortete, denn in dem Moment trat Ashley Conroy ein. Sie ging direkt auf ihn zu, beugte sich über die Bar und küsste ihn. Fergie und Patrick und sogar der alte Joe machten Oooh! und Aach! wie ein paar Grundschulgören.

Brian spürte, dass er rot wurde. Er goss ihr ein Rum-Cola ein.

Ashley war eine süße, aufreizend gekleidete Blondine, die um einiges jünger war als er. Sie hatten sich vier Monate zuvor in der Bar kennengelernt, als sie zum Junggesellinnenabschied ihrer Freundin da war. Die Mädels waren von einer Bar zur nächsten gezogen und schließlich bei ihm gelandet. Brian hatte beobachtet, wie sie sich durch den Raum bewegte und alles an ihr federte und zugleich fest war. Sie war die Jugend in Person. Ihre Freundinnen bestellten eine Runde Tequila, während sie die Visitenkarten von fünf Männern kassierte, einem Typen ein Kondom abschwatzte und einem anderen mit einem Edding einen Anker auf den Oberarm malte. Nach jeder Aktion hakte sie etwas auf einer Liste ab. Dann bemerkte sie Brians Blick und kam auf ihn zu. Er sah weg und tat so, als müsse er dringend die Bar abwischen.

»Unterhose her«, waren ihre ersten Worte an ihn.

»Wie bitte?«

»Oder du legst dich auf die Bar, und ich trinke einen Shot aus deinem Bauchnabel, das kannst du dir aussuchen. Wir machen eine Kneipenrallye, und ich bin erst in der letzten Bar dazugekommen. Sie haben mir zehn Minuten gegeben, um aufzuholen, und ich muss noch was schaffen. Dein Name ist nicht zufällig Jordan?«

Er lachte erstaunt. »Nein.«

»Okay. Krieg ich wenigstens deine Telefonnummer? Eine der leichteren Aufgaben. Du musst dafür überhaupt nichts tun, aber es bringt mir sieben Punkte.«

»Warum nicht«, sagte er.

An dem Abend ging er mit ihr nach Hause.

Brian hielt sie nicht für besonders intelligent. Aber er war schließlich auch kein großer Denker. Er hatte den Dreh nicht raus, seine Worte mit seinen Gedanken in Einklang zu bringen. In der Bar scherzten sie, er sei wahrscheinlich so still, weil Patrick für zwei redete.

Vielleicht ging auch Ashley zu viel auf einmal durch den Kopf, obwohl sie immer nur über Stars redete, von denen er noch nie gehört hatte, und ihm die Geheimnisse von Freunden erzählte, die er nicht kannte. Sie wollte, dass er sich festlegt, und hatte schon zum zweiten Mal gefragt, was jetzt mit ihnen sei. Brian hatte es jedes Mal ignoriert.

Er sah nicht annähernd so gut aus wie Patrick, aber er hatte es nicht schwer, Frauen kennenzulernen. Die meisten in seinem Alter interessierten sich nicht für ihn, weil er bei seiner Mutter lebte, aber das machte die Baseballsache wieder wett. Dazu kam seine Schweigsamkeit. Mit etwas Phantasie konnte ein Mädchen alles auf ihn projizieren, was sie sich wünschte.

Die Frauen fuhren total auf seinen Bruder ab. Sobald er sich eine geangelt hatte, ging er zur nächsten über. Wahrscheinlich hatte Brian sich in seinem Liebesleben, ohne es zu wollen, daran orientiert, aber das war nur übergangsweise. Als er noch spielte, war er nie lange genug an einem Ort geblieben, um sich zu binden. Irgendwann würde er sich niederlassen. Er war noch jung. Dreiunddreißig war kein Alter im Vergleich zu Pat und Fergies Fünfzig. Egal wie alt er wurde, die beiden waren immer noch viel älter, und im Vergleich zu ihnen kam Brian sich wie ein kleiner Junge vor.

Der Abend verlief ruhig. Irgendwann fiel ihm auf, dass Patrick nicht mehr da war. Er dachte, dass er vielleicht schon nach Hause gefahren oder zur Pizzeria an der Ecke gegangen war.

Um viertel vor elf sagte Ashley: »Braucht der Hilfe?«

Als er sich umdrehte, sah er, wie Patrick im Mantel aus dem Büro stolperte, in der Hand seine Autoschlüssel.

Pat wandte sich um und warf dem Fußboden hinter sich einen wütenden Blick zu, als wäre der dafür verantwortlich.

»Verdammt, Fergie, mach das sauber!«

»Was soll ich saubermachen?«

»Da ist irgendwas auf dem Boden. Ich hab' mir fast das Genick gebrochen.«

»Meine Schicht ist vorbei«, sagte Fergie.

»Mir doch egal. Mach das jetzt sauber!«

Fergie sah Brian an und zog ein Gesicht, das Patrick nicht sah.

»Ich muss auch los«, sagte Fergie. »Ich fahr' dich nach Hause.«

»Nein, ich fahre selber. Mein Auto steht hier.«

»Pat«, sagte Brian, »lass ihn fahren. Ich bringe dir deinen Wagen nachher vorbei. Komm schon, gib mir den Schlüssel.«

»Ohne Schlüssel kann ich mein Auto nicht starten«, sagte Patrick. Er artikulierte jedes Wort einzeln, wie eine Offenbarung.

Die Schlüssel fielen ihm aus der Hand und landeten auf dem Boden.

»Okay«, sagte Brian. »Du fährst heute nicht mehr.«

»Wovon redet ihr überhaupt? Ich hab' keinen Tropfen getrunken.«

Patrick war so entrüstet, dass Brian es tatsächlich kurz für möglich hielt.

Bevor jemand etwas darauf sagen konnte, hatte Pat sich nach dem Schlüssel gebückt und war durch die Tür verschwunden.

Fergie ging ihm nach.

»Bis morgen«, rief er Brian zu.

Kurz darauf war er wieder da.

»Das Arschloch hat mich weggerempelt«, sagte Fergie zugleich belustigt und erschrocken. »Dein Bruder ist wirklich ein sturer Bock. Na ja, zum Glück hat er's nicht weit.«

Sie hatten gelacht. Der Abend war weitergegangen.

Als Brian nach Schließzeit die Bar putzte, fiel ihm ein Lichtschein unter der Bürotür auf. Als er hineinging, um das Licht auszuschalten, sah er auf dem Schreibtisch eine leere Whiskeyflasche stehen, aber er dachte sich nichts dabei.

Zu diesem Zeitpunkt war Patrick schon tot.

Manchmal verging zwischen einem Tag und dem nächsten ein ganzes Leben.

Vierundzwanzig Stunden später stand Brian mit der Whiskeyflasche in der Hand allein im Büro und versuchte, die Geräusche der Trauergäste vor der Tür auszublenden.

Er würde nachher nicht zu seiner Mutter fahren. Wenn sie schließen würden, wollte er zu Ashley. Das war nicht ganz so unerträglich. Ashley und ihre Mitbewohnerinnen würden um ihn herumschleichen und immer wieder fragen, ob er reden wollte.

Das Einzige, was ihm jetzt vielleicht helfen würde, wäre, Ashley im Dunkeln zu ficken und der Karamellgeruch ihrer Körperlotion. Nur so konnte er es für ein paar Minuten vergessen. Wenn er danach dalag und ihr leises Schnarchen ertrug, würden die Gedanken zurückkommen. Trotzdem war es besser, als nach Hause zu fahren. Er wusste, dass das seinen Preis haben würde und dass Ashley viel hineininterpretieren würde, aber damit würde Brian sich später auseinandersetzen.

Teil Vier

1958–67

10

In den Monaten vor ihrer Hochzeit wünschte Nora sich nichts sehnlicher, als Oona zu beichten, was seit ihrer Abreise passiert war. Sie hatten versprochen, einander täglich zu schreiben, und das hatten sie zunächst auch getan, aber dann waren die Abstände immer größer geworden. Es war viel los gewesen. Ein Brief brauchte ewig, bis er ankam. Wenn man einen geschrieben hatte und die Antwort da war, hatte alles, was darin gestanden hatte, längst keine Bedeutung mehr. Es gab Dinge, die sie sich nicht niederzuschreiben traute. Wenn sie sich mit Oona hätte treffen können, hätte sie ihr von dem Kuss auf dem Schiff erzählt. Sie hätte ihr erzählt, dass sie seitdem vorsichtiger mit Männern war, und auch über den letzten Tanz auf der Dudley Street gesprochen. Ein Seemann hatte sie auf die Tanzfläche gezogen und ihre Proteste einfach überhört. Sie war beim Tanz mit ihm wie elektrisiert gewesen. So etwas hatte sie mit Charlie nie gefühlt. Ihr war klar, dass das nicht richtig war. Sie war zur Beichte gegangen. Sie ging nie wieder zum Tanz.

Nora machte sich Selbstvorwürfe – sie war schüchtern und langweilig und konnte froh sein, dass sie überhaupt jemand heiraten wollte. Doch als Charlie ihr näherkam, als sie allein im Flur von Mrs. Quinlans Haus standen und er ihren Nacken mit schnellen Bewegungen küsste, wie ein Specht an einem Stamm pickt, versteifte sie sich abwehrend.

Früher hatte sie die Wahl des Ehemannes für sekundär gehalten, aber dann hatte sie die Blicke gesehen, die Lawrence und Babs einander zuwarfen, hatte sie miteinander lachen gehört und begriffen, dass sie sich geirrt hatte. Überall sah sie junge Leute, die eine Art von Liebe erlebten, die Nora nur aus dem Kino kannte. Sie war wütend auf ihren Vater, der sie gezwungen hatte herzukommen. Sie war wütend auf sich selbst. Sie hätte sich weigern sollen. Den Grund, weshalb sie sich für Charlie entschieden hatte, gab es nicht mehr, und ihre Abneigung wurde mit jedem schlechten Witz und jedem zu lauten Lacher größer. Wenn er von der Hochzeit sprach, bekam Nora Magenkrämpfe. Mrs. Quinlan wollte wissen, worauf sie noch warteten. Sie habe kein gutes Gefühl dabei, ein unverheiratetes Paar im Haus zu haben, selbst wenn Mann und Frau auf unterschiedlichen Stockwerken wohnten. Aber Nora schob die Hochzeit weiter auf, schützte erst Heimweh vor, dann Lampenfieber.

Sie war entschlossen, Charlie zu verlassen, und hatte sich sogar eingeredet, dass es auch für ihn das Beste sei. An Charlie war nichts auszusetzen, er würde eine andere finden, eine Bessere. Er gab vor, Nora zu lieben, aber sie konnte nicht glauben, dass er etwas Besonderes in ihr sah. Er hatte einen Plan gemacht und wollte sich nicht lächerlich machen, indem er ihn nicht umsetzte.

Es war zu früh, um zu gehen, aber Nora träumte davon, eines Tages, wenn Theresa in sicheren Verhältnissen war und als Lehrerin arbeitete, von der Arbeit nicht mehr nach Hause zu kommen und einfach zu verschwinden. Sie war zweiundzwanzig Jahre alt. Sie konnte ein anderes Leben haben.

In der Zwischenzeit bemühte sie sich, dankbar zu sein. Ihre Schwester war erfolgreich in ihrer Ausbildung und würde bald Lehrerin sein. Diese Chance hatte Theresa nur wegen Charlie: Sie wohnten bei seiner Familie, sie arbeiteten für Freunde seiner Familie.

Doch als Kitty ihnen von den Schwierigkeiten erzählte, in die Theresa geraten war, veränderte sich alles. Nora sah ihre Schwester an jenem Abend im Zimmer, sie sah aus wie immer, und hätte ihr am liebsten eine runtergehauen. Diese Wut hatte ihr Angst gemacht. Sie hatte sich nicht getraut, etwas zu sagen. Alles, was sie getan hatte, war für Theresa gewesen, und das sollte das Ergebnis sein?

Noras Wut war ein Schutzmechanismus, eine Reaktion auf die Schuldgefühle, die sie zu ersticken drohten. Theresa war ihretwegen in diesem Land. Sie hatte zusammen mit Nora zum Tanz gehen wollen, aber Nora hatte aus egoistischen Gründen abgelehnt. Ein Seemann. Man stelle sich das nur vor. Wenn sie ihre Schwester begleitet hätte, wäre das alles gar nicht passiert.

Einen Moment lang glaubte sie noch, dass sie einfach weitermachen könnten und es nur zu einer Verzögerung ihrer Pläne kommen würde. Aber als sie Theresa zum Saint Mary's brachte, sie im überheizten Büro nebeneinandersaßen und zu der Nonne aufsahen, die von nun an Theresas Vormund sein sollte, traf es Nora wie ein Blitz. Es waren die Worte der Nonne über die brave katholische Familie gewesen, die das Kind aufnehmen würde. Bis zu diesem Augenblick hatte sie nur an ihre Schwester gedacht, und an sich. Plötzlich begriff sie, dass ein Kind auf die Welt kommen würde.

Sie schämte sich, Theresa an diesen Ort gebracht zu haben. Was würde ihre Mutter von ihr denken, wenn sie auf sie herabsah? Die Worte der Nonne schienen Theresa überhaupt nicht zu berühren. Sie dachte nur an Walter und wollte das alles so schnell wie möglich hinter sich bringen und zu ihm zurückkehren.

Nora wünschte, sie wäre so egoistisch und verantwortungslos wie ihre Schwester. Sie wollte sich nicht um das Kind sorgen. Weder um das Kind noch um Theresa. Sie hatte sich lange genug um anderer Leute Kinder gekümmert. Aber auf dem Heimweg weinte sie im Auto, vollkommen verzweifelt, so hysterisch, wie Charlie sie noch nie gesehen hatte.

»Ich wünschte, ich wäre nie hergekommen«, sagte sie. »Ich hasse diese Stadt, ich hasse alles hier, ich hasse die Leute.«

Sie konnte sich gerade noch bremsen, bevor sie sagte, sie hasse auch ihn.

Charlie lächelte sie traurig an. »Gibt es denn gar nichts, das dir an Boston gefällt?«

Nora dachte nach. »Vanilleeis von Brigham's«, sagte sie. »Mehr nicht.«

Charlie versprach, Walter zu finden. Er würde ihn schon dazu bringen, das einzig Richtige zu tun. So hatten sie herausgefunden, dass Walter McClain verheiratet war und schon ein Kind hatte.

Nora konnte nicht schlafen. Sie dachte an ihre Mutter, an ihre Mitschuld und daran, dass Theresa später bereuen würde, das zugelassen zu haben.

Sie weinte, aber sie wusste, dass es nicht anders ging. Es gab nur eine Möglichkeit.

Sie sprach Charlie noch vor dem Frühstück an.

»Wir können jetzt heiraten«, sagte sie. »Aber unter einer Bedingung.«

Zu ihrer großen Überraschung willigte er ein.

Die Nonnen waren nicht begeistert. Es sei ungewöhnlich, außerdem hätten sie schon eine Familie ausgewählt.

»Überdies muss irgendjemand auch die Kosten tragen«, fügte Schwester Bernadette hinzu.

»Wir zahlen alles«, sagte Nora.

Bei der Hochzeit am nächsten Morgen in der Kirche war nur der Kirchendiener Trauzeuge. Später erzählten sie allen, sie hätten Noras Schüchternheit wegen auf eine Feier verzichtet. Als sie in ihrem einfachen blauen Sonntagskleid am Altar stand, wandte sie den Blick nicht vom Priester, um Charlie nicht ansehen zu müssen. Sie dachte an Lawrence' und Babs' Hochzeit: Die beiden waren unzertrennlich gewesen, und Babs hatte vor Freude geschrien, als der Champagnerkorken knallte.

Nora und Charlie zogen in die oberste Etage eines Hauses

auf der Crescent Avenue. Die Monatsmiete betrug hundert Dollar. Mrs. Quinlan organisierte ihnen gebrauchte Einrichtungsgegenstände. Jedes Stück hatte noch den Geruch eines anderen Haushalts. Das abgewetzte Sofa roch nach Pfeifenqualm. Der fadenscheinige Teppich wie ein alter Hund.

Unter ihnen im ersten Stock wohnten Charlies Cousins mit ihren Familien. Mr. Fallon im Erdgeschoss war der Besitzer des Hauses. Die Sheehans wohnten in der Mitte. Christine Sheehan war Mr. Fallons Tochter. Sie war erst seit fünf Jahren verheiratet, hatte aber schon vier Kinder. Die Wohnungstüren standen immer offen, sodass Nora jedes Mal, wenn sie durchs Treppenhaus ging, grüßen und über ihre Witze und ihre Einladungen zum Tee lächeln musste.

Das Bad ging von der Küche ab und war eine umgebaute Speisekammer. Wenn sie aus der Badewanne stieg, zitterte Nora vor Kälte. Auch in das Schlafzimmer kam man durch die Küche, und ein zweites Schlafzimmer lag neben der Eingangstür gegenüber vom Wohnzimmer am Ende eines langen, dunklen Flurs. Es sollte leer bleiben und Familienmitgliedern zur Verfügung stehen, die aus Irland neu ankamen. Schließlich gab es noch ein kleines Esszimmer, das man durch eine Schiebetür betrat. »Das könnte ein hübsches Kinderzimmer sein«, sagte Mr. Fallon mit einem Augenzwinkern.

Nora bemühte sich, ihren Ehemann nicht anzusehen.

Charlie wollte gleich in der ersten Nacht mit ihr schlafen, aber sie wehrte ab. Diese Ehe hatte einen bestimmten Zweck, und sie konnte nicht wissen, was passieren würde, wenn sie Charlie nachgab. Das könnte zu weiteren Komplikationen führen.

»Aber das macht man als Ehepaar nun mal«, wandte Charlie ein.

»Ich weiß, aber ich kann nicht.«

»Wir können das Licht anlassen.«

»Um Himmels willen.«

»Oder es ausschalten!«

»Morgen«, vertröstete sie ihn.

Aber die Tage vergingen, und an Noras fehlender Bereitschaft änderte sich nichts. Wochen vergingen. Je länger sie warteten, desto schlechter fühlte sie sich.

Sie schliefen in getrennten Betten, dazwischen der Nachttisch. Nora lag nachts oft wach, dachte an zu Hause und sehnte sich dahin zurück. Sie sehnte sich nicht nur nach dem Haus und ihrer Familie, sie wünschte sich ihre Jugend zurück.

Seit der Hochzeit trug Nora nur noch die weiten, sackartigen Kleider, die sie während Babs' Schwangerschaft an ihr gesehen hatte. Auf der Arbeit klagte sie vor Mrs. Byrne über Übelkeit und legte sich scheinbar gedankenverloren die Hand auf den Bauch, wenn sie wusste, dass die anderen hersahen. Nora schickte Charlie allein zu Familienfeiern und schärfte ihm ein, dort zu erwähnen, dass sie in letzter Zeit schnell erschöpft sei und sich nicht gut fühle.

»Tante Nellie hat gefragt, ob du schwanger bist«, berichtete er eines Abends. Ihr Plan ging auf.

Dann begegnete sie Mrs. Quinlan in der Apotheke: »Mrs. Byrne hat gesagt, dass du nicht ganz auf der Höhe bist.«

»Ich gehe jeden Abend um sechs ins Bett«, sagte Nora, »und seit der Hochzeit ist mir ständig übel.«

»Du solltest zum Arzt gehen«, sagte Mrs. Quinlan mit einem wissenden Lächeln.

Du sollst nicht lügen. Das hatte man ihr seit ihrer Kindheit eingebläut, und sie hatte sich immer daran gehalten. Deshalb hatte sie keine Ahnung gehabt, wie leicht es war und wie unwillkürlich eine Lüge die nächste nach sich zog.

Bei jedem Besuch, bei dem sie Theresas wachsenden Bauch sah, wurde Nora übel. Sie musste es ihr sagen: Walter war verheiratet, und Charlie und sie würden ihr Kind nehmen. Aber es war so schwer. Schließlich fuhren sie mit Theresa nach Hull, einem hübschen Seeort, um es ihr dort zu sagen. Es war so ein schöner Abend, und Theresa war in so guter Stimmung, dass Nora es nicht fertigbrachte, es ihr an Ort und Stelle zu sagen. So schob sie es bis zum allerletzten Moment auf, als sie Theresa wieder im Saint Mary's ablieferten. Die Autofahrt war schrecklich gewesen, weil sie wusste, was passieren musste, wenn sie ihr Ziel erreichten. Charlie war nervös und machte immer wieder kaum verständliche Kommentare an Bobby Quinlan, der gar nicht dabei war, aber in dessen Auto sie saßen.

»Deine Reifen sind glatter als dein Kopf, Bob«, murmelte er.

Nora hatte es Theresa unter vier Augen gesagt. Im Lichtkegel vor dem Eingang, kurz bevor die Nettere der Nonnen das Tor öffnete und Theresa ins Bett schickte.

Charlie umwarb sie jede Nacht. Er flehte sie an, er scherzte, er stampfte mit dem Fuß auf.

»Es ist natürlich«, sagte er. »Alle tun es. Ich bitte dich. In Gottes Namen.«

Nora wäre jedes Mal am liebsten gestorben, wenn er das Thema ansprach. Sie wäre am liebsten im Boden versunken, im Erdgeschoss in Mr. Fallons Kamin gelandet und zu Asche zerfallen. Sie hätte Charlie erklären können, dass sie noch nichts Gutes über Sex gehört hatte. Oona hatte gesagt, dass es furchtbar wehtat, und die Nonnen in der Klosterschule sagten, es würde die Frauen ruinieren. Man musste sich ja bloß Theresa anschauen.

Nora hatte nie zuvor so viel Zeit mit Charlie verbracht. Seine Witze gingen ihr auf die Nerven, genauso wie seine Unfähigkeit, abends den Mund zu halten, wenn sie sich nach einem langen Tag ein wenig Ruhe wünschte. Sie schämte sich, wenn er sie im Nachthemd sah oder beim Bürsten ihrer Haare. Früher war das ihre Privatsphäre gewesen.

Mindestens einmal am Tag hatte sie wegen seines Geschreis fast einen Herzinfarkt. Wenn sie ihn brüllen hörte, rannte sie zu ihm und befürchtete das Schlimmste. Dem Klang nach zu urteilen musste er sich mindestens einen Finger abgeschnitten haben. Doch dann stellte sich heraus, dass er sich den Zeh gestoßen hatte oder aus einem Brief von zu Hause erfahren hatte, dass sein Fußballteam abgestiegen war.

Wenn sie einen Augenblick mit Oona gehabt hätte, hätte Nora sie gefragt, ob die Ehe sich so anfühlen musste. Ob es Oona genauso ging wie ihr? Hier gab es niemanden, den sie das hätte fragen können. Ob sie ein anderer glücklicher gemacht hätte? Oder war sie einfach zu anspruchsvoll? Vielleicht war es immer so, wenn man jemandem so nah kam wie sie Charlie. Sie stellte sich einen sanften, ruhigen Ehemann vor, der ihr kleine Aufmerksamkeiten machte und freitagabends bei ihr sein wollte, anstatt in einem Zimmer voller Cousins zu schwitzen, zu lachen, zu trinken und so viel zu reden, dass man kaum glauben konnte, dass sie sich erst am Vortag gesehen hatten.

Das Gesicht, das sie sich dazu vorstellte, war das von Cillian, dem jungen Mann, der sie auf dem Schiff geküsst hatte. Er war auch schüchtern, zumindest hatte er das gesagt. Eigentlich kannte sie ihn gar nicht, aber manchmal fragte Nora sich, was er wohl gerade tat, ob ihm die Liebe begegnet war und ob er manchmal noch Heimweh hatte.

Solange Theresa weg war, hatte Nora sich oft ihre Heimkehr vorgestellt. Ihre Schwester, erfüllt von Dankbarkeit für alles, was sie für sie getan hatten. Aber jetzt wirkte Theresa meistens wütend. Sie hatte offensichtlich noch nicht begriffen, was das alles bedeutete. Sie hatte noch nicht eingesehen, dass es entschieden war, dass das Baby jetzt Nora und Charlie gehörte. An ihrem ersten Nachmittag zu Hause hatte Theresa gesagt, dass sie mit Patrick in einen Bus steigen und verschwinden würde.

Aber wohin konnten sie schon gehen? Nora wies sie zurecht und bereute es sofort. Sie sagte: »Wir werden ihn gemeinsam großziehen.«

In diesem Augenblick warf Charlie ihr einen Blick zu, aus dem sie ablas, dass das ein Fehler gewesen war.

Für Theresa war Patricks Geburt ein Wunder. Sie redete Unsinn, von einer Marienerscheinung, und dass die Wundertätige Medaille, die die Nonnen an seine Windel gesteckt hatten, ein Zeichen wäre.

Am Anfang hatte auch Nora das Gefühl gehabt, vieles sei noch offen und die Sache sei nicht endgültig entschieden, dass sie es vielleicht hinkriegen könnten. Sie hatten noch immer nicht begriffen, dass es in der jetzigen Konstellation nicht funktionieren konnte.

Patrick bekam das Schlafzimmer am Ende des Ganges, das Esszimmer wurde für Theresa hergerichtet.

»Vorübergehend«, sagte Nora.

Mrs. Quinlan bestand darauf, die Feier zur Taufe auszurichten, und Tante Nellie sagte, Nora müsse zuvor zur Aussegnung gehen.

»Was heißt das?«, fragte Theresa.

»Dabei wird die Mutter gereinigt, und der Priester dankt dafür, dass sie die Geburt überstanden hat. Es ist keine öffentliche Zeremonie, aber du solltest zur Unterstützung deiner Schwester dabei sein.«

Tante Nellie, Mrs. Quinlan, Nora und Theresa trafen sich an einem drückend heißen Samstagmorgen vor der Kirche und bedeckten ihre Köpfe mit Seidentüchern.

Unter dem leichten Sommerkleid wölbte sich Theresas Bauch noch leicht, und ihre Brust war voller als zuvor. Nora fragte sich, ob es jemandem aufgefallen war. Sie hatte sich nicht klargemacht, wie körperlich diese Sache war. Nora trug wie schon seit Monaten weite Kleider. Sie war unverändert schlank, aber jetzt gratulierten die Leute ihr zu ihren Formen, denen man Schwangerschaft und Geburt gar nicht ansehe.

Nora schwitzte, und der Rock klebte an ihren Waden. Kitty passte für eine Stunde auf das Baby auf. Es war seit drei Wochen das erste Mal, dass Nora von ihm getrennt war. Sie kam sich vor wie nach einer gelungenen Flucht.

Die Frauen gingen die Treppe zur Kirchentür hinauf und betraten das Vestibül. Hier war es schummrig und kühl. Tante Nellie öffnete die Tür zum Kirchenraum, Mrs. Quinlan und Theresa traten durch, doch als Nora ihnen folgen wollte, stellte Tante Nellie sich in die Tür.

»Nein«, sagte sie. »Du wartest hier. Gerade darum geht es ja. Du darfst erst eintreten, wenn er dich gereinigt hat.«

Mit diesen Worten folgte Tante Nellie den anderen, und die Tür fiel hinter ihr dröhnend in die Angeln. Kurz darauf tauchte sie noch einmal auf.

»Da«, sagte sie, reichte Nora eine brennende Kerze und verschwand wieder.

Nora stand mit der Kerze in der Hand und wartete.

Schließlich erschien der Priester. Nora hatte ihm in diesen Räumen viele Male zugelächelt, Charlie hatte ihm nach dem Sonntagsgottesdienst die Hand gegeben, aber jetzt sah er ernst aus, und sie wusste, dass sie kein Wort sagen durfte.

Er war ganz in Weiß gekleidet und trug einen goldenen Kelch in Händen. Er hielt die Finger einer Hand hinein und zeichnete das Kreuzzeichen auf ihre Stirn. Kühles Weihwasser tropfte ihr von der Nase.

»Die Erde ist des Herrn und was darinnen ist, der Erdboden und was darauf wohnt«, sagte er. »Tritt ein in den Tempel Gottes, bete an den Sohn der allerseligsten Jungfrau Maria, welcher dir die Fruchtbarkeit verliehen hat.«

Er war so nah, dass sie seinen Atem spürte. Dies war vielleicht ihre letzte Chance zu sagen, dass sie gelogen hatten. Die

Familie zu belügen war eine Sache, vor Gott zu lügen etwas ganz anderes. Aber sie konnte es nicht sagen.

Er hielt ihr den Saum seiner Robe hin, und sie nahm sie. Dann führte der Priester sie in den Kirchenraum. Dort war es kalt, dunkel und leer bis auf die drei Figuren in der ersten Reihe und ein paar flackernde Kerzen. Schweigend führte er Nora zum Altar und gebot ihr zu knien. Während er betete, sah sie die Augen ihrer Schwester im Kerzenlicht glühen.

Nora musste ihre Arbeit aufgeben, um das Baby zu Hause zu versorgen. An manchen Tagen wechselte sie höchstens mit dem Kohlenmann ein paar Worte, an anderen quoll die Wohnung von Charlies irischen Cousins über. Die meisten waren noch Teenager, die zum ersten Mal von zu Hause weg waren. Sie erwarteten, dass Nora für sie kochte und hinter ihnen her putzte. Wenn Nora sich während eines ihrer lautstarken Gespräche mal wieder in ihrer eigenen Küche fehl am Platz fühlte, reiste sie in Gedanken nach Hull. Sie rief die Erinnerung an den Abend mit Theresa wach, den letzten Abend, an dem sie ihre Schwester glücklich gesehen hatte. Der Strand, das Kino, die Achterbahn und die Häuser, die sich wie Zähne auf den Hügeln aneinanderdrängten und in denen Menschen lebten, die selbst entscheiden durften, wie sie ihre Zeit verbrachten.

Manchmal weinte sie stundenlang, ließ Wut und Verbitterung freien Lauf. Tagsüber dachte sie oft darüber nach, dass sich für ihre Schwester nichts geändert hatte. Nora brachte die Opfer. Nora büßte für Theresas Sünden.

Was sich innerhalb ihrer vier Wände abspielte, hatte nichts mit der Person zu tun, als die sie die Leute auf der Straße kannten.

»Was für ein hübscher Junge, Nora«, sagten sie, wenn Nora das Baby im Kinderwagen vor sich herschob. »Das schöne dunkle Haar, und die Augen erst!«

Dann dankte sie lächelnd und dachte insgeheim an denjenigen, von dem das Kind sein Aussehen hatte.

Nora wusste nicht, was die anderen Frauen meinten, wenn sie von guten und schwierigen Babys redeten. Sie kannte den Unterschied nicht. Patrick schrie den ganzen Tag, und Nora konnte ihn nicht beruhigen. Das Baby war zwar nicht von ihr, aber es war ihre Familie. Sie sollte ihn mehr lieben. Aber sie hatte immer das Gefühl, ihn nur zu hüten, und wartete innerlich auf den Moment, da er nicht mehr in ihrer Verantwortung stand.

Abends kümmerte Theresa sich um ihn. Nora wusste viel besser als Theresa, wie mit einem Baby umzugehen war, aber Theresa kannte ihr Baby am besten, oder zumindest verlangte er am meisten nach ihr.

Nora wachte jede Nacht mehrmals von seinem Weinen auf. Gleich darauf hörte sie Theresas Schritte auf dem Flur. Sie hörte Theresa für ihn singen und mit ihm sprechen. Dann empfand sie tiefe Traurigkeit. Für sich und Charlie, weil ihnen das auferlegt worden war. Für Patrick, der vielleicht nie eine liebende Mutter haben würde. Am meisten aber für ihre Schwester, die das Kind so sehr liebte und selbst kaum mehr als ein Kind war.

Eines Morgens Anfang November ging der Toaster in Flammen auf. Nora schrie auf und kippte eine Packung Mehl darüber, um das Feuer zu löschen. Weißer Staub breitete sich in der Küche aus und legte sich wie Schnee auf jede Oberfläche. Auf den Boden, den Tisch und die Wimpern des Kindes. Nora putzte über eine halbe Stunde lang, während Patrick brüllte. Im Keller stand neuerdings eine Waschmaschine, aber kein Trockner. Nora hatte die Wäsche frühmorgens wie immer rausgehängt. Als Patrick am Nachmittag schlief und sie hinunterging, um sie abzuhängen, war sie steifgefroren. Nora riss sie von der Leine und rannte aufgelöst die Treppe hoch.

Als sie vor der Wohnung angekommen war, stand dort Mrs. Quinlan. Tränen strömten ihr übers Gesicht. Nora erschrak und dachte, sie könne ihr Geheimnis entdeckt haben, aber Mrs. Quinlan blinzelte und sagte mit zitternder Stimme: »Meine Mutter ist gestorben.«

In den Händen hielt sie ein rechteckiges Kästchen.

»Ihre Andachtsbildchen«, sagte Mrs. Quinlan. »Sie hätte gewollt, dass Theresa sie bekommt. Theresa war die Einzige, die sich dafür interessiert hat. Meine Mutter hat euch beide so gern. Gern gehabt, meine ich.«

Nora nahm das Kästchen entgegen. Wie viele Male hatte sie gesehen, wie Tante Nellie die Karten abends auf dem Esstisch ausgebreitet hatte? Sie konnte nicht glauben, dass sie nicht mehr da war.

»Ich werde sie ihr geben«, sagte Nora. »Es tut mir sehr leid. Möchtest du hereinkommen? Ich helfe gern, wenn ich kann.«

Am nächsten Tag stand sie sprachlos im Aufbahrungsraum des Bestatters. Überall standen Blumen, und Tante Nellie lag in einem eleganten Kostüm im Sarg. So etwas hatte Nora noch nicht gesehen. In Irland legte man nur ein, zwei Blumengebinde ans Grab, die Totenwache fand zu Hause statt.

Sie war sieben Jahre alt gewesen, als ihre Mutter starb. Alte Frauen von der Kirche kamen, zogen ihrer Mutter Totenhemd und neue Hausschuhe an und legten sie aufs Bett, als hielte sie Mittagsschlaf. Danach setzten sie sich in die Küche und tranken Tee, während Noras Großmutter immer wieder sagte: »Das eigene Kind kann doch nicht vor einem sterben«, als wollte sie Gott von seinem Fehler überzeugen, damit er ihr ihre Tochter wiedergäbe. Die Haustür stand offen. Den ganzen Tag kamen Leute und gingen direkt ins Schlafzimmer, um sie noch einmal zu sehen. Nora kam sich wie ein Gespenst vor. Sie fragte sich, ob sie auch gestorben sei. Kaum jemand kümmerte sich um sie, manche seufzten und sagten: »Armes Mädchen« oder »Pass gut auf deinen Vater auf. Du musst dich jetzt um deinen Bruder und deine Schwester kümmern.«

Abends kamen die Männer. Sie tranken und saßen die ganze Nacht lang mit ihrem Vater bei der Toten. Wenn gesprochen wurde, dann im Flüsterton. Am Morgen nahm Nora all ihren Mut zusammen und näherte sich dem Bett. Ihr Vater hielt sie nicht zurück. Nora trat dicht heran und berührte die Wange ihrer Mutter.

In der Kirche fand für Tante Nellie ein Hochamt statt. Während der Priester mit dem Rücken zu den Trauernden lateinisch sprach, musste Nora daran denken, was Tante Nellie ihr erzählt hatte. Vor ihrer Abreise nach Amerika hatte die Familie eine Totenwache für sie abgehalten.

»Ich war für sie gestorben«, sagte Tante Nellie. »Du wirst es einst leichter haben zurückzukehren.«

Damals hatte Nora sich gefragt, warum Tante Nellie nicht einfach nach Irland zurückging. Die Antwort bekam sie jetzt auf der Kirchenbank: In Irland wartete niemand mehr auf Tante Nellie.

Sie hatte die jungen Familienmitglieder immer damit geneckt, wie einfach das Auswandern heutzutage sei. Tante Nellie war damals nicht über New York gekommen, sondern direkt von Cobh nach Massachusetts gefahren. Als sie mit ihrer Familie in New Bedford ankam, hatte sie Nora erzählt, durfte eine Frau nicht ohne männlichen Verwandten von Bord gehen. Tante Nellie war damals fünfzehn. Ihrem Bruder stellte man Fragen wie: »Wie viel macht zwei plus zwei? Wie viel macht drei plus fünf?«, Tante Nellie fragten sie: »Putzt man eine Treppe von unten nach oben oder von oben nach unten?«

Einer ihrer Brüder war während der Überfahrt an einer Augeninfektion erkrankt, wurde nicht ins Land gelassen und musste allein nach Irland zurück. Er war zwölf Jahre alt. Die Familie sah ihn nie wieder.

Wie hatten sie das ertragen, hatte Nora damals gefragt, und wie hatte Tante Nellie unter diesen Umständen den Glauben bewahrt?

Tante Nellie hatte dazu nur mit den Schultern gezuckt und gesagt: »Wenn du erst so alt bist wie ich, wird das Leben auch dir gezeigt haben, dass Gott nicht dein Glücksschwein ist.«

Daran musste Nora denken, als sie mit dem Kind ihrer Schwester auf dem Schoß auf der Kirchenbank saß. Patrick schrie während der Totenrede, und die Leute sahen sich immer wieder nach ihnen um. Nora wurde rot. Sie versuchte, ihn zu beruhigen, und sah sich nach Theresa um, aber die starrte geradeaus.

Danach gingen sie zu Mrs. Quinlan.

Mrs. Quinlan befüllte gerade eine rote Kühlbox mit Bierdosen, da senkte sie den Kopf und fing an zu weinen. Nora bat sie, sich zu setzen, und übernahm ihre Aufgaben: Sie stellte einige Flaschen Seagram's Seven Whiskey und die Speisen, die Mrs. Quinlan vorbereitet hatte, auf den Tisch: Kuchen, Salat und Brathuhn mit Kartoffeln.

»Sie kocht nicht mehr mit Liebe«, bemerkte Charlie im Flüsterton, aber alle aßen normal weiter.

Sie waren am frühen Nachmittag gekommen und blieben bis in die Nacht. Im Wohnzimmer wurde Musik gespielt. Dort erklangen Instrumente, die Nora seit Irland nicht gehört hatte. Die Leute hatten sie unter den Betten hervorgezogen, aus den Tiefen der Kleiderschränke geholt und aus verstaubten Kästen genommen und spielten sie jetzt so schön wie eh und je. Später kamen die Frauen wie immer in der Küche zusammen.

Mrs. Quinlan wollte Patrick halten.

»Er ist so ein hübscher Junge, Nora«, sagte sie.

Die anderen nickten zustimmend. Noras Blick traf Theresas, und sie lächelte. Ihre Schwester senkte den Kopf.

Babs lehnte am Küchenschrank und hatte schon ein paar

Whiskey intus. Auf ihrer Hüfte saß ein dicker Junge. Conor hatte bei der Geburt fast fünf Kilo gewogen.

»Was für ein Brocken«, sagte jemand und kitzelte ihn am Kinn. »Muss ja eine schreckliche Geburt gewesen sein.«

»Wo denkst du hin?«, sagte Babs. »Ich war im Dämmerschlaf, und als ich aufgewacht bin, war ich frisch frisiert und hielt ein Kind im Arm. Die Schmerzen kamen erst danach.«

Nora starrte Babs an und fragte sich, was hinter diesem Dämmerschlaf stecken mochte. Babs bemerkte ihren Blick.

»Nora hat es da leichter gehabt«, sagte sie. »Ihr Patrick war, wie wir alle wissen, von Anfang an ein kleiner Prinz.«

Nora versuchte zu lächeln. Ihr Mann hatte die Details der Geburt erfunden. Als Lawrence wissen wollte, wie lange es gedauert hatte, hatte Charlie geantwortet: »Eine Viertelstunde.«

Wahrscheinlich hatte er keine Ahnung, wie lange so etwas tatsächlich dauerte.

»Länger nicht?«, fragte Lawrence.

»Nein«, erwiderte Charlie. »Mein Junge konnte es gar nicht erwarten, sich in die Welt zu stürzen.«

Babs war wohl neidisch auf Nora, und Nora schämte sich für die leichte Geburt, die es nicht gegeben hatte.

Jetzt sagte Babs: »Aber, Nora, du hast wohl ein kleines Geheimnis, oder?«

Nora spürte, dass sie ihr Erröten verriet. Ihr Blick traf Theresas.

»Hör auf, Babs«, sagte Mrs. Quinlan.

»Ich mein' ja bloß. Ihr habt im April geheiratet, Patrick ist im August geboren. Hat es etwa deshalb keine weiße Hochzeit gegeben?«

Das Lachen der anderen verriet Nora, dass die Sache schon Thema gewesen war. Nora war seit sieben Monaten verheiratet und noch immer Jungfrau, und jetzt warfen sie ihr gerade das vor. Sie wusste nicht, ob sie lachen oder weinen sollte.

Nora rannte nach oben und in das Zimmer, das sie einst mit ihrer Schwester bewohnt hatte. Kitty bewohnte es nun vorerst allein.

Von unten hörte sie Babs rufen: »War doch nur ein Scherz! Komm wieder runter!«

Es folgten Schritte auf der Treppe.

Kurz darauf kam Kitty ins Zimmer.

»Lass dich von der nicht ärgern. Die spinnt, das weiß doch jeder.«

»Denken das alle von mir?«, fragte Nora.

»Ist doch egal, was die anderen denken. Du musst lernen, für dich einzustehen, Nora. Diese Familie vergisst schnell, was sie nicht wahrhaben will. In einem Jahr weiß keiner mehr, dass da was war.«

Da fiel Nora etwas auf, woran sie schon viel früher hätte denken müssen: Kitty wusste alles. Sie hatte plötzlich Angst vor ihr, und Neid empfand sie auch. Kitty hatte ihren Mann verlassen. Ja, in der Küche wurde viel darüber getuschelt, aber was interessierte das Kitty? Sie war frei.

Babs kam herein. »Sei nicht böse«, sagte sie sanft. »Es war nur ein Witz. Ich bin einfach neidisch. Manchmal kann ich kaum glauben, dass wir beide dasselbe durchlebt haben. Ich trage noch immer ein paar Kilo extra mit mir herum, und du hast es so leicht gehabt. Als wir dich letztens gesehen haben, habe ich zu Lawrence gesagt: ›Hat Nora das Kind selbst entbunden, oder hat es ihr ein Storch vor die Tür gelegt?‹ Du hast kein Gramm zugenommen.«

Nora war erschöpft: Sie fragte sich, wie lange sie die Lüge noch würde aufrechterhalten können, obwohl sie wusste, dass sie sich ein Leben lang dazu verpflichtet hatte. Sie hatte ihre Schwester vor der Schande bewahren wollen, hatte gewollt, dass Theresa ihren Sohn kennenlernt. Dabei hatte sie nicht an sich gedacht. Hatte sich nicht überlegt, welche Schande das für sie bedeuten würde. Natürlich hatten die anderen gemerkt, dass irgendetwas nicht stimmte.

»Du hättest Nora am Strand sehen sollen«, sagte Kitty. »Unter den weiten Kleidern war sie fett wie ein Walfisch. Und die geschwollenen Füße erst – mein Gott! Nichts für ungut, Nora.«

Nora warf Kitty einen dankbaren Blick zu.

»Ist schon gut«, sagte sie. »Es stimmt ja.«

Auf dem Heimweg war ihre Schwester schweigsam und mied Noras Blick.

Als sie zu Hause ankamen, ging Charlie sofort ins Bett, also standen sie zu zweit in der Küche. Nora gab Patrick ihrer Schwester, doch sie spürte sein Gewicht auch danach noch in den Armen. Sie schüttelte sie aus. Ihr Rücken schmerzte, und ihr Kopf fühlte sich an, als könne er jeden Augenblick entzweibrechen.

»Es gefällt dir, dass dich alle für eine tolle Mutter halten, oder? Es gefällt dir, wenn sie dir zu dem hübschen Sohn gratulieren.«

»Nicht so laut.«

»Warum? Hast du Angst, dass uns jemand hört?«

»Du undankbares Ding«, sagte Nora. »Weißt du, was die anderen deinetwegen von mir denken? Ich wollte das alles nicht.«

»Sag es doch: Du willst ihn nicht.«

»Natürlich will ich ihn nicht.«

Sie ging ins Schlafzimmer und schlug die Tür hinter sich zu. Charlie war noch wach und sah sie an. Nora wollte ihm erzählen, was Babs gesagt hatte, aber sie brachte es nicht fertig. Sie zog sich um, legte sich hin und schloss die Augen.

Gegen Mitternacht wachte sie vom Geschrei des Babys auf.

Während Patrick brüllte, wälzte Nora sich von einer Seite auf die andere und drückte sich das Kissen aufs Ohr. Das Baby schrie weiter. Sie fragte sich, wie lange er das durchhalten würde, bevor er erstickte.

Charlie regte sich neben ihr.

Nora seufzte, warf die Bettdecke zurück und stampfte den Flur hinunter in Patricks Zimmer. Er lag mit weit geöffneten Augen und tränenüberströmten Wangen im Kinderbett und streckte die Ärmchen nach ihr aus.

Nora nahm ihn auf und küsste ihn.

»Alles gut«, sagte sie. »Jetzt ist alles gut. Wo ist denn deine verrückte Mutter? Komm, wir wecken sie, ja?«

Auf dem Weg zu Theresas Zimmer sog sie den Geruch des Babys und die Atmosphäre der späten Stunde ein. Nora klopfte nicht erst und sagte noch beim Öffnen der Tür: »Das Baby braucht …«

Das Zimmer war leer. Nora dachte an Walter und die Tänze auf der Dudley Street. Konnte ihre Schwester dumm genug sein, dahin zurückzukehren?

Dann sah sie den Zettel auf dem unberührten Bett. Sie ging hin. Nora sah auf die Notiz hinab und las die Zeilen ihrer Schwester.

Sorge bitte dafür, dass er weiß, wie sehr er geliebt wird, bis ich wieder da bin.

Sie rannte die Treppen hinunter und rief nach den Nachbarn. Sie war außer sich, und es war ihr egal, ob sie jemanden weckte. Irgendjemand musste doch etwas gesehen haben.

Aber niemand im Haus hatte bemerkt, wie Theresa gegangen war.

In den nächsten Monaten blieb Charlie meist bis spätabends im Pub, und das war ihr nur recht. Sie freute sich nicht darauf, dass er nach der Arbeit nach Hause kam. Wenn sie zusammen in der Wohnung waren, spürte sie die Spannung. Charlies Humor war weg. Ohne ihr Einkommen reichte es gerade für

Nahrungsmittel und Miete, manchmal nicht einmal dafür. Sie wusste, dass er ihr die Schuld dafür gab.

Wo mochte ihre Schwester jetzt sein? Wie sollte sie das ihrem Vater erklären? Theresa kannte außer ihnen niemanden in diesem Land. *Bis ich wieder da bin*, hatte sie geschrieben. Wann würde das sein? Am Anfang hatte Nora sie überall gesucht, hatte Patrick stundenlang vor dem Wohnzimmerfenster in den Armen gewiegt und darauf gewartet, ihre Schwester die Straße herunterkommen zu sehen.

Dann malte sie sich die Zukunft aus: Wenn Theresa wieder da war, konnte sie das Baby haben. Dann würde Nora weggehen und alles hinter sich lassen. Sie würde das tun, was sie gleich hätte tun sollen, wenn sie nur den Mut gehabt hätte.

Das Baby hatte Koliken, Mittelohrentzündungen und Pseudokrupp. Sie mussten ständig zum Arzt. Als sie mal wieder die ganze Nacht bei ihm gesessen hatte, brach sie, sobald Charlie zur Arbeit gegangen war, weinend am Küchentisch zusammen. Ihre Schwester hatte sie in diese Falle laufen lassen, und jetzt konnte sie nichts mehr tun.

Wovor hatte sie solche Angst? Warum wehrte sie sich nicht? Sie hätte das Baby nicht behalten müssen. Im Versuch, das Schlimmste zu verhindern, hatte sie alles kaputtgemacht.

Sie trat vor das Medizinschränkchen im Bad, um sich ein Aspirin zu holen. Im untersten Fach lag noch der rosarote Lippenstift ihrer Schwester. Vor ihrem ersten Tanzabend in der Dudley Street hatte Theresa sie überredet, ihn zu versuchen.

Nora griff nach dem Lippenstift, nahm den Deckel ab und strich sich damit über die Lippen. Dann betrachtete sie sich im Spiegel.

»Wo ist dein Jäckchen?«, sagte sie zu dem Baby.

So schnell war sie mit dem Kinderwagen noch nie unterwegs gewesen. Bald war sie bei den Edison-Werken. Als sie vor dem großen, grauen, kastenförmigen und fensterlosen Gebäude ankamen, drückte Nora die Eingangstür auf und schob den Kinderwagen hinein.

»Ich will mit Walter McClain sprechen«, sagte sie zu der Rezeptionistin.

Die blinzelte: »Ich weiß leider nicht, wer das ist.«

»Er arbeitet hier. Finden Sie ihn, sonst schreie ich.«

Die Frau sah erschrocken aus und stand schnell auf.

Wenige Minuten später erschien Walter.

»Hallo«, sagte er. »Sie wollen mich sprechen?«

»Ich bin Theresa Flynns Schwester.«

»Ach ja?«, sagte er in bemüht heiterem Ton, als handele es sich um eine alte Bekannte. Er warf der Rezeptionistin einen Blick zu. »Wollen wir nicht vor die Tür treten?«

Sie standen auf dem Treppenabsatz vor dem Gebäude.

»Theresa ist verschwunden«, sagte sie, »und niemand weiß, wohin.«

»Ich auch nicht«, sagte er defensiv. »Ich habe sie seit damals nicht gesehen.«

»Das glaube ich gern.«

Walter zeigte auf den Kinderwagen und warf einen Blick hinein. »Und das ist das Kind? Ihr Kind?«

Es war nicht zu übersehen, dass es auch sein Kind war, aber er brachte es nicht über die Lippen.

»Er ist der Sohn meines Mannes Charlie und mir«, sagte sie entschlossen. Nora wurde nicht rot. Ihre Schwester war nicht da, um für sie zu sprechen, also musste sie es selbst tun.

»Du schuldest mir etwas«, sagte sie. »Du schuldest mir, was Patrick zusteht. Das ist sein Name: Patrick.«

»Was willst du haben?«, sagte er.

»Das weiß ich noch nicht. Aber eines Tages werde ich es wissen, und dann wirst du es mir geben. Du kannst nicht so tun, als wäre nichts gewesen. Das werde ich nicht zulassen. Ich wollte, dass du das weißt.«

Liebe Oona,

du hast so lange in der Stadt gelebt, und ich frage mich, wie das Landleben für dich ist. Für mich ist es genau umgekehrt. Nach meiner Ankunft war mir das Licht hier besonders fremd. Selbst mitten in der Nacht ist es taghell. Ich mache die Vorhänge zu, dann die Augen, aber es wird nie richtig dunkel. Dann denke ich an zu Hause und daran, wie schwarz die Nächte dort sind, die von nichts erleuchtet werden und in denen alles dunkel bleibt. Da weiß man nicht, ob man die Augen geschlossen oder geöffnet hat. Hier sind die Straßen voller Menschen, und im Haus sind immer viele Fremde. Trotzdem bin ich meist allein. Das ist etwas, was einem niemand sagt, wenn man ein Kind erwartet, wie allein man die meiste Zeit sein wird. Wie überfordert und zugleich gelangweilt man ist! Ich versuche, mich zu beschäftigen und glücklich zu sein. Ich vermisse zu Hause, und dich.

Deine Nora

Liebe Nora,

stell dir vor, Malbay Manufacturing schickt mich und ein paar andere verheiratete Frauen zur Overlocker-Schulung nach Shannon, und wenn ich zurück bin, kriege ich so eine Nähmaschine nach Hause. Dann kann ich die schwierigsten Nähte zu Hause an meinem eigenen Küchentisch machen. Zuerst war es tatsächlich sehr schwer für mich hier draußen auf dem Hof, aber wie du weißt, war das mein kleinstes Problem. Dir kann ich es ja sagen: Am Anfang war ich todunglücklich. Aber nachdem du weg warst, sagte meine Mutter zu mir, dass ich mich hier einrichten muss. Blühe, wo man dich pflanzt, hat sie gesagt. Ich versuche es. Gott gebe, dass wir uns bald irgendwie wiedersehen.

Alles Liebe,
Deine Oona

Nora strich mit der Fingerspitze über die Worte *Gott gebe.*

Auch sie betete dafür.

Theresa hatte Tante Nellies Andachtsbildchen auf dem Küchenfensterbrett liegenlassen. Wenn sie einen Augenblick für sich hatte, versuchte Nora, wie Tante Nellie durch sie mit Gott Kontakt aufzunehmen. An manchen Tagen hätte sie schwören können, dass es funktionierte. An anderen fühlten sich ihre Gebete an wie Wünsche, die sie dem Nichts übergab.

Je älter Patrick wurde, desto weniger weinte er. Sie konnte sich mit ihm einigen, ihn zum Lachen bringen. Sie freute sich an seiner Begeisterung für die einfachsten Dinge. Ein Auto, ein Vogel, eine gelbe Löwenzahnblüte, die aus einem Riss im Asphalt spross. Es kam ihr jedes Mal wie ein Wunder vor, wenn etwas zum ersten Mal geschah. Der erste Schritt, der erste Zahn.

Ich bin jetzt deine Mutter, sagte sie. Sie musste ihn davon überzeugen, und sich selbst. Nora sehnte sich nach ihrer Mutter, wie sie es seit ihrer Kindheit nicht getan hatte. Sie erinnerte sich an die Strenge und Selbstsicherheit ihrer Mutter und versuchte, sich ähnlich zu verhalten. Sie hatte sich immer um ihren Bruder und ihre Schwester gekümmert, aber selbst das hatte sie auf ihre jetzige Situation nicht vorbereiten können. Sie dachte an die arme Theresa, die nie eine richtige Mutter gehabt hatte, nur sie.

Nora fehlte das Funkeln ihrer Schwester. Jetzt war Patrick das Einzige, das ihrem Leben Farbe gab.

Als er zum ersten Mal »Mama« sagte, ging ihr das Herz auf. Es war sein erstes Wort, und er wiederholte es wie ein Gebet.

An einem Samstagmorgen wachte sie von selbst auf, als draußen schon die Sonne schien. Nora war überrascht: Der Kleine hatte länger geschlafen als sie.

Sie betrat die Küche.

Dort saß Charlie, gab Patrick die Flasche und erzählte ihm

von einer schwierigen Kundin, als würde er mit einem verständnisvollen Freund sprechen.

»Ich also zu ihr: Pfirsich ist wirklich keine Farbe für ein Haus, gute Frau. Hellgelb. Sie werden sich wünschen, Sie hätten das genommen, wenn Sie es jetzt nicht tun. Aber sie bestand auf Pfirsich.«

Er schaute auf und sah Nora, die lächelte.

»Du bist mit ihm aufgestanden?«, fragte sie.

»Wir haben beschlossen, dich heute ausschlafen zu lassen, damit wir uns mal von Mann zu Mann unterhalten können.«

Sie zeigte auf die Flasche: »Woher weißt du überhaupt, wie man das macht?«

»Was, einen Schluck Milch kurz auf den Herd stellen? Das hab' ich für meinen kleinen Bruder immer gemacht. Jack ist überhaupt nur so fett geworden, weil ich ein ausgesprochenes Händchen fürs Fläschchen habe.«

Nora fühlte eine plötzliche Wärme für ihn. Es überraschte sie, dass es offensichtlich Seiten an Charlie gab, die sie noch nicht kannte.

Ab diesem Tag wurde es das samstagmorgendliche Familienritual. Wenn Nora aus dem Schlafzimmer kam und die beiden am Frühstückstisch sitzen sah, empfand sie so etwas wie Liebe.

Nach dem nächsten Zahltag fand Nora eine Packung Brigham's Vanilleeis im Eisfach, und als sie die aufgegessen hatte, stand bald eine neue da. Nora hörte wieder Charlies Lachen, wenn er sich für ihren Sohn alberne Geschichten ausdachte. Er erzählte auch wieder dumme Witze, und Nora versuchte zu lachen.

Sie machten ihren Frieden miteinander. Die Entscheidung, die sie getroffen hatten, würde sie für den Rest ihres Lebens aneinanderbinden. Es lag in ihrer Hand, ob sie damit glücklich wurden oder nicht.

Zwei Jahre nach der Hochzeit machte Nora gerade den Abwasch, als Charlie von der Bar nach Hause kam. Sie hörte, wie er sich im Flur den Mantel auszog und auf leisen Sohlen zu ihr ging, um Patrick nicht zu wecken. Gerade wollte sie sagen, dass sein Essen bereitstand, als er ihr einen seltsamen Blick zuwarf, sie anlächelte, zu ihr trat und sie küsste. Er hielt sie länger fest als sonst.

Nora nahm seine Hand und führte ihn ins Schlafzimmer. Wenn sie es jetzt nicht tat, würde sie es nie tun. Sie machte das Licht nicht an, und er berührte sie, als könne sie entzweigehen oder es sich anders überlegen.

Danach strich er ihr über die Wange.

»Nora Flynn«, sagte er und nannte ihren Mädchennamen, der für sie immer noch ihr eigentlicher Name war. »Die Einzige, die ich je geliebt habe.«

»Ach, komm schon«, sagte sie.

»Ist wahr. Ich habe dich von dem Moment an geliebt, in dem ich dich zum ersten Mal gesehen habe.«

Ihre Schwester hätte sie ausgelacht. Wie viele Male hatte Nora sich gefragt, warum Charlie sie geheiratet hatte, warum er diese Opfer für sie brachte, aber dieser einfache Grund war ihr nie in den Sinn gekommen. War es möglich? Er zeigte seine Liebe nicht wie die Männer im Film. Aber dennoch hatte er etwas Außergewöhnliches für sie getan.

Von diesem Tag an schliefen sie zwar weiterhin in getrennten Betten, aber hin und wieder schlüpfte einer von beiden im Dunkeln zum anderen unter die Decke.

Blühe, wo man dich pflanzt, sagte Nora sich immer wieder. Stück für Stück gelang es ihr.

Wenige Wochen nach Patricks Geburt hatten die Leute angefangen zu fragen, wann sie das Nächste haben würde.

Es dauerte so lange, dass Nora schon glaubte, es würde nie

passieren. Sie hatte befürchtet, zu bald schwanger zu werden. Aber diese Sorge hätte sie nicht haben müssen.

Als Patrick vier Jahre alt war und sie merkte, dass sie schwanger war, überraschte sie ihr erster Gedanke: Würde sie je ein anderes Kind so lieben können, wie sie ihn liebte?

Als sie John im Krankenhaus zum ersten Mal sahen, ein rotes Gesicht, der Rest des Körpers in weiße Tücher gehüllt, erschrak sie beim Anblick von Charlies entzücktem Ausdruck. Sie wusste, was er dachte.

»Er sieht genauso aus wie ich als Baby«, rief er strahlend.

Sie dachte an Patrick, der ihrem Mann überhaupt nicht ähnelte.

Am ersten Abend nach ihrer Rückkehr aus dem Krankenhaus sagte Nora beim Zubettbringen zu Patrick: »Weißt du eigentlich, warum ich dich Patrick genannt habe? Das ist der zweite Vorname von meinem Bruder Martin. Als ich dich das erste Mal sah, dachte ich gleich, wie sehr du ihm ähnelst. Ihr könntet Zwillinge sein. Natürlich ist er viel größer als du, er ist ja auch schon fünfundzwanzig Jahre alt.«

»Fünfundzwanzig!«, rief Patrick, der von einer so großen Zahl schwer beeindruckt war.

Er fragte nach einem Foto. Sie sagte, dass sie ihm eines heraussuchen würde, und hoffte insgeheim, er möge es wieder vergessen. So war der Samen gesetzt, und Nora pflegte das Pflänzchen gewissenhaft, indem sie Patrick die Lüge so lange vorsetzte, bis sie wie die Wahrheit aussah.

Irgendwann hatte Nora keine Angst mehr davor, dass ihre Schwester nie mehr zurückkommen würde, sondern begann sich stattdessen davor zu fürchten, sie könnte das eines Tages tun.

11

Eine Woche, bevor sie weggegangen war, war Theresa auf dem Weg von der Arbeit an einer Straßenecke mit Walter McClain zusammengetroffen, der mit Frau und Kind einen Spaziergang machte.

Theresa streifte sich auf der Straße gerade den Mantel über, bemerkte dabei, dass sie sich etwas über die Bluse gekippt haben musste, und versuchte, die Flüssigkeit wegzureiben, wobei ein dunkler Fleck blieb. Als sie wieder aufblickte, sah sie ihn: Er lachte laut über etwas, das seine Frau gesagt hatte. Die große, schlanke Brünette hielt ein Baby mit dichtem dunklen Haar wie Patricks im Arm. Walter hatte Theresa nicht bemerkt, oder er tat jedenfalls so. Er schlenderte weiter, als wäre niemand da gewesen.

Als sie ihn erkannte, explodierten in ihr die Gefühle: *Den kenne ich. Er ist es. Mein Gott, er ist es. Ob er …? Nein.*

Die Erleichterung ging schnell in Verzweiflung über.

In diesem Augenblick wurde ihr klar, dass sie sich nichts über die Bluse geschüttet hatte. Es war ihre Milch, die von innen durch die Bluse getreten war.

Sie hatte nicht zum ersten Mal das Gefühl, die Kontrolle zu verlieren. Sie konnte nicht mehr schlafen. Die ganze Nacht lag sie wach und erwartete mit klopfendem Herzen, dass Patricks Schreie die Stille zerrissen. Bilder verfolgten sie. Sie lag auf dem Tisch, dem Tod überlassen. Die Schwestern taten, als ob sie ihre Schmerzensschreie nicht hörten. Alle taten als ob.

Wenn sie morgens aufwachte, lagen Haarknäuel auf dem Kissen. Beim Blick in den Spiegel entdeckte sie kahle Stellen auf der Kopfhaut. Nach der Geburt hatte sie sechs Wochen lang geblutet. Sie hatte nicht gewusst, ob das normal war, und es war niemand da gewesen, den sie hätte fragen können. Sie hatte es Nora sagen wollen, aber ihre Schwester war immer so gereizt, dass sie es sich nicht getraut hatte. Musste sie jetzt sterben? Ein Teil von ihr wünschte es sich, wünschte sich, dass man sie eines Morgens blass und ausgeblutet im Bett fand.

Der letzte Morgen im Krankenhaus war wie ein halb vergessener Traum, den sie nicht mehr rekonstruieren konnte, wie sehr sie es auch versuchte. Wenn ihr das gelingen würde, dachte sie, würde sie sich alles erklären können, was geschehen war.

»Ich gehe«, hatte sie gesagt, auch dann noch, als sie schon aus dem Saint Margaret zurückgekehrt war. »Ich nehme Patrick und gehe.«

Aber sie war zu erschöpft und benommen, und der Plan erschien ihr selbst wahnsinnig. Wohin konnte sie schon gehen? Wie sollte sie über die Runden kommen?

Also hatte sie sich nur im Schutz der Nacht zu Hause um das Baby gekümmert. Am Anfang hatte ihr das gereicht. Solange sie nur in seiner Nähe sein konnte, war ihr alles recht. Sie hatte sich immer wieder gesagt: Wenn sie wieder bei Kräften war, würde sie mit ihm weggehen. Doch nachdem sie Walter begegnet war, bezweifelte Theresa, dass sie je wieder zu Kräften kommen würde.

Wenige Tage später starb Tante Nellie. Als sie beim Trauergottesdienst in der Kirche saß, brach etwas in Theresa entzwei. Patrick weinte, und sie spürte die Milch aus ihren Brüsten laufen. Sie wollte ihrer Schwester den Sohn entreißen, aber dann hätten es alle gesehen. Also hielt sie den Blick starr geradeaus gerichtet und versuchte, nicht zu weinen. Aber die Tränen liefen dennoch. Ihr Körper löste sich in Tränen und Milch auf und wusch das letzte bisschen fort, das sie von sich bewahrt hatte.

Charlie von Noras Niederkunft erzählen zu hören war Folter gewesen. Fünfzehn Minuten! Sie wusste, dass Nora die Geschichte auch gehasst hatte. Nora hasste das alles. Auch Patrick.

Sie konnte die letzten Worte ihrer Schwester nicht vergessen.

Natürlich will ich ihn nicht.

Langsam wurde ihr klar, dass sie das Kind zurücklassen musste. Das war für alle das Beste. Wenn ihre Schwester Patrick je lieben lernen sollte, konnte es so nicht weitergehen. Sie wusste, wo sie hingehen würde. Sie nahm den Umschlag aus der Schublade, auf dessen Vorderseite der Absender stand. Es war keine Wohnanschrift, sondern eine Schule: Saint Hugo of the Hills.

Theresa packte die Sachen, die Babs ihr geschenkt hatte, und das wenige, das sie gespart hatte, und hierließ einen Zettel für Nora. Dann schlich sie mit der Tasche über der Schulter, die ihr plötzlich sehr schwer vorkam, in Patricks Zimmer. Den Anblick des in seinem Bettchen schlafenden Kindes sollte sie niemals vergessen. Engelsgleich. Wie gerne hätte sie ihn mitgenommen, aber sie wusste, dass sie das noch nicht schaffen würde.

Stattdessen nahm sie als Erinnerung die Wundertätige Medaille aus der obersten Schublade und ließ sie in die Manteltasche gleiten.

Theresa hoffte, dass er irgendwie wissen würde, dass sie zurückkommen würde, um ihn zu holen. Sie überlegte lange, ob sie es wagen konnte, ihn auf die Wange zu küssen. Er könnte aufwachen. Als sie es schließlich trotzdem tat, spürte sie kurz die unvergleichlich weiche Haut an ihren Lippen. Als sie die Haustür hinter sich zuzog und davonrannte, hörte sie ihn oben schreien.

Sie fuhr zur South Station und setzte sich dort auf die Stufen zwischen die Huren und die Trinker und die sich periodisch aus dem Bahnhof ergießenden nächtlichen Reisenden. Es wäre ihr egal gewesen, wenn ihr jemand etwas angetan hätte, aber niemand fasste sie an. Wenn jemand auf sie zuging, dachte sie jedes Mal, Nora sei gekommen, um sie wieder mit nach Hause zu nehmen, aber es waren immer Fremde.

Theresa zog den Umschlag aus der Tasche und las den Brief. Er war fast ein Jahr alt. *Komm vorbei, wenn du mal in Queens bist.*

Bei Morgengrauen ging sie zum Fahrkartenschalter und kaufte eine einfache Fahrt nach New York. Im Zug stellte sie die Tasche auf den leeren Platz neben sich, um sich vor Gesellschaft zu schützen. Sie waren diese Strecke in umgekehrter Richtung vor zwei Jahren gekommen: Nora und Charlie vorne im Wagen, sie auf dem Rücksitz. Damals hatte sie staunend aus dem Fenster geschaut. Jetzt saß sie kerzengerade da und hielt die Augen fest geschlossen.

Als die Schule aus war, wartete Theresa auf den Stufen vor Saint Hugo of the Hills. Über eine Stunde lang ließ sie den Haupteingang nicht aus den Augen und fragte sich, ob ihre Freundin hier überhaupt noch arbeitete. Endlich trat Abigail heraus: Auf der Nase saß die vertraute Hornbrille, und die blonden Locken wippten wie damals, als sie sich auf dem Schiff begegnet waren. Theresa erinnerte sich, wie sie an Deck stundenlang getratscht hatten und im Ballsaal Männer angehimmelt hatten.

»Abigail!«, rief sie und packte sie am Arm, als sie nah genug war.

Abigail sah sie erschrocken an und zog den Arm weg.

Sie erkannte sie nicht.

Theresa kam jetzt eine andere Erinnerung von dem Tag, an dem Abigails Brief gekommen war. Ihre Schwester hatte sie zurechtgewiesen: *Das ist eine Höflichkeitsfloskel. Sie hat dich nicht ernsthaft eingeladen.*

»Ich bin's, Theresa«, sagte sie. »Vom Schiff nach New York.«

Abigail legte den Kopf auf die Seite. Schließlich lächelte sie. »Was um alles in der Welt machst du denn hier?«

Sie umarmte Theresa und lud sie zu einer Tasse Tee zu sich nach Hause ein. Auf dem Weg dorthin bemerkte Theresa ihr

Spiegelbild in einem Schaufenster. Abigail sah wie damals aus, aber Theresa war nicht mehr dieselbe.

»Meine Schwester ist gestorben«, log sie spontan. »Ich bin jetzt ganz allein. Deshalb habe ich mich auf die Suche nach dir gemacht. Ich wusste nicht, wo ich sonst hingehen sollte.«

Abigail sah berührt aus. »Die Arme. Ich erinnere mich – war sie nicht damals schon krank?«

Abigail erzählte, dass sie endlich verlobt war und die Stadt bald verlassen würde. Sie hatten ein Haus in New Jersey in der Nähe ihrer Schwiegereltern gekauft.

»Das ist ungerecht«, sagte sie. »Manche haben so viel, und andere – ich möchte dir helfen. Du bist ein gutes Mädchen, Theresa. Du hast das nicht verdient.«

Sie war genau zum richtigen Zeitpunkt gekommen. Seit Jahren hatte sie zum ersten Mal Glück. Abigail sorgte dafür, dass Theresa ihre neunten Klassen übernehmen konnte, und überließ ihr auch ihre Einraumwohnung. Das Gebäude, in dem sie war, war vielgeschossig, beige und wenig reizvoll. Die winzige Wohnung lag im vierzehnten Stock. Vor dem Fenster hing ein Werbeplakat für Swanson-Fertiggerichte. Eine sechs Meter große und trotzdem zart wirkende Frau im rosa Kleidchen lächelte eine Packung Huhn mit Kartoffelbeilage an wie einen Welpen. Im Hintergrund signalisierte ein geistesgestört aussehender Ehemann mit einem Golfschläger in der Hand seinem Freund, er solle doch noch bleiben: *Wieder mal ein Überraschungsgast? Jetzt sind Sie immer vorbereitet!*

Abigail hinterließ Theresa das Bett, eine Kommode und einen Wasserkocher und schrieb ihr eine Liste mit Orten, an denen sie Leute von zu Hause treffen konnte. In dieser Ecke von New York gab es überall Irish Pubs und Clubs, aber Theresa wollte da nicht hingehen. Sie wollte mit Iren nichts zu tun haben, sie wollte mit niemandem mehr etwas zu tun haben.

Theresa begegnete nur selten Nachbarn. Aber sie nahm den

Geruch fremder Speisen wahr und hörte laute Gespräche in Sprachen, die sie nicht verstand. Sie zuckte jedes Mal zusammen, wenn jemand plötzlich etwas rief oder über ihrem Kopf ein Gegenstand zu Boden fiel. Für sie war jetzt jeder ein Fremder. Die Welt wirkte bedrohlich wie niemals zuvor.

Die Schule sah aus wie ein Gefängnis oder eine Fabrik. Sie musste an die alten Schulhäuser in ihrer Heimat denken, an die Schüler, die ein Lehrer nicht nur ein Jahr lang kannte, sondern die er von der Einschulung an bis zum zehnten oder elften Lebensjahr begleitete. Dort konnte der Lehrer ein Kind formen, aber die jungen Leute hier waren wild und altklug, sie waren schon geformt. Was sie auch versuchte, die Kinder nahmen sie kaum wahr.

Manchmal träumte sie davon, ein Schiff zurück nach Irland zu besteigen, und stellte sich vor, sich mit dem Barmbrack ihrer Großmutter vollzustopfen, in dem die Rosinen dicht an dicht lagen. Manchmal konnte sie es fast schmecken. Theresa sehnte sich nach ihrer Oma, nach dem Klang ihrer Stimme und der irischen Sprache, in die sie verfiel, wenn die Kinder sie nicht verstehen sollten.

Aber sie schrieb Vater und Großmutter nicht. Was mochte Nora ihnen erzählt haben? Mittlerweile wussten sie gewiss, dass sie weggelaufen war. Theresa würde sich ihnen stellen, wenn sie so weit war, wenn die Zeit gekommen war, Patrick abzuholen. Dann würde sie allen die Wahrheit sagen.

Ihr fehlten auch die geschäftigen Abendessen an Mrs. Quinlans Esstisch. Am meisten aber fehlte ihr Nora, und die Sicherheit, die sie ihr gab. Das Einzige, auf das Theresa sich in dieser Welt verlassen konnte.

Sie verbrachte ihre Tage in der Schule und der Wohnung. Mehr hatte sie nicht verdient, wie sie fand. Wenn sich die jungen Frauen im Lehrerzimmer über ihre Freunde austauschten und sich fragten, wann sie ihnen wohl einen Antrag machen würden, hätte Theresa gern mitgeredet, besann sich aber jedes Mal eines Besseren. Was konnte sie schon beisteuern?

Theresa aß mittags allein in der Schule und abends allein zu Hause. Sie musste sich zum Essen zwingen. Abends gab es Haferbrei. Kochen konnte sie nicht. Ihr Leben lang hatte irgendjemand für sie gekocht – ihre Schwester oder Mrs. Quinlan oder ihre Großmutter. Nichts schmeckte ihr. Manchmal vergaß sie zu essen. Sie war überrascht beim Anblick ihres ausgemergelten Gesichts im Spiegel. Ihre Brüste und ihr Bauch hingen wie alte Luftballons, der Rest ihres Körpers war eckig und kantig, und die Knochen stachen durch die Haut.

Alle paar Tage ging sie abends in die Kirche und betete dort mit einem Dutzend alter Damen. Dann sprach sie das Ave Maria, bis die Worte jede Bedeutung verloren.

Ihre einzige Begleiterin war die Traurigkeit. Sie war immer gegenwärtig und ließ ihr Arme und Beine schwer werden, als wäre sie auf einen Berg gestiegen. Morgens musste sie oft mit sich kämpfen, um aufzustehen. Sie schlief und schlief. Am Wochenende den ganzen Tag, und nachts lag sie mit klopfendem Herzen wach, wenn die Erinnerungen sie verfolgten und sie sich fragte, was Nora und Patrick gerade taten.

Mehr als einmal dachte sie daran, sich die Pulsadern aufzuschneiden oder vom Dach zu springen. Aber das war eine so schwere Sünde, dass sie diesen Gedanken sofort wieder verjagte. Im Geiste sah sie sich als junges Mädchen bei der Firmung. Die Frage des Bischofs nach den Konsequenzen des Sterbens im Zustand der Todsünde. Und Theresa, die fröhlich die Antwort gab. *Man kommt in die Hölle*, hatte sie lächelnd gesagt und war gänzlich davon überzeugt gewesen, nichts könnte dazu führen, dass sie sich in diesem Zustand wiederfände.

Sie trug Patricks Medaille stets bei sich, schob sie zwischen ihren Fingern hin und her und betete für ihn.

In ihrem Gebäude wohnte auch eine Kollegin. Monatelang

standen sie fast jeden Morgen zufällig gemeinsam im Aufzug und gingen nur wenige Schritte hintereinander zur Schule. Wenn die andere ihr zulächelte, senkte Theresa den Blick.

Eines Morgens sagte die andere im Lift: »Das ist doch blödsinnig. Ich bin Cathy Tursi. Ich unterrichte die Elftklässler.«

»Theresa Flynn«, sagte sie leise. »Neunte.«

Von da an gingen sie zusammen zur Schule und wieder nach Hause. Wenn die Aufzugtüren im vierzehnten Stock geschlossen blieben, wartete Cathy in der Eingangshalle auf Theresa. Der kurze Spaziergang zur Schule war der Höhepunkt ihres Tages, obwohl sie Cathy das Reden überließ. Sie war ein paar Jahre älter als Theresa. Cathy wollte wissen, woher sie kam und ob sie einen Freund hatte. Normalerweise hätte Theresa einer neuen Freundin gleich alles erzählt, aber jetzt wich sie selbst der einfachsten Frage aus.

»Du bist aber geheimniskrämerisch«, sagte Cathy unverzagt. »Aber kein Problem. Ich werde schon draufkommen.«

Theresa wollte das durchaus, doch als Cathy sie eines Dienstagabends zu sich zum Essen einlud, lehnte sie ab. Wochenlang schlug sie Cathys Einladungen aus, obwohl die Theresa, die sie früher gewesen war, sich nichts sehnlicher wünschte, als hinzugehen und eine Freundin zu gewinnen.

Dann stand Cathy eines Tages vor der Tür: »Diesmal ist es ernst. Mein Freund hat mich versetzt, ich habe einen Schmorbraten für zwei im Ofen und bin nicht in der Stimmung für Diskussionen. Du kommst jetzt mit, keine Widerrede.«

Es war seit sieben Monaten die erste Mahlzeit, die Theresa nicht allein zu sich nahm.

Cathys Wohnung hatte denselben Schnitt wie ihre, aber sie hatte es sich schön gemacht. Sie hatte Bilder aufgehängt, Teppiche ausgelegt. Die Wände hellblau gestrichen und Bücherregale angebracht. Cathy hatte eine süße alte Katze, die sich gern in der Sonne auf der Fensterbank zusammenrollte. Theresas

Wohnung war leer. Wo zuvor Abigails Bilder gehangen hatten, waren Nägel und helle Rechtecke geblieben. Der kalte nackte Fußboden unter ihren Füßen am frühen Morgen war eine Art Selbstkasteiung. Jetzt hätte sie sich am liebsten auf Cathys Teppich gelegt und wäre nie wieder aufgestanden.

Cathy wirkte auf Theresa wie die erwachsene Version des Mädchens, das sie einst gewesen war. Alle mochten Cathy, und aus irgendeinem Grund mochte sie Theresa. Eine einzige Freundin änderte alles. Theresa spürte, wie sie in Cathys Gegenwart zu sich kam. Es lag in ihrer Natur zu lachen, zu flirten, zu tratschen und neugierig zu sein. Theresa fürchtete sich jetzt davor, wieder mit ihren Gedanken allein zu sein.

Cathys Freund Arthur war Lkw-Fahrer und an fünf Tagen in der Woche nicht da, auch an den Wochenenden. Theresa und Cathy gingen sonntags gemeinsam zum Gottesdienst in der Saint Hugo und setzten sich danach auf einen Kaffee und ein paar Eier in einen Imbiss in der Grand Street.

Theresa war seit anderthalb Jahren in New York, als Arthur ihr seinen Freund Roger vorstellte, einen gutaussehenden Amerikaner, der Polizist in der Innenstadt war. Zu viert gingen sie tanzen oder ins Kino. Theresa erlaubte Roger, sie zu küssen, bremste ihn aber, bevor er weiter gehen konnte. Er hielt sie für eine unschuldige Jungfrau.

Theresa erwähnte weder Nora noch Patrick, noch die Tatsache, dass sie einmal in Boston gelebt hatte. Die Erinnerungen waren immer da, aber sie verblassten allmählich, sodass sie jetzt atmen konnte und ihr Herz nicht ständig raste. Sie betete weiterhin für Nora und Patrick und dachte nach wie vor, dass sie Patrick eines Tages nach New York holen würde.

Eines Dezembermorgens sagte Cathy auf dem Weg zur Schule: »Arthur meint, dass Roger ziemlich vernarrt in dich ist. Er war sehr glücklich in den letzten Monaten. Kannst du dir eine Zukunft mit ihm vorstellen?«

»Nein«, sagte Theresa. »Weder mit ihm noch mit irgendeinem.«

»Oh.« Cathy sah überrascht aus. Theresa war selbst überrascht.

»Ist alles in Ordnung?«, fragte Cathy.

Die Frage war so bestechend einfach, dass Theresa nur ehrlich antworten konnte: »Nein.«

Dann kamen die Tränen.

»Möchtest du darüber reden?«

Sie schüttelte den Kopf.

Cathy legte den Arm um sie und sah sie besorgt an.

»Ich bin in letzter Zeit einfach ein bisschen bedrückt«, sagte Theresa, um es herunterzuspielen.

Darauf folgte langes Schweigen. Dann sagte Cathy: »Ich hab' dir doch mal erzählt, dass meine Mutter und ich alle paar Jahre in ein Kloster in Vermont fahren, oder?«

»Ja.«

»Eigentlich wollten wir diesen Winter übers Wochenende hin, aber meine Schwester hat doch jetzt ihr Baby gekriegt, und da kann meine Mutter nicht weg. Ich hatte mich schon drauf gefreut, das Zimmer ist gebucht. Jetzt frage ich mich, ob wir nicht zusammen hinfahren sollten. Ein Ortswechsel würde dir guttun. Es ist wunderschön da.«

»Ich würde wirklich gerne mitkommen, aber es geht nicht«, sagte Theresa. »Ich kann an dem Wochenende nicht.«

Cathy lachte. »Ich habe noch gar nicht gesagt, um welches Wochenende es geht.«

Theresa schluckte. Sie hatte einen Kloß im Hals.

Sie musste daran denken, wie sie Schwester Bernadette angebrüllt und ihr Kind festgehalten hatte. Darüber würde sie niemals sprechen können.

»Ich komme mit Nonnen nicht so gut klar.«

»Das sind ganz liebe Nonnen, ich schwöre es. Es ist der friedlichste Ort, den ich kenne. Wenn man da ist, überkommt einen ein Gefühl vollkommener Ruhe.

»Nein. Ich kann nicht.«

»Es wird dir gefallen«, sagte Cathy. »Das verspreche ich dir. Es ist ganz anders, als du es dir vorstellst.«

Theresa sah ihre Freundin an und lächelte. Cathy konnte sie immer wieder zu Dingen überreden, die sie nie für möglich gehalten hätte.

»Meinetwegen«, sagte sie schließlich. »Für ein, zwei Nächte.«

Es war Sonntagmorgen, als sie losfuhren. Theresa war nervös und versuchte, sich auf ihre Umgebung und das Gespräch zu konzentrieren. Vermont war wunderschön. Wohin man sah, dichte Wälder mit hohen Bäumen. Sie verließen die Autobahn, kamen durch einen idyllischen Ortskern, folgten dann einer gewundenen Landstraße vorbei an Bauernhöfen und Feldern, bis Cathy sagte: »Wir sind da.«

Das Erste, was Theresa sah, war das Emblem der Wundertätigen Medaille auf dem Eingangstor.

»Was macht das denn hier?«, fragte sie.

»Das ist sozusagen ihr Symbol. Man findet es hier überall.«

Cathy hielt vor einem riesigen steinernen Gebäude.

»Das war mal eine Messingfabrik«, erklärte sie. »Beeindruckend, oder?«

Das Gebäude war zu beiden Seiten von einem drei bis vier Meter hohen Holzzaun flankiert. Theresa fragte sich, was dahinter lag.

Aus der Fassade trat der Eingang mit Buntglasfenstern hervor. Sie gingen hinein. Es war ein Wintergarten. Um einen kleinen Springbrunnen wuchsen Papageienblumen, Pfingstrosen und Zierlauch, außerdem Kakteen in allen Größen und Formen. Auf der gegenüberliegenden Seite führten einige Stufen zu einer geöffneten Tür, hinter der eine kleine, dunkle Diele lag. Dort sah man eine weitere Tür, deren obere Hälfte aus einem hölzernen Gitter bestand. Dahinter stand eine Nonne. Sie sah aus wie eine Gefangene, lächelte ihnen aber freundlich zu. Theresa konnte nicht einschätzen, wie alt sie war.

Die Nonne grüßte sie auf Latein. Theresa wusste nicht, wie sie darauf reagieren sollte, aber Cathy antwortete kurz und förmlich, ebenfalls auf Latein.

Dann waren die Formalitäten beendet, und die Nonne gab Cathy durch das Gitter die Hand.

»Wir freuen uns so, Sie wieder bei uns zu haben.«

»Darf ich Ihnen meine Freundin Theresa Flynn vorstellen, Schwester Ava? Theresa ist aus Irland nach New York gekommen.«

»Ah«, sagte die Nonne. »Mit der Familie? Oder mit dem Ehemann?«

»Allein«, sagte Theresa.

»Wie mutig«, sagte die Nonne.

Das hatte noch nie jemand zu ihr gesagt. Theresa und Nora waren wie Millionen anderer Mädchen allein gereist. Sie kannte niemanden, der das mutig fand. Man machte es eben so.

Schwester Ava erklärte, dass es in einer Stunde Mittagessen im Refektorium geben würde. Danach könnten ihnen die Nonnen Arbeit zuweisen, wenn sie wollten.

»Sehr gern, Schwester«, sagte Cathy. »Vielen Dank.«

Als sie wieder draußen waren, sagte sie: »Wenn man mit ihnen arbeitet, darf man die Klausur betreten.«

Die andere Seite des hohen Zaunes.

Das Gästehaus Saint Gregory war eine schiefe, alte Hütte mit breiten Holzdielen. Es war niemand da. Theresa trat vom Eingangszimmer in ein gemütliches Wohnzimmer mit zwei blumengemusterten Sofas und einem blauen und einem weißen Sessel. Das Zimmer war von kleinen Lampen beleuchtet. Überall standen und lagen Bücher: auf dem Wohnzimmertisch, auf dem Esstisch, auf den Beistelltischen und auf den Einbauregalen neben dem Kamin. Es war eine Mischung aus religiösen und nichtreligiösen Texten, vermutlich von früheren Besuchern zurückgelassen. Topfpflanzen rankten sich von den Regalen die Fenster entlang. Die weiße Decke war von dunklen Holzbalken durchzogen. An jeder Wand hing ein Bild der Madonna mit Kind.

Beim Anblick des in rotes Abendlicht getauchten Raumes empfand Theresa einen tiefen Frieden wie lange nicht mehr.

Cathy zeigte ihr das Esszimmer, in dem ein einfacher Holztisch mit Stühlen stand. Kein Stuhl glich dem anderen. Auch die Teller in der Küche waren alle unterschiedlich gemustert, und viele waren angeschlagen. Im Kühlschrank fanden sie verschiedene Marmeladen, Brot und Rohmilch aus der Klostermolkerei.

Die Schlafzimmer waren nach Heiligen benannt. Eine Schiefertafel gab Auskunft über die Raumaufteilung. Cathy und Theresa würden sich das Saint Lawrence im ersten Stock teilen. Im Saint Agatha im Erdgeschoss war eine Frau namens Maura untergebracht. Zusätzlich gab es vier weitere Zimmer. Die Matratzen waren so weich und durchgelegen, dass man die Federn zählen konnte. Am Fußende lagen sorgfältig gefaltet fadenscheinige Handtücher.

Zum Mittag gab es gebackenen Fisch mit Pommes frites und Sauce Tartare. Erbsenpüree. Frische Milch, Tee und Kuchen. Sie aßen in einem Saal des steinernen Gebäudes, das Theresa bei ihrer Ankunft zuerst gesehen hatte und das, wie sie jetzt wusste, zur von den Nonnen bewohnten, der Öffentlichkeit verschlossenen Klosterklausur gehörte. Cathy und Theresa betraten den Speisesaal, der nur durch eine holzvergitterte Öffnung mit dem Rest des Gebäudes verbunden war, durch den öffentlich zugänglichen Eingang.

Die Nonnen, die gekocht hatten, stellten das Essen an die

Durchreiche. Theresa war tief bewegt vom Anblick der Frauen im Ordenshabit, die immer wieder mit dampfenden Schüsseln und Milchkannen hinter dem Holzgitter auftauchten. Sie sehnte sich danach, durch die Wand zu treten und in ihrem Privatbereich mit ihnen zu essen, aber woher diese Sehnsucht kam, hätte sie nicht erklären können. Vielleicht war es Theresas altbekannte Neugier, die schon ihre Schwester immer zu bremsen bemüht gewesen war. Der Wunsch, etwas zu wissen, nur weil man es nicht wissen durfte. Die Nonnen waren freundlich und lächelten viel. Sie wirkten ruhig und zufrieden und waren nie in Eile. Aber sie sprachen kaum ein Wort, und Theresa fragte sich, wie sie wohl hierhergekommen waren.

An diesem Nachmittag arbeitete sie mit Mutter Lucy Joseph in einem der Gärten.

Die Nonne musste Ende siebzig sein. Sie erklärte, dass sie wegen einer nicht lange zurückliegenden Verletzung nicht viel arbeiten könne. »Das meiste werden Sie machen müssen, fürchte ich.«

Sie zeigte Theresa, wo große und kleine Pflanzen zurückgeschnitten werden mussten. Manche waren Gräser, andere hatten dicke Äste. Theresa legte die riesige Gartenschere an einen besonders dicken Ast an und drückte die Griffe mit aller Kraft zusammen. Die scharfen Klingen legten das frische Innere des Astes frei, doch sosehr sie es versuchte, weiter konnte sie die Schere nicht schließen.

»Lassen Sie mich mal ran«, sagte Mutter Lucy Joseph freundlich. Sie nahm die Schere, machte eine kleine Bewegung, und der Ast fiel zu Boden.

»Oh«, sagte Theresa.

Die Nonne zwinkerte ihr zu. »Ich habe viel Übung.«

»Kann ich Sie etwas fragen, Mutter?«

»Natürlich.«

»Wie alt waren Sie, als Sie herkamen?«

Die Nonne richtete sich auf. »Blutjung. Aber älter als Sie. Ich war in einem früheren Leben Opernsängerin.«

Theresa hielt es erst für einen Witz, aber dann fuhr die Nonne fort: »Ich habe in der Carnegie Hall gesungen und hatte einen Plattenvertrag, wie ihn vor mir noch keine amerikanische Opernsängerin unterschrieben hat. Aber ab einem gewissen Punkt fühlte sich das alles unecht an. So kam das. Heute singe ich beim Chorgebet lauter, als es einigen hier lieb ist, und das gefällt mir gut.«

Sie wurden von einem roten Kater beobachtet. »Das ist Chester«, sagte die Nonne.

Theresa sah, wie eine jüngere Nonne einem Collie einen Tennisball zuwarf, als sie den Müll rausbrachte.

Sie hatte das Gefühl, dass hier nur das Unmittelbare, die augenblickliche Aufgabe zählte. Sie dachte an die Frauen im Lehrerzimmer, die stets auf etwas Besseres warteten, auf einen Mann, um ihr Leben in Bewegung zu bringen.

Um halb sechs versammelten die Nonnen sich zur Vesper in der Kapelle. Cathy und Theresa waren durch ein schwarzes Metallgitter von den Kirchenbänken getrennt.

Die beiden Frauen nutzten die halbe Stunde zwischen der Vesper und dem Abendessen, um zur zehn Autominuten entfernten Tankstelle im Ort zu fliehen. Das Örtchen war die nächstgelegene Verbindung zur Zivilisation und die einzige, die sie in so kurzer Zeit erreichen konnten. Die Geschäfte waren geschlossen, aber die Tankstelle war erleuchtet.

»Meine Mutter und ich haben uns dieses Ritual ausgedacht: Bei jedem Besuch kommen wir zur Tankstelle und kaufen eine Flasche Cola am Automaten. Es ist gut zu wissen, dass es die Welt da draußen noch gibt und wir bald wieder da sind«, sagte Cathy. Theresa stimmte zu, obwohl sie sich während der Vesper in Hochstimmung gefühlt hatte. Eine große Leichtigkeit war über sie gekommen.

Zwei Minuten vor dem Abendessen waren sie wieder zurück. Die einzige weitere Person am Tisch war Maura, deren Namen sie von der Tafel im Gästehaus kannten. Die unruhige Frau war die Mutter einer jungen Ordensanwärterin. Sie trug das kurze, silberne Haar in einem toupierten Bob, um ihr schwarzes Kleid lag ein Gürtel. Theresa hätte viele Fragen gehabt, hielt sich aber zurück.

Um halb acht hielten die Nonnen die Komplet, danach wurde die Arbeit für den Tag beendet, und die drei Frauen mussten sich für die Nacht ins Gästehaus zurückziehen.

Theresa und Cathy schlüpften mit einer Tasse Pfefferminztee in die Betten und plauderten über die Ereignisse des Tages und die Nonnen. Da fiel Theresa etwas ein, und sie musste lachen, weil sie sich nach so langer Zeit daran erinnerte. »Als ich klein war, wollte ich Nonne werden«, sagte sie.

»Ich auch«, sagte Cathy lächelnd. »Haben nicht alle katholischen Mädchen mal so eine Phase?«

Die Matratze war unbequem, sie spürte die Federn. Hier würde sie sicherlich kein Auge zutun. Aber kaum hatte Theresa den Kopf auf das Kissen gelegt, war sie schon tief eingeschlafen. Sie konnte sich nicht daran erinnern, so gut geschlafen zu haben, seit sie weggegangen war. Nicht, seit sie Patrick verlassen hatte.

Am nächsten Morgen wurde sie um sechs Uhr von den Glocken geweckt.

»Müssen sie schon wieder beten?«, flüsterte sie.

»Ja. Um zwei Uhr nachts haben sie auch gebetet. Du hast die Glocken wohl nicht gehört.«

»Hätten wir daran teilnehmen können?«

»Nein. Das findet in der Klausur statt.«

Wieder spürte sie die Anziehung des ihr Verschlossenen. Sie hätte alles getan, um dabei zu sein und zu hören, wie die Stimmen der Nonnen in der dunklen Kapelle verschmolzen.

Eigentlich durften die Nonnen außerhalb der vereinbarten privaten Gespräche oder bei der Arbeit nicht mit ihnen sprechen, aber sie wussten diese Regel zu umgehen. Nach dem Acht-Uhr-Gottesdienst kam eine Nonne auf sie zu und reichte jeder einen Zettel. Auf Theresas stand, Mutter Monica würde sie um zehn Uhr zum Putzdienst in einem Haus am Rand des Grundstücks abholen.

Um fünf nach zehn hielt vor dem Gästehaus eine Nonne in einem alten Ford Kombi.

»Wer sind Sie?«, fragte sie stirnrunzelnd durch das geöffnete Autofenster.

»Theresa Flynn, Mutter.«

»Wo ist Maura?«, fragte sie.

»Ich weiß nicht.«

Hinter ihr öffnete sich die Tür zum Haus, und Maura trat heraus.

»Maura!«, rief die Nonne fröhlich, als wären sie die besten Freunde. »Wie schön, dich zu sehen!«

Sie lehnte sich über den Beifahrersitz und öffnete die Tür von innen. Maura setzte sich neben die Nonne, Theresa blieb der Rücksitz.

Während der Fahrt erklärte Mutter Monica, dass eine Nonne wenige Tage zuvor das Ordensgelübde abgelegt hatte. Ihre Familie habe das Gästehaus Saint Gertrude bewohnt, und das müsse jetzt geputzt werden.

Sie kamen an Wiesen vorüber, deren vertrocknetes Gras golden leuchtete. Überall standen hohe Kiefern, und Eichen ragten in die Höhe, die im Frühling wunderschön aussehen mussten. Theresa war betrübt bei dem Gedanken, dass sie die Blütezeit nicht erleben würde. Auf einem Feld standen zwei alte Güterwaggons. Wie die Nonne erklärte, diente einer als Töpferei, der andere zur Buntglasherstellung. In dem dahinter liegenden Schuppen war die Schmiede.

Mutter Monica sagte, das Kloster lebe von Spenden. Das erklärte die seltsamen Habite, die die Nonnen bei der Feldarbeit trugen: Jemand hatte ihnen meterweise Jeansstoff geschenkt, und die Nonnen hatten etwas daraus gemacht, so wie sie aus allem etwas machten.

Saint Gertrude war ein weißes Bauernhaus mit einer breiten Veranda. Sie betraten es durch die Küche. Mutter Monica nahm Laken und Handtücher vom Wäschetrockner und legte sie in einen Weidenkorb.

»Theresa, richtig?«, fragte sie.

»Ja, Mutter.«

»Du gehst bitte hoch, saugst die Schlafzimmer und putzt das Bad, ja? Maura, du bleibst hier bei mir. Wir legen die Wäsche zusammen.«

Das bisschen Wäsche zusammenzulegen war kaum Arbeit für zwei, und Theresa fragte sich, weshalb sie ein Wochenende hergegeben hatte, um ein Badezimmer zu putzen, das jemand anders verschmutzt hatte. Aber sie wollte sich nicht mit der Nonne anlegen. Also ging sie hinauf und holte den Staubsauger aus einem schmalen Besenschrank im Flur.

Die Gästehäuser waren hübsch, aber wenn sie genau hinsah, fiel auf, wie einfach alles war. Die Schlafzimmerdecken waren rissig, unter den zugigen Fenster blätterte der Putz, Steckdosen waren tot oder hingen lose heraus, und kein Gegenstand passte zum anderen.

Zwischendurch ging Theresa immer wieder zur Treppe und lauschte.

»Schwester Jane passt hier ganz wunderbar rein«, hörte sie die Nonne sagen. »Die Äbtissin sagt, noch kein Mädchen habe sich so natürlich ins Klosterleben eingefunden wie sie.«

Schwester Jane musste Mauras Tochter sein.

Am Nachmittag arbeiteten Theresa und Cathy mit Schwester Antonia auf der kleinen Wiese vor dem Klosterladen. Hier stand ein junger Japanischer Ahorn, der, wie Schwester Antonia erklärte, schon länger angeschlagen war und dem das Salz, das die Schneepflüge streuten, schwer zugesetzt hatte. Sie sollten aus von der Nonne angespitzten Holzlatten einen Zaun bauen, dessen Pfosten durch eine lange Aluminiumplatte und eine Rolle Sackleinen miteinander verbunden werden würden. Das Aluminium stand seit Jahren im Kloster herum. Was sie mit dem Sackleinen anfangen sollte, hatte Schwester Antonia nicht gewusst, bis ihr am Morgen diese Idee gekommen war. In der Abtei fand alles Verwendung.

»Es hat keinen Pfennig gekostet«, sagte die Nonne.

Theresa fragte sich, wie alt sie sein mochte und wie lange sie schon hier war. Sie erwähnte nebenbei, dass sie zwölf Jahre Philosophie studiert habe. Ihr Gesicht war voll von Falten. Die Anrede *Schwester* bedeutete, dass sie das ewige Gelübde noch nicht abgelegt hatte.

Sie arbeiteten stundenlang in der Kälte und trieben die Latten mit schweren Holzhämmern in den Boden. Theresa konnte ihren Atem sehen. Die Arbeit erinnerte sie an den Hof zu Hause in Irland, aber das hier war anders. Kein Mann in Sicht.

Als die Hälfte geschafft war, ging Schwester Antonia in die Küche der Klausur, um ihnen zum Aufwärmen Tee zu machen. Sie kam mit einer Thermoskanne und drei Pappbechern zurück, die sie füllte und ihnen reichte. Cathy und Theresa tranken. In diesem Augenblick öffnete sich die Tür zum Klosterladen, und heraus trat eine Blondine mit auffälliger Frisur, die dort ehrenamtlich an der Kasse arbeitete. Theresa hatte mitgehört, wie sie mit einer Kundin getratscht hatte.

Schwester Antonia hielt den dritten Pappbecher, der für sie selbst bestimmt gewesen war, in die Höhe und sagte: »Tee, Judy?«

»Gern, Schwester«, sagte die Frau. »Wirklich frisch hier draußen.«

Sie ist doch noch keine Minute vor der Tür, dachte Theresa, wird gleich in einen beheizten Wagen steigen und damit in ihre gewiss ebenfalls gut geheizte Villa heimfahren.

»Wir sind Ihnen so dankbar für die fünfhundert Dollar«, sagte Schwester Antonia. »Sie sind für das Kapellendach bestimmt. Ein Geschenk des Himmels.«

»Jaja, schon gut«, sagte Judy. »Und was soll das da werden?«

»Ein Zaun, der hoffentlich ein paar Wochen halten wird«, sagte Schwester Antonia. »Keine Augenweide, aber er wird den Baum schützen.«

»Was Sie hier brauchen, ist ein Steinmäuerchen«, sagte Judy.

Die Nonne lachte, als sei das undenkbar, was es vermutlich auch war.

»Ich werde mal mit meinem Mann reden«, sagte Judy. »Das können wir bestimmt spendieren.«

Als sie weggefahren war, sagte Schwester Antonia: »Wir haben großes Glück, Judy zu haben. Sie ist phantastisch.«

Meinte sie das ernst? Als Theresa am Morgen über das Gelände gegangen war, waren ihr die Scharen schriller, lauter Frauen aufgefallen, die wegen der Weihnachtskrippe, der Vesper und des Klosterladens hier waren. Sie betrachtete ihre unchristliche Reaktion auf sie als ein weiteres Zeichen dafür, dass sie niemals Nonne sein könnte.

Manche Nonnen schienen kein bestimmtes Ziel zu haben. Andere dagegen verfolgten ein klares Programm und gingen eher professionell vor. Mutter Lucy Joseph war eloquent, freundlich und warmherzig. Mutter Helena war ernst, hatte aber ein weiches Herz. Diese hier, Schwester Antonia, war Geschäftsfrau. Sie brauchten jede dieser Eigenschaften und mussten sie ins Gleichgewicht bringen. Sie mussten sich verkaufen. Spendern dankten sie bei der Fürbitte. Sie brauchten Geld und neue Ordensmitglieder, aber sie durften nicht frei heraus danach fragen. Theresa erinnerte sich an die Frage der Nonne am Eingang, ob Theresa mit einem Ehemann nach Amerika gekommen war.

Während sie das Werkzeug in Schwester Antonias Lastwagen verstauten, sagte die Nonne zu Cathy: »Wir freuen uns alle so sehr, Sie wieder bei uns zu haben. Mutter Äbtissin hofft, dass Sie eines Tages bleiben. Sie ist davon überzeugt, dass Sie berufen sind.«

»Ich? Ganz bestimmt nicht, Mutter. Ich werde mich bald verloben«, sagte Cathy.

Theresa war überrascht, ohne zu wissen, weshalb. Ebenso wenig hätte sie erklären können, warum es sie verletzte, in die Bemerkung der Äbtissin nicht eingeschlossen zu sein, denn ein anderer Teil von ihr war erleichtert, dass der Kommentar nicht ihr gegolten hatte. Sie rief sich in Erinnerung, dass sie die Äbtissin noch gar nicht kennengelernt hatte.

Als sie spätabends aus dem Badezimmerfenster im oberen Stock des Gästehauses sah, stellte Theresa fest, dass man von hier aus über die Straße direkt in die Schlafräume der Nonnen blicken konnte. Sie empfand bei dem Anblick eine Mischung aus Sehnsucht und Widerwillen und war froh, noch immer gehen zu können, wann und wohin sie wollte.

Bevor sie sich am nächsten Morgen auf den Heimweg machten, sollte jede von ihnen, fand Cathy, mit einer Nonne das Gespräch suchen. Theresa wählte dazu Mutter Lucy Joseph, die Nonne, mit der sie im Garten gearbeitet hatte. Sie saßen in voneinander getrennten Räumen, die durch ein Gitterfenster wie das zwischen Speisesaal und Küche miteinander verbunden waren. Theresa versuchte, so viel wie möglich von dem Zimmer hinter dem Gitter sehen. Sie konnte ein Holzkreuz an der Wand und einen Bücherstapel auf einem Regal in der Ecke ausmachen.

»Sie waren uns eine große Hilfe«, sagte Mutter Lucy Joseph. »Wie hat es Ihnen bei uns gefallen?«

»Sehr gut, es hat mir sehr gut gefallen. Ich will gar nicht nach New York zurück.« Theresa lachte, als sie das sagte, um die Aussage zu verharmlosen, aber Mutter Lucy Joseph schwieg. Sie ließ den Kommentar so stehen.

»Das ist mein erstes Gespräch dieser Art«, sagte Theresa. »Ich weiß nicht so genau, worüber ich mit Ihnen reden soll. Gott?«

Da lachte Mutter Lucy Joseph. »Sie können reden, worüber Sie wollen. Sagen Sie mir, was Sie auf dem Herzen haben.«

Theresa hörte sich sagen, dass ihr das Unterrichten oft schwerfiel und sie sich fragte, ob die Arbeit, zu der sie sich immer hingezogen gefühlt hatte, sinnvoll war.

»Ich habe den Eindruck, dass meine Schüler nicht viel aus dem Unterricht mitnehmen«, sagte sie. »Aber das ist wahrscheinlich meine Schuld.«

»Warum sollte das Ihre Schuld sein?«

»Vielleicht bin ich nicht ganz bei der Sache.«

»Und weshalb nicht?«

Sie hatte die Wahl: Sie konnte in dem Gespräch an der Oberfläche bleiben oder tiefer gehen. Sie hatte sich noch nie einer Nonne anvertraut. Aber Mutter Lucy Joseph machte den Eindruck einer weisen und unerschütterlichen Frau.

»Mutter, es gibt da Dinge, von denen ich wünschte, ich hätte sie nicht getan«, sagte sie. »Ich habe Menschen verletzt, die mir viel bedeuten. Aber ich versuche, damit klarzukommen. Ich versuche, meine Gefühle unter Kontrolle zu behalten.«

»Warum?«, fragte Mutter Lucy Joseph.

»Wie meinen Sie das?«

»Ich meine, dass Sie sich erlauben sollten, etwas zu empfinden. Haben Sie keine Angst.«

Auf der Heimfahrt erzählte Theresa Cathy alles. Sie erzählte ihr von Walter, von den Tanzabenden und den Nonnen im

Saint Mary's. Sie erzählte von Nora und Charlie. Und von Patrick. Danach fühlte sie sich, als habe jemand das Blei in ihr durch Helium ersetzt: Sie kam sich vor, als könnte sie aus dem Fenster fliegen und ins Blaue aufsteigen.

Von da an kehrten Theresa und Cathy etwa einmal im Monat für ein Wochenende ins Kloster zurück und entwickelten ihre eigenen Rituale: Sie nahmen immer dasselbe Zimmer und fuhren jeden Abend zur Tankstelle, um sich ein Cola zu kaufen und sich in Erinnerung zu rufen, dass sie frei waren.

Bei ihrem fünften Besuch stellte Theresa Mutter Lucy Joseph die Frage, die sie von Anfang an beschäftigte: Die Nonnen boten ihren Gästen eine Atmosphäre des Friedens, aber empfanden sie diesen Frieden auch selbst? War das überhaupt möglich?

Sie waren gerade dabei, die Gartenwerkzeuge in einem Eimer mit warmem Seifenwasser zu reinigen. Dann ölten sie die Rechen, Spaten und Schaufeln mit Motoröl. Im Schuppen hinter ihnen stand, umgeben von Wagenrädern, Abdeckplanen und Kisten, ein John-Deere-Traktor.

»Alles, was wir tun, ist auf etwas Übergeordnetes ausgerichtet«, sagte die Nonne. »Äußerlich fühlt man, wie man in der friedlichen Atmosphäre aufgeht, aber wenn man sich nach innen wendet, merkt man, dass man sie dort selbst herstellen muss. Wenn man frustriert ist, kann man nicht einfach gehen. Darf ich fragen, weshalb Sie das interessiert, meine Liebe?«

Theresa sagte, es sei pure Neugier.

Die Nonnen luden Theresa und Cathy ein, nach Schuljahresende den ganzen Juli bei ihnen zu verbringen.

12

Cathy und Arthur verlobten sich Anfang Juni. Er steckte ihr einen Ring mit einem winzigen Diamanten an den Finger. Sie legte ihn nicht mehr ab und bewunderte bei jeder Gelegenheit, wie der Stein in der Sonne glitzerte. Theresa hatte Angst, dass Cathy jetzt nicht mehr mit ihr ins Kloster kommen würde, aber kaum war der 1. Juli gekommen, machten sie sich auf den Weg.

Als sie die Gartenpforte erreichten, nahm Cathy den Ring ab und legte ihn ins Handschuhfach.

»Da ist er sicher«, sagte sie.

Nachdem Schwester Ava sie auf Latein begrüßt hatte, sagte sie fröhlich: »Herzlichen Glückwunsch! Haben Sie sich schon ein Hochzeitskleid ausgesucht?«

Zwei Wochen vergingen in herrlicher Geschäftigkeit, und die beiden gingen in den täglichen Ritualen der Nonnen auf. Dann stand, wie geplant, Rogers und Arthurs Besuch bevor. Zum ersten Mal, seit sie New York verlassen hatten, holten die Mädchen die Lockenwickler raus und puderten sich das Gesicht. Cathy schob sich den Ring an den Finger.

Die Nonnen gaben ihnen das Wochenende frei, und die vier fuhren zum nächsten See und stöberten in Antiquitätenläden, in denen sie sich nichts hätten leisten können. Theresa fand es sehr nett, aber sie fühlte sich nicht gut. Sie hatte Kopfschmerzen, und ihr Magen war durcheinander.

Am Sonntagabend trennten die Paare sich. Roger und Theresa gingen essen und fuhren dann durch die Gegend, bis sie eine ruhige Straße an einem Bach fanden. Es dämmerte, als sie Hand in Hand an dem Gewässer entlangspazierten. Er küsste sie und streichelte ihr den Rücken bis hinunter zum Po. Dort blieb seine Hand liegen wie ein Fragezeichen. Sie hätte am liebsten mit ihm geschlafen, sagte es aber nicht. Aus einem ihr unerklärlichen Grund dachte sie immer wieder, dass es ihre letzte Chance war.

Als sie sich am Tor verabschiedeten, weinte sie. Er wischte ihr eine Träne von der Wange und sagte: »Du albernes kleines Mädchen. Wir sehen uns doch bald.«

Ihr Blick fiel an ihm vorbei auf die schmiedeeiserne Wundertätige Medaille. Da begriff sie. Sie hatte immer gedacht, dass die Heilige Jungfrau sie zu Patrick zurückführen würde. Jetzt erkannte sie, dass die Medaille sie hierhergeführt hatte.

In den nächsten Tagen war Theresa stiller als sonst. Sie fürchtete, dass Cathy das seltsam finden könnte, aber der Freundin fiel es gar nicht weiter auf, denn sie zog sich ebenfalls zurück. Eines Nachts konnte Theresa nicht schlafen. Um drei Uhr morgens stieg sie aus dem Bett, ging ins Bad und sah aus dem Fenster zu dem Gebäude hinüber, in dem die Nonnen schliefen. Im zweiten Stock brannte noch ein Licht, und Theresa sah einen schwarzen Schatten daran vorübergleiten. An diesem Ort und durch die Frauen hier hatte Theresa die Gegenwart Gottes so klar und rein empfunden wie seit ihrer Kindheit nicht. Sie fragte sich, ob ihre Hingabe echt war und ob sie sie für den Rest ihres Lebens würde aufrechterhalten können. Oder würde der Zauber eines Tages enden, und sie würde erkennen, dass es nur ein Fluchtversuch gewesen war?

Plötzlich erschien es ihr sinnlos, von außen über diese Frage nachzudenken. Diese Frage konnte sie nur auf eine Art beantworten. Sie war glücklich und konnte nicht einschlafen vor Vorfreude darauf, den Nonnen ihre Entscheidung mitzuteilen.

Wenige Stunden später eilten Cathy und sie mit über die Köpfe gezogenen Jacken durch den strömenden Regen zum Frühstück.

Theresa sagte im Gehen: »Ich will hierbleiben. Für immer.«

Sie hielt die Luft an und wartete auf Cathys Reaktion. Würde die Freundin versuchen, es ihr auszureden? Fast hoffte sie es.

Aber Cathy blieb mitten im Regen stehen, als wäre ihr das Wetter plötzlich ganz egal. Sie nahm Theresas Hände in ihre.

»Ich auch«, sagte sie. »Seit unserer Ankunft denke ich an nichts anderes. Oder vielleicht schon länger? Oh, Theresa, wie soll ich ihm das nur erklären?«

Endlich konnte Theresa wieder Kontakt zu ihrer Großmutter aufnehmen. Sie bat um Verzeihung dafür, nicht eher geschrieben zu haben, und berichtete, dass sie in New York an einer Schule unterrichtet und regelmäßig ein Nonnenkloster besucht habe und jetzt bei den Nonnen lebe.

Ihre Großmutter antwortete: *Dein Vater und ich sind ratlos: Was machst du da nur?*

Die Anwärterinnen trugen schlichte schwarze Kleider und den weißen Nonnenschleier. Sie lernten Latein und das Singen der Psalmen. Sie waren aufgefordert, täglich die Regula Benedicti zu studieren, bis sie die einhundert Seiten auswendig aufsagen konnten. Das machte Theresa besonders Spaß. Es erinnerte sie an die Schule.

Sie sollten allen weltlichen Besitz aufgeben. Auch das fiel ihr nicht schwer. Sie hatte ja schon alles Vertraute zurückgelassen, und das nicht nur einmal, sondern schon zweimal. Sie dachte an Cathys Wohnung, ihre Bücher und den kleinen Schwarzweißfernseher. An ihre geliebte Katze, die jetzt bei ihren Eltern lebte. An den Mann, den Cathy hatte heiraten wollen. Wenn Cathy all das aufgeben konnte, schaffte sie es auch.

Bald lernten sie den Unterschied kennen zwischen einem Besuch im Kloster und dem Nonnenleben dort. Jetzt gab es keine Auszeit mehr, keine Fahrten zur Tankstelle, um mal Luft zu holen.

Ihr Leben bestand aus Regeln. In der Vergangenheit hatte Theresa oft das Gefühl gehabt, unter der Kontrolle einer anderen Person – meistens Nora – zu stehen, aber sie hatte gewusst, wie sie das umgehen konnte. Jetzt war ihr persönliches Ziel nichts anderes, als ihre eigenen Sehnsüchte auszulöschen und ihren freien Willen aufzugeben.

Anwärterinnen war es nicht gestattet, ihre Sorgen miteinander zu teilen, zu plaudern oder müßig zu sein, und es war verboten, ohne Erlaubnis mit Außenstehenden zu sprechen. Auch überflüssiges Gelächter war unzulässig. (Theresa fragte sich, in welchen Situationen Lachen als notwendig angesehen wurde.) Ihre Briefe mussten unverschlossen einer Oberin übergeben werden, bevor sie zur Post gingen.

Ora et labora – beten und arbeiten. Daraus allein würde ihr Leben hier bestehen.

Theresa fand heraus, dass die Nonnen nicht aus freien Stücken mit gesenktem Blick und verschränkten Händen über das Gelände gingen, sondern weil es so von ihnen verlangt wurde. Sie durften weder eilen noch rennen. Als sie das hörte, hatte sie sofort den Impuls, mit ausgestreckten Armen über das Gelände zu jagen.

Jeder Verstoß wurde streng geahndet. Kam man nur eine Sekunde zu spät, musste man auf Knien den Boden küssen. Theresa dachte an die Fabrik in Irland, wo man ihnen Lohn abzog, wenn sie mehr als drei Minuten zu spät kamen. Damals hatte sie die Regel für streng gehalten, jetzt schienen ihr drei Minuten wie ein großes Zugeständnis, das der Tatsache Rechnung trug, dass sie alle Menschen waren.

Nicht einmal Cathy war ihr geblieben, jedenfalls nicht so, wie sie einander kannten, denn sie konnten sich jetzt nur selten im Vorübergehen flüsternd austauschen.

Als Cathy mit der Grippe eine Woche lang im Bett lag, brachte Theresa ihr ein Glas heiße Zitronenlimonade. Wenige Stunden später wurde sie ins Büro der Äbtissin gerufen.

»Sie haben die Zelle einer anderen Nonne betreten?«

»Wie bitte?«

»Eine Anwärterin hat Sie gesehen und gemeldet. Sie wissen, dass besondere Freundschaften verboten sind.«

»Besondere Freundschaften, Mutter?«

»Wir werden Sie bestrafen müssen.«

Wie unangenehm, dass sie immer gleich in Tränen ausbrach, wenn sie zurechtgewiesen wurde, denn das passierte ihr hier ständig, fast täglich sogar. Die einzige Person, die zuvor in scharfem Ton mit ihr gesprochen hatte, war Nora gewesen, und hinter ihren Worten hatte immer Liebe gestanden und eine Art amüsierter Resignation. Hier war das anders.

In den kleinen, leeren Zellen und im Schlafsaal zog es, und im gesamten Gebäude herrschte nachts bis auf das gelegentliche unterdrückte Weinen eines Mädchens Stille. Das Geräusch erinnerte sie an Saint Mary's und an eine Zeit, in der sie Patrick noch ganz für sich hatte, obwohl sie ihn damals nicht haben wollte. Sie hasste sich jetzt dafür. Anscheinend hatte man das richtige Wissen nie zum rechten Zeitpunkt. Sie betete jeden Morgen nach dem Aufstehen und jeden Abend vor dem Schlafengehen für ihn. Durch das Kloster und die Intensität der Stille hier war er ihr im Geiste so nah, wie er es nicht gewesen war, seit sie ihn mitten in der Nacht verlassen hatte.

Cathy erzählte Theresa heimlich, dass ihre Familie am Boden zerstört war. Sie wollten sie zurückhaben. Zweimal durften sie zu Besuch kommen, und bei jedem Mal hatte ihr Vater geweint. Arthur hatte ihr unzählige Briefe geschrieben, und Cathys Mutter hatte berichtet, dass er zu ihnen gekommen war und gesagt hatte, die Nonnen hätten sie einer Gehirnwäsche unterzogen, man müsse die Polizei informieren, den Präsidenten, das FBI. Cathy überraschte der Schmerz ihrer Eltern. Eine ihrer Tanten und drei Großtanten waren Nonnen. Aber das war anders, denn sie lebten nicht im Kloster.

Auch Theresas Vater schrieb in einem Brief, dass er ihre Entscheidung für falsch hielt. Sie war tief verletzt, aber dann wurde ihr klar, dass für ihn ihr Leben im Kloster vor allem bedeutete, dass sie nie wieder zurückkommen würde.

Nach einem Jahr traten Theresa und Cathy ins Noviziat ein. In einer gemeinsamen Zeremonie an einem sonnigen Nachmittag gab man ihnen das Ordenskleid und neue Namen. Die Mutter Äbtissin schnitt ihnen das Haar und legte die langen Strähnen in eine goldene Schale. Danach gab es eine kleine Feier. Es war der einzige Festtag des Jahres im Kloster. Auf den Tischen standen Kuchen, Eis und Wildblumensträuße. Cathy sollte ab jetzt Schwester Placid heißen, Theresa Schwester Cecilia. Die Klosterältesten warnten sie. Ein Jahr sei gar nichts, und wahrscheinlich würde mindestens eine von ihnen das Kloster bald verlassen.

Es folgte das kanonische Jahr, in dem jeder Kontakt zur Außenwelt untersagt war. Danach war Arthur endgültig aus Cathys Leben verschwunden. Er hatte eine andere geheiratet. Als Schwester Placids Eltern sie zum ersten Mal nach dieser langen Zeit besuchten, tat ihre Mutter, als wäre nichts gewesen. Sie ließ sich nicht davon abbringen, ihre Tochter weiter Cathy zu nennen, und teilte die neuesten Neuigkeiten mit ihr. Ihre Schwester war wieder schwanger und im siebten Monat. Mrs. Kennedy hatte durch das Weiße Haus geführt, sie hatten es im Fernsehen gezeigt, und man konnte sehen, dass die First Lady einen ausgezeichneten Geschmack hatte. Draußen schrieb man das Jahr 1962, nur hier drinnen hatte sich nichts verändert, weder im letzten Jahr noch im letzten Jahrzehnt.

Schwester Placid erzählte, dass ihr Vater jetzt nicht mehr weinte. Trauer hatte anscheinend Wut Platz gemacht.

»Er hat nur immerzu gesagt, dass die Farbe überall von den Wänden platzt und wie heruntergekommen alles aussieht«, sagte sie.

Eine Woche später war Schwester Placid gerade auf dem Weg zur Kapelle, als sie ihren Vater mit einer Malerrolle in der Hand auf der Leiter stehen sah. Er strich den Schuppen. Die Äbtissin sagte: »Er hat angeboten, ehrenamtlich die Gebäude zu streichen. Er würde wohl alles tun, um in Ihrer Nähe zu sein.«

Theresas Familie war zu weit weg, als dass sie mit Sicherheit hätte sagen können, wie sie zu ihrer Entscheidung stand, aber die Briefe von ihrem Vater und ihrer Großmutter waren mittlerweile freundlich. Sie hatten sich damit abgefunden. Nora schrieb sie nicht, worauf ihre Großmutter in jedem Brief zu sprechen kam. Sie bestand immer wieder auf einer Aussprache zwischen den beiden, und Schwester Cecilia wurde klar, dass Nora ihnen nicht die Wahrheit gesagt hatte. Großmutter dachte, sie hätten einfach einen Streit gehabt.

Nach zwei Jahren im Kloster weinte sie immer noch häufig den halben Tag. Mutter Lucy Joseph erklärte, dass das ganz normal sei und dass eine junge Nonne mit einem ewigen Lächeln im Gesicht nur sich selbst und alle anderen belüge.

Die äußere Gelassenheit täusche über eine tiefe innere Unruhe hinweg. Wenn man für einen Augenblick die Gedanken aller Nonnen im Kloster hören könnte, müsste das Geräusch einem Donnerwetter ähneln. Ihre Zweifel flüsterten ihr vielstimmig immer dieselbe Frage ein: Versteckte sie sich, oder war sie zu Hause?

Manchmal dachte sie, sie müsse verrückt sein, hierzubleiben, wenn sie in New York einen Schaufensterbummel machen oder mit der U-Bahn zum MoMA fahren könnte. Jeden Abend überlegte sie, einfach zu gehen. Den Flur des Schlaftrakts entlang zur Treppe und durch die Tür hinaus. Sie waren hier nicht eingesperrt. Sie konnte machen, was sie wollte. Sie könnte sich rausschleichen, sich zu der einzigen Kneipe im Ort mitnehmen lassen, einen Fremden küssen und vor Sonnenaufgang wieder im Bett liegen. Sie könnte auch zum Busbahnhof fahren, in einen Greyhound nach Boston steigen und alles als kurze Laune abtun.

Aber sie ging nicht. Sie schlich nicht aus dem Tor und spazierte nicht mitten in der Nacht die dunkle Straße hinunter, was andere Novizinnen zugaben, getan zu haben. Sie blieb in der Abgeschiedenheit, auch in den Momenten, in denen sie das Gefühl hatte, in Sirup zu versinken und zu ersticken. Hinter den lautstark tobenden Zweifeln erklang eine tiefe, gleichbleibende Stimme, die ihr sagte, sie solle weitermachen. Theresa listete alles auf, ohne das sie nicht leben wollte – Lippenstift, Gespräche, der Geruch des Ozeans. Aber dann stellte sie fest, dass sie das eigentlich alles nicht brauchte.

Zu Schwester Cecilias vielen Aufgaben gehörte es, die Briefe zu beantworten, in denen Menschen baten, ins Gebet eingeschlossen zu werden, oder sich dafür bedankten. Dabei wurde ihr immer wieder klar, dass ihre Arbeit von großer Bedeutung war, dass sie Gutes taten, auch wenn es für das bloße Auge unsichtbar war.

Um sich Mut zu machen, rief sie sich die Heiligen ihrer Kindheit ins Gedächtnis. Damals hatte sie in deren Kämpfen so viel Romantik gesehen. Innerlich zitierte sie immer wieder eine Zeile aus der Regula: *Lass dich nicht sofort von Angst verwirren und fliehe nicht vom Weg des Heils; er kann am Anfang nicht anders sein als eng.*

Ihr dritter Winter im Kloster war besonders trüb und hart. Eine Woche vor Weihnachten erreichte sie ein Päckchen. Es war an Theresa Flynn adressiert. Der Name war durchgestrichen und durch *Schwester Cecilia Flynn* ersetzt worden. Sie riss das Papier auf und sah darunter hellviolette Wolle. Ihre Großmutter hatte ihr einen wunderschönen Pullover geschickt, an dem sie den ganzen Herbst über gestrickt haben musste. Das Porto allein musste ihre finanziellen Mittel gesprengt haben.

Sie steckte die Nase in die Wolle und hätte schwören können, den vertrauten Geruch des Küchenfeuers wiederzuerkennen. Dabei stellte sich das Bild ihrer im Feuerschein am Küchentisch sitzenden Großmutter ein, die leise summend etwas stopfte. Theresa verspürte das starke Bedürfnis, zu ihr zu gehen. In dieser Nacht schlief sie mit der Wange an dem Pullover.

Am nächsten Morgen verlangte die Novizenmeisterin den Pullover von ihr.

»Er geht an eine ältere Nonne«, sagte sie. »Für den heiligen Benedikt war Privatbesitz eine Sünde, seine Anhänger mussten vom Kloster allein leben. Für so ein Geschenk ist es noch viel zu früh.«

Dann kam der Frühling, und das ganze Kloster blühte auf, jeder Baum und jede Knolle. Bei dem Duft erinnerte sie sich daran, was Frühling bisher für sie bedeutet hatte. Die Möglichkeit einer neuen Liebe. Der Geruch eines gutaussehenden Unbekannten beim Tanz. Hübsche Kleidchen und kokette Blicke auf der Straße. Nichts davon sollte sie je wieder erleben.

Manches, das ihr zuvor gar nicht aufgefallen wäre, trieb ihr jetzt Tränen in die Augen. Ein Rotkehlchen auf einem Ast, eine Reihe violett blühender Rhododendren, drei Meter hoch. Aber jede Freude brachte weitere Zweifel mit sich. Manchmal befürchtete sie, Gott weniger zu lieben als diesen Ort, und dass das womöglich einst der Grund sein könnte, weshalb sie das Kloster würde verlassen müssen.

Eines Morgens beichtete sie Mutter Lucy Joseph bei der Gartenarbeit ihre Gefühle.

»Ich denke nicht ständig an Gott«, sagte sie.

»Und was, denkst du, ist Gott?«, gab Mutter Lucy Joseph zurück. »Hoffentlich stellst du dir keinen Mann in wallendem weißen Kleid vor. Das ist er jedenfalls nicht.«

Sie war überrascht, als Mutter Lucy Joseph jetzt ihre Hand nahm. »Gott ist hier, in den Schwielen deiner Finger von der harten Arbeit, die du leistest, damit wir essen können.«

»Haben Sie gleich gewusst, dass ich beitreten würde?«, fragte sie.

»Ich hatte so eine Ahnung«.«

»Aber Sie haben nichts gesagt.«

Mutter Lucy Joseph zog sich die Hutkrempe tiefer ins Gesicht. »Meiner Meinung nach hat niemand das Recht, jemand anderem zu sagen, was in ihm schlummert.«

In diesem Augenblick hätte sie Mutter Lucy Joseph am liebsten alles erzählt. Hätte ihr von Nora und Patrick berichtet. Wenn sie bleiben wollte, würde sie irgendwann ohnehin alles beichten müssten. Aber es war lange her, dass sie so viel menschliche Wärme verspürt hatte. Sie wollte die Zuneigung dieser Frau nicht aufs Spiel setzen.

Was Nora und Theresa voneinander wussten, erfuhren sie von Verwandten von einem anderen Kontinent. Jede Neuigkeit reiste von einer der beiden über den Ozean und zurück zu der anderen. In der Hoffnung auf eine Annäherung der Schwestern erzählte ihre Großmutter ihnen alles bis ins letzte Detail. Sie berichtete von Patrick, Noras über alles geliebtem Sohn. Und später von der Geburt eines weiteren Sohnes, dann einer Tochter.

Eines Tages fiel ihr beim Füttern der Kälber mit Schwester Placid plötzlich auf, dass sie die Freundin in Gedanken nicht mehr beim Taufnamen nannte. Sie hatte sie eine Ewigkeit Cathy nennen wollen und sich jedes Mal auf die Zunge gebissen. Auch ihr eigener Name, Schwester Cecilia, hatte sich nicht wie ein Teil ihrer selbst angefühlt, sondern wie etwas, was sie wie ein Kleidungsstück jederzeit ablegen konnte. Sie hatte gar nicht bemerkt, dass sich das geändert hatte. Sie war hier, sie war angekommen.

Die Regeln wurden lockerer, je mehr sie ihre Hingabe unter Beweis stellte. Die tiefe innere Stimme wurde in dem Maße deutlicher, in dem die Zweifel verhallten. Von den Nonnen wusste sie, dass die Zweifel sie vielleicht nie ganz verlassen würden, aber immerhin.

Dennoch wusste sie noch nicht, ob sie für immer bleiben würde. Manche Frauen verließen das Kloster nach Jahren. Schwester Ann hatte seit ihrem siebenundzwanzigsten Lebensjahr im Koster gelebt. Mit vierzig war sie eines Morgens weinend davongelaufen. Was für ein Leben mochte sie jetzt haben? Sie hatte enttäuscht gewirkt und zugleich klar in ihrer Entscheidung, das Kloster verlassen zu müssen.

»Aber woher kam diese Klarheit?«, fragte Schwester Cecilia Mutter Lucy Joseph.

»Sie kommt mit der Zeit.«

Wenn jemand das Kloster verließ, der viel länger als sie da gewesen war, wurden die Zweifel wieder lauter. Dauer hieß noch gar nichts. Alles konnte von einem Moment auf den nächsten auseinanderbrechen.

»Aber das trifft auf alles zu«, sagte Mutter Lucy Joseph. »Denk nur an die Ehe. Ein Stück Papier und ein Hochzeitskleid – das sagt gar nichts. Man muss bleiben und kämpfen, jeden Tag.«

Der letzte Zweifel vor Ablegen des Ordensgelübdes hatte mit Patrick zu tun. Sie hatte ihn sich immer als Baby vorgestellt, obwohl sie wusste, dass er schon lange keines mehr war. Jedes Jahr an seinem Geburtstag entzündete sie in der Kapelle eine Kerze für ihn. Dann sah sie in die Flamme und stellte sich den Vierjährigen, Fünfjährigen, Sechs- und Siebenjährigen vor. Wie sah ein Junge von sieben Jahren aus?

Wenn sie bleiben wollte, musste sie ihn ein für alle Mal aufgeben. Sie wusste, dass sie das schon getan hatte. Er war nur noch eine Erinnerung. Eine Medaille in ihrer Tasche. Dennoch dachte sie beständig an ihn und auch an Nora. Früher hatte auch sie vermutet, dass Frauen sich ins Kloster zurückzogen, um irgendeiner unangenehmen Wahrheit zu entfliehen. Ihre eigene Erfahrung hatte sie das Gegenteil gelehrt. Wer so lange mit seinen Gedanken allein war, musste sich ihnen stellen. Innere Ruhe entstand nicht dadurch, dass man sich ein Habit überzog, sondern dadurch, dass man sich mit dem auseinandersetzte, was einen quälte, und es überwand.

Nach vielen Stunden des Gebets und Unterstützung durch Schwester Placid schrieb sie schließlich an Nora. Nora antwortete und berichtete von den Kindern. Von da an korrespondierten sie alle paar Monate. Die kurzen Briefe waren zunächst höflich und förmlich. Nicht so, wie ihre Beziehung gewesen war. Aber mit der Zeit wurde der Ton wärmer.

In ihrem sechsten Jahr im Kloster legte Schwester Placid das ewige Gelübde ab. Sie war nun Mutter Placid. Schwester Cecilia war sich noch immer nicht sicher, ob sie bleiben würde. Sie dachte immer häufiger an Patrick. Sie hatte schon geglaubt, darüber hinweggekommen zu sein, aber jetzt kehrte die Sehnsucht nach ihm mit geballter Kraft zurück. Nachts träumte sie oft von ihm. Schließlich erzählte sie Mutter Lucy Joseph, womit sie kämpfte.

Theresa hatte befürchtet, für ein Geheimnis wie dieses bestraft oder des Klosters verwiesen zu werden. Aber einige der Nonnen waren verwitwet und hatten erwachsene Kinder. Mutter Lucy Joseph sagte in ihrer ruhigen Art, Theresa sei gewiss vergeben, wenn es dem Kind gut ging und es glücklich war und sie um Gottes Vergebung für ihre Fehler gebeten hatte.

»Ich habe immer gedacht, dass ich eines Tages zu ihm zurückkehren würde«, sagte sie. »Vielleicht war es eine Illusion, aber wenn ich jetzt bleibe, ist diese Möglichkeit endgültig dahin.«

»Vielleicht musst du ihn noch einmal sehen, um dir ganz sicher zu sein«, sagte Mutter Lucy Joseph.

Also schrieb sie Nora: *Solltest du Interesse an einem Besuch in der Abtei haben, könntest du nächsten Monat mit deinen Kindern zum jährlichen Klosterfest kommen. Wir könnten uns nicht lange sehen, aber für eine Begrüßung würde es reichen.*

Sie hatte es so ausgedrückt, *deine Kinder*, um ihrer Schwester keine Angst zu machen.

Nora antwortete erst zwei Wochen später. Sie schrieb, dass ihre Kinder nichts von einer Tante wüssten. Es täte ihr leid, aber so sei es. Schwester Cecilia antwortete sofort: *Sie müssen nicht erfahren, wer ich bin. Ich würde sie so gern einmal sehen.*

Ihn sehen.

Schließlich willigte Nora ein.

Schwester Cecilia ließ die Pforte den ganzen Morgen über nicht aus den Augen. Es war der einzige Tag im Jahr, an dem das Kloster seine Tore öffnete. Bei dieser Spendenveranstaltung konnte man einen Blick hinter die Klostermauern werfen und sehen, wie die Abtei funktionierte und was dort alles angebaut und hergestellt wurde. Von den Nonnen wurde erwartet, dass sie ihr Schweigegelübde so weit wie möglich auch an diesem Tag einhielten. Sie würden höchstens eine Minute miteinander haben.

Als sie die Familie vom Parkplatz kommen sah, ging sie ihnen entgegen. Sie trafen auf dem Pfad zusammen, der an den Schafen vorbeiführte. Nora trug ein elegantes Kostüm, Absatzschuhe und einen rosafarbenen Lippenstift, wie sie selbst ihn früher getragen hatte. Sie sah jetzt wie eine Frau aus, alles Mädchenhafte an ihr war verschwunden.

Auch die Kinder waren sehr ordentlich gekleidet. Die Jungen trugen Jacketts und Bügelfaltenhosen, das zweijährige Mädchen ein gelbes Kleidchen und flache Mary Janes, einen weißen Strohhut und weiße Spitzensöckchen.

»Guten Morgen«, sagte Schwester Cecilia und sah Nora in die Augen.

»Guten Morgen, Schwester.« Nora hatte sie nicht erkannt.

Dann konnte sie zusehen, wie Nora ein Licht aufging. Sie lachte.

»Theresa?«

Kurz sah es aus, als würde Nora in sich zusammenfallen, aber dann richtete sie sich auf.

»Das ist meine Freundin, Schwester Cecilia«, sagte sie. »Sagt guten Tag, Kinder.«

»Guten Tag«, sagten sie einstimmig.

Theresa überraschte der amerikanische Akzent der Kinder. Es schien ihr ein Ding der Unmöglichkeit, dass Nora und Charlie etwas hatten produzieren können, das so gänzlich diesem Land angehörte.

John und Bridget ähnelten einander sehr. Sie sahen aus wie Charlie. Patrick war groß und wunderschön. Er erinnerte sie an einen Mann, an den sie seit Jahren nicht gedacht hatte. Theresa konnte den Blick nicht von ihm reißen. Sie wäre ihm am liebsten mit der Hand durch das glänzende schwarze Haar gefahren und hätte ihn mit Küssen übersät.

»Wie schön es hier ist«, sagte Nora. »Ich hoffe, dass du glücklich bist.«

»Das bin ich«, sagte sie. »Wie geht es Charlie?«

»Gut. Nächste Woche fährt er mit den Jungs zum Zelten.«

Sie sahen einander tief in die Augen, dann wurden sie von plötzlichem Lärm unterbrochen. Patrick und John rollten lachend im Dreck.

»Brüder«, sagte Nora kopfschüttelnd. In diesem Augenblick stürzte sich auch das kleine Mädchen ins Getümmel.

»Bridget!«, rief Nora in ernstem Ton. »Dein Kleid!«

Sie schüttelte den Kopf abermals. »Die Kleine macht immer Ärger. Sie erinnert mich an dich.«

Sie lächelten.

Dann befahl Nora: »Aufstehen! Allesamt!«

Das war nicht mehr ihre schüchterne, stammelnde große

Schwester. Nora war jetzt eine richtige Frau und Mutter. Die Kinder stellten sich in Reih und Glied auf.

Sie sah sich ihren Jungen an. Patrick hatte eine Familie. Bruder, Schwester, Mutter und Vater. Das hätte sie ihm niemals geben können. Da dachte sie, dass sie beide genau da waren, wo sie hingehörten.

»Ich muss jetzt gehen«, sagte sie. »Viel zu tun. Hoffentlich habt ihr einen schönen Tag. Es soll später Sackhüpfen geben und eine kleine Vorstellung mit den Kühen und Pferden. Wenn ihr euch beeilt, könnt ihr sehen, wie Käse gemacht wird.«

»Sagt schön auf Wiedersehen, Kinder«, wies Nora die Kleinen an.

Die Kinder standen nebeneinander, und Schwester Cecilia umarmte eines nach dem anderen. Eine kleine Umarmung für Bridget und John und eine lange, feste für Patrick. Sie beugte sich hinunter, um den Geruch seines Haares in sich aufzunehmen. Sie konnte nicht anders.

Dann umarmte sie Nora. Sie hatte sich entschuldigen wollen, aber stattdessen flüsterte sie: »Ich danke dir.«

Einen Monat später legte sie das Ordensgelübde ab.

Teil Fünf

2009

13

Nora hatte immer die Beerdigungen organisiert. Sie hatte sich ans Telefon gesetzt, den Priester bestellt und mit dem Bestatter besprochen, was der Verstorbene tragen würde und wessen Lilien am dichtesten am Sarg platziert werden sollten. Sie hatte entschieden, wer vor allen anderen Gästen zur Totenwache kommen durfte, um in kleiner Runde am offenen Sarg zu beten. Sie hatte jemanden ausgewählt, der für das Kondolenzbuch zuständig war, und jemanden beauftragt, gerahmte Fotos im ganzen Raum, auf dem Kamin und den Beistelltischen aufzustellen, nur um sie wenig später, wenn die Person nicht hinsah, umzustellen.

Nach der Totenwache ging man zu Nora. Dort gab es nichts Besonderes, nur kalte Platten und Lasagne, Longdrinks und Bier. Die Gäste blieben, so lange sie wollten. Bis zum nächsten Morgen brachte sie es irgendwie immer fertig, ein Festmahl bereitet zu haben: Honigschinken und Kartoffelgratin, selbstgebackene Brötchen und Bohnensalat, Kekse und Törtchen und Küchlein. In den letzten Jahren waren unter den Gästen Gerüchte aufgekommen, einige der Nachspeisen könnten aus dem Supermarkt sein, aber Nora hatte das vehement abgestritten. Kein Sondereinsatzkommando der Welt hätte bei ihr eine Kuchenverpackung gefunden, weder im Küchenmülleimer noch in der Mülltonne hinter der Garage.

Auch ihre eigene Bestattung war gebucht und bezahlt. Eines sonnigen Sonntagmorgens vor zwanzig Jahren hatten Charlie und sie zueinanderpassende Särge ausgewählt, als sie beide Anfang fünfzig waren. Die Grabstelle kauften sie so früh, dass der Verkäufer sich in der Zwischenzeit mit dem Geld aus dem

Staub gemacht hatte und sie ein zweites Mal zahlen mussten. Nora hatte den Kindern kommuniziert – nicht schriftlich, aber bei verschiedenen Gelegenheiten seit sie klein waren –, dass alle Blumen weiß sein müssten und dass die Trauermesse mit dem *Ave Maria* beginnen und mit einer ergreifenden Interpretation von *On Eagle's Wings* enden solle.

Auch als Charlie starb, hatte sie alles selber gemacht, obwohl ihr von vielen Seiten Hilfe angeboten worden war und alle sie baten, sich eine Pause zu gönnen. Die routinierten Abläufe hatten ihr Halt gegeben. Die Rolle einer Witwe war ihr fremd, aber sie wusste, wie man aus saurer Sahne und Tütensuppe einen Dip für Kartoffelchips machte, wie viele Gläser sie brauchen würden und dass sie reichlich Salz parat haben musste, weil immer jemand Rotwein auf das Sofa kippte.

Patricks Tod war mit den anderen nicht zu vergleichen. Trotzdem verkroch sie sich nicht im Bett oder bat um eine Pille, um zu schlafen und zu vergessen. Sie machte einfach weiter.

Es war Mittag, und die Totenwache war für vier Uhr angesetzt. Sie hatte sieben Kilo Kartoffeln geschält, zwei Bleche Lasagne im Ofen und drei Dutzend gefüllte Champignons im Kühlschrank. Sie war um fünf Uhr aufgestanden, um die Fußböden zu schrubben, das Gemüse zu putzen, die Kekse in den Ofen zu schieben, die Eiskübel aus dem Keller zu holen und fünfzig Plastikgabeln und -messer in lila Papierservietten zu rollen und jede mit einer weißen Schleife zuzubinden.

Seit dem Vormittag kamen Nachbarn mit Kuchen und Aufläufen vorbei. Eileen Delaney hatte die Erste sein müssen und war beim ersten Tageslicht mit einem Stapel Backblechen in den Händen erschienen. Sie steckte vom Kinn bis zu den Zehen in einem aufgeblähten schwarzen Mantel. Es sah aus, als würde sie in einem Daunenschlafsack herumlaufen.

Als Nora Eileen kennenlernte, hatte sie sie für eine Wichtigtuerin gehalten, eine Nervensäge, eine Frau, der man nicht trauen konnte. Seither waren fünfunddreißig Jahre vergangen, und Eileen war möglicherweise ihre engste Freundin. Beide waren verwitwet, was bei anderen entweder Mitleid oder Angst hervorrief. Eine Witwe erinnerte andere daran, dass auch sie eines Tages allein sein würden. Oder tot. Wie traurig, dass selbst eine gute Ehe so zu Ende gehen musste. Das Thema besprach man nicht im Lesezirkel, aber Nora und Eileen konnten gelegentlich darüber reden, und das tat gut.

Eileen nutzte Online-Dating-Plattformen. Sie meinte, Nora solle es auch mal versuchen. Aber Nora hätte nicht gewusst, was sie an diesem Punkt in ihrem Leben zu einem neuen Mann hätte sagen sollen. Ganz zu schweigen davon, wie sie einem fremden Körper begegnen würde, und er ihrem. Eileen war von Natur aus kokett und hatte immer etwas länger als nötig bei Charlie gestanden, wenn sie ihm auf einer Party den Mantel abnahm und ihm sagte, wie gut er wieder aussah. Das Alter hatte Eileen auf ihr Wesentliches reduziert, wie es das vermutlich bei ihnen allen tat.

Eileen wollte hereinkommen, um ihr Gesellschaft zu leisten, aber Nora wollte heute niemanden in der Küche haben. Sie schickte sie weg.

»Die Jungs lassen ausrichten, dass sie an dich denken. Sie werden heute Nachmittag beide dabei sein«, sagte Eileen und stand zögernd vor der Haustür. »Übrigens ist Tommys Scheidung gestern durchgegangen. Das muss aber unter uns bleiben. Bitte sprich ihn nicht darauf an.«

»Natürlich nicht«, sagte Nora.

Sie war entsetzt, dass sie diese Neuigkeit aufheiterte, aber das tat sie, zumindest ein winziges bisschen.

Tommy war der einzige Junge, von dem Nora wusste, dass er mit Bridget etwas gehabt hatte, und auch von ihm hatte sie nur erfahren, weil Eileen die beiden knutschend im Keller erwischt hatte, als sie mit einem Korb voll Wäsche hinunterging. Das war etwa zu der Zeit gewesen, als Babs herausgefunden hatte, dass ihre Tochter Peggy die Pille nahm. Plötzlich hatte Nora Angst, Bridget könnte schwanger werden. Sie hatte Bridgets Zimmer durchsucht, während sie in der Schule war, aber nichts gefunden. Trotzdem hatte sie Bridget verboten, Jungs mit nach Hause zu bringen. Später bereute sie das und fragte sich, ob sie es vielleicht übertrieben hatte. Bis heute hatte Bridget sich nie wieder mit einem Mann sehen lassen.

Die Romanze zwischen Tommy und Bridget lag Jahrzehnte zurück, das war noch zu Schulzeiten gewesen, aber Nora klammerte sich bis heute daran fest. Der Gedanke an Tommy Delaney beruhigte sie, wenn eine gewisse, nicht zu benennende Angst in ihrem Hinterkopf auftauchte.

Während die Kartoffeln kochten, stellte Nora sich vor, wie der Bestatter Patrick vorbereitete.

Gestern war sie mehrfach in Patricks Wohnung gewesen und hatte sich jedes Mal wie ein Eindringling gefühlt. Absurd. Tote hatten keine Privatsphäre. Nächste Woche würde sie die ganze Wohnung ausräumen müssen. Trotzdem war sie mit gesenktem Blick direkt zum Schrank gegangen, hatte Patricks guten Anzug rausgesucht, den er bei Hochzeiten und Beerdigungen trug, außerdem ein Hemd, saubere Unterwäsche, Schuhe und Socken, und war wieder aus dem Schlafzimmer verschwunden.

Ihre Großmutter hatte immer gesagt, der Geist eines Toten verlasse sein Haus erst, wenn sein Körper unter der Erde ist. Der alberne Aberglaube einer Frau vom Lande. Aber Nora hätte schwören können, dass die Zimmer noch einen Rest von Patricks Körperwärme abstrahlten, und sie erwartete fast, er könnte jeden Augenblick mit einem kessen Lächeln im Gesicht hinter einer Tür hervorspringen: *Überraschung! War alles nur ein Scherz, Mama.*

Auf dem Weg zur Tür kam sie an dem kleinen, ordentlichen Wohnzimmer vorbei. Die Fernbedienungen lagen in Reih und Glied auf dem Wohnzimmertisch. In der Küche fiel ihr auf, dass in der Spüle kein einziger dreckiger Teller stand. Nora war nie unangemeldet bei Patrick gewesen und war stolz zu sehen, wie sauber und ordentlich die Wohnung aussah, auch wenn er allein war. Das sagte etwas über eine Person aus.

Sie hätte ihn gern gefragt, was passiert war. Schon jetzt war ihr klar, dass, weil sie es nicht wusste, der Schmerz anhalten würde, solange sie lebte. Was Brian wohl dachte? Aber er war gestern nicht nach Hause gekommen, ging nicht ans Telefon.

Als Nora den Anruf vom Krankenhaus erhielt, war Brian noch bei der Arbeit gewesen. Während sie im Krankenhaus war, war er nach Hause gekommen, hatte ihr Auto in der Garage vermutet und sie im Bett. Dann hatte er sich hingelegt und keine Ahnung gehabt, dass sich etwas verändert hatte. Was für ein Erwachen.

Gestern früh hatte sie ihn das letzte Mal gesehen. Er saß mit einer Papierserviette am Kragen am Küchentisch und wollte gerade in ein Würstchen beißen, das er zwischen zwei Fingern hielt. An jedem anderen Morgen hätte Nora ihn gebeten, doch eine Gabel zu nehmen, aber diesmal sagte sie: »Ich muss dir etwas sagen. Ich wünschte, es wäre anders, aber ich muss.« Brian hielt die Wurst in der Luft, während sie sprach, ausdruckslos, festgefroren. Als sie fertig war, ließ er sie fallen und verließ das Haus. Er war nicht mehr zurückgekommen.

Sie wusste, dass er nicht immer zu Hause schlief, aber bis gestern Nacht hatte er wenigstens den Anstand gehabt, es so aussehen zu lassen. Irgendwann nach Sonnenaufgang hatte Nora immer die beruhigenden Geräusche seines Schlüssels im Türschloss und der leisen Schritte auf der Treppe gehört. Letzte Nacht hatte sie bis zum Morgen darauf gewartet und sich gefragt, bei wem er war und wie es ihm ging.

Es war egoistisch, aber sie wollte gar nicht, dass er auszog. Sie hatte sich oft besorgt über seine Jobsituation und seine Ziellosigkeit geäußert, und als sein alter Baseballtrainer aus der Schule in der Kirche erwähnte, dass Brian ein guter Nachfolger für ihn wäre, hatte sie ihn am nächsten Tag angerufen, um zu fragen, ob er es ernst gemeint hatte. Als er das bejahte, bat sie ihn, es nochmal zu versuchen. Brian brauche manchmal einen kleinen Anstoß.

Aber Nora hatte nie von Ausziehen gesprochen. Brian hielt sie jung. Mit ihm im Haus fühlte sie sich gebraucht. Brian war ruhig. Er wurde oft nicht ernst genommen, zum Beispiel von Bridget und John. Aber er war sehr empfindsam. Ein guter Beobachter. Nora redete oft auf Brian ein, und obwohl er nur wenig dazu sagte, wusste sie, dass er zuhörte. Das konnte sie von den anderen nicht sagen.

John war gestern mit Julia und Maeve vorbeigekommen. Sie hatten Sandwiches mitgebracht und über alles außer Patrick gesprochen – die Kältewelle, Maeves Schultheaterstück, das Essen. Nora wollte, dass sie den Verlust anerkannten. Sie wollte, dass sie seinen Namen nannten.

Beim Gedanken an John und Patrick, den grundlos entzweiten Brüdern, wurde ihr übel. Sie hatte John angefleht, die Sache in Ordnung zu bringen. Es lag an ihm, schließlich war er es gewesen, der den Kontakt abgebrochen hatte. Ein einfaches »Hallo« würde doch genügen. War es so schwer, »Hallo« zu sagen? Sie konnte John nicht anschauen.

Aber Nora hatte sich gefreut, ihre Enkelin zu sehen. Sie hatten Maeve früher von der Schule abgeholt, was Nora niemals eingefallen wäre. Aber ob das nun eine gute Idee gewesen war oder nicht: Nora war dankbar. Maeve wuchs so schnell heran, und Nora wollte sich an ihrer Kindheit festhalten. Mit kleinen Kindern war alles schöner. Weihnachten war sinnlos ohne jemanden, der noch richtig daran glaubte, und wer freute sich schon über ein Foto von leicht übergewichtigen, teigigen Erwachsenen? Brian war ihre letzte Hoffnung auf weitere Enkel, aber er schien es nicht eilig zu haben.

Als Maeve auf die Toilette ging, sagte Julia im Flüsterton: »Ich mache mir Sorgen, wie das morgen für sie sein wird.«

Nora hatte ihnen hundertmal gesagt, sie sollten Maeve zur Übung zur Totenwache eines entfernten Bekannten mitnehmen, aber Julia hatte Angst vor bleibenden Schäden gehabt. Das war der Ausdruck gewesen, den sie verwendete.

Nora und Eileen hatten sich über all die Jahre einen Sport daraus gemacht, ihre Schwiegertöchter zu kritisieren. Heute bereute Nora einiges von dem, was sie gesagt hatte. Am Anfang hatte sie nicht gewusst, was sie von Johns Frau halten sollte. Sie hatten sich nicht kirchlich trauen lassen. Julia hatte gesagt, sie sei sich nicht sicher, ob sie Kinder haben wollte. Wenn nicht für Gott oder für Kinder, warum hatten sie dann überhaupt geheiratet, hatte Nora John gefragt. »Für uns«, hatte er gesagt, als wäre das eine Selbstverständlichkeit.

Zu Beginn hatten Julia und Nora bei Familientreffen meist über Bridgets Hund kommuniziert. So hatten sie ganze Familienurlaube verbracht. Dann sagte Julia zum Beispiel: »Na, was hast du entdeckt, Rocco?«, und Nora sagte: »Ist da ein Eichhörnchen, Rocco? Sag der Oma: Ist da ein Eichhörnchen?«

Mit der Zeit und mit Maeves Ankunft war es einfacher geworden, aber sie wurde immer wieder daran erinnert, dass John sich eine Frau ausgesucht hatte, die nicht war wie sie alle. Allerdings war John auch nicht mehr so.

Julia hatte vorgeschlagen, dass Nora eine Cateringfirma beauftragen sollte: *Lass dir helfen. Mach es dir nicht so schwer.* Sie verstand nicht, dass die Verabschiedung eines Familienmitglieds keine Aufgabe war, die man in fremde Hände gab.

Früher hätten Noras Schwägerinnen ihr an einem Tag wie diesem geholfen. Dann gab Babs mit ihren Kindern an, und

Nora war genervt und neidisch, weil es den Eindruck machte, als bereite Babs' Nachwuchs ihr nie Kummer. Kitty genehmigte sich einen Gin, während sie die grünen Bohnen schnitt, und Nora wurde bei dem Anblick nervös. Jetzt fehlten ihr die beiden. Babs war seit fünf Jahren tot, und Kitty verbrachte ihren Lebensabend in einer Seniorensiedlung mit Aquarellmalerei, Bingo und damit, den letzten überlebenden Männern schöne Augen zu machen.

Als das Telefon läutete, fühlte Nora einen Anflug von Erleichterung

»Brian?«, sagte sie. Sie war sich sicher, dass er es war.

Aber es antwortete eine fremde junge Frauenstimme: »Spreche ich mit Mrs. Rafferty?«

Nora hätte am liebsten einfach aufgelegt. Ein Werbeanruf, in so einem Augenblick.

Doch dann sagte die Frau: »Hier ist Schwester Alma von der Abtei der Unbefleckten Empfängnis. Wir haben gestern miteinander gesprochen.«

»Oh«, sagte Nora. »Natürlich.«

Sie hatte den Anruf sofort bereut. Das war nicht liebevoll gewesen. Ein sonderbares Bedürfnis, Theresa nach all den Jahren einen Schlag zu versetzen.

»Bitte entschuldigen Sie die Störung, Sie sind sicherlich sehr beschäftigt, aber Mutter Cecilia bat mich, ihre Ankunft für fünfzehn Uhr heute Nachmittag anzukündigen.«

»Ihre Ankunft?«

»Sie ist auf dem Weg nach Boston, um bei der Totenwache und der Trauerfeier für Ihre Familie da zu sein.«

»Kann ich sie sprechen?«, fragte Nora. Das Blut rauschte in ihren Ohren.

»Leider nein, sie ist schon unterwegs. Es war eine kurzfristige Entscheidung. Deshalb bat sie mich, Sie zu informieren. Könnten Sie mir Namen und Adresse des Bestattungsinstituts nennen, dann gebe ich das an sie weiter, wenn sie von unterwegs anruft.«

Nora nannte ihr die Adresse von O'Dell's, als wäre ihre Schwester ein willkommener Gast. Dann bedankte sie sich und legte auf, setzte sich hin und holte tief Luft. Vielleicht würde sie jetzt einen Herzinfarkt haben und sterben. Das wäre gar nicht schlecht. Alles war besser, als das durchzustehen.

Sie sah sich um, stellte sich die Räume voller Menschen vor und mittendrin Theresa. Einen Augenblick fragte Nora sich, was sie von dem Haus halten würde. Plötzlich fand sie ihre Küche abstoßend. Alles war so alt und abgenutzt. Eine gelbe Resopalarbeitsfläche und ahornfarbene Küchenschränke waren bei ihrem Einzug der letzte Schrei gewesen. Sie war nie auf die Idee gekommen, sie auszutauschen. Jedes Mal, wenn John und Julia zu Besuch kamen, sagten sie, wie problemlos man die Küche aufmöbeln könnte. Sicherlich hatten sie recht. Warum hatte sie es nie getan?

Sie dachte an Patricks Wundertätige Medaille. Sie hatte sie ihm vor Jahren geschenkt und ihm das Versprechen abgenommen, dass er sie zum Schutz trug. Er hatte sie gelegentlich angesteckt, aus Respekt ihr gegenüber. Aber im Augenblick seines Todes hatte er die Medaille nicht bei sich gehabt. Theresa hatte die Medaille in dem Sommer geschickt, in dem Patrick siebzehn Jahre alt war. Nora war es plötzlich sehr wichtig, dass Theresa die Medaille an Patrick sah, wie um zu sagen, dass ihr Fehlen nichts mit seinem Tod zu tun hatte.

Sie griff nach dem Hörer und versuchte es noch einmal bei Brian. Als er nicht ranging, wählte sie Johns Nummer.

Dies ist die Mailbox von John Rafferty, dem Gründer von Miltown Strategies. Ihr Anliegen ist mir wichtig, leider kann ich Ihren Anruf aber momentan nicht entgegennehmen. Bitte hinterlassen Sie eine Nachricht, und ich melde mich, sobald ich kann.

Angeblich drehte sich heutzutage alles um Kommunikation.

Theoretisch konnte man jede und jeden jederzeit erreichen. Wenn Nora ihre Kinder sah, hatten sie immer ein Handy in der Hand. Aber wenn sie sie anrief, ging selten jemand ran.

»Hallo John«, sagte sie. »Fahr auf dem Weg hierher bei Patrick vorbei und bring seine Medaille mit. Er muss seine Medaille tragen. Sie ist silbern mit einem blauen Rand und hängt an einer langen Silberkette. Wahrscheinlich liegt sie in dem Kästchen auf der Kommode. Natürlich könnte sie auch in einer Schublade sein. Vielleicht ist sie auch – ach, was weiß ich. Sieh dich halt um. Der Schlüssel liegt unter der Fußmatte. Ruf bitte an, damit ich weiß, dass du meine Nachricht erhalten hast.«

Plötzlich schien die Medaille die wichtigste Sache von der Welt zu sein.

Nora stand auf. Sie nahm den Salatkopf aus dem Sieb neben der Spüle und legte ihn auf das Schneidbrett. Dann wählte sie von den Messern im Messerblock ein besonders scharfes aus, viel schärfer als nötig. Scharf genug, Knochen zu durchtrennen.

Soweit sie wusste, durfte Theresa die Abtei für den Rest ihres Lebens nicht verlassen. Noras Anruf war eine Form der Strafe gewesen, wie ihr jahrelanges Schweigen davor. Sie wäre nie auf die Idee gekommen, dass Theresa kommen könnte.

Seit die Kinder erwachsen waren, hatte sie gelegentlich darüber nachgedacht, ihnen die Wahrheit zu sagen. Oder zumindest einen Teil davon. Sie hätte ihnen erzählen können, dass sie eine Schwester hatte. Aber die einzelnen Teile der Geschichte waren eng miteinander verwoben. Wenn sie eine Schwester hatte, wieso hatte sie ihre Existenz verschwiegen? Warum hatte die Familie sie nie im Kloster besucht? Wenn Nora ihnen erzählt hätte, dass sie einmal mit ihnen zur Abtei gefahren war und dass Theresa und sie einander jahrelang geschrieben hatten, würden sie wissen wollen, warum sie damit aufgehört hatten. Und das konnte sie ihnen nicht sagen. Das hatte nicht einmal Charlie gewusst.

Sie halbierte den Eisbergsalat, und die beiden Teile fielen mit einem befriedigenden Geräusch auf die Arbeitsfläche. Was jetzt vor ihr lag, sah wie ein abgetrennter Kinderkopf aus.

Es sah Theresa ähnlich, so eine Entscheidung im Alleingang zu treffen und eine Fremde zu bitten, sie telefonisch anzukündigen. Ganz egal, was das in Nora auslöste. Ihre Wut über ihre Schwester war so heftig wie damals.

Sie zerhackte den Salatkopf, und Wasser spritzte auf Schneidbrett und Arbeitsfläche.

Manchmal hatte sie über Theresas Sicht der Dinge nachgedacht, um herauszufinden, ob die Perspektive ihrer Schwester die Situation besser machte. Meist ignorierte Nora Dinge, über die sie später vielleicht stolpern konnte. Das passierte ohnehin dauernd, einfach dadurch, dass man lebte. Man legte unentwegt kleine Minen aus, die einem Jahre später um die Ohren flogen.

Sosehr sie sich auch dagegen wehrte, ihre Schwester war immer in ihren Gedanken. Nora musste jedes Mal an sie denken, wenn es sich nicht vermeiden ließ, durch Dorchester oder die Dudley Street zu fahren. Sie sah sie in Bridget, die genauso hübsch war wie Theresa, wenn sie auch nichts aus sich machte. Bridget trug das braune Haar kurz, sodass Nora sie von hinten manchmal mit einem der Jungs verwechselte. Sie weigerte sich, Make-up aufzulegen oder einen Rock anzuziehen. Vor einigen Jahren hatte Nora es aufgegeben, Bridgets Aufzug bei der Ostermesse zu kommentieren. Aber manchmal verspürte sie beim Anblick ihrer Tochter einen Stich im Herzen. Nora wusste, was man aus diesem Gesicht hätte machen können, wenn Bridget es nur versucht hätte.

Bridget zog Hunde Menschen vor. Einem Hund konnte sie alles verzeihen. Sie lebte für diese armen, jämmerlichen Kreaturen wie der heilige Franziskus höchstpersönlich. Es war irgendwie beeindruckend. Aber Bridget war nicht richtig erwachsen, sie hatte nichts Damenhaftes an sich. Sie kletterte auf Dächer, um Eichhörnchen aus Regenrinnen zu holen. Sie prügelte sich mit Männern, die Hundekämpfe veranstalteten, und mit alten Frauen, die streunende Katzen vergifteten. Sie lebte mit einer Frau und einem Pitbull in einer verrufenen Ecke von Brooklyn, obwohl Bridget abstritt, dass es dort noch verrufene Ecken gab. Sie war vierundvierzig und fand das alles ganz normal.

Nora sah Theresa am deutlichsten in Patrick. Seine besten und seine schlechtesten Charakterzüge hatte er von ihr. Er war charmant und gutaussehend. Er war liebevoll und wurde geliebt. Er hatte Theresas rebellische Natur, ihre Impulsivität und ihren Dickkopf. Nora dachte nicht gerne daran, aber es steckte auch einiges von Walter in ihm. Patrick konnte hinterlistig sein, und es war vorgekommen, dass er ein Chaos angerichtet und es anderen überlassen hatte, die Scherben aufzusammeln. Ganz und gar nicht wie Nora und Charlie, die ihre Pflicht immer bis zum Ende erfüllten.

Und Patrick sah einfach aus wie Walter.

Keines der Kinder, mit denen Noras drei aufgewachsen waren, wäre nicht als Bruder oder Schwester eines beliebigen anderen Kindes in ihrem Umfeld durchgegangen. Mit Ausnahme einiger Rotschöpfe und wasserstoffblonden Kinder waren fast alle ihrer Bekannten in Dorchester dunkelhaarig und blauäugig. Nora und Charlie genauso wie der Apotheker an der Ecke und Mr. Fallon in der Wohnung zwei Stockwerke tiefer. Noras Kinder ebenso. Wenn man genau hinsah, war Patricks Haar nicht braun und gewellt wie das der anderen, sondern schwarz und lockig. Seine Wimpern waren dichter und seine Wangen weniger rot. Er war etwa so groß wie sie, aber Arme und Beine waren lang und schlank.

Bevor sie nach Hull gezogen waren, hatte Nora jedes Mal, wenn sie Walter McClain mit Frau und Kindern doch einmal auf der Straße begegneten, die Luft angehalten und darauf gewartet, dass bei irgendjemandem der Groschen fiel. Aber das war nie passiert. So genau sah bei einem kleinen Jungen keiner hin.

Als der Salat kleiner nicht mehr gehackt werden konnte, gab sie ihn in eine gläserne Schüssel und schnitt eine rote Zwiebel auf. Der scharfe Geruch stieg ihr in die Nase.

Sie dachte an Maeve, die seit ihrem fünften Lebensjahr eine teure Privatschule besuchte.

»Es ist eine Quäker-Schule«, hatte Julia stolz verkündet, obwohl Nora keinen Quäker kannte, der zwanzigtausend Dollar für ein Jahr Grundschule nehmen würde.

Noras Kinder waren auf eine katholische Schule gegangen. Dort hatte man ihnen Disziplin, Folgsamkeit und Gottesfurcht beigebracht. Auf Maeves Schule lehrten sie Kreativität. Wie man ein guter Freund war. Dass Lesen wichtiger war als Hausarbeit.

Seit Maeve zur Schule ging, holte Nora sie dienstags und donnerstags um siebzehn Uhr ab und verbrachte den Nachmittag mit ihr, bis John oder Julia von der Arbeit kamen. Bei diesen Gelegenheiten hatte sie versucht, Maeves Erziehung zu ergänzen und ihr Manieren beizubringen. Sie ging mit ihr manchmal zum Nachmittagsgottesdienst, weil sie wusste, dass John und Julia es nie taten, und schenkte ihr ein in rosa Papier eingeschlagenes Briefpapierset mit Monogramm, um sie dazu zu bringen, Dankeskarten zu schreiben. Julia verstand die Bedeutung von so etwas nicht, aber es war wichtig.

Nora erinnerte sich noch genau, wie Maeve mit sechs oder sieben auf dem Sofa gesessen hatte und einen Merksatz ihres Lehrers wiederholte: *Ein Geheimnis macht nur Spaß, wenn ich alle dran teilhaben lass.*

»Aber dann ist es doch kein Geheimnis mehr«, sagte Nora stirnrunzelnd.

»Oma«, gab Maeve genervt zurück, »genau darum geht es doch.«

Als Nora jung war, erzählten die Erwachsenen den Kindern überhaupt nichts, auch den größeren nicht. Es musste gar kein Geheimnis sein. Die jungen Leute hatten einfach kein Recht, alles zu wissen. Der Glaube daran, dass es sich so gehörte, war wie ein kostbares Erbstück von einer Generation an die nächste weitergegeben worden. Sie spürte, dass sich das nun änderte und dass Menschen auf der ganzen Welt plötzlich auf Ideen kamen, die sie ängstigten. Aber vielleicht hatte Maeve recht. Die Geheimnisse hatten nur Unheil gebracht. Sie hatten Patrick kaputtgemacht und alles verdreht. Ihretwegen war es so weit gekommen.

Keine noch so sorgfältig durchdachten Lügen hatten verhindern können, dass er etwas ahnte.

Am Abend nach Charlies Tod hatte Patrick gefragt: »Wer ist wirklich mein Vater? Ich weiß, dass es nicht Papa war.«

Nora wusste nicht, wie sie darauf reagieren sollte.

»Nicht jetzt, Patrick«, sagte sie. »Bitte.«

Später hatte sie sich dafür geschämt. Sie hatte reagiert, als wäre nichts dabei, so eine Frage über die Lippen zu bringen. Sie war nie darauf zurückgekommen. Wenn er sie noch einmal fragte, hatte sie beschlossen, würde sie es ihm sagen. Aber das tat Patrick nie.

Nora verschloss die Salatschüssel gerade mit Frischhaltefolie, als sie hörte, dass jemand die Haustür öffnete. Sie eilte in den Flur, und da stand Brian in der Kleidung, in der er gestern das Haus verlassen hatte.

Er stank, als hätte er sich auf dem Fußboden der Bar gewälzt, und sie fragte sich, ob er dort geschlafen hatte. Bei seinem Anblick war sie fast so erleichtert, als sei Patrick durch die Tür getreten.

»Brian Rafferty! Gott sei Dank. Ich bin fast umgekommen vor Sorge. Ich konnte dich nicht erreichen.«

»Ich hatte mein Handy nicht dabei.«

Jetzt würde sie es ihm sagen. Er würde sie von allen am wenigsten verurteilen. Er war ihr kleiner Junge. In seinen Augen konnte sie nichts falsch machen.

Aber sie brachte die Worte nicht heraus. Sie brauchte noch Zeit.

»Bitte mach dich frisch«, sagte sie. »Ich habe ein Hemd für dich gebügelt. Es liegt auf deinem Bett.«

Auf dem Weg zur Treppe drehte er sich noch einmal um und sagte: »Es tut mir leid, dass du dir Sorgen gemacht hast, Mama.«

Er klang so ehrlich wie Patrick als Teenager. Nora hatte nie an der Reue der beiden gezweifelt.

Wenn sie jetzt etwas sagte, würde sie mit dem Weinen nicht mehr aufhören.

Nora richtete ihr Kinn nach oben. Sie lächelte Brian an.

14

Julia, John und Maeve verließen das Haus zehn Minuten später als geplant.

Die Familie sollte sich bei Nora treffen und von dort aus zusammen zur Totenwache fahren. Sie würden heute alle bei Nora übernachten und morgen gemeinsam zur Beerdigung gehen. John hatte keine Ahnung, warum sie es so machten, aber so war es schon immer gewesen.

Julia saß mit zwei riesigen Servierplatten auf dem Schoß auf dem Beifahrersitz.

John hatte Julia gebeten, nichts zu besorgen, weil er wusste, dass Nora es nicht zu schätzen wusste. Für sie wäre die perfekt symmetrische Anordnung der gekauften Canapés ein Makel, kein Vorzug.

Dennoch hatte am Morgen ein Lieferant vor der Haustür gestanden und auf jeder Hand zwei plastiküberzogene Tabletts balanciert. *Käseplatte mit gefüllten Datteln und Krabbenkuchen mit Shrimps?*, hatte er von einem Zettel abgelesen. Der Junge trug bei zwei Grad Außentemperatur ein weißes T-Shirt. Der Motor des Lieferwagens lief, und aus dem Auspuff tropfte es auf Johns Einfahrt. John seufzte und suchte in den Taschen nach Trinkgeld.

Wenn Julia nur ohne große Erklärungen verstehen würde. Sie hatte an den besten Unis Jura studiert. Dinge, für die seine Mutter sich abrackerte, erledigte sie mit einem Telefonat. Wenn er starb, würden hübsche junge Männer in schwarzen Anzügen Canapés und Hühnerspieße reichen. Und warum auch nicht? Er würde das in derselben Situation vermutlich auch so machen. Trotzdem hatte er das Gefühl, dass dabei etwas verlorenging.

»Wieso braucht ein Toter, der zu Lebzeiten kaum einen Fuß in eine Kirche gesetzt hat, plötzlich religiösen Schmuck?«, fragte Julia. »Will deine Mutter Gott vormachen, ihr Sohn sei fromm gewesen?«

Wenn sie *Gott* sagte, hörte es sich immer an, als stünde es in Anführungszeichen.

Fahr auf dem Weg hierher bei Patrick vorbei, hatte Nora ihm auf die Mailbox gesprochen, als wäre nichts dabei. *Er muss seine Medaille tragen.*

Die Wohnung seines Bruders in Dorchester lag nicht auf dem Weg, das wusste sie genau. Der Umweg würde die Fahrt zu Noras Haus am Ende der Welt draußen in Hull um eine Dreiviertelstunde verlängern.

Außerdem hatte John nicht das Bedürfnis, Patricks Sachen zu durchwühlen. Das war eine Aufgabe für Brian, für irgendjemanden, bloß nicht für ihn.

Julia drehte an einem Schalter, und wenige Minuten später verwandelte sich das Auto in einen Ofen. Ihr war immer kalt. John warf einen Blick zum Beifahrersitz. Sie trug kleine Diamantohrringe und ein einfaches, maßgeschneidertes schwarzes Kleid, das fast bis zum Knie ging. Schlicht, aber sexy. In den schwarzen Pumps steckten Füße, deren Nägel in demselben Rotton lackiert waren, den sie, seit er sie kannte, bei der wöchentlichen Pediküre auswählte. Die Farbe hieß Russisch Roulette.

Sie würde hervorstechen aus der Gruppe, die sich heute versammelte. Manche der Frauen, mit denen er aufgewachsen war, waren bei aller Liebe nicht hübsch zu nennen, es sei denn, hübsch schloss schwabbelige Oberarme, dicke Waden und Sommersprossen ein. Er hatte eine Frau anderen Kalibers geheiratet, mit gertenschlankem, gebräuntem Körper und glänzendem Haar wie aus der Werbung. Sie sah perfekt aus, aus jeder Perspektive.

Julia wandte sich um.

»Ich mach mir Sorgen«, flüsterte sie dann, obwohl das nicht nötig war.

Maeves Kopfhörer dröhnten in voller Lautstärke, und er konnte ihre Musik mithören, obwohl auch das Autoradio lief. Wahrscheinlich würde ihr Trommelfell dauerhaft Schaden nehmen.

»Bestimmt ist sie aufgeregter, als sie durchblicken lässt. Der offene Sarg und so.« Julia schüttelte sich. »Sie hat doch noch nie einen Toten gesehen. Verdammt, ich hatte selber noch keinen gesehen, bis ich dich geheiratet habe.«

Julia hielt alles, was mit der Totenwache zu tun hatte, für barbarisch und befremdlich. In ihrer Familie wäre Patrick schon längst kremiert, und sie hätten seine Asche in alle Winde verstreut, während eine Frau in weiten Kleidern auf der Harfe Joni Mitchell spielte.

Auch fünfzehn Jahre nach ihrer Hochzeit hatte Julia sich noch nicht an die Formalien und Rituale der Raffertys gewöhnen können. Wenn sie mit seiner Familie zusammenkam, spürte er jedes Mal, dass sie lieber bei ihren Eltern in Kalifornien wäre. Dort würden sie barfuß am Feuer sitzen und bei einem Glas Wein irgendeinen neuen Roman oder Kinofilm besprechen. Nicht mit gesenktem Kopf um einen Tisch mit weißem Leinen sitzen und Noras Tischgebet lauschen.

Julias Familie war locker. Wenn sie bei ihren Eltern waren, schuftete Julias Mutter morgens nicht am Herd, sondern stellte ihnen vielleicht eine Schale Obst oder Muffins von einer Bäckerei aus der Stadt auf den Tisch und legte einen Zettel dazu: *Bin beim Yoga! Gegen Mittag zurück.*

Julia hatte ihm einmal anvertraut, dass sie als Kind davon geträumt hatte, zu einer Bande von Geschwistern zu gehören, die sich ständig um Spielzeug stritten oder darum, wer im Auto vorne sitzen durfte. Damals hatte sie von einer Mutter geträumt, die, anstatt zur Arbeit zu fahren, zu Hause Brownies buk, nie spät dran war und auf keinen Fall beim Autofahren immer wieder *Scheiße* flüsterte, deren Kühlschrank immer voll war und immer Götterspeise, Vollmilch und Fleischwurst enthielt, die nicht nur niemals ihre Schlüssel verlor, sondern jederzeit auch die genaue Position des Schlüssels jedes anderen Haushaltsmitglieds nennen konnte.

Doch als Julia diese Art Mutter in Form von Nora kennenlernte, war sie entsetzt. Julia stellte Nora auf eine Art in Frage, wie John es nie getan hatte. Einen Großteil dessen, was jetzt sein Leben ausmachte, hätte er nie kennengelernt, wenn seine Frau nicht gewesen wäre. Er war zehn Minuten vom Bostoner Stadtzentrum entfernt groß geworden und nie im Wang Center oder der Symphony Hall gewesen. Jetzt gingen sie jeden Dezember mit Maeve zum *Nussknacker* und hatten ein Abo für die A.R.T.

John liebte die Sommerurlaube mit Julias Eltern, für die sie immer dasselbe Haus auf Nantucket mieteten. Carol und Fred waren unkompliziert. Sie hatten alle einen ähnlichen Geschmack. John nahm Nora und Charlie nur ein einziges Mal mit, und kaum hatten sie die Fähre verlassen, verkündete seine Mutter, dass sie in Wachspapier gepackte Brote dabeihatte, um das Geld für das Mittagessen zu sparen. Als sie ins White Elefant gingen, um ein paar Cocktails zu trinken, hatten seine Eltern beim Blick auf die Karte einen Anfall bekommen und demonstrativ Eistee bestellt. Zwei Tage später dösten alle gerade am Strand, als Charlie rief: *Sechzehn Dollar für eine Margarita! Ich kann's immer noch nicht fassen!*

Als John und Julia vier Jahre später das Haus kauften, war sein Vater schon tot. Julias Eltern schickten Champagner, Noras erste Reaktion war: *Habt ihr es von einem Fachmann begutachten lassen? Hat jemand das Dach überprüft?*

Nein, Mama, und wahrscheinlich wird das Haus demnächst über unseren Köpfen einstürzen.

Aber John hatte in diesem Moment gespürt, dass er war wie sie, voll von Befürchtungen. Was, wenn das Haus tatsächlich einstürzte? Was, wenn er alles verlor? Er machte sich selbst etwas vor, wenn er glaubte, dass er sich durch eine lächerliche Unterschrift auf einem Kaufvertrag in einen sorglosen, reichen Mann verwandeln konnte.

Statt der Familienratssitzung, die für gestern Abend angesetzt gewesen war, hatten sie zu dritt im Wohnzimmer gesessen und über Patrick geredet.

»Hast du Fragen an uns?«, sagte Julia. »Möchtest du irgendetwas von uns darüber wissen, Schatz?«

»Was ist denn genau passiert?«, fragte Maeve auf seltsam gleichgültige Art, als ginge es um den plötzlichen Tod eines B-Promis, den sie aus dem Fernsehen kannte.

»Er ist betrunken Auto gefahren«, sagte John. »Dein Onkel hat in seinem Leben eine Menge Fehler gemacht.«

Später sagte Julia, er sei grob gewesen.

»Aber ich soll doch ehrlich mit ihr sein«, sagte er. »Daran soll sie denken, wenn sie das nächste Mal in Erwägung zieht, bei einem angetrunkenen Vollidioten ins Auto zu steigen.«

»Liebling, sie ist dreizehn. Ich wüsste nicht, wann sie Spritztouren mit Leuten macht, die wir nicht kennen.« Julia hielt inne. »Was glaubst du, was wirklich passiert ist? Und warum gerade jetzt?«

»Wenn man oft genug betrunken Auto fährt, klebt man eben irgendwann an einer Mauer«, sagte er.

»Hätten wir das in der Todesanzeige erwähnen sollen?«, fragte Julia. »Sowas wie: Statt Blumen bitten wir um Spenden für eine Organisation gegen Trunkenheit am Steuer?«

»Nein.«

Für seine Mutter musste es nicht immer die Wahrheit sein. Sie würde niemals zugeben, vielleicht nicht einmal sich selbst gegenüber, wie Patrick gestorben war.

John hatte nach dem Familienrat gehört, wie Maeve telefonierte. Sie wirkte alles andere als am Boden zerstört.

Mein Onkel ist gestorben. Ich glaube, ich muss den Algebratest morgen nicht mitschreiben. Was? Ja, ich weiß. Meine Tante kommt aus New York, und Mama sagt, dass wir wahrscheinlich alle zusammen in 'ner Limo zum Begräbnis fahren.

John lief es kalt den Rücken runter. Dieser fröhlich-aufgeregte Ton. Vielleicht war jede wohlbedachte Erziehungsentscheidung ein Fehler gewesen, und herausgekommen war das Monster, das er jetzt vor sich hatte. *'ne Limo*. O Gott.

»Sie hat Patrick kaum gekannt. Sie hat keine Beziehung zu

ihm«, meinte Julia zu seiner Frage, ob sie sich Sorgen machen müssten, weil Maeve so unberührt schien.

Jetzt fühlte er sich noch schlechter, dabei hatte sie recht. John und Patrick hatten sich nie verstanden, schon als John noch klein war. Patrick und Maeve begegneten einander nur ein paarmal im Jahr in den Ferien, und bei diesen Gelegenheiten waren immer andere Leute anwesend gewesen, die jedem von ihnen wichtiger waren. Manchmal hatte Patrick gefragt, wie es in der Schule lief und was sie in den Sommerferien vorhatte. Die Fragen eben, die man einem Kind stellt, das man nicht kennt.

Wenn Bridget und Nora mit John über Patricks Tod sprachen, hörte er einen Vorwurf heraus: *Klar bist du nicht traurig. Du hast ihn nicht einmal gemocht.*

Sie hatten recht, er war nicht traurig. Stattdessen machte sich Wut in ihm breit. Wut und Betroffenheit. Johns erster Gedanke hatte seiner Mutter gegolten, der zweite dem Meeting in Chicago, das er absagen musste. *Mein Bruder ist verstorben*, hatte er am Telefon gesagt.

Wie schrecklich. Mein herzliches Beileid.

Das Mitgefühl verdiente er nicht, dachte er. Vielleicht hätte er eine Erklärung hinzufügen sollen.

Erst später dachte er an Patrick.

Gegen drei Uhr morgens gab John den Versuch auf, einzuschlafen. Er wollte ein paar berufliche E-Mails abarbeiten, doch als er den Laptop öffnete und das blaue Licht des Bildschirms wie das eines Leuchtfeuers das dunkle Zimmer erleuchtete, wanderten seine Finger zu Facebook. Patrick hatte keine Facebook-Seite, aber für die Bar gab es eine öffentliche. Ein paar Dutzend Leute, von denen John nur wenige kannte, hatten schon etwas geschrieben.

Brian und Fergie: Ich teile eure Trauer. Haltet durch!

Herzliches Beileid!!! Ruhe in Frieden, Pat.

Der Abend in der Bar gestern hat bewiesen, dass du zwar nicht mehr da bist, aber in unseren Herzen bleibst. Wir werden dich niemals vergessen xoxoxoxox

Hey Kumpel, wir sehen uns auf der anderen Seite. In diesem Augenblick kippst du dir wahrscheinlich mit Hendrix und Sinatra nen Jameson hinter die Binde. Halt mir nen Platz frei! [Zweiundvierzig Likes]

John klappte den Laptop zu.

Dann ging er auf dem Flur auf und ab. Als er sich dabei mit einem Zeh im Kabel einer Lampe verfing, die auf einem Tisch im Flur stand, drehte er durch. Er stieß die Lampe um, sie fiel auf die Seite, und ein Stück Porzellan fiel zu Boden. Er hob es nicht auf.

Er würde lieber ganz normal trauern, wie er es nach dem Tod seines Vaters getan hatte. Aber den Großteil seines Lebens hatte John Patrick gehasst. Er war fünfundvierzig Jahre alt, aber es gab Kindheitserlebnisse, die er noch immer nicht überwunden hatte und vielleicht nie überwinden würde.

Das früheste dieser Erlebnisse gab den Ton an. Patrick hatte ihrer Mutter viel Kummer bereitet, deshalb hatte John beschlossen, der brave Junge zu sein, der perfekte Sohn. Das war nicht einfach. Er wurde oft im Zusammenhang mit seinem älteren Bruder gesehen. In der Schule gingen sie davon aus, dass er auch ein schlimmer Junge sein würde. Selbst im Erwachsenenalter hinterließen Patricks Dummheiten ihre Spuren.

Nora hatte ihn gebeten, die Grabrede zu halten, weil er sowas immer übernahm. John hatte eingewilligt. Wer sonst hätte es machen sollen? Es gab niemanden sonst. Er war doch der einzig Verantwortungsbewusste von ihnen allen. Er würde sich jetzt auch gerne in irgendeiner Bar volllaufen lassen wie Brian. Oder ein paar Staaten entfernt leben und erst am nächsten Morgen einreiten wie Bridget. Stattdessen hatte er zwei Stunden, nachdem er es erfahren hatte, in der Küche seiner Mutter gesessen und ihr dabei zugesehen, wie sie in dem Truthahnsandwich herumstocherte, das er ihr mitgebracht hatte. Er war da, um sie zu unterstützen, auch wenn ihr Gesicht nur ihr gebrochenes Herz widerspiegelte, ihm, der nie ihr Lieblingssohn gewesen war.

Maeve hatte nicht zur Großmutter fahren wollen, nachdem sie sie aus der Schule genommen hatten. Die ganze Fahrt über war sie angepisst. Als Nora ihnen aufmachte und die Arme weit aufhielt, hatte sich auch Johns armseliges Herz weit geöffnet, und er wollte ihr schon in die Arme fallen. Aber Nora hatte sich natürlich Maeve zugewandt, nicht ihm. Seine Tochter warf sich seiner Mutter lächelnd in die Arme und verwandelte sich in einen kleinen Engel, was ihn gleichermaßen wütend machte und erleichterte.

Während er sich auf der Interstate 93 Richtung Süden durch den Verkehr kämpfte, warf John einen Blick in den Rückspiegel. Er dachte an das Gespräch, das sie am Vorabend mit Maeve hatten führen wollen. Ihm wäre es auch recht gewesen, einfach so zu tun, als hätte Julia die auf Maeves Laptop geöffnete Website nie gesehen. Und wenn schon? Dann hatte Maeve da eben mal reingeschaut. Na und? Das hieß noch lange nicht, dass sie glaubte, sie hätten sie entführt. Es war von Anfang an klar gewesen, dass sie sich wahrscheinlich eines Tages auf die Suche nach ihrer leiblichen Mutter machen würde.

Julia fand die Idee spannend, zumindest theoretisch. Sie sagte, sie würden gemeinsam nach China reisen, wenn es so weit war. Das schuldeten sie Maeve und auch der leiblichen Mutter. Sie sollte sehen, was aus Maeve geworden war. Das hatte Julia jedenfalls gesagt, als sie noch dachten, dass es schwierig bis unmöglich sein würde, die Mutter zu finden. Damals, bevor die Welt durch das Internet schrumpfte.

Sie würden darüber sprechen, wenn sich alles beruhigt hatte.

So war es, wenn jemand starb. Die wichtigsten Dinge, die man an einem Tag zu tun hatte, schienen plötzlich bedeutungslos. Es zeigte sich, dass beinahe alles warten konnte.

Ob Julia die Website seiner Mutter gegenüber erwähnen würde? Wahrscheinlich nicht.

Anfangs hatte keiner von ihnen den Eltern erzählt, dass es mit der Schwangerschaft nicht klappte, obwohl sie schon alles versucht hatten. Bridget war die Einzige, die wusste, wie es stand. Als sie verkündeten, dass sie ein Kind aus China adoptieren würden, waren die Reaktionen wie erwartet: Julias Eltern schickten einen wunderschönen Bildband mit Schwarzweißfotografien aus Tibet und Dutzende Pfingstrosen, offenbar die chinesische Nationalblume. Seine Mutter drehte durch.

Julia hatte ihr die Lage beim Abendessen erklärt, hatte von der Ein-Kind-Politik Chinas berichtet, die dazu geführt hatte, dass Mütter ihre Neugeborenen im Park oder am Straßenrand aussetzten und Hunderttausende kleiner Mädchen verwaisten. Nora schien aufmerksam und mitfühlend zuzuhören, doch dann sagte sie: »Ein Kind gehört zu seiner echten Familie. Niemand kann es so lieben.«

Julia sprach immer leiser: »Ich bin mir sicher, dass die Mütter dort ihre Kinder so sehr lieben, wie sie können. Das System ist schuld. Diese Frauen stehen unter enormem Druck. Wenn sie sich nicht beugen, verlieren sie alles.«

»Das bedeutet doch, dass man ihnen ihr Kind wegnimmt«, sagte Nora. »Du würdest jemandem das Kind stehlen. Als ich jung war, hat man das mit den katholischen Mädchen gemacht. Sie waren viel zu jung, um zu wissen, was sie da unterschrieben.«

Julia war in Tränen ausgebrochen, und John hätte seine Mutter am liebsten erwürgt, weil sie so verbohrt war, so engstirnig und so dumm. Sie hatte wohl nicht begriffen, dass sie ihr etwas erzählten, nicht um Erlaubnis baten. Sicher hatte ihre

Reaktion auch damit zu tun, dass sie ein Kind mit nach Hause bringen würden, das anders aussah. Das hatte ihn wütend gemacht, und trotzdem hatte er Julia am selben Abend gesagt, dass er dem Kind einen irischen Namen geben wollte.

Als sie aus Beijing kamen, hatte Nora zur Begrüßung die ganze Familie zum Flughafen geschleppt, hatte Bridget überredet, sich in New York ins Auto zu setzen, und Brian und Patrick, fürs Foto Hemden anzuziehen.

Julia war mit der Kleinen im Arm als Erstes auf Nora zugegangen.

»Darf ich vorstellen: deine Enkelin Maeve«, sagte sie.

»Die ist ja riesig«, sagte Nora. »Sie kann unmöglich erst ein Jahr alt sein.«

Das war ihr letztes Aufbegehren, denn dann hatte sie das Kind in den Arm genommen und sich augenblicklich unsterblich verliebt.

Einige Wochen später war die übermüdete Julia in heiße Tränen ausgebrochen, weil sie von ihrer Unfähigkeit, Maeve zu beruhigen, überzeugt war. Als Nora zur Unterstützung herüberkam, hatte Julia gesagt: »Du hast recht gehabt. Sie merkt, dass ich keine Ahnung habe, was ich da tue. Ich habe sie nicht geboren, das spürt sie.«

Da nahm Nora Julias Kinn in die Hand und hielt es fest. Sie sagte: »Es hat nichts damit zu tun, wer sie geboren hat.«

John wusste, dass Julia das mehr bedeutete als alle Blumen, die ihre eigene Mutter ihr je geschickt hatte.

Er bog ohne zu blinken auf den Parkplatz vor der CVS-Apotheke ein. Am liebsten hätte er jetzt eine Schachtel Zigaretten gekauft, aber Julia hatte ihn vor Jahren, noch bevor sie Maeve hatten, dazu gebracht, mit dem Rauchen aufzuhören, weil sie glaubte, vielleicht deshalb nicht schwanger zu werden. (Aus demselben Grund hatten sie ein Jahr lang keinen Alkohol getrunken und kalt geduscht. Sie hatte ihn auch dazu gebracht, die Herrenslips gegen Boxershorts einzutauschen, die immer eine Nummer zu groß sein mussten.)

»Ich hol mir Kaugummis«, sagte er. »Bin gleich wieder da.«

Julia zeigte auf Maeve und sagte: »Sie braucht Binden.«

»Jetzt?«

»Wir können uns den Zeitpunkt nicht aussuchen, John. Soll ich sie holen?«

Er schüttelte den Kopf und ging in das Geschäft.

In allen CVS-Apotheken im Land roch es gleich. Das hatte etwas Tröstliches. Er ging auf direktem Weg in den dritten Gang. Er machte das nicht zum ersten Mal. Maeve nahm Always Ultra mit Flügeln. John legte die Hand auf eines der dunkelgrünen Päckchen und ging zur Kasse.

Seinem Vater hätte das nicht passieren können. Wenn Charlie Pizza bestellte, versprach er dem Lieferjungen fünf Dollar, wenn er ihm noch einen Sechserträger und anderen Kleinkram mitbrachte. Einmal hatte John einem jungen Lieferanten die Tür aufgemacht, der ihm zwei große Peperoni-Pizzas, eine Zahnbürste und eine Dose Rennie Schnell hinhielt.

Ein andermal war seine Mutter zum Einkaufen gefahren, und Charlie hatte sie im Supermarkt ausrufen lassen, weil er vergessen hatte, ihr zu sagen, dass er Chips wollte. Nora war damals um die fünfzig. Sie hatte nicht gehört, dass sie ausgerufen worden war, hatte aber mitbekommen, wie eine junge Supermarktmitarbeiterin eine steinalte Frau ansprach und fragte: »Entschuldigung, sind Sie Nora Rafferty?« Nora hatte gesagt: »Ich bin Frau Rafferty. Was ist denn los?«, worauf das Mädchen antwortete: »Ihr Mann hat gesagt, ich soll nach einer älteren irischen Dame Ausschau halten.«

Binden. Sein Vater hätte beim Wort allein durchgedreht.

Julia war nicht dazu erzogen worden, Männer zu umsorgen. John musste sich anpassen. Beim Ausräumen der Geschirrspülmaschine wechselten sie sich ab. Sie bezahlten jemanden dafür, die Bäder und Fußböden zu putzen, weil sie es nicht machen wollte. Als er einmal den Fehler gemacht hatte, seiner Mutter zu erzählen, dass er am Samstagabend Maeve babysitten musste, weil Julia mit Freunden verabredet war, hatte er sich einen Vortrag in vier Teilen zum Thema »Die eigenen Kinder kann man nicht babysitten« anhören müssen.

John stellte sich hinter einer Frau an, deren zweijähriger Knirps sie davon zu überzeugen suchte, ihm einen Schokoriegel zu kaufen. Vor ihr stand ein Pärchen, Teenager, die wahrscheinlich die Schule schwänzten. Er wollte gar nicht wissen, was sie kauften. Ein ganz normaler Nachmittag. John hätte am liebsten gebrüllt: *Mein Bruder ist tot!* Stattdessen bezahlte er und lächelte der Kassiererin zu.

»Ich wünsche Ihnen einen schönen Tag«, sagte sie.

John nickte. »Ebenso.«

Als er wieder ins Auto stieg, sagte Maeve: »Papa, Tante Bridget hat mir eine SMS geschickt: Natalie, Rocco und sie sind in einer Stunde bei Oma.«

So viel hatte sie in der ganzen letzten Woche nicht mit ihm geredet. *Papa*. Irgendwie traurig, wie viel ihm das bedeutete. Als wäre er ein langweiliger Streber und Maeve das beliebteste Mädchen der Schule.

»Gut«, sagte er. »Warte mal: Sie haben Rocco dabei? Bridget kommt mit einem Pitbull zu einer Totenwache und Beerdigung? Wie passend.«

»Papa. Er ist doch ihr *Kind*.«

»Bestimmt nimmt sie ihn nicht mit hinein«, sagte Julia.

Seine Tochter hatte eine ganz eigene Beziehung zu Nora und Bridget, unabhängig von seiner. John machte das sehr glücklich. Es gefiel ihm, dass Maeve Natalie mochte. Es freute ihn für seine Schwester. Früher hatten Julia und er sich Sorgen gemacht, dass Bridget einsam sein könnte: »Bridget ist mit ihrem

Job verheiratet«, hatte Nora immer gesagt, und John hatte sich gefragt, ob sie das ernsthaft glaubte.

Natalie war die erste Freundin, die Bridget ihnen vorstellte. John war davon ausgegangen, dass die Frauen, mit denen Bridget etwas hatte, wie sie aussehen würden, aber Natalie war der Hammer. So eine hätte John auch mit nach Hause genommen. Man sah ihr an, dass sie bis über beide Ohren in Bridget verknallt war, und bei Bridget war es ähnlich, obwohl sie ihre Gefühle in Gegenwart ihrer Mutter versteckte. Wenn Nora dabei war, hätte man die beiden für beste Freundinnen halten können. Deshalb konnte man Nora, wie er fand, auch nicht vorwerfen, dass sie die Beziehung so einschätzte. Julia hingegen fand das ganz schlimm.

Im letzten Sommer hatten John und Maeve vor dem Strandhaus gesessen und auf die beiden gewartet. Sie wollten ein Wochenende zusammen dort verbringen. John hatte vor, es Maeve zu erklären. Bridget und Natalie lebten zusammen, und Maeve war alt genug, es zu erfahren.

Tante Bridget und Natalie sind mehr als beste Freundinnen, hatte er gesagt und dabei am Gras gezupft. *Man könnte auch sagen, dass sie eine besondere Art bester Freundinnen sind.*

Du meinst, sie sind ein Paar, half Maeve.

Ja, genau. Es gibt Frauen, die Frauen lieben, und Männer, die Männer lieben. Das hängt mehr so von der Person ab, verstehst du? Man verliebt sich ja in einen Menschen, nicht wahr? Das klingt jetzt vielleicht komisch, aber das ist es überhaupt nicht. Es ist etwas Schönes. Hast du eine Frage dazu?

Sie hatte ihn angesehen, als hätte er den Verstand verloren: *Nein.*

Frag ruhig. Ich weiß, dass das alles ein bisschen komisch klingt.

Papa: In meiner Klasse sind drei Lesben.

Ach, echt? In der siebten Klasse?

Okay, eine davon ist wahrscheinlich bi.

Als sie die Ausfahrt Dorchester erreicht hatten, lehnte Maeve sich zwischen den Vordersitzen nach vorne und sagte: »Fahr doch mal bei dem alten Haus vorbei, in dem du kein eigenes Zimmer hattest.«

Wie sie es sagte, klang das Teilen eines Zimmers wie ein schreckliches Schicksal aus einem Dickens-Roman. Das irritierte ihn, aber er hatte sie ja zu dem erzogen, was sie heute war. Für sie war es exotisch, wenn Leute auf engstem Raum zusammenwohnten. In ihrem Haus gab es vier Schlafzimmer, die sie nicht einmal benutzten. Maeve mochte die Geschichten davon, wie sich John und Patrick im Sommer manchmal ihr Zimmer mit sechs Cousins aus Irland teilen mussten. Besonders beeindruckt hatte sie, dass John, abgesehen von kurzen Momenten im Bad, bis zur fünften Klasse nie allein gewesen war.

Ihm war eigentlich nicht danach, mit dem brandneuen SUV in die alte Gegend zu fahren, und er hasste sich dafür. Einerseits ging es ihm um den Wagen. Drei Wochen alt und kein einziger Kratzer. Außerdem um den Aufkleber auf der Kofferraumklappe. Er hatte ihm gefallen, deshalb hatte er ihn ja aufgeklebt, aber jetzt schämte er sich dafür. In dem Oval standen drei Buchstaben: *OFD*.

Originally from Dorchester. Der Aufkleber sollte einen als Dorchester-Original ausweisen.

Als einer seiner Klienten ihn sah, kommentierte er: *Meine Eltern sind auch da aufgewachsen. An Dorchester denkt jeder gern zurück, solange man nicht mehr da wohnen muss, stimmt's?*

Der Kommentar hatte ihn geärgert, aber es war etwas dran. John wollte dort nicht wohnen. Er hatte jede Spur von Dorchester aus seinem Akzent verbannt, und innerlich zog sich alles zusammen, wenn jemand – seine Brüder oder Cousins, zum Beispiel – *potatoes* aussprach wie *ba-dei-das* oder *irregardless* und *so don't I* sagte, wenn er *regardless* und *so do I* meinte.

Er konnte den Dialekt ein- und ausschalten. In manchen Kreisen war es von Vorteil, das R wie in seiner Kindheit wegzulassen, nicht aber bei den Leuten, mit denen er sich jetzt umgab. Er prüfte Klang und Wirkung jeder Silbe, bevor er sie aussprach.

John hatte ein Talent dafür, seine Persönlichkeit dem jeweiligen Gegenüber anzupassen. Patrick hingegen war immer derselbe, egal in welchem Kontext. Immer er selbst. John beneidete ihn darum. Er war ein Chamäleon, ein armseliger Opportunist, was ihm allerdings schon oft zugutegekommen war. Er verdankte seine gesamte Karriere dieser Fähigkeit.

Er bog in die Crescent Avenue ein.

»Da ist es«, sagte er und verlangsamte die Fahrt.

Sie hatten die Fassade gestrichen, das Haus war nicht mehr blau, sondern weiß.

John schaute zum Eckfenster auf. Er konnte seinen Bruder und sich fast nebeneinander stehen sehen, Schulter an Schulter beim Beobachten eines Gewitters, lange bevor es zwischen ihnen schwierig geworden war. Einige Jahre später war Patrick durch dasselbe Fenster hinausgeklettert und hatte kurz vor Sonnenaufgang daran geklopft, damit John ihm öffnete. John war schlaftrunken ans Fenster getreten und hatte sich gefreut, dass Patrick ihm ein Geheimnis anvertraute.

John fuhr schweren Herzens an dem Haus vorbei und weiter geradeaus. Vielleicht hatte Julia das gespürt, jedenfalls griff sie nach seiner Hand.

»Schaut mal!«, rief Maeve.

John und Julia drehten sich um und sahen die Worte WÄHLT RORY MCCLAIN IN DEN SENAT auf einem Schild in einem der Vorgärten. Es war von den Wahlen vor zwei Monaten übrig geblieben.

»Ist das nicht dein Klient?«, fragte Maeve.

»Ganz genau.«

»Cool.«

Maeve nickte befriedigt und zog sich wieder unter die Kopfhörer zurück. John genoss das Gefühl des Stolzes, das ihr Kommentar ausgelöst hatte. Es konnte Monate dauern, bis er wieder eine ähnlich enthusiastische Reaktion von ihr bekam.

Zwei Minuten später rasten sie auf dem Morrissey Boulevard dahin. Als ein Schild zur Saint-Ignatius-Privatschule ins Blickfeld kam, sah Julia ihn an. Er hatte ihr die Geschichte so oft erzählt.

John war acht Jahre alt, als Patrick in die Privatschule kam, und hatte von diesem Moment an davon geträumt, auch dorthin zu gehen. Vielleicht war es kleinlich, dass er die Sache bis heute nicht hatte vergessen können. Was damals passiert war, hatte nicht sein Leben bestimmt. Aber es war eine jener Erinnerungen, die auch Jahre später noch wehtaten.

Patrick war im ersten Schuljahr von der Saint Ignatius geflogen.

Am Tag darauf hatten alle schweigend am Frühstückstisch gesessen, bevor Nora sagte: »Für so etwas sind wir nicht über den Atlantik gekommen.«

Diesen Satz hatten ihre Eltern immer dann eingesetzt, wenn sie die jungen Raffertys beschämen und zu besserem Benehmen zwingen wollten. Sie, die in ihrem unscheinbaren Leben nie weiter als bis New Hampshire gekommen waren, und auch dann nur in ein Motel zur Hochzeit einer Großcousine.

»Vielleicht ist es Zeit«, hatte Charlie gesagt, »dass wir alle nach Irland zurückgehen. Ein für alle Mal.«

John wusste nie genau, ob sein Vater Witze machte, wenn er so etwas sagte.

»Wir gehen nicht nach Irland zurück«, sagte Nora. »Sagen wir es, wie es ist. Dahinter steckt dieser Michael Ferguson. Er hat einen schlechten Einfluss auf dich, das habe ich von Anfang an gesagt. Aber damit ist jetzt Schluss.«

Patrick verdrehte die Augen. »Fergie war doch gar nicht dabei, Mama.«

»Das war offensichtlich auch nicht nötig.«

Von da an besuchte Patrick eine staatliche Schule, die Southie High. John hatte erwartet, dass sein Bruder in die Schlägereien verwickelt werden würde, die fast unvermeidbar waren seit der Zwangsumschulungen zur Vermeidung von Rassentrennung. Aber Patrick schien sich zusammenzureißen. Bis kurz vor Ende des zweiten Schuljahres eines Morgens zwei Polizisten vor der Haustür standen. Es musste gerade eine Familienfeier im Gange gewesen sein, jedenfalls erinnerte John sich daran, dass er einen Anzug anhatte. Seine Mutter schickte Bridget und ihn nach draußen.

Wenige Tage später verkündete Nora, dass sie umziehen würden, und zwar nicht in einen der ihnen vertrauten Vororte – weder nach Quincy noch nach Weymouth –, sondern aus Boston raus nach Hull, wo die Familien ihrer Freunde höchstens einmal für eine Woche im Sommer ein Haus mieteten, aber niemand wohnte, den sie kannten. John ahnte, dass der Umzug etwas mit Patrick und den Polizisten zu tun hatte, aber genau wusste er es nicht.

Jeder, den sie kannten, wohnte in Dorchester. Die Verwandten wohnten allesamt neben- und übereinander in den niedrigen Wohnhäusern Bostons. Am Wochenende traf man sich zu Familienfeiern oder begegnete einander auf der Straße, wenn man nur kurz im Supermarkt Milch holen wollte. In Hull kannte John keine Menschenseele. Sein großer Bruder hatte sein Leben zerstört.

Nora versicherte ihnen, dass sie sich eingewöhnen würden. Und so kam es auch mehr oder weniger. Mit der Zeit.

Johns Eltern wirkten überrascht, als er sie in der achten Klasse daran erinnerte, dass er sich an der Saint Ignatius bewerben wollte, und wenn er die Schule erwähnte, machte Patrick sich über ihn lustig: *Warum um alles in der Welt willst du denn dahin?* Also hatte John irgendwann dazu geschwiegen.

Seine Unterlagen waren drei Monate vor Bewerbungsschluss vollständig, und John war fest entschlossen, sie persönlich abzugeben. Aber seine Mutter schob die Fahrt immer wieder auf. Am Tag vor Abgabeschluss willigte sie schließlich ein, ihn hinzufahren. Er hatte schon längst die Kleidung ausgewählt, die er tragen wollte, und sich die Schuhe geputzt. Dann streckte ihn ein Magen-Darm-Infekt nieder. Pat wollte sowieso in die Stadt fahren, also bat Nora ihn, die Bewerbung im Sekretariat abzugeben.

John protestierte, aber Nora hob nur einen mahnenden Finger: »Auf direktem Weg ins Sekretariat und wieder raus, Patrick. Mehr machst du da nicht. Du hast schon genug Ärger mit denen gehabt.«

John war den ganzen Tag unruhig.

»Was haben sie im Sekretariat gesagt?«, fragte er seinen Bruder, als er abends nach Hause kam.

»Die beste Bewerbung, die sie je gesehen haben.«

»Echt?«

»Nein. Sie haben gar nichts gesagt.«

Dann fing das Warten an, das Warten auf einen Brief oder einen Anruf. Monate vergingen. Schließlich rief sein Vater in der Schule an, um zu fragen, wie es stand. So hatten sie erfahren, dass die Bewerbung nie angekommen war.

Charlie hatte Patrick angebrüllt, und Patrick hatte gesagt, dass er sich nicht mehr sicher war, ob er die Bewerbung abgegeben hatte oder nicht.

John hatte keinen Zweifel daran, dass Patrick es absichtlich getan hatte. Pat wirkte nicht, als täte es ihm leid. Er hatte keinen Abschluss von der Privatschule, also sollte John auch keinen haben. Vielleicht dachte Nora dasselbe. Jedenfalls sagte sie, es sei ohnehin kein großer Schaden.

»Du hättest jeden Tag eine Ewigkeit im Bus gesessen«, sagte sie. »Das weißt du selber, John.«

Auch nach einer Woche fiel ihr nichts Besseres ein als: »Geh zu deinem Vater und sag ihm, dass du nicht mehr böse bist, damit er deinen Bruder in Ruhe lässt.«

Seitdem wusste John, dass sein Bruder ihn nie gemocht hatte, und er verschloss sein Herz für Patrick. Doch als sie älter wurden, hatte Patrick kein Problem damit, sich an ihn zu wenden, wenn es bei ihm nicht so lief. So versuchte er nie, sich von Bridget oder Brian Geld zu leihen. Er wusste ja, dass sie nichts hatten. John hatte Mietverträge mitunterzeichnet und Pat Tausende Dollars geliehen, ohne davon auszugehen, dass er sie je zurückbekam. Als John heiratete, hatte Pat gerade kein Auto, also lieh John ihm seines den ganzen Juli, während Julia und er auf Hochzeitsreise waren. Patrick sammelte eine Unzahl Strafzettel, was John allerdings erst herausfand, als er im September mit Klienten aus dem Restaurant kam und eine Parkkralle am Mercedes fand.

Es war ihm gelungen, darüber zu lachen, und die Sache war eine beliebte Anekdote geworden.

Nach seinem Geldregen hatte Patrick das meiste in die Bar gesteckt, einiges aber auch für sinnlosen Tand ausgegeben, zum Beispiel für einen Pelzmantel für Nora, den sie niemals getragen hatte. Einen Aufsitzrasenmäher für Charlie, der größer war als die Rasenfläche. Als der Jackpot vier Millionen Dollar überstieg, kaufte Patrick für tausend Dollar Lottoscheine und verteilte sie zu Weihnachten wie Konfetti unter seinen Freunden. Alle sollten daran teilhaben. Aber er hatte John nie angeboten, seine Schulden zu begleichen.

John war selbst in dieser Situation freundlich geblieben. Er fand, dass ihm dafür Respekt gebührte. Als Charlie krank wurde, bezahlte John ohne zu murren für die ganze Familie eine Reise nach Irland, auch Patricks Ticket.

Ihr letzter Streit vor acht Monaten war einer der schlimmsten gewesen. Sie hatten seitdem nicht miteinander gesprochen. Natürlich fühlte er sich deshalb jetzt schlecht. Aber woher hätte er wissen sollen, dass Patrick gegen eine Wand fahren und einfach tot sein würde? Wenn er das gewusst hätte, wäre es vielleicht anders gekommen. Aber John weigerte sich, sich deshalb ein schlechtes Gewissen zu machen. Es war Patricks Schuld.

Du solltest Mitgefühl üben, John, hatte Nora gesagt. *Ihm ist nicht alles zugeflogen wie dir.*

Hatte er für seinen Erfolg nicht auch kämpfen müssen?

Er ist dein Bruder, John.

Als wäre Bruderschaft etwas Heiliges. Als wäre es egal, was ein Bruder einem antat, als hätte man keine andere Wahl, als immer wieder alles zu verzeihen.

Im vergangenen Jahr waren sie sich, abgesehen von den Familienfesten, dreimal über den Weg gelaufen: bei einer Totenfeier, einer Wohltätigkeitsveranstaltung und einem Spiel der Red Sox, bei dem beide einen Platz direkt hinter der Spielerbank hatten. John war mit Klienten da gewesen. Er hatte für die Tickets ordentlich blechen müssen. Patrick saß neben Fergie, beide hatten schon einige Biere intus. Er hatte sich diese Plätze wahrscheinlich durch Charme oder Bestechung erschlichen.

Am meisten ärgerte John sich darüber, dass Pat bei solchen Gelegenheiten immer mehr Spaß zu haben schien als er. So sah also ein Leben frei von Verantwortung aus. Die Leute, die John noch aus Dorchester kannte, sprachen mit viel Respekt von Pat. *Toller Junge*, nannten sie ihn bis heute, obwohl Pat mittlerweile fünfzig war.

John war nie in Patricks Wohnung gewesen. Er parkte den Wagen in der zweiten Spur vor dem Haus, dessen Adresse ihm seine Mutter genannt hatte. Es war ein kleines, schäbiges Backsteingebäude.

Julia bot an, für ihn hineinzugehen, aber er hatte Bedenken, was sie dort erwarten könnte.

»Pass einfach auf, dass keiner in die Nähe meiner Stoßstange kommt.«

»Ich werfe mich davor«, sagte sie.

Als er die Wagentür zuschlug, vibrierte das Handy in seiner Hosentasche. Er war sich sicher, dass es Nora war, aber als er es herauszog, zeigte das Display die Festnetznummer von Rory McClain an.

Er ging ran: »Rory! Klingen dir die Ohren? Ich bin in Dorchester, und wir sind gerade an einem Plakat von dir vorbeigekommen.«

»Ach ja?« Rory klang zögerlich. »Hör mal, John, ich will dich gar nicht lange stören. Ich habe gehört, was mit deinem Bruder passiert ist, und wollte dir mein herzliches Beileid aussprechen.«

»Das ist nett von dir. Danke.«

John bemerkte eine Frau in Pats Alter, die auf der Treppe vor dem Haus rauchte. Sie trug über den nackten Beinen und den weißen Hausschuhen einen Wintermantel, hatte Schaumstofflockenwickler im Haar und eine Sonnenbrille auf der Nase.

»Ich werde es nicht zur Totenwache schaffen«, sagte Rory.

»Ja, klar. Verstehe.«

»Und ich muss dir noch etwas sagen«, sagte Rory. »Es fällt mir nicht leicht. Wie fange ich an? Ich hätte es dir früher sagen sollen. Am besten gleich zu Beginn unserer Zusammenarbeit, oder – ach, ich weiß es auch nicht. Wenn ich ganz ehrlich bin, wusste ich, dass es irgendwann auf den Tisch kommen würde. Aber du bist der Beste, und ich wollte nichts Geringeres als den Besten.«

»Wovon redest du?«, sagte John

Julia sah ihn durch die Frontscheibe fragend an. Sie gab ihm

Zeichen, er solle aus der Kälte kommen und wieder einsteigen, als hätte er vergessen, weshalb sie hier waren.

»Patrick und ich hatten sowas wie eine gemeinsame Vergangenheit«, sagte Rory. »Die Sache in deinem Country Club hatte eine Vorgeschichte. Das ist der Grund, weshalb ich gegen den Artikel im *Globe* über mich und Pete O'Shea war, über das, was damals passiert ist. Die Sache ist die: Es war Patrick. Patrick hat ihn geblendet. Es war kein Überfall, es war ein Kampf. Ich war auch dabei. Das war kurz, bevor ihr weggezogen seid.«

John dachte an die zwei Polizisten, die vor ihrer Haustür gestanden hatten. Er dachte an seine Mutter, die plötzlich auf Teufel komm raus nach Hull ziehen wollte.

»O Gott«, sagte John.

»Ich habe ihm nie die Schuld gegeben«, sagte Rory. »Niemand hat Anzeige erstattet. Wir haben uns die Geschichte mit dem Überfall selber ausgedacht. Wir waren alle schuldig.«

»Wie meinst du das?«

»Es war eine bescheuerte Situation, die außer Kontrolle geriet. Ein Dummejungenstreich. Aber jetzt geht mir der Artikel nicht mehr aus dem Kopf, und ich frage mich, ob er ihn gesehen haben könnte. Hoffentlich hatte das nichts damit zu tun, dass er …« Rory hielt inne.

»Ich muss Schluss machen«, sagte John. »Danke, dass du es mir erzählt hast. Ich bin froh, es zu wissen.«

In Wirklichkeit war er alles andere als froh, aber was zum Teufel hätte er sonst sagen sollen? John drängte sich an der rauchenden Frau auf der Treppe vorbei und kam sich vor wie ein Besucher von einem fremden Stern.

»Verzeihung«, sagte er.

Im Hausflur roch es nach Küche, nach Fett und verbranntem Toast. Er folgte dem schmuddeligen Flur bis zu seinem Ende, wie Nora gesagt hatte. Die Wohnung lag im Erdgeschoss. *Die letzte Tür rechts*, waren ihre Worte gewesen.

Auf der braunen Fußmatte vor Patricks Tür stand *Willkommen*. John wusste nicht genau, warum ihn das so überraschte. Vielleicht war es das unerhört Uncoole daran.

Er holte den Schlüssel unter der Matte hervor und schloss auf. Er hatte eine Wohnung voll Pizzakartons, leerer Bierdosen und den Überresten der letzten Party erwartet, aber die Zimmer waren ordentlich und sparsam eingerichtet. Hatte seine Mutter schon geputzt? Im Wohnzimmer hing in einem billigen Plastikrahmen ein Foto vom Fenway-Park-Stadion. John ging den Flur weiter entlang bis zur Küche. Was für ein trostloser, kleiner Raum mit den grellen Leuchtstoffröhren. Er war in einem fröhlichen Gelb gestrichen, wodurch er irgendwie noch trostloser aussah. Im Kühlschrank stand nichts als eine halbe Flasche Gatorade. Im Tiefkühlfach waren Wodka und drei Tiefkühlgerichte.

Vor seinem geistigen Auge sah er sein eigenes Haus, die beeindruckende Backsteinfassade und die leuchtend weißen Säulen am Eingang. Die riesigen Fliederbüsche, die im Frühling weiß blühten.

An Patricks Tod trug niemand anderer Schuld als Patrick selbst, das hatte für John außer Frage gestanden. Bis zu diesem Augenblick. War er selbst nicht mitverantwortlich? Hatte er sich nicht für das Erscheinen des Artikels eingesetzt? Hatte er sich nicht bereiterklärt, mit Rory zusammenzuarbeiten?

Nora hatte John gebeten, sich von den McClains fernzuhalten.

Patrick hatte jemandem das Augenlicht genommen. John konnte sich nicht vorstellen, dass seine Mutter das gewusst und so viele Jahre für sich behalten hatte. Sie konnte es nicht gewusst haben. Sie musste mit mütterlichem Instinkt geahnt haben, dass Pat in Schwierigkeiten war und sie besser wegzogen.

John musste mit jemandem darüber sprechen. Bridget. Nora.

Ihm ist nicht alles zugeflogen wie dir.

Recht hatte sie. Ihm war vieles zugeflogen.

John folgte dem düsteren Flur ins Schlafzimmer.

Er war jetzt der Älteste.

Er ging zum Fenster, öffnete die billigen Jalousien und sah seine Mädels, seine Welt, die auf der anderen Seite auf ihn wartete.

15

Die Geschichte von Patricks Geburt war ein Meilenstein der Familienmythologie und von ihrem Vater immer wieder erzählt worden. Wie alle Geschichten in Charlies Repertoire wurde auch sie mit der Zeit länger, witziger und sensationeller. Keine fünfzehn Minuten, nachdem sie das Krankenhaus erreicht hatten, war Patrick da. Die schnellste Geburt in der Geschichte des Saint Margaret's. Auf dem Weg ins Krankenhaus hatte Charlie bei keiner roten Ampel gehalten, und Nora hatte das Ave Maria gebrüllt. Zum Zigarrenkauf war keine Zeit gewesen, aber zufälligerweise saß der reichste Mann Bostons im Wartezimmer – mal war es der Bürgermeister, mal ein millionenschwerer Anwalt, mal ein Richter. Jedenfalls hatte er Charlie eine Kiste der besten Kubanischen geschenkt, und Charlie war so glücklich über den gesunden Sohn, dass alle eine rauchen mussten, sogar die Krankenschwestern.

Bridget hatte ihren Vater die Anekdote jedes Jahr zu Patricks Geburtstag erzählen hören, bis zu seinem Tod. Fünf Jahre waren vergangen, seit sie die Geschichte zum letzten Mal gehört hatte.

Daran dachte sie jetzt, als Natalie und sie der Nantasket Avenue aus der Stadt hinaus Richtung Hull folgten und sie auf den Moment wartete, da der Ort an der Spitze der Halbinsel erschien. Diesen Anblick liebte sie, seit sie und ihre Familie in dem Sommer dorthin gezogen waren, in dem sie zehn war. Es war damals ein großes Geschenk für sie gewesen. Jeden Tag war sie im kalten Meer geschwommen, bis die Finger schrumpelig waren. Sie hatte sich beim Eiswagen ein Kaktuseis gekauft, sich darüber gefreut, wie ihr die bunten Farben übers Kinn liefen, und völlig vergessen, dass es so etwas wie September gab.

In der erweiterten Familie fragte man hinter vorgehaltener Hand, woher ihre Eltern das Geld für das Haus gehabt hatten. Bridget hatte Onkel Jack sagen hören, Charlie habe es beim Glücksspiel gewonnen. Die Nachbarn unter ihnen, entfernte Verwandte, verdächtigten Nora und Charlie, sie um ein nicht existierendes Erbe gebracht zu haben.

Charlie sagte, sie hätten eben fleißig gespart, aber Bridget und John vermuteten, dass Tante Kitty ihren Eltern ausgeholfen hatte. In den frühen Siebzigern war der von ihr seit Jahrzehnten getrennt lebende Ehemann beim Joggen tot umgefallen. Sie hatten sich nie um eine Scheidung bemüht. Kitty erbte alles. Bridget erfuhr vom Tod dieses Mannes, bevor man ihr gesagt hatte, dass er existierte.

Das erklärte vielleicht das Gefühl, dass sie für Kitty zuständig waren. Nora benahm sich, als stünde sie in ihrer Schuld, und suchte ihren Rat oder tat zumindest so. Charlie übernahm alle Aufgaben für seine Schwester, für die normalerweise der Ehemann zuständig war, meistens bevor er sie zu Hause machte. Harken, Schnee schaufeln und Reparaturen. Nora beschwerte sich nie. In den letzten Jahren hatte sie sich allein um Kitty gekümmert, ihr die Einkäufe und die Zwei-Liter-Weinflaschen gebracht und sie zu Arztterminen oder zum Friseur kutschiert.

Hull war ein Sommerort. Die meisten Häuschen am Wasser waren nicht einmal isoliert. Neun Monate im Jahr war nur jedes dritte Haus bewohnt. An einem grauen Wintertag konnte der Ort trostlos und deprimierend wirken. Heute passte das, wenn man den Anlass bedachte. Sie hatten ihren Vater an einem herrlichen, sonnigen Morgen beerdigt, eine Kulisse, die fast geschmacklos gewirkt hatte.

Bridget wurde steif, als Natalie über die gelbe Linie auf die Gegenfahrbahn schlingerte, bevor sie den Kurs korrigierte. Sie fuhr den Van nicht oft. Sie fuhr überhaupt nicht oft Auto. Normalerweise saß Bridget am Steuer, aber diesmal hatte Natalie das nicht erlaubt.

Du hast heute Nacht kein Auge zugetan, Schatz. Du musst dich ausruhen.

Natalie hatte auch nicht mehr geschlafen, aber egal.

Nach Charlies Tod war Bridget allein nach Hull gefahren. Ihre Hände hatten die ganze Fahrt über gezittert. Viermal hatte sie anhalten müssen. Es war so tröstlich, dass Natalie da war.

Sie kamen gerade an Ahearn's Backstube vorbei, und Bridget bemerkte die Regenbogenfahne vor dem Geschäft. Sie wehte dort schon seit einigen Jahren.

Die Bäckerei gehörte Marie Ahearns Eltern. Marie war das erste Mädchen, das Bridget geküsst hatte. Von ihrer Facebook-Seite wusste Bridget, dass Marie sich schon vor Jahren vor ihrer riesigen katholischen Familie geoutet hatte und es genau so verlaufen war, wie man es sich wünscht. Die Ahearns hatten sich daran gewöhnt. Nach der Uni war Marie mit einer Frau zusammengezogen, die sie von der Arbeit bei der Bostoner State Street Bank kannte. Sie hatten geheiratet, und Maries Mutter hatte für die Hochzeit eine dreistöckige Hochzeitstorte mit zwei Marzipanbräuten gemacht. Jetzt hatten sie ein Haus in Newburyport, vor dem sie zu jedem Spiel der New England Patriots ihren sechs Meter großen aufblasbaren Pat Patriot platzierten.

Wenn Bridget früher jemand gesagt hätte, dass Massachusetts als erster Bundesstaat die gleichgeschlechtliche Ehe zulassen würde, hätte sie das niemals für möglich gehalten. Die

Welt hatte sich auf eine Art geöffnet, die sie sich nicht hatte vorstellen können. Ihre Familie jedoch nicht. Alle wussten, dass Bridget homosexuell war, abgesehen vielleicht von Nora. Ihre Brüder hatten es akzeptiert, aber stolz waren sie darauf nicht. Sie sprachen nicht darüber. Manchmal wünschte sie sich, die Zeit der Offenheit wäre nicht zu einem Zeitpunkt gekommen, zu dem sie selbst noch sehr eingesperrt war. Vielleicht wäre es besser und einfacher, wenn sich alle darauf einigten, ihre Sexualität für sich zu behalten.

Natalie würde Bridget für wahnsinnig erklären, wenn sie das ihr gegenüber aussprechen würde. Sie standen kurz davor, ein Kind zusammen zu haben. Ein Kind (sie wusste jetzt schon, dass es ein Junge werden würde), das sie sehen würde, wie sie selbst ihre Eltern gesehen hatten: in Nahaufnahme. Deshalb wollte sie unbedingt einen Weg finden, ein besserer Mensch zu sein. Sofort. Bevor er kam.

Da fiel ihr auf, dass sie die Abfahrt verpasst hatten.

»Steig in die Eisen«, sagte Bridget.

Natalie sah sie erstaunt an: »Wie bitte?«

»Bremsen und wenden, bitte.«

»Ich mag es, wenn sich deine Bostoner Wurzeln bemerkbar machen.«

Bridget lächelte. Als sie klein war, hätte sie nie gedacht, dass sie einmal weggehen würde, und selbst nachdem sie es getan hatte, hatte sie New York für einen vorübergehenden Wohnort gehalten. Sie hatte immer Sehnsucht nach zu Hause. Jedes Mal, wenn in Brooklyn die Kirchenglocken läuteten, musste sie an Nora denken, an einem schönen Frühlingsabend stellte sie sich die Menschenmassen im Fenway-Park-Stadion vor, und bei den ersten Takten von *Dirty Water*, der Boston-Hymne, hatte sie einen Kloß im Hals. Aber Bridget hatte eingesehen, dass sie nicht mehr zurückkehren konnte, selbst, wenn sie es gewollt hätte. Das hatte sie sich endgültig aus dem Kopf geschlagen.

Sie waren gerade in die Stadt gekommen, da hielt Natalie an einer roten Ampel. Zu ihrer Rechten lag Nantasket Beach. Früher war auf der anderen Seite der Straße parallel zum Wasser der Paragon-Vergnügungspark gewesen, dessen weiße Achterbahn sich gegen den Horizont absetzte. Von ihrem höchsten Punkt konnte man die Bostoner Skyline sehen. Mittlerweile war der Vergnügungspark Eigentumswohnungen gewichen, nur ein Karussell und die Spielhalle bewiesen, dass es nicht nur ein Traum gewesen war. Erstaunlich, wie die Menschen und Orte, die einem einst wichtig waren, verschwanden und man selbst einfach weiterexistierte.

Als es zum ersten Mal um einen Samenspender gegangen war, hatte Natalie Bridget gefragt, ob vielleicht einer ihrer Brüder zur Verfügung stünde.

»Dann wäre das Baby mit uns beiden verwandt«, sagte sie.

»Um Gottes willen, nein«, sagte Bridget.

Es war unvorstellbar, mit einem ihrer Brüder so ein Gespräch zu führen.

Jetzt wünschte sich ein Teil von ihr, sie hätten Patrick gefragt. Er war der Bestaussehende der drei. Sie hätte sein Lächeln für den Rest ihres Lebens vor sich haben können statt das Gesicht des international tätigen Archäologen/Nr. 4592.

Sie fuhren in die Peachtree Street, und Natalie gab am Fuß des Hügels Gas. Sie wurden in die Sitze gedrückt.

»Sorry«, sagte sie.

»Immer mit der Ruhe, Frau Bleifuß.«

Beim Haus angekommen, parkten sie den Van hinter Noras Wagen in der Einfahrt.

»Ich ruf noch kurz im Tierheim an, um zu hören, ob alles in Ordnung ist«, sagte Bridget und griff nach ihrem Handy im Getränkehalter.

Natalie legte eine Hand auf ihre.

»Michelle hat alles im Griff, Bridget«, sagte sie. »Sei jetzt ganz hier.«

Bridget nickte, und die beiden stiegen aus.

Auf der Straße stand ein nagelneuer SUV, den Bridget nicht kannte. Auf dem Kofferraumdeckel des BMW klebte ein ovaler Aufkleber, auf dem die Buchstaben *OFD* standen.

Originally from Dorchester.

»Ach, John«, seufzte Bridget.

Wahrscheinlich musste er in Boston gesehen werden und sein Image verteidigen: Tief im Inneren liebte er Dorchester selbstverständlich mehr als alles andere. Auch wenn er schließlich doch nach Weston gezogen war und seine Tochter da auf eine schicke Privatschule schickte. Aber sie würde ihm diese Geschmacklosigkeit ordentlich aufs Butterbrot schmieren. Er hatte es nicht anders verdient.

Sie griff nach den Taschen, und Natalie führte den Hund die Stufen hinauf zum Hauseingang.

Bridget kam hinterher und dachte darüber nach, dass sie in das Haus von Natalies Eltern einfach hineinspazierte, wie jedes andere Familienmitglied. Aber Natalie – ihre gutherzige, aufgeschlossene Natalie – musste an der Tür warten, um eingelassen zu werden.

Als Bridget die Tür aufmachte, raste Rocco mit fliegender Leine in die Küche.

Vom anderen Ende des Flurs drangen leise Stimmen zu ihnen.

»Bist du bereit?«, fragte Natalie.

»Nein«, sagte Bridget. »Komm, wir fahren wieder nach Hause.«

Von seinem Platz in der Ecke starrte sie das Prager Jesulein an. Die Figur trug einen roten Satinumhang und eine himmelblaue Krone. Über die Jahre hatten ihr unzählige Male Hockeyschläger und unkontrollierte Ellbogen den Kopf abgeschlagen, aber Nora hatte ihn immer wieder pflichtschuldig angeklebt.

Bridget ließ die Taschen vor Julias und Johns übergroßem Hochzeitsporträt zu Boden fallen. Ein Freund ihres Cousins, Tatortfotograf bei der Bostoner Polizei, hatte an dem Tag fotografiert. Er hatte ihnen einen guten Preis gemacht, aber leider hatte er keinen blassen Schimmer, wie man etwas Lebendiges abbildete: Die Leute auf den Aufnahmen sahen entweder steif und ihre Posen gestellt aus, oder man sah nur einen Schuh oder einen Unterarm.

Sie hängte die Mäntel auf, dann folgten sie dem Hund in die Küche.

Brian lehnte im Anzug am Küchenschrank und starrte glasigen Blickes ins Nichts. Ob seine Augen vom Alkohol oder vom Weinen getrübt waren, war auf den ersten Blick nicht zu erkennen. Hinter ihm standen drei leere Bierflaschen, eine vierte hielt er in der Hand. Wenn Bridget an ihn dachte, sah sie ihn immer in Bestform vor sich: nichts als Muskeln, der Körper eines Athleten. Sie war jedes Mal überrascht zu sehen, dass er mittlerweile beinahe fett war. Der Anblick des Doppelkinns und der Wampe unter dem Hemd machte sie traurig.

John und Maeve saßen am Tisch und sahen auf ihre Handys. Julia stand gebeugt vor dem Kühlschrank und versuchte, eine riesige Servierplatte hineinzukriegen. Seufzend öffnete sie das Tiefkühlfach, in dem mehrere Packungen Brigham's Vanilleeis lagerten, Noras einzige Sünde.

»Hey«, sagte Brian und bückte sich, um Rocco zu kraulen.

»Hallo«, sagte Bridget.

Sie wollte fragen, wie es ihm ging. Patrick und er hatten sich so nahegestanden. Aber Brian redete nicht viel, und Bridget wusste nicht, wie sie anfangen sollte. Nicht vor all den Leuten.

»Wie war die Fahrt?«, fragte Julia. »Wir sind auch gerade erst angekommen.«

Sie machte ein paar Schritte und umarmte erst Natalie, dann Bridget. Bridget stand nur da und ließ es geschehen. Die Raffertys waren keine Familie der Umarmer.

Ihre Schwägerin sah perfekt aus, wie immer. Sie trug schwarze Strumpfhosen und Schuhe mit hohen Absätzen. Für Bridget sah ihr Kleid wie ein schlichtes Schwarzes aus, aber später erklärte Natalie ihr, wer es designt und wie viel es gekostet hatte.

Bridget hatte Julia immer für zurückhaltend und sparsam gehalten. Ständig versuchte sie, Nora mit Schnäppchen zu imponieren, die sie wieder irgendwo ergattert hatte. Doch als Natalie ihr zum ersten Mal bei einem zwanglosen Grillabend begegnete, warf sie einen Blick auf sie und sagte: »Ich kann nicht fassen, dass sie in den Sandalen Volleyball spielt.« »Wieso nicht?«, hatte Bridget gefragt. »Die kosten zwölfhundert Dollar.« Diese Info war wie eine Granate in ihrer Jackentasche, die sie jederzeit einsetzen könnte, um ihrer Mutter den Rest zu geben.

Maeve stand auf und umarmte beide.

»Komm schon, Papa«, sagte sie. »Willst du Tante Bridget nicht drücken?«

John stand betont widerwillig auf, und die Geschwister taten, als würden sie magnetisch voneinander abgestoßen.

»Ihr seid echt komisch«, sagte Maeve.

Bridget lächelte.

Als John sie schließlich umarmte, spürte sie, wie etwas in ihr aufbrach. Sie begann zu weinen. Ihr blöder Bruder, dieser große Vollidiot, ihr Begleiter durchs Leben – nirgends hatte sie sich je so sicher gefühlt wie bei ihm.

John sah so traurig aus, als sie sich aus der Umarmung lösten. Sie konnte seinen Blick kaum aushalten.

»Neues Auto?«, fragte Bridget.

»Ja. Ganz nett, oder?«

»Total. Besonders der Aufkleber. Aber wäre ein Zettel im

Fenster nicht effizienter, auf dem steht: *Ich bin ein Vollidiot, bitte schlitz meine Reifen auf*?«

Brian grunzte, und ihm lief Bier aus der Nase.

»Arschloch«, sagte John lächelnd.

»Papa!«, rief Maeve. »Zur Kasse, bitte.«

Für das A-Wort, wie sie es nannte, nahm sie fünf Dollar, für alles andere einen. Bei den Familientreffen der Raffertys räumte sie ab. Wie sie Bridget einmal erzählt hatte, verdiente sie mit Julias Verwandten keinen einzigen Dollar.

»Schreib's an«, sagte John.

Maeve wollte schon protestieren, senkte dann aber doch den Blick auf ihr Smartphone.

John hatte Maeve zu ihrem zehnten Geburtstag einen Claddagh-Ring geschenkt, wie er einen trug. Sie hatte ihn seitdem nicht abgelegt. Jetzt bemerkte Bridget, dass der Ring nicht mehr an ihrem Finger steckte.

Vor kurzem hatte Maeve Bridget eine SMS geschickt, die lautete: *Ich habe das Gefühl, dass meine Eltern meinen chinesischen Ursprung irgendwie ablehnen.*

Bridget hätte ihre Nichte gern sofort angerufen, schrieb aber stattdessen zurück, weil Maeve wahrscheinlich sowieso nicht rangehen würde. Maeve bearbeitete alle wichtigen Themen per SMS. Bridget antwortete also, dass sie das nicht glauben konnte, und erinnerte Maeve daran, dass John und Julia extra den Kontakt zu anderen Adoptivfamilien aufrechterhielten, damit sie einmal im Jahr die gleichaltrigen Adoptivkinder trafen. Wenn sie ihre leibliche Tochter wäre, erklärte sie Maeve, hätte sie andere Probleme mit ihren Eltern. Mit dreizehn hatte kein Mädchen das Gefühl, zu ihrer Familie zu gehören.

Rede mit ihnen drüber, hatte Bridget ihr geraten.

Insgeheim fand sie, dass John und Julia so manches anders machen könnten. Das sah Natalie genauso. Sie selbst wären mit der Situation sensibler umgegangen.

Wie angenehm, noch kein eigenes Kind zu haben und über die Entscheidungen der anderen noch mit so großem Selbstbewusstsein urteilen zu können, weil man selbst noch keine Fehler gemacht hatte.

Als Charlie noch lebte, hatten John und er ständig mit Maeve darüber gesprochen, was es bedeutete, Ire zu sein. Sie selbst sei eine Chirin: eine Mischung aus einer Chinesin und einer Irin. Aber über China verlor niemand ein Wort. Sie war das einzige Kind ihres Alters in der Familie, und obwohl Nora und Charlie ein Dutzend Enkel erwartet hatten, war sie auch die Einzige, die ihre Linie fortsetzen würde. Selbst Maeves Namen hatten sie aus diesem Grund gewählt. Julia hatte sich zunächst dagegen gewehrt. Sie wollte ihre Tochter nicht mit diesem lächerlichen Namen belasten: Maeve Rafferty. Für den Rest ihres Lebens würde bei dem Namen jeder einen sommersprossigen Rotschopf erwarten.

Bridget erinnerte sich, dass Maeve in der zweiten Klasse über ihre Herkunft schreiben sollte. Die Familie hatte sich im Haus ihrer Mutter zum Abendessen getroffen. Damals war Charlie schon krank und hatte nur noch wenige Monate zu leben. Trotzdem war er so fröhlich wie immer und sah sich interessiert den Familienstammbaum der Raffertys und Flynns an, den Maeve auf einen grünen Karton gezeichnet hatte.

Bridget fand es seltsam, dass Maeve nichts über die Familie wusste, der sie entstammte, nicht einmal über die Mutter, die sie geboren hatte. Aber die Namen ihrer Ururgroßeltern sowohl von Charlies als auch von Noras Seite konnte sie herunterrattern. Sie fragte sich, ob Maeve je darüber nachdachte.

Maeve hatte für ihre Großeltern eine Liste von Fragen über das Leben in Irland vorbereitet.

Nora sprach nie über die Vergangenheit, also richteten sich Maeves Fragen an Charlie, selbst, als Maeve fragte: »Was trug man als Mädchen in der Schule, wo du aufgewachsen bist?«

»Schuluniform«, sagte Charlie mit einem Blick zu Nora, damit sie mit einer genaueren Beschreibung aushalf.

Nora seufzte, als wäre es eine unzumutbare Kraftanstrengung, davon zu berichten. »Pullover und Rock, jeweils marineblau. Marineblaue Sachen haben wir nachher nie wieder angezogen.«

»Wie hat man Geburtstage und Weihnachten gefeiert?«

»Ach, Geburtstage kamen und gingen«, sagte Nora. »Zu Weihnachten bekam man vielleicht eine Puppe oder ein Andachtsbildchen. Das war damals etwas ganz Besonderes. Wir sind in einfachen Verhältnissen aufgewachsen. Unsere Eltern waren streng, aber anders kannten wir es nicht. Wir hatten keine Ahnung.«

Das Letzte klang wie ein Wort: *Keineahnung.*

Selbst dieses bisschen Offenheit ihrer Mutter erstaunte Bridget. Vielleicht hatte sie sich deshalb bereiterklärt, über Irland zu reden, weil es eine Hausaufgabe war. Oder weil sie Maeve nichts so leicht ausschlagen konnte wie dem Rest von ihnen. Oder vielleicht war für sie jetzt, da sie einen sterbenden Ehemann pflegte, die Erinnerung an lang vergangene Zeiten plötzlich attraktiver.

»Die Idee, dass uns etwas zustoßen könnte, gab es nicht«, fuhr Nora fort. »Ich bin mit meinem Bruder mit sechs oder acht ganz allein zum Meer gegangen. Aber es war ein hartes Leben. Woran ihr so gewöhnt seid, dass man euch verwöhnt und beschenkt, das kannten wir nicht. Kinder mussten mit anpacken.«

»Hattest du wenigstens Taschengeld?«, fragte Maeve.

»Um Gottes willen, nein! Taschengeld!«

Wie Nora es sagte, konnte man denken, Taschengeld sei eine Babygiraffe oder ein Lamborghini.

»In dem Ort, aus dem ich komme, gab es bis in die sechziger Jahre keinen Strom«, sagte sie, »und auch dann gab es nur eine einzige Steckdose, die war in der Küche. Es dauerte weitere zehn Jahre, bis in jedem Zimmer eine war. Bis 1984 gab es kein Telefon. Meine beste Freundin Oona Donnelly lebte im ersten Haushalt mit einem Anschluss. Sonntags standen die Leute vor ihrer Haustür Schlage, um ihr Telefon zu benutzen. Zwei Jahre später wurde die Strickfabrik geschlossen. Das war für alle ein großer Schlag. Die arme Oona hatte plötzlich keine Arbeit mehr. Viele Familien mussten weggehen, nach Shannon, Limerick oder sogar London.«

»Du lieber Himmel«, sagte John, »gibt es denn gar nichts Schönes zu erzählen?«

Charlie räusperte sich. »Wir stammen von einer Gegend an der Westküste Irlands, Maeve. Cromwell hat uns dahin gejagt. *Zum Teufel oder nach Connaught*, war seine Devise. Die Überlebenden waren zäh wie Schuhsohlen. Und das sind unsere Vorfahren, deine Vorfahren.«

Das hatten sie alle eine Million Mal gehört.

»So klingt es natürlich ganz nett«, sagte Nora, »aber, Himmel nochmal: Wir sind auf richtig verdreckten Bauernhöfen groß geworden.«

Das konnte man sich bei Nora überhaupt nicht mehr vorstellen. Eine Frau mit einem großen Haus und Teppichboden in jedem Zimmer. Eine Frau, die jedem Staubkorn den Kampf angesagt hatte und Tiefkühlgemüse für die größte Erfindung der Neuzeit hielt.

»Schreib in deinen Bericht«, sagte Charlie, »dass deine Großmutter so mutig war, dass sie mit einundzwanzig allein nach Amerika gekommen ist. Ganz allein.«

Bridgets Mutter sah Charlie mit tief gerunzelter Stirn an, wie fast immer, wenn er etwas sagte.

Bridget hatte noch nie darüber nachgedacht, aber es war schon erstaunlich.

»Wie war das für dich, Oma?«, fragte Maeve.

Nora zwang sich zu einem Lächeln. »Ich habe auf dem Schiff andere Mädchen kennengelernt. Wir haben während der ganzen Überfahrt getanzt und gesungen. Es war eine unvergessliche Zeit. Es gab sogar ein Schwimmbecken auf dem Schiff!«

Bridget bemerkte, wie sich das Gesicht ihres Vaters erhellte. So sah er aus, wenn es seiner Meinung nach Zeit für einen Witz war. »Wir hatten es nicht so gut«, sagte er. »Wir waren im Zwischendeck untergebracht, unter den Füßen der Reichen. Im Frachtraum vergnügten sich die Ratten, und in den Ecken lagen Tote. Eines Tages hatten wir ein Leck. Uns war klar, dass das unser Ende war. Ich weiß noch genau, wie ich durch eine Kabinentür blickte und ein irisches Ehepaar engumschlungen im Bett liegen sah. Sie warteten nur darauf, dass der Tod sie holte und heimbrachte.«

»Ach, hör auf, Papa«, sagte John. »Das ist doch aus *Titanic*.«

»Ach ja?«, sagte Charlie und zwinkerte Maeve zu.

»Maeve und ich haben eine Ankündigung zu machen«, sagte John. »Willst du es ihnen selber sagen?«

Maeve nickte energisch.

»Wir haben einen Backstein auf Ellis Island!«, sagte sie.

»Was denn für einen Backstein?«, fragte Bridget.

»Für eine Spende von einem gewissen Betrag verlegen sie auf Ellis Island einen Gedenkstein mit dem Familiennamen der Person, die dort angekommen ist«, sagte John. »Ab nächster Woche haben die Raffertys da ihren eigenen Stein. Ein Foto davon kommt in Maeves Bericht.«

Nora und Charlie schwiegen.

»Was ist denn?«, fragte John.

»Wie schön«, sagte Nora zu Maeve.

»Nur ist von unserer Familie niemand dort angekommen«, sagte Charlie.

»Was?«, sagte John. »Ihr habt doch gesagt, dass ihr in New York angekommen seid.«

»Das stimmt auch, aber Ellis Island war schon geschlossen, als wir ankamen.«

»Okay, aber was ist mit euren Verwandten, die schon zur Jahrhundertwende rübergekommen sind?«

»Die sind direkt nach Massachusetts gefahren«, sagte Charlie. »New Bedford. Einige kamen auch in Gloucester an.«

Das Lächeln verschwand von Johns Gesicht. »Gloucester«, sagte er. »Nicht gerade aufregend.«

Charlie tat, als spreche jemand zu ihm, und sagte schließlich: »Deine Vorfahren lassen ausrichten, dass es ihnen von Herzen leidtut.«

Als Nora in die Küche kam, sah sie Natalie zunächst nicht, die hinter der Kühlschranktür versuchte, mit Julia Platz für zwei riesige Servierplatten zu schaffen.

»Was machst du denn da, Julia?«, sagte Nora. »Bridget, zieh dich um.«

»Hallo, Mama«, sagte Bridget.

»Hast du sie, John?«, fragte Nora.

Er griff in die Hosentasche und hielt etwas Winziges in der Hand. »Meintest du das hier?«

Nora kniff die Augen zusammen und hielt es sich dicht vors Gesicht. »Ja!«, sagte sie. »Gott sei Dank. Bevor wir gehen, muss ich euch allen etwas sagen.«

In diesem Augenblick richtete Natalie sich auf. Nora sah sie an wie ein Fremde, die an der Haustür Enzyklopädien verkauft.

»Oh«, sagte sie. »Hallo.«

»Hallo Nora«, sagte Natalie. »Es tut mir ja so leid. Wie geht es dir?«

Bridgets Mutter sah in dem schwarzen Kostüm tausend Jahre alt aus. Sie trug nicht wie sonst den rosaroten Lippenstift, und Bridget sah, wie dünn ihre Lippen geworden waren. Vielleicht waren sie unter der Farbschicht auch schon immer so dünn gewesen.

»Ich habe für später Häppchen mitgebracht«, sagte Julia. »Mal sehen, ob ich sie noch in den Kühlschrank kriege.«

»Musste das sein?«, sagte Nora. »Und lass die Tür nicht so lange offen stehen. Die Nachbarn bringen ständig Essen vorbei. Die haben wohl Angst, dass wir verhungern. Eileen hat Proviant für eine ganze Armee gebracht. Oh, Bridget: Tommy ist heute Abend auch da. Die Scheidung ist durch, aber das hast du nicht von mir.«

Die Atmosphäre in der Küche änderte sich schlagartig. Julia sah Natalie mitfühlend an und schüttelte den Kopf.

»Mama«, sagte John. »Wen interessiert denn jetzt Tommy Delaney?«

Er sah entsetzt aus, und Bridget liebte ihn dafür.

Sie wollte jetzt nur noch weg.

»Ich muss meine Bluse bügeln«, sagte sie und warf Natalie einen Blick zu. »Bin gleich wieder da.«

Sie hatte ein schlechtes Gewissen, Natalie alleinzulassen, aber ihr drehte sich der Magen um, und das ging erst weg, als sie mit einer Bluse in der Hand die Treppe in den Keller hinunterging, wo neben der Waschmaschine das Bügelbrett stand.

Nora organisierte nach jedem Ableben eines Verwandten einen privaten Flohmarkt und spendete den Erlös dem Morgan Memorial. Was nicht verkauft wurde, landete hier unten, als könnte eines schönen Tages jemand die Sachen brauchen, die jetzt niemand mehr geschenkt haben wollte. Auf der Tischtennisplatte häuften sich die Überbleibsel, und sie bog sich in der Mitte unter dem Gewicht vollgepackter Plastikkisten. In einer davon sah Bridget auf einer alten Fotografie das lachende Gesicht einer Fremden, die wie eingesperrt hinter dem Plastik klebte. Das Foto musste auf einer Feier entstanden sein. Die Frau warf den Kopf beim Lachen zurück.

Noras Verwandte in Irland waren schon lange tot. Was von der Familie in Amerika übrig war, gehörte zu Charlies Linie, aber sie sorgte für jeden Einzelnen, besuchte die Alten im Krankenhaus und kümmerte sich um alles, wenn jemand starb. Hatte einer von ihnen nichts für eine richtige Beerdigung zurückgelegt, übernahmen Nora und Charlie die Kosten. Ein lang verloren geglaubter Großonkel aus Seattle, mit dem seit 1967 niemand aus der Familie Kontakt gehabt hatte, war nach seinem Tod nach Boston überführt worden, wo er auf ewig neben den Mitgliedern des Rafferty-Clans lag, denen zu entkommen er zu Lebzeiten so bemüht gewesen war. »Wer zuletzt lacht, Seamus«, hatte Charlie am Grab gesagt.

Während sie wartete, dass das Bügeleisen heiß wurde, warf Bridget einen Blick in einige der Kisten. Ein Schlittschuhkarton quoll über mit an den Rändern eingerollten Schwarzweißfotos, und unter dem Deckel eines Hummertopfes lagen eine nackte Puppe, die auf einem Arm eine blutrote angemalte Wunde trug, und ein hellblauer Baseballhandschuh, an dem noch das Preisschild hing. Den hatte ihr Vater beim Sommerschlussverkauf bei Caldor gekauft. Es sei ein Linkshänderhandschuh, hatte John ihm erklärt, und deshalb für keinen von ihnen zu gebrauchen. Aber das hatte Charlies Enthusiasmus keineswegs bremsen können: *Aber er war doch um siebzig Prozent reduziert!*

Bridget legte den Deckel wieder auf den Topf. Sie hatte genug gestöbert und ging zum Bügeleisen zurück. Als sie sich mit etwa zwölf Jahren schon einmal hier unten umgesehen hatte, war sie am Boden eines Schuhkartons auf eine Art Liebesbrief gestoßen. Er war an ihre Mutter adressiert.

Niemand darf erfahren, was wir getan haben, stand darin. *Meine Frau würde es nicht ertragen. Und dein Mann vermutlich ebenso wenig.*

Bridget hatte John den Brief gezeigt, aber sie hatten nie wieder darüber gesprochen. Er gehörte zu den Dingen, die einen so tief erschüttern, dass man keine andere Wahl hat, als sie so schnell wie möglich zu vergessen und zu tun, als wäre nichts gewesen. Nur ganz selten kam ihr noch plötzlich ein unangenehmer Gedanke.

Warum hoben Leute Dinge auf, die keiner finden durfte? Vielleicht hatte es damit zu tun, dass man sich den eigenen Tod nicht vorstellen konnte und jeder glaubte, er habe noch jede Menge Zeit, die Leichen im Keller zu beseitigen.

Als Bridget wieder nach oben ging, hatten die anderen sich zurückgezogen, und nur Brian saß gedankenverloren mit seinem Bier am Küchentisch.

Sie ging weiter und traf auf John, der die Treppe herunterkam.

»Hey«, flüsterte er. »Ich muss dir was sagen. Mama darf aber nichts erfahren.«

Er hielt inne, und sie fühlte sich wieder wie mit zehn Jahren, als warte er darauf, dass sie auf die Bibel schwor.

Bridget nickte. »Was ist denn?«

»Rory McClain hat vorhin angerufen und …«

Auf Johns besorgtem Gesicht machte sich plötzlich ein Lächeln breit. Bridget drehte sich um und sah Maeve.

»Hi, Kleine«, sagte sie.

Maeve nickte.

»Dann heben wir uns das für später auf«, sagte John.

»Was wollt ihr euch aufheben?«, wollte Maeve wissen.

»Ach, es ging um …«, fing John an, und Bridget konnte förmlich hören, wie es bei ihm ratterte, »um die Börse.«

Maeve seufzte: »Börse. Alles klar.«

»Später also«, sagte Bridget und ging weiter in ihr Schlafzimmer, in dem Natalie gerade auspackte.

»Hallo«, sagte Bridget. Sie sah Natalie an, dass etwas nicht stimmte. »Tut mir leid, dass ich dich mit den ganzen Verrückten alleingelassen habe.«

Nach langem Schweigen sagte Natalie: »Ich weiß, dass das alles gerade nicht so einfach ist, aber ich sehe auch, dass wir kurz davorstehen, Eltern zu werden. Und dann heißt deine Mutter mich auf diese Art willkommen, und du haust einfach ab. Du musstest also dringend bügeln, ja? Langsam frage ich mich, ob ich mir mit uns nur was vormache.«

Bridget sah Natalie an, die einzige Person, die sie voll und ganz mit all ihren Macken und ihrer Traurigkeit akzeptiert hatte. Plötzlich spürte sie, dass sie etwas losließ.

»Okay. Ich sage ihr das mit dem Baby jetzt.«

Natalie riss die Augen auf: »Jetzt gleich?«

»Ja, jetzt gleich.«

Bridget küsste sie, drehte sich um und verließ mit der frisch gebügelten Bluse auf der Schulter das Zimmer.

Nora saß allein im Wohnzimmer und wartete darauf, dass die anderen sich fertig machten.

»Mama«, sagte Bridget. »Können wir kurz reden?«

»Ja«, sagte Nora. »Ich will auch mit dir reden. Setz dich. Ich muss dir etwas sagen. Eigentlich muss ich es euch allen sagen, aber man erwischt euch ja nicht zusammen.«

Eine Viertelstunde vorher waren sie alle in der Küche gewesen. Bridget dachte an den Auftritt ihrer Mutter und fragte sich, ob Natalies Anwesenheit sie davon abgehalten haben könnte, zu sagen, was sie hatte sagen wollen.

Bridget setzte sich neben sie auf das Sofa.

Plötzlich hatte sie Angst, dass ihre Mutter es vielleicht schon wusste, dass sie versuchen könnte, Bridget von ihrem Plan abzubringen und ihre Gedanken zu vergiften. Natürlich wäre ihrer Mutter das Vorhaben fast unvorstellbar. Wie damals, als John und Julia die Adoption ankündigten. Nora würde ihre Enkel nicht auf unkomplizierte Art bekommen. Für ihre Generation war alles so einfach gewesen. Damals hatte man sich über nichts Gedanken machen müssen. Man hatte geheiratet und auf althergebrachte Weise Kinder gezeugt und bekommen.

»Es könnte sein, dass eine Nonne zur Totenwache kommt«, sagte Nora.

»Das wolltest du mir sagen?«

Ihre Mutter nickte.

Bridget richtete sich kerzengerade auf. Dass Nora die Sache mit dem Baby ansprechen könnte, war wohl weniger Angst als Wunschdenken gewesen. Dazu hätte Nora Bridget zunächst als das anerkennen müssen, was sie war.

»Wie dem auch sei«, sagte Bridget. Sie suchte nach den richtigen Anfangsworten. Warum war das nur so schwer? »Ich musste an dich denken und an die Zeit, in der du dein erstes Kind hattest. Das war bestimmt nicht einfach.«

Bridget glaubte, schon jetzt Argwohn in Noras Blick zu erkennen. »Was soll das denn heißen?«

»Na ja, du warst in einem fremden Land, und deine Mutter war nicht da, um dir zu helfen. Wenn einem als Frau die Mutter beisteht, dann …«

»Meine Mutter ist gestorben, als ich noch ein Kind war«, sagte Nora, als wisse Bridget das nicht.

»Ja, klar.« Sie machte das alles falsch. »Ich wollte nur sagen, dass du sie damals besonders vermisst haben musst. Du hast nie viel von ihr erzählt.«

»Ich hatte nie Zeit, darüber nachzudenken«, sagte Nora, »und das war auch gut so.«

»Ja, vielleicht. Ich habe in letzter Zeit viel über Mütter und Töchter nachgedacht, also über Mütter und Babys, um genau zu sein. Weil nämlich …«

Jetzt sah Nora genervt aus: »Ich habe gerade versucht, dir etwas mitzuteilen.«

»Ach so, okay. Dann sprich.«

»Also.« Nora tippte im Wechsel mit den Fingerspitzen gegen den Daumen. »Was war es doch gleich? Ach ja. Du erinnerst dich an meine Schwester?«

»Wie bitte?«

»Meine Schwester. Theresa. Mittlerweile nennt sie sich anders.«

Sie sagte das alles, als hätte Bridget es einfach nur vergessen.

Bridget wurde steif. »Wovon redest du? Du hast keine Schwester.«

»Doch, die habe ich.«

Ein Nervenzusammenbruch. Oder die Anfänge einer Demenz, ausgelöst durch den Verlust.

Bridget sagte langsam: »Nein, Mama, du hattest nur einen Bruder. Martin, er hat in Irland gelebt. Er ist gestorben. Weißt du noch?«

»Ich bin nicht verrückt geworden, Bridget«, sagte Nora. »Ich versuche, dir etwas mitzuteilen. Ich hatte eine Schwester. Beziehungsweise: Ich habe noch immer eine.«

»Drüben in Irland?«

»Nein, hier. Wir sind zusammen von Irland herübergekommen. Sie ist Nonne und lebt in einem Kloster in Vermont.«

Bridget sah zur Tür. Diese Mitteilung war ihr zu viel. Sie wusste nicht, was sie denken sollte. Am liebsten wäre sie aufgestanden und gegangen oder hätte nach John oder Natalie gerufen, damit diese ihr sagten, was sie fühlen sollte.

Stattdessen frage sie: »Warum höre ich heute zum ersten Mal von dieser Person?«

»Wir haben sie einmal besucht, als ihr noch klein wart.«

»Das haben wir nicht.«

»Doch.«

Nora zog die Stirn in Falten. »Wir haben uns vor Jahren zerstritten. Aber gestern habe ich sie angerufen, und jetzt kommt sie vielleicht. Ich wollte euch darauf vorbereiten, weiter nichts.«

Bridget musste sich anlehnen.

Sie hatte schon immer gewusst, dass die Wahrheit in dieser Familie verspätet, zufällig, unter Alkoholeinfluss oder überhaupt nicht ans Tageslicht kam. Trotzdem war sie verletzt. Sie dachte an das Bild, das ihr Vater für sie gezeichnet hatte, ein seltsames Abbild der Unwirklichkeit, das für sie realer gewesen war als die Mutter aus Fleisch und Blut, die neben ihr saß. Die junge Nora auf einem Schiff nach Amerika. *So mutig* und *ganz allein.*

Aber Nora war gar nicht allein gewesen.

Dann erinnerte Bridget sich an Patricks Worte: *Die hat viel schlimmere Geheimnisse.* Sie hatte nicht gefragt, was genau er damit gemeint hatte. Vielleicht hatte sie es nicht wissen wollen. Jetzt wünschte sie, er wäre hier, um es ihr zu sagen. Plötzlich trat der Brief, den sie im Keller gefunden hatte, wieder an die Oberfläche, als hätte er sich in ihrem Schoß entfaltet.

»Eine Schwester«, sagte sie.

Nora wirkte erleichtert, verstanden worden zu sein.

»Ja.«

Bridget wollte ihre Mutter schützen: Warum musste diese Schwester gerade jetzt auftauchen, in Noras schwerster Stunde? Sie hatte nicht den Eindruck, dass ihr Besuch für Nora Trost bedeutete. Andererseits hatte Nora gesagt, dass sie sie angerufen hatte. Bridget wollte wissen, was zwischen ihnen vorgefallen war, aber der Ton ihrer Mutter verriet ihr, dass sie keine weitere Diskussion zulassen würde. *Nora hat's gegeben, und Nora hat's genommen.*

Gespräche mit den Kindern waren für Nora nie dazu da gewesen, ihnen die Komplexität des Lebens nahezubringen oder lebensnotwendige Erkenntnisse zu teilen, sondern eher, um sie auf schnellstem Weg zum Schweigen zu bringen. Als sie klein waren, hatte sie ihnen bei jeder Art Problem, vom Splitter bis zum gebrochenen Arm, empfohlen, es als Opfer zu betrachten.

Wenn Bridget darüber klagte, dass einer ihrer Brüder oder ein Klassenkamerad ihr Unrecht getan hatte, sagte ihre Mutter nur: »Gott ist nicht dein Glücksschwein.«

Als John einmal wissen wollte, warum sie Onkel Matthew und Tante Joanne schon seit Monaten nicht gesehen hatten, hatte Nora nur gelacht und so getan, als sei die Antwort selbstverständlich: »Sie wohnen in Saint William's und wir in Saint Margaret's.« Keiner hatte sich getraut zu sagen, dass beide Gemeinden zu Dorchester gehörten und kaum einen Kilometer voneinander entfernt lagen.

Das größte Mysterium aber war Sex. Er wurde niemals in irgendeiner Form erwähnt.

Als Nora mit Brian schwanger war, wollte Bridget wissen, wo Babys herkamen.

Ihre Mutter hatte nicht einmal aufgeblickt. »Die kauft man im Laden.«

Bridget fand, dass das einiges erklärte. Zum Beispiel, warum Brian ihnen nie seine Freundinnen vorgestellt hatte, nicht einmal die, mit der er zum Abschlussball ging. Er hatte darauf bestanden, sie allein abzuholen, und Nora hatte kein Foto machen dürfen. Patrick sah man nie mit derselben Frau zweimal, und er brachte keine je mit nach Hause. Das machte nur John. Er kam mit einer ganzen Reihe braver kleiner Katholikinnen an, an deren Ende Julia stand. Sie war die Tochter von Agnostikern, was Nora wehgetan haben musste, obwohl sie nie etwas dazu gesagt hatte.

Jetzt kam noch etwas zutage, das sie ihnen nicht gesagt hatte.

Deshalb konnte Bridget nun nicht mehr sagen, was sie sagen wollte. Vielleicht hatte sie die Zustimmung einer Person nicht nötig, die sich weigerte, sie zu sehen, wie sie wirklich war, oder an sich heranzulassen. Mit dem Segen der Mutter wäre es einfacher, aber es war Wahnsinn, darauf zu warten und in der Zwischenzeit das eigene Leben auf Eis zu legen. Besonders, wenn nicht unwahrscheinlich war, dass sie ihn nie bekommen würde. Lieben und kennen waren zwei verschiedene Dinge.

»Was wolltest du mir sagen?«, fragte Nora irgendwann.

»Nichts. Wir sprechen später darüber.«

Teil Sechs

1975–1976

16

Jeden Dienstagmorgen, wenn die Kinder in der Schule waren, war Nora bis elf Uhr dreißig bei der Legion Mariens. Aber an diesem ersten Dienstag im Mai ließ sie es ausfallen, um schon einmal den Einkauf zu erledigen.

Sie hatte am darauffolgenden Sonntag eine Tauffeier auszurichten, und es gab noch jede Menge zu tun. Die Eltern der zu taufenden Zwillinge, ein Junge und ein Mädchen, waren Charlies Cousin Fergal und seine Frau. Fergal hatte zuerst bei Nora und Charlie gewohnt, als er mit achtzehn nach Amerika gekommen war. Damals war Nora öfter mit ihm aneinandergeraten, wenn er samstagabends betrunken hereintorkelte, die Kinder wild machte, ihnen mit Gruselgeschichten Angst machte und sie dazu anstachelte, ein Stück Kuchen aus der Küche zu stibitzen.

Aber jetzt war Fergal fünfundzwanzig. Erwachsen. Er hatte eine reizende Frau gefunden.

Die anderen sagten, dass Nora diese Feier mit Fug und Recht jemand anderem überlassen könne, schließlich war sie selber im siebten Monat schwanger. Sie fragte sich, ob das der einzige Grund war, oder ob sie dachten, dass sie mit Patrick ohnehin schon überfordert war.

Sie hatte natürlich darauf bestanden, es selbst zu machen. Früher war sie schüchtern gewesen und hatte sich in der Familie ihres Ehemannes als Fremde gefühlt. Aber mit der Zeit hatte sie ihren Platz gefunden. Als Mrs. Quinlan müde wurde, hatte Nora als Gastgeberin übernommen. Jetzt war sie diejenige, deren Kühlschrank immer gut gefüllt und deren Tür immer offen war. Am Anfang ging immer irgendetwas schief –

sie zerkochte den Truthahn, oder der Tiefkühler ging kaputt und die Eiswürfel flossen dahin, aber mittlerweile konnte sie jede Art von Feier mit geschlossenen Augen ausrichten. Während der Fastenzeit organisierte sie freitagabends das gemeinsame Fischmahl in der Kirche und eine Ostereiersuche für alle Kinder der Gemeinde. Nora organisierte Geburtstage und Weihnachtsfeiern. An wie vielen Abenden, an denen es ihr gelungen war, die Kinder früh in die Wanne und ins Bett zu kriegen, war dann noch stundenlang in der Küche gesungen und gezecht worden und jeder Zentimeter von Charlies Leuten belagert gewesen.

Manchmal sehnte sie sich nach Ruhe. Nora träumte von einem Haus weit weg von hier und schaute jeden Sonntag nach Angeboten in Hull. Vor Monaten schon hatte sie eines der Immobilienangebote ausgeschnitten und an den Schlafzimmerspiegel geklebt. Es war ein Schwarzweißfoto eines Gebäudes im Kolonialstil mit ausladender Terrasse, vier Schlafzimmern und drei Bädern. Vom Dachbodenfenster hatte man sogar ein ganz klein wenig Meerblick. Das Haus an der Peachtree Street wirkte wie aus einem Film. Für sie war es das Versprechen amerikanischer Perfektion, wie Donna Reed und Apple Pie. Jede Woche sah sie nach, ob es noch zu haben war. Wenn sie sich morgens vor dem Spiegel fertig machte, dachte Nora: *Eines Tages vielleicht*. Es war nur ein Tagtraum. Sie würden es sich niemals leisten können.

Seit sie verheiratet waren, hatten sie gespart, wo sie konnten. Sie waren nie essen gegangen oder in Urlaub gefahren. Die Kinder bekamen jeden Tag ein Thunfisch-Sandwich mit in die Schule, hörten aber trotzdem nie auf, sie um die fünfzig Cent für das warme Mittagessen anzubetteln. Sie hatten nur ein Auto. Bei Feierabend rief Charlie zu Hause an, ließ es dreimal klingeln, damit der Anruf sie nichts kostete, und Nora stieg in den Wagen und holte ihn ab.

Jetzt würde es noch ein Kind geben, und alle damit verbundenen Kosten.

Nora hatte sich geschämt, als sie herausgefunden hatte, dass sie wieder schwanger war. Sie war fast vierzig. Ihr stand kein weiteres Kind zu. Sie war sich sicher gewesen, dass Bridget die Letzte sein würde, und hatte Bettchen, Mobile und Kinderwagen verschenkt. Es war zehn Jahre her, dass sie Babysachen gewaschen und den Geruch süßen Babybreis in der Nase gehabt hatte, wenn sie warme Milch in papierähnliche Flocken rührte.

Der Arzt, der die Geburten von John und Bridget begleitet hatte, war in Ruhestand gegangen. Nora ging zu seinem Nachfolger. Bei ihrem ersten Termin hielt Nora ihn zunächst für den Sohn einer Patientin. Als er sich dann als ihr Arzt vorstellte, überlegte Nora kurz, wegzulaufen.

»Bevor wir uns das genauer ansehen, möchte ich Ihnen einige Fragen stellen«, sagte er. »Wann war Ihre erste Schwangerschaft?«

1963, dachte sie.

»1958.«

»Vor siebzehn Jahren«, rief er aus. »Seitdem hat sich viel verändert. Und Sie haben insgesamt drei Kinder, richtig?«

»Ja.«

»Alle hier im Beth Israel geboren?«

»Das erste habe ich im Saint Margaret's entbunden.«

Jeder in Dorchester ging ins Saint Margaret's, aber nach Patrick wollte Nora das Krankenhaus nicht mehr betreten. In Charlies Familie hatte man sich darüber lustig gemacht, dass Nora sich wohl zu gut für das örtliche Krankenhaus war.

Das Heim für unverheiratete Mütter, in dem Theresa damals so viele Monate verbracht hatte, stand noch immer an der Cushing Avenue. Wenn Nora daran vorbeiging, hielt sie die Luft an, wie sie es getan hatte, wenn sie als kleines Mädchen an einem Friedhof vorüberging.

»Haben Sie eine sanfte Geburt in Erwägung gezogen?«, fragte der Arzt. »Die meisten unserer Patientinnen können sich dabei besser entspannen.«

»Ich weiß gar nicht, was das ist«, sagte sie.

»Und was ist mit Ihrem Ehemann: Er war dabei?«

»Um Gottes willen, nein.«

»Das wird er diesmal aber sein«, sagte er, als ob er sie dazu bewegen wollte.

Charlie im Kreißsaal – er würde in Ohnmacht fallen. Am Ende würden sie ihn selbst ins Krankenhaus einweisen.

»Ich glaube nicht, dass das eine gute Idee ist«, sagte sie.

»Denken Sie darüber nach. Heutzutage empfehlen wir es.«

Später lachte sie mit Kitty und Babs darüber, aber als sie es Charlie erzählte, überraschte er sie. Er sagte, er würde gern dabei sein. Nora wollte es sich überlegen. Als sie sich mit Bridget abquälte, war Charlie mit seinen Brüdern im Irish Pub gewesen. Es schien ihr der bessere Ort für ihn zu sein.

Sie wollte gerade zum Einkaufen das Haus verlassen, als das Telefon klingelte. Als sie am anderen Ende Babs' Stimme hörte, bereute sie sofort, abgenommen zu haben. Wenn Babs erst einmal zu reden anfing, fand sie so schnell kein Ende.

Heute haderte sie wieder einmal mit der Umverteilung schwarzer und weißer Schüler auf andere Schulen.

Babs und Lawrence waren schon vor Jahren in den Süden Bostons gezogen. Seitdem gab sie damit an, wie zauberhaft es dort sei, als lebe sie nun in einem fernen Land anstatt in einem wenige Autominuten von Nora und Charlie entfernten Stadtteil. Tatsächlich wohnten sie noch so nah beieinander, dass sowohl Patrick als auch Babs' Ältester Conor im Einzugsgebiet der South Boston Highschool waren und sie jetzt besuchten.

»Das Schuljahr ist fast vorbei, aber die Proteste dauern an«, sagte Babs. »Die müssen sich jetzt langsam beruhigen. Die Polizisten kümmert es nicht, dass ihre Pferde mitten auf die Straße machen. Das hebt keiner auf. Wie unappetitlich.«

Nora unterdrückte ein Lachen: In Boston herrschten Rassenunruhen, und Babs hatte Angst, in Pferdeäpfel zu treten.

Sie wusste aber, dass es nicht witzig war. Im letzten Jahr hatte sie eine ganz andere Seite dieser Stadt kennengelernt. So hatte sie Boston noch nie gesehen. Am ersten Schultag war Nora zum Mittagessen zu Babs gegangen, und als sie wieder nach Hause wollte, traf sie auf der Straße auf eine aufgebrachte Menge. Sie hatten Puppen von Richter Garrity und Bürgermeister White an Laternen gehängt und dann verbrannt.

Da draußen waren Kinder im Alter ihres kleinen Sohns John und warfen Steine auf Polizisten und Busse voller Kinder. Nora dachte an Patrick und seine Freunde und betete, er möge nicht wie so viele andere, die gar nicht wussten, wofür sie kämpften, in den Strudel geraten.

Babs musste sich um Conor keine Sorgen machen, und Nora hatte mit ihr nie über ihren Kummer gesprochen. Die Einzige, mit der sie ihre Ängste teilte, war ihre Schwester.

Als Nora erfuhr, dass Theresa ins Kloster gegangen war, nahm sie es zunächst nicht ernst. Ihre Schwester wollte sich wohl nur verstecken. Als Theresa sie nach Jahren der Funkstille bat, mit den Kindern zu kommen, hatte Nora befürchtet, dass sie nur eine Ausrede suchte, um das Kloster zu verlassen, und dass Theresa auf dem Rückweg auf dem Beifahrersitz sitzen könnte. Davor hatte sie Angst gehabt.

Aber der Anblick ihrer Schwester im Nonnenhabit hatte sie tief bewegt. Es war dieser Anblick gewesen und die Art, wie Theresa sprach. Sie wirkte so reif und so ruhig, dass die Wut, mit der Nora gekommen war, und die Standpauke, die sie sich überlegt hatte, plötzlich in den Hintergrund traten. Sie war nicht mehr wütend. Stattdessen empfand sie egoistischerweise

Erleichterung. Von ihrer Schwester ging keine Bedrohung mehr aus.

In den Jahren seit ihrem Besuch im Kloster hatten sie sich viele Briefe geschrieben, in denen sie einen Ton fanden, der dem vertrauten von früher ähnelte. Nora freute sich immer sehr, wenn ein Kuvert mit dem Logo der Abtei im Briefkasten lag, mit dem in violetter Tinte gestempelten Bild, das sie von der Wundertätigen Medaille kannte, um das sich kreisförmig lateinische Worte legten.

Als Patrick elf Jahre alt war, hatte sie den Fehler begangen, Theresa zu erzählen, dass ihre Geduld mit ihm am Ende war und die Disziplinarmaßnahmen, die Bridget und John zum Zittern brachten, überhaupt keine Wirkung auf ihn hatten.

In dem Brief berichtete sie Theresa, dass sie eines Abends mit Einkäufen beladen nach Hause gegangen war, als sie über sich Gelächter hörte. Sie blickte auf und sah Patrick und Michael Ferguson über die Dächer rennen und von Haus zu Haus springen. Ihr stockte der Atem. Sie wollte zu Patrick hinaufbrüllen, er solle sofort damit aufhören, aber sie hatte Angst, dass er sich erschrecken und abstürzen könnte. Nora war hilflos in ihrer Panik gefangen gewesen. Kaum war Patrick runtergekommen, schleifte sie ihn nach Hause und schickte ihn mit einer Woche Hausarrest auf sein Zimmer.

Es hatte nichts als eine Anekdote über die Hilflosigkeit einer besorgten Mutter sein sollen, aber als sie den Antwortbrief ihrer Schwester las, zitterten ihr die Hände.

Liebe Nora,
bitte sei nicht zu streng mit ihm, wenn du kannst. Wir haben beide viel für ihn geopfert, und ich weiß, wie groß deine Liebe zu ihm ist. Ich bete täglich für ihn.

Nora war bis zu diesem Augenblick nicht klar gewesen, dass Patrick in Theresas Augen immer noch zu ihr gehörte.

Sie betete für ihn. Wie nett.

Nora hätte am liebsten geantwortet, dass sie auch betete. Zusätzlich zu jahrelangem Windelwechseln, Schuhebinden, auf kleines, scharfkantiges Spielzeug treten und erst kleinen und bald nicht mehr so kleinen Kindern sagen, was sie zu tun und zu lassen haben. Mutterschaft war Wiederholung. Die Anzahl der Brote allein. Sie musste ihm mittlerweile Tausende gemacht haben. Zehntausende.

Man sah ihr die Kinder an den dunklen Augenringen an, einem Produkt schlafloser Nächte bei Koliken, Halsentzündungen oder einem nächtlich flüchtigen Teenager. Vom ewigen Tragen wechselnder Kleinkinder auf der Hüfte hatte sie chronische Rückenschmerzen, und auf ihrer rechten Hand zeugte ein Fleck wie verschrumpelte Frischhaltefolie von einer Verbrennung, nachdem Bridget eine brühend heiße Tasse Tee beim Frühstück verschüttet hatte. Mutterschaft war genauso physische wie emotionale Anstrengung. Sie verlangte einem alles ab.

Nach diesem Brief war sie eine Zeitlang weniger mitteilsam. Nora schickte ihrer Schwester wie jedes Jahr zusammen mit Fotos der anderen Kinder Patricks Schulfoto, aber sie teilte mit ihr keine Details aus seinem Leben mehr. Sie erzählte nicht, dass sie ihre Söhne gezwungen hatte, für den Schulfotografen Anzug und Krawatte anzuziehen, obwohl sie geheult und gebettelt hatten, weil sich heutzutage angeblich niemand mehr zu diesem Anlass feinmachte. Stattdessen erzählte sie ihr, dass Patrick Hockey und Baseball mochte, sein Lieblingsschulfach Mathe war und sie ihm zum Geburtstag in Anlehnung an die Boston Bruins einen Kuchen mit einem großen B in der Mitte und schwarz-goldener Kuvertüre gebacken hatte.

So schrieben sie einander über Jahre. Die dunklen Details behielt Nora für sich.

Doch als Patrick im Vorjahr von der Saint Ignatius geflogen war, war sie so fassungslos gewesen, dass sie alle Förmlichkeit vergaß und Theresa von ihren Sorgen erzählte. Der Schuldirektor Pater McDonald hatte gesagt, so ein starrköpfiges Kind habe er noch nicht erlebt.

Nora war dabei gewesen. Sie war zufällig hereingekommen und hatte die Rauferei selbst gesehen, sonst hätte sie es nicht geglaubt. Sie war an jenem Tag nur wegen des starken Regens zur Schule gefahren, um Patrick abzuholen. Er hatte gerade eine Erkältung hinter sich, und sie wollte ihn nicht durch den Regen laufen lassen. Sie hatte nicht vorgehabt auszusteigen. Unter dem Seidentuch steckten Schaumstofflockenwickler in ihrem Haar.

Um drei Uhr sah sie die Flut der aus der Schule strömenden Kinder langsam zu einem Rinnsal werden. Kein Patrick. Eine Viertelstunde später klopfte Nora mit den Fingern auf das Lenkrad und beschloss, ihn zu suchen.

Sie stieg die Stufen hinauf, öffnete die Eingangstür und folgte dem langen Flur mit Linoleumbelag zum Sekretariat, um ihn ausrufen zu lassen. Es war niemand da, aber auf dem Tisch stand eine Schale mit Karamellbonbons. Nora wollte sich gerade eines nehmen, als sie durch eine der Türen zu den Büros sah, wie Direktor Pater McDonald ihren Sohn mit beiden Händen am Hals packte und hochhielt, bis er mit den Füßen in der Luft strampelte.

Dem Priester stand Schweiß im Gesicht.

Nora rannte hinein, und der Pater ließ Patrick sofort los.

»Ich bedauere sehr, Ihnen sagen zu müssen, was Ihr Sohn sich geleistet hat«, sagte er und wischte sich die Hände an der Hose ab.

Pater McDonald erklärte, er habe Patrick nachsitzen lassen wollen, woraufhin dieser ihm ins Gesicht gespuckt habe.

»Er lügt!«, brüllte Patrick. Nora war entsetzt. Es war das erste und einzige Mal, seit er ein Baby war, dass Nora dachte: *Dieses Kind ist nicht von mir.*

Patrick war sofort der Schule verwiesen worden.

Sie brachte es nicht fertig, Theresa zu erzählen, dass er einem Priester ins Gesicht gespuckt hatte. Sie brachte die Worte einfach nicht aufs Papier. Aber alles andere hatte sie ihr erzählt.

Theresa hatte sie daraufhin angerufen, zum ersten und einzigen Mal. Sie war verständnisvoll und freundlich gewesen. Aus ihr war eine gute Zuhörerin geworden, eine sehr erwachsene Frau, fiel Nora auf. Theresa erklärte, dass sie nicht vergessen dürften, dass Patrick ein guter Junge war. Sie spreche mit Gott über ihn, und am Ende werde alles gut werden.

Nora erzählte Theresa jetzt vieles, weil es ihr guttat, aber auch um Theresas willen. Schließlich gab es für Theresa die einfachen Freuden des Lebens nicht mehr. Sie war als eine Art Buße in die Verdammung gegangen. Manchmal dachte Nora, dass sie ihr helfen sollte, das Kloster zu verlassen, aber ihre Angst war zu groß. Sie konnte das Geschehene nicht rückgängig machen. Sie konnte Patrick nicht zurückgeben. Stattdessen erinnerte sie Theresa daran, dass jeder seine eigenen Prüfungen hatte.

Sie gab ihrer Schwester gegenüber zu, dass Charlie ihr oft auf die Nerven ging. Er war ein guter Vater, aber manchmal ging er zu weit. Vor vielen Jahren hatte sie Theresa berichtet, dass er zu Ostern einmal mit Küken nach Hause gekommen war, ohne sie vorher gefragt zu haben. Die Kinder waren natürlich begeistert gewesen, wie es sich für Kinder gehört. Nora hatte ihn in ruhigem Ton daran erinnert, dass sie in einer Wohnung lebten und aus süßen Küken früher oder später Hühner wurden.

Ein paar Wochen lang lebten die kleinen Vögel auf dem winzigen Balkon.

Eines Morgens, als die Kinder in der Schule waren, konnte

sie die Küken beim Blick aus dem Küchenfenster nicht entdecken. Sie öffnete die Tür und ging hinaus. Der Käfig war leer. Nora ahnte, was passiert war. Sie trat an die Brüstung und sah hinunter. Zwei Stock tiefer waren gelbe Flecken auf dem Asphalt. Sie machte sich auf das unvermeidliche, nie enden wollende Gespräch mit Mr. Fallon aus dem Erdgeschoss gefasst. Als sie ihm erzählte, was passiert war, ließ er sie tatsächlich lange nicht gehen, erzählte erst von seinen Zahnschmerzen und dann von dem dringend benötigten Regen, bevor er ihr die Hintertür mit den Worten öffnete: »Ich geh dann mal wieder rein.«

Nora konzentrierte sich ganz auf das Gänseblümchenmuster ihrer blauen Gummihandschuhe, während sie die schlaffen kleinen Leichen aufhob und in eine Mülltüte fallen ließ.

Den Kindern erzählte sie, sie hätten die Küken zu einem Bauern gebracht, bei dem es ihnen besser gehen würde, wo sie Gras picken und frei in der Sonne herumspazieren konnten.

»Wie heißt der Bauer?«, wollte Bridget wissen.

»Bauer Jones.«

»Können wir sie dort besuchen?«

»Sicher.«

Damit war ihre Tochter anscheinend zufrieden, doch dann hatte sie drei volle Jahre lang alle paar Monate beim Abendessen gefragt: »Wann besuchen wir denn die Küken?« Bei dieser Frage hatte Nora ihren Mann angesehen und verkniffen gelächelt.

Theresa fand die Geschichte auch furchtbar. *Oje, du Arme*, schrieb sie, und Nora fühlte sich bestätigt.

Manches, was die Ehe anging, teilte sie nicht mit ihrer Schwester. Zum Beispiel, dass der einzige Ort, an dem es zwischen Charlie und ihr immer klappte, das Bett war, und wie wunderschön es mit ihm war. Zu Beginn hatten sie sich einander scheu genähert und den Akt vollzogen. Mit der Zeit aber lernte jeder den Körper des anderen so gut kennen, wie sie Gedanken und Persönlichkeit voneinander nie kennen würden.

Sie erzählte Theresa nicht, dass sie trotz allem, das an ihm beklagenswert war, nie vergaß, was Charlie für sie getan hatte. Als junge Frau hatte sie sich die Ehe als einen Zustand vorgestellt, in dem zwei Individuen weitestgehend unabhängig voneinander zusammenlebten. Jetzt begriff sie, dass es eher wie ein lebenslänglicher Dreibeinlauf war: Deine Hoffnung, dein Glück, deine Launen waren für immer mit ihm verbunden.

Um viertel vor zehn redete Babs noch immer.

Nora hörte nur mit halbem Ohr zu. Sie zog die Einkaufsliste aus der Jackentasche und fügte noch zwei Sachen hinzu, die sie vergessen hatte: *Butter (3x), brauner Zucker.*

Wenn es so weiterging, hätte sie auch zur Legion gehen können.

»Conor hat die ganze Nacht für den großen Test gelernt«, sagte Babs. »Patrick sicher auch, oder?«

»Mhmmm«, sagte Nora, obwohl er natürlich nichts erwähnt hatte.

Dann glaubte sie, jemanden an der Wohnungstür zu hören.

Sie hielt die Luft an, riss sich aber gleich wieder zusammen. Wahrscheinlich war es der Wind. Als sie Schritte hörte, beschloss sie, dass es Mr. Fallon sein musste. Sie zwang sich zu einem Lächeln, obwohl es sie ärgerte, dass er einfach in die Wohnung spazierte. Dann zog sie das Telefonkabel, so lang es eben ging, um auf der anderen Seite der Küche den Kopf durch die Tür in den Flur zu stecken.

Da stand Patrick, blutüberströmt.

»Babs: Ich muss auflegen.«

Sie legte den Hörer weg.

»Ich dachte, du bist unterwegs«, sagte er.

Patrick wandte sich nach der Tür um, durch die er gerade

hereingekommen war, als überlege er, auf diesem Weg gleich wieder zu verschwinden. Es war nicht das Blut, das ihr am meisten Angst machte. Es war sein Gesichtsausdruck.

»Was ist passiert?«, fragte sie und eilte auf ihn zu.

Als Nora näher kam, erkannte sie, dass er unverletzt war. Es war nicht sein Blut.

»Um Gottes willen, was ist denn passiert?«

Er erzählte ihr die ganze Geschichte. Er hatte geschwänzt und war mit seinem Freund Michael Ferguson vor dessen Wohnung verabredet gewesen. Als er dort ankam, wurde Michael gerade von einer Gruppe Jungen verprügelt.

»Ich wusste nicht, was ich machen sollte«, sagte er. »Ich war panisch. Plötzlich hatte ich diesen Stock in der Hand, so ein Teil mit Metallspitze. Ich habe jemanden verletzt, Mama. Überall war so viel Blut. Ferguson haben sie dann in Ruhe gelassen, aber dafür sind sie hinter mir her.«

Nora wurde schwindlig. Sie ging ins Wohnzimmer, setzte sich auf die Armlehne des Sofas und senkte den Kopf.

Er kam hinterher.

»Die bringen mich um«, sagte er immer wieder. »Die werden mich finden, und dann bringen sie mich um.«

»Ich rufe die Polizei«, sagte Nora.

»Nein! Bitte nicht! Dann werden sie erst richtig wild. Das würde alles nur noch schlimmer machen.«

»Ich kann das nicht glauben«, sagte sie.

Seine Stimme wurde zu einem Flüstern: »Ich habe ihn schwer verletzt. Vielleicht ist er tot.«

»Patrick!«, rief sie. »Wie konntest du sowas nur tun?«

Er brach weinend in ihren Armen zusammen. »Ich wollte nur das Richtige tun. Das habe ich nicht gewollt, aber was hätte ich sonst machen sollen? Hätte ich einfach dastehen und zusehen sollen, wie sie meinen besten Freund totprügeln? Nach allem, was Fergie für mich getan hat?«

Nora verabscheute diesen Namen. Michael Ferguson war ihr von Anfang an suspekt gewesen, und als sie ihn kennenlernte, waren die beiden Jungs gerade einmal sechs Jahre alt gewesen. Er war ungewaschen, hatte schmutzig-braune Haut und fettiges Haar. Die Mutter trank. Nora hätte Mitgefühl mit ihm haben sollen, aber stattdessen hatte sie Angst. Sie wünschte sich, sie hätte in der Zeit zurückgehen und ihrem kleinen Sohn die Freundschaft verbieten können. Dazu war es jetzt zu spät.

»Was soll der für dich getan haben?«, fragte sie.

»Das willst du gar nicht wissen.«

»Doch, das will ich.«

Also hatte Patrick ihr erzählt, dass ihn seit der Grundschule eine Gruppe von Jungen verfolgte und mobbte. Sie sagten, Charlie sei nicht sein Vater. Nur Fergie hatte ihn immer verteidigt.

»Und wer bitte soll dein Vater sein?«, fragte Nora und versuchte, ihr Zittern vor ihm zu verbergen.

»Das haben sie nicht gesagt«, entgegnete er. »Sie sagen – ach, vergiss es.«

»Nein«, sagte sie. »Ich will es wissen.«

Er wurde rot. »Sie sagen, dass du schwanger warst, als ihr geheiratet habt. Sie sagen, dass ich nicht wie die anderen aussehe und dass ich Charlie überhaupt nicht ähnlich bin.«

»Unsinn«, sagte Nora. »Ich habe dir doch erzählt, dass du nach meiner Seite kommst. Du siehst aus wie mein Bruder. Diese Jungen wollten dich nur provozieren.«

Dieser grässliche Ort. Hier stieß jedes Gerücht auf fruchtbaren Boden, weil die Leute nichts Besseres zu tun hatten. Belangloser Tratsch und böse Beleidigungen, die die Leute verbreiteten, um sich nicht zu langweilen. Das war fast so provinziell wie in dem Dorf, in dem sie aufgewachsen war. Diese Sache war nicht auf dem Mist von kleinen Jungen gewachsen.

Sie brachte ihn dazu, ihr die Namen zu nennen.

»Pete O'Shea ist der, den ich verletzt habe.«

»Und die anderen?«

»Matty McGinness. Owen Breen. Tom Cleary. Rory McClain.«

Walter McClains Sohn.

Sie hätte nicht sagen können, ob Patrick die Wahrheit kannte oder sie nur irgendwie erahnte.

»Da ist noch was«, sagte er, »aber ich weiß, dass du mir nicht glauben wirst.«

»Was?«

»Pater McDonald hat doch gesagt, dass ich ihm ins Gesicht gespuckt habe.«

»Ja?«

»Das habe ich nicht.«

Sie schüttelte den Kopf. »Ich will das jetzt nicht hören.«

»Er hat irgendwie mitbekommen, was die Jungs über mich sagen, und wenn wir allein waren, hat er es dann auch gesagt. Wenn ich auf dem Klo stand oder am Spind, hat er gesagt: ›Du kleiner Bastard.‹ Fergie hat er noch viel Schlimmeres angetan.«

»Oh, Patrick.«

»Ich schwöre. Der ist nicht normal. Er will der Kumpel von jedem Schüler sein. Das ist doch widerlich.«

Nora wusste nicht, ob sie ihm glauben sollte.

Manchmal hatte sie den Eindruck, dass alle Probleme ihres Sohnes darauf zurückzuführen waren, dass sie ihn nicht von Anfang an geliebt hatte. *Natürlich will ich ihn nicht*, hatte sie gesagt, als er im selben Raum in den Armen ihrer Schwester lag.

»Versprich mir, dass du John nicht auf die Saint Ignatius gehen lässt«, sagte Patrick. »Er denkt schon jetzt an nichts anderes, aber er ist doch erst elf. Lass ihn da nicht hingehen, Mama. Er ist genau der Typ, auf den dieser Priester …«

»Patrick!«, sagte sie. »Versuch nicht, das Thema zu wechseln.«

Sie sollte zur Polizei gehen. Charlie würde darauf bestehen, wenn er davon wüsste. Aber sie spürte Patricks große Reue. Sie schickte Patrick erst unter die Dusche, dann auf sein Zimmer. Da sollte er vorerst bleiben und niemandem von der Sache erzählen, nicht einmal seinem Vater. Sie wusch seine Kleider und legte sie in einem ordentlichen Stapel auf seine Kommode.

Dann ging sie zum Markt und hakte bis auf die letzte Sache alles auf ihrer Liste ab.

Die Polizei kam am Morgen der Taufe, als gerade alle so weit fertig waren, dass sie aus der Tür und zur Kirche gehen konnten.

Zuerst hatte sie das Klopfen gar nicht gehört. Sie rief gerade nach Bridget, sie solle sich beeilen. Es war immer ein Kampf gewesen, dieses Mädchen in ein Kleid zu kriegen. Nora hatte ihr Haarspangen und Ballettschuhe gekauft. Als sie selbst in ihrem Alter war, wäre sie überglücklich gewesen, aber Bridget hatte die Sachen nicht einmal ausgepackt. Sie trug lieber Jeans und die verdreckten alten Tennisschuhe.

Zu einem Teil war das sicherlich Noras Schuld. Sie hatte zugelassen, dass ihre einzige Tochter mit den anderen Jungs spielte, sodass sie keinerlei Weiblichkeit ausgebildet hatte. Sie hätte Bridget nie erlauben dürfen, mit Charlie mitzugehen und wie die anderen in den Sommerferien beim Streichen von Häusern zu helfen. Sie hätte sich auch bei der Sache mit den Tieren durchsetzen müssen. Bridget war wie besessen von hilfesuchenden Kaninchen, Hunden, Eidechsen und Würmern, und alle mussten mit nach Hause. Bis heute gab es keine Anzeichen dafür, dass sie dem entwuchs, obwohl es höchste Zeit war.

Jedes einzelne von Noras Kindern war mit seinem jeweiligen Wesen auf die Welt gekommen. Je besser sie sie kennenlernte, desto klarer wurde ihr das. Sie ähnelten einander so wenig, wie sie ihr ähnelten.

Als sie Charlie rufen hörte, wandte sie den Kopf.

»Was?«

»Bin schon unterwegs«, sagte er.

Als sie in den Flur kam, sah sie ihn zwei Uniformierte in die Küche führen.

Zum Glück waren sie nicht wenige Stunden später gekommen, wenn die Wohnung voller Gäste war.

Der eine Polizist war groß, gutaussehend und hatte Grübchen, der andere war klein und stämmig. Sie sahen Nora an, die in Kleid, Hut und weißen Handschuhen in der Tür stand. Dann sahen sie zum Tisch, der mit Schalen und Blechen, mit Kuchen, Muffins, Salaten und zweieinhalb Kilo Schinkenscheibchen bedeckt war.

»Kaffee?«, fragte Charlie die Polizisten ruhig, obwohl Nora ihm die Beunruhigung anmerkte.

»Nein, danke. Sie bekommen wohl bald Besuch? Wir wollen es kurz machen. Wir suchen Ihren Sohn Patrick.«

»Er ist nicht da«, sagte Nora scheinbar unbekümmert, obwohl ihr Herz raste. »Er macht ein paar Erledigungen für mich.«

»Wussten Sie, dass er am Dienstag nicht in der Schule war?«

»Nein«, sagte Charlie.

Nora bemerkte, dass John und Bridget bei der Tür standen und so taten, als hörten sie nicht zu.

»Ihr zwei wartet draußen.«

Sie gehorchten.

Der Polizist wartete, bis sie weg waren. Dann sagte er: »Am selben Tag wurde ein Junge bei einem Überfall schwer verletzt. Vielleicht ist er für den Rest seines Lebens blind.«

»O Gott«, sagte Charlie.

»Wir wollen mit allen sprechen, die damit in Verbindung stehen könnten.«

»Sie glauben, dass Patrick etwas damit zu tun hat?«, fragte Charlie.

Der Polizist zuckte mit den Schultern. »Der Verletzte will

keine Namen nennen. Wir arbeiten uns jetzt Stück für Stück vor. Erst wollen wir herausfinden, wer dabei gewesen ist, also fangen wir mit denen an, die an dem Tag geschwänzt haben.«

»Patrick war den ganzen Tag bei mir«, sagte Nora. »Grippe.«

Der Polizist sah sie erstaunt an. »Ah, okay, dann hat sich das erledigt. Bitte entschuldigen Sie die Störung.«

Nora brachte sie zur Tür.

Als sie wieder in die Küche kam, sagte Charlie: »Patrick hatte die Grippe?«

»Ja. Eine von diesen Ein-Tages-Grippen, du weißt schon.«

»Das hat du mir gar nicht erzählt. Willst du mir sonst noch etwas sagen, Nora?«

Er war Patrick immer ein guter Vater gewesen, aber sicherlich hatte selbst Charlie seine Grenzen. Sie wollte nicht, dass seine Liebe zu ihm Schaden nahm.

»Es ist schon schlimm genug, dass die ihn verdächtigen«, sagte sie. »Jetzt auch noch du?«

»Ich verdächtige ihn nicht«, sagte Charlie. »Welcher Tat soll ich ihn überhaupt verdächtigen?«

Als sie eine Stunde später in der Kirche saß, fiel ihr auf, dass die Polizisten gesagt hatten, dass Pete O'Shea vielleicht erblindet war. Er war nicht gestorben. Ihr Sohn war kein Mörder. Dafür war sie Gott trotz allem dankbar.

Sie sah zu, wie der Priester die Zwillinge mit Weihwasser besprenkelte. Die beiden waren ganz neu in dieser Welt. Sie dachte an das, was Patrick ihr über Pater McDonald gesagt hatte, und zum ersten Mal seit vielen Jahren erinnerte sie sich an den Priester in Irland, der die Hand in das Kleid ihrer Schwester, ihrer besten Freundin Oona und Gott weiß wie vielen anderen Mädchen hatte gleiten lassen. Sie hätte sich niemals getraut, es ihren Eltern zu sagen, dessen konnte sich der Priester sicher sein.

Das also war die schwerste Prüfung der Elternschaft. Die

Kinder hatten ihre eigene Welt, in der man sie nicht schützen konnte. Sie gehörten zu einem, aber sie gehörten einem nicht.

Am Morgen nach der Taufe weckte Nora Patrick früh auf.

»Wir drehen eine Runde«, sagte sie. »Komm.«

Er sträubte sich, allerdings wesentlich weniger als üblich.

Die Straßen waren leer. Sie fuhren zur Schnellstraße und von dort auf den Highway 1, bis Geschäfte und Gebäude verschwanden und an ihrer Stelle Reihen hoher Kiefern den Asphalt säumten, deren gleichbleibender Anblick eine hypnotisierende Wirkung hatte. Nach einer Stunde fragte er, wohin sie fuhren.

»Das wirst du schon sehen«, sagte sie.

»Vermont?«, sagte er, als sie einige Zeit später an einem Straßenschild vorbeikamen. »Was zum Teufel hast du vor?«

»Wie redest du, Patrick?«, sagte sie.

Sie ließ ihn auf dem Marktplatz des Städtchens aussteigen. Es war ein hübscher, altmodischer Ort. Das richtige Versteck für ein junges Liebespaar an einem schönen Herbstwochenende. Nora zeigte auf einen Laden, in dessen Schaufenster eine Neonreklame einen Getränkeautomaten zeigte. Sie gab ihm etwas Geld, er solle sich eine Limo hole. Sie würde ihn eine Stunde später wieder einsammeln.

Dann fuhr sie auf eine Landstraße und folgte ihr viele Kilometer.

Am Tor der Abtei bremste Nora, um zwei Nonnen über die Straße zu lassen. Sie hatten zwei jugendliche Mädchen in kurzen Röcken bei sich, deren Haar bis zur Hüfte reichte.

Nora parkte vor dem Hauptgebäude und betrat einen Raum, in den die Sonne durch unzählige Buntglasfenster strömte: leuchtend rote, grüne und gelbe Strahlen trafen sie. Überall blühte es.

Eine Nonne erschien und grüßte sie auf Latein.

»Ich möchte Mutter Cecilia sehen«, sagte Nora.

»Haben Sie einen Termin?«

»Nein.«

»Es tut mir leid, dann ist das leider nicht möglich.«

»Bitte sagen Sie ihr, dass Nora Rafferty da ist.«

»Sie ist mindestens noch eine Stunde mit anderen Gästen beschäftigt.«

»Dann warte ich.«

»Ich kann nicht garantieren, dass sie heute Zeit für Sie haben wird. Seit ihrer Wahl zur Priorin ist sie sehr beschäftigt.«

Noras Ton wurde fester: »Ich werde warten.«

Fünfundvierzig Minuten saß sie im Vestibül, bis sie hinter der Tür Stimmen vernahm. Was gesagt wurde, konnte sie nicht verstehen, aber sie war sich sicher, Theresas Stimme gehört zu haben. Sie erwartete, dass ihre Schwester heraustreten würde, aber stattdessen war es wieder die Nonne von zuvor.

»Mutter Cecilia hat eingewilligt, Sie zu empfangen. Bitte gehen Sie wieder hinaus und betreten Sie das Gebäude durch die dritte Tür links mit der Aufschrift *Saint Barnabas*. Sie wird Sie dort im Salon erwarten.«

Bei dem Wort *Salon* stellte Nora sich einen verstaubten Raum voll viktorianischer Möbel vor. Aber das Zimmer glich eher einem großen Beichtstuhl. Etwa so geräumig wie ihre Speisekammer. Gerade genug Platz für zwei Stühle. Es gab ein Fenster mit einem hölzernen Gitter, das bis zur Decke reichte. Auf der anderen Seite konnte sie einen größeren Raum sehen, in dem ein einzelner Stuhl stand.

Nora setzte sich und wartete.

Schließlich betrat Theresa den Raum auf der anderen Seite.

»Nora«, sagte sie. »Meine Güte, was für eine Überraschung. Wie schön, dich zu sehen.«

Beim Anblick von Noras Bauch lächelte sie. »Sieh mal einer an! Geht es dir gut?«

»Jaja. Ich bin müde, aber sonst geht es mir gut.«

Wie seltsam es war, sie nach all den Jahren durch ein Gitter wiederzusehen. Eine Berührung war nicht möglich, keine Umarmung zur Begrüßung. Als sie klein waren, hatte Nora der Schwester den Dreck unter den Fingernägeln entfernt und das weiche, honigfarbene Wachs aus den Ohren gepult.

Sie kam gleich zum Punkt. Sie hatten nicht viel Zeit. Patrick wartete.

Nora sagte, sie sei in Schwierigkeiten, und erzählte ihrer Schwester alles. Sie sagte, dass sie sich aus einem Brief von Theresa erinnerte, dass junge Menschen im Sommer zum freiwilligen Arbeitseinsatz im landwirtschaftlichen Betrieb in der Abtei wohnen konnten.

»Ich dachte, dass er vielleicht ein paar Monate hierbleiben kann, bis ich eine Lösung gefunden habe.«

»Jetzt sofort?«

»Ja, sofort. Ich habe ein paar Sachen für ihn im Kofferraum. Zu Hause ist er nicht sicher.«

»Das Herrengästehaus ist leider bis zum Herbst ausgebucht.«

Dann schwieg ihre Schwester lange. Schließlich sagte sie: »Ich bin froh, dass du gekommen bist. Wirklich. Ich will dir schon seit einiger Zeit etwas sagen, wusste aber nicht, wie. Ich habe viel gebetet, um herauszufinden, was ich am besten mit Patrick mache. Ich glaube, es ist Zeit, ihm die Wahrheit zu sagen, Nora. Dass du hergekommen bist, macht das umso deutlicher, finde ich. Ich werde ihn zu mir nehmen, irgendwie finde ich schon eine Möglichkeit, aber erlaube mir, ihm jetzt zu sagen, wie viel du für uns getan hast.«

»Für euch?«

»Für ihn und mich. Wir können es ihm auch gemeinsam sagen, wenn du möchtest.«

»Das ist nicht deine Entscheidung.«

»Es ist unsere gemeinsame Entscheidung.«

Nora stand auf. Sie spürte die Wut in ihr hochkochen.

»Ich hätte nicht kommen sollen.«

»Nora, ich bitte dich.«

»Du versteckst dich hier und hältst dich auch noch für etwas Besseres. Du schwingst große Reden in diesem lächerlichen Kostüm, das doch nur ein Schutzanzug ist. Ich kenne dich, Theresa, ich weiß, wie du tickst.« Sie hatte absichtlich den Taufnamen ihrer Schwester gewählt. »Du wirst meinen Sohn nicht wiedersehen.«

Theresas Stimme blieb ruhig. »Meine Erfahrung hat mir gezeigt, dass Ehrlichkeit das Beste ist. Ehrlichkeit mit sich selbst, mit anderen und mit Gott.«

»Du hast leicht reden. Du hast dich ja immer einfach aus dem Staub gemacht, wenn du wieder einmal Chaos angerichtet hattest.«

Theresa sah bestürzt aus. Sie war offensichtlich dünnhäutig geworden. Als Nonne musste man sich so etwas wohl normalerweise nicht anhören.

»Du weißt nicht, wie viel ich an dich denke, Nora, und wie sehr ich mich um dich sorge. Man muss sich nicht alles aufbürden oder das Gefühl haben, als trüge man die Last allein.«

»Was soll das heißen?«

»Ich möchte dir helfen.«

»Ich brauche deine Hilfe nicht.«

»Du hast mit so vielen Lügen leben müssen, hast einen Mann geheiratet, den du nie geliebt hast. Du hast jedes Recht, wütend zu sein.«

Nora wandte sich zur Tür. Dann drehte sie sich noch einmal zu ihrer Schwester um.

»Wie kannst du nachts nur schlafen? Und dann auch noch in einem Kloster. Hier versteckst du dich also.«

»Ich verstecke mich nicht. Dies ist ein besonderer Ort, Nora.

Hier geschieht so viel Gutes. Ich würde dir gern davon erzählen.«

Nora öffnete die Tür und ging. Ihre Schwester rief ihr hinterher, aber Nora wusste, dass sie ihr nicht nachlaufen konnte. Wenigstens das blieb ihr erspart.

Theresas Worte über Charlie hatten am meisten wehgetan. Der Arme hatte wahrscheinlich mehr aufgegeben als Nora und Theresa zusammen. Eines Weihnachtsabends hatte seine Schwester Kitty nach zu viel Brandy aus heiterem Himmel zu Nora gesagt: »Du liebst meinen Bruder nicht, aber du magst ihn, und das reicht. Vielleicht findest du eines Tages, nach seinem Tod und am Ende eines hübschen, langen Lebens, die wahre Liebe, wenn du sie überhaupt suchst.«

Nora fand die Vorstellung unerträglich, dass jemand das über sie wusste, nachdem sie ihr halbes Leben mit diesem Mann verbracht hatte.

Vielleicht war etwas dran, dass Nora ihn geheiratet hatte, ohne ihn zu lieben, aber vielleicht hatte er sie am Anfang auch nur wegen des Landes gewollt, das sie beisteuern würde. Land, das sie seit zwanzig Jahren nicht gesehen hatten und wohl nie wiedersehen würden. Er war damals, als ihm dieser Gedanke gekommen sein mochte, nicht älter als Patrick jetzt. Charlie sagte, es sei immer Liebe gewesen. Ein schöner Gedanke, und an manchen Tagen glaubte sie sogar daran.

Ihre Ehe basierte nicht auf Liebe. Sie basierte auf Pflichtgefühl. Sie konnte Enttäuschungen überdauern. Sie hatten gute und schlechte Zeiten durchlebt, meist abhängig von den Kindern. In einer Ehe, in der sich alles um das Paar drehte, musste der Druck ja unerträglich werden. Man machte doch wegen der Kinder und des Restes der Familie weiter. Aber das konnte Theresa alles nicht verstehen.

Als Nora an jenem Abend nach Hause kam, bereitete sie das Abendessen vor und ging dann in ihr Zimmer, um sich umzuziehen. Sie stand vor dem Spiegel und starrte auf die Anzeige für das Haus in Hull.

Da kam ihr eine Idee. Sie ging aus dem Haus und die Sydney Street hinauf. Walter McClain war mittlerweile ein leitender Angestellter bei den Edison-Werken und hatte vier oder fünf Kinder. Sie wusste genau, wo er wohnte. Nach einer Viertelstunde war Nora oben auf der Savin Hill Avenue angekommen und sah schon das große, gelbe, weinberankte viktorianische Gebäude.

Er sprengte gerade den Vorgarten.

Wie sie sah, erkannte er sie sofort, obwohl ihre letzte Unterredung viele Jahre zurücklag.

»Gibt es ein Problem?«, fragte er. Er sah über seine Schulter.

»Allerdings. Mein Sohn Patrick ist in Schwierigkeiten. Du wirst dich freuen zu hören, dass wir die Gegend verlassen werden. Wir ziehen weg.«

»Ach.«

»Ja. Und ich brauche Geld für ein Haus. Du wirst es mir geben.«

»Wie bitte?«

Noras Stimme blieb ruhig. »Ich habe dir damals gesagt, dass eines Tages der Moment kommen wird, in dem ich etwas brauche und du es mir geben wirst. Jetzt ist es so weit. Such die Schuld nicht bei mir. Schuld ist dein Sohn.«

»Er ist nicht mein Sohn«, sagte er, und Noras Hass flammte neu auf.

Er hatte sich das die ganzen Jahre über eingeredet und wohl nie an ihren Jungen gedacht oder sich Gedanken um ihn gemacht. Was für ein verachtenswerter Mann. Und wer glaubte, ihn zu kennen, hielt ihn wahrscheinlich für ganz normal oder für ein Muster an Rechtschaffenheit. Seine Frau zum Beispiel. Die beiden Personen, die für Patricks Existenz verantwortlich waren, waren unfähig, ihn zu lieben. Wie konnte Gott so etwas rechtfertigen?

»Ich spreche von deinem Rory«, sagte Nora. »Er und du, ihr seid der Grund, weshalb meine Kinder ihr Zuhause verlassen müssen. Ich rate dir, mir zu helfen. Sonst lege ich dein Leben in Schutt und Asche.«

Er lachte: »Mit dieser Drohung lebe ich seit sechzehn Jahren.«

»Danach wirst du nie wieder von mir hören«, sagte sie. »Dann bist du frei.«

Hinter dem Fliegengitter seiner Haustür erschien ein Mädchen von etwa zwölf Jahren. Nora lächelte ihr zu wie eine schwatzhafte Nachbarin, die über den Gartenzaun mit dem Vater plauderte. Das Mädchen verschwand.

Nachdem Charlie am nächsten Morgen zur Arbeit gegangen war, klingelte es an der Tür. Sie rannte mit klopfendem Herzen die Treppen hinunter. Vor der Tür stand Walter. Er gab ihr einen Umschlag, drehte sich um und ging. Nora ging damit in ihr Zimmer und riss den Umschlag auf. Darin lag ein Zettel:

Niemand darf erfahren, was wir getan haben. Meine Frau würde es nicht ertragen. Und dein Mann vermutlich ebenso wenig.

In dem schlichten, weißen Papier des Zettels lag ein Scheck. Sie steckte ihn ein. Dann hörte sie jemanden auf dem Flur. Nora warf den Zettel in einen Schuhkarton auf dem Boden und trat ihn unter das Bett. Da kam John herein. Sie müssten sich beeilen, sonst würde er zu spät zur Schule kommen.

Charlie verdiente das Geld, aber Nora war für die Finanzen zuständig und bezahlte die Rechnungen. Als sie ihm erzählte, dass sie jahrelang gespart hatte, immer wieder hier und da etwas zur Seite gelegt hatte und es jetzt für die Anzahlung auf ein eigenes Haus reichte, gab er ihr einen Kuss und sagte: »Mein kluges Mädchen.« Er hinterfragte es keinen Augenblick.

Am ersten Tag der Sommerferien zogen sie weg.

Keine halbe Stunde, nachdem die Männer von der Umzugsfirma gegangen waren, stand eine Nachbarin vor der Haustür.

»Eileen Delaney«, sagte sie. »Ich war gerade beim Unkrautjäten, als ich die Umzugswagen vorbeifahren sah, und da dachte ich, ich könnte mich mal vorstellen.«

Ganz so spontan konnte es nicht gewesen sein. Sie hatte eine Grünlilie und einen Mandelkuchen dabei.

Nora war barfuß und trug ein unförmiges grünes Schwangerschaftskleid. Sie war erschöpft, aber sie lächelte und bestand darauf, dass Eileen hereinkam.

Eileen erklärte, dass der Müll dienstags und samstags abgeholt wurde und dass der Briefträger Mort hieß, die Angewohnheit hatte, den Anwohnern seinen Namen einzuschärfen und darauf bestand, dass man ihn auch benutzte, ansonsten ging schnell mal eine Rechnung hier und eine Postkarte da verloren.

Nora stand inmitten von Umzugskartons, Charlie saß auf einem Klappstuhl im Wohnzimmer vor dem Fernseher, und John und Bridget rannten wie die Verrückten die Treppe hoch und runter.

»Zwei Stück und ein drittes unterwegs«, sagte Eileen. »Da haben Sie aber zu tun.«

»Eigentlich ist das vierte unterwegs. Einer sitzt oben in seinem Zimmer und schmollt. Patrick. Er ist sechzehn.«

»Ach so«, sagte Eileen. »Meine sind acht und zehn Jahre alt. Wenn sie in die Pubertät kommen, laufe ich weg.«

Sie lachten, als hätten sie nie etwas Lustigeres gehört.

»Er ist böse auf uns«, sagte Nora, »weil wir ihn gezwungen haben, unsere enge Wohnung in Dorchester gegen das hier ein zutauschen. Ein Haus mit einem Zimmer für jeden von uns und eigenem Garten. Können Sie sich das vorstellen?«

Sie prüfte, was sie gerade gesagt hatte, und fragte sich, ob man hörte, dass es gezwungen war.

»Dorchester«, sagte Eileen. »Die Cousine meines Mannes arbeitet dort als Lehrerin. Ist Ihr Ältester auf die Dorchester Highschool gegangen?«

»Nein. Er war auf der South Boston High. Wir wohnten im Einzugsgebiet, also hat die Stadt ihn dahin geschickt.«

»Oh, South Boston, verstehe. Eine traurige Geschichte. Schade, dass es so kommen musste.«

Eileen glaubte anscheinend, dass sie wegen der Schulsituation hergezogen waren. Das schienen alle zu vermuten.

Nora hatte kein Problem damit gehabt, dass Patrick auf eine andere Schule geschickt worden war. Er könne doch einfach in den Bus nach Roxbury steigen und alles andere ignorieren. Aber diese Erklärung für den Umzug war einfacher als die Wahrheit. Eileen gehörte offensichtlich zu der Sorte, die so eine Geschichte in der ganzen Nachbarschaft verbreitete. Nora selbst würde nichts erklären müssen. Hier konnte sie von vorne anfangen.

Ein paar Tage später war Nora noch einmal in der Wohnung in Dorchester, um sie für die neuen Mieter zu putzen. Im Briefkasten lag eines der vertrauten Kuverts – ein Brief aus dem Kloster. Bei seinem Anblick spürte sie warme Gefühle für ihre Schwester, trotz allem, was vorgefallen war. Nora war überrascht, dass Theresa sich so schnell zu einer Entschuldigung für die schrecklichen Dinge durchgerungen hatte, die sie ihr an den Kopf geworfen hatte.

Doch dann sah sie, dass der Brief an Patrick adressiert war.

Sie riss ihn auf.

Lieber Patrick,
du wirst dich nicht an mich erinnern, aber ich weiß, dass es dir nicht gut geht und vieles dir in deinem Leben verwirrend erscheinen muss. Wenn du eine Frage hast, könnte ich die Antwort kennen. Melde dich gern unter obengenannter Adresse.

Alles Gute,
Deine Mutter Cecilia Flynn

PS: Anbei die Medaille, die dir zur Geburt geschenkt wurde. Ich hoffe, dass du sie als Schutz anstecken wirst. Ich glaube an ihre Kraft und hätte sie niemals nehmen dürfen. Die Geschichte erzähle ich dir, wenn und falls wir uns sprechen.

Nora fühlte sich beklommen. Sie zerknüllte den Brief mit der linken Hand. In der rechten hielt sie noch die Medaille.

Als Mädchen hatte sie wenig Selbstbewusstsein gehabt, keine eigene Stimme. Sie war schüchtern gewesen. Vielleicht rechnete Theresa nicht damit, dass sie sich verändert hatte. Aber die Kinder hatten sie hart gemacht. Für sie konnte sie tun, was immer getan werden musste.

Sie glättete den Brief, las ihn noch einmal und dachte dabei: *Du wirst meine Familie nie wiedersehen. Was hast du nur getan, Theresa?*

17

Nora lag auf dem Rücken, die nackten Beine von sich gestreckt und den Oberkörper auf die Ellbogen gestützt, damit sie John und Bridget am Ufer im Blick hatte. Neben ihr auf der Decke lag das bis auf die Windel nackte Baby auf dem Bauch. Sie fürchtete, dass Brian bald laufen würde. Wenn es so weit war, würde sie keine ruhige Minute mehr haben.

Es war der 4. Juli, und Charlie hatte frei. Nach dem Frühstück waren sie, bevor es heiß wurde, mit den Kindern zum Paragon Park gefahren.

Patrick hatte sich geweigert mitzukommen, aber John und Bridget waren selig. Sie hatten schwindelerregende Kreise auf der Walzerbahn gedreht und waren von den höchsten Höhen der Wildwasserbahn hinabgebraust und pitschnass herausgekommen. Jeder von ihnen bekam fünf Dollar für die Automaten. John gab sein ganzes Geld dafür aus, Bridgets Ergebnis beim Skee Ball zu übertreffen, was ihm schließlich auch gelang. Er musste immer der Beste sein. Nora gefiel das nicht.

Charlie glaubte, dass der Junge eines Tages Präsident sein würde. Er hielt John für das intelligenteste ihrer Kinder, und obwohl Nora nicht anderer Meinung war, fand sie doch, dass man ein Kind auch zu sehr loben konnte. Sie wollte nicht, dass er sich etwas einbildete. Sie ermahnte Charlie, dass man kein Kind einem anderen vorziehen solle. Er lachte.

Was denn?, hatte Nora gefragt.

Du und dein Sankt Patrick, hatte er gesagt.

Vom Vergnügungspark waren sie zum Strand hinübergegangen. Nora hatte Bridget für diesen Sommer einen neuen Badeanzug gekauft: blau mit glitzernden goldenen Sternen. Den trug Bridget jetzt auch, unter einem alten Unterhemd von Charlie, dessen weiße Baumwolle sie wie ein Segel umhüllte. Sie wollte das Hemd unbedingt anbehalten, sogar im Wasser.

Nora seufzte.

Sie nahm ihr Buch zur Hand und wollte es gerade aufschlagen, als ein Schatten auf sie fiel. Charlie. Er trug über der Badehose eine kakifarbene kurze Hose und ein Hemd. In den Sandalen steckten Füße in dicken, schwarzen Socken. Im Vergleich zu der bunten Freizügigkeit der anderen Leute am Strand sah er aus, als entstamme er einem anderen Jahrhundert.

Charlie hielt ihr ein Eis hin: »Für dich.«

Nora nahm es und lächelte zu ihm hinauf. »Setz dich doch.«

»Eigentlich hatte ich vor, zum Haus zu fahren und endlich den Rasen zu mähen.«

Sie wussten beide, dass er in Wirklichkeit nach Patrick sehen wollte.

»Ach, komm schon«, sagte sie. »Nur kurz.«

Charlie ließ sich neben sie fallen und kitzelte das Baby unterm Kinn.

Am Anfang war es anstrengend gewesen, aber alles in allem hatten sie bisher mehr Freude an ihm als je an einem der anderen Kinder. Sie waren gelassen. Sie wussten, wie die Sache lief, schließlich war es schon das vierte Mal. Noch einen Durchgang würde es nicht geben, also warum sich verrückt machen?

Brian war das erste Baby, das aus dem Krankenhaus in ein richtiges eigenes Zuhause kam. Was für ein Luxus, das Kind nicht zwei Stockwerke hochtragen zu müssen, um überhaupt zur Wohnungstür zu gelangen.

In Dorchester hatte Charlie bei Schnee einen Parkplatz freischaufeln müssen und dann Mülltonnen oder einen Gartenstuhl hingestellt, wenn sie wieder wegfuhren. An solchen Tagen wurden einem die Reifen aufgeschlitzt, wenn man jemandem den Parkplatz wegnahm. Jetzt hatten sie eine Garage, eine Einfahrt und einen Garten, auf den niemand hinuntersah. Dort konnte sie sich im Nachthemd mit einem Tee in der Hand und dem Baby auf dem Arm hinsetzen.

In Hull kamen nicht zu jeder Tages- und Nachtzeit Verwandte von Charlie auf dem Weg zur Kirche oder nach Feierabend auf dem Heimweg vorbei. Es kamen auch weniger Verwandte bei ihnen unter, weil Charlies Cousins nicht so weit weg von der Stadt wohnen wollten. Nora konnte jetzt nach dem Abendessen ein Buch aufschlagen. Im ersten Stock gab es ein kleines Zimmer, das sie für sich beansprucht hatte. Ursprünglich hatte sie vorgehabt, das Baby dort unterzubringen.

Abgesehen von der Kammer gab es noch vier richtige Schlafzimmer, aber als sie in Hull ankamen, sagte Patrick, dass er auf dem Dachboden wohnen wollte. Sie erlaubte es in Anbetracht dessen, was er durchgemacht hatte und dass er sich Hull nicht ausgesucht hatte.

Was also Patricks Zimmer hätte werden sollen, wurde das des Babys, und was die Kammer des Babys hätte werden sollen und ohnehin zu klein für ein Kind war, wurde ihr Rückzugsraum. Sie war richtiggehend aufgeregt, wenn sie hineinging und die Tür hinter sich schloss. Obwohl sie es nie gesagt hatte, wusste Charlie, dass man sie dort nicht stören durfte. Wenn die Kinder im Bett waren, blieb er unten und setzte sich vor den Fernseher.

Sie sahen den Rest der Familie nach wie vor häufig, denn sie fuhren wöchentlich zu einer Hochzeit, einer Geburtstagsfeier oder einer Firmung nach Boston. Zu Weihnachten hatte Nora fünfunddreißig Raffertys im Haus. Wenn sie am nächsten Tag im Bademantel runterkam, war die Hälfte von ihnen noch immer da. Auf dem Küchentisch stapelten sich die Gastgeschenke mannshoch: So viel Baileys und Pralinen konnten sie im Leben nicht verbrauchen. Als Charlies Onkel im Frühling starb, gab es bei ihr für siebzig Personen Mittagessen. Die Besucher bewunderten die geräumigen Küchenschränke, den großen Garten und den Stauraum in den Kleiderschränken.

Als Nora und Charlie den Umzug angekündigt hatten, waren einige Verwandte beleidigt gewesen: Hielten sich die beiden etwa für etwas Besseres?

»Wie kannst du dir bei deinem Einkommen ein ganzes Haus leisten?«, hatte Charlies Bruder Lawrence gefragt, als ginge es ihn etwas an.

»Wer will schon so weit draußen wohnen«, war Babs' Kommentar.

John und Bridget hatten Freunde und Familie nicht zurücklassen wollen, aber sie hatten sich gut in Hull eingelebt. Bei Patrick war das anders. Er hatte in der neuen Schule keine Freunde. Nora hatte sich an seine finstere Laune gewöhnt. Sie würden vorerst damit leben müssen.

Sie selbst war glücklich in Hull und dachte, dass das die glücklichste Zeit ihres Lebens sein könnte, wenn Patricks Probleme nicht wären. Aber soweit sie sehen konnte, erlaubte einem das Leben fast nie ungetrübtes Glück. Irgendetwas quälte einen immer, wenn man es zuließ.

Sie hatte seit über einem Jahr keinen Kontakt zu ihrer Schwester. Nora wusste, dass es an ihr lag, die Sache zu klären, denn Theresa konnte sie nicht mehr erreichen. Nora hatte ihr die neue Adresse nicht gegeben. Manchmal dachte sie, dass sie nun bereit sei, aber dann kochte bei der Erinnerung an die Geschehnisse alte Wut in ihr hoch. Nächste Woche, sagte sie sich dann. Oder nächsten Monat.

Gegen Mittag blickte Nora von ihrem Buch auf und sah John in ihre Richtung rennen.

Wenige Meter entfernt legten zwei junge Dinger in Bikinis ihre Handtücher in den Sand und ölten ihre ranken Körper. Nora steckte in dem gelben Badeanzug mit den Rüschen am Bauch, den sie schon seit einigen Jahren trug. Er war etwas ausgeleiert, aber sie nach der letzten Schwangerschaft ebenfalls, also passte er noch wunderbar.

John kam atemlos bei ihnen an, als ihr Buch gerade spannend wurde. Nora tat, als würde sie ihn nicht sehen.

»Fahren wir heute Abend zum Feuerwerk nach Boston?«, fragte er zum hundertsten Mal.

»Ja, wenn du dich benimmst«, sagte sie, ohne aufzusehen.

John freute sich schon auf die Zweihundertjahrfeier, seit Präsident Ford im Frühling nach Boston gekommen war und in der Old North Church ein Licht entzündet hatte. Vor einer Woche hatte John dann darauf bestanden, dass sie die Veranda mit roten, weißen und blauen Wimpeln schmückten.

»Mama, wie macht man eigentlich ein Feuerwerk?«, fragte er jetzt.

Nora seufzte. »Sie feuern es von einem Schiff ab, damit sich niemand verletzt«, sagte sie. »Nur die Profis dürfen an die Feuerwerkskörper ran. Kleinen Jungen zerfetzt es die Finger.«

»Aber wie kriegen sie die Raketen in die Luft?«

»Schießpulver.«

In Wirklichkeit hatte Nora keinen blassen Schimmer. Sie glaubte, sich zu erinnern, dass Schießpulver etwas damit zu tun hatte, wusste aber nicht mehr, was genau.

»Da schießt wirklich jemand?«, sagte John mit weit aufgerissenen Augen.

»Ja.«

Er nickte und rannte wieder zu Bridget ins Wasser.

Charlie warf ihr einen Blick zu: »So wird es also gemacht.«

Sie gab ihm einen Schlag mit dem Buch: »Na ja, du warst auch keine große Hilfe.«

Am späten Nachmittag wurde der Strand immer leerer. Langsam gingen die Leute nach Hause.

Die Großen mussten unter die Dusche, bevor sie zu Abend aßen und in die Stadt fuhren. Das Baby brauchte noch ein Nickerchen.

Bridget und John kamen zur Decke.

»Uns ist langweilig«, sagte John.

»Wie kann man sich hier langweilen?«, sagte Charlie. »Himmel nochmal.«

»Langweilig«, sagte John wieder.

»Wir müssen sowieso nach Hause«, sagte Nora.

»Nein!«, riefen die Kinder.

»Komm doch mal mit ins Wasser, Mama!«, sagte Bridget.

»Das ist mir zu kalt.«

»Wenn man erstmal drin ist, ist es gar nicht so kalt. Bitte.«

»Bridget, Gott hat dir Brüder geschenkt, damit ich nicht ins Meer steigen muss, wenn ich keine Lust dazu habe.«

»Und du, Papa?«, fragte Bridget. »Kommst du mit?«

»Aha, zweite Wahl also, das fühlt sich gut an«, sagte Charlie, knöpfte sich aber schon das Hemd auf, unter dem die weißeste Brust ganz Amerikas zum Vorschein kam.

»Nur bis zum Knie«, sagte er. »Mein Unterzeug bleibt an.«

»Dein Unterzeug?«, schrie John. »O Papa!«

»Wie soll ich das sonst nennen?«

»Kurze Hose? Shorts?«

Ihr Mann tat, als würde er es sich überlegen. Dann sagte er: »Ich sage Unterzeug, wenn es beliebt.«

»Und die Sandalen«, mischte Bridget sich ein. »In denen kann man wirklich keine Socken tragen. Kein Vater, den ich kenne, würde sowas machen.«

»Ihr zwei seid heute aber kleinkariert«, sagte Charlie, zog sich die Socken von den Füßen und stand auf.

Dann stürzten die drei sich in die Wellen. Der Wind trug die Geräusche des Vergnügungsparks hinter ihnen her: die Musik der Fahrgeschäfte und entzücktes Geschrei von der Achterbahn.

Sie sah zu, wie Charlie die Kinder nassspritzte, die schrien und lachten.

Unterzeug.

Für Noras Kinder war vieles selbstverständlich, was sie früher nicht für möglich gehalten hätte. Sie wurden als Amerikaner erzogen, aber nicht von Amerikanern.

Sie hatte akzeptiert, dass das jetzt ihr Zuhause war. Charlie nicht. Seit sie in Boston angekommen waren, sprach er davon, eines Tages nach Irland zurückzukehren. Bis heute. Er erzählte

Geschichten von den guten alten Zeiten, und wer ihm zuhörte, hätte nie geahnt, wie schwer sie es damals gehabt hatten.

Charlie weigerte sich, ein Interesse für Baseball zu entwickeln, obwohl John und Bridget verrückt danach waren. Wenn andere Väter bei den Little-League-Spielen mit vor Erregung roten Gesichtern die Namen ihrer Kinder brüllten, schlief Charlie ein. Nora kochte Spaghetti-Thunfisch-Auflauf und amerikanisches Chopsuey nach Rezepten, die sie aus Hausfrauenzeitschriften ausgeschnitten hatte. Ihr Mann aß das nicht. Stattdessen fuhr er zweimal im Monat zum Ceilidh, wo er mit greisen irischen Damen zu alten irischen Melodien tanzte. Wenn er nach Hause kam, summte er *The Stack of Barley* oder *The Siege of Ennis*. Als Bridget noch klein war, bestand er darauf, dass sie Unterricht in traditionellem irischen Stepptanz nahm, aber das hielt sie kein Jahr durch.

Nora war nie jemandem begegnet, der sich so viel mit irischer Identität beschäftigte wie ihre neuen Nachbarn Eileen Delaney, Betty Joyce und Dot McGuire, deren Familien seit zwei oder drei Generationen in den USA lebten. Sie sammelten Belleek-Porzellan mit Kleeblattmotiv, trugen Claddagh-Ringe und spielten bei jeder Feier die Clancy Brothers. Sie behandelten Nora und Charlie, die echten Iren, wie Stars. Charlie genoss das, Nora war es peinlich.

Als sie aus Irland wegging, hatte sie nicht gedacht, dass es für immer sein würde. Der Gedanke an all das, was sie verloren hatte, tat weh. Ihr Vater und ihre Großmutter waren gestorben, ohne dass sie sie noch einmal gesehen hatte. Sie kannten sie nur als schüchternes kleines Mädchen. Nora hatte sie belogen, um Theresa zu schützen, und vermutlich auch sich selbst. Sie hatte unbeabsichtigt eine Mauer aufgerichtet zwischen ihrer Familie und der, aus der sie kam.

Ihr Bruder lebte noch auf dem Hof der Familie. Er hatte nicht geheiratet. Als sie Irland verließ, war Martin neunzehn

Jahre alt. Jetzt war er fast vierzig. War das wirklich möglich? Als er ihr ein Foto schickte, kamen Nora beim Anblick seiner Glatze die Tränen. Sie schickte ein Familienfoto zurück, das sie am Ostermorgen zeigte. Er antwortete, es kaum erwarten zu können, sie endlich wiederzusehen und ihre Familie kennenzulernen. Sie starrte lange auf die Worte. Sie bezweifelte, dass das jemals passieren würde.

Manchmal hatte sie große Sehnsucht nach Miltown Malbay, nach der Luft und dem Blick von den Klippen bei Spanish Point. Auf dem Land war so viel Platz. Dort hatte sie manchmal tagelang außer ihrer Familie niemanden gesehen. Jetzt war sie ständig unter Menschen.

Manche ihrer Cousins waren, nachdem sie in Amerika genug Geld verdient hatten, zurückgegangen. Andere waren gelegentlich auf Besuch nach Irland gefahren. Seit Kitty geerbt hatte, fuhr auch sie regelmäßig rüber. Babs meinte, sie täte es nur, um anzugeben. Als ihr Bruder sie in Shannon vom Flughafen abholte, trug sie einen Nerzmantel und nahm ihn die ganze Reise über nicht ab.

Das erwähnte auch Oona Donnelly in einem Brief an Nora.

Gestern Abend stand eine Frau auf dem Marktplatz – war die aufgetakelt. Ich habe sie den Kindern gezeigt, und erst dann fiel mir auf, dass es deine Schwägerin Kitty Rafferty war. Sie sah aus wie ein Filmstar!

Wenn Charlie sagte, wie gern er rüberfahren würde, erwiderte Nora, es sei zu teuer. Sie könnten die Kinder nicht allein lassen. Sie fand immer wieder einen Grund, weshalb gerade jetzt nicht der richtige Augenblick war. Zu Hause war kein Ort, dem man einen Besuch abstattete.

Gegen vier verließen sie den Strand mit ihren rotbackigen, sommersprossigen Kindern. Die Erfahrung hatte Nora gelehrt, immer eine Wasserschüssel am Hintereingang stehen zu haben, damit sich einer nach dem anderen den Sand von den Füßen waschen konnte. Danach öffnete Nora die Hintertür, die in die Küche führte, und sah Patrick mit einer Bierflasche am Küchentisch sitzen.

»Was erlaubst du dir?«, sagte sie.

»Ich trinke auf den 4. Juli«, gab er zurück, stieß sich vom Tisch ab und balancierte auf den zwei hinteren Stuhlbeinen. So etwas war Nora noch nicht untergekommen. Dieser Junge kannte keine Angst.

»Du bist siebzehn«, sagte sie.

Sie konnte kaum glauben, dass sie nur ein paar Jahre älter gewesen war, als sie nach Amerika gekommen war. Theresa war so alt gewesen wie er jetzt. Patrick wollte so gern ein Mann sein, aber er war in jeder Hinsicht ein Kind.

»Lass ihm doch das eine«, sagte Charlie. Dann hob er einen Finger in Patricks Richtung: »Hast du gehört? Eines.«

Charlie ging nach oben, um zu duschen. Brian streckte die Ärmchen nach Patrick aus, und der große Bruder nahm ihn Nora aus dem Arm.

Er liebte das Baby, also war er ein guter Kerl.

»Wir grillen nachher draußen«, sagte Nora, »und fahren später zum Feuerwerk nach Boston rein. Kommst du mit?«

Patrick schüttelte den Kopf. »Ich hab' schon was anderes vor, Mama.«

»Mit den Jungs aus der Schule?«

Sie hielt den Atem an, während sie auf die Antwort wartete.

»Ne, ich fahr nach Castle Island. Fergie und ein paar andere wollen das Feuerwerk von da sehen. Ich fahr mit euch in die Stadt, dann steig ich in den Zug nach Fields Corner.«

»Danach kommst du aber nach Hause.«

»Wir wollten noch ins Lucky Strike.«

»Bowlen?«

»Jaja.«

Er konnte ihr ins Gesicht lügen, ohne mit der Wimper zu zucken. Aber was konnte sie schon sagen? Auch ein Verbot würde ihn nicht abhalten.

»Ich will keinen Ärger mehr«, sagte Nora. »Bitte pass auf.«

Brian war an Patricks Schulter eingeschlafen. Sie nahm ihm das Baby ab, ging hinauf und legte es in sein Bettchen.

Bei dem Jungen konnte nur noch ein Wunder helfen. Sie dachte an die alberne Medaille ihrer Schwester.

Ich glaube an ihre Kraft, hatte in Theresas Brief an ihn gestanden.

Das konnte Nora von sich nicht sagen, dennoch hatte sie es nicht übers Herz gebracht, die Medaille wegzuwerfen.

Sie ging in ihr Zimmer und öffnete das Schmuckkästchen. Die Medaille war da, wo sie sie vor einem Jahr hingelegt hatte: versteckt in einem gefütterten Satinsäckchen. Sie suchte eine passende Kette heraus und fädelte sie durch die Öse auf der Rückseite der Medaille.

Als Nora wieder in die Küche kam, saß Patrick noch dort.

»Ich bitte dich selten um etwas, stimmt's?«

Er lächelte besorgt. »Stimmt.«

»Jetzt schon. Es macht nichts, wenn du es albern findest. Sei ein guter Junge und tu deiner Mutter einen Gefallen.«

»Okay«, sagte er, und sie legte ihm die Kette um.

»Versprich mir, dass du sie immer tragen wirst.«

Er lachte.

»Patrick, versprich es!«, sagte sie in ihrem ernstesten Ton, der ihn trotzdem nie erreicht hatte.

Aber jetzt sah er auf. Er schaute ihr in die Augen: »Ich verspreche es«, sagte er.

18

Mutter Cecilia stellte eine langhalsige Vase auf den Tisch. Der Kopf einer großen weißen Pfingstrose hing heraus. Sie nahm sie am Stängel und schob sie nach links, dann nach rechts, weiter in den Strauß hinein und an den Rand. Als sie die Hand wegnahm, fiel die Blüte wieder in ihre vorherige Position.

Mutter Cecilia neigte den Kopf und betrachtete sie. Da hörte sie die Tür des Gästehauses und wenige Augenblicke später Schritte in der Eingangshalle.

Die Schwestern des Klosters Saint Joseph hielten jeden Sommer ein Wochenende lang Exerzitien in der Abtei ab. Es gehörte zu Mutter Cecilias Aufgaben, vor ihrer Ankunft zu prüfen, ob die Zimmer sauber und ordentlich, die Betten gemacht waren und die Fenster offen, um den süßen Geruch der Wiese hereinzulassen. Sie hatte ein Blech frisch gebackener Muffins auf den Tisch gestellt und eine Karaffe Eistee in den Kühlschrank. Außerdem warteten in der Küche Leckereien aus der Klosterproduktion auf die Gäste: Rohmilch und Käse, Marmelade und mehrere Laibe frischen Brotes.

Sie war seit über einem Jahr Priorin und Stellvertreterin der Äbtissin. Eigentlich hätte sie diese Aufgaben einer Anwärterin übertragen sollen, aber dazu machte es ihr viel zu viel Spaß. Ihre Freundinnen in den aktiven Orden waren erschöpft und zermürbt von der Welt. Ihre Gemeinschaften schrumpften, und immer weniger junge Schwestern mussten immer mehr alte pflegen. Das machte ihnen Kummer. Sie kamen hierher, um aufzutanken, die frische Landluft zu genießen und das vergangene Jahr Revue passieren zu lassen. Mutter Cecilia betrachtete es als ihre Pflicht, sie zu stärken.

Zur Begrüßung nahm sie jede von ihnen in die Arme und gab ihr einen Kuss auf die Wange. Sie trugen keine Habite mehr, sondern entweder schlichte Röcke und Strickjacken oder Jeans mit schicken Seidenblusen. Draußen herrschten dreißig Grad, und Mutter Cecilia nahm sich fest vor, nicht neidisch zu sein, wenn sie unter ihrem Gewand schwitzte.

Schwester Evangeline, die Offenste unter ihnen, hielt ihr eine winzige amerikanische Flagge hin.

»Für die Priorin«, sagte sie.

Mutter Cecilia nahm sie entgegen, musste dabei aber ein verwirrtes Gesicht gemacht haben, denn Schwester Evangeline lachte und fügte hinzu: »Heute ist der 4. Juli.«

»Ach ja?«

Die Mittagsglocken läuteten.

»Ich muss los«, sagte Mutter Cecilia. »Macht es euch gemütlich. Es ist so schön, euch alle wieder hier zu haben.«

»Wir sehen uns drüben«, sagte Schwester Evangeline.

Mutter Cecilia ging zu den anderen in die Kapelle, die Flagge noch in der Hand. Sie hatte keine Zeit, sie irgendwo abzulegen, also versteckte sie sie im Ärmel und nahm ihren Platz ein.

Sie sangen heute besonders schön für ihre Mitschwestern. Mutter Cecilia hob den Blick und lächelte die Besucherinnen an, die nebeneinander in der ersten Reihe auf der anderen Seite des Gitters saßen.

Die Nonnen der Abtei aßen in Klausur. Für die Schwestern von Saint Joseph hatten sie im Refektorium ein Festessen vorbereitet. Danach folgten wie üblich zwei Stunden Silentium, und für den Nachmittag waren die Schwestern zu Tee und Kuchen in Mutter Placids privaten Wohnraum geladen. Kurz bevor sie kamen, stellten Mutter Placid und Mutter Cecilia Kekse, Milch und Zucker bereit.

Unter der letzten Äbtissin, die zweiundvierzig Jahre im Amt gewesen war, war das Zimmer düster gewesen. Vor den Fenstern hatten schwere Vorhänge gehangen, und man war im Sofa und in den Sesseln der samtenen Sitzgarnitur versunken. Mutter Placid hatte das Licht reingelassen. Zuerst hatte sie die Vorhänge entfernt, sodass jetzt die Sonne durch die Fenster auf hellbeige Sofas und zwei hellblaue Ohrensessel schien. Sie hatte Kissen besorgt und einen Teppich mit Blumenmuster. Als Mutter Cecilia das neue Zimmer zum ersten Mal sah, musste sie an Mutter Placids Wohnung in Queens denken. Selbst in diesem kalten, schmucklosen Gebäude hatte sie für Wärme und Gemütlichkeit gesorgt.

»Und nicht vergessen«, erinnerte Mutter Cecilia, »wir müssen vorsichtig sein, was wir sagen. Das verlangt unsere Stellung.«

»Wir?«, fragte Mutter Placid.

»Okay. Du, Mutter Äbtissin.«

Die Schwestern von Saint Joseph waren ihnen gegenüber offener als die meisten anderen Leute. Mutter Placid ließ sich leicht mitreißen und sagte dann oft Dinge, die sie später bereute.

Die Freundin lächelte, dann klopfte es.

»Immer herein«, riefen die beiden.

Sie sprachen vom vergangenen Jahr. Es ging um das Weltgeschehen und um Familienangelegenheiten. Um die Spendenaktionen für ihre Alterssicherung. Diese couragierten Nonnen nahmen sich der Bedürftigen in Philadelphia an. Im Frühjahr hatten sie das Gebäude verloren, in dem ihr Orden seit einem Jahrhundert untergebracht war. Jetzt lebten die Nonnen in über die ganze Stadt verteilten Wohnungen.

»Es ist anders«, sagte Schwester Emily und nahm einen Schluck Tee.

»Es ist schrecklich«, sagte Schwester Evangeline. »So haben wir uns das nicht vorgestellt, überhaupt nicht. Jetzt haben wir keine Gemeinde mehr. Im Krankenhaus fangen wir jeden Tag von vorne an. Die Bischöfe machen uns das Leben schwer.«

Die anderen senkten den Blick und schwiegen.

»Sollen wir eine Flasche Wein aufmachen?«, fragte Mutter Placid plötzlich, und die Gesichter hellten auf.

Mutter Cecilia schüttelte den Kopf.

Zwei Winter zuvor, kurz nachdem Mutter Placid zur Äbtissin gewählt worden war, hatte es nach einem Schneesturm im halben Staat einen Stromausfall gegeben. Das Obdachlosenheim in Manchester hatte angefragt, ob die Abtei drei oder vier Kinder für eine Woche unterbringen könnte. Bischof Dolan hatte als hiesiger Stellvertreter des Papstes auf Mutter Placids Nachfrage geantwortet, dass das nicht in Frage käme, so etwas sei nicht der Zweck der Abtei. Sie sollten den Leuten vom Heim sagen, dass sie für die Kinder beten würden.

»Wir können leider auf gar keinen Fall drei oder vier Kinder aufnehmen, das hat der Bischof unmissverständlich kommuniziert«, erklärte Mutter Placid also am Telefon in Mutter Cecilias Gegenwart. »Also schicken Sie bitte zehn bis zwölf.«

Jetzt forderte Mutter Placid die Nonnen auf: »Erzählt!«

Schwester Evangeline warf einen Blick zu den anderen.

»Erzähl du«, sagte Schwester Rebecca. »Wir wissen alle, dass du eine Menge zu sagen hast.«

»Wir sind in Schwierigkeiten. Einige von uns mehr als andere, ich gehöre zu Ersteren. Sie haben uns aufs Korn genommen, weil wir einigen Patientinnen Verhütungsmittel empfohlen haben. Wir haben ihnen erklärt, dass es keine Sünde ist und sie das Zeug zwar nicht von uns bekommen können, wir ihnen aber sagen können, wo sie es kriegen.«

»Ach, das schon wieder«, sagte Mutter Placid. Sie war aufgestanden und nahm gerade Gläser aus dem Schrank in der Ecke und reichte sie den Nonnen.

Mutter Cecilia fühlte sich angespannt.

»Ihr könnt euch nicht vorstellen, wie es ist, einer Frau gegenüberzutreten mit mehr Kindern, als sie ernähren kann, und ihr zu sagen, dass Gott will, dass sie noch eins kriegt«, erklärte Schwester Evangeline. »Kein Bischof ist je in dieser Situation gewesen.«

»Aber wir müssen uns doch an die Vorschriften der Kirche halten«, sagte Schwester Emily.

»Unser Geschenk an die Kirche ist, dass wir uns um diejenigen am Rand der Gesellschaft kümmern, um die Leidenden. Schwarz-weiß-Denken können wir uns nicht leisten«, sagte Schwester Evangeline. »Wir leben im Jahr 1976. Abtreibung ist nicht unser größtes Problem. Krieg und Hunger gefährden auch das Recht auf Leben.«

»Wir kennen eure Situation«, sagte Mutter Placid. »Wir können das gut verstehen.« Sie füllte Schwester Evangelines Glas.

»Und dafür nennen sie uns radikal. Für die sind wir Häretikerinnen.«

»Was für ein Unsinn«, sagte Mutter Placid. »Zum Glück reicht ein Blick in unsere Geschichtsbücher, um uns zu bestärken. Nonnen haben sich schon oft erfolgreich gegen eine falsche Führung aufgelehnt. Die Vorstellung, dass die eigene Epoche die fortschrittlichste sei und der Mensch sich ganz von allein bessert, ist ein weit verbreiteter Irrtum. In Wirklichkeit ist die Entwicklung zyklisch. Von gut zu schlecht und wieder zurück.«

Mutter Cecilia warf ihr einen flehenden Blick zu. Der Bischof hatte gesagt, dass sie Nonnen wie diesen auf keinen Fall ihre Unterstützung aussprechen durften, auch wenn sie es insgeheim natürlich so empfanden. Zuhören war eine Sache, obwohl das allein schon riskant war. Aber es war nicht an Mutter Placid, sich auf ein Gespräch einzulassen.

Selbst in Gesellschaft dieser Nonnen, vielleicht sogar besonders in ihrer Gesellschaft, durften sie nicht vergessen, wem sie unterstellt waren. Ein wirklich offenes Gespräch konnten sie nur unter vier Augen führen.

Vor vierzehn Jahren hatte Papst Johannes XXIII. die Geistlichen angewiesen, die Kirche zu öffnen, aber was genau das heißen sollte, wusste niemand. Die Mitglieder waren dazu angehalten, sich auf die Vorstellungen der Gründer zu besinnen, ihr Regelwerk zu überarbeiten und sich der Modernisierung zu öffnen. Nonnen, die nicht im Kloster lebten, nahmen ihre Taufnamen wieder an und legten das Habit ab. Innerhalb der Klostermauern aber wurden die Nonnen zu noch mehr Gehorsam gezwungen, und der Konservativismus erstarkte.

»Ich beneide euch«, sagte Schwester Evangeline. »Ihr müsst euch mit sowas nicht herumschlagen. Ihr habt mit dem ganzen politischen Kram nichts zu tun.«

»Manche glauben, dass wir hier oben nicht viel machen und den ganzen Tag nur beten«, sagte Mutter Placid in einem Ton, als ob sie sich verteidigen müsste. »Wir betreiben weder ein Krankenhaus noch eine Schule, aber unsere Tür steht immer offen, und die Welt ist uns willkommen.«

»Das ist mir klar«, sagte Schwester Evangeline. »Ich wollte wirklich nicht …«

»In den letzten Jahren sind doch auch hier viele junge Leute gewesen«, sagte eine der anderen, »da muss das Thema doch aufgekommen sein. Dadurch, dass ihr hier so traditionell lebt, so unauffällig, können vielleicht gerade von hier radikale Entwicklungen ausgehen.«

Mutter Cecilias Lächeln gab nichts preis.

»Was auch immer ihr gemacht habt, es hat funktioniert«, sagte Schwester Emily. »Ihr habt so viele junge Ordensmitglieder. Es ist eine wahre Erfolgsgeschichte, und das hat die Abtei allein euch beiden zu verdanken. Ihr seid bestimmt die jüngste Priorin und Äbtissin im ganzen Land.«

Sie waren sechsunddreißig und zweiundvierzig Jahre alt, und manchmal dachte Mutter Cecilia, dass eine Position von solcher Bedeutung wirklich nicht das Richtige war für eine

Sechsunddreißigjährige. Das hätte sie beinahe gesagt, aber Schwester Evangeline kam ihr zuvor: »Gut, dass ihr gewählt worden seid. Ihr habt die Abtei gerettet.«

In den frühen Siebzigern war die Abtei fast zugrunde gegangen. Nach dem Tod vieler älterer Nonnen war ihre Zahl stark zurückgegangen. Sie hatten wenig Geldreserven. Das Dach war undicht. Einer der Schuppen war einsturzgefährdet. Sie konnten die Reparatur nicht finanzieren. Die Kapelle wurde weder beheizt noch beleuchtet, auch während der Gottesdienste nicht. Im Winter zogen sie Mäntel über das Nonnenhabit und konnten beim Singen ihren Atem sehen. Die einst üppigen Mahlzeiten wurden immer einfacher und weniger nahrhaft. Sie lebten vom Verkauf der Milchprodukte und ernährten sich von dünner Suppe, Gemüse und Brot. Sie magerten ab. Ohne den Obst- und Gemüseanbau wären sie verhungert.

Doch dann griff eine höhere Macht ein.

Zur Abtei gehörten einhundertfünfzig Hektar Land. Gelegentlich nahmen Fremde Teile des Grundstücks in Beschlag. Die Nonnen ließen sie meistens gewähren. Als aber eine größere Gruppe junger Leute wochenlang auf ihrem Land zeltete, kam es zu einer Diskussion darüber, ob man sie bitten solle, zu gehen.

Nachts wehten Gitarrenklänge und Gelächter von der anderen Seite der Felder in ihre Zellen, und an kühlen Herbstabenden lag der Geruch von Lagerfeuer in der Luft. Die jungen Leute schienen zu glauben, dass sie unbemerkt waren: Wenn eines der Mädchen in knappem Rock oder wallendem Kleid oder einer der lauten, langhaarigen Jungen ins Blickfeld einer Nonne geriet, erstarrten sie wie Rehe und rannten dann davon. Schließlich ging Mutter Placid auf sie zu. Sie sagte, dass sie bleiben durften, wenn sie arbeiteten und mit ihnen redeten. So hatte alles angefangen.

Die meisten studierten noch oder hatten ihr Studium gerade abgeschlossen. Sie fühlten sich hingezogen zu dem katholischen Priester Daniel Berrigan und seiner Verbrennung von Einberufungsbefehlen. Sie waren entsetzt von der Ermordung Martin Luther Kings und Bobby Kennedys, und später von den Ereignissen beim Kent-State-Massaker. Sie waren erschöpft. Die Abtei war ein Rückzugsort.

So junge Leute hatten die Nonnen seit Jahren nicht gesehen. Sie belebten das Kloster innerhalb kürzester Zeit. Bald kamen sowohl Männer als auch Frauen dutzendweise zu ihnen. Sie dürsteten nach Frieden und Gemeinschaftlichkeit und wollten dem Land mehr geben, als sie ihm nahmen. Sie wollten alles über gemeinschaftliches Leben lernen – da waren sie am richtigen Ort.

Die Jungen strichen die Gebäude und reparierten das Dach. Es war ein komischer Anblick – gutaussehende junge Männer in Bluejeans und T-Shirt bewegten sich ganz selbstverständlich an einem Ort, der üblicherweise überhaupt keine Männer kannte. Manch eine Nonne musste für die Kraft beten, der Versuchung zu widerstehen. Die Mädchen arbeiteten mit den Nonnen in der Molkerei und auf den Feldern. Mutter Placid hatte ein Händchen für sie. Die meisten von ihnen waren kaum älter als die Kinder, die sie in Queens unterrichtet hatten. Zu Beginn interessierten sie sich nicht für Gott, und keine von ihnen dachte daran, zu bleiben. Schließlich blieben aber einige von ihnen. Sie waren eine neue Generation in der Abtei.

Wie bei jeder großen Veränderung löste auch diese zunächst heftige Diskussionen aus. Die Ordensältesten hielten die Aufnahme solcher Mädchen für eine wahnsinnige Verzweiflungstat. Aber Mutter Placid sah, dass die Welt sich verändert hatte. Entweder sie veränderten sich mit ihr, oder sie würden untergehen.

»Es gibt so viele Wege zu Gott wie Seelen auf dieser Welt«,

sagte Mutter Placid bei einem Treffen mit den ranghöheren Nonnen. Das schien sie zu bewegen.

Danach ging Mutter Cecilia auf sie zu: »Wie schön du das vorhin gesagt hast.«

»Finde ich auch«, sagte Mutter Placid. »Aber sei unbeeindruckt. Das sind nicht meine Worte, sondern Rumis.«

Mutter Placid überzeugte die anderen, und nicht nur davon.

Jeder der jungen Menschen kam zu Gesprächen mit den Nonnen. Mutter Cecilia war jedes Mal von der Offenheit der jungen Leute überrascht. Sie suchten eine Zuhörerin. Die achtzehn, neunzehn und zwanzig Jahre alten Frauen erinnerten Mutter Cecilia an die Zeit, als sie selbst die Abtei kennengelernt hatte. Sie wusste noch genau, wie es war: Wenn man zum ersten Mal mit einer Nonne sprach, sah man nur das Habit. War die entstandene Verbindung aber stark genug, bemerkte man es spätestens beim dritten Gespräch gar nicht mehr. Wenn man sich dann nach einer Stunde verabschiedete, fragte man sich, ob ihr Kopf überhaupt bedeckt gewesen war, obwohl man wusste, dass etwas anderes gar nicht möglich war.

Sie waren überrascht, dass die Nonnen sie nicht bekehren, nicht zum Licht führen wollten. Stattdessen hörten sie einfach zu. Manche der jungen Leute kamen nur ein- oder zweimal. Diejenigen aber, die immer wiederkamen, bemerkten mit der Zeit, dass es in den Gesprächen immer um Gott ging, auch wenn er nie erwähnt wurde. Sie betrachteten Gott durch ihr eigenes Leben wie durch eine Linse.

Vielleicht waren ihre früheren Erfahrungen mit der Kirche, wenn es welche gab, anderer Natur gewesen. Mutter Cecilia erinnerte sich noch genau an ihre Angst, nicht pünktlich in der Saint Joseph's von Miltown Malbay zu erscheinen, denn wer nur eine Minute zu spät kam, wurde von Pater Donohue vor der ganzen Gemeinde gedemütigt.

Eine Handvoll wütender Eltern wollte wissen, was die Nonnen ihren Töchtern erzählten. Was hatte ihnen vorher ihr Glaube bedeutet? Ein weißes Kommunionskleid und ein Kuchen mit einem Buttercremekreuz. Sie waren hineingeboren, das war alles. Aber jetzt sahen sie mehr darin. Wer bleiben wollte, wollte am liebsten sofort aufgenommen werden, aber die Nonnen hielten das für überstürzt. Die Mädchen sollten erst noch etwas erleben, um sich als Menschen voll zu entfalten, aber auch, um etwas zu der Gemeinschaft beitragen zu können. Also gingen sie weg und studierten, engagierten sich politisch, unterrichten oder arbeiteten als Künstlerinnen. Sie bereisten die Welt, blieben aber stets in Kontakt. Wenn die Zeit reif war, das wusste Mutter Cecilia, würden sie zurückkehren. Und wenn einige nicht zurückkehrten, wäre auch das die richtige Entscheidung.

Mutter Cecilias Vertraute während ihrer Anfangszeit im Kloster, Mutter Lucy Joseph, war im Frühjahr 1967 im Schlaf verstorben. Es war April, und das Kloster bereitete sich gerade auf die Segnung des Gartens zum Markustag vor. Sie beerdigten sie bei den anderen, hinter der Kapelle unter der blühenden Magnolie.

Mutter Cecilia war sich sicher, ihren Geist jedes Mal zu spüren, wenn sie den Gemüsegarten betrat oder zum Grab ging, auf das sie im Frühling frische Blumen legte. Besonders aber fühlte sie ihre Gegenwart, wenn sie einer verlorenen Seele Trost spendete.

So viele Wege zu Gott wie Seelen auf der Welt.

Eines der Mädchen hieß Angela. Das glatte Haar reichte ihr bis zur Hüfte.

»Ich finde es super hier«, sagte sie bei ihrem dritten Gespräch mit Mutter Cecilia. »Hier kann ich mit meinen Freundinnen im Gästehaus Zeit verbringen und komme mal aus dem Alltagsstress raus. Und in dem anderen Gästehaus sind die Jungs. Wir können spazieren gehen oder zusammen arbeiten und haben nicht den Druck, gleich zu entscheiden, ob wir miteinander schlafen wollen oder nicht. Das gehört nämlich mittlerweile immer häufiger ganz selbstverständlich dazu. Verzeihen Sie, ich sag' das nicht, um Sie zu provozieren. Meine Mutter glaubt, dass ich lebe, um zu provozieren, aber das ist nicht wahr. Wirklich nicht. Ich spreche einfach aus, was ich denke.«

Mutter Cecilia wäre am liebsten aus ihrer Rolle geschlüpft, hätte gelacht und ihr gesagt, dass auch sie einmal eine junge Frau gewesen war. Sie war nicht so alt, dass sie sich daran nicht mehr erinnern konnte.

»Ich glaube zu wissen, was Sie meinen«, sagte sie stattdessen.

Wenn die jungen Frauen über Sex sprechen wollten, erwartete der Orden von ihr, dass sie ihnen mit deutlichen Worten abriet. Das kam ihr wie eine Lüge vor, und sie sagte es nur, wenn die Mädchen direkt fragten und wissen wollten, ob es wirklich falsch war. Dann bejahte sie und erklärte, dass sie Gottes Pläne nicht durchkreuzen durften. Die Worte blieben ihr jedes Mal beinahe im Hals stecken. Bilder eines Krankenhauszimmers in Boston schossen ihr durch den Kopf, und sie dachte an die Folgen, die das gehabt hatte, was ihr damals folgenlos erschienen war.

»Meine Eltern wollen wissen, was ich hier mache«, fuhr Angela fort. »Ich habe geantwortet: ›Ich rede mit Mutter Cecilia. Sie bringt mir bei, wie man glücklich ist.‹ Ihnen haben bestimmt schon Hunderte heruntergekommener Hippies ihre Geschichten erzählt. Sie kennen jedes Geheimnis, Sie wissen, wessen Herz von wem gebrochen wurde, wer sich gerade in wen verliebt oder die Uni hinschmeißt. Sie sollten ein Buch darüber schreiben.«

Stück für Stück erkannte sie ein Muster in den Sorgen der Mädchen. Letztendlich ging es meistens um Sex. Viele bereuten es. Weniger den Akt selbst als seine Folgen.

Die jungen Dinger veränderten Mutter Cecilia, sie rüttelten an ihren Vorurteilen. Es war aber eine ältere Frau, älter als sie selbst, die Mutter Cecilias Perspektive endgültig veränderte. Bis sie ihr begegnete, hatte Mutter Cecilia sich bei Fragen der Verhütung der Linie des Ordens unterworfen.

Eines Tages aber, als sie gerade in der Einfahrt die Einkäufe aus Mutter Annabelles Auto lud, bemerkte sie eine Frau, die im Schritttempo an ihr vorbeifuhr und sie lange ansah.

Vor dem Eingang zum Klosterladen wendete sie. Vielleicht war sie falsch abgebogen.

Aber die Frau sah sie wieder an. Mutter Cecilia winkte sie zu sich.

Als der Wagen bei Mutter Cecilia war, bremste die Frau und kurbelte das Fenster hinunter.

»Ich habe mich verfahren«, sagte sie.

»Soll ich Ihnen erklären, wie Sie wieder auf den richtigen Weg finden?«

»Nein. Ich bin nicht katholisch. Jedenfalls nicht mehr. Früher war ich es.«

»Kein Problem. Wir erteilen Menschen aller Konfessionen Auskunft.«

Es hatte ein Witz sein sollen, aber die Frau schien sie gar nicht gehört zu haben.

»Als ich die Abtei sah, dachte ich: Das ist ein Zeichen. Gibt es hier vielleicht jemanden, mit dem ich reden kann?«

»Ich empfange Sie gern.«

»Können Nonnen die Beichte abnehmen?«

»Wir bieten Gespräche an. Die Absolution erteilen können wir nicht, aber dafür sind wir gute Zuhörerinnen.«

Wenige Minuten später saßen sie in einem der kleinen Räume, zwischen ihnen das Holzgitter.

»Müssen Sie vorher beten?«, fragte die Frau. »Soll ich gar nicht niederknien?«

Mutter Cecilia lachte: »Um Himmels willen, nein. Erzählen Sie einfach.«

Ihr Name war Gloria. Als Jugendliche hatte man sie in ein Heim für unverheiratete Mütter gesteckt. Als sie ihr Kind nach der Entbindung hergeben sollte, flehte sie, es behalten zu können. Ihre Eltern hielten Loslassen und Vergessen für das einzig Vernünftige. Aber sie konnte nicht vergessen. Ihr Leben zerbrach. Sie heiratete einen gewalttätigen Mann und ließ sich scheiden. Sie versank in tiefer Depression und fand jahrelang keine Arbeit. Das Kind musste mittlerweile achtzehn Jahre alt sein. Gloria dachte immer noch an sie und fragte sich, wo sie wohl war. Sie hatte nicht die leiseste Idee, in welche Familie sie gekommen sein mochte, und so glaubte sie ihre Tochter überall zu sehen: auf der Straße, in der Bank, an der Supermarktkasse.

»Gott möge mir verzeihen, aber ich wünschte mir damals nichts sehnlicher, als die Schwangerschaft zu beenden«, sagte sie.

Plötzlich erinnerte Mutter Cecilia sich: Kitty Rafferty, Charlies Schwester und ihre Zimmergenossin in Boston vor vielen Jahren, sie hatte zu diesem Weg geraten. Mutter Cecilia wusste, was es bedeutete, ein Kind zu verlieren, das man in die Welt gesetzt und im Arm gehalten hatte.

»Wissen Sie, wie viele wir sind?«, fuhr Gloria fort. »Tausende und Abertausende. Allen wurden ihre Babys weggenommen. Wie können sie von uns erwarten, dass wir weitermachen, als wäre nichts gewesen?«

»Ich weiß es nicht«, sagte Mutter Cecilia. »Ich weiß es wirklich nicht.«

»Und was ist mit den Kindern?«, sagte Gloria. »Unzählige Kinder, die aufwachsen, ohne zu wissen, wer ihre Mutter ist.«

Am liebsten hätte sie Gloria ihre Geschichte erzählt, am liebsten wäre sie durch das Gitter getreten und hätte ihre Hand genommen. Gott hatte sie nicht ohne Grund zueinander geführt.

Sie hatte sich immer schuldig gefühlt, als sei sie die Einzige, der so etwas passiert war, als sei es etwas, was sie nur sich selbst zuzuschreiben hatte. Aber jetzt dachte sie an die Mädchen in ihrem und all den anderen Zimmern im Saint Mary's, die beim Arztbesuch neben ihr gestanden hatten.

Zum ersten Mal wurde sie wütend. Sie war wütend, weil man ihr keine Wahl gelassen hatte, weil man ihr Dinge aufgezwungen hatte. Nicht nur ihr, auch Nora. Sie waren Teil eines übergeordneten Systems gewesen, von dem sie damals keine Ahnung hatten. Nora hatte sich aufgeopfert. Sie konnte nur hoffen, dass Patrick eines Tages erfahren würde, wie selbstlos ihre Schwester gehandelt hatte.

Von diesem Tag an empfahl sie jeder jungen Frau, die danach fragte, sich zu schützen. Vor allem ihre Herzen, aber auch ihren Körper. Sie wusste, dass diese radikale Entscheidung zur Exkommunikation der Abtei führen konnte. So ernst war es. Aber sie rief sich in Erinnerung, dass sie Höherem dienten als dem Menschen. Was sie taten, war aus Liebe geboren. Liebe für Gott, Liebe für diesen Ort und Liebe füreinander. Sie würden das Richtige tun, aber so diskret wie möglich.

Eine Benediktinerin legt drei Gelübde ab: das Gelübde der Beständigkeit, des Gehorsams und des *conversatio morum*, das ihr Leben verändert. Alle drei binden sie an das Kloster und die Ordensgemeinschaft. Das *conversatio morum* allerdings verlangt von den Nonnen zusätzlich die Bereitschaft, sich zu verändern.

Für sie war das, was mit Patrick passiert war, nach wie vor ein Wunder. Sie wusste, dass ein Leben bei Nora das Beste für ihn war, auch wenn sie nervös wurde, wenn ihre Schwester von seinen Schwierigkeiten erzählte.

Sie konnte ihn sich nicht bei irgendeiner Fremden vorstellen. Die Gottesmutter war damals bei ihr gewesen und hatte ihr beigestanden. Deshalb war sie heute hier. Gott begegnet einem da, wo man ist. Er offenbart sich, wenn man ihn am meisten braucht. Sie betete dafür, dass er sich bald auch Patricks annehmen würde.

Sie war vor einem Jahr mit all ihrem Wissen und all ihrer Erfahrung auf ihre Schwester zugegangen. Für diese Gelegenheit hatte Mutter Cecilia lange gebetet. Briefe waren eine schöne Sache, aber sie konnten eine Begegnung nicht ersetzen.

Sie hatte Nora nach ihrer Wahl zur Priorin geschrieben und von der wundervollen Zeremonie zu ihren Ehren berichtet. Nora hatte es im nächsten Brief nicht einmal erwähnt. Sie hätte Nora gern erzählt, dass sie sich wegen Mutter Placids unkontrollierter Geschwätzigkeit oft fühlte, wie Nora sich gefühlt haben musste, als sie jung waren und die kleine Schwester immer ausgesprochen hatte, was ihr gerade in den Kopf kam. Sie hätte ihr so vieles gern erzählt. Aber Nora machte in ihren Briefen den Eindruck einer gehetzten, vielbeschäftigten, überforderten Person. Mutter Cecilia riet ihr, sich bei ihnen im Kloster zu erholen, aber Nora wies das wie eine gänzlich absurde Idee von sich: *Ich kann die Kinder doch wegen so etwas nicht allein lassen*.

Es gab Dinge, die sie ihr nur persönlich sagen konnte. Seit Nora angefangen hatte, von Patricks Problemen zu berichten, hatte Mutter Cecilia gedacht, dass es an der Zeit war, ihm die Wahrheit zu sagen. Über die Jahre hatte sie gelernt, dass man mit dem Wissen von einer Sache immer irgendwie leben konnte. Was aber wirklich unerträglich war, war das, was geheim blieb. Sie wollte ihre Schwester von dieser Last befreien, und Patrick ebenfalls. Bald würde er ein Mann sein. Es war höchste Zeit.

Sie hatte ihre Meinung darüber nicht geändert. Aber sie bereute, es gesagt zu haben. Als sie Nora sah, hatte sie doch gewusst, dass es nicht der richtige Augenblick war.

Sie bereute auch, was sie über Noras Ehe gesagt hatte. Vor vielen Jahren hatte sie Mutter Placid gegenüber fallenlassen: »Stell dir vor, du verbringst dein ganzes Leben mit einem Mann, nur weil er dich als ganz junges Ding auf dem Heimweg vom Tanz geküsst hat.«

Aber ihre Worte hatten ihr nicht gefallen, und ihr war plötzlich klar geworden, dass das nicht der Grund gewesen war, warum Nora Charlie geheiratet hatte. Nora hatte ihn ihretwegen geheiratet, Patricks wegen. Das hatte sie Nora sagen wollen: dass sie sie verstand. Aber alles war falsch herausgekommen, und schließlich hatte es wie ein Vorwurf geklungen.

Noras Worte gingen ihr nicht aus dem Kopf.

Ich kenne dich, Theresa, ich weiß, wie du tickst.

Wie kannst du nachts nur schlafen?

Hier versteckst du dich also.

Nachdem Nora gegangen war, war Mutter Cecilia untröstlich. Sie suchte Mutter Placid auf und erzählt ihr, was geschehen war. Sie bereute ihr schnelles Handeln, ohne richtig zugehört zu haben. Es war gar nicht ihre Art. Nicht mehr.

Ein Teil von ihr wünschte, sie hätte Patrick aus Noras Perspektive gesehen. Wenn sie Nora bloß hätte sagen können, dass die Nonnen bei jeder Morgenandacht ein Fürbittgebet für ihn sprachen. Bei Sonnenaufgang steckte sie täglich einen Zettel mit seinem Namen in das Kästchen, und wenn der Priester sagte: »Für Patrick Rafferty«, antwortete die Gemeinde: »Herr, erhöre uns.« An manchen Tagen war sich Mutter Cecilia ganz sicher, dass es laut genug war, um bis zu ihm zu dringen.

Am meisten aber bereute sie den Brief an Patrick, den sie in Eile und Verzweiflung geschrieben hatte, gleich nachdem Nora gegangen war. Damals hatte sie gedacht, die Medaille könnte ihm helfen. Sie wollte ihn wissen lassen, dass Gott sie dazu verwendet hatte, sie und ihn dahin zu leiten, wohin sie gehörten. Sie hatte geglaubt, zu wissen, was das Beste für ihn war.

Sie hatte ihrer Schwester immer wieder geschrieben, um die Sache zu korrigieren, aber die Briefe waren alle zurückgekommen. Als sie schließlich die Erlaubnis für ein Telefonat bekam, existierte die Nummer in Dorchester nicht mehr. Hoffentlich trug Patrick die Medaille. Hoffentlich ging es ihm besser, und das damals war eine Ausnahme gewesen, eine Jugendsünde, nichts weiter. Sie betete dafür, dass Nora zurückkam und ihr davon erzählte. Dafür betete sie jeden Morgen zuallererst.

Mutter Cecilia schlief schon lange, als sie beim Geräusch einer Explosion hochschreckte. Sie sah erst in den Flur, der ruhig dalag, dann schaute sie aus dem Fenster. Unten glaubte sie Personen stehen zu sehen.

Sie zog sich ihr Habit über und ging hinunter.

Die Schwestern von Saint Joseph standen barfuß im Nachthemd auf dem feuchten Rasen und sahen in den Himmel.

Schwester Evangeline zeigte nach oben.

»Das Feuerwerk«, sagte sie. »Für die Zweihundertjahrfeier ziehen sie alle Register.«

»Woher kommt es?«

»Wahrscheinlich von einem der Nachbarhöfe«, sagte sie.

»Irgendwelche gelangweilten Teenager vermutlich«, sagte jemand.

Sie dachte an Patrick. Jeder Gedanke an ihn aber zog Gedanken an ihre Schwester nach sich.

Sie war in ihrem Leben gesegnet und glücklich, sie war von Grund auf zufrieden. Das Einzige, was fehlte, waren die beiden.

Manchmal erschrak sie über ihre Sehnsucht nach dem Baby, das es nicht mehr gab und das bald ein Mann sein würde. Und manchmal erlaubte sie sich Konjunktive. Wenn Patrick heutzutage geboren worden wäre, in einer offeneren Zeit, hätte sie ihn vielleicht behalten. Wäre sie bei seiner Geburt nur ein bisschen älter gewesen, hätte sie ein wenig auf eigenen Füßen gestanden, dann hätte sie vielleicht gekämpft. Sie wusste, dass derartige Überlegungen sinnlos waren. Es war zu einem bestimmten Zeitpunkt geschehen und kein bisschen später. Der Moment der Geburt eines Mädchens entschied, was für eine Frau sie werden durfte.

Mutter Cecilia sah zum tiefschwarzen, sternengesprenkelten Himmel empor. In diesem Augenblick explodierten zwei Raketen, und goldene Punkte stoben in alle Richtungen und regneten in glorreich glitzernder Zeitlupe auf sie herab.

Einige der anderen Nonnen hatte das Geräusch an die Fenster gelockt. Sie sahen durch die Fliegengitter, und Mutter Cecilia winkte ihnen zu. Nach all diesen Jahren kannte sie niemanden besser als diese Frauen. Die meisten ihrer Erinnerungen waren ihnen gemeinsam – der verschneite Nachmittag, an dem sie alles liegengelassen hatten und auf dem großen Hügel am Rand des Geländes in ihren Roben Schlitten gefahren waren. Der Winter, in dem das gesamte Kloster die Grippe gehabt hatte und sie trotzdem sieben Mal am Tag vollzählig zum Gebet erschienen waren. Der Anblick der Anwärterinnen, die in Reih und Glied auf der Wiese Morgengymnastik machten, während die Hunde bellend um sie herumsprangen. Der kalte Samstagmorgen, an dem zehn von ihnen in der Scheune zusammengekommen waren, um Heu zu machen, und ihre Aufgabe schwitzend und in friedlichem Schweigen verrichtet hatten.

Mit diesen Frauen lachte und weinte sie, über die Prüfungen dieser Frauen machte sie sich Sorgen, und die Eigenarten dieser Frauen nervten und erfreuten sie in gleichem Maße. Sie waren jetzt ihre Schwestern. Sie waren ihre Familie.

Teil Sieben

2009

19

Bridget stand vor dem Bestattungsinstitut in der Kälte. Sie leistete Tante Kitty Gesellschaft, die eine Zigarette in der Hand hielt. Es wirkte wie eine Geste des Aufbegehrens, als zeige Tante Kitty dem Tod den Stinkefinger. Heute rauchte kaum noch jemand, aber da stand sie mit der Zigarette in der Hand, weil sie zweiundachtzig war, weil sie immer geraucht hatte, und weil es ohnehin zu spät war, um es sich abzugewöhnen.

Kitty lebte schon seit ein paar Jahren in einem Altersheim. Es war ein schöner Ort, wo jeder eine eigene kleine Wohnung hatte, wo es Yogakurse gab und freitagabends Kochkurse für italienische Küche. Man sah sie jedes Mal mit einem anderen Mann. Ihre Augen waren hinüber, und sie konnte nicht mehr Auto fahren, aber ihr Cadillac stand noch vor der Tür. *Für den Notfall*, sagte sie.

Bridget und Natalie hatten sie abgeholt. Natalie war schon mit den anderen reingegangen. Jetzt fehlte nur noch Brian.

Da er zu Hause ziemlich alkoholisiert gewirkt hatte, hatte Bridget darauf bestehen wollen, dass er mit jemandem mitfuhr, anstatt sich selbst hinters Lenkrad zu setzen.

»Mir geht's gut. Ich kann fahren«, sagte Brian.

»Es geht ihm gut«, wiederholte Nora.

Ihre Mutter riskierte offenbar lieber, dass noch ein Sohn in eine Betonmauer raste, als einen peinlichen Augenblick auszuhalten. Aber Bridget sagte nichts mehr dazu. Tatsache war, dass jeder von ihnen Hunderte Male bei einer betrunkenen Person eingestiegen war, ohne sich etwas dabei zu denken. Sie erinnerte sich noch gut an eine Familienfeier, damals musste sie sechs oder sieben gewesen sein. Ihre Mutter hatte John, ihre

Cousins und sie mit Onkel Matthew zum Getränkemarkt mitgeschickt. Er war auf den Gehsteig geschlingert und mehrfach bei Rot über die Ampel gefahren. »Das war dunkelgelb«, hatte er gesagt, und alle hatten gelacht. Was für ein Abenteuer.

Unter den Büscheln von Kittys weißem Zuckerwattehaar schien die Kopfhaut durch.

»Du brauchst eine Mütze«, sagte Bridget.

Kitty machte eine ablehnende Geste. »Ich ruinier mir doch nicht den Look.«

Unter dem Pelzmantel trug sie einen schwarzen Hosenanzug aus Velours mit viel Strass, an den Füßen hatte sie flache, schwarze Lacklederschuhe.

Früher war sie eine große, beeindruckende Frau gewesen, aber nach jahrelanger Fehlhaltung war sie jetzt bucklig. Bridget richtete sich gerade auf und betrachtete ihre Tante.

Aus der Nähe sahen Kittys tiefe Falten schlimm aus. Ihr Gesicht war zerfurcht wie eine Walnuss. Bridget hatte sie zuletzt zu Weihnachten gesehen, aber sie hätte schwören können, dass Kitty innerhalb dieser wenigen Wochen weiter geschrumpft war. In der Mitte des Lebens gab es so viele Jahre, in denen man sich kaum veränderte. Das hohe Alter aber war wie die frühe Kindheit: Wenn man jemanden einen Monat lang nicht sah, konnte es sein, dass man einer ganz anderen Person gegenübertrat.

Trotzdem war Kitty auf ihre Art eine Schönheit. Die hohen Wangenknochen und das Leuchten in den Augen waren unverändert, und sie trug wie eh und je knallroten Lippenstift.

Als Kind hatte Bridget sie angebetet. Kitty war das genaue Gegenteil ihrer Mutter: Sorglos lebte sie von dem Geld ihres verstorbenen Mannes und musste sich nicht um irgendwelche Kinder kümmern. Kitty hatte den Schwesternkittel früh an den Nagel gehängt. Sie machte kostspielige Reisen und kleidete sich teuer ein. Ihre Wohnung war so eingerichtet, dass Bridget manchmal dachte, sie betrete ein Lebkuchenhaus. Spitzenvorhänge, rosarote Tapeten und Seidenblumen in gläsernen Vasen, Kisschen, ein gläserner Couchtisch und Kronleuchter. In ihrem winzigen Garten stand eine Vogeltränke, die zu jeder Tages- und Nachtzeit plätscherte.

Bridget nahm das Parfüm ihrer Tante wahr und sah plötzlich wieder Kitty als junge Frau vor sich, die in einem schwarzen Kleid mit einem Cocktailglas in der Hand in der Küche ihrer Mutter saß. Kastanienbraunes Haar fiel ihr über die Schultern, und alle lachten über die Geschichte, die sie gerade zum Besten gab.

Während der Fahrt hierher war Bridget in den Sinn gekommen, dass Kitty, die in Irland ganz in der Nähe ihrer Mutter aufgewachsen war, davon wissen musste. Mit ihr darüber zu reden wäre also kein Verrat.

»Tante Kitty, kann ich dich etwas fragen? Unter uns?«

»Klar«, sagte Kitty.

»Meine Mutter hat mir erzählt, dass sie eine Schwester hat.«

Kitty hob überrascht den Kopf: »Tatsächlich?«

»Ja. Du hast sie wahrscheinlich gekannt, oder?«

»Ja, ich kannte Theresa. Ich habe mir in dem Haus am Edison Green mein Zimmer mit ihr und deiner Mutter geteilt, als die beiden neu hier waren.«

Bridget sah sie an. Irgendwie kam ihr das seltsam und fast verdächtig vor. Vielleicht war es kindisch, aber der Gedanke tat ihr weh, dass Kitty das vor ihr geheim gehalten hatte. Warum hatte sie ihr gerade das nicht erzählt, wenn Kitty doch ihr Leben lang diejenige gewesen war, die die Lücken in der Familiengeschichte für sie füllte? Sie war es gewesen, die Bridget erzählt hatte, dass Onkel Lawrence mal ein wüster Säufer gewesen war und erst aufgehört hatte, nachdem er am Lenkrad eines Nahverkehrsbusses eingeschlafen war. Die Kinder kannten ihn nur als Abstinenzler, sie hatten ihn nie etwas anderes trinken sehen als Limo, was er allerdings in rauen Mengen zu sich nahm. Um ein Sandwich runterzuspülen, konnte er schon mal eine Zwei-Liter-Flasche Cola leeren, als ob es ein Glas Wasser wäre.

Etwas Schreckliches musste passiert sein. Diese Frau musste ihre Mutter so verletzt haben, dass kein Platz für Vergebung blieb.

»Wie ist sie so gewesen?«, fragte Bridget.

»Ein heißer Feger war sie«, sagte Kitty. »Eine echte Schönheit. Sah aus wie ein Filmstar.«

Ihre irischen Tanten fanden jede halbwegs hübsche Frau hollywoodreif, und diese großzügige Beschreibung purzelte nur so aus ihnen heraus. Dabei verwandelte das Irische eine Silbe in zwei: *fil-um.*

»Und sonst?«, fragte Bridget. Es war viel einfacher, Kitty zu fragen als ihre Mutter. Für eine bestimmte Sorte Mädchen mit einer bestimmten Sorte Mutter war die Tante immer die bevorzugte Vertraute. Eine Tante konnte ihre Nichte sehen, wie sie wirklich war. Eine Mutter sah nur das, was sie sich wünschte oder sich einst erträumt hatte.

»Es war ein ganz schöner Skandal, als Theresa damals einfach so weggerannt ist«, sagte Kitty.

»Weggerannt?«

»Waren wir überrascht, als wir hörten, dass sie Nonne geworden war, das kannst du mir glauben. Einschließlich deiner Mutter, denke ich, obwohl wir uns nie darüber unterhalten haben. Deine Tante Theresa war nicht der Typ fürs Kloster. Ganz und gar nicht.«

Deine Tante Theresa. Noch eine Tante. So hatte Bridget es noch gar nicht gesehen. Wer weiß, welche Beziehung sie zueinander hätten haben können. Vermutlich keine enge. Sie konnte sich nicht vorstellen, einer Nonne so nah zu sein wie Kitty, aber trotzdem.

»Meine Mutter hat gesagt, dass wir sie als Kinder kennengelernt haben.«

Kitty runzelte die Stirn. »Nein, das kann ich mir nicht vorstellen.«

»Ich auch nicht. Ich bin verwirrt. Warum erfahren wir erst jetzt von ihr?«

»Ich fand es nicht richtig, dass Nora das geheim gehalten hat, aber ich wollte mich natürlich nicht einmischen.«

»Warum nicht?«

»Ach, Bridget. Man kann nicht einmal kontrollieren, was im eigenen Haus passiert, bei anderen schon gar nicht. Aber wenn du mich fragst, hätte Patrick verdient, es zu erfahren.«

»Wieso Patrick?«

Sie bemerkte eine Veränderung in Kittys Ausdruck.

»Ihr habt es alle verdient, meine ich. Was genau hat dir deine Mutter denn erzählt?«

»Sie hat nur gesagt, dass sie eine Schwester hat und dass sie zur Aufbahrung kommt.«

»Nein. Was hat Nora sich dabei gedacht? Sie kann nicht kommen. Nonnen dürfen nicht raus.«

Es folgte ein langes Schweigen. Bridget wartete darauf, dass Kitty weitersprach. Normalerweise war Kitty begeistert, wenn ein Geheimnis gelüftet worden war, weil sie dann all die vielen dazugehörigen Details ausplaudern konnte. Für sie war ein Geheimnis wie ein Diamant: Lange vergraben, wird daraus unter viel Druck etwas, das sich beim Zutagefördern als viel wertvoller erweist als das, was es ursprünglich war.

Diesmal aber sagte Kitty nichts weiter.

»Ich verstehe das nicht«, sagte Bridget schließlich. »Warum ist der Kontakt abgebrochen?«

Kitty schüttelte den Kopf, als könne sie sich nicht erinnern. »Das ist lange her.«

Bridget bemerkte eine Blondine, die über den Parkplatz des

Bestatters ging und auf sie zukam. Sie sah aus wie neunzehn und winkte ihnen. Sie trug ein schwarzes Minikleid mit gewagtem Ausschnitt und sehr hohe Absatzschuhe. Trotz der Eiseskälte hatte sie keinen Mantel an.

Bridget sah sie zum ersten Mal.

In diesem Augenblick fuhr Brian auf den Parkplatz. Als die Blondine ihn sah, lächelte sie breit. So breit, dass einem beim Anblick der Kiefer wehtat.

Brian stieg aus und ging mit den Händen tief in den Manteltaschen vergraben auf die drei zu.

Als er sie erreichte, sagte er: »Ihr habt euch also schon kennengelernt.«

»Nein, noch nicht«, sagte Bridget. »Hallo, ich bin Bridget. Seine Schwester.«

»Das ist Ashley«, sagte Brian.

»Seine Freundin«, sagte Ashley.

Kitty warf die Zigarette weg, und sie gingen hinein. Brian hielt die Tür auf. Bridget trat als Erste hindurch und nutzte die Gelegenheit, ihm mit gehobenen Brauen einen vieldeutigen Blick zuzuwerfen.

Sie ging zu Natalie.

»Ich habe gerade mit Kitty über die Nonne gesprochen«, sagte sie.

Natalie nickte.

Nora unterhielt sich in dem großen Aufbahrungsraum flüsternd mit Mr. O'Dell, obwohl es niemanden hätte stören können, wenn sie normal gesprochen hätten. John und Julia standen dabei, Maeve arrangierte Fotos auf einem Tisch, während sie gleichzeitig auf ihrem Handy herumtippte. Was sie wohl von all dem hielt? Plötzlich wünschte Bridget sich nichts sehnlicher, als dass John und Patrick sich besser verstanden hätten und Maeve Patrick besser gekannt hätte, vor allem seine liebenswerten Seiten.

Der offene Sarg stand da, wo er immer stand, an der gegenüberliegenden Wand. Um ihn herum waren Blumen drapiert. Große Körbe mit Lilien, Rosen, Tulpen und Orchideen, alle weiß. Daneben stand in einem Topf eine weiße Hortensie, die auf das Grab gepflanzt werden sollte. Ihre Mutter hatte immer sehr genaue Vorstellungen, hier aber ganz besonders. Vielleicht lag darin der Wunsch, dem Tod etwas entgegenzusetzen, indem sie versuchte, Kontrolle über die Situation zu gewinnen.

Bridget verabscheute diesen Ort und die gezwungene Stille, die die Verzweiflung verdecken sollte. Zwischen den blassrosa Wänden fühlte man sich wie in einer Muschel. Wahrscheinlich sollte die Farbe beruhigend wirken, doch auf sie hatte sie die entgegengesetzte Wirkung. Sie hatte das dringende Bedürfnis, ein Loch in den Psalm zu boxen, der mit viel Mühe an die Wand gebracht worden war: *Wirf dein Anliegen auf den Herrn; der wird dich versorgen und wird den Gerechten nicht ewiglich in Unruhe lassen.*

Bridget dachte nicht zum ersten Mal, dass sie den anderen das nicht antun würde. Nach ihrem Tod würde es keine Aufbahrung geben, bei der man in dumpfer Trauer herumstand und gezwungen war, die Leiche zu sehen oder den Blick abzuwenden. Vielleicht würde es aber nicht kommen, wie sie es wollte. Patrick hätte das alles auch nicht gewollt. Sobald sie wieder zu Hause waren, würde sie Natalie einbläuen, dass Nora im Falle ihres Todes ihre Finger nicht im Spiel haben durfte. Natalie musste dann sagen, Bridgets Körper sei unauffindbar.

Julia kam zu ihnen herüber.

»Ihr werdet nicht glauben, was Nora uns gerade im Auto erzählt hat«, flüsterte sie.

»Wir wissen es schon. Mir hat sie es auch gesagt«, sagte Bridget. »Unglaublich.«

Bevor sie mehr sagen konnten, betrat der Pfarrer den Raum.

»Lass uns nachher drüber sprechen«, sagte Julia.

»Ja. Ausführlich.«

Sie folgten dem Pfarrer wie dem Rattenfänger von Hameln zum Sarg. Der süßliche Liliengeruch löste in Bridget einen Würgereiz aus. Sie assoziierte diesen Geruch schon lange mit dem Tod und mied Lilien im Supermarkt und auf Restauranttischen. Sie gehörten an keinen anderen Ort als diesen.

»Sind wir vollzählig?«, fragte der Pfarrer. Er stand mit dem Rücken zum Sarg, alle anderen mussten mit dem Gesicht dazu stehen.

»Ja«, sagte Nora. Dann hielt sie inne, als würde sie zählen. »Das ist die ganze Familie.«

»Waren auch schon mal mehr«, sagte Kitty.

Tante Kittys liebste Freizeitbeschäftigung war, bei einer Tasse Tee detailliert vom Tod eines jeden ihrer Brüder zu berichten. Wenn man sie nicht bremste, erzählte sie einem am nächsten Tag alles noch einmal. Die Tatsache, dass sie jeden von ihnen überlebt hatte, schien sie zu verletzen, als würde Gott sie ablehnen.

Bridget fragte sich, ob Nora ihre Schwester mittlerweile hier erwartete. Wie würden die beiden einander begrüßen? Vielleicht mit einer Umarmung. Vielleicht würden sie in Tränen ausbrechen und allen erklären, warum zum Teufel sie so lange keinen Kontakt hatten.

Ihr Blick fiel auf Patricks Gesicht. Sie spürte einen Stich im Herzen und sah schnell weg. Über seinem Kopf lehnte an dem seidengepolsterten Sargdeckel ein gerahmtes Foto von ihm, das ihn sonnenverbrannt und lächelnd in Shorts und T-Shirt auf der Veranda zeigte, eine Brise in seinem Haar. Darauf konzentrierte Bridget sich jetzt.

Sie sah ihn nicht noch einmal an, bis es Zeit war, dass jeder von ihnen an den Sarg trat. Die Familienmitglieder stellten sich hintereinander auf. Aus den Augenwinkeln sah sie, dass Natalie rücksichtsvoll an den Rand des Raumes trat.

Bridget war die Erste. Sie kniete nieder und bekreuzigte sich, um ihrer Mutter einen Gefallen zu tun. Die Tränen kamen dann ganz von selbst.

In Patricks Händen lag ein gläserner Rosenkranz. Das war der Beweis dafür, dass er wirklich tot war. Bridget hätte das Ding am liebsten weggenommen und in die Tasche gesteckt. Es gehörte nicht hierher.

Patrick hatte seit einiger Zeit einen Schnauzer getragen. Nora hatte sich bei jeder Begegnung mit ihm darüber beschwert. Jetzt war der Schnurrbart weg. Nora musste das für die Aufbahrung organisiert haben. Wer wurde wohl dafür bezahlt, Tote auf so intime Art herzurichten? Sollte der mondgesichtige Mr. O'Dell der Letzte gewesen sein, der Patricks vernarbte Knie und seine irre langen, weißen Zehen gesehen hatte?

Das Ave Maria war in solchen Momenten ein Automatismus, obwohl sie seit Jahren nicht betete. Einmal hatte sie einen unitaristisch-universalistischen Gottesdienst besucht, aber zwischen den Regenbogen und den freundlichen Worten hatte sie keinen Gott finden können. Das war ihr alles äußerst verdächtig gewesen. In schweren Zeiten wandte sie sich an den Gott ihrer Kindheit, der zwar rachsüchtig, aber auch verlässlich war.

Sie sprach jedes Gebet, das sie kannte, nur um mehr Zeit bei Patrick zu haben. Bei einem Toten zu sein war wie ein Tauchgang. Die Geräusche der Umgebung wurden dumpf, und es schien nichts mehr zu geben außer einem selbst und der Person vor einem.

Als sie schließlich aufstand, fühlte Bridget sich desorientiert. Sie sah sich um. Das war ihre Familie. Das, was von ihrer Familie übrig war.

Als Nora an den Sarg trat, um sich zu verabschieden, kniete sie vor Patrick nieder, und Bridget sah geräuschloses Schluchzen den Körper ihrer Mutter schütteln. Sie brauchte zu lange.

Irgendwann ging John zu ihr und streichelte ihr über den Rücken, wie um sie aus einer Trance zu wecken.

»Es ist bald so weit«, sagte er. »Die Gäste kommen gleich.«

Brian war der Letzte.

Seine Freundin ging mit ihm nach vorn, kniete neben Brian nieder, legte den nackten Arm um ihn und streichelte ihm den Rücken, als könnten die beiden jeden Augenblick auf der samtenen Kniebank loslegen. John sah Bridget mit weit aufgerissenen Augen an.

Da war Brian mit einem Mädchen an seiner Seite, das sie vermutlich nie wiedersehen würden. Bridget fing Natalies Blick ein. Die Frau, die bald die Mutter ihres Kindes sein würde, stand in respektvollem Abstand am Rand. Daran war allein Bridget schuld. Sie ähnelte ihrer Mutter mehr, als ihr lieb war. Nora war verschlossen und unfähig, etwas von sich preiszugeben. Bridget hatte das angenommen, und es machte ihr das Leben schwer.

Als der Pfarrer wenige Minuten später sagte: »Ich bitte nun die engste Verwandtschaft, sich hier vorne aufzustellen«, sagte Natalie: »Ich leiste Tante Kitty Gesellschaft.«

»Nein«, sagte Bridget. »Bleib bei mir.«

Natalie nickte, Bridget nahm ihre Hand und führte sie nach vorn. Sie stellten sich neben John, Julia und Maeve. Nora und Brian standen auf der anderen Seite. Bridget sah nicht zu Nora. Sie wollte nicht wissen, was für ein Gesicht ihre Mutter machte.

Die sieben Familienmitglieder formten mit dem Sarg ein L. Sie standen wie die Zinnsoldaten. Hinter ihnen war eine Reihe hoher Stühle, aber keiner setzte sich. Der arme Brian hatte vor zurückgehaltenen Tränen ganz rote Augen und eine rote Nase. Es sah aus, als würden die Tränen jeden Augenblick durch die Poren treten.

Sie nahmen die Beileidsbekundungen von unzähligen Verwandten, Freunden, Fremden und beinahe Fremden entgegen. Hunderte waren gekommen. Bridgets Cousins Matty, Sean und Conor waren zusammen mit Conors Frau Marie und den Kindern die Ersten. Eine Bilderbuchfamilie. Es folgten Conors Schwestern Peggy, Patricia und Jane, die als Krankenschwestern arbeiteten – bei zwei von ihnen sah sie den Kittel unter dem Wintermantel hervorblitzen. Sie waren schnell während der Mittagspause herübergekommen. Bridgets Eltern hatten einmal gedacht, dass sie auch Krankenschwester werden würde.

Dann kamen die Zwillinge, Bridgets Cousin und Cousine dritten Grades, die zehn Jahre jünger waren als sie. Bridget konnte sich noch an die Tauffeier erinnern, obwohl sie die Namen der beiden immer wieder vergaß. Sie hatten mittlerweile jeweils zwei eigene Kinder.

Alle Bekannten aus Dorchester waren da und dazu die ganze Nachbarschaft aus Hull. Sie erkannte Leute, die Patrick seit der Highschool nicht gesehen hatten, außerdem die Stammkunden aus der Bar. Wenn man nicht heiratete, sah die Familie nie die Menschen auf einem Haufen, die einem in den verschiedenen Lebensphasen nah gewesen waren. In diesem Bild lag eine besondere Schönheit. Wenn Patrick das nur sehen könnte. Oh, und erst die Frauen, die zu seiner Totenfeier strömten. Sie fragte sich, ob er sich jemals dauerhaft auf eine von ihnen eingelassen hätte.

Tante Kitty hatte sich an den Kamin gesetzt. Gelegentlich winkte sie Bridget mitfühlend zu.

Nora wandte den Blick nicht vom Eingang.

Eine Stunde verging. Der Raum war angefüllt von dem Gemurmel mehrerer Dutzend Personen, die in Grüppchen beieinanderstanden. Mindestens fünfzig standen noch an, um ihr Beileid zu bekunden. Eileen Delaney, die Königin der Wichtigtuer, war mit Betty Joyce gekommen, die nebenan wohnte. Als sie am Sarg waren, knieten sie so dicht nebeneinander nieder, dass sich Hüften und Schultern berührten.

Dann traten sie zu Bridget und Natalie, die Ersten in der Reihe der Verwandten.

»Wie geht es dir, meine Liebe?«, fragte Eileen.

Ihre Stimme troff von dem bekümmerten Enthusiasmus der nach Tragödie Lechzenden. Eileen konnte stundenlang mit großem Entzücken von der Scheidung, dem Herzinfarkt oder dem Hausbrand anderer erzählen. Sie lebte für Tage wie diesen.

Als Betty Bridget umarmte, musste sie von Bettys starkem Parfüm husten, und beim Kuss spürte sie Bettys pieksige Schnurrhaare an der Wange.

»Da sind aber viele Leute gekommen«, sagte Eileen. »Als ich kam, war der Parkplatz schon voll, jetzt staut es sich, weil die Leute ihre Autos nicht loswerden.«

Natalie schien die Bemerkung zu verwundern, aber Bridget verstand sie gut. Sie waren schon viele Male in diesem Raum gewesen, da konnte man gar nicht anders, als diese Totenwache mit anderen zu vergleichen. Bei einem frühen Tod kamen die meisten: je jünger der Tote, desto größer die Menge. Hier kam alle paar Jahre irgendein Jugendlicher bei einem Autounfall ums Leben oder sprang betrunken in das flache Ende eines Swimmingpools und brach sich das Genick. Dann reichte die Schlange der Trauernden die ganze Straße hinunter. Bei den Jungen sah man üblicherweise Erinnerungsstücke, die auf ein Hobby hinwiesen. Auf dem Sarg lag ein Sportanzug, oder eine E-Gitarre stand zwischen den Blumengestecken. Man wusste, wie er in Erinnerung bleiben würde: *Er war Teamkapitän*, würden sie sagen, auch wenn er immer nur auf der Bank gesessen hatte, oder *Aus dem wäre der nächste Clapton geworden.*

Patrick war fünfzig. Schon lange kein Kind mehr, auch kein junger Mann, aber trotzdem zu jung, um zu sterben. Einige im Raum fühlten jetzt zum ersten Mal die Kraft der Trauer, die sie viele Jahre lang begleiten würde. Andere hatten ihn gar nicht gekannt. Sie waren des Schauspiels wegen da, oder weil sie die Rafferty-Kinder aus der Schule kannten, oder weil sie etwas von John wollten. Sie überlegten, wo sie danach zu Mittag essen würden, manche spielten sich ein wenig auf, andere nicht. Bridget hätte jederzeit mit jedem von ihnen getauscht.

»Patrick sieht so gut aus«, sagte Betty.

»Du hast recht«, sagte Eileen. »Und so friedlich.« Sie senkte die Stimme zu einem Flüstern und fügte hinzu: »Obwohl Digger O'Dell beim Haar immer übertreibt. Man könnte denken, die Toten würden später noch im Grand Ole Opry auftreten. Na, egal. Wir sehen uns nachher bei deiner Mutter.«

Mehr gab es nicht zu sagen, aber vorne hatte irgendeine Alte einen Stau verursacht. Sie hielt Johns Hand und erzählte ihm wahrscheinlich eine Geschichte, die er in einer Stunde schon wieder vergessen haben würde. Eileen lächelte Bridget an und hielt ihren Blick unangenehm lange fest.

Als Nora und Charlie zu Brians Geburt mitten in der Nacht ins Krankenhaus gefahren waren, war Eileen im Nachthemd den Hügel heraufgekommen und hatte bei ihnen übernachtet, damit sie nicht allein waren. Als sie aufwachten, erfuhren sie die Neuigkeiten von ihr. Sie machte Eierkuchen für sie, und später dekorierten sie die Veranda mit blauen Luftballons. Es war der Sommer, in dem sie nach Hull gezogen waren, als es Patrick so schlecht ging. Als Bridget Eileen am Morgen in der Küche sah, war ihr erster Gedanke, dass ihrem Bruder etwas zugestoßen war.

»Oh!«, rief Eileen jetzt, und die Oberarme schwabbelten. »Da ist ja mein Tommy.«

Tommy Delaney schlurfte schleppenden Schrittes auf sie zu und sah alle, die er in der Schlange übersprang, entschuldigend an. Bei seiner Mutter angekommen, gab er ihr einen Kuss auf die Wange. Er war fett geworden. Der Bauch hing über den Hosenbund, und das Jackett ließ sich nicht mehr zuknöpfen.

»Hallo Mama«, sagte er. »Guten Tag, Mrs. Joyce. Bridget, hi. Mann, es tut mir echt leid.«

»Danke, Tommy«, sagte sie. »Danke, dass du gekommen bist.«

Nachdem die drei weitergegangen waren, flüsterte Natalie: »Das ist also die Konkurrenz, ja?«

»Ganz genau«, sagte Bridget. »Ich wette, dass du innerlich bebst vor Angst.«

Patricks bester Freund Fergie war mittlerweile auch da. Er war betrunken und sah übernächtigt aus. Er stellte sich in die Schlange, und Bridget behielt ihn im Auge. Als er bei ihr angekommen war, führten sie eine ganze Zeit lang Smalltalk. Sie wollte nicht, dass er weiterging. Was würde Nora denken, wenn sie ihn so sah? Ihre Mutter hatte Fergie nie leiden können. Es war immer einfacher, anderen für das Verhalten des eigenen Kindes die Schuld zu geben. Schließlich fiel Bridget kein Gesprächsthema mehr ein, und sie sah ihn von einem Familienmitglied zum nächsten Richtung Nora gehen, die am Ende stand.

Bei Brian sagte Fergie etwas, das ihren Bruder zum Lachen brachte. Bridget schrak bei diesem plötzlichen Geräusch zusammen, und andere im Raum wandten die Köpfe.

Ihr Blick traf Julias, die neben Natalie stand. Sie starrten einander an.

Julia flüsterte: »Äh, das war jetzt unerwartet«, und fügte nach einer kurzen Pause hinzu: »Was hat denn Brians Date an?«

Bridget fand das Wort *Date* in diesem Zusammenhang seltsam.

Natalie beugte sich vor: »Vielleicht muss sie danach zum Vortanzen bei den Laker Girls.«

Den Nachmittag über fragten sie Nora immer wieder, ob sie noch durchhielt. Sie boten ihr Taschentücher, einen gepolsterten Stuhl und etwas zu trinken an, aber sie lehnte alles ab.

»Es geht mir gut«, sagte sie immer wieder. »Macht nicht so ein Getue.«

Irgendwann lösten die Mitglieder der engeren Familie sich aus der Reihe und traten zu den anderen im Raum. Bridget und Natalie zogen von einer Gruppe Cousins und Cousinen zur nächsten, bis sie schließlich mit Maeve und Julia plauderten.

»Papa hat gestern Abend auf eine Lampe eingeschlagen«, sagte Maeve.

»Ach ja?«, sagte Bridget.

»Ja. Aber so richtig.«

»Und mit wem schreibst du dir die ganze Zeit SMS?«, fragte Natalie.

Maeve sah sie verblüfft an. »Mit niemandem.«

»Ein Mitschüler«, sagte Julia. »Jacob Owens heißt er.«

»Mama!«, rief Maeve.

Sie war wirklich sauer, aber Bridget konnte sich ein Lächeln nicht verkneifen. Ihre Schwägerin war eine tolle Mutter. Julia kannte Maeve, und sie kannte auch all ihre Freunde. Ganz im Gegensatz zu Nora, die Bridget, als sie klein war, immer die üblichen Verdächtigen zum Geburtstag geschenkt hatte: eine Puppe oder ein Teeservice, Dinge, die man für ein Kind auswählt, von dem man nur weiß, dass es ein Mädchen ist. Bridget hatte als Kind keine Freude an ihrer Mutter gehabt. Nora war streng, ernst und sachlich. Bridgets Leben interessierte sie nicht.

Julia wusste, welche Kleidermarke, welche Fernsehsendungen und welche Bands Maeve mochte. Sie wusste sogar, welches Bandmitglied als das süßeste galt, und steuerte ihre persönliche Meinung bei. Sie wusste, dass Maeve Rote Bete nicht mochte, also gab es keine. Nora hingegen hätte sie als eine Art Bestrafung serviert.

Es war ungerecht, dass Maeve Julia trotzdem hasste, als ob man als Dreizehnjährige so programmiert war, ganz egal, was man als Mutter versuchte.

Julia sah zu Nora hinüber, die mit dem Pfarrer sprach.

»Was denkst du: Wie geht es ihr?«, fragte sie.

»Keine Ahnung«, sagte Bridget. »Sie zeigt ja nie ihre Gefühle. Diese Phantomschwester ist auch nicht aufgetaucht.«

»Und wenn sie sich das ausgedacht hat?«, sagte Julia. »Ich will ihr nichts unterstellen, aber vielleicht sind bei ihr vor lauter Trauer ein paar Drähte durchgebrannt. Entschuldige, findest du den Gedanken sehr daneben?«

»Nein, nein, ich habe mich dasselbe gefragt, aber Tante Kitty erinnert sich an sie.«

»Ich habe mir immer eine Schwester gewünscht«, sagte Maeve. »Und Oma hat eine und redet nicht mit ihr. Da muss irgendwas vorgefallen sein, so viel steht fest.«

Julia schüttelte lächelnd den Kopf: »Ganz Ihrer Meinung.«

Eine halbe Stunde vor Ende der Totenwache verschwand Bridget kurz auf der Toilette. Sie pinkelte in einer der beiden winzigen Kabinen und wusch sich an dem in eine rosa Platte eingelassenen rosa Handwaschbecken die Hände. Das Material hatte goldglitzernde Einsprengsel, und Wände und Boden waren gleichermaßen rosa gefliest. Neben dem Handwaschbecken stand ein großer Korb mit Pfefferminzbonbons, Taschentüchern, Pads und Make-up-Entferner. Ein Trauer-Survival-Kit. Aus einem Lautsprecher über ihrem Kopf drang fröhliche Orchestermusik.

Sie betrachtete sich im Spiegel und berührte die Falten unter ihren Augen. Sie sah müde aus.

Die Tür öffnete sich geräuschvoll. Sie verkrampfte und bereitete sich innerlich auf noch mehr Smalltalk vor und darauf, mit einer Bekanntschaft von früher hier eingesperrt zu sein, doch als sie aufblickte, sah sie ihre Mutter.

Nora wirkte benebelt. Sie hielt den Stapel Karten in der Hand, die die Trauernden ihr gegeben hatte. Es waren Beileidsbekundungen und Versprechen, für Patrick zu beten. Sie hielt sie ihr hin, und Bridget warf einen schnellen Blick darauf.

In Leben und Tod gehören wir dem Herrn.
Mit dem Tod gehen wir in die Ewigkeit ein.

»Ich will die nicht«, sagte Nora. »Ich will sie nicht sehen.«

Bridget nahm sie und steckte sie in den Mülleimer.

»So.«

»Das können wir doch nicht machen«, sagte Nora. »Und wenn sie jemand findet?«

Bridget riss Papiertücher aus dem Spender, knüllte sie zusammen und stopfte sie auf die Karten in den Mülleimer.

Nora lächelte.

Ob ihre Mutter jetzt etwas dazu sagen würde, dass Natalie zum Empfang der Beileidsbekundungen neben ihr gestanden hatte?

Aber Nora sagte: »Als dein Vater starb, hat jeder etwas zu sagen gehabt. Und alle haben so viele Fragen gestellt. Hatten die Ärzte wirklich alles getan, hätten sie nicht noch eine weitere Behandlung ausprobieren können? Sie erzählten von entfernten Verwandten, Freunden und fremden Leuten, die auch daran gestorben waren. Ich habe mich schrecklich gefühlt. Ich glaube nicht, dass es hilft, über so etwas zu reden.«

»Verstehe«, sagte Bridget. Worauf wollte ihre Mutter eigentlich hinaus?

»Aber darüber, was mit Patrick passiert ist, will niemand sprechen«, fuhr Nora fort. »Vielleicht geben sie mir die Schuld.

Schließlich habe ich ihm jahrelang alles durchgehen lassen. Was war da zu erwarten?«

»Was? Nein, Mama. Patrick war fünfzig.«

Aber so war es wahrscheinlich: Eine Mutter suchte die Schuld bis zum Schluss bei sich selbst, komme, was wolle. Ob Bridget in fünfzig Jahren ähnliche Gefühle ihrem eigenen Kind gegenüber haben würde? Sie verdrängte schnell den Gedanken daran, wie alt sie dann sein würde.

Nora hob ein aufgeweichtes Sterbebild auf, das neben dem Handwaschbecken lag. Jemand musste es liegengelassen haben.

»O nein, sieh dir das an.«

Auf die eine Seite des dünnen Papiers war ein Foto von Patrick, auf die andere ein Gebet gedruckt. Nora hatte zweihundert Stück in Auftrag gegeben. Bridget nahm aus Höflichkeit bei jeder Trauerfeier eines entgegen, wusste danach aber nie, was sie damit anfangen sollte. Manchmal fand sie eines am Boden einer Tasche oder unter dem Autositz und fühlte sich plötzlich an jemanden erinnert, an den sie ewig nicht gedacht hatte.

Bei Nora hatte alles seinen Platz. In ihrem Haus gehörte zu jedem Gegenstand mindestens ein weiterer, der ihn enthielt. Ein Ring lag niemals einfach auf einem Tisch oder nackt in einem Schmuckkästchen, sondern wurde von einem Waterford-Ringhalter getragen oder steckte in der samtenen Ringschatulle, in der er Jahrzehnte zuvor gekauft worden war. Ihr Lippenstift war in einer magnetischen Tasche. Als sie klein waren, hatte auf dem Spülkasten eine alberne Puppe mit einem riesigen gehäkelten Rock wie der von Scarlett O'Hara gesessen. Unter dem Rock verbarg sich eine einzelne Toilettenpapierrolle.

Noras Andachtsbildchen bewahrte sie in einem ausgeblichenen blauen Karton auf, auf dessen Deckel einmal die Worte *Heilige für jeden Anlass* in goldenen Buchstaben geprägt worden waren. Mit der Zeit hatte das Gold sich gelöst, und von den Buchstaben war nur ein Schatten geblieben. Der Karton enthielt einen Stapel Karten. Zuunterst lagen die Sterbebildchen, die sie bei den Trauerfeiern bekommen hatte. Alle anderen hatte sie von einer lange verstorbenen Verwandten geerbt, die Bridget nur aus Geschichten kannte. Die Karten waren abgegriffen und brüchig. Ihre Mutter hatte eine ganz bestimmte Sortierung und hätte sofort gemerkt, wenn eine nicht am Platz war.

Als sie klein waren, durften sie die Karten nur anfassen, wenn Nora dabei war und sie sich vorher die Hände mit Seife heiß gewaschen hatten. Kein schlechter Trick, wenn es einer war. Dadurch wurden die Karten zu etwas ganz Besonderem, fast Magischem. Sie baten sie oft inständig, sie ansehen zu dürften. Es gab für fast jeden Anlass ein Andachtsbildchen. Bridgets Lieblingskarte als Kind war die mit dem Gebet an Maria Knotenlöserin. Als Jugendliche hatte sie irgendwann begriffen, dass das nichts mit Schnürsenkeln oder ungekämmtem Haar zu tun hatte, und hatte die Karte umso mehr ins Herz geschlossen.

Jetzt hielt Nora das schlaffe, durchnässte Papier unter den Händetrockner und schüttelte das Bild ihres Sohnes kräftig, als gelte es, Patrick vor dem Ertrinken zu retten.

Als der Trockner zu Ende gelaufen war, sagte Nora: »Sie ist nicht gekommen.«

»Ich weiß. Tut mir leid.«

»Du verstehst das nicht.«

»Doch, natürlich verstehe ich das«, sagte Bridget irritiert. Sie gab sich solche Mühe, verständnisvoll zu sein und keine Fragen zu stellen, weil sie wusste, dass ihre Mutter es so wollte. »Du bist enttäuscht. Du hattest dir gewünscht, dass sie kommt.«

»Nein, habe ich nicht.«

»Aber du hast sie doch eingeladen.«

»Ich konnte ja nicht wissen, dass sie die Abtei verlassen würde. In Klausur lebende Nonnen dürfen ihr Kloster nicht verlassen. Weißt du das nicht, Bridget?«

»Himmel nochmal, du bist echt unmöglich. Du wolltest sie also nicht dabeihaben, und jetzt ist sie nicht da. Dann ist doch alles in Ordnung, oder?«

Nora schwieg.

»Nachdem deine Schwester ins Kloster gegangen war, ist der Kontakt also abgebrochen?«

»Wir hatten lange Kontakt, viele Jahre lang. Aber dann nicht mehr.«

»Und warum?«

»Die Geschichte ist zu lang, um sie dir hier zu erzählen. Man fragt sich bestimmt schon, wo wir bleiben.«

»Warum hast du sie gerade jetzt angerufen?«, wollte Bridget wissen.

Aber da war ihre Mutter schon an der Tür, drückte sie auf und trat auf die andere Seite.

Bridget folgte Nora den dunklen Flur hinunter. Sie kamen wieder in den Aufbahrungsraum, und da war sie, neben dem Kamin: eine Nonne in Habit inklusive Schleier und schwarzer Robe, sodass bis auf das Gesicht alles bedeckt war.

Es kam ihr vor, als hätten sie die Nonne durch das Gespräch auf der Toilette herbeigerufen. Bis zu diesem Augenblick hatte Bridget nicht geglaubt, dass es sich um eine reale Person handelte.

Die Nonne plauderte gerade mit Tante Kitty, als sei es das Normalste von der Welt.

Natalie, Julia und Maeve standen einige Meter entfernt und versuchten, nicht zu gaffen.

»O Gott«, sagte Nora in verzweifeltem Flüsterton. »Sie ist da.«

Sie packte Bridgets Hand und hielt sie fest. Noch nie hatte ihre Mutter sich in ähnlicher Weise an sie geklammert.

»Komm, wir sagen mal hallo«, sagte Bridget und erwiderte den Händedruck.

»Ich kann nicht.«

»Komm schon, Mama.«

Die Nonne konnte sie nicht kommen sehen. Kurz bevor sie bei ihr ankamen, sahen sie, dass Kitty Bobby Quinlan zu sich winkte. Sie hatten ihn immer Onkel Bobby genannt, obwohl er nicht ihr Onkel, sondern ein entfernter Cousin ihres Vaters war. Er war der Sohn der Frau, die sie alle untergebracht hatte, nachdem sie aus Irland gekommen waren.

»Sieh mal, wer da ist, Bobby«, sagte Kitty. »Ob du's glaubst oder nicht: Theresa Flynn!«

»Meine Güte«, sagte er. »Dich hat man ja eine Ewigkeit nicht gesehen.«

Er wandte sich um und bemerkte Nora.

»Nora!«, sagte er. »Ich wusste gar nicht, dass deine Schwester kommen würde.«

Jetzt wandte auch die Nonne den Kopf und sah sie.

»Nora.« Sie lächelte warm und liebevoll. Bridget erwiderte das Lächeln unwillkürlich. Augen und Mund dieser Frau waren Nora wie aus dem Gesicht geschnitten und ähnelten auch ihr selbst. Wieso erschrak sie darüber so sehr? Es war klar.

Nora lächelte nicht. Sie starrte die Frau geradeheraus an.

Ihre Mutter war oft entsetzt über Bridgets angeblich fehlendes Benehmen. Jetzt hatte Bridget das Bedürfnis, sich für Nora zu entschuldigen. *Sag doch etwas*, dachte sie, als könne sie telepathisch auf ihre Mutter einwirken.

»Ich bin Bridget«, sagte sie schließlich und streckte die Hand aus. »Noras Tochter. Und deine Nichte!«

»Bridget. Meine Güte, sieh sich einer das an. Als ich dich das letzte Mal gesehen habe, warst du fast noch ein Baby.«

Jetzt warteten alle darauf, dass Nora etwas sagte.

Als sie schwieg, sprach Bridget weiter: »Hast du gut hergefunden? Wo bist du denn untergekommen?«

»Im Ramada Hotel in Dorchester.«

Ein Drecksloch an der Autobahn. Bridget sah ihre Mutter an, aber die äußerte sich auch dazu nicht.

Die Nonne sah Nora direkt an und sagte: »Ich habe einfach etwas in eurer Nähe gebucht. Ich wusste ja nicht, dass die Totenwache so weit draußen sein würde.«

Nora erklärte kühl, als handele es sich um eine Selbstverständlichkeit: »Wir wohnen da nicht mehr.«

Bridget hatte ihre Mutter noch niemandem gegenüber so unfreundlich erlebt, abgesehen von den engsten Familienmitgliedern.

»Entschuldige mich«, sagte Nora. »Ich muss Pater Callahan verabschieden.«

Nora ging, und Bridget sah, dass sie die Fäuste ballte. Die Nonne blickte ihr nach und wirkte niedergeschlagen.

Bridget versuchte, sich die beiden als Kinder und junge Frauen auf einem Schiff nach Amerika vorzustellen: die harte, raue und selbstsichere Person, die ihre Mutter wurde, und die kleine Schwester, die später ins Kloster gehen sollte und vermutlich schüchtern und reserviert gewesen war und sich vor Nora gefürchtet hatte. Was war zwischen ihnen vorgefallen?

Alle hielten kurz inne, und die peinliche Situation stand deutlich im Raum, dann wollten sie sie schnell beenden.

»Also«, sagte Bobby Quinlan, »dein Kloster ist nochmal wo genau?«

»In Vermont.«

»Und du bist heute erst angekommen?«

»Ja, mit dem Bus.«

»Nett, dass du den Weg auf dich genommen hast«, sagte Bobby.

»Du fährst nicht Auto?«, fragte Bridget, um irgendetwas zu sagen.

»Nein. Oder zählt ein Traktor?«

Die Nonne grinste. Also doch nicht schüchtern. In ihren Augen lag ein beinahe jugendliches Leuchten. Sie war eine kräftige Frau. Tante Kitty wirkte zerbrechlich: Bei ihrem Anblick hätte man vermutet, dass sie sich das Handgelenk brechen würde, wenn sie die Hand nur aus dem fahrenden Autofenster streckte. Noras Alter machte sich durch eine gewisse körperliche Schlaffheit bemerkbar. Es sah aus, als habe der Körper sich nach getaner Arbeit dazu entschieden, sich in einen Sessel fallen zu lassen und sich bis zum Schluss darin auszuruhen. Die Nonne aber sah stark aus. Ihr Gesicht war wettergegerbt und braun wie das eines Landarbeiters.

»Ich habe einen Führerschein«, fügte sie hinzu, »aber ich bin nie weit gefahren, immer nur kurze Strecken.«

»Man nennt dich nicht mehr Theresa, richtig?«, fragte Bobby.

»Nein. Ich heiße jetzt Mutter Cecilia.«

»Kann ich dich was fragen?«, sagte er.

»Klar.«

»Was soll das überhaupt mit den neuen Namen für Nonnen?«

»Tja, also in meinem Fall war Mutter Theresa halt schon vergeben.«

Alle lachten. Die Schwester ihrer Mutter hatte Charme und Witz. Sie war ganz anders als Nora.

»Wo wohnst du denn, Bridget?«, fragte sie.

»In New York.«

»Und wo da?«

»Brooklyn.«

»Ich habe mal in Queens unterrichtet.«

Bridget hätte gern gefragt, wann das gewesen war und ob Nora davon wusste. Sie gewöhnte sich gerade mit Mühe an die

Existenz dieser Nonne und hatte sich bisher nicht gefragt, was sie vor dem Kloster gemacht hatte. Was für eine Wendung dieser Tag genommen hatte.

»Ich muss jetzt mal nach meiner Mutter sehen«, sagte sie. »Ich freue mich so, dich kennenzulernen.«

»Schön, dich wiederzusehen, Bridget. Es ist lange her.«

Sie ließ die Frau in der Obhut von Tante Kitty und Bobby Quinlan.

Seit sie denken konnte, hatte sie es so gehört: Dein Vater hatte fünf Geschwister, deine Mutter nur den einen Bruder. Eine ganze Generation ihrer Familie hatte die Wahrheit gekannt und verschwiegen.

Die Sache ging sie vielleicht nichts an, aber die Enthüllung ließ viele Erinnerungen in neuem Licht erscheinen. Bridget erinnerte sich daran, dass ihr Vater eine Geschichte nie hatte erzählen können, ohne sie abzuwandeln, und dachte an die Irlandreise, gegen die Nora sich so lange gesträubt hatte und während der sie melancholisch gewirkt hatte, selbst nach dem Besuch bei ihrer alten Freundin Oona, dem Mädchen, von dem sie erzählte, seit Bridget denken konnte. *Meine beste Freundin*, hatte Nora sie genannt, obwohl sich die beiden jahrzehntelang nicht gesehen hatten. Bridget hatte gedacht, die Stimmung ihrer Mutter während der Reise sei Charlies schlechtem Gesundheitszustand geschuldet. Aber vielleicht war da noch etwas anderes gewesen.

Charlies Bruder Peter bewirtschaftete damals noch mit seinen beiden Söhnen die Rafferty-Farm. Bridget hatte von ihrem Vater und den Onkeln einiges über Peter gehört. Als junger Mann war er angeblich ein verantwortungsloser Säufer gewesen. Alle hatten erwartet, dass er den Hof zugrunde richten würde. Stattdessen war er in seinen Händen aufgeblüht.

Während ihres Besuchs hatten sie bei Peter und seiner Familie Mittag gegessen und so viel gelacht und waren so unbeschwert gewesen, als träfen sie sich alle Tage. Irgendwann erwähnte Peter etwas davon, dass Charlie eigentlich in Miltown Malbay hatte bleiben wollen und der Einzige in der Familie gewesen war, der den Hof wirklich geliebt hatte. Ihr Vater aber kehrte den Kommentar mit einem Witz unter den Teppich, sodass Bridget dachte, auch Peter habe nur gescherzt. Obwohl Charlie so oft gesagt hatte, dass er gerne für immer nach Irland zurückkehren wollte, konnte sie ihn sich überhaupt nicht in diesem Leben vorstellen.

Am frühen Abend sagte Peter dann: »Kommt mit, ich will euch alles zeigen.«

Also machten alle zusammen einen Spaziergang: In der Ferne lagen grüne Hügel, dahinter verschwand die Sonne im Meer. Atemberaubend. Bridget konnte nicht verstehen, warum ihre Eltern so lange nicht hergekommen waren.

»Auf diesen vierzehn Hektar werden die Jungs bald säen«, erklärte Peter.

»Vierzehn Hektar?«, sagte Charlie. »Aber wir haben doch nur neun.«

Bridget hatte das *wir* nicht überhört.

»Nicht mehr«, sagte Peter. »Wir haben uns vergrößert.«

»Wie denn das?«

»Seit einiger Zeit bietet die Land Commission verwaistes Land nach Verstreichen einer bestimmten Frist den benachbarten Bauern an. Acht Hektar habe ich bekommen, sechs gingen an die Cullanans auf der anderen Seite.«

Bridget beobachtete, wie ihre Eltern etwas begriffen, das sie nicht verstand.

»Das Land meiner Familie«, sagte Nora.

»Es lag jahrelang brach, Nora.«

»Und was ist mit dem Haus?«

»Nichts. Es ist immer noch da, unter dem Namen Flynn. Geh doch mal vorbei und schau es dir selber an.«

Von Noras Familie lebte keiner mehr. Ihr einziger Bruder war mit Mitte vierzig gestorben. Seitdem stand das Haus leer.

Sie traten durch die offen stehende Tür. Alles lag unter einer dicken Staubschicht. In der Spüle stand noch Geschirr, an der Wand hing ein Kalender: April 1979. Auf dem Fensterbrett standen Teetassen, eine Packung Zigaretten, ein Aschenbecher und ein vergilbtes Foto von Nora, Charlie und ihren Kindern. Die obere Hälfte des Bildes war ausgeblichen. Es musste an einem Ostersonntag gemacht worden sein, das erkannte Bridget an den Schuhen, die sie trug, und den nagelneuen Wildleder-Derbys an den Füßen der Jungs.

Überall platzte die Farbe von den Wänden. Im Wohnzimmerkamin lagen Briefe und Rechnungen. Neben dem Sessel stand ein Paar Stiefel, an deren Sohlen Hufeisen genagelt waren.

»So halten sie länger«, erklärte Charlie.

Im Eingangsbereich hing ein Bild des Heiligsten Herzens Jesu, ähnlich dem in der Küche ihrer Mutter zu Hause.

Am Ende eines kurzen Flurs im Erdgeschoss lag ein Raum mit leuchtend blauen Wänden und zwei Betten. Hier waren Teile der Decke heruntergekommen und lagen auf dem Fußboden.

Bridget folgte ihrer Mutter hinein.

»War das dein Zimmer?«

Nora nickte und biss sich auf die Unterlippe.

»Unglaublich«, sagte sie. »Erst nimmt er den Grund und Boden meiner Familie, und dann macht er sich nicht einmal die Mühe, nach dem Haus zu sehen.«

Bridget zog an der Zimmertür, die weit offen stand. An einem Haken auf der Innenseite hing ein gut erhaltener Damenhut mit einer rosa Seidenblume an der Krempe. Die Vorstellung gefiel ihr, ihre ernste Mutter mochte ihn einst getragen haben, als sie vielleicht noch nicht ganz so ernst war. Bridget nahm den Hut vom Haken und hielt ihn ihrer Mutter hin.

Nora nahm ihn schweigend. Dann wollte sie in das Schlafzimmer ihrer Großmutter im ersten Stock gehen, der Kammer am Ende einer kurzen Treppe, um zu sehen, ob die alte Nähmaschine noch da war, aber Charlie hielt es für keine gute Idee, die Treppe auf die Probe zu stellen.

»Komm, wir gehen«, sagte er.

Nora ließ den Hut auf dem Tisch bei der Tür liegen.

Als sie hinaustraten, weinte sie. Bridget beobachtete, wie ihr Bruder Patrick den Arm um Nora legte und sie ihn mit Tränen in den Augen anlächelte.

Von der anderen Straßenseite wurden sie von einer Herde Kühe angestarrt, die aussahen, als verstünden sie. Bis zu diesem Augenblick hatte Bridget Kühe nie für besonders beseelte Tiere gehalten, aber seither hatte sie den Anblick der braunen, trüben Augen nicht vergessen können.

Ihr Vater konnte sich einfach umdrehen, ins Pub gehen und den ganzen Abend lachen. Er konnte ihnen auf dem Heimweg tausend Dinge zeigen, die ihn hier glücklich machten. Nora konnte das nicht. Es schien sie nicht loszulassen. War es ein Fehler gewesen herzukommen? Bridget fragte ihre Mutter, ob sie etwas für sie tun konnten. Vielleicht war das Haus noch zu retten. Sicher wäre es besser, es zu verkaufen, als es verfallen zu lassen.

Aber Nora sagte: »Es ist zu spät. Lass es, wie es ist, Bridget.«

Sie erwähnte es nie wieder.

Bridget fand ihre Mutter am Tisch bei der Tür, wo das Kondolenzbuch lag. Nora tat beschäftigt, glättete die glatten Seiten und steckte den Deckel auf den billigen Stift, der daneben lag.

»Mama«, sagte Bridget, »willst du gar nicht mit deiner Schwester reden?«

»Natürlich werde ich das. Aber ich muss mit allen sprechen. Alles andere wäre unhöflich.«

»Du lässt sie nicht im Ramada übernachten, oder?«

»Warum nicht? Was ist denn das Problem?«

»Soll ich sie zum Leichenschmaus einladen?«

»Sie ist eine Nonne. Die folgen keinen Einladungen. Wir sehen sie morgen bei der Beerdigung.«

»Ganz sicher?«

Nora hörte nicht mehr zu. Bridget folgte ihrem Blick. Die Schwester ihrer Mutter stand jetzt allein neben Patricks Leiche. Sie sahen, wie sie die Hand hob und sein Haar streichelte.

»Was macht sie denn da?«, fragte Bridget.

Aber Nora war schon weg und ging in ihre Richtung.

Eine der Damen aus der Nachbarschaft flüsterte für alle hörbar: »Wer ist das denn?«

»Die muss zum Priester gehören«, sagte Betty Joyce.

»Priester und Nonnen sind doch nicht wie Salz- und Pfefferstreuer«, entgegnete Eileen Delaney.

»Und woher kommt sie dann?«

»Sie kann nicht wichtig sein«, sagte Eileen, »sonst hätte ich von ihr gehört.«

Nora und ihre Schwester standen schweigend beieinander und blickten in den Sarg. Jede Person im Saal, egal wie viel oder wenig sie wusste, verstummte bei diesem Anblick.

20

Mutter Cecilia saß am Hotelzimmerfenster. Im ersten Stock war man auf Augenhöhe mit der Autobahn, die in etwa dreißig Metern Entfernung am Hotel vorüberführte. Sie sah die Autos vorbeibrausen.

Mutter Placid hatte nicht gern gesehen, dass sie allein reiste. Sie hatte sie gebeten, sich eine nette Unterkunft zu suchen und sich Zeit zu nehmen, aber Mutter Cecilia fand das unangebracht und hatte das billigste Hotel gebucht, das sie finden konnte. Sie würde nur eine Nacht bleiben und gleich nach der Beerdigung ins Kloster zurückkehren. Es gab viel zu tun.

Als sie morgens aufgestanden war, war sie noch immer unsicher gewesen, ob sie fahren sollte, Mutter Placid aber hatte darauf bestanden, und niemand kannte Mutter Cecilia besser.

Kurz vor der Abreise hatte Mutter Placid ihr eine braune Papiertüte in die Hand gedrückt.

»Die Schwestern in der Küche haben dir ein Lunchpaket gemacht«, sagte sie. »Wir werden in Gedanken bei dir sein.«

Als das Taxi durch das Klostertor fuhr, blickte Mutter Cecilia durch die Heckscheibe. Sie kamen an den Bauernhöfen vorbei, die über die Hügel verteilt waren, fuhren durch Sonnenblumenfelder und Äcker voll goldener Ähren. Schließlich erreichten sie die Ortsmitte, und Mutter Cecilia sah die Post und die Antiquitätenläden vorbeiziehen, dann die Tankstelle und den Marktplatz. Vor der Ampel an der Kreuzung Caulder und Bond verlangsamte der Wagen die Fahrt und hielt schließlich an.

Üblicherweise ging Mutter Cecilia von hier aus direkt zum Mercy-Krankenhaus einen halben Kilometer Richtung Norden. Weiter war sie in den letzten fünfzig Jahren nur selten gekommen. Sie hatte Mutter Placid an jedem ersten Dienstag des Monats zum Arzt begleitet. Abgesehen davon war sie nur in die Stadt gefahren, um zum Zahnarzt zu gehen oder zu wählen. Sie hatte den Wegweiser zur Interstate 95 neben der Ampel zwar wahrgenommen, aber bis heute hatte er nichts mit ihr zu tun gehabt.

Der Taxifahrer setzte sie beim Busbahnhof ab, wo sie in den Bus um sieben Uhr zweiundfünfzig nach Boston stieg. Zwei geschlagene Stunden musste sie sich von zwei pubertierenden Mädchen mit Metall im Gesicht anstarren lassen. Sie hatte beinahe vergessen, wie verkrampft die Leute einer Nonne gegenüber sein konnten. Heutzutage hatten die meisten jungen Leute noch nie eine Nonne in Habit gesehen, und so war der Anblick einer Ordensschwester, die im Fernbus ein Sandwich mit Hühnersalat verspeiste, offenbar eine echte Sensation.

Es war schlimmer als früher. Erst vergangene Woche hatte ein Mann im Lebensmittelladen zwei Anwärterinnen angesprochen: »Wie könnt ihr nur Teil dieser schrecklichen Kirche sein? Was wollt ihr damit erreichen, dass ihr euch da oben auf dem Hügel einsperren lasst?«

Durch den letzten Skandal hatten sie eine ihrer nettesten jungen Novizinnen verloren. Ihr Bruder war Priester. Er hatte vor vielen Jahren die Alarmglocken geläutet und war exkommuniziert worden.

»Wie können wir angesichts dieser Fehlentscheidungen der Kirche weitermachen?«, hatte die Novizin Mutter Cecilia bei ihrem letzten Gespräch gefragt.

»Die Kirche ist nicht Gott. Die Kirche, das sind Menschen, die ihr Bestes geben, mehr nicht.«

»Mir geht es darum, dass …«

»Ich weiß«, sagte Mutter Cecilia. »Eine bessere Antwort habe ich nicht. Ich wünschte, ich hätte eine.«

In letzter Zeit waren einige Personen zu Gesprächen erschienen, um über ihre Erlebnisse mit Priestern zu reden. Es waren echte Gruselgeschichten, über die Mutter Cecilia eigentlich nicht urteilen durfte, was sie aber natürlich trotzdem tat. Je tiefer die Bindung mit Gott, desto mehr nahm man die Menschen so, wie sie waren. Es gab aber immer welche, die man nicht akzeptieren konnte und denen man nie verzeihen würde.

Sie war von der South Station direkt zum Hotel gefahren, um dort nur ihre Sachen abzuwerfen, gleich in ein Taxi zur Totenwache zu steigen und pünktlich um sechzehn Uhr dort zu sein. Aber um vier saß sie noch immer im Hotelzimmer. Halb fünf verstrich, dann fünf. Sie hatte schreckliche Angst, ihnen gegenüberzutreten. Erst um Viertel vor sechs fasste sie Mut.

Jetzt fragte sie sich, warum sie überhaupt gekommen war.

»Wir sehen uns nachher bei Nora, oder?«, hatte Kitty Rafferty gesagt, als sie sich nach der Totenwache trennten.

Aber Nora hatte sie nicht eingeladen.

Kitty sagte sie, dass sie zurück ins Hotel müsse, und bat den Bestatter, ihr ein Taxi zu rufen. Dann stand sie auf dem Gehsteig in der Kälte und sah zu, wie die anderen in Grüppchen von drei oder vier Personen in die Autos stiegen.

Wie alt man wirklich war, begriff man erst, wenn man Bekannten von früher begegnete und sah, wie sie gealtert waren.

»Wo sind denn deine Brüder?«, hatte sie Kitty gefragt.

»Tot«, sagte Kitty. »Alle tot.«

»Charlie auch?«

»Ja.«

»Wann ist er gestorben?«

»Vor fünf Jahren. Die arme Babs ist etwa zur gleichen Zeit gestorben. Sie hat dich sehr gern gehabt. Sie hätte sich gefreut, dich noch einmal wiederzusehen.«

Sie erinnerte sich an einen Abend in Mrs. Quinlans überfüllter Küche, es war 1958. Das letzte Mal, dass sie zusammen gewesen waren. Babs hatte sich über Conors Geburt beschwert und gesagt, wie viel leichter Nora es mit Patrick gehabt hatte. Hier stand nun Conor: ein großgewachsener, breitschultriger Ehemann und Vater dreier Kinder, der als Polizist arbeitete. Und da lag Patrick, der schon morgen unter die Erde kam.

Keiner hatte ihr gesagt, was genau passiert war. Nur Bobby Quinlan hatte ihr zugeflüstert: »Na ja, er war eben ein Trinker. Er hat es sich gern gutgehen lassen. Aber das hast du bestimmt schon alles von Nora gehört.«

»Nein«, sagte sie. »Eigentlich nicht. Was für ein Mensch ist er gewesen?«

Ihr fielen Bobbys große, weiße Zähne und die glänzende Glatze auf. Sie erinnerte sich noch von früher daran.

»Er hat es immer gut gemeint«, sagte Bobby, »war aber ziemlich wild. Er hat Nora und Charlie ganz schön auf Trab gehalten. Er stand immer im Mittelpunkt und hatte angeblich eine Frau nach der anderen. Aber irgendwie wirkte er dabei immer einsam. Er war das schwarze Schaf, könnte man sagen.«

Sie hätte gern gewusst, warum ihr Sohn inmitten all dieser Menschen einsam gewesen war. Sie hatte gedacht, dass Patrick sich als Teil dieser Familie fühlen würde, aber vielleicht hatte er gespürt, dass er nicht dazugehörte.

Sie hatte nie aufgehört, um Patrick zu trauern, obwohl sie sich irgendwann damit abgefunden hatte, dass sie ihn nicht wiedersehen würde, und der Schmerz für immer zu ihr gehören würde.

Wenn sie ihn nicht verlassen hätte, wer hätte er noch werden können? Sie erlaubte sich einen Tagtraum, den sie seit vielen Jahren nicht geträumt hatte: Darin nahm sie Patrick mit nach New York und fand einen Weg, bei ihm zu bleiben. Sie lebten zusammen in der kleinen Wohnung in Queens, und sein Lachen hielt sie über Wasser. Ein netter älterer Nachbar passte auf ihn auf, während sie täglich zur Arbeit ging, und wenn sie sich abends wiedersahen, fiel er ihr in die Arme. Sie gingen ungezwungen miteinander um und hatten nichts voreinander zu verbergen. Sie waren einfach genau so, wie sie waren, und gaben der Welt Zeit, hinterherzukommen. Irgendwann schafften sie sich einen großen, kuscheligen Hund an und zogen in ein kleines Haus mit Garten in der Vorstadt, vielleicht auf Long Island, wo Mutter Placid groß geworden war.

An dieser Stelle zerplatzte der Traum jedes Mal: Sie hätte Mutter Placid nie kennengelernt, das ganze Kloster nicht. Nichts war ihr einfach passiert. Sie hatte eine Entscheidung getroffen, dann eine weitere und noch eine. Zusammen machten diese vielen kleinen Entscheidungen ein Menschenleben aus. Auch die Übersiedlung nach Amerika gehörte dazu. Wenn Nora und Charlie nicht gewesen wären, hätte sie Irland vermutlich nie verlassen und ihren Platz in der Welt nie gefunden. Als sie Patrick ein letztes Mal gesehen hatte, bevor sie das Ordensgelübde ablegte, hatte sie das geglaubt. So wie sie geglaubt hatte, dass er bei ihrer Schwester in guten Händen war.

Andererseits konnte man es auch so sehen, dass die erste, die wichtigste Entscheidung ihr aus der Hand genommen worden war. Nora hatte nie gefragt, ob sie Patrick nehmen durfte. Sie hatte es einfach getan. Wenn sie dieser Gedanke wütend machte, erinnerte sie sich daran, dass Nora es gut gemeint hatte.

Mutter Cecilia betrachtete Bobby Quinlan. Sie hatte sich gefragt, ob mittlerweile alle die Wahrheit kannten, aber er schien sie für nicht mehr als eine entfernte Verwandte von Patrick zu halten.

Vielleicht hatte sie geahnt, wie Nora sich verhalten würde, dass sie immer noch wütend sein würde und noch nicht fähig, zu vergeben. Mutter Cecilia hatte Schwester Alma gebeten, ihre Ankunft telefonisch anzukündigen, um Nora keine Gelegenheit zu geben, sie abzuwimmeln. Sie musste sich von Patrick verabschieden. Sie war die Einzige im Saal, die Patrick von Beginn an geliebt hatte. Sie wollte auch am Ende bei ihm sein.

Auch sie war noch wütend, aber sie hatte gehofft, dass sie über den Ereignissen der Vergangenheit stehen könnten und dass Nora und sie einander vielleicht sogar trösten könnten. Aber an Noras Gesichtsausdruck konnte sie ablesen, dass das nicht so sein würde. All die schrecklichen Dinge, die sie einander bei ihrem letzten Treffen gesagt hatten. All das, was sie einander angetan hatten.

Mutter Cecilia hatte es schwer getroffen, als Nora sich abgewandt hatte und gegangen war, trotzdem war sie noch immer da, bei Kitty, Bobby und Noras Tochter, und redete mit ihnen über die Vergangenheit. Sie wollte es nur noch hinter sich bringen.

Als sie kurz allein war, sah sie zum Sarg hinüber und fühlte sich hingezogen. Momentan stand niemand bei Patrick. Sie ging hin.

Als sie ihn zum letzten Mal gesehen hatte, war er noch ein kleiner Junge gewesen. Sie erinnerte sich an den sonnigen Tag im Kloster. Blauer Himmel und eine sanfte Brise, auf seinem Gesicht ein Lächeln.

Den Mann, der vor ihr lag, hätte sie nicht erkannt, wenn sie ihm auf der Straße begegnet wäre.

Über die Jahre war eine imaginäre Beziehung zwischen ihnen entstanden. Er war noch immer der wichtigste Mensch in ihrem Leben. Aber sie hatte nur die Gedanken an ihn gehabt. Die vielen Menschen, die jetzt hier standen, hatten ihn ganz und gar gehabt, aber vielleicht hatte keiner von ihnen ihn genug geliebt.

Ich habe dich im Stich gelassen. Ich habe dich total im Stich gelassen.

Unter dem Jackett blitze die Medaille am Hemdkragen. Die Medaille, die sie ihm geschickt hatte. Die Medaille, die ihm kurz nach seiner Geburt gegeben worden war. Sie hatte sich immer gefragt, ob er sie je erhalten hatte. Jetzt war sie so überrascht, sie zu sehen, dass sie die Hand ausstreckte und sie berührte. Dann bewegte sich ihre Hand zu seinem Haar. Durch die schwarzen Locken zogen sich graue Strähnen.

Es kam ihr erst zu Bewusstsein, was sie da machte, als sie jemanden neben sich spürte. Sie wandte sich zur Seite und sah ihre Schwester.

Von all den möglichen Entwicklungen, die ihre Beziehung nach diesem langen Schweigen hätte nehmen können, wäre sie auf diese im Leben nicht gekommen: dass sie nebeneinander bei seiner Leiche stehen würden. Sie sah Nora an, die geradeaus starrte. Das war einer der größten Widersprüche des Lebens: Menschen waren zugleich unverwüstlich und zutiefst verletzlich. Eine Entscheidung konnte einen ein Leben lang verfolgen, aber man überlebte doch fast alles.

Sie lebte umgeben von Frauen, von denen keine mit Kindern belastet war, was selbst heutzutage ungewöhnlich war. Aber sie dachte oft über Mutterschaft nach. Ein Großteil derer, die sie um Gebete ersuchten, waren Mütter. Manchmal wurden sie gebeten, für den glücklichen Verlauf einer Schwangerschaft zu beten oder für eine Frau, die nach unzähligen Versuchen immer noch nicht schwanger war. Manchmal sollten sie auch ein gutes Wort für Mädchen einlegen, die vor der Zeit Mutter wurden.

Wozu ein Körper fähig ist oder nicht – eines der Mysterien Gottes. Jedes Kind, ohne Ausnahme, kommt durch eine Frau in diese Welt, und in den meisten Fällen begleitet diese Frau das Kind durchs Leben. Aber hier gibt es Ausnahmen. Jede Generation geht damit auf ihre Art um, aber in jeder gab es Mädchen, die ihre Babys nicht behalten konnten.

Nora war die einzige Mutter gewesen, die sie selbst jemals gehabt hatte. Das hatte sie mit ihrem Sohn Patrick gemein.

Sie suchte Noras Hand, aber Nora zog sie weg.

Mutter Cecilia wusste, dass ihr eine lange, schlaflose Nacht bevorstand. Sie hörte jede Toilettenspülung und jede Coladose, die der Getränkeautomat ausspuckte. Das Bettzeug war steif wie Papier, das Hotelzimmer eng und düster und von einer einzigen Lampe auf dem Nachttisch beleuchtet. Die Idee dahinter war vermutlich, dass bei der Beleuchtung weniger auffiel, wie schäbig alles war: der dunkle, schmutzige Teppich und die fleckigen, grauen Wände.

Sie wollte sich sammeln und konzentrieren, aber die Freignisse des Tages stürmten immer wieder auf sie ein. Sie hatte fast fünfzig Jahre lang in klösterlicher Stille gelebt. Bei ihrem ersten Besuch in der Abtei war die Stille ohrenbetäubend gewesen. Aber jetzt bemerkte sie, dass sie verlernt hatte, Dinge zu ertragen wie Stimmengewirr, Stau und das unangenehme Gefühl, wenn man versucht, das Trinkgeld für den Taxifahrer auszurechnen, während ein gestresster Geschäftsmann auf dem Gehsteig lauert.

In der Abtei war oft eine Menge los. Der Besucherstrom von Menschen mit Sorgen und Nöten, die in die Gebete der Nonnen aufgenommen werden wollten, brach nie ab. Die Gästehäuser waren immer voll belegt. Zu Weihnachten kamen Eltern mit ihren Kindern, um die Krippe aus dem 17. Jahrhundert zu bewundern. Sie nahmen ganzjährig junge Ehepaare, Künstler, ältere Menschen, Kranke und Hinterbliebene auf.

Die Nonnen hatten also keineswegs einen Burggraben um die Abtei gezogen und sich hinter ihren Mauer verbarrikadiert. Aber die Besuchszeiten waren klar festgelegt. Die Gäste saßen hinter einem Gitter und gingen, wenn man sie darum bat. Alles war gänzlich vorhersehbar. Das war die Art von Leben, an die sie gewöhnt war. An einem Ort, an dem man ihr Respekt und Ehrfurcht entgegenbrachte.

Sie war Menschen begegnet, die Angst vor Nonnen hatten oder sie sogar hassten. Sie konnten nicht glauben, dass eine geistig gesunde Frau aus freien Stücken ins Kloster ging. Aber schließlich hatte es auch in ihrem Leben Zeiten gegeben, in denen sie so gedacht hatte. Sie wusste, dass Nora ihren Eintritt ins Kloster für eine Flucht hielt. Das hatte sie bei ihrer letzten Begegnung unmissverständlich zum Ausdruck gebracht. Vielleicht würde sie die Wahrheit nie akzeptieren.

Irgendwann griff sie nach dem Telefon, das auf dem Nachttisch stand. Mutter Cecilia saß auf dem Bett und wählte. In einer halben Stunde würden sie zur Komplet rufen, dem Nachtgebet und dem letzten des Tages.

Die Nonnen telefonierten nur in absoluten Ausnahmefällen und auch dann niemals lang. Sie nutzten das Telefon, um Arzttermine zu machen oder Abmachungen zum Transport von Tieren, Futter oder Düngemittel zu treffen. Sie fand aber, dass ihre augenblickliche Situation als Notlage durchging.

Die Pförtnerin ging beim zweiten Klingeln ran.

Sie wollte wissen, wie es Mutter Cecilia ging, und sagte, dass sie in Gedanken bei ihr seien. Mutter Cecilia hatte als Grund für die Reise die Beerdigung des Sohnes einer ihr sehr nahestehenden Person genannt, einer alten Freundin aus Irland.

»Ich hatte gehofft, mit Mutter Placid sprechen zu können«, sagte sie.

»Aber natürlich. Ich stelle Sie in den Schlaftrakt durch.«

Mutter Dorothy ging in der Küche ran und bat Mutter Cecilia um einen Moment Geduld, während sie die Äbtissin suchte.

Sie musste den Hörer auf die Arbeitsfläche gelegt haben, denn jetzt hörte Mutter Cecilia Teller und Besteck klappern. Wahrscheinlich bereiteten sie schon das Abendessen vor, holten das Brot aus dem Ofen, rührten im Suppentopf und legten heiße Pasteten zum Abkühlen auf einen Rost.

Jede Zutat der Speisen war von ihnen hergestellt. Käse, Butter, Milch und Brot – alles kam aus der Abtei. Sie aßen, was Gemüse- und Obstgarten hergaben. Aus finanziellen Gründen ernährten sie sich vorwiegend vegetarisch. Das Einzige, was sie von außerhalb erhielten, waren Zitrusfrüchte und gelegentlich Fisch. Sogar das Geschirr, von dem sie aßen, hatten sie in der klostereigenen Töpferei hergestellt.

Die Nonnen brauchten einen Mann zum Lesen der Messe, aber das änderte nichts daran, dass die Abtei ihnen gehörte. Die

Priester, die morgens kamen, wechselten. Beim Friedensgruß umarmte der jeweilige Priester eine der Nonnen, die diese Umarmung an alle anderen weitergab.

Bei Mutter Placids fünfundsiebzigstem Geburtstag im Vorjahr hatte Mutter Katherine sich während der Fürbitte einen Witz erlaubt: »Wir beten für unsere gute Mutter Äbtissin, die heute ihren fünfundzwanzigsten Geburtstag feiert«, sagte sie. Überrascht und ein Kichern unterdrückend hatten die anderen mit weit aufgerissenen Augen geantwortete: »Herr, erhöre uns.« Die Äbtissin hatte den an diesem Tag die Messe lesenden Priester besorgt angesehen, aber er hatte nur gelächelt und mit den Schultern gezuckt.

Jetzt fragte sie sich, wann Bischoff Dolan kommen würde.

Anders als die meisten Nonnen waren kontemplative Schwestern nicht den Bischöfen unterstellt, sondern direkt dem Vatikan. Seit der Gründung der Abtei waren sie so selten gestört worden, dass Mutter Cecilia dazu neigte, das zu vergessen. Die Abtei war so gänzlich weiblich, dass es absurd schien, Männern Rechenschaft abzulegen.

Vor fünf Jahren hatte es die ersten Reibungen gegeben. Damals hatten sie eines Morgens durch die Zeitung erfahren, dass der Vatikan eine Untersuchung aller in den USA wirkenden Nonnen veranlassen wolle. Aller mit Ausnahme derer in den Klöstern. Aller außer ihnen. Die Nonnen außerhalb der Klostermauern hätten sich zu weit von der Kirche entfernt, meinten die Bischöfe, und würden sich für Verhütung, Homosexualität und Frauenordination starkmachen.

Sie schämte sich dafür, wie erleichtert sie gewesen waren, weil es sie nicht betraf, und dafür, weitergemacht zu haben, als wäre nichts gewesen. Sie beteten ohnehin für die Brüder und Schwestern draußen, die vielleicht nicht Zeit und Gelegenheit hatten, für sich selbst zu beten. Einige in der Abtei blieben seither beim Nachtgebet gedanklich vielleicht etwas länger bei den betroffenen Schwestern, aber mehr hatte sich nicht verändert.

Einige Wochen später stieß Mutter Cecilia in einer katholischen Zeitschrift auf einen Artikel, in dem es um Reiki ging, das Mutter Ava seit Jahren praktizierte. Die Bischöfe hatten eine offizielle Erklärung abgegeben, die Reiki als mit den Lehren der Kirche unvereinbar beschrieb. Katholische Krankenhäuser und Gesundheitseinrichtungen waren davon in Kenntnis gesetzt worden, aber in der Abtei war die Information nicht angekommen.

»Sie behandelt damit Obdachlose, Frauen während der Chemotherapie und mittellose Gemeindemitglieder, die teilweise von morgens bis abends auf den Füßen sind«, erklärte Mutter Cecilia, als sie den Artikel Mutter Äbtissin vorlegte.

»Dann verstehen wir es als Hinweis«, sagte Mutter Placid und faltete das Blatt zusammen. »Wir wollen Mutter Ava damit nicht behelligen. Es betrifft uns ohnehin nicht direkt.«

Aber kurz darauf erging über Bischof Dolan eine Verfügung, die direkt aus Rom kam: Mutter Ava müsse die Reiki-Behandlungen unterlassen, denn sie entbehrten jeder biblischen Grundlage.

Mutter Cecilia fragte sich, wie man in Rom davon erfahren hatte. Wahrscheinlich durch Bischof Dolan. Er hatte es auf die Abtei abgesehen und machte ihnen bei jeder Kleinigkeit Ärger. Alles hatte mit einer Bloßstellung durch Mutter Placid angefangen, die mittlerweile Jahrzehnte zurücklag. Der schwache, humorlose Mann hatte ihr das nie verziehen.

Sie waren gezwungen, Mutter Ava zu bitten, ihre Tätigkeit aufzugeben.

Sie weinte.

Nachdem sie sich verabschiedet hatte, ging Mutter Placid im Raum auf und ab.

»Nach allem, was Männer den Körpern und Seelen so vieler

angetan haben, beschließen sie also, sich auf diese Sache zu konzentrieren?«

»Ich weiß«, sagte Mutter Cecilia. »Man hat den Eindruck, dass etwas Essenzielles verlorengegangen ist.«

Auf der ganzen Welt sah es so aus. Die Kirche ihrer Kindheit versank in Chaos. Es tat ihr im Herzen weh, daran zu denken.

Der Vatikan hatte offenbar nichts davon bemerkt. Der Papst hatte das Jahr der Priester ausgerufen.

Drei Wochen vergingen, dann kam Mutter Ava mit einer Idee auf sie zu.

»Ich habe lange gesucht und schließlich das hier gefunden«, sagte sie und schlug ihre Bibel auf. »Markus 10:16: *Und er nahm die Kinder in seine Arme; dann legte er ihnen die Hände auf und segnete sie*. Eine biblische Rechtfertigung meiner Arbeit.«

»Ausgezeichnet«, sagte Mutter Placid.

Mutter Ava nahm ihre Arbeit wieder auf, und sie sprachen nicht weiter darüber.

Als Bischof Dolan es nach wenigen Wochen herausfand, tobte er vor Wut.

»Reiki ist grundsätzlich untersagt, und gerade Sie als kontemplative Nonnen sollen abgeschieden leben. Einige Ihrer Nonnen verbringen viel zu viel Zeit draußen. All das wissen Sie ganz genau.«

»Ja«, sagte Mutter Placid. »Und ich weiß auch, dass diese Offenheit die Abtei vor ihrem sicheren Untergang bewahrt hat.«

»Das ist der letzte in einer langen Reihe von Verstößen«, sagte er. »Wir müssen über die Zukunft der Abtei sprechen. Ich komme nach Neujahr vorbei, wenn ich aus Italien zurück bin. Ich werde mit Rom darüber sprechen.«

Vor einer Woche war er aus Italien zurückgekehrt. Sie wussten, dass der Tag des Besuchs bevorstand.

Als Mutter Placid das Telefonat annahm und Mutter Cecilia ihre Stimme hörte, musste sie lächeln.

»Ist er schon da?«, fragte sie.

»Noch nicht«, sagte Mutter Placid. »Aber kümmere dich jetzt nicht darum. Wie geht es dir?«

»Es ist nicht leicht. Nora ist so wütend auf mich. Ich weiß wirklich nicht, warum sie mich eingeladen hat.«

»Gib nicht auf. Versuch es morgen wieder.«

»Werde ich. Aber ich bin selbst wütend. Habe ich das Recht dazu? Ich werde das Gefühl nicht los, dass es nie dazu gekommen wäre, wenn sie nur auf mich gehört hätte. Es war schrecklich, ihn da liegen zu sehen.«

»Ja, das verstehe ich.«

»Ich stelle alles in Frage, was sie getan hat. Und was ich getan habe. Eigentlich ist alles meine Schuld.«

»Das ist es nicht«, sagte Mutter Placid. »Du hast getan, was du konntest. Alle hier denken an dich. Es fühlt sich komisch an, dass eine von uns fehlt. Wie ist es da draußen für dich?«

»Wie es ist? Seltsam.«

Als sie jung war, hatte sie täglich davon geträumt, das Kloster zu verlassen. Jetzt konnten ein, zwei Jahre vergehen, ohne dass sie das Bedürfnis verspürte. Und wenn es da war, wusste sie, wie sie damit umgehen musste. Sie hatte ein Alter erreicht, in dem es für sie keinen Ort als die Abtei gab.

Früher hatte sie gedacht, ihr Bruder habe Glück gehabt, weil er den Hof der Familie geerbt hatte, doch als sie sich als Erwachsene in ihren Briefen darüber austauschten, wurde ihr klar, dass er nicht in Irland bleiben wollte. Es war nur die Pflicht, die ihn an seine Heimat fesselte. Sie dachte jetzt an ihren Bruder und ihre Schwester. Vielleicht war sie die Einzige von ihnen, die am Ende wahres Glück gefunden hatte.

Jeder Besuch außerhalb der Klostermauern geschah auf Geheiß des Vatikans. Mutter Cecilia fand, dass sie dafür ein außergewöhnliches Leben hinter sich hatte. Als sie Mitte vierzig war, hatte die Abtei dafür gestimmt, eine Handvoll Nonnen an die

University of Vermont zu schicken, um den landwirtschaftlichen Betrieb zu erhalten. Mutter Cecilia war eine von ihnen gewesen. Sie war jeden Tag im Nonnenhabit über den Campus gelaufen. Eine Nonne mittleren Alters unter jungen Studenten. Am Tag ihres siebenundvierzigsten Geburtstags hatte sie den Bachelor in der Tasche, drei Jahre später den Master in Tierwissenschaften und Ackerbau. Mutter Stella Maris promovierte in Mikrobiologie und wandte ihr Wissen auf die Käseproduktion an. Mutter Anne machte einen Abschluss in Pflanzenwissenschaften. Damals hatte Mutter Cecilia an ihre Schwester gedacht und daran, wie sehr Nora sich den höheren Bildungsweg für sie gewünscht hatte. Wie stolz wäre sie gewesen.

Mutter Placid und sie arbeiteten weiterhin mit jungen Leuten, sie teilten die Freude daran. Mutter Cecilia leitete die Laienschwestern an, von denen einige später in das Kloster eintraten. Heutzutage waren junge Erwachsene vorsichtiger denn je. Sie wollten wissen, ob die Abtei versichert war und ob sie ihnen ein Zeugnis ausstellen würden, sollten sie sich doch für einen Beruf entscheiden.

Die letzte Generation hatte nicht so viel über die Zukunft nachgedacht. Heutzutage spürten die jungen Leute die Last auf ihren Schultern und das starke Bedürfnis, das Richtige zu tun, auch wenn sie nicht wussten, was das war. Sie lebten in einem Zeitalter der Angst. Eine junge Frau hatte ihr während eines vertraulichen Gesprächs erzählt, dass sie jeden Morgen das Mantra wiederholte: *Wir sind zu reich beschenkt, um traurig zu sein.* Mutter Cecilia hielt das für wenig hilfreich. Wenn man traurig war, war man eben traurig.

»Wie geht es Schwester Alma mit dem Ordensgelübde?«, fragte sie jetzt.

»Ich denke, dass sie gern mit dir persönlich darüber sprechen wird, wenn du wieder da bist«, sagte Mutter Placid. »Sie freut sich, aber sie ist natürlich auch aufgeregt.«

Jeder Frau bereiteten andere Aspekte des Klosterlebens Schwierigkeiten. Mutter Claudette war Einzelkind. Ihre Hingabe an Gott stand außer Frage, aber ihr Leben war immer das einer Einzelgängerin gewesen. Jetzt musste sie in einer Gemeinschaft mit sechsunddreißig Frauen leben. Mutter Andrea hatte erst eine Mädchenschule und dann eine Universität für Frauen besucht. Sie wusste, wie Frauen miteinander umgingen, wenn sie auf engstem Raum lebten. Ihr Problem war die Monotonie der Arbeit.

In Mutter Cecilias Alter hatte man die technologischen Fortschritte nicht erlebt, die für jemanden wie Schwester Alma in ihrem Leben vor der Abtei selbstverständlich gewesen waren. Mutter Cecilia hatte keinen E-Mail-Account gehabt und wusste nicht, was es bedeutete, ihn aufzugeben. Einigen der jungen Frauen machte es zu schaffen, wenn ihnen das Internet plötzlich genommen wurde, als wäre es eine Droge und sie auf Entzug. Mutter Placid hatte mit Mutter Cecilia immer wieder überlegt, wie man am besten damit umging, aber eine befriedigende Lösung hatten sie noch nicht gefunden.

Für viele war Sex die letzte Hürde und etwas, das sie schließlich doch nicht aufgeben konnten. Andere litten daran, die Idee von Ehe und Mutterschaft aufzugeben. Manche hatten das Kloster deshalb wieder verlassen.

Mutter Cecilia hatte mit keiner der Nonnen, die mit ihr über ihre Zweifel gesprochen hatten, ihre eigene Geschichte geteilt. Wenn sie wissen wollten, was ihr letzter Kampf gewesen war, erzählte sie von einem Pullover, den sie nicht hatte behalten dürfen, und einem Glas heißer Zitronenlimonade, wegen dem sie Schwierigkeiten bekommen hatte. Dass sie ein Kind hatte, erfuhr niemand.

Sie hatte vor langer Zeit für sich entschieden, dass dies eine Lüge zum Wohl der Abtei war. Es war auch keine richtige Lüge, nur ein Verschweigen. Eine Unterlassungssünde. Ihre

Geschichte hätte nur abgelenkt. Jetzt stellte sie diese Entscheidung in Frage. Von Nora hatte sie verlangt, die Wahrheit zu sagen, aber sie selbst hatte es nicht getan.

»Schlaf dich morgen richtig aus, wenn du kannst«, sagte Mutter Placid. »Die Chance hast du nie wieder.«

»Nein. Mein Wecker steht immer auf halb zwei.«

»Ach, du törichte Person.«

»Ich würde auch ohne ihn aufwachen.«

Sie hatte sich vorgenommen, den Tagesablauf im Kloster so weit wie möglich auch hier einzuhalten. Sie war ohnehin eine Frühaufsteherin. Ihr Glaube an Gott erneuerte sich bei jeder Morgendämmerung, die die Samen des Tages in sich trug und damit neue Hoffnung auf Erlösung und Anlass zur Dankbarkeit.

21

Nach der Totenwache steckte Nora Brian zwanzig Dollar zu.

»Hol auf dem Weg nach Hause noch zwei Extrapackungen Eiswürfel«, sagte sie.

Sie berührte seine Wange. »Und lauf nicht wieder weg.«

Als der Kleinste der Familie hatte er immer unbemerkt verschwinden können. Mit sieben, acht Jahren war er bei großen Abendessen oft unter den Tisch gekrochen, hatte sich auf den Teppich gelegt und zugehört. Niemand hatte es ihm verboten. Jetzt fragte er sich, ob es seinen Eltern überhaupt aufgefallen war. Als er geboren wurde, waren sie viel zu erschöpft, um mit ihm so streng wie früher mit den anderen zu sein. Seine Kindheit hatte keine Ähnlichkeit mit der seiner Geschwister.

Er fuhr zum 7-Eleven. Als er zu Hause ankam, standen ein Dutzend Autos vor dem Haus. Brian verlangsamte die Fahrt, aber er brachte es nicht fertig, anzuhalten. Er wendete und fuhr den Hügel hinunter, folgte der Nantasket Avenue bis zur Main Street und runter bis nach Pemperton Point, wo die Hull Highschool war. Er fuhr um das Gebäude herum und auf den Parkplatz. Als er beim Baseballfeld angekommen war, machte er den Motor aus. Der Himmel war schwarz und sternenlos. Brian starrte ins Nichts. Hier endete die Stadt, hier endete das Festland. Wenn man einen Home-Run nach links schlug, fiel der Ball ins Meer.

Er hatte diesen Ort seit seiner Rückkehr aus Ohio vor sieben Jahren gemieden. Hier war er noch voll Hoffnung gewesen und voll Vorfreude auf das, was ihn erwartete. Patrick hatte kein einziges Spiel verpasst. Er war zwei-, dreimal die Woche die weite Strecke von Dorchester hierhergefahren, hatte neben Nora gestanden und mit ihr gebrüllt und ihn angefeuert, bis Brian sich in Grund und Boden geschämt hatte. Wie gern würde er sie jetzt noch einmal hören.

Er dachte an Trainer O'Learys Worte: *Ich warte nur darauf, dass du übernimmst.* Als Brian Patrick davon erzählte, hatte er erwartet, dass sein Bruder den Job für unter seiner Würde halten würde, dass es in seinen Augen nichts war, mit dem ein ehemaliger Profi seine Zeit verschwenden durfte. Aber Pat hatte plötzlich ein Grinsen im Gesicht gehabt und gesagt: *Na perfekt. Das musst du machen.*

Vielleicht hatte er recht. Die Bar hatte Brian nichts mehr zu bieten. Und jetzt, da er hier war, spürte er einen kleinen Funken überspringen. Damit hatte er nicht gerechnet.

Irgendwann machte er sich schließlich auf den Heimweg. Er versuchte, sich zu sammeln, bevor er die Tür öffnete. Auf dem Treppengeländer lagen Mäntel, und er hörte Stimmengewirr, überlappende Gespräche, gelegentlich stach ein Wort oder ein Lachen heraus.

Die Frauen aus der Nachbarschaft waren mit den Vorbereitungen des Buffets fast fertig. Am einen Ende des Tisches standen zwei hohe Tellerstapel neben einem Korb mit Plastikbesteck, das im Set jeweils in eine Papierserviette gerollt und mit Band und Schleife versehen war. Am anderen Ende stand das warme Essen: ein ganzer Schinken, dampfende Lasagne. Der Tisch war randvoll: Die Sandwiches waren gestapelt, Käsehappen und Kräcker waren fächerartig arrangiert, die Salate waren gleichmäßig in gläserne Schälchen verteilt. Dieser perfektionierte Überfluss hatte etwas Anziehendes. Sie würden ihre Trauer aufessen, bevor sie von ihr verschlungen wurden.

Bridgets Hund saß hoffnungsvoll unter dem Tisch und wartete darauf, dass jemand etwas fallen ließ. Rocco warf Brian einen flehenden Blick zu.

Brian erwiderte den Blick und überlegte, ob er dem Hund ein Stück Käse zukommen lassen sollte, als Betty Joyce auf dem Weg in die Küche mit ihm zusammenstieß.

»Oh, entschuldige bitte«, sagte sie.

Wenn er ihr begegnete, musste er bis heute den Blick senken. Als Teenager hatte er viele Stunden damit verbracht, aus der Dachluke am Ende der Treppe zu starren, von der aus man in der Ferne das Meer, nahebei aber in Betty Joyces Garten sehen konnte. Dort stand sie an vielen Sommermorgen nach dem Joggen am Strand nackt unter der Außendusche.

Patrick hatte es gleich nach ihrem Einzug entdeckt, als er sich die Dachkammer als Schlafzimmer ausgesucht hatte. Er hatte mit einem von Charlies Bieren am Fenster gesessen und festgestellt, dass man von dort aus die weißen Rundungen von Betty Joyces wackelndem Busen ausmachen konnte, wenn sie sich die Haare einseifte. Diese Information wurde sehr schnell von einem Bruder zum nächsten weitergegeben, ähnlich wie Patricks falscher Personalausweis.

»Entschuldigung, Mrs. Joyce«, murmelte Brian jetzt.

»Alles in Ordnung, Schatz.«

Am Vorabend waren alle bis vier Uhr morgens in der Bar geblieben. Er hatte bei Ashley geschlafen. Als sie und ihre Mitbewohnerinnen am Morgen zur Arbeit gegangen waren, war Brian nicht verkatert gewesen, sondern noch im Suff. Er könne gern den ganzen Tag bei ihr bleiben, hatte sie gesagt. Aber er wusste, dass seine Mutter auf ihn wartete. Brian hatte zwanzig Minuten lang auf Ashleys Sofa gesessen. Er hatte die Tränen kullern lassen und sie nicht einmal weggewischt.

Zu Hause hatte er, während er auf die anderen wartete, sieben Bier geleert. Zweimal hatte er sich vor Beginn der Totenwache bei O'Dell's übergeben und sich geschworen, weniger zu trinken. Aber jetzt brauchte er dringend etwas.

Patricks Lieblingsanekdoten handelten von Ausschweifung. Einmal waren sie gerade die Nantasket Avenue in Pats altem Jeep hinuntergefahren, als er plötzlich wegen einer Katze auf die Bremse trat. Pat war nicht angeschnallt. Er flog vom Sitz auf die Straße und landete geräuschvoll. Dann stand er auf, schüttelte sich wie eine Comicfigur, sprang in den langsam weiterrollenden Jeep und fuhr weiter, als wäre nichts gewesen. Ein andermal war Brian in Cambridge in einer Vorgartenhecke aufgewacht. Er hielt eine Packung vom Asia-Imbiss in der Hand, hatte Reis im Haar und dunkelblaue Flecken am Knie. Er hatte keine Ahnung, wie er dahin gekommen war. Als er Patrick anrief, um es ihm zu erzählen, lachte der nur laut und sagte: »Das passiert den Allerbesten, Kleiner.«

Bisher waren diese Geschichten witzig gewesen, weil sie immer gleich anfingen und endeten: Sie benahmen sich wie Vollidioten, aber am Ende wurde alles gut. Manchmal beschlich Brian die Vermutung, er könnte ein Problem haben, um das er sich kümmern sollte, diese Sache, die seine Familie seit Generationen verfolgte. Er könnte ihr den Kampf ansagen. Er könnte aber auch einsehen, dass er nun mal ein Mitglied dieser Familie war, könnte einfach weitermachen und es jemand anderem überlassen, sich damit auseinanderzusetzen.

Auf der Arbeit sah er ununterbrochen Leute damit kämpfen. Dort beobachtete er Männer, die ständig auf der verschwimmenden Grenze zwischen Genuss und zerstörerischer Abhängigkeit schwankten. Diejenigen, die Tag für Tag wiederkamen, sorgten gegenseitig dafür, dass sie nicht von der Flasche loskamen. Ereignisse, die andere als tragische Warnungen betrachten würden, wurden in ihren Händen zu den Pointen beliebter Anekdoten. Wenn jemand aus der Gruppe austrat, um trocken zu werden, schlossen sich die Reihen, und über den Abtrünnigen wurde kein weiteres Wort verloren. Oder sie nannten ihn verrückt, eine Drama Queen, die nur Aufmerksamkeit wollte. Brian konnte an ihren Stimmen hören, wie wichtig ihnen das war. Der perfekte Säufer konnte die ganze Nacht trinken, ohne ausfallend oder langweilig zu werden. Auf Wasser umzusteigen wurde ebenso als Charakterschwäche betrachtet, wie vom Stuhl zu kippen.

In diesen Augenblicken fragte er sich, ob er sich nicht dafür schämen sollte, wie er sein Geld verdiente. Durch seine Gegenwart, während er sie bediente und ihnen den Alkohol praktisch in den Rachen laufen ließ, erweckte er den Anschein, dass jemand da war, der sie auffangen würde, bevor etwas wirklich Schlimmes passierte.

Fergie war sternhagelvoll beim Bestatter aufgetaucht. Brian hatte ihn hereinkommen sehen. Nie zuvor hatte er ihn in einem Anzug gesehen. Ob Fergie ihn sich geliehen hatte? Die Jackettärmel hingen bis zu den Fingerspitzen, die Hosenbeine sammelten sich zu seinen Füßen.

Fergie war direkt zum Sarg gegangen und hatte lange dort gestanden. Dann hatte er mit Bridget und Natalie, Julia und John gesprochen, dann war er zu Brian gekommen. Er stank nach Alkohol.

»Na, Raf«, sagte Fergie und strich sich übers Kinn. »Der hat auch schon schlimmer ausgesehen.«

Brian war in schallendes Gelächter ausgebrochen. Es war das erste Mal in zwei Tagen, dass er gelacht hatte, und das erste Mal, dass er sich an Patricks Lachen erinnerte. Er blickte sich nach seiner Mutter um, um zu sehen, ob sie es gehört hatte, es war ihr aber nicht anzusehen.

Brians alte Schulfreunde waren auch da, aber sie standen zu weit weg. Sie traten nervös von einem Fuß auf den anderen und sahen aus, als würden sie am liebsten abhauen, als wäre der Tod ansteckend. Die Leute aus der Bar kamen und gingen schnell wieder. Er war froh, als sie wieder weg waren. Es war komisch, sie nicht im üblichen Kontext zu sehen. Etwa so, wie wenn man der Grundschullehrerin mit dem ersten Date im Einkaufszentrum über den Weg läuft.

Fergie sagte, dass er nicht mit zum Haus kommen würde. Die Familie hatte ihn nie besonders gemocht. Ein- oder zweimal hatte Bridget bei Erwähnung seines Namens gesagt: »Ach, der Arme.« Brian hatte keine Ahnung, was sie damit gemeint hatte. Wahrscheinlich fand sie es erbärmlich, dass jemand in Fergies Alter hinter der Bar stand.

Als jemand an ihm vorbei ins Esszimmer ging und ihm im Vorübergehen die Hand auf den Oberarm legte, bemerkte er, dass er noch immer die Eiswürfeltüten hielt. Zu seinen Füßen hatten sich schon Pfützen auf dem Holzfußboden gebildet.

In der Küche stand Nora am Herd und rührte in einem Topf. Sie sah unendlich traurig aus. Dann bemerkte sie ihn.

»In die Kühltasche damit«, sagte sie und zeigte mit der freien Hand auf den Kühlschrank.

»Kommst du klar, Mama? Willst du dich nicht mal hinsetzen?«

»Warum wollen alle, dass ich mich setze?«

Der Ton war gut getroffen, aber ihn überzeugte sie damit nicht.

Sein Vater hatte einmal gesagt, dass er bei den Trauerfeiern den wichtigsten Job hatte. Er führte die Liste derer, denen man später vorhalten konnte, dass sie nicht erschienen waren. Den Rest machte Nora.

Sie war fünfzig, als Brian in der fünften Klasse war. Die Mütter aller seiner Freunde waren zwischen dreißig und vierzig und wollten von Nora wissen, wie man einen Kuchenbasar organisierte und wie viele Erwachsene sie für einen Schulausflug brauchten. Nora war die Mutter, auch für sie. Brian hatte sie niemals krank erlebt, nicht einmal an eine Erkältung konnte er sich erinnern. Sie stand jeden Tag um sechs Uhr auf und hatte einen regelmäßigen Tagesablauf. Und sie stieg auch heute noch auf die Leiter und holte das Laub aus der Regenrinne, wenn Brian es ihr nicht schnell genug machte.

Er beobachtete sie jetzt. Die Geschäftigkeit sollte sie vor den Gefühlen schützen, die sie irgendwann zwangsläufig überkommen würden. Er sah ihr an, dass es nicht funktionierte. Am liebsten hätte Brian sie von hier fortgebracht. Sie hatte gerade ihren Sohn verloren. Sie müsste durchdrehen, schreiend durch die Straßen laufen und sich die Haare ausreißen, anstatt gefüllte Champignons in gleichmäßigen Abständen auf einer Servierplatte anzuordnen.

Er wollte mehr über ihre Schwester erfahren, aber er ahnte, dass sie das jetzt nicht besprechen wollte. Das Haus war voller Gäste.

Von der Tür hörte er eine Stimme: »Brian?«

Ashley.

Er hatte ihr die Adresse nicht gegeben. Sie seiner Mutter vorzustellen war das Letzte, was er wollte, schon gar nicht jetzt. Beim Bestatter war es ihm wie durch ein Wunder gelungen, die beiden auseinanderzuhalten.

Brian ging zu ihr und versuchte, sie zum Buffet im anderen Zimmer zu bugsieren.

»Hunger?«, sagte er.

Aber Ashley drängte an ihm vorbei in die Küche.

»Ashley Conroy«, sagte sie und hielt Nora die Hand hin. »Drüben hatte ich leider keine Gelegenheit, deshalb jetzt. Was mit Patrick passiert ist, tut mir von Herzen leid.«

»Vielen Dank«, sagte Nora leise.

»Wir haben ihn alle geliebt. Er hat so viele glücklich gemacht.«

»Sie haben ihn gekannt?«, fragte Nora.

»Ja. Schrecklich, was geschehen ist. Aber wenn ich ehrlich bin, könnte das den meisten meiner Freunde auch passieren. Ich musste auf der Arbeit den ganzen Tag weinen beim Gedanken daran. Beim Gedanken an ihn.«

Das war zu viel Info. Ashley konnte einfach nicht die Klappe halten und musste immer aussprechen, was sie dachte. Aber Nora sah dankbar aus und drückte Ashleys Hand. Das hatte er nicht erwartet.

»Gehen Sie hinein und bedienen Sie sich, bevor alles kalt ist«, sagte Nora eine Minute später. »Ich freue mich, Sie kennengelernt zu haben, Ashley.«

Die nächsten Stunden über standen die Menschen Schulter an Schulter, und die Räume heizten sich durch die Wärme von so vielen Körpern auf. Brian sprach mal mit diesem, mal mit jenem, Ashley wich nicht von seiner Seite.

Irgendwann entschuldigte er sich, um auf die Toilette zu gehen. Als er aus dem Bad kam, stand sie da und lachte mit Bridget, Maeve, Julia und Natalie. Da konnte er es fast sehen. Ein Mädchen, das zu ihm gehörte und an Tagen wie diesem bei ihm war, aber an besseren Tagen auch. Jemand, den man gern um sich hatte.

Im späteren Verlauf des Abends erreichte die Gesellschaft den Punkt, an dem man so viel getrunken hatte, dass man seine halbvolle Bierflasche irgendwo abstellte, dort vergaß und eine neue öffnete. Die Gespräche wurden lauter. Mitten im brechend vollen Wohnzimmer hielt John, umgeben von Arbeitskollegen, Hof und dozierte über die bevorstehende Inauguration. In einer Ecke flüsterte Eileen Delaney den anderen Damen aus der Nachbarschaft etwas zu.

Seit dem Tod seines Vaters war es oft vorgekommen, dass seine Mutter und er nach dem Abendessen gemütlich vor dem Fernseher saßen und es an der Tür klingelte. Dann sah Nora ihn mit tief gerunzelter Stirn an und sagte: »Eileen.«

Aber es dauerte nie lange, dann hörte er die beiden in der Küche lachen. Da blieben sie den ganzen Abend.

Im Flur fand eine Vollversammlung der Rafferty-Cousins statt. Sie hatten Stühle aus der Küche und dem Esszimmer geholt, balancierten Teller auf dem Schoß und erzählten alte Geschichten. Auf der Veranda hinter dem Haus rauchten die Alten. Vor vielen Jahren hatten sie dafür nicht raustreten müssen, und die Erinnerung daran schien sie an die Tür zu fesseln – ein Schritt raus, mehr nicht –, als könnte die Regel jeden Augenblick wieder aufgehoben werden.

Es war Dienstagabend. Jetzt müsste Nora eigentlich Radio hören und das Abendessen vorbereiten, während Brian vor seiner Schicht in der Bar in seinem Zimmer noch ein bisschen zockte oder im Haushalt half. Zwischen ihnen würde die vertraute Stille herrschen und die Gewissheit, dass der andere in der Nähe war.

Stattdessen war das ganze Haus voller Leute. Ständig erwartete er, Patrick würde den Kopf zur Tür hereinstecken. Brian ging rastlos durch die Räume, bis ihm klar wurde, dass er seinen Bruder suchte.

Er riet Ashley, nach Hause zu fahren, bevor die Kneipen schlossen und man keinen Parkplatz mehr fand, aber sie sagte: »Du machst wohl Witze: Du brauchst mich hier.«

Um kurz nach elf ging er ins Esszimmer. Das Buffet war ein Schlachtfeld. Der geschmolzene Käse war auf den Überresten der Lasagne erstarrt. Der Schinken war bis auf den Knochen runtergeschnitten. Auf der weißen Tischdecke prangte ein großer, fettgeränderter Tomatensoßenfleck. Der Salat war fast gänzlich verschwunden. Die verbliebenen Sandwichtürme waren umgestürzt und ungeschickt wiederaufgerichtet worden. Von Braten und Truthahn war keine Spur mehr zu sehen. Zu haben waren noch Thunfischsalat und präzise geschnittene Toastbrotdreiecke, zwischen denen in der Mayonnaise Bakterienkulturen gediehen.

Er griff gerade nach einem der letzten Kräcker auf einem Tablett, als die Gespräche plötzlich erstarben.

Brian hörte die Stimme seiner Mutter. Sie sprach sehr laut. Ein Toast? Eine Rede? Das war nicht ihre Art. Er folgte dem Geräusch.

»Es tut mir leid, aber ich bin sehr müde«, sagte Nora. »Ihr müsst jetzt gehen.«

Auf den Gesichtern sah er Überraschung, Betretenheit, Bedauern, Anstoß. Die Gäste nahmen ihre Mäntel und verschwanden schneller, als er für möglich gehalten hätte. Cousin Matty nahm Tante Kitty im Auto mit. Ashley verabschiedete sich von Brian, sie würden sich morgen sehen. Sie gab ihm einen Kuss auf die Wange.

Nur Eileen bäumte sich noch auf.

»Ich bleibe und helfe beim Aufräumen«, sagte sie.

»Nein«, sagte Nora entschlossen. »Vielen Dank.«

Schließlich war nur noch die Familie da. Sie standen im Flur und sahen Nora an. Noch nie hatte sie eine Trauerfeier beendet.

»Mama?«, sagte Bridget.

Nora ging prüfend durch die Zimmer, die anderen folgten ihr. Auf den Tischen und dem Boden standen halbvolle Bierflaschen und Weingläser. In der Eile hatten die Leute ihre Teller auf oder unter den Stühlen zurückgelassen.

Brian hatte erwartet, dass seine Mutter seufzend eine Mülltüte aus einer Schublade ziehen würde, aber stattdessen sagte sie: »Ich gehe ins Bett. Wir sehen uns morgen früh.«

Sie ging die Treppe hinauf, die anderen sahen ihr nach.

Dann räumten sie auf. Schweigend füllte Maeve den Geschirrspüler. John ließ zum Einweichen der Töpfe Wasser in die Spüle laufen. Brian und Julia füllten drei Müllsäcke, während Bridget und Natalie alles aus dem Esszimmer in die Küche trugen.

»Fühlt sich komisch an«, sagte Julia schließlich, »dass Nora uns das machen lässt. Die Servietten für Thanksgiving durfte ich erst falten, als John und ich schon zehn Jahre verheiratet waren.«

Sie schwiegen, dann sagte Natalie: »Sollte nicht jemand hochgehen und mit ihr reden?«

»Ich mach das«, sagte Bridget.

Wenige Minuten später war sie wieder da.

»Wie geht es ihr?«, fragte Julia.

»Alles in Ordnung. Das Ganze ist ihr wohl einfach ein bisschen viel geworden.«

Brian öffnete die Hintertür und stellte die Müllsäcke raus. Die kalte Luft tat gut. Er griff nach einer Bierdose, die vor der Tür stand. Sie lag schwerer als erwartet in seiner Hand, und um das Loch sah er Aschespuren. Sie hatten sie als Aschenbecher benutzt.

Er wischte sich die Hand an der Hose ab, öffnete einen der Müllsäcke und warf die Dose hinein.

In seiner Kindheit hatten Totenfeiern noch Spaß gemacht. Wenn jemand starb, den seine Eltern nicht besonders gut kannten, hatten sie ihn manchmal zur Aufbahrung mitgenommen. Dann wartete Brian im Auto, und wenn er sich benahm, gab es danach ein Eis.

Die Totenfeiern, die seine Mutter ausrichtete, waren noch besser. Besonders, solange es sich bei den Verstorbenen noch nicht um Leute in Noras Alter handelte, geschweige denn um spätere Jahrgänge. Solange es alte Leute waren, von denen man mit Sicherheit sagen konnte: »Er hat ein gutes, langes Leben gehabt.« Dann war das Haus voll feiernder Gäste, hallte wider von ausgelassenem Gelächter, und sein Vater und die Onkel sangen in der Küche irische Volkslieder, zu denen zwei oder drei von ihnen die Bodhrán spielten und alle anderen den Rhythmus stampften. Der irische Akzent trat stärker hervor, wenn sie zusammen waren.

Irgendwann wurde Brian ins Bett geschickt, aber bald darauf schlich er sich aus dem Zimmer in den Flur und blickte durch das Treppengeländer auf sie hinab, bis ihn jemand entdeckte und hinunterrief. Dann stürzte er sich wieder in die Menge, sprang fröhlich umher und spürte den missbilligenden Blick seiner Mutter, sah aber auch ihr Lächeln und wusste, dass sie nicht wirklich böse war.

Am nächsten Morgen ging er im Pyjama die Treppe hinunter, um sich die Szene anzusehen. Erwachsene lagen mit offenen Mündern angezogen auf Sofas und Teppichen, in der Luft hing der Geruch schalen Biers. Dann bediente er sich am Wohnzimmertisch bei den übrig gebliebenen Kartoffelchips und gerösteten Erdnüssen und freute sich wie ein Schneekönig über diese kleine Revolte. Als Nächstes spielte Brian Schiffbrüchiger – er war der einzige Überlebende einer Havarie, überall lagen Leichen –, bis jemand die Augen aufmachte und flüsterte: »Hey Kleiner. Guten Morgen.«

Drei Stunden später saßen John, Bridget und Brian am Küchentisch. Sie waren stockbesoffen. Der Hund hatte sich überfressen und schnarchte unter Bridgets Stuhl. Gegen Mitternacht war Julia mit Maeve in Johns altes Zimmer gegangen, um das Bett herzurichten. Sie war nicht wiedergekommen. Natalie war kurz darauf hinaufgegangen.

Sie sprachen über einige Leute, die sie bei der Totenfeier wiedergesehen hatten. Als Bridget über die Nonne zu reden begann, bemerkte sie nicht, wie laut sie sprach. John legte den Finger an die Lippen und zeigte mit der anderen Hand zur Decke. Über ihnen lag Noras Schlafzimmer.

»Habt ihr mitgekriegt, wie Mama sie geschnitten hat?«, fuhr Bridget leiser fort. »Sie hat sie nicht mal hierher eingeladen. Ihre eigene Schwester.«

Brian war überrascht gewesen, als die Frau den Aufbahrungsraum betreten hatte. Als Kind hatte er so große Angst vor Nonnen gehabt wie andere vor Clowns. »Das ist doch nur eine Art Kleid«, flüsterte Nora in solchen Momenten. »Darunter steckt eine Frau wie jede andere.« Aber bis heute war er davon überzeugt, dass eine Nonne im Habit in jedem etwas auslöste. Der Anblick brachte eine Assoziationskette in Bewegung, die nichts mit der Person dahinter zu tun hatte. Manche fühlten sich dann sicher, andere bedroht, manche wütend, andere gesegnet.

»Mama hat Julia erzählt, dass sie zerstritten sind«, sagte John.

»Aber worüber könnten sie sich entzweit haben?«, fragte Bridget. »Seid ihr gar nicht neugierig? Vielleicht war die Nonne ja mal in Papa verliebt oder so.«

»Weil er so unwiderstehlich war?«, sagte John.

Bridget grinste.

»Aber sind nicht alle Nonnen Lesben?«, sagte John.

»Zum Glück sind jedenfalls nicht alle Lesben Nonnen«, gab Bridget zurück.

John prostete ihr zu.

Das war neu. Das hatte es bisher nicht gegeben. Natürlich wussten alle, dass Bridget homosexuell war, aber man sprach nicht darüber. Selbst in den letzten Jahren nicht, in denen sie immer mit Natalie kam. Heute hatte Brian bei der Aufbahrung beobachtet, wie Bridget vor aller Augen Natalies Hand gehalten hatte. Warum hatte Bridget sich gerade diesen Augenblick aussuchen müssen? Er hatte zu seiner Mutter hinübergesehen und gehofft, dass sie es nicht bemerkt hatte.

John sagte: »Kennt ihr schon den von der Nonne im Kloster und dem Schweigegelübde?«

»Ja«, sagte Bridget entmutigend.

Es war ein uralter Kalauer ihres Vaters.

Aber John ließ sich nicht irritieren und sprach weiter: »Sie durfte alle fünf Jahre zwei Worte sagen. Nach den ersten fünf sagte sie: ›Bett hart‹. Nach zehn Jahren sagte sie: ›Essen schlecht‹. Nach fünfzehn: ›Zimmer kalt‹. Zu ihrem zwanzigsten Jubiläum im Kloster erklärte sie der Mutter Oberin, dass sie das Kloster verlassen würde. Daraufhin die Mutter Oberin: ›Schön, dann sind wir Sie los. Seit Sie hier sind, hört man von Ihnen nichts als Beschwerden.‹«

Sie lachten, obwohl es nicht witzig war, wenn John den alten Witz mit schwerer Stimme erzählte, als ob er husten würde.

John hatte sich vor langer Zeit für die Arbeit eine bestimmte Art zu reden angewöhnt. Er klang dann ernst, auch ein bisschen pathetisch, und seine Stimme war tiefer als sonst. Die Familie hatte sich darüber lustig gemacht, bis Patrick anmerkte, dass John jetzt immer so redete. Den alten John bekamen sie nur noch selten zu sehen, aber heute Abend gab er sich die Ehre.

Bridget und John machten eine ganze Weile so weiter und versuchten, sich beim Erzählen schlechter Witze zu übertrumpfen.

»Wie fängt man einen Löwen? Also die leben in der Wüste, da braucht man ein Sieb. Was durchfällt, ist Sand, was drinbleibt, ist Löwe.«

Die beiden lachten schallend.

»Wie viele Republikaner braucht man, um eine Glühbirne zu wechseln?«, sagte sie.

John hob die Hände: »Ne, das lassen wir heute Abend. Nächster Witz.«

»Ach, komm schon.«

Wie so oft, als er noch ein kleiner Junge war, saß Brian da und hörte zu, fügte nichts hinzu und hatte auch nicht das Bedürfnis, sondern war zufrieden damit, ihre Stimmen zu hören. Wenn man in eine Familie hineingeboren wurde, in der jeder darum kämpfte, zu Wort zu kommen, hatte man die Wahl, sich entweder ins Getümmel zu stürzen oder einen Schritt zurück zu machen und die anderen reden zu lassen.

Bridget und John hatten trotz der großen Unterschiede einen vertrauten Umgang miteinander, wie schon seit langer Zeit. Brian hatte das mit keinem der beiden. Nur mit Patrick. Ob alle Familien in Teams aufgeteilt waren?

Bei seiner Geburt waren Bridget und John zehn und elf Jahre alt gewesen. Sie mussten sich oft um ihn kümmern, was dazu führte, dass sie sich ihm für den Rest der Zeit entzogen. Patrick hatte Brian auf den Schultern herumgetragen und war mit ihm zum Strand gegangen, nur Patrick und er. Brian war fünf Jahre alt, als Patrick nach Dorchester zurückgezogen war. Durch die Distanz idolisierte Brian den großen Bruder umso mehr. Sonntagnachmittag war der Höhepunkt der Woche, denn dann kam Pat zum Abendessen und bezahlte ihn dafür, das Rädchen am Fernseher zu drehen. Für jeden Wechsel von einer Fußballübertragung zu einer anderen bekam er einen Vierteldollar.

Wenn er mit John und Bridget allein war, war Brian ein Außenseiter. Dann wartete er darauf, dass Patrick reinkam und das Gleichgewicht wiederherstellte. Das würde jetzt nie wieder passieren.

Bridget griff nach einem Teller mit geschnittenem irischem Soda Bread. Es war dick in Klarsichtfolie mit grünem Weihnachtsmuster verpackt. Bridget versuchte gar nicht erst, eine

Folie nach der anderen abzuziehen, sondern rammte einfach den Zeigefinger durch die Schichten und zog eine Scheibe heraus.

Bei diesen Anlässen gab es immer unglaubliche Mengen Soda Bread: trocken und geschmacksneutral, fest und weiß, und wenn man abbiss, drohte der Erstickungstod. Natürlich biss man trotzdem rein, weil man jedes Mal hoffte, die Rezeptur könnte seit dem letzten Mal verbessert worden sein.

Bridget nahm einen kleinen Bissen und legte den Rest auf den Tisch.

»Gibt es noch was anderes?«

Sie öffnete den Kühlschrank und nahm eine Auflaufform heraus. Hähnchen mit Parmesan. Sie aß es kalt, im Stehen, direkt aus der Form.

»Sind da noch die Servierplatten, die mit der Klarsichtfolie?«, fragte John.

»Sieht so aus.«

»Tust du mir den Gefallen und isst was von denen, damit Julia morgen früh nicht beleidigt ist?«

»Was ist denn drin?«

»Das eine ist Käse mit Datteln, das andere mit Krabben und Shrimps.«

»Was?«

»Krabbenkuchen.«

Bridget zog eine Grimasse. »Keine Chance, mein Freund.«

»Schön. Dann gib her.«

Sie reichte ihm die Platte, und John verschlang fünf von den Dingern.

»Ich wusste gar nicht, dass du so auf Krabbenkuchen stehst«, sagte Bridget.

»Vor allem stehe ich auf ehelichen Frieden.«

Bridget holte jedem von ihnen eine Dose Budweiser light aus der Kühltasche und stellte sie auf den Tisch. Das Eis war geschmolzen, und die Kühltasche stand voll Wasser. Um die Dosen bildeten sich kleine Pfützen auf der Tischfläche. Nora hätte das sofort weggewischt. Bridget schien es nicht einmal zu bemerken.

»Erzähl uns von deiner Freundin«, sagte John.

Einen Augenblick dachte Brian, die Frage habe sich an Bridget gerichtet, aber John sah ihn an.

»Sie ist nicht meine Freundin«, sagte Brian.

»Ich mag sie«, sagte Bridget. »Sie ist nett.«

»Sie ist süß«, sagte John. »Wie alt ist sie?«

»Siebenundzwanzig, glaube ich.«

»Du bist dreiunddreißig. Irgendwann musst du doch mal eine Familie gründen. Ich weiß, wir sind ein Clan der Spätzünder, aber …«

»Apropos: Ich hab' euch was zu sagen: Natalie und ich kriegen ein Kind.«

Es hatte fröhlich und unbeschwert klingen sollen, aber Brian konnte sehen, dass es ihr nicht leichtgefallen war, diese Worte auszusprechen.

Er war sprachlos. Er wäre nie auf die Idee gekommen.

»Heilige Scheiße: Natalie ist schwanger?«, sagte John.

»Nein. Aber sie wird es bald sein.«

»Sie plant also eine Schwangerschaft.«

»Ja, John. Lesben werden selten zufällig schwanger.«

»Wollt ihr heiraten?«

»Ich glaube nicht. Ich weiß nicht.«

»Wann sagst du es Mama?«

»Bald. Spätestens bei der Einschulung.« Sie seufzte. »Ich habe mir vorgenommen, es ihr noch bei diesem Besuch zu sagen.«

»Wow.«

»Ja. Aber freut euch nicht zu früh«, sagte Bridget. »Ich bin schon zweimal gescheitert. Ihr beiden seid eine Art Training.

Ist doch ganz gut gelaufen, oder? So. Und jetzt will ich nicht mehr daran denken, was mir da noch bevorsteht. Kommen wir zu der Nonne zurück. Ich kann mich jedenfalls nicht daran erinnern, dass wir als Kinder mal in einem Kloster waren. Du, John?«

»Nein.«

»Vielleicht«, sagte sie und legte sich die Hand auf den Mund. »Oh.«

»Was denn?«

»Ich wollte gerade sagen: Vielleicht erinnert Patrick sich noch. Wie konnte Mama das so lange vor uns geheim halten? Wir kennen diese Frau nicht einmal.«

»Und mir hat sie ein schlechtes Gewissen eingeredet, wenn Pat und ich mal keinen Kontakt hatten«, sagte John. »Geschwister dürfen sich nicht voneinander entfremden, das ist unnatürlich, hat sie gesagt. Das nenn' ich Heuchelei.«

Brian fragte sich, ob es vielleicht weniger mit Heuchelei zu tun hatte. Vielleicht war es ihrer Mutter schwerer gefallen, als sie sich vorstellen konnten, so lange von ihrer Schwester getrennt zu sein. Vielleicht hatte sie aus Erfahrung gesprochen.

Er hatte kein Problem damit, dass ihre Mutter ihnen nichts von ihrer Schwester gesagt hatte. Die Familie basierte auf Unausgesprochenem. Es hatte vielleicht Hinweise gegeben, ein geflüstertes Gespräch im Nebenzimmer, das erstarb, sobald er eintrat. Es gab Geschichten, die er akzeptiert hatte, ohne sie ganz zu kennen, und andere, von deren Existenz er nichts wusste.

Wer wollte schon alles über die eigene Mutter wissen?

Er dachte an die Mädchen, mit denen er sich in der Uni umgeben hatte, und an die, die er in seiner Zeit als Baseballer kennengelernt hatte. Sie fluchten viel, trugen rote Tangas, die aus den Jeans herausblitzten, hatten Dreier und lachten später darüber. Viele von ihnen waren jetzt Mütter. Spürten ihre Kinder die Vergangenheit, in der diese Frauen alles andere als mütterlich gewesen waren?

Was erhoffte Bridget sich davon, jedes Detail zu kennen? Auch so würde sie keine Antwort auf die Frage finden, warum so schreckliche Dinge passierten. Sie hatte gesagt, dass sie ihre eigene Mutter nicht kannten. Brian kannte die Form und Farbe von Noras Unterwäsche vom Wäscheständer im Waschraum, er wusste, wie viel Milch sie morgens in dem Red Rose Tee nahm, wusste, welche Farbe die Flüssigkeit am Ende haben musste: noch dunkel mit einem Hauch Sonnenuntergangspink. Nicht zu milchig, sonst würde sie seufzen. Und er wusste, dass sie im Dezember, wenn sie *Weiße Weihnachten* im Fernsehen zeigten, sagen würde, dass *Holiday Inn* um Längen besser sei als dieser Schund, um dann doch Bing Crosbys Lieder selbstvergessen mitzusingen.

Sie war versessen auf blutrünstige Thriller. Einmal hatte er ein Taschenbuch aufgeschlagen, das seine Mutter hatte liegenlassen, und war mitten in einer brutalen Vergewaltigungsszene gelandet. Er war entsetzt bei der Vorstellung, dass diese entzückende, lächelnde alte Dame mit so etwas ihre Freizeit verbrachte, aber wahrscheinlich war sie nicht die Einzige. Die Menschen lasen von Mord, Vergewaltigung und Skandalen oder sahen sie sich im Fernsehen an, um sich davon abzulenken, was in ihrem eigenen Leben nicht rundlief.

Er wusste, dass seine Mutter ein größerer Fan der Red Sox war als jeder Einzelne der Jungs, mit denen er aufgewachsen war. Die Art von Fan, die es vorzog, die Spiele allein zu Hause zu sehen. Wenn John und Julia zu den Samstagsspielen einluden, nahm Nora die Einladung an und brachte Nudelsalat und Brownies mit, aber wenn jemand wagte, zu reden, während der Kommentator etwas sagte, regte sie sich auf. Niemand sollte wissen, wie wichtig es ihr war, niemand durfte sehen, wie sie die Hände rang, bis sie rot waren, und ein Ave Maria nach dem anderen flüsterte. Sie war abergläubisch. Als David Ortiz im achtzehnten Inning einen Home-Run schlug, stand Brian gerade in der Wohnzimmertür und verabschiedete sich von ihr, um zur Arbeit zu fahren. Er durfte sich daraufhin bis zum Ende des Spiels nicht vom Fleck bewegen.

Mehr musste er über sie nicht wissen, und er würde sich auch nicht darum bemühen.

»Im Wetterbericht haben sie für morgen früh Schnee angekündigt«, sagte John.

Da erinnerte Brian sich an etwas, und ausnahmsweise sprach er es aus. Vielleicht, um Nora zu verteidigen und etwas hervorzuheben, das gut an ihr war.

»Hat Mama mit euch auch spätabends vorm Radio gesessen, um zu hören, welche Schulen wegen Schnee geschlossen bleiben?«, fragte er. »Genau hier hab' ich gesessen, sie hat uns eine heiße Schokolade gemacht, und wir haben gehofft, dass sie *Hull* sagten. Wenn es kam, hieß das einen ganzen Vormittag lang Videofilme und Pfannkuchen.«

Bridget sah erst ihn und dann John an, der lachend den Kopf schüttelte.

»Manchmal könnte ich schwören, dass du von einer anderen Mutter großgezogen worden bist«, sagte sie.

John nickte. »Eine, die ihr Kind gern hat.«

Um drei Uhr war das letzte Bier leer.

»In der Hausbar sind noch Baileys, Whiskey und Gin«, sagte Brian.

Bridget erwiderte: »Schnaps vor Bier, das rat ich dir, Bier vor Schnaps führt zum Kollaps. Weise Worte unseres alten Herrn. Niemand kann sagen, dass er uns nichts mitgegeben hat.«

Sie war schon aufgestanden, um den Whiskey zu holen.

»Am liebsten würd' ich 'ne Pizza bestellen, aber dafür ist es jetzt zu spät«, sagte John.

»Der Kühlschrank platzt aus allen Nähten«, sagte Bridget.

»Ich kann diese Beileidgratins und Mitgefühlsaufläufe nicht mehr sehen, diesen Backmischungsdreck.«

»Und was ist mit Julias Brie?«

»Erst recht nicht.«

Bridget schenkte ein.

Zu Brian sagte sie: »Er scheint heute den Stock im Arsch zu Hause gelassen zu haben«, und machte eine Kopfbewegung zu John. »Vielleicht ist das der Einfluss von Patricks Geist von der anderen Seite.«

»Vielleicht«, sagte John. »Es könnte aber auch was mit den siebenundvierzig Drinks zu tun haben, die ich heute hatte.«

Die andere Seite. Brian fragte sich ernsthaft, wo Patrick jetzt war. Er wusste, dass seine Mutter an den Himmel glaubte und ihn für einen realen Ort über ihren Köpfen hielt.

»*Sláinte*«, sagten sie. »Auf Patrick.«

Das klare, schlichte Geräusch der aufeinandertreffenden Gläser berührte Brian. Es war wie ein rotes Band, das sich durch jede Hochzeit, jeden Totenschmaus, jede Feier seines Lebens zog, und bei jeder einzelnen war Patrick dabei gewesen.

»Ich muss euch was fragen«, hörte er Bridget, dann räusperte sie sich. »Ich weiß, dass ihr es nicht hören wollt, und ich würde das Mama gegenüber auch nie erwähnen, aber – könnt ihr euch vorstellen, dass es Absicht war?«

»Nein«, sagte Brian.

Sie sprach weiter, als hätte sie ihn nicht gehört. »Wir wissen alle, dass Pat betrunken ein noch besserer Fahrer war als nüchtern.«

»Auf keinen Fall«, sagte Brian diesmal lauter. Dann fügte er hinzu: »Er hatte Tickets für das Beanpot Tournament nächsten Monat«, als wäre das ein Argument.

Bridget war nicht die Erste, die mit dieser Idee ankam. Gestern Abend in der Bar hatten sie auch schon darüber gesprochen. Fergie und er hatten die Spekulationen umgehend abgewürgt. Es passte einfach nicht zu Patrick, es war einfach nicht sein Stil. Basta.

Brian sah John an. Sein Bruder weinte. Er konnte sich nicht daran erinnern, John jemals weinen gesehen zu haben.

»Ich wollte es eigentlich für mich behalten, aber ich glaube, ich weiß, was passiert ist«, sagte er. »Wollt ihr es hören?«

»Natürlich«, sagte Bridget. »Raus damit!«

Brian wurde nervös. Er war sich gar nicht so sicher, ob er es hören wollte.

Wenn einer aus der Familie starb, erfuhren sie mehr von der Person, als sie zu ihren Lebzeiten gewusst hatten. Das kam ihm sehr ungerecht vor, denn die Toten konnten sich jetzt nicht mehr wehren. Das wollte er Patrick ersparen.

»Es ist meine Schuld«, sagte John.

»Deine Schuld? Wie kommst du darauf?«, fragte Bridget sanft. »Nur, weil ihr beiden euch nicht gut verstanden habt, heißt das doch nicht, dass er …«

»Nein. Warte. Hör mir zu. Am Sonntag ist doch dieser Artikel im *Globe* erschienen.«

Brian wurde zu Stein. Er wusste, was John jetzt sagen würde.

»Rory McClain hat diesem Typen geholfen, den er noch aus Dorchester kannte. Der war total am Ende, Heroin und alles. Ist damals in der Oberschule erblindet. Jemand hat ihm die Augen ausgestochen. Rory hat sein Schicksal nicht vergessen können. Jedenfalls hat er mich heute angerufen und mir erzählt, dass es Patrick war. Er hat dem Jungen das Augenlicht genommen, anscheinend während einer Prügelei. Könnt ihr euch das vorstellen?«

»Dass er jemanden geblendet hat und wir davon nichts wussten?«, sagte Bridget. »Nein, das kann ich mir tatsächlich überhaupt nicht vorstellen.«

»Ich mir auch nicht«, schloss Brian sich erleichtert über

Bridgets Antwort an. Aber er musste auch an Pats Reaktion auf den Artikel am Sonntag in der Bar denken.

»Das war kurz vor unserem Umzug hierher, Bridget«, sagte John. »Hast du vergessen, wie komisch das damals alles war?«

Er wischte sich die Tränen aus den Augen. »Rory glaubt anscheinend, dass der Artikel etwas in Pat ausgelöst hat. Und den Artikel hat es ja nur meinetwegen gegeben. Ich habe Druck gemacht, dass sie die Story bringen. Ich habe sie angefleht. Vielleicht hat Pat es nicht mit Absicht gemacht, aber immerhin könnte es der Grund dafür sein, dass er an dem Abend so viel getrunken hat. Und wenn er sonst genauso viel getrunken hat, hat es ihn vielleicht abgelenkt, und er ist eine Millisekunde später ausgewichen als sonst.«

Bridget schüttelte den Kopf. Brian sah, dass ihre Sorge nun in erster Linie John galt. Jetzt sah sie Brian an. »Hat Pat den Artikel erwähnt?«

Alle Augen lagen auf Brian, Johns Blick war voll Hoffnung.

»Nein«, sagte Brian. »Er hat den *Herald* gelesen.«

In Johns Gesicht kehrte die Farbe zurück.

»Gott sei Dank«, sagte er und ließ den Kopf auf den Tisch sinken.

Hatte Rory McClain die Wahrheit gesagt? Brian wollte es nicht glauben, er konnte es nicht glauben. Er würde es niemals glauben.

Vielleicht würden sie nie erfahren, was passiert war. Sie würden weitermachen, und jeder würde es auf seine Art sehen, wie sie es mit allen Geheimnissen taten, mit denen, die sie einander erzählt hatten, und mit denen, die sie für sich behielten. Er konnte nur hoffen, dass Patrick so betrunken gewesen war, dass er am Steuer eingeschlafen war und trotz allem, was dann geschah, einfach nicht mehr aufgewacht war.

»Ich geh' ins Bett«, sagte John. »Ich muss früh raus und die Grabrede zu Ende schreiben.«

Er leerte sein Glas, stand auf und warf den Kopf in den Nacken. »Ich bin besoffen«, sagte er. Er klang ehrlich überrascht.

John torkelte aus der Küche und die Treppe hinauf. Brian und Bridget sahen ihm nach.

Bridget schob den Stuhl nach hinten. »Ich geh' auch nach oben, Kleiner. Ich muss nochmal ins Netz und einen Einkauf tätigen.«

»Was fürs Tierheim?«, fragte er.

»Nein«, sagte sie und sah aus, als wolle sie etwas hinzufügen, schien es sich dann aber anders zu überlegen.

»Du solltest auch langsam ins Bett gehen«, sagte sie.

»Mach' ich.«

In der Küchentür blieb sie noch einmal stehen. »Hast du gesehen, wie die Nonne sein Haar berührt hat?«, sagte sie mehr zu sich selbst als zu ihm.

Rocco tapste hinter ihr her.

Nachdem sie gegangen war, saß Brian allein in der Küche. Sein Glas war leer, abgesehen von einem Halbmond brauner Flüssigkeit am Boden. Er wusste, dass er jetzt nichts mehr trinken sollte und dass ihm ein weiteres Glas einen unerträglichen Kater bescheren würde. Trotzdem genehmigte er sich noch einen kleinen Jameson.

Vielleicht war es ungerecht, aber wahrscheinlich fehlte Patrick ihm mehr als seinem Bruder und seiner Schwester. Nora und er hatten Patrick am meisten geliebt. Die anderen beiden hatten ihre eigenen Familien, ihr eigenes Leben. Bridget würde bald ein Baby haben. Er fragte sich, ob das seine Mutter glücklich machen würde.

Brian hatte sein Leben um Patrick aufgebaut. Was sollte er jetzt machen, wer sollte er sein?

Er leerte das Glas in einem Zug, dann schenkte er sich noch ein kleines bisschen mehr ein.

Nach der Totenwache hatten Julia und Maeve die gerahmten Fotografien eingesammelt und in einen Karton gelegt. Brian stand auf und ging zu der Kiste im Flur. Er griff nach dem Rahmen, der oben lag. Patricks Schulfoto. Fünfte oder sechste Klasse.

Brian nahm es mit auf sein Zimmer.

Er machte das Licht an und stellte sich vor den Spiegel. Sein Spiegelbild kam ihm erschreckend normal vor.

Einer von Noras Lieblingssprüchen lautete: »Was hättest du heute, wenn du nur mit dem aufgewacht wärst, wofür du Gott gestern gedankt hast?« Er fragte sich jetzt, ob das eine Warnung gewesen war, die er nicht verstanden hatte.

Patrick hatte sich gewünscht, nach seinem Tod eingeäschert und vom Bug eines Segelboots in den Boston Harbor verstreut zu werden. Nora hatte davon nichts wissen wollen. Katholiken ließen sich nicht einäschern, sagte sie. Brian musste sich auf die Zunge beißen, um nicht zu fragen, wie sie auf die Idee kam, Patrick sei Katholik. Aber letztendlich war er dankbar, dass er wissen würde, wo er seinen Bruder finden konnte.

Patrick sollte am nächsten Tag dort begraben werden, wo ihr Vater lag. Ob Brian ihn besuchen würde, wie seine Mutter die Toten besuchte: als träfe sie sie zum Mittagessen? Sie fegte die Grabsteine, legte Blumen nieder und sprach mit den Leuten unter ihren Füßen. Jetzt konnte er das besser verstehen.

Erstaunlich, dass man nicht gänzlich von der eigenen Trauer erfüllt war, dass sie nicht zu jeder Zeit aus einem floss. Sie konnte tage-, wochen-, sogar jahrelang in einem schlummern. Dann hielten einen alle, die einem begegneten, für eine ganz normale Person. Ohne jede Warnung traf die Trauer einen dann in die Rippen, boxte einem in den Magen, schlug einen bewusstlos. Selbst dann wirkte man ganz normal. Das Leben ging einfach immer weiter.

Teil Acht

2009

22

Im Dunkeln streckte Bridget die Hand nach der Lampe aus. Sie traf auf eine Wand.

Langsam wurden Möbel und Gegenstände sichtbar. Sie erinnerte sich, dass sie zu Hause bei ihrer Mutter war. Heute würden sie ihren Bruder beerdigen.

Natalie lag auf der schmalen Matratze dicht an sie gedrängt.

Bridget streckte sich, griff sich an Nacken und unteren Rücken. Nach einer Nacht in ihrem Kinderbett tat ihr alles weh. Die Sauferei hatte es nicht besser gemacht. Sie fühlte sich, als hätte jemand mit einem Vorschlaghammer ihre Schläfen bearbeitet. Ihre Zunge war dick belegt.

Das fadenscheinige, rot-schwarz karierte Flanellbettzeug lag auf dem Boden. Sie hatten sich in der Nacht davon befreit. Viel zu warm. Es war die Winterdecke, die zusammen mit allen anderen im Frühling gegen eine leichte Baumwolldecke ausgetauscht werden würde, obwohl wenig Hoffnung bestand, dass jemand darunter schlafen würde. Nur der Glaube ihrer Mutter, dass irgendetwas ihre Kinder schon bald wieder zu ihr führen würde.

Bridget sah zur Decke, dann auf die Uhr. Es war kurz nach sieben. Sie war erst vor vier Stunden ins Bett gegangen.

Sie wollte sich gerade noch einmal umdrehen, aber der Hund hatte ihre Bewegung wahrgenommen und winselte schon. Also setzte sie sich auf und schwang die Füße aus dem Bett.

»Na gut«, sagte sie, »eine kleine Runde.«

Sie stand auf, hob Sweatshirt und Jeans vom Boden auf und nahm den Mantel vom obersten Haken am Kleiderschrank.

Eigentlich hatte sie Natalie weiterschlafen lassen wollen, aber dann konnte sie es doch nicht mehr abwarten. Sie küsste sie auf die Wange, und als Natalie protestierte, flüsterte sie: »Ich hab' ein Geschenk für dich.«

Natalie lächelte und streckte die Hände aus, ohne die Augen zu öffnen.

»Ich hab's nicht eingepackt«, sagte Bridget. »Aber zu meiner Verteidigung: Es ist eins achtzig groß und wiegt achtzig Kilo.«

Natalie war plötzlich hellwach. »Du hast den international tätigen Archäologen gekauft?«

»Alles, was auf Lager war.«

»Wir machen das wirklich«, sagte Natalie.

»Wir machen das.«

Sie küssten und umarmten einander, dann sagte Bridget zu Natalie, sie solle noch ein bisschen weiterschlafen. Sie schloss die Tür leise hinter sich und Rocco.

Nachdem ihre Mutter am Abend zuvor die Gäste rausgeworfen hatte, war Bridget ihr nach oben gefolgt und hatte an ihre Tür geklopft.

»Ich bin's«, sagte sie, als Nora nicht antwortete. »Kann ich reinkommen?«

Keine Antwort.

Sie öffnete die Tür trotzdem. Ihre Mutter saß auf der Bettkante und starrte auf ihre Hände im Schoß.

»Kann ich dir etwas bringen?«, fragte Bridget. »Ein Glas Wasser vielleicht? Oder lieber ein Glas Tequila?«

Es sollte ein Witz sein, aber Nora sah sie an, als versuche sie sich daran zu erinnern, wer sie war.

»Taschentücher könnte ich gebrauchen«, sagte sie schließlich. »Im Wäscheschrank im Flur.«

»Kein Problem. Gern.«

Bridget ging zum Schrank und öffnete die Tür. Darin lagen

sorgfältig gestapelt siebzehn Stück Seife und zehn rote Colgate-Packungen, daneben eine ungeöffnete Zwölferpackung Toilettenpapier. Wenn etwas im Sonderangebot war, nahm Nora es im Dutzend, und ihre erste Frage an Bridget war immer so etwas wie: *Brauchst du Gefrierbeutel? Oder Zahnpasta?* In ihrem ganzen Leben war ihr noch nie etwas ausgegangen. Was für eine Leistung.

Drei Packungen Kleenex lagen neben einem kleinen, weißen, eingeschweißten Würfel. Bridget erkannte das Geschenk von Julia zu Weihnachten vor zwei oder drei Jahren.

Als Nora es damals auspackte, hatte sie keine Miene verzogen.

»Tolles Zeug«, hatte Julia gesagt. »Crème de la Mer. Die größten Filmstars schwören drauf.«

»Fünfundachtzig Dollar für fünfzehn Milliliter«, sagte John. »Heroin ist bestimmt billiger.«

»Es ist zum Verwöhnen«, sagte Julia und warf ihm einen wütenden Blick zu. »Das sollte sich jede Frau gelegentlich gönnen.«

Nora hielt ihr den Karton hin. »Bring es zurück und kauf dir was Schönes.«

»Sei nicht albern«, sagte Julia. »Viel Freude damit.«

»Es ist Geldverschwendung. Ich werde es nicht benutzen«, sagte Nora.

Offensichtlich war sie dabei geblieben und hatte sich aus Prinzip die trockene Gesichtshaut weiterhin mit Vaseline eingerieben.

Bridget ging wieder ins Zimmer ihrer Mutter. Nora lag unter der Decke und hatte das Licht ausgemacht.

Bridget glaubte nicht, dass sie weinte. Das würde ihre Mutter nicht tun, nicht in Gegenwart anderer. Dass sie um Kleenex gebeten hatte, war erschreckend genug.

»Willst du reden?«

»Ich will nur noch schlafen«, sagte Nora. Sie klang wie ein verängstigtes kleines Kind.

»Wenn du über irgendwas reden willst: Ich bin da, Mama. Okay?«

»Gut.«

Bridget drückte ihre Hand.

Als sie sich zum Gehen wandte, rief Nora ihren Namen.

»Ja?«

War das der Augenblick, in dem ihre Mutter sagen würde, dass sie alles wusste und sie liebte? Oder wollte Nora, dass Bridget es ihr von sich aus sagte.

Bevor sie weiter darüber nachdenken konnte, sagte Nora leise: »Die machen sich unten am Geschirrspüler zu schaffen, das höre ich von hier. Bitte sorg dafür, dass das gute Porzellan von Hand abgewaschen wird.«

Es war still im Haus. Man hörte nichts als die hereindringenden Geräusche des beginnenden Morgens.

Bridget stellte überrascht fest, dass die Zimmertür ihrer Mutter noch geschlossen war. Um diese Uhrzeit roch es hier üblicherweise schon nach Kaffee, und der Speck brutzelte in der Pfanne. Bridget freute sich, dass sie mal schlief, dass sie überhaupt schlafen konnte.

Auf dem Weg zur Treppe kam sie auch an Johns altem Zimmer vorbei. Die Tür war angelehnt. Drinnen lagen John, Maeve und Julia dichtgedrängt auf einer Luftmatratze, die das ganze Zimmer ausfüllte. Das kleine Bett war unberührt, darüber hing ein Poster von Larry Bird, ihm gegenüber ein schlichtes Holzkreuz. In der Kommode lagen wahrscheinlich ausgeleierte Socken und T-Shirts, vielleicht eine alte Jeans. Sachen, die John nicht mehr haben wollte, aber nicht wegwarf, weil es nicht nötig war. Solange es Nora gab, würde in diesem Haus ihre Vergangenheit lagern.

Nora hatte nie in Betracht gezogen, die Kinderzimmer zu Arbeits- oder Gästezimmern umzufunktionieren, sondern alles genau so gelassen, wie es gewesen war, als sie ausgezogen waren. Die Zimmer waren wie die Räume Verstorbener: Monumente vergangener Zeiten.

Bridget steckte den Kopf in Brians Zimmer. Parfümduft lag in der Luft und mischte sich mit dem Geruch von Dreckwäsche. An der Wand hing eine Dartscheibe, die Fensterbretter standen voller Grundschultrophäen und Wackelkopffiguren von Red-Sox-Legenden. Die Einrichtung war nicht mit ihm erwachsen geworden, sondern er hatte nur weitere Dinge zu denen hinzugefügt, die schon da waren: Statt des Einzelbetts stand hier ein Doppelbett, aber es lag noch die alte Camouflage-Steppdecke darauf, und auf dem Schreibtisch stand zwischen CD-Player und Baseball-Karten in Plastikhüllen ein Großbildfernseher. In dem kleinen Kinderzimmer war kaum Platz für all das. Brians Leben hatte sich zusammengeklappt, und er steckte irgendwo darin fest.

Auf der gegenüberliegenden Wand hing ein Wimpel der Cleveland Indians. Die obere Ecke war auf deprimierende Weise umgeknickt. Ihre Mutter hatte noch immer Topflappen mit dem Emblem der Indians und einen passenden Flaschenöffner in einer Küchenschublade. Im Keller stapelten sich mindestens ein Dutzend Baseballmützen. Ihre Eltern hatten sie gekauft, um jedem, der vorbeikam, eine mitgeben zu können, als gäbe es die für sie umsonst. *Unser Sohn spielt in der Mannschaft*, erklärten sie dann stolz dem Typen vom Kabelfernsehen oder dem Mann, der den Gaszähler ablas.

Bridget fragte sich, ob es Brian wehtat, diese Sachen immer wiederzusehen. Man blieb leicht in der Vergangenheit stecken, wenn man sich nicht an den eigenen Haaren daraus herauszog.

Nora hatte sie am liebsten gehabt, dachte Bridget, als sie noch Kinder waren. Bridget stellte sich vor, wie Nora nach ihrer Abreise die steile Treppe zu Patricks altem Zimmer unter dem Dach hinaufsteigen würde und sich dem stellte, was ihr von ihm blieb.

Bridget ging hinunter und zog Mantel, Mütze und Handschuhe an. Als sie die Tür öffnete, traf sie die Kälte trotzdem wie ein massiver Gegenstand. Die Luft war klar und eisig. Ihre Mutter würde sagen, es riecht nach Schnee.

Noras Auto stand nicht in der Einfahrt. Wohin konnte ihre Mutter zu dieser Tageszeit gefahren sein? Zur Kirche? Oder zu O'Dell's, um vor der noch geschlossenen Tür in seiner Nähe zu sein?

Sie führte den Hund den Hügel hinunter und an den ihr seit ihrer Kindheit vertrauten Häusern vorbei. Der Straßenbiegung folgend gingen sie bis zum Fuß des Hügels, wo die Häuser direkt am Wasser standen. Das Haus von Betty Joyce war dunkel, bei Eileen Delaney brannte Licht in der Küche.

Während sie ging, dachte sie an ihre Mutter und die Schwester, die Nora gestern zum ersten Mal erwähnt hatte. Jetzt, in dieser schweren Zeit, wollte Nora sie zurückhaben, oder zumindest ein Teil von ihr wollte das. Wenn Bridget über ihre Familie nachdachte, hatte sie bisher überlegt, was sie alles nicht von ihr wussten. Sie hatte kaum darüber nachgedacht, welche Geheimnisse die anderen haben mochten. Wie war es möglich, einander so nah zu sein, eine Familie zu sein, und doch so wenig voneinander zu wissen?

Als sie klein war, hatte sie das Gefühl gehabt, dass Patrick und John jeweils so viel Aufmerksamkeit auf sich zogen, dass sie Hintergrundrauschen wurde. Ein Mädchen, mit dem sie mal zusammen gewesen war, hatte das für den Grund gehalten, weshalb Bridget nach New York gezogen war: um ihre Identität jenseits der Familie zu entfalten. Den Kommentar hatte sie nicht vergessen. Die Freundin hatte recht. Der Umzug nach New York hatte sie gerettet. Manchmal fühlte es sich aber auch wie eine Art Exil an. Tief im Inneren glaubte sie, dass sie hierhergehörte, zu ihrer Familie, an den einzigen Ort, an dem sie sich je wirklich zu Hause gefühlt hatte.

In ihrer Arbeit begegnete ihr viel Grausamkeit und Ungerechtigkeit. Dort sah sie, wie böse der Mensch sein konnte. Aber bei aller Enttäuschung und Ratlosigkeit sah sie auch viel Gutes. Einmal war jemand mit einer Bernhardinerhündin zu ihr gekommen, die irgendwo angebunden und zurückgelassen worden war. Ihr Stachelhalsband war eingewachsen. Der Typ war daraufhin jeden Samstag gekommen, um mit ihr spazieren zu gehen. Nach ein paar Monaten sagte er Bridget, dass er wegziehen müsse und dies sein letzter Besuch sei. Er verabschiedete sich tränenreich von der Hündin. Aber kaum war der nächste Samstag gekommen, fuhr er in einem Umzugswagen vor.

»Ich kann nicht ohne sie gehen«, sagte er. »Virginia wird ihr bestimmt gefallen.«

Die Hauptstraße war leer.

Sie blieb aus Gewohnheit stehen, bis die Ampel grün wurde, überquerte dann die Straße und trat auf den öffentlichen Parkplatz des Nantasket Beach.

Bei der Ufermauer angekommen, ließ sie sich von dem Hund die Treppen hinunter auf den Sand ziehen. Es war Ebbe. Keine Menschenseele in Sicht. Bridget ließ Rocco von der Leine. Er rannte ins Wasser und jagte die Wellen wie ein Welpe. Sie zog einen Ball aus der Manteltasche und warf ihn in die Brandung. Es schneite leichte Flocken.

Patrick fehlte ihr. Seine Herzlichkeit und seine Verrücktheit. Ohne ihn war die Familie nicht dieselbe. Wenn einer verschwand, musste sich der Rest neu sortieren. Das geschah immer wieder und würde auch weiterhin geschehen, wie sehr sie sich das Gegenteil wünschen mochten.

Zu ihrer Überraschung spürte sie plötzlich trotz allem Hoffnung und Freude in sich aufkeimen. Das musste Natalies Einfluss sein. Ihr Glaube daran, dass am Ende nur die Liebe zählte, selbst wenn diese Liebe unvollkommen war und einer Person galt, die man früher einmal gewesen war. Natalie war überzeugt, dass Nora sie alle überraschen würde, wenn sie es nur zuließen. Vielleicht gab es keinen Grund, sich das Gegenteil zu wünschen.

Bridget blickte übers Wasser. Das Land am anderen Ufer war zu weit weg, um es zu sehen. Sie flüsterte ein Gebet für die Verstorbenen und für diejenigen, die noch kommen würden.

23

Zwei Stunden zuvor, um halb sechs Uhr morgens, lag Nora im Bett und zermarterte sich das Hirn: Was hatte sie nur getan? Sie hatte fast die ganze Nacht wachgelegen, sich hin und her gewälzt, war zwischendurch hochgeschreckt und hatte sich immer wieder gefragt, ob sie kurz eingenickt war oder nicht.

John hatte sie von der Trauerfeier nach Hause gebraucht. Als sie von dem Parkplatz vor O'Dell's gefahren waren, hatte sie ihre Schwester am Bordstein stehen und in ein Taxi steigen sehen. Theresa kam ihr so allein vor. Nora spürte, wie in ihr etwas ins Wanken geriet. Was sie tat, war grausam und schrecklich. Trotzdem tat sie nichts, um daran etwas zu ändern. Sie drehte sich nach Maeve um, die auf dem Rücksitz saß, und fragte, ob sie Appetit auf Lasagne hatte.

Bald darauf war sie in einem Haus voller Menschen und konnte nur an die Abwesenden denken. Charlie. Ihr Patrick, den kein Sehnen zurückbringen konnte. Und Theresa. Nora stand am Herd, und plötzlich wurde ihr die Gegenwart der anderen unerträglich. Das Stimmengewirr war eine Irritation. Es war ihnen nicht wichtig. Nicht wichtig genug.

Sie hatte sie weggeschickt. Sie schämte sich jetzt dafür, aber sie hatte sich nicht bremsen können.

Als sie im Bett lag, hatte Nora zunächst das deutliche Gefühl gehabt, ihre Schwester habe die schroffe Behandlung verdient. Theresa konnte gern zur Beerdigung kommen, wenn sie wollte. Sie mussten ja nicht miteinander reden. Aber die Wut hatte nicht angehalten. Noras Gedanken waren immer wieder in eine andere Richtung abgedriftet.

Sie fragte sich, warum sie überhaupt im Kloster angerufen hatte. Sie hatte ihre Schwester bestrafen wollen. Um sie selbst war es nicht gegangen. Was aber, wenn ihr Schutzengel gewusst hatte, dass sie Theresa brauchen würde? Sie hatte nicht geglaubt, dass Theresa Patrick liebte. Nicht so, wie sie ihn liebte. Doch als sie neben Theresa an seinem Sarg stand, hatte Nora es gespürt, hatte die Trauer ihrer Schwester wahrgenommen, die so greifbar war wie ihre eigene.

Aus irgendeinem Grund hatte sie in diesem Moment an Maeve gedacht. Im Waisenhaus hatten sie gesagt, dass sie jemand in eine rosa Decke gewickelt im Gedränge eines Wochenmarkts ausgesetzt hatte, wo sie schnell gefunden werden würde. Windeln und Münzen waren als Opfergaben um sie herum gestreut worden. Symbole hingebungsvoller Mutterliebe. Nora dachte daran, wie Theresa in jener Nacht davongelaufen war und Patrick ihr überlassen hatte, dachte an die Medaille, die siebzehn Jahre später mit der Post kam, die er nach seiner Geburt getragen hatte und auch im Grab tragen würde.

Um sechs Uhr zog sie sich an und ging in der Annahme ins Erdgeschoss, dort pures Chaos vorzufinden. Sie erwartete heute fünfzig Gäste. Es gab viel zu tun.

Nach Charlies Tod hatte sie es nicht fertiggebracht, die Nachspeise selbst zu machen. Das war einfach eine Aufgabe zu viel für sie. Also hatte sie gemogelt, war zu einer teuren Konditorei in Hingham gefahren und hatte dort ausnahmsweise Brownies und Zitronenkuchen gekauft. Als die Gäste höflich fragten, ob die tatsächlich selbstgemacht waren, hatte sie entrüstet geantwortet: »Aber natürlich.«

Gestern Abend war sie viel weiter gegangen. Alle hatten ihre schlechteste Seite gesehen.

Am Fuß der Treppe angekommen, warf Nora einen zögerlichen Blick ins Wohnzimmer und sah zu ihrer Überraschung, dass ihre Kinder aufgeräumt und alles blitzblank hinterlassen hatten.

Auf dem Weg zur Küche hörte sie, wie jemand mit den Fingern auf die Tischplatte trommelte. Sie fragte sich, ob es Patrick war, und dann, wie lange ihre Gedanken ihr wohl noch diesen Streich spielen würden, der nicht ganz unwillkommen war.

John saß mit dem Kopf in den Händen vor einem Notizblock am Küchentisch.

»Musst du heute arbeiten?«

»Nein«, sagte er. »Ich schreibe die Grabrede.«

»Oh.«

Er hatte Kaffee gekocht. Sie goss sich eine Tasse ein.

»Hast du schlafen können?«, fragte er.

»Nicht viel.«

John notierte etwas, dann sah er zu ihr auf.

»Hast du den Artikel in der Sonntagszeitung gesehen?«, fragte er. »Den über Rory.«

»Ja«, sagte sie. »Ein hübsches Foto.«

»Aber hast du ihn auch gelesen?«

»Nein. Ich war beschäftigt. Tut mir leid.«

»Da war doch dieser Junge, O'Shea. Der blinde. Weißt du, wen ich meine?«

Peter O'Shea. Seit Nora seinen Namen zum ersten Mal gehört hatte, betete sie jeden Abend für ihn.

Sie sah John in die Augen: »Ja.«

»Du hattest recht«, sagte John. »Ich hätte einen Weg finden sollen. Pat und ich hatten unsere Probleme, aber wir waren doch Brüder.«

Sie kannte die Liste seiner Vorwürfe: die Schulden, Maeves Firmung, Patricks Rolle darin, dass John nicht auf die Saint Ignatius hatte gehen können. Sie hatte sich oft gefragt, warum Patrick John nicht einfach die Wahrheit über die Schule gesagt hatte, anstatt zu einem fragwürdigen Mittel zu greifen, um John zu schützen. Vielleicht hätte sie es John selbst sagen sollen. Manchmal rettete einem jemand das Leben, ohne dass man je davon erfuhr. Das passierte häufiger, als den meisten Leuten klar war.

Ich hätte einen Weg finden sollen.

»Es ist nicht immer leicht«, sagte sie. »Das weiß ich aus eigener Erfahrung.«

John sah sie überrascht an.

»Ja«, sagte er. »Stimmt. Klar.«

»Du solltest dich nochmal hinlegen, John. Du siehst müde aus.«

»Bin ich auch.«

»Na dann: Ab mit dir. Ich muss nochmal los. Bin bald zurück.«

Er warf einen Blick auf die Uhr. »Um die Uhrzeit?«

»Ja.«

»Soll ich dich begleiten?«

»Nein danke. Geh zu deiner Familie. Ich wecke dich, wenn ich wieder da bin.«

Um Viertel nach sechs saß sie im Auto. Eine halbe Stunde später war sie in Dorchester.

Hier hatte sich viel verändert. Ob Theresa die Gegend überhaupt wiedererkannt hatte? Heute stand mitten auf dem Edison Green das riesige Backsteingebäude der Seniorenfreizeitstätte. Hier gab es schon lange keine Wiese mehr und keine fußballspielenden Jungs. Mrs. Quinlans Haus und alle umstehenden waren von Vietnamesen bewohnt. Die meisten Iren waren weitergezogen, ihre Tanzlokale hatten vor Jahren geschlossen.

Dorchester war bis zuletzt Patricks Lieblingsgegend gewesen. So viele junge Leute wollten hier weg, nur er war zurückgekehrt, um ausgerechnet hier eine Bar zu eröffnen. Sie kannte niemanden, der loyaler war als Patrick. Wenn er die Möglichkeit gehabt hätte, hätte Patrick sogar eine Rechtfertigung dafür gefunden, dass sein bester Freund zu seiner Trauerfeier sturzbetrunken erschienen war.

Sie erinnerte sich, dass auch Theresa Dorchester sehr geliebt hatte, als sie noch jung waren. Dann dachte sie weiter zurück. An zu Hause.

Nora hatte den Kindern immer gesagt, dass sie sich die Reise nach Irland nicht leisten konnten, was nicht ganz gelogen war. Aber der eigentliche Grund war, dass sie gar nicht hinfahren wollte. Sie dachte, dass sie sterben würde, ohne ihr Zuhause wiedergesehen zu haben.

John war so stolz gewesen, als er sie mit den Tickets überrascht hatte, dass sie nicht hatte ablehnen können. Er hatte die Reisekosten für die ganze Familie übernommen. Im Flieger hatten Nora und Charlie in der ersten Klasse gesessen. Sie hatte die kleinen Champagnerflaschen aufgehoben, die gereicht worden waren. Bis heute. Sie standen ganz hinten im Küchenschrank.

Sie hatte solche Angst, jemand im Ort könnte sie verraten. Bis zum Tag der Abreise und auch noch während des Fluges zog sie in Erwägung, den Kindern die Wahrheit zu sagen: *Ich habe eine Schwester. Wir haben seit Jahren keinen Kontakt*. Aber sie hatte es nicht getan, und irgendwann war es zu spät. Natürlich war dann die erste Person, die der Familie nach dem langen

Flug nach Shannon und einer frühmorgendlichen, schlaftrunkenen Autofahrt auf der falschen Straßenseite auf der Hauptstraße von Miltown Malbay begegnete, eine alte Klassenkameradin von Nora.

»Wie geht's Theresa?«, war ihre erste Frage.

Nora zuckte zusammen, aber dann bemerkte sie, dass die Kinder sich nichts dabei dachten. Sie kannten in Amerika zwei Dutzend Theresas.

Der Anblick des heruntergekommenen alten Hauses hatte sie entsetzt. Man sah ihm nicht an, dass es jemals jemandem etwas bedeutet hatte. Das war vermutlich der Grund, weshalb sie nie etwas wegwarf. Es war wichtig, etwas zu haben, das man sein Eigen nennen konnte.

Nachdem der Kontakt zwischen Theresa und ihr abgebrochen war, hatte ihr Bruder sie auf dem Laufenden gehalten. Nach seinem Tod kam die Stille. Charlies Bruder und seine Frau hatten Martins bescheidene Bestattung organisiert. Nora war nicht zur Beerdigung gereist. Brian war damals erst drei Jahre alt gewesen.

Bei dem Familienbesuch in Irland schien Charlies Bruder bei Erwähnung von Martins Namen Ausbrüche unendlicher Dankbarkeit zu erwarten. Dabei hatten sie ihm nicht einmal einen richtigen Grabstein gekauft, nur ein Granitschild, während Nora auf der anderen Seite des Ozeans königliche Bestattungen für die Mitglieder von Peters Familie organisiert hatte. Sie blieb lange am Familiengrab stehen, ihre Kinder daneben, unfähig, sich auszumalen, was sie verloren hatte. Sie dachte daran, wie verletzt sie gewesen war, als Bridget nach New York zog. Keiner in der Familie hatte Kinder, die weggingen. Sie selbst war so viel weiter fortgegangen. Bis heute nicht zurückgekehrt. Es war ungerecht, dass man den Schmerz der Eltern erst dann verstand, wenn man dasselbe erlebte, in ihrem Fall erst Jahre nach deren Tod.

Miltown Malbay hatte nichts mit dem Ort zu tun, den sie verlassen hatte. Wie in Boston standen auch hier überall Autos in der Innenstadt. Das Tanzlokal, in dem Charlie sie zum ersten Mal geküsst hatte, war jetzt ein Einrichtungshaus, und auf der ehemals großen, freien Tanzfläche standen reihenweise Sessel und Sofas. Charlie nahm sie trotzdem bei der Hand und wirbelte sie herum, bis sie in einen Lehnstuhl plumpsten. Diesen Moment würde sie nie vergessen.

Bei diesem Besuch sah sie zum ersten Mal die berühmten Cliffs of Moher, die zwanzig Minuten von ihrem Heimatort entfernt lagen. Majestätisch und wunderschön lagen die Klippen vor ihnen. John las vor, was der Reiseführer über die Steinmauern zu sagen hatte, die das Land kilometerweise durchzogen und vor Tausenden von Jahren erbaut worden waren. Es schien, als wolle er ihr die Geschichte ihres Lebens erzählen.

In der Nähe ihres Elternhauses war jetzt eine Tafel angebracht worden, um des Rineen Ambushs im Jahre 1920 zu gedenken. Darauf war etwas von Blut in den Straßen zu lesen, von toten Kindern und niedergebrannten Häusern. Damals musste ihr Vater zehn Jahre alt gewesen sein. Er hatte es nie erwähnt. Wäre es zu schmerzhaft gewesen, die Erinnerung sprechen zu lassen, oder hatte er seinen Kindern die Wahrheit ersparen wollen wie Nora den ihren?

Nora traf sich mit ihrer alten Freundin Oona Donnelly zum Tee. Über die Jahre waren ihre Briefe immer seltener geworden, bis sie sich nur noch Weihnachtskarten schickten. Oona schien glücklich zu sein. Sie war jetzt rundlich und hatte silbergraues Haar. Sie sah viel älter aus als Nora, jedenfalls hoffte Nora das.

Oona hatte schon sieben Enkelkinder, deren Fotos die gesamte Kühlschranktür bedeckten. Wie Oona erzählte, wuchsen drei von ihnen in Stockholm auf, wo ihr Sohn mit einer Schwedin lebte, die er während des Studiums kennengelernt, aber nie geheiratet hatte. Alle anderen waren in der Nähe geblieben. Oonas Enkel wurden im Sommer zur Gaeltacht auf Inishmore geschickt, damit sie ihre kulturellen Wurzeln kennenlernten. Sie sprachen fließend Irisch.

Nora war zugleich neidisch und schämte sich für die Freundin. Die bescheidene, dunkle Küche mit den Klappstühlen und der Sammlung von Porzellankatzen auf dem Fensterbrett hatte etwas Deprimierendes. Die Arbeitsflächen waren voller Kochbücher und Postwurfsendungen, Zeitschriften und halbleeren Wasserflaschen. Die Töpfe waren gefährlich hoch zu schiefen Türmen gestapelt. Nora hätte am liebsten aufgeräumt. Im Raum stand auch ein kleiner Fernseher, den Oona auch während des Gesprächs nicht ausschaltete und zu dem sie immer wieder hinübersah.

Bevor sie sich verabschiedeten, fragte Oona nach ihrer Schwester. Nora hatte ihr geschrieben, dass Theresa Nonne geworden war und dass sie zerstritten waren, aber die Wahrheit über Patrick kannte Oona nicht. Es war zu kompliziert, um es in einem Brief zu erklären, und Nora hielt es für riskant, die Geschichte aufzuschreiben.

Als Nora mit Oona in der kleinen Küche saß, hätte sie ihr es fast erzählt, doch dann sagte sie nur: »Wir haben keinen Kontakt mehr. Sie lebt ihr Leben, ich meins.«

Sie konnte sehen, dass Oona diese Antwort nicht zufriedenstellte, aber sie fragte nicht nach.

Über der Eingangstür des Friel's stand jetzt der Name Lynch, aber alle – selbst Familie Lynch – nannten das Pub weiterhin Friel's. Nachdem Nora sich von Oona verabschiedet hatte und ihre Familie im Pub wiedertraf, waren die Kinder ausgelassen und anscheinend stolz darauf, das Wiedersehen zwischen den alten Freundinnen ermöglich zu haben. Sie dachten, dass Nora überglücklich sein müsste, ihrer Freundin bei einer Tasse Tee alles erzählt zu haben. Sie waren nicht auf die Idee gekommen, dass die Begegnung alte Wunden aufreißen und die Erinnerung an das Lebewohl von damals wachrufen könnte.

All die Jahre in Amerika hatte Nora nie wieder eine so gute Freundin gehabt.

Sie bog absichtlich in die Dorchester Avenue ein. Sie hätte auch anders fahren können, aber Nora wollte die Bar sehen, obwohl sie zu dieser Uhrzeit noch geschlossen war. Hier hatte Patrick zum letzten Mal er selbst sein können. Hier hatte er zum letzten Mal *sein* können.

Hinter ihr war kein Auto. Sie verlangsamte die Fahrt und sah Berge von Blumen auf dem Gehsteig. Bei diesem Anblick kamen ihr die Tränen. Das Rollgitter war oben, und die Tür stand offen. Im Vorbeifahren sah Nora im Inneren jemanden allein sitzen.

Er hat so viele glücklich gemacht, hatte Brians Freundin gestern Abend gesagt.

Sie war nicht die Art von Mädchen, die Nora für Brian ausgesucht hätte, aber keines ihrer Kinder würde sich jemals für eine Person entscheiden, die Nora sich für sie gewünscht hätte. Nora dachte an Bridget, die Natalies Hand gehalten und sie neben sich in die Familie eingereiht hatte. Es war die Antwort auf eine Frage, die sie sich nie zu fragen getraut hatte, nicht einmal sich selbst gegenüber. Eine niederschmetternde Erkenntnis, aber das Leben ging weiter. Sie wollte keine Angst mehr haben.

Sie bog auf den Morrissey Boulevard ein und fuhr zwei Minuten später auf den Parkplatz des Motels. Sie war fest entschlossen, Theresa hier rauszuholen.

In dem kleinen, muffigen Empfangsbüro stand ein neunzehn- oder zwanzigjähriger Junge, den Blick aufs Handy gesenkt. Er sah nicht auf, als sie eintrat.

»Entschuldigung«, sagte sie. »Ich suche jemanden. Einen Gast.«

»Wir geben keine Informationen raus«, sagte er und gab der Aussage einen entschlossenen Ton, sah dabei aber nervös aus.

Da begriff sie, dass er sie für eine betrogene Ehefrau hielt, die ihrem Mann nachstellte. Das war also die Klientel hier.

»Es handelt sich um meine Schwester«, sagte Nora. »Eine Nonne. Ich muss sie zur Beerdigung eines Familienmitglieds bringen.«

»Oh.« Auf seinem Gesicht breitete sich Erleichterung aus. »Zweiter Stock, Zimmer zwei null neun.« Er senkte den Blick wieder auf das Handy, dann sah er nochmal auf. »Dann war das 'ne echte Nonne?«

Nora ging zum Aufzug und drückte den Knopf mit zitternder Hand.

Oben angekommen, trat sie an die Tür, atmete tief durch und klopfte.

Ihre Schwester erschien in einem baumwollenen Nachthemd. Ihre Füße waren nackt, das Haar hing über die Schultern. Sie sah schön aus. Sie sah aus wie als junges Mädchen.

»Ihr tragt das Habit also nicht im Bett?«, fragte Nora.

Theresa sah überrascht aus, dann lächelte sie.

»Nein«, sagte sie. »Normalerweise nicht.«

Nora sah sie schon zu zweit mit Theresas Koffer auf dem Rücksitz nach Hull fahren. Auf dem Weg könnten sie am Strand anhalten und einen Blick über den Ozean werfen. Es gab so vieles, das sie ihrer Schwester sagen wollte.

»Ich hätte mich gestern nicht so benehmen sollen«, sagte Nora. »Bitte verzeih mir.«

Theresa senkte den Kopf und öffnete die Tür weit.

»Nora, verzeih mir«, sagte sie. »Komm rein.«

Danksagung

Wie immer bin ich meiner Lektorin Jenny Jackson und meiner Agentin Brettne Bloom für ihre unermüdliche Arbeit an diesem Roman zu Dank verpflichtet. Außerdem danke ich allen Freunden und Familienmitgliedern, die sich die Zeit genommen haben, verschiedene Versionen dieses Buches zu lesen und mir in jedem Stadium ihre unbezahlbaren Eindrücke zur Verfügung zu stellen: Helen Ellis, Liz Egan, Stuart Nadler, Hilary Black, Ann Napolitano, mein Mann Kevin Johannesen und meine Eltern Joyce und Eugene Sullivan.

Die Worte, Gedanken und Taten meiner Charaktere sind zwar fiktiv, aber viele Menschen haben mir dabei geholfen, die Welt dieser Figuren wahrheitsgetreu darzustellen. Für ihre Geschichten über die Ozeanüberquerung und die Iren im Boston der fünfziger Jahre danke ich Jack Cronin, Mary Sheehan, Kathleen Ahern, Mary McCarthy, Catherine Wyse, Caitlain Hutto, Owen O'Neill und Ralph Cafarelli. Danke für die Beantwortung meiner unzähligen Fragen.

In Irland halfen mir Gespräche mit Madeleine McCarthy, Mary O'Halloran, Patsy Jones, Kitty Meade, Charlie Lynch, Cyril Jones und Harry Hughes, ein glaubwürdiges Bild von Miltown Malbay zu zeichnen, dem Ort, an dem meine Urgroßmutter geboren wurde. Mein Dank gilt auch Cormac McCarthy von Cuimhneamh an Chláir und Séamus Mac Mathúna von Oidhreacht an Chláir, die das ermöglicht haben. Danke an meine Cousins Mary und Pat Meade, die uns so warmherzig willkommen geheißen haben.

Mein Dank geht auch an Mutter Äbtissin Lucia Kubbens und alle anderen im Kloster Regina Laudis, die mir Wärme und Gastfreundschaft entgegenbrachten. Und an meine Tante Nancy Hickey und Martha Kuppens, ohne die ich nie von dem Kloster erfahren hätte.

Zwei Dokumentarfilme waren besonders hilfreich: Durch *Malbay Manufacturing and Dalgais Labels* von der Organisation Youthreach Miltown Malbay konnte ich Wissenslücken über Noras Fabrikarbeit füllen, und *God Is the Bigger Elvis* im HBO-Fernsehen ermöglichte mir, das Kloster Regina Laudis jederzeit von zu Hause aus zu besuchen.

Ich danke Sara und Justin Pitman dafür, dass sie sich meine medizinischen Fragen haben gefallen lassen, und Conor Yunits, der sein politisches Wissen mit mir geteilt hat, anhand dessen ich Johns Karriere gezeichnet habe. Ich danke meiner verstorbenen Cousine Eileen Maede und der ganzen Familie Quinlan: Henry, Regina, Anne Moran, Mary Jordan sowie Mary und Jack McCaffrey.

Mein Dank geht an Maryann Downing, die ihre Sicht auf das Klosterleben mit mir teilte, und an Scott Korb, der uns zusammengebracht hat, an Meg Wolitzer, Mary Gordon und Mary Beth Keane für Weisheit in letzter Sekunde, an Agatha Scaggiante und Deanne Dunning, an Barry Moreno vom Ellis Island Immigration Museum, an Yvonne Allen vom Cobh Museum und an Alicia St. Leger. Ich danke Noreen Kearney Dolan, Kate Sweeney Regan und Kelly Coyle-Crivelli für ihre Familienerinnerungen, und Julianna Baggott und Joshua Wolf Shenk für die Geschichte über Gilot, die Picasso allmorgendlich aus tiefer Verzweiflung holen musste, wie Joshua in seinem Buch *Powers of Two* so schön beschreibt.

Zu guter Letzt möchte ich allen bei Knopf und Vintage danken, ganz besonders Christine Gillespie, Helen Tobin, Anna Dobben, Sara Eagle, Zakiya Harris, Maria Massey, Amy Ryan, Nicholas Latimer, Paul Bogaards, Anne-Lise Spitzer, Carol Carson und Abby Weintraub. Außerdem danke ich Jenny Meyer und Sara Goewey von der Jenny Meyer Literary Agency und Dana Murphy und ihren außergewöhnlichen Kolleginnen von der Book Group.